第六病室

**ПАЛАТА
№ 6**

〔俄〕安东·巴甫洛维奇·契诃夫 著

于大卫 译

Антон
Павлович
Чехов

天津出版传媒集团

天津人民出版社

果麦文化 出品

01

医院的院落里有一座不大的边房，被一整片种着牛蒡、荨麻和野生大麻的林地包围着。边房的屋顶生了锈，烟囱塌掉半截，门廊的台阶也已朽烂，长满杂草，而灰泥也只剩下一些痕迹。它的正面朝向医院，背后则望向田野，一道带钉子的灰色医院围栏将它与之隔开。这些尖头向上的钉子、栅栏，以及边房本身，带有那种特殊的阴沉、罪恶昭彰的外观，我们这里只有医院和监狱建筑才会这样。

如果您不怕荨麻蜇人，我们就走通往边房的小窄道，看看里面在干什么。打开第一扇门，我们走进穿堂。这里靠墙和火炉旁边乱堆着成山的医院垃圾。床垫，又旧又破的长袍，衬裤，带蓝条纹的衬衫，毫无用处、磨损走样的鞋子——所有这些破烂乱成一堆，皱皱巴巴，相互纠缠，正在腐烂并散发出令人窒息的气味。

破烂堆上总是躺着齿间衔一支烟斗的看守尼基塔，这位退役老兵戴着变成红褐色的徽章。他长着一张严厉、枯瘦的脸，一对悬垂的眉毛为他的脸平添了草原牧羊犬的神情。他有一只红鼻子，身材矮小，模样瘦削，青筋嶙嶙，但仪态威严，拳头硕大。他属于朴直、求实、肯干、愚钝的那类人，他们爱秩序胜过世上其他任何东西，因此确信他们 [1] 就该打。他打脸，打前胸，打后背，哪儿顺手就打哪儿，因为他相信若非如此这里就没了秩序。

接着您就走进一个又大又宽敞的房间，它占据了整个边房，如果不算穿堂的话。这里的墙壁涂成肮脏的蓝色，天花板熏得乌黑，就像没烟囱的农舍一样——显然，冬季里有炉子在这里冒烟，常常煤气熏天。窗户因从里面装了铁栅栏弄得很难看。地板是灰的，满是木茬。酸菜、

1　原文此处用斜体表示强调，译文加粗显示，后文不再一一注释。

灯芯的烟焦、床虱和氨水在发臭，这种气味最初给您那样一种印象，仿佛您进了一个兽栏。

房间里摆着床铺，全都钉在地板上，上面坐着或躺着人，身穿蓝色长袍，按旧习戴着圆帽。这些人是疯子。

这里一共五个人。只有一个有贵族称号，其余都是小市民。门旁边的第一个，高个头儿、瘦削的小市民，一撇棕黄色闪闪发亮的小胡子，眼睛刚哭过，就撑着脑袋坐在那儿，望向一个点。他日夜忧愁，摇晃着脑袋，叹气苦笑；他很少参与交谈，对问话也通常不做回答。给他吃东西时，他就机械地吃完喝完。从他痛苦的、撕心裂肺的咳嗽，消瘦以及脸颊上的红晕判断，他已经害上了肺痨病。

他后面是一个矮小、活跃、非常好动的老头儿，留着尖胡子和乌黑、卷曲、像黑人一般的头发。白天他在病房里从一扇窗跟前溜达到另一扇窗跟前，或者坐在自己的床上，按土耳其人的样子盘起腿，吵闹不休，像只灰雀似的，吹口哨，轻声唱歌，嘿嘿笑。他孩童般的快乐和活泼的性格在夜里也显露出来，他会起床向上帝祷告，用双拳敲打自己的胸口，用手指头戳门。这就是犹太人莫伊谢卡，傻子，二十年前他的制帽作坊被烧掉时就疯了。

第六病室的所有居民里，只有他一个获许走出边房，甚至走出医院的院子去外面。这种特权他享用已久，大概因为他是医院的老住户，是一个安静、无害的傻瓜，城里的小丑，是那种在街上早已看惯、被小孩子和狗围着的人。他身着小袍子，戴一顶可笑的圆帽，穿一双便鞋，有时候光着脚甚至不穿长裤，沿街走动，在大门前或商铺旁边停下，向人讨要一个戈比。这里给他克瓦斯[1]，那里给他面包，换个地方又给他一个戈比，因此他回边房时常常吃饱喝足，很是阔绰。可是他带回去的一切都被尼基塔搜刮而去，归为己用。这件事当兵的做得很粗鲁，心怀恨意，翻遍他的口袋，还唤上帝做证人，说他再也不会放犹太人上街，没有秩序对他来说比世上任何事情都坏。

莫伊谢卡喜欢为人效力。他给同伴端水，为他们在睡觉时盖被子，承诺给每人从外面带回一个戈比，给每人缝一顶新帽子；他还用汤勺喂他左边的邻居，一个瘫子。他这样做不是出于同情，也不是出于某种人道的考虑，而是

1　流行于俄罗斯等东欧国家的传统廉价饮料，革命前大多家庭都会用面包发酵制作克瓦斯。

在模仿并不由自主地服从自己右边的邻居——格罗莫夫。

伊万·德密特里奇·格罗莫夫，大约三十三岁的男人，出身贵族，从前的法庭执达吏和十二级文官，患了迫害妄想症。他很少坐着，要么躺在床上蜷作一团，要么从一个角落走到另一个角落，像是为了锻炼。他总是兴奋、激动、紧张，为某种模糊、不确定的期待所扰。穿堂内最轻微的沙沙声或是院子里的一声叫喊，都足以让他抬起头开始倾听：不是为他而来吧？不是在找他吧？这时他脸上便表露出极度的不安和厌恶。

我喜欢他那张宽阔、高颧骨的脸，总是苍白、不幸，反映着内心，就像一面镜子，照见被斗争和持久的恐惧所折磨的灵魂。他的怪相是奇特而病态的，但深刻而真实的痛苦在他脸上布设的细微特征是理智而聪颖的，眼里是温暖、健康的闪光。我喜欢他本人，谦恭，殷勤，对所有的人都很礼貌，除了尼基塔。每当有人掉了扣子或者汤勺，他就很快从床上跳起来去捡。每天早上他都祝他的同伴们早上好，晚上躺下睡觉时祝他们一夜平安。

除了持续的紧张状态和做怪相，他的疯狂还表现在以下方面。有时晚上他会把自己紧裹在小袍子里，全身

5

颤抖，牙齿作响，开始快速地在墙角、床铺之间走动。看来他好像烧得厉害。有时他突然停下，瞧一眼他的同伴，显然，他想说件很重要的事，但，看上去，考虑到别人不会听或不会理解他，他便不耐烦地摇着头继续走动。很快，想说话的愿望就压倒了所有的考虑，于是他由着自己的意志，热烈而急切地说起来。他言辞无序、狂躁，像呓语、冲动且不总是清晰可辨，但听得出，在词句上，在声调上，有某种特别好的东西。当他说话时，您会在他身上看到一个疯子和一个人。很难在纸上传达他那疯狂的言辞。他说到人类的卑鄙，说到践踏真理的暴力，说到随着时间的推移终将到来的美好生活，说到窗户栅栏每分钟都让他想起强暴者的愚钝和残酷。结果他的话就是一首毫无秩序、毫不协调的混成曲，出自一些老旧但尚未完成的歌。

02

十二至十五年前，在城里最主要的街道上，在自己房子里住着的文官格罗莫夫，一个体面而又富裕的人。他有两个儿子：谢尔盖和伊万。已然是四年级大学生的谢尔盖患上急性肺痨死了，而这场死亡似乎成了这家人一系列不幸的开始。谢尔盖的葬礼过了一星期后，老父亲因伪造和贪污被送上法庭，不久便在监狱的医院里死于伤寒。房子和所有动产都落锤售出，伊万·德密特里奇和母亲被没收了全部财产。

先前，有父亲在，伊万·德密特里奇在彼得堡住着，那是他上大学的地方，每月能收到六七十卢布，没有任何贫困的概念，可现在他不得不陡然改变自己的生活。他必须从早到晚讲授不值钱的课程，从事誊写事务，但仍然挨饿，因为所有收入都寄给了母亲维持生计。这种生活伊万·德密特里奇忍受不下去了；他灰心丧气，萎靡不振，抛下学业回了家。在这小城镇上，他托门路在县立学校谋得了个教师的职位，但没跟同事们处好，也不受学生们喜欢，不久就丢下了这个职位。母亲死了，他半年里没地方可去，只靠面包和水为生，随后做了法庭执达吏。他一直担任这个职务，直到因病被解雇。

他从来没有给人留下过健康的印象，哪怕在年轻的学生时代。他总是苍白、瘦弱，容易伤风感冒，吃得少，睡不好。饮一杯酒他就会头晕，变得歇斯底里。他总是受人吸引，但是，由于自己易怒和多疑，他不跟任何人接近，连个朋友也没有。有关城里人的事他总是以蔑视做回应，说他们的粗俗无礼和昏昏然的兽性生活让他觉得卑鄙、厌恶。他用男高音说话，响亮、热烈，总是愤慨或怀着欣喜和惊讶之情，表情一直很真诚。无论跟他说起什么，他都归结为一件事：在城市里生活憋闷而又寂寞，社会没有高尚的趣味，它引领着呆滞、无意义的生活，用暴力、粗鲁的放荡和虚伪搞些花样；卑劣之人吃得饱，穿得好，而正直的人靠面包屑为生；需要学校，需要有正直导向的地方报纸、剧院、公众朗读会，需要知识力量的凝聚；需要让社会认识自己并感到震惊。在评判他人的问题上他施以厚重的色彩，只有白和黑，不承认任何间杂色调；人类在他这里分为正直者和卑劣者；中间地带是没有的。有关女人和爱情，他说来总是热情洋溢，怀着欣喜之情，但一次都没有恋爱过。

在城里，尽管他言辞尖锐又神经紧张，但仍受人喜爱，背后被人亲切地称为万尼亚。他天生细致周到，乐于效力，规矩端正，精神的纯洁和他那身穿旧的小常礼服，病弱的模样和家庭的不幸唤起了人们良好、温暖而忧伤的情感。此外，他受过很好的教育，又博学，按照城里人的看法，他什么都知道，在城里好似一部行走的参考书。

他读书很多。过去，他总是坐在俱乐部里，神经质地揪扯着胡须，翻阅杂志和书；从他的脸上看得出，他不是在读，而是在吞咽，勉强来得及咀嚼。可以想见，阅读是他病态的习惯之一，因为他以同样的贪婪扑向落在他手边的一切，甚至过去一年的报纸和日历[1]。在自家，他总是躺着阅读。

1　这种日历载有与日期相关的趣闻逸事和生活常识。

03

有一次，秋日的早晨，伊万·德密特里奇竖起大衣领子，在泥泞中拍溅着，辗转穿过小巷和后院，去某个小市民家收兑执行票。他情绪阴郁，每到早上总是如此。在一条小巷里，他遇到两个戴镣铐的囚犯和同行的四个带枪的护送兵。伊万·德密特里奇经常遇到囚犯，每次他们都会在他内心引发同情和尴尬之感，可这次相遇给他留下某种特殊、奇怪的印象。不知为何，他突然觉得，他也可能被锁上镣铐，以同样的方式被押着，穿过泥泞走向监狱。在市民那里，他待了一会儿，然后回家，在邮政局旁边遇见了相识的警察，对方跟他打了招呼并与他一起沿街走了几步，可不知为何，这让他觉得很可疑。在家的一整天，囚犯和带枪的士兵都没有走出他的脑际，一种难以理解的惊慌妨碍了他阅读和集中精力。傍晚时分他没点灯，夜里也没睡觉，一直在想自己可能被人逮捕，锁上镣铐投入监狱。他知道自己没有背负任何罪过，也能保证将来永远不会杀人、不会放火，也不会偷窃；但难道无意间、不由自主地犯罪真的很难吗，难道不可能有诬告，最后有司法的错误吗？毕竟，长期的民间经验不是白白教人别发誓不会流浪和坐牢的。司法错误在如今的诉讼程序上是很可能的，其中没有任何费解之处。与他人的痛苦有职责、有事务关系的人，例如，法官、警察、医生，随时间流逝，由于习惯的力量，锻炼到了那样一种程度，哪怕有想法，也不能不形式化地对待自己的委托人；在这方面，他们与后院里宰割牛羊而看不见血的农民毫无区别。在形式化的情形下，冷酷无情地待人，以便让无罪的人丧失所有财产权，判处苦役，法官只需要一样东西：时间。只是履行某些手续的时间，法官正是凭它们拿薪水的，随后——一切就结束了。然后就去寻找正义和保护吧，在这个又小又肮脏的城镇，离铁路二百俄里[1]的地方！而且，在一切暴力都被社会所接容，被视为理性和适当的必需，任何仁慈的行为，例如宣告无罪的判决，都会激起不满和报复情绪的爆发时，思考正义不可笑吗？

早上伊万·德密特里奇在惊恐中起床，额头上带着冷汗，他已然完全确信，他时刻都会被逮捕。如果昨天的沉重念头这么久都没离开他——他想——那就意味着，其中有一部分道理。它们不可能毫无理由就实实在在来到他的头脑中。

一位警察，不慌不忙，从窗边走了过去：这不是平白无故的。瞧，两个人在房子附近停下，沉默着。为何他们沉默不语？

于是，对伊万·德密特里奇来说，折磨人的日日夜夜开始了。每个经过窗前和进院子的人都似乎是间谍和侦探。中午通常有警察局长坐着双套马车沿街走过，他这是从自己的城郊庄园前往警察公署，但伊万·德密特里奇每

1　旧俄度量单位，1俄里即1.0668千米。

次都觉得，他行驶得太快，还带着某种特殊的表情，显然他是急于通报城里出现了一个很重要的罪犯。伊万·德密特里奇在每次铃响和大门的敲击声中打哆嗦，每当在女房东那里遇见新来的人就感到苦恼；遇到警察和宪兵他就露出微笑，吹口哨，以便显得冷淡漠然。他彻夜不眠，等待被捕，但他大声打鼾、呼气，像安眠的人，让女房东认为他在睡觉；因为要是他没睡，那么就意味着他被良心的谴责折磨着——多好的罪证！事实和合理的逻辑使他相信，所有这些恐惧——都是无稽之谈和心理反应，逮捕和监狱，如果看开一点来说，实际上没什么可怕的——良心平平静静就好了；但他推断得越聪明，越合逻辑，内心的焦虑就变得越强烈、越令人痛苦。就像一个隐士想在原始森林里为自己砍出一块地方，他用斧子干得越勤奋，森林就长得越浓密、越强大。伊万·德密特里奇最终看出这样毫无益处，便彻底放弃了推断，完全屈服于绝望和恐惧了。

他开始闭门独处，避开人。工作早就让他反感，现在则变得让他不可忍受。他怕别人会设法坑害他，往他口袋里悄悄塞进贿赂然后揭发，或者他自己无意中在公文上犯下等同于伪造的错误，或者弄丢别人的钱。奇怪，他的脑子从来不像现在这样灵活而有创造力，他每天都想出成千上万种不同的理由，来深切担忧自己的自由和名誉。但由此一来，他对外部世界，特别是对书籍的兴趣明显减弱了，记忆力也极大衰退了。

春天，当雪消退时，墓地旁的山沟里发现了两具腐烂一半的尸体——一个老妇和一个男孩，带有暴力性死亡的痕迹。城里都在谈论这两具尸体和无人知晓的杀人犯的事。伊万·德密特里奇，为了不让人认为是他杀的，就在街上走动，面带微笑，可在遇到熟人时，他就脸色忽而苍白，忽而变红，然后开始断言，再没有比杀害弱小和无力自卫者更卑鄙的罪行了。但这个谎言很快就让他厌倦了，一番思索之后，他决定，以他的状况，最好的办法就是躲在女房东的地窖里。他在地窖里坐了一天，接着又是一夜一天，冻得厉害，等天色暗下来，便偷偷地像窃贼似的潜入自己的房间。他站在房间正中，一动不动倾听着，直到天亮。大清早日出之前，女房东这里来了几位炉匠。伊万·德密特里奇很清楚，他们的到来，是为了重新砌厨房里的炉子，但恐惧提示他，他们是伪装成炉匠的警察。他悄悄离开住处，被惊恐攫住，没戴帽子也没穿常礼服，就在街上跑了起来。他身后有几只狗边叫边追，后面什么地方有个农夫在喊，耳中空气呼啸，伊万·德密特里奇觉得，整个世界的暴力都在他背后积聚起来，追赶着他。

人们拦住他，把他带回家并打发女房东去叫医生。医生安德烈·叶菲梅奇（后面会说起他）开出了头上冷敷和桂樱水的方子，忧郁地摇了摇头便走了，他对女房东说，他不会再来了，因为他不该阻碍别人发疯。由于在家没办法生活和治疗，伊万·德密特里奇很快就被送进医院，放进花柳病患者的病房。他夜里不睡觉，耍性子，打搅病人，很快，按照安德烈·叶菲梅奇的指令，他被转到了第六病室。

过了一年，城里已经彻底忘了伊万·德密特里奇，他的书，被女房东堆在遮棚下的雪橇里，被男孩子们陆续拿走了。

整个世界的
暴力
都在他背后
积聚起来，

追
赶
着
他。

04

伊万·德密特里奇左边的邻居，我已经说过，是犹太人莫伊谢卡，而右边的邻居——一个长满肥肉、几乎浑圆的农夫，长着愚蠢的、完全缺乏内涵的脸。这是个不爱动、贪吃、不爱整洁的动物，早已失去了思考和感受的能力。他身上不断散发出强烈的、令人窒息的恶臭。

尼基塔为他收拾打扫，揍他的样子很可怕，抡足了劲打，毫不吝惜自己的拳头；而可怕的不是人家揍他——对此会看惯的——而是这愚钝的动物对殴打毫无反应，既不出声、不躲闪，眼睛里也没有表情，只是轻微摇晃一下，像一只沉重的大木桶。

第六病室的第五个也是最后一个居民——是个小市

民，曾经在邮政局当过分拣员，矮小、瘦削，头发淡黄，有一张和蔼但有些调皮的脸。从那双聪明、平静、看上去清澈愉快的眼睛判断，他心眼多，有某种非常重要而愉快的秘密。他的床垫下面有件东西，他不会给任何人看，不是出于害怕别人夺去或者偷走，而是出于羞怯。有时他走到窗前，转身背对着同伴，把这件东西戴在自己胸前，低着头看；如果你此时走近他，他就会难为情，从胸口扯下那件东西。不过，他的秘密也不难猜透。

"请祝贺我吧，"他经常对伊万·德密特里奇说，"我被授予斯坦尼斯拉夫二级带星勋章。二级带星只给外国人，但出于某种原因他们想为我破例。"他微笑着，困惑地耸了耸肩："瞧，实话说，我都没料到！"

"我对此毫无了解。"伊万·德密特里奇闷声相告。

"但您知道，我迟早会取得什么吗？"前分拣员继续说道，狡黠地眯起眼睛，"我必定得到瑞典的'北极星'。这种勋章，还值得忙活一阵。白十字和黑丝带。非常漂亮。"

大概，其他任何地方的生活都不像在边房那样单调。早上，病人们，除了瘫子和胖农夫，在穿堂里就着一个双耳桶洗脸，用长袍的后摆擦拭。之后，他们用锡制杯子喝茶，茶是尼基塔从主楼带过来的。每个人理应得到一杯。中午他们吃酸白菜汤和粥，傍晚吃午饭剩下的粥。两餐之间他们躺着，睡觉，望着窗外，从一个角落走到另一个角落。每天都是如此，甚至前分拣员也一直说着同样的勋章。

第六病室里很少见到新人。医生早就不接收新的疯子了，这个世界上喜好参观疯人院的人不多。每两个月理发师谢苗·拉扎里奇来一次边房。他如何给疯子们剃头，尼基塔如何帮他做这件事，以及理发师每次喝醉后微笑着出现时，病人们陷入何种混乱，我们就不说了。

除了理发师谁都不来边房探望。病人们日复一日注定看见的只有一个尼基塔。

不过，最近医院大楼传播着一个相当奇怪的流言。

有人放出流言说，似乎医生开始走访第六病室了。

05

奇怪的流言！

安德烈·叶菲梅奇·拉金医生——从某种角度看是个很了不起的人。据说，年轻的时候他笃信上帝，准备投身神职。又说，1863 年结束中学学业后，他有意进入神学院，但似乎他的父亲，一位医学博士和外科医师，刻薄地嘲笑他并断然宣布，如果他去当教士，他就不认他是自己的儿子。这件事有多真实——我不知道，但安德烈·叶菲梅奇本人一再坦承，他从来不觉得自己有志于医学和一般的专门学科。

无论怎样，结束了医学系的学业之后，他没有去当神父，笃信上帝这一点也没有显露出来。而与神职人员之间，也像一开始从医时那样，少有相像之处。

他的外表笨重、粗鲁、一副农民模样；他的脸、胡须、平贴的头发和结实笨拙的身材令人想起大路上的客栈老板，吃得过肥、无节制而又专横。脸色严峻，布满青筋，眼睛很小，鼻子是红的。高个头，宽肩膀，长着硕大的手和脚；看上去，只消一拳——就得让人断气。但他行止安静，步态谨慎，轻手轻脚。在狭窄的走廊里相遇时，他总是第一个停下来让路，不是用你所预料的低音，而是用纤细、柔和的男高音说："对不起！"他脖子上有个不大的瘤子，妨碍他穿浆洗过的硬衣领，因此他总是穿软麻布或棉布衬衣。总体而言，他不按医生的标准穿戴。同一套衣服他会穿上十年，而新衣服，通常是他在犹太人的店铺里买的，穿在他身上看来也像是有人穿过的，像旧的一样皱皱巴巴。他穿着同一件常礼服接待病人、吃饭、会客，但这并非出于悭吝，而是因为他全然不注意自己的外表。

安德烈·叶菲梅奇来这座城市接受职位的时候，"慈善机构"正处于极其可怕的状态。病房、走廊和医院的院子里因恶臭难以呼吸。医院的农民帮工、护士和他们的孩子跟病人一起睡在病房里。人们抱怨蟑螂、床虱和老鼠扰得人无法生活。在外科部门，丹毒[1]一直没有绝迹。整个医院只有两把手术刀，一支温度计也没有，浴缸里存放着土豆。管理人、女保管员和医士掠夺病人的钱，至于老医生，安德烈·叶菲梅奇的前任，人们都说他秘密售卖医院的酒精，还将护理员和女病人组成了一个后宫。城里的人们很清楚这些杂乱无章之事，甚至有所夸大，但对此却平静相待；有些人辩解说，住在医院里的只有小市民和农民，他们不会不满意，因为在家生活比在医院里差得多；总不能给他们榛鸡吃吧！另一些人则辩解，一个城市没有地方自治会[2]的帮助，就无法办成一家好医院。感谢上帝，哪怕医院再坏，也好歹算是有一个。新成立的地方自治会无论在城里还是在周边，都没有开设诊疗所，借口是，市

1　一种累及真皮浅层淋巴管的感染。

2　在沙皇帝国内部自由派的影响下，1864年亚历山大二世推行改革，颁令在省和县建立地方自治机构，拥有地方政府的权力，选举贵族担任首脑。地方自治会在教育、卫生和经济领域发挥了重大作用，倡导宪法改革，某种程度上刺激了1904—1905年和1917年的革命。

里已经有自己的医院了。

察看了医院之后，安德烈·叶菲梅奇得出结论，这家机构是不道德的，对居民的健康高度有害。依他的见解，所能做的最聪明的办法，就是把病人都放了，关闭医院。但他又说，要做到这一点仅凭他的意志是不够的，而且没有益处。如果把身体和精神的不洁从一个地方赶走，它就会转移到另一个地方；必须等待，由它自行消散。此外，如果人们开了一家医院并且容忍它，那就意味着，他们需要它。偏见和所有日常的污秽和龌龊都是必需的，因为随着时间的推移，它们会被加工成某种有用的东西，就像黑土中的粪肥一样。世上没有任何美好的东西在其本源之中没有过污秽。

接受职位后，安德烈·叶菲梅奇对待杂乱无章的状况，看上去相当漠然。他只要求医院里的农民帮工和护理员不要在病房过夜，还摆放了两个装有工具的盒子；管理人、女保管员、医士和外科的丹毒仍留在原地。

安德烈·叶菲梅奇极其喜爱智慧和诚实，可是要在自己身边建立智慧而诚实的生活，他又缺乏性格以及对自己权力的信心。下令、禁止和坚持是他完全不会的。

就好像他曾立誓永远不要提高嗓门，不使用命令式。说"交出来"或"拿过来"让他为难；当他想吃东西时，他犹豫不决地咳嗽一声，对厨娘说："可否给我上茶……"或者："可否让我吃午饭？"跟看管人说让他停止偷窃，或赶走他，或完全废除这种不必要的寄生职位——对他来说是完全力所不及的。当有人欺骗安德烈·叶菲梅奇或讨好他，或者送来一份明显蹩脚的账单签字时，他就脸红得像龙虾，感到内疚，但账单他还是会签的；当病人向他抱怨饥饿或者护理员粗鲁时，他就会窘迫不安，内疚地嘟囔着："好的，好的，我随后处理……大概，是有误会吧……"

一开始安德烈·叶菲梅奇工作非常努力。他每天从早上到午饭时接诊，做手术，甚至从事产科实践。女士们谈起他，都说他很专心，能出色地推断病症，尤其是儿童和妇女的疾病。但随着时间的流逝，事情的单调和明显的无益就让他感到厌倦了。今天接诊三十个病人，明天一瞧，拥来三十五个，后天四十个，就这样日复一日，年复一年，可城里的死亡率没有降低，病人也不停地来。从早上到午餐时为四十个就诊病人提供认真的救助，在体力上是不可能的，也就是说，这种救助在无奈之下只能是一种蒙骗了。一个会计年度接待一万两千名就诊病人，也就是说，凭简单的判断，蒙骗了一万两千人。把重症病人放在病房，按科学的规则照顾他们也不行，因为规则是有的，但科学没有。如果抛开哲学并学究式地遵循规则，像其他医生那样，那么，首先，需要清洁和通风，而不是污垢；需要健康的食物，而不是臭酸白菜做的菜汤；需要好的助手，而不是小偷。

可为什么要阻碍人们死去呢，如果死亡是每个人正常而合法的终结？就算某个商贩或官员多活上五年、十年，又能怎么样？如果我们认为医学的目的在于用药物减轻痛苦，就不由得招致一个问题：为什么要减轻痛苦？首先，人们说，痛苦会带领一个人臻于完美；其次，如果人类真的学会用药丸和滴剂来减轻痛苦，它将完全放弃宗教和哲学，迄今它不仅在它们那里找到免受一切灾祸的保护，甚至找到了幸福。普希金在死前经历了可怕的折磨，可怜的海涅好几年瘫痪卧床。让某个安德烈·叶菲梅奇或玛特里奥娜·萨维什纳生一生病有何不可呢？如果没有痛苦，他们的生活毫无内容，就会完全空虚，像阿米巴[1]的生活了。

安德烈·叶菲梅奇被这一论断所压服，他撒开两手，开始不再每天去医院了。

1　即变形虫，无固定外形的单细胞动物，多为寄生，可任意改变形体，从而运动和摄食。

06

他的生活就这样度过。通常他在早上八点起床，穿衣服、喝茶。然后他坐在自己的书房阅读或去医院。在医院里，门诊病人坐在狭窄黑暗的小走廊上，等待看病。他们近旁，皮靴叩击砖地，奔跑着帮工农民和护理员，穿行着一身长袍的瘦弱病患，被运送着的死人和装了污秽物的器具，孩子哭闹，过堂风拂动。安德烈·叶菲梅奇知道，对于寒热病、肺痨和通常易感的病患来说，这样的环境简直是受罪，但又能做什么呢？在接待室迎接他的是医士——谢尔盖·谢尔盖伊奇，一个身材矮小的胖子，一张刮过、洗得干干净净的胖脸，举止柔和，身穿一件宽松的外套，与其说是医士，不如说他更像一位枢密官。在城里他广为行医，戴一条白领带，认为自己比一个根本没有实践的医生更学识渊博。接待室的角落里，立着一个神龛中的大圣像，一盏笨重的灯，近旁是一个教堂式烛台，盖着白色的罩子。墙壁上挂着各主教的肖像，斯维亚托戈尔斯基修道院的景致和几个干矢车菊花环。谢尔盖·谢尔盖伊奇笃信宗教，喜爱壮美华丽。圣像是由他供奉摆放的。每逢星期日，接待室里就有某个病人，按他的指令，朗读赞美歌，朗读结束后，谢尔盖·谢尔盖伊奇本人就提着香炉走遍所有病房，摇炉散香。

病人很多，可时间很少，因此事情只限于简短的询问并发给某种药物，类似挥发性的软膏或蓖麻油。安德烈·叶菲梅奇坐定，用拳头撑着脸颊，沉思之后，机械地提出问题。谢尔盖·谢尔盖伊奇也坐在那儿，搓着一双小手，偶尔掺和一下。

"我们又患病又穷困，"他说，"是因为我们没有好好向仁慈的主祷告。是的！"

接诊期间安德烈·叶菲梅奇不做任何手术。他对此早已生疏了，流血的场面让他心烦难受。当他不得不扒开小孩子的嘴巴瞧--瞧喉咙时，孩子叫喊着用小手抵挡，传入耳朵的噪声让他头晕，泪水涌上眼眶。他匆忙开药，两手一摆，让女人尽快把孩子带走。

接诊时，他很快就厌倦了病人的胆怯和愚钝、谢尔盖·谢尔盖伊奇的靠近、墙上的肖像和自己提的问题，这些问题他已经一成不变地问了二十多年。接诊了五六个病人后，他离开了。剩下的就由医士单独接待了。

安德烈·叶菲梅奇怀着愉快的念头想到，感谢上帝，他早已不再私人行医，谁都不会打扰他。回到家中，他立刻在书房的桌边坐下，开始阅读。他读的东西很多，总是带着巨大的愉悦。他把一半的薪水花在买书上，居所的六个房间里有三个堆放书籍和旧杂志。他最喜爱历史和哲学方面的著述，医学方面他只订了《医师》，他总是从后面开始读 [1]。每次阅读不间断持续好几个小时也不让他疲倦。他读得不像伊万·德密特里奇从前那样快而急，而是缓慢、沉浸式地，经常在他喜欢或不明白的地方停下来。书籍旁边总是有一小瓶伏特加，摆着腌黄瓜或浸渍苹果，直

---

[1] 始于 1880 年的医学周报《医师》的最后几页刊载时事、医生调动、讣告和疑难病例等。

接放在呢子布上，没有碟子。每过半小时，他，眼不离书，为自己倒上一小杯伏特加喝下去，然后，也不看，便摸索到黄瓜，咬下一小块。

三点钟时他小心翼翼走到厨房门边，咳嗽一声说：

"达留什卡，可否让我吃午饭……"

一顿相当糟糕又不洁净的午饭之后，安德烈·叶菲梅奇在几个房间里走来走去，双臂交叠在胸前，思考着。钟敲四点，然后五点，他仍然走动着、思考着。时而厨房的门吱呀作响，露出达留什卡红红的、睡眼惺忪的脸。

"安德烈·叶菲梅奇，您不是该喝啤酒了吗？"她关切地问。

"不，还不到时候……"他回答，"我缓一缓，缓一缓……"

傍晚时邮政局局长米哈伊尔·阿维里亚内奇通常会来，整个城里唯有他一个人，相处起来让安德烈·叶菲梅奇不觉得难受。米哈伊尔·阿维里亚内奇曾是个非常富有的地主，在骑兵部队服过役，但他破了产，为穷困所迫于年老之际进入邮政部门。他有一副精力饱满、健康的外表，华美的灰色腮须，教养良好的举止和响亮悦耳的嗓音。他善良敏感，但脾气暴躁。每当有顾客在邮政局里提出抗议、不赞同或仅仅开始争辩时，米哈伊尔·阿维里亚内奇就脸色发紫，全身颤抖，用雷鸣般的声音喊道："住嘴！"以致邮政局早已名声在外，成了一个令人怯于造访的机构。米哈伊尔·阿维里亚内奇喜爱并尊重安德烈·叶菲梅奇，因为他有教养且精神高尚，对其他居民就傲慢待之，就像对自己的下属。

"我来了！"他说，走进安德烈·叶菲梅奇的房间，"您好，我亲爱的！恐怕我已经让您厌烦了，啊？"

"正相反，很高兴，"医生回答他，"我总是很高兴见到您。"

两位朋友们在书房的沙发上落座，好一阵都在默默地抽烟。

"达留什卡，可否给我们啤酒！"安德烈·叶菲梅奇说。

第一瓶默默地喝完了：医生——思考着，米哈伊尔·阿维里亚内奇——一副愉快、活泼的样子，就像要讲点什么非常有趣的事情。谈话总是由医生开始。

"真遗憾，"他缓慢、平静地说，摇摇头，也不瞧着对方的眼睛（他从来不瞧着眼睛），"真是深感遗憾，亲爱

32

的米哈伊尔·阿维里亚内奇，我们的城市里，完全没有人擅长和喜欢进行聪明与有趣的对谈。这对我们来说是个巨大的损失。即使知识界也无法超越庸俗，它的发展水平，我向您保证，一点也不比底层高。"

"完全正确。同意。"

"您自己知道，"医生平静、一顿一挫地继续说，"这个世界上的一切都是无趣的，无足轻重，除了人类智慧的最高精神表现。智慧在动物和人之间划出了明确的边界，暗示了后者的神性，甚至在某种程度上取代了永生不死，而永生不死本就不存在。以此为据，智慧是唯一可能的快乐来源。我们看不见也听不到我们周围有智慧——就是说，我们被剥夺了快乐。诚然，我们有书籍，但这跟现场对话和交流完全不同。如果容我做一个不完全恰当的比较，那么书籍——是乐谱，而谈话——就是歌唱。"

"完全正确。"

一阵沉默。从厨房里走出了达留什卡，一副呆板的忧伤表情，用小拳头撑着脸，停在门口想听一听。

"唉！"米哈伊尔·阿维里亚内奇叹了口气，"您竟然想从现在的人那儿看到智慧！"

于是他说起先前的日子多么健康、愉快、有趣，俄罗斯的知识界多聪明以及它把荣誉和友谊的概念摆得多高。借钱出去不要票据，认为不伸出援手给需要的同伴是耻辱。有过多么好的远征、冒险、交火，多么好的同志，多么好的女人！而高加索——多么令人惊奇的地方！一位营指挥官的妻子，挺奇怪的女人，穿了军官的衣服，每到晚上就去山上，一个人，没有向导。据说，在山村里她跟某位小公爵有了恋情。

"圣母啊，妈妈呀……"达留什卡叹息着。

"就那么喝！那么吃！全都是那么无所顾忌的自由主义者！"

安德烈·叶菲梅奇听着，又没听见。他在想着什么，不时喝一口啤酒。

"我经常梦见聪明的人并与他们交谈，"他突然说道，打断米哈伊尔·阿维里亚内奇，"我父亲给了我极好的教育，但在六十年代思潮[1]的影响下，他非要强迫我做医生。

1　六十年代思潮：或指 19 世纪中期的一系列围绕农村社会建制改革的思想运动，导致 1861 年沙皇废除农奴制。

在我看来，如果我那时没听从他，现在我就处在思想运动的正中心了。大概，我会成为某类教师的一员。当然，智慧也并非永恒，它是会消逝的，但您已然知道为何我对它怀有志趣。生活就是沮丧的陷阱。当一个有思想的人达到成年并走向成熟的意识，他会不由自主感到自己就像在一个没有出路的陷阱中。事实上，他是被某种意外，违背他的意志，从虚无召唤至有生命的……为什么呢？他想了解自己存在的意义和目的，但人们不跟他说，或者说些无稽之谈；他敲门——没人给他开；他面前走来了死神——这也同样违背他的意志。因此，就像在监狱里被共同的不幸所联系的人们，当他们聚在一起时，会感到轻松些，所以在生活中，当热衷分析和概括的人聚在一起，在高傲、自由的思想交流中度过时间，就不会注意到陷阱。从这个意义上说，智慧是不可替代的快乐。"

"完全正确。"

安德烈·叶菲梅奇不瞧着对方的眼睛，平静且语带停顿地继续说着聪明人和与他们交谈的事，米哈伊尔·阿维里亚内奇专注地听完并表示同意："完全正确。"

"可您不相信灵魂不死吗？"邮政局局长突然问道。

"不，尊敬的米哈伊尔·阿维里亚内奇，我不相信，也没有理由相信。"

"说实在的，我表示怀疑。然而，我有一种感觉，好像我永远不会死。哦，我心想：老家伙，该死了！可我内心里有某种微小的声音：别相信，你不会死的！……"

九点钟一过，米哈伊尔·阿维里亚内奇就离开了。在前厅穿皮大衣时，他叹着气说：

"可是，命运把我们送到怎样的荒蛮之地！最恼人的是，还得死在这里。唉！……"

07

送走朋友，安德烈·叶菲梅奇坐在桌边又开始读起来。没有一点声响扰动傍晚和之后黑夜的寂静，而时间，似乎停了下来，与读书的医生一起静止了，似乎什么都不存在，除了这本书和带绿色罩子的灯。医生那粗糙的、农民模样的脸，一点点地闪现出直面人类智慧运动时的感激与欣喜的微笑。"哦，为什么人不是永生不死呢？"他想，"为什么有脑中枢和沟回？为什么有视觉、语言、自我感觉、天才，如果这一切都注定入土，最终，与地壳一道冷却，然后千百万年、无意义也无目的地随着地球绕太阳飞奔？为了冷却而后飞奔，完全不需要把人连同其高度的、几乎是神性的智慧从虚无中抽取出来，然后，像开玩笑似的，将他变成泥土。"

是新陈代谢！但用这种永生不死的替代品来安慰自己是多么懦弱！自然界中发生的种种无意识的过程，甚至比人类的愚蠢更低级，因为在愚蠢中仍然存在意识和意志，但在种种过程中是绝对没有的。只有懦夫，面对死亡时的恐惧多于尊严，才会认为他的身体将会活在草里、石头里、蟾蜍里，以此来安慰自己……在新陈代谢中看到自己的永生不死，就像在一把昂贵的小提琴损坏变得无用之后，还预言琴盒有辉煌的未来一样奇怪。

时钟敲响，安德烈·叶菲梅奇往扶手椅背上一仰，闭起眼睛，要稍稍思考一下。偶然间，在从书里读到的良好思想的影响下，他向自己的过去和现在投去一瞥。过去令人憎恶，最好不要记起它。可现在也跟过去一样。他知道，当他的思绪随着变冷的大地围绕太阳飞奔之时，在医生公寓旁边，在一栋大楼里，人们在病痛和身体的不洁中煎熬。也许，有人没有睡觉，在与昆虫交战，有人感染丹毒或因紧缚的绷带而呻吟；也许，病人在跟护理员打牌，喝伏特加。在一个会计年度里蒙骗了一万两千人。医院里的所有事务，就像二十年前一样，建立在盗窃、争吵、诽谤、裙带关系上，在粗暴的骗人勾当上，医院照旧是一个不道德的机构，极其有害居民的健康。他知道，在第六病室，在铁栅栏里，尼基塔殴打病人，莫伊谢卡每天去城里收集施舍。

与此同时呢，他很清楚，过去二十五年里医学上发生了神奇的变化。在大学学习时，他觉得，医学很快就会遭受炼金术和形而上学的命运，可现在，当他夜里阅读时，医学触动着他并激起他内心的惊异甚至狂喜。真的，这是怎样出人意料的闪光，怎样的一场革命！多亏了抗菌剂，目前在做的手术，是伟大的皮罗戈夫 [1] 认为甚至 in spe [2] 也不可能做的。地方自治会的普通医生能决定膝关节切除术，一百次剖腹手术只有一次致死事故，而结石病被看作小事一桩，不值一提。梅毒已被彻底治愈。还有遗传

1　尼古拉·伊万诺维奇·皮罗戈夫（1810—1881），俄罗斯著名外科医生、科学家和教育家。
2　拉丁文：在未来。

理论、催眠术、巴斯德[1]和科赫[2]的发现、卫生统计学，还有我们俄罗斯的地方自治医疗呢？精神病学，以及它现在的疾病分类法，识别和治疗的方法——与原来的情况相比，简直是座厄尔布鲁士[3]了。现在不朝疯子头上淋冷水，也不给他们穿紧束衣了。人性化地养着他们，甚至像报纸上写的那样，为他们安排表演和舞会。安德烈·叶菲梅奇知道，以现在的观点和品位，像第六病室这样可憎的东西，大概只有在离铁路两百俄里的小城镇上是可能的，城镇首脑和所有地方自治会议员——都是半文盲的小市民，他们视医生如祭司，全然相信，绝无任何批评，哪怕他往病人嘴里倒熔化的锡。要是在别的地方，公众和报纸早就把这个小巴士底[4]撕扯成碎片了。

1　路易·巴斯德（1822—1895），法国微生物学家、化学家，近代微生物学的奠基人。

2　罗伯特·科赫（1843—1910），德国医生，细菌学家，被称为细菌学之父。

3　厄尔布鲁士峰，位于俄罗斯西南部与格鲁吉亚接壤处的大高加索山脉，海拔 5642 米，是欧洲的最高峰。

4　16 世纪法国囚禁政治犯的国家监狱，成为法国君主专制制度的象征，1789 年法国大革命期间被攻陷。

"可是又怎么样呢？"安德烈·叶菲梅奇问自己，睁开眼睛，"能产生什么？有抗菌剂，有科赫，有巴斯德，但事情的本质根本没有改变。发病率和死亡率还是一样。给疯子安排舞会和表演，可还是没有把他们放归自由。也就是说，一切都是胡说八道和虚幻，最好的维也纳诊所和我的医院之间，实际上，没有任何区别。"

但悲伤和类似忌妒的情绪让他不能无动于衷。这，应该归于疲劳。沉重的脑袋垂向书本，他把双手放在脸颊下方，这样软和一些，心想：

"我服务于有害的事业并从我欺骗的人那里拿薪水，我不诚实。但毕竟我自己什么都不是，我只是必要的社会之恶的一小分子：所有县里的官员都是有害的，白拿薪水……就是说，我自己的不诚实错不在我，而是时代……如果我晚生两百年，我就会有所不同。"

时钟敲响三点，他吹熄灯盏去了卧室。他不想睡。

08

两年前地方自治会变得慷慨大方，决定每年发放三百卢布，作为加强市医院医务人员的津贴，直到地方自治会医院开业，为帮助安德烈·叶菲梅奇，市里邀请了县医生叶夫根尼·费奥多雷奇·霍博托夫。这个人还很年轻——他连三十岁都不到——高个子，黑发，长着宽颧骨和小眼睛，大概他的祖先是异族人。他来到城里时，身无分文，带着不大的行李箱和一个不算好看的年轻女人，他称她是自己的厨娘。这女人还有个吃奶的婴儿。叶夫根尼·费奥多雷奇戴一顶有遮檐的制帽，穿高筒靴，冬天穿毛皮短大衣。他与医士谢尔盖·谢尔盖伊奇和财务主管交上朋友，但不知为何将其他官员称作贵族并回避他们。他整个住所里只有一本书——《1881年度维也纳诊所最新处方》。去看病人时，他总是随身带上这本手册。每天晚上，他会在俱乐部打台球，但不喜欢玩牌。他很喜欢在谈话中使用诸如"延宕""废话连篇""你就是舞风弄影"等词句。

每星期他去医院两次，巡行病房并接诊病患。医院完全缺乏抗菌剂，使用吸血罐[1]，这些让他愤怒，但新的方式方法他也没有引入，害怕会冒犯安德烈·叶菲梅奇。他认为安德烈·叶菲梅奇这位同事是个老滑头，怀疑他有很多钱，暗地里忌妒他，很乐意取代他的位置。

1　一种古老的治疗手段，在患者背部拔若干小火罐儿以治疗呼吸系统疾病。

"您为什么把我关在这里？"

"因为您病了。"

"是的，病了
可要知道几十、几百的疯子自由在外。

09

在一个春天的傍晚，3月底，地上已经没雪了，医院的花园里有椋鸟歌唱，医生把自己的朋友邮政局局长送到大门口。恰好犹太人莫伊谢卡走进院子，带着寻获物归来。他没戴帽子，赤脚穿着小套鞋，手里拿着一小袋施舍。

"给个戈比！"他转向医生，冷得直打哆嗦，微笑着。

安德烈·叶菲梅奇从不擅长拒绝，便给了他一个格里维尼克[1]。

1　十戈比的银币。

"这很不好，"看着莫伊谢卡的赤脚和通红细瘦的脚踝，他想，"全都湿了。"

于是，在一种又像怜悯、又像厌恶的情绪驱使下，他跟在犹太人后面去了边房，时而望着他的光头，时而望着脚踝。医生一进门，尼基塔从垃圾堆上跳下来，身子一挺。

"你好，尼基塔，"安德烈·叶菲梅奇温和地说，"可否给这个犹太人发一双靴子，要不他会着凉的？"

"是，大人。我会报告管理人。"

"拜托了。你要以我的名义请求他。就说，是我的请求。"

由穿堂进入病房的门开着。伊万·德密特里奇躺在床上，撑着胳膊肘欠起身子，惊惶地倾听着陌生人的声音，突然认出了医生。他浑身因愤怒而发抖，跳了起来，面色通红而凶恶，双眼凸出，跑到病房的中央。

"医生来了！"他喊道，哈哈大笑起来，"终于来了！先生们，恭喜了，医生惠赐造访我们！"他尖叫着，狂暴中显出一副病房里从未见过的模样，跺着一只脚："打死这个败类！不，打死还不够！要溺死在茅坑里！"

安德烈·叶菲梅奇听见这个，从穿堂朝病房里望了望，轻声问道："怎么回事？"

"怎么回事？"伊万·德密特里奇喊道，朝他走过来，一副威胁的样子，痉挛般地裹紧长袍。"怎么回事？小偷！"他厌恶地说道，嘴唇的动作好像想吐口水，"骗子！刽子手！"

"请安静，"安德烈·叶菲梅奇说，愧疚地微笑着，"我向您保证，我从没偷过任何东西，至于其他的，大概，您太夸大其词了。我看出您在生我的气。请您安静，如果可以的话，我请求您，平心静气地告诉我：您为什么生气？"

"您为什么把我关在这里？"

"因为您病了。"

"是的，病了。可要知道几十、几百的疯子自由在外，就因为您不学无术，无法把他们跟健康人区分开，为什么我和这些不幸的人要替所有的人待在这儿，像替罪羊那样？您、医士、管理员，还有你们医院里的所有浑蛋，在道德态度上比我们这里每个人都低得不可估量，为什么是我们被关着，而不是你们？这是何逻辑？"

"道德态度和逻辑与此无关。一切都出于偶然。关了谁进来，谁就待在这儿，没有关谁，谁就自由在外，仅此而已。至于我是医生，而您是疯子，既不存在道德，也没什么逻辑，只是一种空洞的偶然性。"

"这种胡说八道我不明白……"伊万·德密特里奇闷声说道，继而坐在自己的床上。

至于莫伊谢卡，尼基塔不好意思当着医生的面搜查他，此时他在自己床上摊开几块面包、纸片和骨头，还是冷得直打哆嗦，快速、唱歌般地说起犹太话来。大概，他想象自己开了一爿店铺。

"请放了我吧。"伊万·德密特里奇说，他的声音在颤抖。

"我不能。"

"可为什么呢？为什么？"

"因为这不在我的权力之内。您判断吧，如果我放您走，对您有什么好处呢？您走吧。您会被市民或者警察扣留，再送回来。"

"是啊，是啊，的确……"伊万·德密特里奇说，擦了擦额头，"这太可怕了！可我该怎么办呢？什么？"

伊万·德密特里奇的声音和他年轻聪明、带着怪相的脸让安德烈·叶菲梅奇很喜欢。他想爱抚这个年轻人，让他平静下来。他挨着他坐到床上，想了想，说：

"您问该怎么办？在您这种情况下最好就是——从这儿逃出去。但，很不幸，这徒劳无益。您会被扣下来。当一个社会把自己与罪犯、精神病患者和所有不合时宜的人隔离开来，它就不可战胜。您只剩下一件事：安心于一个念头，即您待在这里是必要的。"

"谁也不需要这样。"

"监狱和疯人院既然存在，就应该有人待在里面。不是您——就是我，不是我——就是另外什么人。您且等着，在遥远的将来，监狱和疯人院会结束自己的存在，那时窗子上就不会再有铁栅栏，也没有长袍子了。当然，这样的时代迟早会到来。"

伊万·德密特里奇嘲讽地笑了笑。

"您在开玩笑，"他说，眯着眼睛，"像您和您的助手尼基塔这样的先生们，跟未来没有任何干系，但您尽可相信，仁慈的大人，更好的时代会到来的！就让我粗俗地表达出来，您嘲笑吧，但新生活的黎明会放射光芒，真理会取得胜利，而且——我们的街上要大肆庆祝！我等不到了，我会死掉，但别人的后代子孙会等到的。我由衷地祝贺他们，我高兴，为他们高兴！前进吧！让上帝保佑你们，我的朋友！"

伊万·德密特里奇双眼闪亮，站起身来，向窗户伸出双手，声音中带着兴奋继续说道："我隔着这铁栅栏祝福你们！真理万岁！我高兴！"

"我找不到特别的理由高兴。"安德烈·叶菲梅奇说，伊万·德密特里奇的动作让他觉得像演戏，同时也很喜欢，"监狱和疯人院不复存在，而真理，正如您表达的那样，会取得胜利，但事物的本质不会改变，自然法则还是原来那样。人都会生病、衰老和死亡，跟现在一样。无论多辉煌壮丽的黎明照亮您的生活，最终您都会被钉入棺材，扔进坑里。"

"可长生不死呢？"

"唉，别扯了！"

"您不相信，但我相信。在陀思妥耶夫斯基还是伏尔泰的书里，有个人说，如果没有上帝，人们就会构想出他来[1]。我深信，如果没有长生不死，那么它迟早会被伟大的人类智慧发明出来。"

"说得好，"安德烈·叶菲梅奇开口道，高兴地微笑着，"您很虔诚，这是好事。有了这种信仰，即便被砌入墙内，人也可以活得悠游快乐。您大概在什么地方受过教育吧？"

"是的，我上过大学，但是没有毕业。"

"您是有头脑并耽于深思的人。任何情况下，您都能在自己身上找到安慰。进行自由而深刻的思考努力理解生活，完全蔑视世界愚蠢的虚幻——这是两种幸福，人类从来不知道还有比这更高的幸福。而您可以拥有它们，即使您住在三重铁栅栏后面。第欧根尼[2]住在一只桶里，但他比世上所有的帝王都幸福。"

"您的第欧根尼是个糊涂虫，"伊万·德密特里奇阴

1　语出伏尔泰《致有关三个老师误人子弟一书的作者》。陀思妥耶夫斯基在《卡拉马佐夫兄弟》第五卷第三章中也曾引用。

2　西诺帕（今属土耳其）的第欧根尼（约公元前412—约前323），古希腊哲学家，安提西尼的弟子，将其创立的犬儒主义发挥到了极致。

郁地说，"您跟我说什么第欧根尼，还有什么理解生活干吗？"他突然生气了，跳了起来："我爱生活，非常热爱！我有迫害妄想症，是一种不停折磨人的恐惧，但有些时刻，我被生活的渴望攫住，这时我就害怕会疯掉。我太想生活了，太想了！"

他激动地在病房走来走去，压低声音说："每当我在幻想，种种怪影就造访我。一些人来到我这儿，我听到人声、音乐声，于是我就觉得我是在某片林子里、在海边散步，我就特别想忙活、想操持……请告诉我，有什么新鲜事？"伊万·德密特里奇问道："外面怎么样？"

"您想知道城里的事，还是大体上的情况？"

"嗯，先说说城里的事吧，然后是大体上的情况。"

"怎么说呢？城里乏味无聊……没什么人能说句话，也没什么人可听的。没有新人。不过，不久前来了一位年轻的医生霍博托夫。"

"我在的时候他就来了。怎么，是个粗鄙之徒？"

"对，不是有教养的人。奇怪，您知道吗……从各方面看，我们的首都没有心智上的停滞，它有进展——就是说，那里应该还有真正的人，但不知为何每次他们从那儿派给我们的，都是不值一瞧的那种人。不幸的城市！"

"是啊，不幸的城市！"伊万·德密特里奇叹了口气，笑了起来，"可大体上怎么样？报纸和杂志上都写些什么？"

病房里已然昏暗。医生立起身，站在那儿，开始讲国外和俄罗斯都写些什么，以及现今觉察到怎样的思想趋向。伊万·德密特里奇专注地听着，提了些问题，但是突然间，他就像回想起什么可怕的事，抓着自己的头倒在床上，背对医生。

"您怎么了？"安德烈·叶菲梅奇问。

"您从我这儿再不会听到一个字！"伊万·德密特里奇粗鲁地说，"离我远点！"

"为什么啊？"

"我告诉您：走开！搞什么鬼？"

安德烈·叶菲梅奇耸了耸肩膀，叹息一声走了出去。

走过穿堂，他说：

"可否把这儿打扫一下，尼基塔……气味太重了！"

"遵命，大人。"

"多么讨人喜欢的年轻人！"安德烈·叶菲梅奇想道，

一边走向自己的寓所，"我在此居住的这么长时间里，这，好像是头一个能说说话的。他会论断推理，感兴趣的正是那些需要感兴趣的事。"

读书以及随后躺下睡觉时，他一直在想着伊万·德密特里奇。第二天早上醒来，回想起昨天结识了一个聪明而有趣的人，他便决定一有机会就再去他那儿一次。

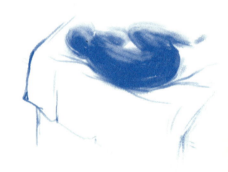

10

伊万·德密特里奇躺着，还是与昨天一样的姿势，双手抱头，蜷曲着双腿。他的脸看不到。

"您好，我的朋友，"安德烈·叶菲梅奇说，"您没睡吧？"

"首先，我不是您的朋友，"伊万·德密特里奇冲着枕头说，"其次，您白忙活：您不会从我这儿得到一个字。"

"奇怪……"安德烈·叶菲梅奇窘迫地嘟囔了一句，"昨天我们谈得那么融洽，可您不知为何突然生气了，谈话一下子中断了……也许，我表达得不太妥帖，有可能，说了与您的信念不一致的想法……"

"好，我权且相信您好了！"伊万·德密特里奇说，欠起身子，讥嘲而惊恐地望着医生，他两眼通红，"您可以去别的地方暗访和打探，在这儿您没什么好做的。昨天我就明白您为什么来了。"

"奇怪的幻想！"医生咧嘴一笑，"这么说，您认为我是密探？"

"对，我认为……是密探或者医生，我被人送到他那儿拷问——反正都一样。"

"唉，您哪，真的，请原谅……是个怪人！"

医生在床边的凳子上坐下，责备地摇了摇头。

"可要是我们假设，您是对的，"他说，"假设，我阴险地抓住您，出卖给警察。您被逮捕然后再受审。可难道在法庭和监狱您会比在这儿更糟吗？要是被永久流放甚至去服苦役，会比关在这个边房更糟吗？我认为，不会更糟……那还害怕什么呢？"

显然，这些话对伊万·德密特里奇产生了影响。他安静地坐下了。

时间已是傍晚四点多——此时，安德烈·叶菲梅奇通常在自己房间里来回踱步、达留什卡问他是否该喝啤酒了。院落里是一片平静、晴朗的天气。

"我午饭后出门散步，如您所见，这就顺路过来了，"医生说，"完全是春天了。"

"现在是什么月份？3月吗？"伊万·德密特里奇问道。

"是的，3月底。"

"院子里脏吧？"

"不，不太脏。花园里已经有小径了。"

"现在坐敞篷马车去城外什么地方转一转挺好的，"伊万·德密特里奇说，揉着他红红的眼睛，像是半梦半醒，"然后回到家里温暖、舒适的书房，再……再到一位体面的医生那里治头痛……我很久都没有像人一样生活了。这里太恶心了！恶心得难以忍受！"

昨天的兴奋过后他疲惫而萎靡，不愿说话。他的手指颤抖，凭脸色就可以看出他头痛得厉害。

"温暖、舒适的书房和这个病房之间没有任何区别，"安德烈·叶菲梅奇说，"一个人的平静和满足不在他之外，而在于他自身。"

"此话怎讲？"

"普通的人从外部预判好或者坏，也就是从敞篷马车和书房那里，而有思想的人——是从自身。"

"去吧，去希腊宣扬这种哲学吧，那里暖和，到处是酸橙的气息，可它在这儿不合时宜。我跟谁谈过第欧根尼？是跟您吗？"

"是的，昨天跟我谈过。"

"第欧根尼不需要书房和温暖的场所，那儿本来就热。只管躺在自个儿的桶里吃橙子橄榄就行。如果他在俄罗斯生活，别说在12月，就连5月都要有个房间住。否则会冷得缩成一团。"

"不。寒冷，就像任何疼痛一样，可以不去感觉。马可·奥勒留[1]说：'疼痛是有关疼痛的活的概念，即行使意志之力，改变这一概念，抛弃它，停止抱怨，痛苦也就消失了。'这是对的。智者，或者简单而言，一个有头脑、耽于深思的人，特殊之处恰恰在于鄙视痛苦。他永远满足，任何事情都不会惊讶。"

1　马可·奥勒留（121—180），罗马皇帝、斯多葛派哲学家。

"这么说，我是白痴了，因为我在受苦，不满足，惊讶人类的卑鄙行径。"

"这您就不必了。如果您经常深思，您就明白，搅扰我们的外在的一切多么微不足道。应该力求领悟生活，而这里头——有真正的幸福。"

"领悟……"伊万·德密特里奇皱起眉头。"外在，内在……请原谅，我不明白这个。我只知道，"他说着，站起身来，气愤地望着医生，"我知道，上天用热血和神经创造了我，是的，先生！至于有机组织，如果它有生命力，必定对任何刺激做出反应。我就有反应！对疼痛我用尖叫和眼泪回应，对卑鄙——用愤慨，对丑事——用厌恶。在我看来，这其实就叫作生命。有机体越低，它就越不敏感，对刺激的反应越弱；而越高，它就越易于接受，对现实的反应就越强有力。你怎么会不知道这个呢？一个医生，却不知道这点小事！为了鄙视痛苦，做到永远满足，任何事情都不惊讶，就需要达到这样的状态。"伊万·德密特里奇指着粗胖、肥肉敷身的农夫："或者用痛苦锻炼自己，直到对它失去任何敏感性，就是，换句话说，不再活着。请原谅，我既不是智者，也不是哲学

59

家。"伊万·德密特里奇恼怒地继续说："我对此一无所知。我无法做出论断。"

"相反,您论断得很出色。"

"斯多葛派,即您所模仿的,都是些很优秀的人,但他们的教义在两千年前就沉寂了,没有一点一滴的进展,也不会有进展了,因为它既不实用,也没有活力。它只在少数人那里取得了成功,那些人在钻研和品味各种教义中过完了自己的一生,可大多数人都不理解它。一种教义,宣扬漠然对待财富和生活的舒适、蔑视痛苦和死亡,对绝大多数人来说是完全无法理解的,因为这个大多数从来既不知道财富,也不知道生活的舒适;而蔑视痛苦对他而言就是蔑视生命本身,因为人的整个存在都是由饥饿、寒冷、委屈、丧失和哈姆雷特式面对死亡的恐惧等感觉组成。整个的生活就在这些感觉里:可以受它拖累,恨它,但是不能蔑视。对,所以,我再说一遍,斯多葛派的教义永远不会有未来,而日益增进的,如您所见,自亘古之初到今天,是斗争、对疼痛的敏感、对刺激反应的能力……"

伊万·德密特里奇突然间丢了思路,停下来,懊恼地揉了揉额头。

"正想说点重要的，却迷糊了，"他说，"我说什么来着？对了！我说的是，某个斯多葛派把自己卖身为奴，以便赎回他的近亲。您看，就是说，斯多葛派对刺激也有反应，因为这种为近亲而毁灭自己的豁达行为，需要激愤、富于同情的心灵。我忘掉了在监狱这儿学到的一切，否则还能记得点什么。拿基督做比方？基督回应现实的办法是，他哭泣、微笑、忧愁、愤怒甚至感怀。他不是带着微笑去迎接痛苦，也没有鄙视死亡，而是在客西马尼园里祈祷，让悲苦远离他。"

伊万·德密特里奇笑了，坐下来。

"我们假定，人的平静和满足不在他之外，而在他自身，"他说，"我们假定，需要蔑视痛苦，任何事情都不惊讶。可是您在什么基础上宣扬这个？您是智者？是哲学家？"

"不，我不是哲学家，但每个人都应该宣扬这个，因为这是合理的。"

"不，我想知道，为什么您在领悟、在蔑视痛苦和其他事情上，认为自己在行？难道您什么时候受过苦？您有痛苦的概念吗？请容我问一句：您童年挨过鞭打吗？"

"没有，我的父母厌恶体罚。"

"可我被父亲很残忍地抽打过。我父亲是个严厉、患痔疮的官吏，长鼻子，黄脖颈。不过我们还是说说您吧。您一辈子都没人用手指碰过您，没人恐吓过您，没人打过您，您健康得像头牛。您在父亲的羽翼下长大，他付钱供您读书，然后您即刻占据了高薪的闲职。二十多年来您住在不花钱的公寓，有暖气、有照明、有仆人，而且，也有权随心所欲地工作，哪怕什么都不做也行。您天生是懒惰、散漫的人，因此力求搭建好自己的生活，确保任何事情都不会烦扰您，让您挪动位置。您把事情交给医士和其他浑蛋，自己则坐在温暖和寂静之处，攒攒钱，读读书，愉悦自己的办法就是思索各种崇高的琐事以及（伊万·德密特里奇看了看医生的红鼻子）喝酒。总之，您没见过生活，完全不了解它，对现实的熟知也只是理论上的。而且您蔑视痛苦、对任何事情都不惊讶，只是出于很简单的原因：虚空的虚空，外在和内在的，蔑视生活、痛苦和死亡，领悟，真正的幸福——所有这些都是哲学，最适合俄罗斯懒汉的哲学。您看见，比如说，一个农民在殴打妻子。何必干涉呢？让他打吧，反正两个人迟早都会死掉；而打人者以殴打来侮辱的，不是被他打的人，而是他自己。醉酒是愚蠢的，不体面，但喝酒——是死，不喝酒——也是死。走来一个婆娘，牙疼……嗯，又怎么样呢？疼痛是有关疼痛的概念，再说了，没有疾病就不能在这个世界上活下去，我们全得死，所以这婆娘快走开吧，别妨碍我思考和喝伏特加。年轻人寻求建议，不知该做什么，该如何生活。在回答之前，别人会沉思，可这儿已经准备好了答案：力求领悟或力求真正的幸福。可这奇妙的'真正幸福'是什么？答案是没有的，当然。我们被关在铁栅栏里，被折磨，受虐待，但这很好，也很合理，因为这个病房和温暖、舒适的书房之间没有任何区别。真是方便的哲学：不用做什么，良心也清白，又觉得自己是个智者……不，先生，这不是哲学，不是思考，不是视野宽广，而是懒惰、是江湖骗术、头脑发昏……对！"伊万·德密特里奇又生气了，"您蔑视痛苦，可我们要是用门挤您的手指，恐怕您会扯开嗓门喊叫！"

"也许，我不会喊叫。"安德烈·叶菲梅奇温和地笑着说。

"哼，怎么不会！可如果您啪的一下瘫痪了，或者，比如说，某个傻瓜和恶棍，利用自己的地位和衔级公开侮辱您，而您知道他不会受罚，这件事不了了之——嗯，那会儿您就明白，打发别人去领悟和求得真正的幸福是怎么回事了。"

"这很有创见，"安德烈·叶菲梅奇说，高兴地笑着，搓着双手，"我对您概括的天赋深感惊羡，而您刚刚对我做出的评定，简直精彩。应该承认，跟您交谈带给我莫大的快乐。先生，我听完了您说的，现在恳请您听我说吧……"

11

这场谈话又持续了约一个小时,而且,显然给安德烈·叶菲梅奇留下了深刻的印象。他开始每天去边房。他早上和午饭后去那里,傍晚的黑暗常常撞见他在与伊万·德密特里奇交谈。一开始伊万·德密特里奇害怕见他,怀疑他怀有恶意,公开表现出不友好的态度,后来习惯了他,自己生硬的态度也变为宽容和嘲讽了。

很快,医院里流言四起,说安德烈·叶菲梅奇医生开始探访第六病室。任何人——无论是医士、尼基塔,还是护理员,都无法理解他为何去那里,为何在那儿一坐好几个小时,谈了些什么以及为什么没有开处方。他的行为显得奇怪。米哈伊尔·阿维里亚内奇经常来家里也见不到他，这在以前从未发生过，达留什卡也很窘迫，因为医生已经不在惯常的时间喝啤酒，有时候甚至午饭也耽误了。

有一次，已是6月底，霍博托夫医生来找安德烈·叶菲梅奇办点事。家里没找到他，就去院子里找。在那儿他被告知，老医生去精神病患者那里了。走进边房，在穿堂停下，霍博托夫听见了这样的谈话：

"我们永远唱不到一块儿，让我接受您的信仰也办不到，"伊万·德密特里奇愤怒地说，"对现实您完全不熟悉，您从来就没受过苦，只是，就像负泥虫，以他人的痛苦为食，可我从出生到今天一直在受苦。因此我坦率地说，我认为自己高于您，在各方面都更有资格。不该由您教导我。"

"我完全没奢望您接受我的信仰，"安德烈·叶菲梅奇说道，平静而又带着遗憾，因为别人不想理解他，"问题不在这儿，我的朋友。问题不在于您受了苦，而我没有。痛苦和快乐是短暂的。让我们放下它们，上帝保佑。问题在于，您和我都在思考。我们将彼此视为有能力思考和推理的人，这就使我们团结一致了，无论我们的观点多么不同。但愿您知道，我的朋友，我是多么厌倦普遍的疯狂、平庸、愚钝，每次怀着怎样的快乐与您交谈！您是聪明人，我欣悦于您。"

霍博托夫把门打开一俄寸[1]，朝病房望去。戴着帽子的伊万·德密特里奇和安德烈·叶菲梅奇医生并排坐在床上。疯子做了个怪相，哆嗦了一下，抽搐着扯紧长袍，医生则一动不动地坐在那儿，低着头，他脸色发红、无助、忧伤。霍博托夫耸了耸肩，笑了一声，与尼基塔交换一下眼神。尼基塔也耸了耸肩。

第二天，霍博托夫与医士一起来到边房。两人站在穿堂里偷听。

"看来，我们的老爷爷完全畏缩了！"霍博托夫说着，走出边房。

"主啊，怜悯我们这些罪人吧！"仪容华美的谢尔盖·谢尔盖伊奇叹了口气，竭力避开水洼，以免弄脏自己刷得锃亮的靴子，"实话说，亲爱的叶夫根尼·费奥多雷奇，我早已料到这种事了！"

1　旧俄度量单位，1俄寸约合4.4厘米。

12

在这之后，安德烈·叶菲梅奇开始注意到周围的某种神秘迹象。农民帮工、护理员和病人们遇到他，就探询般地瞧着他，然后低声细语。小女孩玛莎，是管理人的女儿，他喜欢在医院花园里与之相遇，现在，当他微笑着走近她，要抚摸她的小脑袋瓜时，她不知为何跑开了。邮政局局长米哈伊尔·阿维里亚内奇听他说话，已经不再说"完全正确"，而是带着莫名其妙的尴尬嘟囔着："是的，是的，是的……"若有所思而又忧伤地看着他。不知为何他开始建议自己的朋友别再喝伏特加和啤酒，但这件事，作为一个细致有礼之人，他并没有直说，而是通过暗示，时而说起一位营指挥官，一个很好的人，时而又说一个团里的神父，一个不错的小伙子，他们喝酒生了病，但不再喝酒就完全康复了。有两三次，同事霍博托夫来见安德烈·叶菲梅奇，他也建议不要喝酒精饮料，而且没有任何明显理由地建议他服用溴化钾 [1]。

8 月里，安德烈·叶菲梅奇收到了市首脑的信，请他去商讨一件非常重要的事。在指定的时间，安德烈·叶菲梅奇来到参议会，在那儿遇见了军事指挥官、县立学校的在职督学、参议会委员、霍博托夫以及某个粗胖、浅色头发的先生，据介绍是位医生。这医生有个很难发音的波兰姓氏，住在离城市三十俄里的种马场，现在是顺路来城里。

"这是有关您部门的一份声明，先生，"参议会委员在人们互致问候并在桌旁坐下后，对安德烈·叶菲梅奇说，"叶夫根尼·费奥多雷奇说，主楼里的药房很狭小，应该把它转移到一个边房去。这件事，当然，没什么，转移可以，但主要的原因是，边房需要整修。"

1　医药上用作神经镇静剂。

"是的，不整修不行，"安德烈·叶菲梅奇想了想，说，"如果，比方说，拐角的边房用作药房，那么这件事，我认为，需要 minimum[1] 五百卢布。支出是非生产性的。"

人们沉默了一会儿。

"我已经在十年前递了报告，"安德烈·叶菲梅奇继续低声说，"认为这座医院以其当前的面貌对城市来说是无法负担的奢侈品。它于40年代建成，但那时的资财不同。城市把钱过多花费在不必要的建设和多余的职位上。我认为，在别的制度下，这笔钱都能维持两家示范医院了。"

"那就请设定别的制度吧！"参议会委员活跃地说。

"我已经递了报告：将医疗部门转到地方自治会的管辖范围。"

"对，把钱转给地方自治会吧，可它会偷掉。"浅色头发的医生笑了起来。

"通常是这样的。"参议会委员表示赞同，也笑了起来。

1　拉丁语：至少。

安德烈·叶菲梅奇消沉而阴郁地看了看浅色头发的医生，说："应该做到公平合理。"

又是一阵沉默。茶端来了。军事指挥官不知为何非常困窘，隔着桌子碰了碰安德烈·叶菲梅奇的手说：

"您完全把我们忘了，医生。不过，您是修道士：纸牌您不打，女人您也不爱。跟我们在一起让您觉得无聊。"

人们开始说起一个正派的人住在这个城市有多么无聊。没有戏剧，没有音乐会，俱乐部里最近一场舞会大约有二十位女士，只有两位男舞伴。年轻人不跳舞，总是挤在小卖部周围或者玩牌。安德烈·叶菲梅奇声音缓慢而沉静，不看任何人，开始说起市民们把自己的生命力、心和智慧耗费在纸牌和流言蜚语上，不会也不想把时间花在有趣的谈话和阅读上，不想享受智慧所给予的乐趣，这是多么遗憾，多么深切的遗憾啊。只有智慧是有趣和非凡的，其余一切都是渺小和低劣的。霍博托夫在认真地听自己同事的话，他突然问道：

"安德烈·叶菲梅奇，今天是几号？"

得到回答后，他和浅色头发的医生用主考人的语气，自觉笨拙地开始问安德烈·叶菲梅奇今天是什么日子，一年里有多少天，以及第六病室是否真的住着一位了不起的先知。

回答最后一个问题时安德烈·叶菲梅奇脸红了，说：

"是的，是个病人，不过是个有趣的年轻人。"

他们没再问他任何问题。

他在前厅穿大衣的时候，军事指挥官把手放在他的肩膀上，叹了口气说：

"我们这些老头子，该休息了！"

离开参议会，安德烈·叶菲梅奇才明白，这是一个被指定检查他心智能力的委员会。他回想起给他提的那些问题，脸红了，不知为何有生以来他第一次苦涩地为医学而遗憾。

"我的天啊，"他想，回忆起医生们刚才怎样考察他，"看来他们最近听过精神病学讲课，参加了考试——可这十足的无知又是从何而来？他们对精神病学毫无概念！"

有生以来他第一次感到屈辱和愤怒。

就在同一天晚上，米哈伊尔·阿维里亚内奇来见他。这位邮政局局长也不问好，走到他跟前，拉起他的两只手，用激动的声音说：

"我亲爱的，我的朋友，请向我证明，您相信我真诚的态度，把我认作自己的朋友……我的朋友！"接着，他不让安德烈·叶菲梅奇说话，继续激动地说，"我爱您，因为您的教养和心灵的高贵。听我说，我亲爱的。科学规则迫使医生向您隐瞒真相，但我以军人的方式剖开真相：您生病了！对不起，亲爱的，但这是真的，这一点周围所有的人早就注意到了。现在叶夫根尼·费奥多雷奇医生说，为了您的健康您需要休息和消遣。完全正确！好极了！这几天我要休假，外出闻一闻别处的空气。请证明您是我的朋友吧，我们一起去！我们去吧，重拾往昔。"

"我感觉自己完全健康，"安德烈·叶菲梅奇想了想说，"我不能去。请容我用其他方式向您证明我的友谊吧。"

外出去某个地方，不明所以，没有书，没有达留什卡，没有啤酒，陡然破坏二十年来确立的生活秩序——这种想法一开始让他觉得荒唐而又离奇。但他回想起参议会里的谈话，还有他从参议会回家时经历的沉重心情，于是，短暂离开城市，离开愚蠢之人认为他疯了的地方，这一念头在朝他微笑。

"那您到底打算去哪里呢？"他问。

"去莫斯科，去彼得堡，去华沙……我在华沙度过了我一生中最快乐的五年。真是令人惊异的城市！我们去吧，我亲爱的！"

13

一星期后，医院建议安德烈·叶菲梅奇休息，亦即提出辞职，对此他漠然处之。又过了一个星期，他和米哈伊尔·阿维里亚内奇已经坐上了邮政四轮马车，前往最近的火车站。气候凉爽、晴朗，有蓝天，远处一片澄明。到车站的两百俄里走了两昼夜，在路上有两次歇宿。在驿站里，要是端来洗得不干净的茶杯或套马时间太久，米哈伊尔·阿维里亚内奇就一脸紫红，浑身颤抖，大喊："闭嘴！不许争辩！"可坐上四轮马车时，他一分钟也不停歇，讲起自己在高加索和波兰王国的旅行。有过多少次历险，又有过怎样的相逢！他高声说话，同时做出那样吃惊的眼色，简直有可能让人觉得他在撒谎。此外，讲述中，他朝安德烈·叶菲梅奇的脸上呼气，冲着他耳朵哈哈大笑。这让医生感到难为情，妨碍他思考和集中注意力。

出于经济考虑，他们走铁路坐了三等座，是在一个不吸烟的车厢。一干人中半数是上等人。米哈伊尔·阿维里亚内奇很快就跟所有的人彼此结识，从一条长凳走到另一条长凳，高声说不该在如此令人愤慨的铁路上旅行。完全是欺诈！骑马就是另一回事了：一天就甩出去一百俄里，然后还觉得自己又健康又舒畅。我们这儿没收成是因为排干了平斯克沼泽。到处是可怕的混乱。他一时兴起，高声说话又不让别人说。这种没完没了的废话穿插着哈哈大笑和富有表现力的手势，令安德烈·叶菲梅奇疲惫不堪。

"我们两个人中谁是疯子？"他懊丧地想，"是我，这个尽量不打扰乘客的人，还是这个利己主义者，自以为比所有人更聪明、更有趣，因此不让任何人安宁？"

在莫斯科，米哈伊尔·阿维里亚内奇穿没有肩带的军礼服和红色绲边的马裤。在街上，他戴军帽穿大衣，士兵们向他敬礼。安德烈·叶菲梅奇现在觉得，这个人，把他曾有过的所有老爷做派中的好东西全都挥霍掉了，只留下一些坏的。他喜爱别人为他效劳，即使这是完全不必要的。火柴摆在他面前的桌子上，他也看见了，却要喊仆人把火柴递给他；女清扫工在场，他只穿内衣无拘无束地走来走去；对所有仆役，甚至老人，都不加选择地说"你"，生气时就称他们笨蛋和傻瓜。这在安德烈·叶菲梅奇看来是老爷做派，但很卑劣。

首先，米哈伊尔·阿维里亚内奇带他的朋友去看伊维尔斯卡娅圣像[1]。他热诚地祈祷，流着眼泪深躬及地，做完之后，深深地叹了口气说：

"就算不信，可祈祷的时候怎么也会觉得平静一些。请吻一下吧，亲爱的。"

安德烈·叶菲梅奇感到难为情，贴吻了圣像，米哈伊尔·阿维里亚内奇探出嘴唇，摇着头，低声祈祷，他眼里再次涌上泪水。其后他们去了克里姆林宫，看了看那里的炮王和钟王，甚至用手指触摸了它们，欣赏了莫斯科河

1　伊维尔斯卡娅圣像的原型据信为路加所绘，于9世纪在格鲁吉亚的伊维里亚发现，故称伊维尔斯卡娅圣母像。最早的俄罗斯副本可追溯到1648年。契诃夫时代，圣像存放在红场入口处伊维尔斯基大门中专设的小礼拜堂内。

畔区的景色，参观了救世主教堂和鲁缅采夫博物馆[1]。他们在捷斯托夫饭店吃了午饭。米哈伊尔·阿维里亚内奇看了菜单很久，捋着腮须，用习惯于把餐馆当自家的美食家的语气说：

"让我们看看您今天给我们吃了什么，天使！"

---

1 鲁缅采夫博物馆是俄罗斯第一个公共博物馆，位于帕什科夫故居，1862 年开放，展出各种文物藏品和书籍。1917 年革命后该故居成为列宁国家图书馆的一部分。

14

医生走路、观看、吃了、喝了，但他只有一个感觉：对米哈伊尔·阿维里亚内奇的懊恼。他想休息一下，躲开朋友，远离他，藏起来，而朋友则认为有责任不让他离开自己一步，尽可能让他得到更多消遣。没什么可看的时候，他就用闲聊让他开心。安德烈·叶菲梅奇忍了两天，但到第三天，他就向朋友宣告他病了，想整天在家里待着。朋友说，既然这样他也留下。实际上是该休息休息，否则腿脚就撑不住了。安德烈·叶菲梅奇躺在沙发上，脸对着靠背，咬牙听着朋友的话，对方热切地向他保证，法国迟早一定会击溃德国，莫斯科有很多骗子，凭马的外表无法判断它的优劣。医生开始耳鸣和心悸，但出于礼貌又拿不定主意请朋友离开或者住口。幸运的是，米哈伊尔·阿维里亚内奇在房间里坐着心烦，午饭后他就去散步了。

一个人留下，安德烈·叶菲梅奇才沉浸在休息中。一动不动躺在沙发上，意识到房间里只有你一个人，这多好啊！没有独处就不可能有真正的幸福。堕落天使背叛了上帝，大概是因为想要孤独，这是天使们所不知道的。安德烈·叶菲梅奇想思考一下他最近几天的所见所闻，但米哈伊尔·阿维里亚内奇并没有离开他的脑际。

"可毕竟他告假跟我出来了，出于友情和慷慨，"医生懊恼地想，"没有什么比这种友情的照管更糟糕了。毕竟，看起来，又善良，又慷慨，快活乐天，可是无聊。难以忍受的无聊。偏偏有这么一些人，总是只说聪明的好话，可你觉得他们都是愚笨之人。"

接下来的几天，安德烈·叶菲梅奇自称病了，没出过房间。他面朝沙发靠背躺着，当朋友闲聊想让他开心时，他受着折磨，当朋友不在时，他才休息。他恼恨自己这次出行，也恼恨朋友一天天变得更爱闲扯，更加放肆。他无论如何都无法将自己的思绪调到严肃、崇高的调子上。

"这是伊万·德密特里奇所说的那个现实困扰着我，"他想，生气自己的气量小，"不过，都是胡扯……我一回到家里，一切都会像以前那样……"

在彼得堡他也是如此：整天不离开房间，躺在沙发上，起来也只是为了喝啤酒。

米哈伊尔·阿维里亚内奇一直急于去华沙。

"我亲爱的，我去那儿干什么？"安德烈·叶菲梅奇用恳求的声音说，"您一个人去吧，请让我回家吧！求您了！"

"无论如何都不行！"米哈伊尔·阿维里亚内奇抗议道，"这是个了不起的城市。在那儿我度过了一生中最快乐的五年！"

安德烈·叶菲梅奇缺乏坚持己见的性格，他横下心去了华沙。在那里他不出房间，躺在沙发上，对自己、对朋友、对顽固地表示听不懂俄语的仆役发脾气，而米哈伊尔·阿维里亚内奇，像往常一样，健康、活泼、愉快，从早到晚在城里溜达，寻找自己的老熟人。有几次他没有回家过夜。不知在何处住了一宿之后，他一大早回到家，处于极其兴奋的状态，红着脸，头发蓬乱。他久久地从一个角落踱到另一个角落，喃喃自语，随后停住脚步，说：

"名誉高于一切！"

又踱了一阵儿，他抓着脑袋，用悲惨的声音说道：

"对，名誉高于一切！那一刻真该受到诅咒，让我第一次有了来这个巴比伦[1]的念头！我亲爱的。"他转向医生又说："鄙视我吧：我输了！请给我五百卢布！"

安德烈·叶菲梅奇数出五百卢布默默交给朋友。对方仍羞愧、愤怒得一脸紫红，毫不连贯地发了不必要的誓，戴上帽子出去了。两小时后回来，他倒在扶手椅上，大声叹了口气说：

"名誉保住了！我们走吧，我的朋友！我不想在这个该死的城市再待一分钟。这些骗子！奥地利的密探！"

两位朋友回到自己的城市时，已经是 11 月了，街上覆着深深的积雪。安德烈·叶菲梅奇的职位被霍博托夫医生占据。他仍住在旧寓所，等着安德烈·叶菲梅奇回来清理医院的公寓。那个不好看的女人，被他称作厨娘的，已经住在一栋边房里了。

1　巴比伦，比喻充满诱惑的大都市。

城里传播着医院的新流言。据说，那个不好看的女人和管理人吵了架，后者好像还跪在了她面前，请求宽恕。

抵达后的第一天，安德烈·叶菲梅奇就不得不为自己寻找住处。

"我的朋友，"邮政局局长怯生生地说，"请原谅这个唐突的问题：您有多少资财可以支配？"

安德烈·叶菲梅奇默默查算了自己的钱，说：

"八十六卢布。"

"我不是问这个，"米哈伊尔·阿维里亚内奇没明白医生的话，困窘地说道，"我问的是，您总共有多少资财？"

"我这不是在告诉您嘛：八十六卢布……此外我什么也没有了。"

米哈伊尔·阿维里亚内奇认为医生是一个诚实而高尚的人，但仍然怀疑他至少有两万的资本。现在，得知安德烈·叶菲梅奇一贫如洗，无法维持生计，他不知为何突然哭了起来，抱住了自己的朋友。

偏偏有这么一些人，

可你觉得他们都是愚笨之人。

总是只说聪明的好话，

15

安德烈·叶菲梅奇住在小市民别洛娃的有三扇窗的小房子里。这小房子不算厨房，只有三个房间。其中两个有窗户朝向街道，由医生占着，第三个房间和厨房里住着达留什卡和带三个孩子的女房东。有时候情人来女房东这里过夜，这个醉醺醺的农夫常在夜里吵闹，弄得几个孩子和达留什卡惊恐不已。他一来，在厨房里坐下，就开始要伏特加，这时所有的人都觉得拥挤不堪，医生出于怜悯把哭着的孩子带到自己身边，将他们安顿在地板上，这给了他极大的乐趣。

他仍旧在八点钟起床，茶后坐下来阅读自己的旧书和杂志。他已经没钱买新的了。也许是因为书都是旧的，或者，有可能，因为境况生变，阅读已不再深深攫住他，而是让他疲惫。为了不虚度时光、游手好闲，他给自己的书籍编制详细的目录，并在书脊上贴了标签，在他看来，这种机械、劳神的工作似乎比阅读更有趣。单调劳神的工作以某种令人不解的方式哄住了他的思想，他什么都不考虑，时间过得很快，甚至坐在厨房跟达留什卡削土豆或从荞麦里挑碎屑也让他觉得有趣。逢星期六和星期天他去教堂。站在墙边闭起眼睛，他听着歌声，想到父亲、母亲、大学、宗教信仰；他内心平静、忧郁，随后，离开教堂时，他惋惜礼拜这样快就结束了。

他两次去医院伊万·德密特里奇那里，要跟他说说话。但两次伊万·德密特里奇都异常激动和凶恶。他请求医生别来烦他，因为他早就厌倦了空洞的闲聊，还说，他为自己所受的所有痛苦请求该死的、卑鄙的人们给他一种奖励——单独监禁。难道连这一点他们都拒不给他吗？当安德烈·叶菲梅奇两次向他道别并祝他一夜平安时，他咆哮起来，说：

"见鬼去吧！"

安德烈·叶菲梅奇现在不知道自己该不该第三次去

见他。但他想去。

先前在午后的时间里，安德烈·叶菲梅奇在各房间踱步、思考，但现在他从午饭到晚茶时都面对靠背躺在沙发上，沉湎于他无法克制的琐屑思绪。令他懊恼的是，他供职二十多年，可既没给他养老金，也没有一次性的津贴。诚然，他工作做得并不诚实，可毕竟所有职员都毫无差别地领取养老金，无论他们是否诚实。现代的公正性恰恰在于这样一个事实，即衔级、勋章和养老金不授予道德品质和能力，一概供职就行，无论工作做得怎么样。可为什么他是唯一的例外？他完全没钱了。经过店铺时，他连看一眼女店主都觉得羞愧，欠的啤酒钱已达三十二卢布。他也欠着小市民别洛娃的钱。达留什卡悄悄卖掉旧衣服和书籍，对女房东谎称医生不久就会收到很多钱。

他生自己的气，只为在旅行上花掉了他积攒的一千卢布。如今这一千卢布能派多大用场啊！他恼火别人不给他安宁。霍博托夫认为自己有义务偶尔探望生病的同事。他身上的一切都让安德烈·叶菲梅奇厌恶：餍足的脸，恶劣、居高临下的腔调，以及"同事"这个词，还有高筒靴。最令人厌恶的是，他认为自己有责任治好安德烈·叶菲梅奇，也觉得他真的在治疗。每次到访他都会带一小瓶溴化钾和大黄丸剂。

米哈伊尔·阿维里亚内奇也认为自己有义务探望朋友并为他解闷。每次他都装出一副潇洒随便的样子走进安德烈·叶菲梅奇的房间，勉强哈哈大笑，开始向他保证今天他看上去好极了，感谢上帝，事情正在好转，而由此能够得出结论，他认为这位朋友的情况毫无希望了。他还没有还清华沙的欠债，为极度的羞愧所累，很紧张，因此竭力哈哈笑得更响亮，讲得更好笑。现在他的笑话和故事好像讲不完似的，这无论对安德烈·叶菲梅奇还是对他本人来讲，都是痛苦的。

有他在场，安德烈·叶菲梅奇通常面对墙壁，躺在沙发上听着，咬紧牙关。他的心灵落上一层层沉渣，每次朋友来访后他都觉得这沉渣变得更高，好像就要堆到喉咙了。

为了压服琐屑的情绪，他就急忙去想他自己、霍博托夫、米哈伊尔·阿维里亚内奇迟早会死，甚至不会在大自然中留下印记。如果想象一百万年后，某种魂灵从太空中飞过地球，那么他只会看到黏土和光秃秃的悬崖。一切——无论是文化还是道德法则——都会消失，甚至连牛蒡都长不出来。在店主面前的羞愧、微不足道的霍博托夫、米哈伊尔·阿维里亚内奇令人难受的友谊，这些又有什么意义呢？这一切都是无稽之谈和琐碎小事。

但这种推断已经帮不上忙了。他刚一想象经过百万年的地球，光秃秃的悬崖后面就出现了穿高筒靴的霍博托夫或紧张地哈哈大笑的米哈伊尔·阿维里亚内奇，甚至还听到羞怯的低语："至于华沙的欠债，亲爱的，这几天我就还……一定的。"

16

有一次午后，米哈伊尔·阿维里亚内奇又来了，当时安德烈·叶菲梅奇正躺在沙发上。碰巧的是，这时候霍博托夫也带着溴化钾出现了。安德烈·叶菲梅奇艰难地欠身坐起来，双手撑着沙发。

"可是今天，我亲爱的，"米哈伊尔·阿维里亚内奇开口道，"您的脸色就比昨天好多了。不错，您是好样的！当真，好样的！"

"到时候了，也该好起来了，同事，"霍博托夫说，打着哈欠，"恐怕您自己也厌倦了这样拖泥带水。"

"我们都好起来！"米哈伊尔·阿维里亚内奇高兴地说，"还要再活一百年！就是嘛！"

"不管一百不一百，二十年是足足的，"霍博托夫安慰道，"没什么，没什么，同事，别气馁……您就是舞风弄影。"

"我们还得显摆自己呢！"米哈伊尔·阿维里亚内奇哈哈笑起来，拍了拍朋友的膝盖，"我们还得显摆一番！明年夏天，上帝保佑，我们要挥师高加索，骑马到处转个遍——驾！驾！驾！等从高加索回来，瞧，说不定，还要去婚礼上找乐子呢。"米哈伊尔·阿维里亚内奇狡黠地眨了眨眼睛："我们要给您娶亲，我亲爱的朋友……给您娶亲……"

安德烈·叶菲梅奇突然觉得沉渣快到喉咙了，他的心跳得厉害。

"这太俗气了！"他说，快速起身退到窗边，"难道你们不明白，你们说的话很粗俗吗？"他想温和有礼地继续说下去，可又违拗了意志，突然握紧两只拳头举过头顶。

"离我远点！"他喊道，声音都变了，紫红着脸浑身颤抖，"滚！两个都滚，都滚！"

米哈伊尔·阿维里亚内奇和霍博托夫站起来，先是莫名其妙，随后恐惧地盯着他。

"两个都滚！"安德烈·叶菲梅奇继续喊，"愚钝之人！蠢笨之人！我既不需要友谊，也不需要你的药，愚蠢的人！粗俗！可恶！"

霍博托夫和米哈伊尔·阿维里亚内奇茫然地交换一下眼色，退到门口，走进穿堂。安德烈·叶菲梅奇抓起溴化钾的小瓶子，朝他们身后扔过去，小瓶子啪的一声在门槛上摔碎了。

"都滚一边去！"他用哭腔喊了一声，跑进穿堂，"见鬼去吧！"

客人离开后，安德烈·叶菲梅奇颤抖着，像发了寒热一般，躺在沙发上，一直在重复说：

"愚钝之人！蠢笨之人！"

当他平静下来，首先出现在脑海里的念头是，可怜的米哈伊尔·阿维里亚内奇，现在应该心里非常惭愧和难过，而这一切太可怕了。以前从未发生过这种事情。哪里有智慧和分寸感？哪里有对事物的醒觉和明哲的冷静呢？

医生整夜因羞耻和对自己的懊恼而无法入睡。早上，十点钟左右，他便动身去邮政局，向邮政局局长道歉。

"我们就别回想过去的事了。"受触动的米哈伊尔·阿维里亚内奇叹了口气说，紧紧握着他的手。"旧事重提者，眼珠不保。柳巴甫金！"他突然喊道，声音之大，让所有邮政局员工和顾客打了个哆嗦。"拿把椅子来。你先等着！"他朝隔着栅子递给他一封挂号信的女人喊道，"难道没看见我正忙着？我们就别回想旧事了，"他继续温和地说，转向安德烈·叶菲梅奇："请坐吧，我谦卑地请求您，我亲爱的。"

他沉默了片刻，抚摸着自己的膝盖，然后说：

"我连想都没想过会生您的气。疾病可不是谁的兄弟，我明白。昨天您的发作把我跟医生吓坏了，我们好长时间都在谈论您。我亲爱的，怎么您就不想认真应付您的病呢？难道可以这样吗？请原谅我出于友情的坦率。"他开始低声说："您生活在最为不利的环境里：拥挤、不洁净。您又缺乏照料，没钱治病……我亲爱的朋友，我和医生衷心地恳求您，听我们的建议：去住院吧！那里食物健康，有人照料，也有治疗。叶夫根尼·费奥多雷奇尽管不算体面，这话只是咱们之间说说，但他学识渊博，完全可以依靠他。他向我承诺他会照料您。"

安德烈·叶菲梅奇被真诚的同情和突然闪现在邮政

局局长脸颊上的泪水感动了。

"敬爱的朋友，别相信！"他开始低声说，一只手放在心口，"别相信！这是骗局！我唯一的病在于，二十年来我在整个城市只找到一个聪明人，这人还是个疯子。我什么病都没有，只是我落入一个圈套，出不来了。我无所谓，我什么都准备好了。"

"去住院吧，我亲爱的。"

"我无所谓，哪怕待在监狱里。"

"请您保证，亲爱的，您一切都要听从叶夫根尼·费奥多雷奇。"

"好吧，我保证。不过，我再说一遍，敬爱的朋友，我落入了一个圈套。现在一切，甚至我朋友们的真诚同情，都趋向于一点——我的毁灭。我要毁灭了，我也有勇气意识到这一点。"

"亲爱的，您会康复的。"

"何必说这个呢？"安德烈·叶菲梅奇气愤地说，"很少有人在生命尽头不经历我现在这种事。当您被告知，您有肾不好和心脏增大之类的毛病，您开始接受治疗，或者告知您是疯子，是罪犯。就是说，总而言之，当别人突然

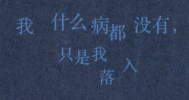

我　什么病都　没有，
　只是我　入
　　落
一个　圈套，
　　出
　　不
　　来
　　了

转而关注您，那您就知道自己落入了一个圈套，您已经走不出来了。您竭力走出去，可更加迷失了。请投降吧，因为任何人类的力量都拯救不了您。我觉得就是这样。"

这时候，格栅边挤满了人。安德烈·叶菲梅奇为了不碍事，便起身告辞。米哈伊尔·阿维里亚内奇再次要他做了保证，送他到大门口。

就在这天，傍晚之前，安德烈·叶菲梅奇那里意外出现了霍博托夫，穿着毛皮短大衣和高筒靴，说话的腔调就仿佛昨天什么都没发生过：

"我是因事来见您的，同事。我来邀请您：不想跟我一起去参加会诊吗，啊？"

考虑到霍博托夫是想通过散步为他解闷，或者，其实是想让他赚些钱，安德烈·叶菲梅奇便穿上衣服跟他出去了。他很高兴有机会弥补昨天的过错，相互和解，心里感激霍博托夫，对方甚至都没提及昨天的事，而且，显然宽恕了他。很难料到这个没文化的人竟如此周到细致。

"您的病人在哪儿？"安德烈·叶菲梅奇问道。

"在医院。我早就想让您看看了……是个有趣的病例。"

进入医院的院子，绕过主楼，他们去了安置疯子们的边房。这一切不知为何都是默默的。当他们走进边房，尼基塔，像往常一样，跳起来站直身子。

"有个人肺部出现了并发症，"霍博托夫一边压低声音说，一边与安德烈·叶菲梅奇走进病房，"您在这儿等一下，我马上来。只是去拿个听诊器。"

他走了出去。

17

已是黄昏。伊万·德密特里奇躺在床上，脸埋在枕头里。瘫痪病人一动不动地坐着，轻声哭泣，嘴唇微颤。胖农夫和前分拣员都睡着了。一片寂静。

安德烈·叶菲梅奇坐在伊万·德密特里奇的床上等着。但半小时过去了，取代霍博托夫的，是走进病房的尼基塔，两手抱着长袍、不知是谁的内衣和鞋子。

"请您穿上吧，大人。"他轻声说。"这是您的床铺，请来这边。"他补充道，指着一张空的、显然是不久前才搬来的床，"没什么，上帝保佑，您会康复的。"

安德烈·叶菲梅奇一切都明白了。他，一句话也没说，走到尼基塔指着的床边，坐下了。看到尼基塔站在那儿等着，他脱光了衣服，便感到羞愧。然后他穿上病号服，衬裤很短，衬衫很长，长袍散发出熏鱼的气味。

"您会康复的，上帝保佑。"尼基塔重复道。

他把安德烈·叶菲梅奇的衣服拢成一抱，走了出去，随手关上门。

"反正都一样……"安德烈·叶菲梅奇想，害羞地裹紧长袍，觉得穿这身新衣服让他像个囚犯，"反正都一样……都一样，什么燕尾服，什么制服，还有这件长袍……"

可是怀表呢？还有笔记本，在侧面口袋里的？香烟呢？尼基塔把衣服拿哪儿去了？现在，也许一直到死，他都不需要穿外裤、坎肩和靴子了。这一切最初显得有些奇怪甚至难以理解。安德烈·叶菲梅奇现在仍然确信，小市民别洛娃的房子和第六病室之间没有任何区别，这个世界上的一切都是无稽之谈和虚幻，但与此同时，他双手打战，腿脚发冷，一想到伊万·德密特里奇很快会起来，瞧见他穿着长袍，他就觉得可怕。他站起来，走了走，再次坐下。

就这样他坐了半小时，一个小时，他觉得厌倦愁烦；难道这里真能住一天，一星期，甚至像这些人那样住好几年吗？就这样，他坐一阵儿，走一走再坐下。可以走过去看看窗外，再次从一个角落走到另一个角落。可然后呢？就这样一直像个木头人似的坐着，思考吗？不，这几乎是不可能的。

安德烈·叶菲梅奇躺下，但立刻又站起来，用袖子擦去额头上的冷汗，感到整个脸上都散发着熏鱼的气味。他再次来回走动。

"这是某种误解……"他说道，困惑地摊开双手，"我应该解释清楚，这里有误解……"

这时伊万·德密特里奇醒了。他坐起来，用两只拳头撑着脸颊。唾了一口。然后他懒洋洋地看了医生一眼，看上去，一开始什么都没明白；但很快，他惺忪的面孔变得凶恶和嘲讽。

"啊哈，也把您关到这儿来了，亲爱的！"他用嘶哑的声音说道，眯起一只眼睛，"我很高兴。那会儿您喝了别人的血，现在他们要喝您的了。好极了！"

"这是某种误解……"安德烈·叶菲梅奇说道，被伊万·德密特里奇的话吓坏了，他耸了耸肩，重复说，"某种误解……"

伊万·德密特里奇又唾了一口，躺下了。

"可恶的生活!"他嘟囔一声,"让人苦涩和屈辱的是,这生活不是以所受苦难的奖赏结束,不是以歌剧那种壮观的尾声,而是以死亡结束。会来几个农民,抓着死人的胳膊腿拖到地下室。呸!唉,也没什么……不过另一个世界会有我们的节庆日……我要从那个世界化成鬼魂来这儿现身,吓唬这些败类。我要让他们头发吓得变白。"

莫伊谢卡回来了,看见医生,伸出一只手。

"给个戈比吧!"他说。

18

安德烈·叶菲梅奇走到窗前，看了看田野。天色已经变暗，地平线的右侧升起一轮冰冷的紫红色月亮。离医院的围栏不远，不超过一百俄丈[1]的地方，矗立着一座高大的白房子，四周围着一堵石墙。这是座监狱。

"这就是现实！"安德烈·叶菲梅奇想，于是他感到可怕。

可怕的有月亮，监狱，围栏上的钉子，以及远处焚

1　旧俄长度单位，1俄丈约合 2.134 米。

骨厂[1]里的火焰。身后传来呼吸声。安德烈·叶菲梅奇回头看见一个胸前有亮闪闪的星星和勋章的人，这人露出微笑，狡黠地眨了眨眼睛。而这也显得可怕。

安德烈·叶菲梅奇让自己相信，月亮和监狱没有任何特别之处，心理健康的人们也佩戴勋章，一切随着时间都会腐烂并化成泥土，但绝望突然控制了他，他双手抓住铁栅栏，使尽全力摇晃它。坚固的栅栏不为所动。

然后，为了不觉得那么可怕，他走到伊万·德密特里奇的床边，坐了下来。

"我灰心丧气了，我亲爱的，"他喃喃说道，颤抖着擦掉冷汗，"灰心丧气了。"

"您来段哲理分析吧。"伊万·德密特里奇嘲弄地说。

"我的天，我的天啊……对，对了……您曾经说过俄罗斯没有哲学，但所有的人都在做哲理分析，即使是小人物。但毕竟小人物的哲学论调对任何人都没害处，"安德烈·叶菲梅奇说话的那种语气，就好像他想哭，以求

1　旧俄时代的焚骨厂焚化动物骨骼获取骨炭，用以制造颜料、鞋油和糖类产品的过滤提纯。

104

得怜悯，"何必呢，我亲爱的，发出这幸灾乐祸的笑声？要是这个小人物不满意，怎么就不能做哲理分析呢？一个聪明、受过教育、骄傲、热爱自由的人，形貌如上帝，没有别的出路，只能去一个肮脏、愚蠢的小城镇当医师，一辈子就是药罐、水蛭、芥末膏药！招摇撞骗，狭隘，庸俗！啊，我的天啊！"

"您在乱说蠢话。如果讨厌当医师，您去做大臣啊。"

"怎么都不中用，不中用。我们软弱啊，亲爱的……我原来淡漠、精力充沛而又能健全思考，可一旦生活粗暴地触到我，我就灰心丧气……沮丧消沉……我们软弱，我们低劣无用……亲爱的，您也是。您聪明、高贵，与母乳一道吮吸了良好的激情，可一进入生活，您就疲惫了、生病了……软弱啊，软弱！"

除了恐惧和屈辱的情绪，还有某种讨厌的东西，从傍晚开始就一直折磨着安德烈·叶菲梅奇。最后他意识到，这是他想喝啤酒、想抽烟了。

"我要离开这儿，我亲爱的，"他说，"我要说，给这儿拿盏灯来……我不能这样……我受不了……"

安德烈·叶菲梅奇走到门前，打开它，但尼基塔立刻跳了起来，挡住了他的去路。

"您要去哪儿？不行，不行！"他说，"该睡觉了！"

"我就出去一会儿，在院子里走走！"安德烈·叶菲梅奇惊呆了。

"不行，不行，不许可。您自己知道。"

尼基塔砰的一声关上了门，用后背倚靠着。

"可是，如果我从这儿出去，又能碍谁的事呢？"安德烈·叶菲梅奇问，耸了耸肩。"真不明白！尼基塔，我必须出去！"他用颤抖的声音说，"我要出去！"

"请别扰乱秩序，这不好！"尼基塔训导般地说。

"鬼才知道这是怎么回事！"伊万·德密特里奇突然喊了一声，跳起来，"他有什么权力不让出去？他们怎么敢把我们关在这儿？法律上，似乎明确说了，未经审判，任何人都不能被剥夺自由！这是暴力！是胡作非为！"

"当然，是胡作非为！"安德烈·叶菲梅奇说，受了伊万·德密特里奇喊声的鼓舞，"我要出去，我必须出去！他没有权力！放我出去，对你说话呢！"

"你听见没有，愚蠢的畜生？"伊万·德密特里奇喊道，用拳头敲了敲门，"打开，否则我把门砸了！屠夫！"

"打开！"安德烈·叶菲梅奇喊道，浑身都在颤抖，"我要你打开！"

"你就喊吧！"尼基塔在门外回答，"喊吧！"

"至少，去叫叶夫根尼·费奥多雷奇来这儿！就说，我请求他过来……就一分钟！"

"明天大人自己会来。"

"永远不会放我们出去的！"这时伊万·德密特里奇继续说道，"让我们在这儿烂掉！唉，天啊，难道另一个世界真的没有地狱，这些坏蛋会被宽恕？哪里有正义啊？打开，你这个坏蛋，我快窒息了！"他用嘶哑的声音喊，用力顶门："我要把自己脑袋砸碎！杀人犯！"

尼基塔很快打开门，粗暴地，用两只手和膝盖推开安德烈·叶菲梅奇，然后挥起拳头打在他脸上。安德烈·叶菲梅奇觉得一股咸涩的巨浪从头顶罩住他，把他拖向床边。实际上，他嘴里发咸：大概是牙出血了。他，就好像想游出去，挥手抓住了不知谁的床，这时他感觉到尼基塔在他背上打了两下。

伊万·德密特里奇高喊了一声。他一定也挨了打。

随后一切都安静了。浅淡的月光透过铁栅栏，在地

未经
任何人
这

板上留下影子，就像一张网。可怕。安德烈·叶菲梅奇躺下，屏住呼吸，他恐惧地等待着另一次挨打。就像有人拿着镰刀，戳进他的身体，在胸部和肠子里转了好几下。出于疼痛他咬住枕头，闭紧牙关。突然间在他脑海里，混乱之中，清晰地闪过一个可怕的、难以忍受的念头，就是同样的疼痛他们一定已经经受了很多年，日复一日，这些人，此时在月光下如同一个个黑色的影子。怎么在持续的二十多年里他会不知道，也不想知道这一点呢？他不知道，不具有疼痛的概念，这就意味着他没有过错，但是良心，既顽固又粗鲁，就像尼基塔，让他从后脑勺直到脚趾一阵发冷。他跳起来，想用尽全力大声喊叫，快点跑，去杀死尼基塔，然后是霍博托夫、管理人和医士，继而是自己，但胸口没有发出任何声音，腿脚也不听使唤。喘息着，他揪扯胸前的长袍和衬衫，扯破它们，毫无知觉地倒在了床上。

19

第二天早上，他头痛，耳朵里嗡嗡响，全身都觉得不舒服。回想起昨天自己的软弱，他并不觉得羞耻。他昨天怯懦，甚至害怕月亮，真诚地表露了他以前都想不到自己会有的感受和想法。例如，关于爱做哲理分析的小人物的不满的想法。但现在他无所谓了。

他不吃，不喝，躺着一动不动，默然不语。

"我无所谓，"当别人向他提问时，他想，"我不会回答的……我无所谓。"

午饭后，米哈伊尔·阿维里亚内奇来了，带来四分之一俄磅¹的茶和一俄磅水果软糖。达留什卡也来了，整整一小时就站在床边，脸上带着呆板悲伤的表情。拜访他的还有霍博托夫医生。他带了一小瓶溴化钾，吩咐尼基塔在病房里熏点什么。

傍晚时分，安德烈·叶菲梅奇死于中风。起初他感到极其强烈的发冷和恶心。某种令人反感的东西似乎穿透整个身体，甚至手指，从胃延伸到头部，浸漫了眼睛和耳朵。眼里变成一片绿色。安德烈·叶菲梅奇明白，他的末日到了，随即想起了伊万·德密特里奇、米哈伊尔·阿维里亚内奇和千百万人都相信永生不死。可万一是这样呢？但他不想要永生不死，他只是一瞬间想起了它。一群鹿，格外美丽和优雅，就是他昨天读到的那群鹿，从他身边跑了过去。然后是个村妇朝他伸手递过一封挂号信……米哈伊尔·阿维里亚内奇说了些什么。然后一切都消失了，安德烈·叶菲梅奇陷入永久的忘却。

来了几个农民，抓着他的胳膊腿就抬到小礼拜堂去

1　旧俄重量单位，1 俄磅约为 409.5 克。

了。在那儿，他躺在桌子上，睁着眼睛，月亮夜里照着他。早上谢尔盖·谢尔盖伊奇来了，虔诚地对着耶稣受难十字架祈祷，合上自己前上司的眼睛。

隔日安德烈·叶菲梅奇下了葬。葬礼上只有米哈伊尔·阿维里亚内奇和达留什卡。

1892

（完）

译后记

1890 年 4 月，年轻的契诃夫从莫斯科启程前往万里之遥的西伯利亚和萨哈林岛，探访那里的苦役犯和移民的生活。这位未及而立之年便已名满天下的作家不顾身染顽疾，一路记述所见所闻，完成了旅行笔记《寄自西伯利亚》。在萨哈林岛，他为流放移民登记造册，记下了几千张观察卡片。"早上我醒来时，各种不同的声响在提醒我身在何处。在敞开窗边的街上，不慌不忙，随着均匀的叮当声响，走过戴镣铐的人们……"这部更为震撼的旅行记《萨哈林岛》一直持续到 1893 年中方才问世。对人间地狱的直观体验为契诃夫的创作开启了新的篇章，成为其文学生涯的重要转折点，继而写下多部相同题材的作品，其中就包括中篇小说《第六病室》。小说发表在1892年11月号《俄罗斯思想》杂志上，次年重新划分章节结集出版。同时代评论家认为它是契诃夫最为欣悦的作品，为作家带来了巨大声誉。

作为一位出色的剧作家，契诃夫的"第六病室"就像一出情景剧，又是一部充满象征的寓言。医院坐落在远离文明的穷乡僻野，这座监狱内外的角色代表着各个阶层——外面，没落的贵族随波逐流，无力救世的医生在故纸堆中寻求慰藉；里面，是顺应环境的乞丐、对苦难丧失知觉的愚民和宪兵式的打手。外界的堕落和内部的混乱一并折射出19世纪末俄罗斯波谲云诡的社会现状。小说中，两个主要角色都是知识分子：一边是伊万·德密特里奇，"街上戴镣铐的罪犯"所象征的恐怖让他发了疯，另一边是深谙犬儒派教义的安德烈·叶菲梅奇，以一种看似通达明理的态度对待痛苦，认为"有了这种信仰，即便被砌入墙内，人也可以活得悠游快乐"。两个秉持全然相反的价值观念的人走上同一条毁灭之路，是这部作品对社会现实最为有力的讽刺。

无论外表还是内心习性，安德烈·叶菲梅奇都堪称矛盾的存在。他无力解决医院的不道德状况，但很快就说服了自己：世上没有任何美好的东西，在其本源之中没有过污秽。当格罗莫夫诘问为什么他被关在这里，而别人自由在外时，他的回答是："监狱和疯人院既然存在，就应该有人待在里面。不是您——就是我，不是我——就是另外什么人。您且等着，在遥远的将来，监狱和疯人院会结束自己的存在，那时窗子上就不会再有铁栅栏，也没有长袍子了。当然，这样的时代迟早会到来。"伊万·德密特里奇的回答一语中的："像您和您的助手尼基塔这样的先生们，跟未来没有任何干系。"

如果说，病房的监禁让格罗莫夫更为透彻地领悟了现实的虚伪，那么，拉金医生的"发病"则印证了他内心的渐次觉醒。这一过程因为有了米哈伊尔·阿维里亚内奇这一角色而愈显清晰。这位邮政局局长虽出身贵族且有着良好教养，但"把他曾有过的所有老爷做派中的好东西全都挥霍掉了，只留下一些坏的"相较对待下属和仆人的态度，二人的道德修养就已见高下。米哈伊尔·阿维里亚内奇的恶习不但掏空了朋友的积蓄，其心心念念的华沙也成了急于逃离的巴比伦。在他身上处处显现着其对荣誉、对友情的虚伪。种种堕落和无趣让拉金感到心灵落上一层层沉渣，从谦和的忍让到狂暴的弃绝，他在内心终于生发出一股毅然决然的勇气。然而，这一可贵的清醒时刻成了庸众眼中丧失理性的狂躁症发作。

从某种角度看，安德烈·叶菲梅奇的悲惨结局实属咎由自取。穷其一生最深刻的颖悟，不过是他彻夜苦思得来的自我安慰："我不诚实。但毕竟我自己什么都不是，我只是必要的社会之恶的一小分子：所有县里的官员都是有害的，白拿薪水……就是说，我自己的不诚实错不在我，而是时代……如果我晚生两百年，我就会有所不同。"但他的确是诚实的，毕竟他承认"社会之恶"，尽管自己也沦为这种恶的牺牲品。契诃夫由此将读者带入更深层次的寓意：恶的普遍性。小说为人们敲响了警钟：恶的力量无处不在，如有必要，它可以私设法庭、构置陷阱，将异己者打入万劫不复之地。而这种从众之恶就潜藏在司空见惯的逻辑里，在人们一以贯之的俗常情理中。透过契诃夫深藏若虚之笔，聪明的看客足以探微烛隐，解读出一个阴暗的谋杀故事：是霍博托夫（带着他的溴化钾）预谋陷害了安德烈·叶菲梅奇，卑鄙地窃听他、为他罗织罪名并成功篡取了他的职位，甚至剥夺了他的养老金，更利用职务之便害死了他。面对这种普遍的社会之恶，拉金最后发出慨叹："当别人突然转而关注您，那您就知道自己落入了一个圈套，您已经走不出来了。您竭力走出去，可更加迷失了。请投降吧，因为任何人类的力量都拯救不了您。"

拉金医生以一番省思为自己题写了墓志铭。可悲的是，纵使两百年之后，无论对哲学家还是泛泛庸众，存在的选择也不会变得更容易。人类曾不止一次陷入世界性的混乱，经历过纳粹集中营、经历过现代的"第六病室"——古拉格的洗礼。历史在重复，个体时常面临落入汉娜·阿伦特所谓的"恶之平庸"的危险，从而成为种种社会之恶的帮凶。感谢契诃夫，他的诸多作品都如《第六病室》一样，为我们审视眼前的生活提供了鲜明而深刻的参照，警醒每个阅读它的人于浊流中仍需坚守宽仁之心，更应坚守思考的独立性。

于大卫

2023 年 8 月，山东荣成

安东·巴甫洛维奇·契诃夫

Антон Павлович Чехов

（1860—1904）

第六病室

作者 _ [俄]安东·巴甫洛维奇·契诃夫　　译者 _ 于大卫

编辑 _ 闻芳　　装帧设计 _@broussaille 私制　　内文插画 _ 肖雯

主管 _ 李佳婕　　技术编辑 _ 顾逸飞　　责任印制 _ 刘淼　　出品人 _ 许文婷

物料设计 _ 孙莹　　营销团队 _ 王维思 谢蕴琦

果麦
www.goldmye.com

以 微 小 的 力 量 推 动 文 明

图书在版编目（CIP）数据

第六病室 /（俄罗斯）安东·巴甫洛维奇·契诃夫著；
于大卫译. -- 天津：天津人民出版社，2024.5（2025.8重印）
ISBN 978-7-201-20323-2

Ⅰ. ①第… Ⅱ. ①安… ②于… Ⅲ. ①短篇小说 - 小
说集 - 俄罗斯 - 近代 Ⅳ. ①I512.44

中国国家版本馆CIP数据核字(2024)第063747号

第六病室
DILIU BINGSHI

出　　　版	天津人民出版社	
出　版　人	刘锦泉	
地　　　址	天津市和平区西康路35号康岳大厦	
邮 政 编 码	300051	
邮 购 电 话	022-23332469	
电 子 信 箱	reader@tjrmcbs.com	
责 任 编 辑	康嘉瑄	
特 约 编 辑	闻　芳	
装 帧 设 计	@broussaille私制	
制 版 印 刷	河北鹏润印刷有限公司	
经　　　销	新华书店	
	果麦文化传媒股份有限公司	
开　　　本	787毫米×1092毫米　1/32	
印　　　张	4	
印　　　数	26,001-31,000	
插　　　页	4	
字　　　数	61千字	
版 次 印 次	2024年5月第1版　2025年8月第6次印刷	
定　　　价	39.80元	

本书系国家社科基金青年项目"中国共产党'社会矛盾'话语的历史演进及其启示研究"（21CKS013）的阶段性成果

现阶段我国社会主要矛盾研究

XIAN JIEDUAN WOGUO SHEHUI ZHUYAO MAODUN YANJIU

张廷广　著

人民出版社

目　录

前　言

矛盾问题是人类在任何一个社会形态都不得不面对的重要问题。毛泽东曾经指出:"在复杂的事物的发展过程中,有许多的矛盾存在,其中必有一种是主要的矛盾,由于它的存在和发展规定或影响着其他矛盾的存在和发展。"①我们将毛泽东关于矛盾以及主要矛盾的这些纯粹的哲学论述应用到对我国社会矛盾问题的分析之中就不难发现,尽管我国在不同时期都会面临着错综复杂的各种社会矛盾,但其中必然有一对矛盾是社会主要矛盾,由此既决定了其他社会矛盾的发展、演变和化解,又决定了党和国家在不同时期制定各项大政方针的依据和着力点。社会主要矛盾的问题是关乎中国特色社会主义事业发展全局的重大问题,也是关乎我国人民群众的整体发展状态和整体生活状态的关键问题。正因如此,中国共产党和学术界历来都比较重视依据我国经济社会发展的整体实际情况以及运用马克思主义科学的矛盾学说来对我国的社会主要矛盾进行考察、判断和研究。"人民日益增长的美好生活需要和不平衡不充分的发展之间的矛盾"②就是以习近平同志为核心的党中央对我国社会主要矛盾作出的最新判断,即新时代社会主要矛盾判断。这一"判断"的作出是中国共产党自从党的十一届六中全

---

① 《毛泽东选集》第一卷,人民出版社 1991 年版,第 320 页。
② 《十九大以来重要文献选编》(上),中央文献出版社 2019 年版,第 8 页。

会重新对我国的社会主要矛盾作出准确判断以来在社会主要矛盾理论方面的最大创新,其直接涉及社会主要矛盾双方的内容及其表述本身的重大变化。在此背景下,关注和研究社会主要矛盾问题就显得更加重要,而新时代社会主要矛盾问题就尤其成为需要我们投入更多精力进行深度关切和研究的重大现实问题。

一、研究新时代社会主要矛盾具有重要意义

第一,研究新时代社会主要矛盾具有重要的学术意义。首先,有助于深化对中共党史的研究。社会主要矛盾的判断史是中国共产党历史的重要组成部分。新时代社会主要矛盾判断的生成机理、科学内涵、重要意义、化解路径等基本问题都需要在历史视野中才能理解得更深入、更清楚。在历史视野中探讨这些基本问题就不可避免地会涉及对相关党史的研究。而且,新时代社会主要矛盾的研究会直接涉及对中共党史的关注和探讨,例如需要回顾中国共产党探索社会主要矛盾的历史进程,需要通过总结中国共产党判断社会主要矛盾的历史经验教训来分析现实问题等。可见,对新时代社会主要矛盾的深入研究过程在一定程度上也就是对中共党史研究的深化过程。其次,有助于深化对马克思主义矛盾学说的研究。马克思主义矛盾学说具有丰富的内容,主要包括唯物史观中的矛盾理论和唯物辩证法中的矛盾理论两大部分。用深厚的矛盾理论来分析相关问题,才能使新时代社会主要矛盾问题的研究走向深入。因此,我们首先需要深入马克思、恩格斯等经典作家的著作中全面探索其关于矛盾的深刻论述。显然,这个过程本身就有助于深化对马克思主义矛盾学说的研究。同时,新时代社会主要矛盾判断是马克思主义矛盾学说的重要组成部分,是对马克思主义矛盾学说的继承、丰富和发展。研究清楚新时代社会主要矛盾所涉及的各种问题也就是在深化对马克思主义矛盾学说的认识和研究。再次,有助于深化对基本国情理论的研究。社会主要矛盾理论是基本国情理论的关键组成部分。着重探讨和研究新时代社会主要矛盾

问题有助于我们在"基本国情没有改变而社会主要矛盾发生变化"的情况下,进一步理顺基本国情与社会主要矛盾之间的真实联系,进一步弄清楚基本国情在新时代社会主要矛盾的判断过程中所发挥的真实作用,并探索促使基本国情理论对其他重大理论判断继续发挥强大解释力的有效途径。最后,有助于深化对习近平新时代中国特色社会主义思想的研究。毫无疑问,马克思主义中国化的最新理论成果就是习近平新时代中国特色社会主义思想,新时代社会主要矛盾是习近平新时代中国特色社会主义思想的主要内容之一,新时代社会主要矛盾与"中国特色社会主义进入新时代"有着重大关联,需要我们不断加大力度进行深入研究。因此,从学理上弄清楚新时代社会主要矛盾的相关重要问题是我们对这一"思想"展开研究的重要突破口,对于我们把习近平新时代中国特色社会主义思想的研究推向深入具有重要作用。

第二,研究新时代社会主要矛盾具有重要的现实意义。首先,有助于统一全国上下的思想。从学理上将新时代社会主要矛盾所涉及的基本问题、各种关系问题以及各种容易令人产生困惑的问题分析和阐释清楚,而不是仅仅停留在纯粹的宣传层面,有助于消除人们在认识新时代社会主要矛盾的相关问题上可能存在的各种分歧,从而增强全国上下对新时代社会主要矛盾判断的认同度,进而增强全国上下对中国共产党依据新时代社会主要矛盾而制订的各项方针政策的认同度。其次,有助于新时代社会主要矛盾的化解。如何化解新时代社会主要矛盾是我们在当下和未来相当长一段时间内的主要任务。研究清楚新时代社会主要矛盾问题所蕴含的各种深层逻辑和内在机理,并有针对性地提出化解路径和建议,有助于为党和国家在新时代制订各项目标和举措提供参考,从而增强化解新时代社会主要矛盾的有效性。化解新时代社会主要矛盾的过程也就是中国共产党带领人民群众继续为实现中华民族伟大复兴的中国梦而不断奋斗的过程。

二、科学界定两个核心概念

1. 时代。要准确把握"新时代"的科学内涵,就必须首先科学认识"时代"的丰富内涵,因为"新时代"毕竟是由"时代"演变过来的,并且属于"时代"的范围之内。实际上,"时代"一词在古代就已经出现过。例如,我国唐朝诗人高适在《酬马八效古见赠》中写道:"时代种桃李,无人顾此君。"①此处诗作中的"时代"就是指与人直接相关的时间概念,即"世世代代""一代又一代"的意思。这显然不是本书所使用的"时代"的内涵。本书所使用的"时代"的内涵属于马克思主义的时代内涵,其主要包括四层含义:第一,时代是指具有大小之分的时间段。这里的大小时间段之分是相对的,其"大时间段"可以大到像马克思在《〈政治经济学批判〉序言》中所指的"社会形态"②,也可以是指某一社会形态中的一个大阶段。其"小时间段"是相对于"大时间段"而言的,主要是指依据重大事件等标准对大时代进行具体划分的各阶段。"大时代"与"小时代"是马克思主义关于"时代"内涵的重要组成部分。③ 第二,时代是指具有国际与国内之分的时间段。不同国家发展水平的差异性决定了一国的时间方位往往与国际发展的整体时间方位存在着差异性。④ 第三,时代是指具

① (唐)《高常侍集》卷六《酬马八效古见赠》。

② 马克思在《〈政治经济学批判〉序言》中指出:"大体说来,亚细亚的、古希腊罗马的、封建的和现代资产阶级的生产方式可以看做是经济的社会形态演进的几个时代。"参见《马克思恩格斯文集》第2卷,人民出版社2009年版,第592页。

③ 也有学者反对马克思恩格斯、列宁提出并使用过"大时代"和"小时代"的概念,认为所谓的"大时代"与"小时代"是学术界根据马克思恩格斯、列宁等马克思主义者的时代观而总结、概括并使用的概念,并且认为列宁的"从一个时代转变到另一个时代"的"大的历史时代"仍然是指学界所说的"小时代"。参见王昌英:《列宁时代观研究》,中央编译出版社2011年版,第114—115页。

④ 这从马克思在《〈黑格尔法哲学批判〉导言》中所使用的"在法国和英国行将完结的事物,在德国现在才刚刚开始"等表述中可以得到体现,参见《马克思恩格斯选集》第1卷,人民出版社2012年版,第6页;也可以从列宁的表述"这个时代,例如对英国来说,是指17世纪,对法国来说是指18世纪和19世纪上半叶"等得以体现,参见《列宁全集》第25卷,人民出版社2017年版,第106页。

有落后与先进之分的时间段。不同的时代之间往往是继承与发展的关系,表现为一种螺旋式的上升过程。由于生产力发展水平的不同,后一个"时代"往往比前一个"时代"更加先进。① 第四,时代是指具有政治属性和非政治属性的时间段。例如,科技时代、文化时代中的"时代"就具有非政治属性,而"革命的危机时代"②"中心阶级决定时代"③中的"时代"就具有明显的政治属性。

基于马克思主义关于"时代"内涵的界定框架,我们就更容易把握和理解"新时代"的科学内涵。首先,"新时代"是"大时间段"中的一个"小时间段"。社会主义初级阶段是一个"大时间段",而社会主义初级阶段的各阶段就是"小时间段"。"新时代"作为社会主义初级阶段的一个阶段,自然就属于"小时间段"。其次,"新时代"是指中国的小时间段,但由于世界各国的联系越来越紧密、我国的现代化建设所取得的历史性成就以及我国的国际影响力越来越大,"新时代"又必然在一定程度上具有国际意蕴,意味着我国不断临近国际大舞台的中心位置,不断为各类世界性的重大社会问题的有效解决提出更多的中国方案与智慧。再次,"新时代"不是指过去处于相当落后状态下的"站起来"的时间段,也不是指逐步摆脱相对贫穷落后状况下的"富起来"的时间段,而是特指我国现代化事业逐步实现"强起来"的时间段。最后,"新时代"是指具有明显的政治属性的时间段。"这个新时代是中国特色社会主义新时代,而不是别的什么新时代。"④其意味着中国特色社会主义的新发展,意味着中国将为科学社会主义的发展注入更多的"中国特色"。

---

① 这可以从马克思根据生产工具和生产资料的差别将史前时期分为"石器时代"、"青铜时代"和"铁器时代"三个时代的划分中得以体现,参见《马克思恩格斯全集》第 23 卷,人民出版社 1972 年版,第 204 页;也可以从恩格斯曾认同摩尔根依据生产工具和技术的差异将人类历史分为蒙昧时代、野蛮时代和文明时代的划分中得以体现,参见《马克思恩格斯文集》第 4 卷,人民出版社 2009 年版,第 38 页。

② 《马克思恩格斯全集》第 8 卷,人民出版社 1961 年版,第 121 页。

③ 《列宁专题文集　论资本主义》,人民出版社 2009 年版,第 91 页。

④ 《习近平在学习贯彻党的十九大精神研讨班开班式上发表重要讲话强调　以时不我待只争朝夕的精神投入工作　开创新时代中国特色社会主义事业新局面》,《人民日报》2018 年 1 月 6 日。

综上所述,"新时代"不是一个一维的简单概念,而是一个多维的复合概念。简而言之,"新时代"是指中国共产党带领人民群众在高举中国特色社会主义伟大旗帜的前提下不断实现社会主义现代化强国的奋斗目标并对世界作出更大贡献的一个时间段。这就是"新时代"的完整的科学内涵。

2. 社会主要矛盾。"矛盾"在哲学意义上就是指"对立统一",正如《辩证唯物主义原理》所指出的那样,"矛盾是反映事物内部或者事物之间对立和同一关系的基本哲学范畴"①。矛盾具有普遍性和绝对性,"没有什么事物是不包含矛盾的,没有矛盾就没有世界"②。但是,社会矛盾,即在社会意义上的"矛盾"往往要比纯哲学意义上的"矛盾"具有更加具体的内涵。笔者十分赞同吴忠民教授在《社会矛盾新论》一书中分别从宏观层面、中观层面以及微观层面来探讨社会矛盾的内涵。吴忠民教授认为,从宏观层面看,社会矛盾主要是指从历史演化和社会发展的基本动力或从时代中心主题、宏观历史背景、社会发展基本趋势以及时代发展必须解决的中心问题和症结着眼的几乎涵盖整个社会的经济、政治、文化、社会诸领域的矛盾;从中观层面看,社会矛盾主要是指同一社会共同体(如某个国家)当中不同群体或社会阶层之间的矛盾;从微观层面看,社会矛盾主要是指具体的社会单元内部或具体的社会单元相互间的矛盾。③ 理解清楚"矛盾"以及"社会矛盾"的内涵,更加有助于我们厘清社会主要矛盾的科学内涵。实际上,社会主要矛盾是矛盾中更小的范畴,是社会矛盾中的一对特殊矛盾。这种"特殊性"主要体现为两个方面:一是社会主要矛盾在不同的时间和空间范围内所具有的主要内容不同;二是社会主要矛盾不属于微观层面的社会矛盾,也不属于中观层面的社会矛盾,而是只属于宏观层面的社会矛盾。严格地说,社会主要矛盾只属于宏观层面的社会矛盾中的最主要的那一对矛盾。但是,这一对矛盾往往具有影响的重大性、统领的全

---

① 肖前等主编:《辩证唯物主义原理(修订本)》,人民出版社 1991 年版,第 230 页。
② 《毛泽东选集》第一卷,人民出版社 1991 年版,第 305 页。
③ 参见吴忠民:《社会矛盾新论》,山东人民出版社 2015 年版,第 2—4 页。

局性、化解的迫切性、方针和政策制定的依据性等特征①,决定着其他所有社会矛盾的存在和化解以及经济社会等各方面的整体发展趋势的演变。因此,社会主要矛盾就是指始终反映整个经济社会在一段时间内最突出问题的、在整个经济社会的发展中处于主要位置和居于统摄地位的一对矛盾。

三、本研究遵循的基本进路

第一,在充分挖掘经典著作中的相关论述中分析新时代社会主要矛盾问题。尽管新时代社会主要矛盾属于当下的现实问题,但其本身在宏观方面涉及哲学、政治经济学、科学社会主义等方面的知识,在微观方面涉及生产、供给、分配、人的需求等方面的知识,而这些知识的最深刻、最科学的原初论述恰恰蕴藏在浩如烟海的马克思主义经典著作中。因此,本书在推进新时代社会主要矛盾问题的研究中,更加注重回归马克思、恩格斯、列宁等人的经典著作和中国化的马克思主义经典著作,充分挖掘、深度耕犁这些经典著作中的相关理论、观点和方法,并将其切实运用于各项问题的研究和分析中,从而有所增强新时代社会主要矛盾研究和分析的创新度和力度,将新时代社会主要矛盾的研究推向深入。

第二,在充分重视将历史与现实有机结合中分析新时代社会主要矛盾问题。鉴于历史视野的重要性,在推进新时代社会主要矛盾问题的研究中不能一味偏重对现实情况的分析以及纯粹利用现实情况来论证"现实观点",而是要注重发挥历史视野的重要作用,坚持将历史与现实相结合来全面看待问题和分析问题。一方面,通过历史与现实的结合来发现更多尚付阙如的领域。例如,以历史和现实相结合来审视新时代社会主要矛盾的演变历程,党的十五大为什么正式作出了"人民日益增长的物质文化需要同落后的社会生产之间的矛盾贯穿初级阶段整个过程"的论断以及如何看待这一"论断"与新时代社

① 张廷广:《新时代社会主要矛盾判断的生成逻辑》,《甘肃社会科学》2018 年第 4 期。

会主要矛盾判断之间的关系等问题就更容易被发现和引起重视。另一方面，通过历史与现实的结合来增强论证的力度和厚度。例如，在分析社会主要矛盾在社会主义初级阶段"为什么会发生变化"的问题时，除了从"现实情况已经变化的必然要求"来说明外，我们还可以从"党判断社会主要矛盾的历史经验教训"来进一步说明。

第三，在高度重视将研究视野向国际拓展中分析新时代社会主要矛盾问题。改革开放以来，随着我国与世界各国的联系越来越紧密，我国各领域、各方面的发展状况不可避免地会受到来自"国际力量"的巨大影响。因此，作为一项依据我国经济社会整体发展状况而作出的影响党和国家事业发展全局的重大判断，新时代社会主要矛盾不可能不带有"国际烙印"。研究新时代社会主要矛盾问题不能仅仅限于国内视野，而是要将研究视野向国际拓展，重视将"国际作用"纳入对"新时代社会主要矛盾成因"的分析之中，重视在中外比较视域中加深对"不平衡不充分发展"和"美好生活需要"的理解，重视从国际范围内概括新时代社会主要矛盾的特征，从国内视野和国际视野的结合中认识新时代社会主要矛盾判断的现实意义，探求化解新时代社会主要矛盾的有效路径。

第四，在坚持将文献与实证研究充分结合中分析新时代社会主要矛盾问题。新时代社会主要矛盾问题既属于理论关怀度强的问题，也属于现实关怀度强的问题，因其本身涉及社会现实中的各领域、各方面、各行业、各地区、各群体的实际情况和状态。推进新时代社会主要矛盾问题的研究不能仅仅采用文献研究对相关问题进行纯粹的理论推演和史学分析，也不能仅仅局限于对实证资料的分析和归纳，而是要在文献研究的基础上适当多发挥实证研究方法的作用，既以此来发现研究的新问题和新观点，又以此来验证基于文献研究所得结论的正确性以及进一步增强相关论证的力度和深度。在研究过程中，本书比较重视直接运用诸如《中国统计年鉴》《国情报告》等政府或学者们所统计的已有资料，并采用科学的方法对所收集的资料进行深度分析。文献研究法和实证研究法的充分结合使用,有助于推动新时代社会主要矛盾问题的研究成效产生质的飞跃。

第五,在坚持以辩证法取代形而上学思维中分析新时代社会主要矛盾问题。新时代社会主要矛盾本身是经济社会整体状况不断发展的结果,也将随着经济社会整体状况的继续发展而发生演变和转化。同时,新时代社会主要矛盾又是党对充满联系的各领域、各行业、各区域、各群体、各方面的真实情况进行高度理论抽象和概括的结果。推进新时代社会主要矛盾问题的研究需要我们改变现有研究在一定程度上存在的静止、孤立、片面等形而上学的思维方式,而采用发展、联系、全面等辩证的思维方式。例如,始终以发展的思维方式对待研究,就不能仅仅重视对"新时代社会主要矛盾从何而来"的研究,也要重视对"新时代社会主要矛盾如何继续演变和发展"的研究,特别是不能遗忘对"新时代社会主要矛盾的时间下限"问题的探讨;始终以联系的思维方式对待研究,就不能只重视研究"独立的问题域",还要重视对新时代社会主要矛盾与基本矛盾之间的关系、新时代社会主要矛盾与基本国情之间的关系、新时代社会主要矛盾与人民内部矛盾之间的关系等"关系问题域"的研究;始终以全面的思维方式对待研究,就不能只看到新时代社会主要矛盾判断给各类社会主体及其实践活动所带来的积极影响,还要看到新时代社会主要矛盾判断给各类社会主体及其实践活动所带来的重大挑战。在研究过程中始终坚持辩证的思维方式,是深化和创新新时代社会主要矛盾问题研究的重要途径。

第一章　中国共产党探索社会主要矛盾的基本历程

　　习近平曾经指出:"历史,总是在一些特殊年份给人们以汲取智慧、继续前行的力量。"①这启示我们要经常从历史实践中汲取丰富的营养,既以此来推动社会实践的更好发展,又以此来帮助我们更好地理解现实。作为我国现阶段最大的现实问题,新时代社会主要矛盾本身就是从我国不同历史时期的社会主要矛盾逐渐演变过来的,其本身也是在党和人民群众推动并完成各个时期的历史实践活动的基础上形成的。这决定了我们要更好地理解新时代社会主要矛盾以及更好地推动新时代社会主要矛盾继续演变和转化,就必须坚守好历史维度,坚持好历史视野,探索清楚社会主要矛盾范畴得以提出和确立的思想渊源与实践基础,探究清楚社会主要矛盾范畴得以确立的历史过程,探讨清楚中国共产党探索社会主要矛盾的基本历程。

---

　　① 习近平:《开放共创繁荣　创新引领未来——在博鳌亚洲论坛 2018 年年会开幕式上的主旨演讲》,《人民日报》2018 年 4 月 11 日。

第一节 毛泽东提出和确立社会主要矛盾
范畴的思想渊源与实践基础

思想的创立者直接或间接继承前人已有成果并紧密结合时代重大实践问题进行思考是思想得以创新和发展的一条普遍规律。作为重大话语创新,社会主要矛盾范畴的提出和确立同样遵循了思想创新和发展的普遍规律,是对前人思想的突破性发展和对时代重大问题的有效回应,具有深厚的思想渊源和坚实的实践基础。

一、矛盾不均衡发展的思想倾向是社会主要矛盾范畴提出和确立的主要思想渊源

在毛泽东的思想演变与发展的历程中,中国古代传统文化与马克思主义对其影响最为深远。他之所以能够提出和确立社会主要矛盾范畴,主要是受中国古代传统文化和马克思主义关于矛盾不均衡发展思想倾向的影响。

中国古代思想家虽然没有直接论述过矛盾不均衡发展的问题,但他们在关于君王治国、君民关系等问题的相关论述中常常蕴含丰富的矛盾不均衡发展的思想倾向。例如,《韩非子·扬权》强调:“事在四方,要在中央。圣人执要,四方来效。虚而待之,彼自以之。”①韩非子在这里认为政治生活中的各种“事件”、各种“问题”并不是处于均衡发展的状态,而是有的处于重要位置,有的处于次要位置,因而要抓住关键,要注意“执要”。《孟子·公孙丑下》强调:“三里之城,七里之郭,环而攻之而不胜。夫环而攻之,必有得天时者矣;然而不胜者,是天时不如地利也。城非不高也,池非不深也,兵革非不坚利也,米粟非不多也;委而去之,是地利不如人和也。”②孟子的观点着重说明了影响战争

---

① 陈明、王青译注:《韩非子全译》(上),四川出版集团巴蜀书社 2008 年版,第 70—71 页。
② 《孟子》,万丽华、兰旭译注,中华书局 2006 年版,第 76 页。

胜负的各种因素并不是都起着决定性作用,而是始终存在着"轻重缓急之分"的特点,即"天时"因素在战争中不如"地利"因素重要,而"地利"因素在战争中又不如"人和"因素重要。毛泽东对此类中国传统文史典籍有较为深入的阅读和研究,他在私塾读书期间阅读过《幼学琼林》等启蒙读本,对其中的"中流砥柱""物极必反"等蕴含矛盾不均衡发展思想倾向的成语以及"物有本末,事有终始。知所先后,则近道矣"等体现矛盾不均衡发展思想倾向的名句都有深刻的印象,这些"成语"和"名句"后来"常出现在毛泽东的笔端和口头,成为他的语言素材"①。同时,"他比较喜欢和读得比较深的,有《老子》《庄子》《墨子》《论语》《孟子》《礼记》《中庸》《大学》和《朱子语类》《张子语类》等诸子经典;有《尚书》《左传》《汉书》《史记》《昭明文选》《昌黎先生集》《古文辞类纂》《读史方舆纪要》等文史作品"②。通过对这些中国古代思想家传统经典作品的阅读,毛泽东对于"矛盾"的相关论述以及关于矛盾不均衡发展的思想倾向有了个人的理解。例如,毛泽东在阅读《朱子语类》中关于"大本""小规""枝叶""根本"等具有明显的矛盾不均衡发展思想倾向的表述后,在致黎锦熙的信中阐述"救国之道"的思想时,明确提出了"今日变法,俱从枝节入手","本源未得,则此等枝节为赘疣"③等体现矛盾不均衡发展思想倾向的观点。经考证,"毛泽东辩证法是中西两种不同文化和思维方式碰撞的产物,其中包含着十分丰厚的中国传统辩证法元素。"④尽管中国古代思想家们关于矛盾不均衡发展的思想倾向的相关论述还时常带有主观唯心主义或客观唯心主义的色彩,但毛泽东对这些思想的学习依然成为他能够提出和确立社会主要矛盾范畴的关键条件之一,因为如果认为各种矛盾之间以及矛盾双方之间始

---

①　陈晋主编:《毛泽东读书笔记精讲贰(哲学卷)》,广西人民出版社 2017 年版,第 2 页。

②　陈晋:《毛泽东阅读史略(一)》,《中共党史研究》2013 年第 6 期。

③　《毛泽东早期文稿(1912 年 6 月—1920 年 11 月)》,湖南人民出版社 2008 年版,第73 页。

④　王南湜:《重估毛泽东辩证法中的中国传统元素——从中西思维方式比较视角考察》,《中国社会科学》2010 年第 3 期。

终处于绝对平衡的状态,那就不存在矛盾的主次之分,也就不可能提出和确立社会主要矛盾范畴。

马克思、恩格斯等马克思主义经典作家虽然也没有直接论述过矛盾不均衡发展的问题,但他们的思想中都蕴含了矛盾不均衡发展的思想倾向。例如,马克思、恩格斯在探讨唯物史观构成要素之间的关系时,不主张生产力、生产关系、经济基础、上层建筑之间的均衡关系,而是强调生产力的决定性作用和经济基础的基础性地位;马克思在阐述经济领域的生产和消费之间的关系时,纠正了德国"真正的"社会主义者卡·格律恩、法国小资产阶级社会主义者蒲鲁东等人将生产和消费之间的关系简单地等同起来、平衡起来看待的做法,而是认为"在这个过程中,生产是实际的起点,因而也是起支配作用的要素"①。列宁在《帝国主义是资本主义的最高阶段》等著作中,深刻阐述了资本主义发展不平衡的理论,其中也蕴含了鲜明的矛盾不均衡发展的思想倾向。可以说,矛盾不均衡发展的思想倾向贯穿在马克思主义经典作家关于政治经济学、哲学以及科学社会主义相关论述的方方面面。毛泽东在 1920 年就阅读过《共产党宣言》中译本②,在 1926 年 6 月以前阅读过列宁的《国家与革命》③,在 1932 年 4 月后的一段时间里阅读过马克思的《资本论》和恩格斯的《反杜林论》等著作,在井冈山革命时期阅读过斯大林著的《论列宁主义基础》等书④,在长征途中阅读过列宁著的《社会民主党在民主革命中的两种策略》《共产主义运动中的"左派"幼稚病》等书⑤,在 1936 年 8 月以前阅读过河上肇著的《经济学大

---

① 《马克思恩格斯选集》第 2 卷,人民出版社 2012 年版,第 694 页。
② 《毛泽东年谱(一八九三——一九四九)(修订本)》(上),中央文献出版社 2013 年版,第 56 页。
③ 《毛泽东年谱(一八九三——一九四九)(修订本)》(上),中央文献出版社 2013 年版,第 163 页。
④ 周溯源等:《毛泽东的读书生活》,中国社会科学出版社 2015 年版,第 7 页。
⑤ 龚育之、逄先知、石仲泉:《毛泽东的读书生活》,生活·读书·新知三联书店 2010 年版,第 29 页。

纲》和李达寄给他的《马克思主义哲学大纲》①,在 1936 年 11 月—1937 年 4 月仔细阅读过西洛可夫等著的《辩证法唯物论教程》②,在 1937 年 7 月以前仔细阅读过米丁等著的《辩证唯物论与历史唯物论》③。这些关于政治经济学、哲学以及科学社会主义学说的马克思主义经典著作,都不同程度蕴含了关于矛盾不均衡发展的思想倾向。毛泽东在阅读的同时也不可避免地受到其中矛盾不均衡发展思想倾向的深刻影响,例如他在阅读完《共产主义运动中的"左派"幼稚病》一文后,对列宁批判"左派"不要党的纪律和集中等事实上否定矛盾不均衡发展思想倾向的做法极为赞同,在随后召开的瓦窑堡党的活动分子会议上所作的报告中旗帜鲜明地反对部分党员和红军坚持革命关门主义策略等否定矛盾不均衡发展思想倾向的"幼稚病"做法,主张革命过程中的矛盾具有非均衡性,认为"革命和反革命的阵线可能变动,也同世界上一切事物的可能变动一样"④。可见,毛泽东在阅读马克思主义经典作家的著作或阐释马克思主义经典作家思想的著作时确实深受蕴含其中的矛盾不均衡发展思想倾向的影响,而"这种思想倾向是主要矛盾理论形成的极为重要的思想材料"⑤。

社会主要矛盾范畴的提出和确立是对矛盾思想的创造性发展,更是对矛盾不均衡发展的思想倾向的突破性和创新性发展。列宁认为"可以把辩证法简要地规定为关于对立面的统一的学说"⑥。因此,"矛盾"与"辩证法"在很大程度上是可以被看成等同关系的两类"对象"。毛泽东在《矛盾论》中明确

---

① 陈晋:《毛泽东阅读史略(二)》,《中共党史研究》2013 年第 7 期。
② 《毛泽东年谱(一八九三——一九四九)(修订本)》(上),中央文献出版社 2013 年版,第 615 页。
③ 《毛泽东年谱(一八九三——一九四九)(修订本)》(上),中央文献出版社 2013 年版,第 686—687 页。
④ 《毛泽东选集》第一卷,人民出版社 1991 年版,第 155 页。
⑤ 赵科天:《当代中国社会主要矛盾追问——社会和谐核心论》,华艺出版社 2010 年版,第 7 页。
⑥ 《列宁选集》第 2 卷,人民出版社 2012 年版,第 412 页。

指出："辩证法的宇宙观,不论在中国,在欧洲,在古代就产生了。"①这也充分表明,毛泽东对中国古代思想家和马克思主义经典作家的矛盾思想及其矛盾不均衡发展的思想倾向十分熟悉,并深受其影响。中国古代思想家的矛盾不均衡发展的思想倾向和马克思主义经典作家的矛盾不均衡发展的思想倾向构成了毛泽东提出和确立社会主要矛盾范畴的两大主要思想来源,而后者的影响更为深刻,因为马克思主义经典作家的矛盾不均衡发展的思想倾向是建立在科学的唯物史观基础之上的。

二、有效应对国内革命形势变化是社会主要矛盾范畴提出和确立的重要实践基础

中国共产党从成立伊始就面临着波诡云谲、形势严峻的国内外大环境,其在较长一段时间内又处于力量弱小的地位,这使得党在开展革命活动和应对强大的敌人的过程中必须抓重点、抓关键,制定正确的革命策略,既以此求得自身的生存和发展,又以此确保革命各阶段取得胜利。毛泽东在应对国内革命形势变化的实践中很快将中国古代思想家和马克思主义经典作家的矛盾不均衡发展的思想倾向运用得炉火纯青,在革命各阶段都提出了蕴含"不均衡""非对称"理念的"抓重点""抓关键"等正确的革命策略或方法。像"集中优势兵力歼灭敌人一部""革命问题的关键是农民的土地问题""在敌人势力薄弱的地方建立革命根据地"等策略和方法,都是毛泽东在国内革命形势不断变化的实践中形成和运用矛盾不均衡发展思想倾向的体现和结果。

自九一八事变发生以后,中日民族矛盾日益激化。特别是华北事变发生以后,中华民族更是面临着亡国灭种的巨大危险。在这种情况下,全国上下必须形成抗击日寇的强大力量,因为打败军事力量比较强大的日本帝国主义

---

① 《毛泽东选集》第一卷,人民出版社 1991 年版,第 303 页。

"不是少少一点力量可以成功的,必须聚积雄厚的力量"①。但是,即便在西安事变结束以后,国民党在抗战问题上仍然一度处于犹豫不决的状态,"没有表示它的政策的明确和彻底的转变,没有具体地解决问题"②。在与国民党反动派及其军队进行较长时间的斗争之后,部分共产党员和红军面对不断激化的中日民族矛盾、面对中华民族日益处于危亡的境地,在工作重心的转变问题上一时还存有疑惑,甚至还存在着排斥民族资产阶级、富农等力量加入统一战线的情况,错误地认为"革命的力量是要纯粹又纯粹,革命的道路是要笔直又笔直"③。其他各阶层、各党派、各团体和民主人士中的部分人在不同程度上也存在着对国内形势"认识不清"的现象。这些情况在当时严重影响了抗日民族统一战线的形成和巩固。因此,以毛泽东同志为主要代表的中国共产党人急需一个通俗化又言简意赅的范畴,来分析和明确国内所存在的纷繁复杂的矛盾及其地位,特别是明确中日民族矛盾在诸多社会矛盾中的地位,以此既帮助国民党和其他各党派、各阶层、各团体以及民主人士更加认清国内严峻的形势,促使他们真心赞同和尽快加入抗日民族统一战线,又帮助共产党员和红军更加明确工作重心的转移。

显然,能够承载起这些"重任"的最恰当的范畴只能是社会主要矛盾范畴,因为提出和确立该范畴是对马克思主义"社会矛盾"话语的重要创新,能够为以毛泽东同志为主要代表的中国共产党人提出的一整套民族革命理论提供坚实的支撑点和基础,从而进一步增强抗日民族统一战线等民族革命理论的科学性和说服力,提升其他各种力量、各种群体信服中国共产党的民族革命理论的程度,最大限度吸引他们加入抗日民族统一战线之中。正如毛泽东在阅读《辩证法唯物论教程》一书时所批注的那样,"九一八后,中日矛盾成为主要矛盾。我们论证了民族统一战线的现实性,证明了民主共和国的可能,这样

---

① 《毛泽东选集》第一卷,人民出版社 1991 年版,第 152 页。
② 《毛泽东选集》第一卷,人民出版社 1991 年版,第 255 页。
③ 《毛泽东选集》第一卷,人民出版社 1991 年版,第 154 页。

去解决这个主要矛盾。"①另一方面,提出和确立社会主要矛盾范畴能够为各种力量、各类群体分析各类社会矛盾的"存在秩序"和"演变轨迹"提供最直接、最有效的"方法",即"主要矛盾—次要矛盾"分析法,从而提升他们自身把握国内形势和明晰敌我态势的精准性,促使他们自身去发现敌对关系的主要对象、斗争的主要任务都已切实发生阶段性转变的事实,进而增强他们加入抗日民族统一战线的自觉性。事实上,毛泽东在社会主要矛盾范畴的提出和确立阶段就明确强调:"万千的学问家和实行家,不懂得这种方法,结果如堕烟海,找不到中心,也就找不到解决矛盾的方法。"②可见,国内革命形势不断变化的现实为以毛泽东同志为主要代表的中国共产党人能够提出和确立社会主要矛盾范畴提供了必要的基本条件,又对以毛泽东同志为主要代表的中国共产党人提出和确立社会主要矛盾范畴提出了迫切需要,成为毛泽东在全面抗战爆发前后正式提出和确立社会主要矛盾范畴的重要实践基础。

第二节　毛泽东提出和确立社会主要矛盾范畴的基本历程

　　人的思维与自然界、人类社会一样,其演变到某一种状态都是在不断积累的基础上发生质变的必然结果。社会主要矛盾范畴的提出和确立正是毛泽东在不断吸收与矛盾相关的认识成果的基础上以及在不断亲身参与各种鲜活的革命实践活动的过程中对矛盾学说的成功创新,其在认识和思维上明显经历了三个发展阶段。

---

① 《毛泽东哲学批注集》,中央文献出版社 1988 年版,第 68—69 页。
② 《毛泽东选集》第一卷,人民出版社 1991 年版,第 322 页。

一、矛盾不均衡发展思想倾向的形成阶段

1927 年 7 月以前是毛泽东逐渐形成矛盾不均衡发展思想倾向的阶段。根据其思想演变的状况，可以将毛泽东形成矛盾不均衡发展思想倾向的阶段以 1920 年为时间节点划分为两个小阶段，即 1920 年以前的阶段和 1921 年到 1927 年 7 月的阶段。

毛泽东在 1919 年 7 月发表的《〈湘江评论〉创刊宣言》中首次使用了"矛盾"一词，即"用强权打倒强权，结果仍然得到强权。不但自相矛盾，并且毫无效力"[①]。但是，他在这里所使用的"矛盾"一词并不是哲学和社会学意义上所说的"矛盾"。实际上，毛泽东在 1920 年以前更多地使用"差别"[②]"抵抗"[③]等词来表达与"矛盾的普遍性"相近似的意思。例如，他在《〈伦理学原理〉批注》中提出了"人世一切事，皆由差别比较而现"[④]的论断，同时也赞同"世界一切之事业及文明，固无不起于抵抗决胜"[⑤]的观点。与其矛盾思想尚处于萌芽阶段相同步的是，毛泽东的矛盾不均衡发展的思想倾向在 1920 年以前尚处于形成中的前半段，在很多时候还带有萌芽性质，其主要表现为五个方面：一是读书与治学方面具有矛盾不均衡发展的思想倾向。例如，毛泽东主张在"博"与"约"的关系上要先追求"博"，在"中"与"西"的关系上要先注重"中"，在"普通"与"专门"的关系上要先讲究"普通"。[⑥] 二是德智体的关系方

---

① 《毛泽东早期文稿（1912 年 6 月—1920 年 11 月）》，湖南人民出版社 2008 年版，第 271 页。

② 《毛泽东早期文稿（1912 年 6 月—1920 年 11 月）》，湖南人民出版社 2008 年版，第 162 页。

③ 《毛泽东早期文稿（1912 年 6 月—1920 年 11 月）》，湖南人民出版社 2008 年版，第 159 页。

④ 《毛泽东早期文稿（1912 年 6 月—1920 年 11 月）》，湖南人民出版社 2008 年版，第 162 页。

⑤ 《毛泽东早期文稿（1912 年 6 月—1920 年 11 月）》，湖南人民出版社 2008 年版，第 159 页。

⑥ 《毛泽东早期文稿（1912 年 6 月—1920 年 11 月）》，湖南人民出版社 2008 年版，第 6 页。

面具有矛盾不均衡发展的思想倾向。例如,毛泽东不认为"德行""智慧""身体"三者处于同一地位,而主张"身体"比"德行"和"智慧"更重要,"一旦身不存,德智则随之而隳矣!"[1]三是救国方面具有矛盾不均衡发展的思想倾向。例如,毛泽东反对从补缀、枝节方面采取救国措施,而是主张从根本性、关键性方面采取救国措施,其在这一阶段先后提出过通过英雄人物特别是"奇杰"[2]来救国、通过改造和普及体现"大本大源"的哲学救国[3]以及通过"民众大联合"救国[4]等主张。四是价值和利益追寻方面具有矛盾不均衡发展的思想倾向。例如,毛泽东主张"善"的价值要高于"恶"的价值[5]、"个人价值"大于"宇宙价值"[6]、以"利我"为主而以"利他"为辅[7]等。五是婚姻观念上具有矛盾不均衡发展的思想倾向。例如,毛泽东主张"夫妇关系"的中心在于"恋爱",而不在于其余的附属物[8],强调在"婚制改革"方面最根本、最要紧的是打破"婚姻命定说"[9]。

从总体上看,尽管毛泽东在读书与治学、德智体的关系、救国、价值与利益、婚姻观念等方面的论述里体现了一定的矛盾不均衡发展的思想倾向,但与

---

① 《毛泽东早期文稿(1912 年 6 月—1920 年 11 月)》,湖南人民出版社 2008 年版,第52 页。

② 《毛泽东早期文稿(1912 年 6 月—1920 年 11 月)》,湖南人民出版社 2008 年版,第6 页。

③ 《毛泽东早期文稿(1912 年 6 月—1920 年 11 月)》,湖南人民出版社 2008 年版,第73 页。

④ 《毛泽东早期文稿(1912 年 6 月—1920 年 11 月)》,湖南人民出版社 2008 年版,第312 页。

⑤ 《毛泽东早期文稿(1912 年 6 月—1920 年 11 月)》,湖南人民出版社 2008 年版,第164 页。

⑥ 《毛泽东早期文稿(1912 年 6 月—1920 年 11 月)》,湖南人民出版社 2008 年版,第132 页。

⑦ 《毛泽东早期文稿(1912 年 6 月—1920 年 11 月)》,湖南人民出版社 2008 年版,第123 页。

⑧ 《毛泽东早期文稿(1912 年 6 月—1920 年 11 月)》,湖南人民出版社 2008 年版,第396 页。

⑨ 《毛泽东早期文稿(1912 年 6 月—1920 年 11 月)》,湖南人民出版社 2008 年版,第404 页。

其在 1920 年以前发表的丰富论著和深邃的思想相比,毛泽东的矛盾不均衡发展的思想倾向着实还显得比较零星化、零散化。而且,毛泽东在这一时间段里所阅读的各类论著主要集中于《论语》《礼记》等体现中国古代传统文化的书籍以及诸如《原富》《民约论》《伦理学原理》等介绍西方"新学"的书籍,而其在 1920 年前后才真正接触和阅读《阶级斗争》《共产党宣言》等马克思主义的相关书籍。中国古代传统文化中的唯心主义哲学和西方的唯心主义哲学对毛泽东在这一阶段的心路历程和思想轨迹影响较大。这导致其"差别""抵抗"等与"矛盾的普遍性"相近似的观点以及矛盾不均衡发展的思想倾向除了个别时候具有朴素的唯物主义状态外,绝大部分时候都打上了唯心主义的烙印。也就是说,毛泽东在这一时间段里所具有的矛盾不均衡发展的思想倾向,无论是形成的基础还是思想本身,在一定程度上都还缺乏科学性。

　　1921 年到 1927 年 7 月是毛泽东形成矛盾不均衡发展思想倾向的第二个小阶段。毛泽东于 1920 年冬天在世界观上基本完成了由唯心主义向唯物主义的转变,在历史观上基本完成了由唯心史观向唯物史观的转变,在革命观上基本完成了由改良主义、激进的民主主义向共产主义的转变。伴随着这一转变,毛泽东的矛盾观也逐渐摆脱了唯心主义的痕迹而走向科学,不仅看到工人与资本家的对立统一关系,而且真正从哲学和社会学意义上明确使用"矛盾"一词。例如,毛泽东在形容民族资产阶级对于革命的"两面态度"时采用了"矛盾惶遽状态"[①]的表述,在形容小地主这一农村中产阶级对于革命的态度时采用了"矛盾的态度"[②]等表述。与形成科学的矛盾观相同步的是,毛泽东的矛盾不均衡发展的思想倾向在这一阶段基本形成,其主要表现为四个方面:一是经济基础与上层建筑的关系方面具有矛盾不均衡发展的思想倾向。毛泽东认为必须动摇地主阶级这个"坚实的基础",否则就万不能动摇国内统治阶

[①] 《毛泽东选集》第一卷,人民出版社 1991 年版,第 4 页。
[②] 《毛泽东年谱(一八九三——一九四九)(修订本)》(上),中央文献出版社 2013 年版,第 147 页。

级和国外帝国主义在中国所进行的统治"这个基础的上层建筑物"①。二是革命方式方法上具有矛盾不均衡发展的思想倾向。他认为改良的方式是一种不适合中国实际的"补缀办法",而改造的方式才适合中国,应该"大规模改造"②,并认为激烈的共产主义方法"最宜采用",采取社会政策的方法只是"补苴罅漏",而社会民主主义、无政府主义以及罗素主义等方法"永世都做不到"③。三是革命形势方面具有矛盾不均衡发展的思想倾向。毛泽东认为,"中国政治的结局是民主派战胜军阀派,但目前及最近之将来一个期内,中国必仍然是军阀的天下"④,因而属于革命的民主派的共产党应该与同属于革命的民主派的国民党合作,并且应该与非革命的民主派合作。四是革命动力与敌人方面具有矛盾不均衡发展的思想倾向。毛泽东依据经济地位的不同在《中国社会各阶级的分析》《湖南农民运动考察报告》等著作中对作为革命敌人的各阶级的反动程度以及对作为革命动力的各阶级的革命程度进行了非均衡的区分。

毛泽东在 1921 年到 1927 年 7 月这段时间里所阅读的马列主义书籍越来越多,所接触和吸收的马列主义思想也越来越丰富和深刻,所参加的诸如中国共产党第一次全国代表大会、建立中国共产党湖南支部、多次领导工人的罢工活动等无产阶级革命性质的实践活动越来越频繁。这一切使毛泽东在 1920 年基本完成科学转变的世界观、历史观以及革命观在这段时间里得以巩固并完全确立。因此,毛泽东在这一时间段里所阐述的矛盾观以及所形成的矛盾不均衡发展的思想倾向都建构在了科学的基础之上。经济基础与上层建筑之间的矛盾不均衡发展倾向的发现或产生,既是毛泽东具有矛盾不均衡发展思想倾向的重要表现之一,也帮助毛泽东打开了正确、科学认识社会现象的"闸

---

① 《毛泽东文集》第一卷,人民出版社 1993 年版,第 37 页。
② 《毛泽东文集》第一卷,人民出版社 1993 年版,第 1 页。
③ 《毛泽东文集》第一卷,人民出版社 1993 年版,第 2 页。
④ 《毛泽东文集》第一卷,人民出版社 1993 年版,第 11 页。

门",令他在认识与革命直接相关的最紧迫、最重要的那些问题上往往都具有明显的矛盾不均衡发展的思想倾向。换句话说,毛泽东以"经济基础决定上层建筑"为方法和前提去认识各种革命因素和现象,形成了一个与革命直接相关的具有矛盾不均衡发展思想倾向的"理论集群"。而且,毛泽东的矛盾不均衡发展的思想倾向在这一段时间里不再是零散化、零星化,而是贯穿和体现于他在各种重要场合的讲话中、所写的各种重要文章中以及所参加的各种重要的实践活动中,为正式提出和确立社会主要矛盾范畴迈出了极为关键的一步。

二、矛盾不均衡发展思想的形成阶段

从 1927 年 8 月到 1936 年 10 月是毛泽东矛盾不均衡发展思想的形成阶段。在这一时间段里,毛泽东在一系列革命实践中对矛盾的认识越来越走向深入,初步形成了一整套涵盖方方面面的矛盾学说。哲学和社会学意义上的"矛盾"术语已经相当频繁地出现于他所撰写的各种文章中以及所发表的各种讲话中。例如,"敌人内部有矛盾"[1]"阶级矛盾"[2]等表述都是其具体体现。而与"矛盾"具有相同或相近的哲学和社会学意义的"斗争""冲突"等词汇用语和表达更是异常频繁,数不胜数。基于对矛盾的深入思考和认识,毛泽东在这一时间段里不再是仅仅具有矛盾不均衡发展的思想倾向,而是正式形成了矛盾不均衡发展的思想。其矛盾不均衡发展思想主要体现为四个方面:一是政治经济发展方面不均衡。毛泽东在《中国的红色政权为什么能够存在?》《井冈山的斗争》《星星之火,可以燎原》等著作中特别强调政治经济发展不均衡会直接导致社会矛盾不均衡,是引起各种社会矛盾不均衡的最深层次的根

---

[1]　《毛泽东年谱(一八九三——一九四九)(修订本)》(上),中央文献出版社 2013 年版,第 281 页。

[2]　《毛泽东年谱(一八九三——一九四九)(修订本)》(上),中央文献出版社 2013 年版,第 317 页。

源。二是革命道路方面不均衡。毛泽东依据政治经济发展不均衡的客观现实,认为中国革命的道路也是不均衡的,不能像俄国那样选择"城市—农村"式的革命道路,而是要选择"农村—城市"式的革命道路,即只能走"农村包围城市、武装夺取政权"的革命道路。三是战略战术方面不均衡。在战略方向上,毛泽东主张对强敌一方采取守势,而对弱敌一方采取攻势①,主张在特定的情况下要避免"防御式的内线作战",而要采用"进攻式的外线作战"战略②等;在战术上,毛泽东形成了一套完整的"敌退我进,敌驻我扰,敌疲我打,敌退我追"的"十六字诀"游击战法和"大步进退,诱敌深入,集中兵力,各个击破"的"十六字诀"运动战法③等。四是状态、因素发生转化体现矛盾不均衡。巩固根据地要将"敌人的攻势"转变为"敌人的守势"④、"经济建设"在革命与战争的环境下必须让位和服务于"革命战争"⑤、民族资产阶级在严峻的民族危机下会由"不抗日"转变为"抗日"⑥等都是毛泽东在这一阶段形成"矛盾地位会发生转化"观点的具体体现。不同的矛盾之间的地位以及矛盾双方的地位发生转化是矛盾不均衡的重要体现,也是毛泽东矛盾不均衡发展思想形成的标志之一。

毛泽东在这一时间段里所经历的革命实践活动真可谓是异常丰富,惊心动魄。既长期面临着严峻的阶级斗争,又日益面临着紧迫的民族革命;既经历过正确路线指引下的革命领导的顺境,又经历过错误路线指引下被剥夺革命领导权的逆境;既有过围绕根据地多次开展反"围剿"斗争取得胜利的喜悦,

---

① 《毛泽东选集》第一卷,人民出版社1991年版,第59页。

② 《毛泽东年谱(一八九三——一九四九)(修订本)》(上),中央文献出版社2013年版,第373页。

③ 《毛泽东年谱(一八九三——一九四九)(修订本)》(上),中央文献出版社2013年版,第327页。

④ 《毛泽东年谱(一八九三——一九四九)(修订本)》(上),中央文献出版社2013年版,第335页。

⑤ 《毛泽东年谱(一八九三——一九四九)(修订本)》(上),中央文献出版社2013年版,第408页。

⑥ 《毛泽东选集》第一卷,人民出版社1991年版,第147页。

又有过因革命失利而被迫进行战略大转移的低沉。在极其复杂和异常艰难的革命形势下亲身参加和领导的众多革命实践活动,不仅为毛泽东认识矛盾提供了极为丰富的生动素材,也促使他更为深入地认识和思考各种矛盾的演变规律,从而尽量使力量弱小的中国共产党能够得以生存和发展。而且,毛泽东在这一阶段集中深入阅读了恩格斯的《反杜林论》、马克思的《资本论》、列宁的《共产主义运动中的"左派"幼稚病》《社会民主党在民主革命中的两种策略》《国家与革命》以及斯大林撰写的《论列宁主义基础》等马列主义的重要经典著作。通过对这些经典著作的仔细研读,马克思、恩格斯的辩证法哲学特别是列宁的认识论、辩证法思想、帝国主义论对正处于革命斗争最前线、最艰难阶段的毛泽东的影响越来越大。毛泽东正是在将马克思、恩格斯、列宁等马克思主义经典作家的矛盾思想与中国革命实践相结合的基础上形成了富有中国革命特色的矛盾不均衡发展思想。之所以说毛泽东的矛盾不均衡发展思想在这一时间段里基本形成,是因为毛泽东基于中国当时的社会状态形成了革命道路不均衡、革命战略战术不均衡、革命状态和因素发生转化等在内的一套革命不均衡发展的理论体系。提出和确立社会主要矛盾范畴的一个重要目的在于明确革命任务。毛泽东在靠近这一时间段的末尾时已经使用"扩大红军为此时期中心的一环"[1]"主要任务是反对日本侵略"[2]等表述。可见,提出和确立社会主要矛盾范畴在这一阶段的末尾已经是一件呼之欲出的事情了。

三、社会主要矛盾范畴的提出和确立阶段

从 1936 年 11 月到 1937 年 8 月是毛泽东提出和确立社会主要矛盾范畴的时期。与前一阶段相比,毛泽东的矛盾学说在这一阶段越来越走向成熟、完备和深化,不仅继续创新和发展了之前所形成的革命矛盾学说,而且从哲学上创新和发展了马克思、恩格斯、列宁等马克思主义经典作家们的矛盾学说。社

---

[1] 《毛泽东文集》第一卷,人民出版社 1993 年版,第 369—370 页。

[2] 《毛泽东文集》第一卷,人民出版社 1993 年版,第 390 页。

会主要矛盾范畴正是在这两类矛盾学说的创新和发展中得以正式提出和确立。

社会主要矛盾范畴能在这一时间段里得以最终提出和确立,除了受到国内革命形势的影响外,还明显受到苏联哲学思想的影响。由苏联哲学家撰写的《辩证法唯物论教程》和《辩证唯物论与历史唯物论》对毛泽东在这一阶段提出和确立社会主要矛盾范畴产生了重要的直接影响,而尤其以前者所产生的影响最大、最直接。其直接影响主要不是来自哲学著作中所系统论述的"对立物相互渗透""对立物相互转化"①"矛盾不均衡"②"内因是主导"③等体现矛盾不均衡发展的思想倾向本身,而是主要来自哲学著作中所涉及的"主要矛盾"以及与其意义相近的"根本矛盾""主要的决定的矛盾"等表述本身。例如,《辩证法唯物论教程》第四章有关于"根本矛盾"的表述④,第七章有关于"主要矛盾"的表述⑤和关于"主要的决定的矛盾"的表述⑥等。这些表述为毛泽东提出和确立社会主要矛盾范畴提供了原初的经典文字表述或表达上的宝贵借鉴和参考。如果没有苏联哲学家们提供的这些借鉴和参考,毛泽东当然也会提出和确立与"社会主要矛盾"意思相近或者相同的范畴,但这一范畴的名称可能就不一定会叫"社会主要矛盾",而是可能叫"最高矛盾"或"最重要矛盾"等其他表达。而且,从毛泽东在这一时期所撰写的相关文章来

① [苏联]西洛可夫、爱森堡等:《辩证法唯物论教程》,李达、雷仲坚译,笔耕堂书店 1932 年版,第 291 页。

② 《毛泽东年谱(一八九三——一九四九)(修订本)》(上),中央文献出版社 2013 年版,第 616 页。

③ 《毛泽东年谱(一八九三——一九四九)(修订本)》(上),中央文献出版社 2013 年版,第 687 页。

④ [苏联]西洛可夫、爱森堡等:《辩证法唯物论教程》,李达、雷仲坚译,笔耕堂书店 1932 年版,第 282 页。

⑤ [苏联]西洛可夫、爱森堡等:《辩证法唯物论教程》,李达、雷仲坚译,笔耕堂书店 1932 年版,第 298 页。

⑥ [苏联]西洛可夫、爱森堡等:《辩证法唯物论教程》,李达、雷仲坚译,笔耕堂书店 1932 年版,第 299 页。

看,他在使用"主要矛盾"及其与之意义相近或相同的表达方面确实打上了《辩证法唯物论教程》的"痕迹"。例如,毛泽东在《矛盾论》中表达"主要矛盾"的意思时,偶尔会用"根本矛盾"的表达来代替"主要矛盾"的表达①。这与《辩证法唯物论教程》中将"主要矛盾"与"根本矛盾"等表达含混运用的情况极为相似。但是,苏联哲学家们只是在其所举的例子中提到了"主要矛盾"以及与其意义相近的表达和表述所具有的决定性作用②,而对于其所包含的内容、所具有的内涵以及所具有的变化规律等都还没有展开论述,即"主要矛盾"以及与其意义相近的表达和表述在苏联哲学家们的思想中还只是抽象的、尚处于需要完善和发展的概念。苏联哲学家并没有真正确立社会主要矛盾范畴。因此,尽管毛泽东直接借鉴和参考了苏联哲学家们关于"主要矛盾"以及与其意义相近的表达和表述,但这并不是说毛泽东直接将其生拉硬扯地运用到对中国社会问题的分析之中而无任何创新。相反,毛泽东才是真正赋予"主要矛盾"以真实丰富的内容、确切的内涵以及真实演变规律的第一人。也正是在此过程中以及在此基础上,毛泽东正式提出和确立了社会主要矛盾范畴。

毛泽东从 1936 年 11 月到 1937 年 4 月先后阅读过《辩证法唯物论教程》数遍,其在阅读的过程中受到苏联哲学家们关于主要矛盾的相关表述的直接影响和启发,在所写的批注中初步阐述了对主要矛盾的诸多看法。例如,毛泽东提出了"帝国主义的主要矛盾是不平衡发展"③"中日矛盾在九一八后成为主要矛盾"④等判断,并明确将矛盾分为"过程中主要矛盾与若干其他次要矛盾"⑤。不仅如此,他还在批注中初步揭示了主要矛盾的内涵和地位,即"由于

---

① 《毛泽东选集》第一卷,人民出版社 1991 年版,第 314 页。
② 《毛泽东年谱(一八九三——一九四九)(修订本)》(上),中央文献出版社 2013 年版,第 617 页。
③ 《毛泽东哲学批注集》,中央文献出版社 1988 年版,第 68 页。
④ 《毛泽东哲学批注集》,中央文献出版社 1988 年版,第 68 页。
⑤ 《毛泽东哲学批注集》,中央文献出版社 1988 年版,第 69 页。

主要矛盾的发展规定各次要矛盾的发展"①,"其他一切矛盾,都受这个主要矛盾所规定"②。尽管毛泽东在批注中关于主要矛盾的看法和表述还不是那么准确和完备,但从思想实质来看,这些看法和表述标志着毛泽东已经初步提出和确立社会主要矛盾范畴了。从此,他就越加频繁地运用这一范畴来分析中国的社会现状和革命现状。例如,他在1937年3月23日开始召开的延安会议第一项议程的讲话中有"中日矛盾是主要的""国内矛盾降到次要地位""政策变化是以这一主要矛盾为主要的根据"等提法。③ 他于1937年5月在延安召开的党的苏区代表会议上再一次明确了"中日矛盾成为主要的矛盾""国内矛盾降到次要和服从的地位"④的观点,并在此基础上明确了主要矛盾的变化与统一战线的变化、国内阶级关系的变化、全国民众的情况变化、共产党的政策变化、军阀割据与内战情况的变化等各方面情况发生变化之间的关系。当然,毛泽东有时候对"社会主要矛盾"范畴的表述还不是太到位。例如,中共中央在1937年4月15日发出的《告全党同志书》中还有"抓住中日两国间的基本矛盾"⑤的提法。毛泽东在阅读《辩证法唯物论教程》时所写作的批注为其写作《矛盾论》作了直接的准备。⑥ 但是,毛泽东在《矛盾论》中不仅对《辩证法唯物论教程》的批注中关于主要矛盾的论述进行了发挥和深化,而且对主要矛盾的阐述比这之前的相关论述更深刻、更科学、更完备。他在这部著作中不仅明确将主要矛盾视为矛盾不均衡性的根本体现,将主要矛盾归结为矛盾的特殊性方面,而且阐述了主要矛盾与次要矛盾的相互转化关系,还首次对

---

① 《毛泽东哲学批注集》,中央文献出版社1988年版,第87页。

② 《毛泽东哲学批注集》,中央文献出版社1988年版,第69页。

③ 《毛泽东年谱(一八九三——一九四九)(修订本)》(上),中央文献出版社2013年版,第666页。

④ 《毛泽东选集》第一卷,人民出版社1991年版,第252页。

⑤ 《毛泽东年谱(一八九三——一九四九)(修订本)》(上),中央文献出版社2013年版,第671页。

⑥ 《毛泽东年谱(一八九三——一九四九)(修订本)》(上),中央文献出版社2013年版,第615页。

主要矛盾的内涵进行了科学界定,即主要矛盾是存在于"复杂的事物的发展过程中"的一种"规定或影响着其他矛盾的存在和发展"①的矛盾。概念是"抓着了事物的本质,事物的全体,事物的内部联系"②的理性认识,因而对"主要矛盾"概念的科学界定就标志着毛泽东关于社会主要矛盾范畴的正式提出和确立。或许有人会说,毛泽东在这一时间段里还没有完整地使用"社会主要矛盾"的表达,即还没有将"社会"与"主要矛盾"真正连在一起使用,因而他在这一阶段还没有真正提出和确立社会主要矛盾范畴。这显然是不正确的,是一种形而上学的思维方式的必然结果,因为哲学是一门方法论意味十分浓厚的社会科学,将哲学上的"主要矛盾"概念和范畴与社会现实的分析相结合所得出来的"主要矛盾"就是"社会主要矛盾",而且"主要矛盾是中日民族矛盾"的表述也正是毛泽东考察当时整个社会的现实情况而得出的社会主要矛盾判断。因此,毛泽东在这一时间段里正式提出和确立了社会主要矛盾范畴是确定无疑的。

第三节　中国共产党对社会主要矛盾的探索历程

自从毛泽东提出和确立社会主要矛盾范畴以来,这一范畴就成为中国共产党深入认识各阶段的基本国情、科学把握各阶段任务目标的有效方法和工具。苏联哲学家们在世界上最早提出和使用了"主要矛盾"的表达,但他们并没有真正提出和确立社会主要矛盾范畴。而且,这一"表达"并没有引起苏联共产党历任领导人的注意,也没有被他们用来为深化认识国情、明确任务目标服务。在世界上,只有中国共产党始终坚持运用社会主要矛盾范畴来分析社会现实问题,也只有中国共产党重视和坚持对社会主要矛盾的持续探索。从一定程度上说,没有中国共产党坚持不懈地探索社会主要矛盾并坚持不懈地

---

① 《毛泽东选集》第一卷,人民出版社 1991 年版,第 320 页。
② 《毛泽东选集》第一卷,人民出版社 1991 年版,第 285 页。

化解社会主要矛盾,就不可能有新民主主义革命的伟大成就、社会主义革命和建设的伟大成就、改革开放和社会主义现代化建设的伟大成就以及新时代中国特色社会主义的伟大成就。有学者将中国共产党正式探索社会主要矛盾的起始时间点定在 1921 年 7 月,这显然是有失偏颇的。因为中国共产党在其成立后的相当长一段时间里事实上并没有探索社会主要矛盾,而且在 1936 年 11 月以前事实上一直还处于社会主要矛盾范畴的形成中。可见,我们将中国共产党正式探索社会主要矛盾的起始时间点定在 1936 年 11 月才是最恰当的。遵循这一起始时间点,我们可以将中国共产党探索社会主要矛盾的历程大致分为七个阶段。

一、第一阶段:1936 年 11 月—1949 年 10 月

从 1936 年 11 月到 1949 年 10 月中华人民共和国成立是中国共产党探索社会主要矛盾的第一阶段。正如前文所述,毛泽东于 1936 年 11 月在阅读《辩证法唯物论教程》时所写的批注中对"主要矛盾"问题的相关分析拉开了中国共产党探索社会主要矛盾的大幕。在这一阶段里,以毛泽东同志为主要代表的中国共产党人在社会主要矛盾探索方面主要有两大贡献:一是正式确立和提出社会主要矛盾范畴,为人们分析和概括各个时期的社会主要矛盾奠定了基础。运用这一范畴去分析和概括当下以及未来各个时期的社会主要矛盾显然自不待言,更重要的是,人们可以运用这一范畴去分析历史上某个时期的社会主要矛盾,从而帮助人们更加科学、深入地认识历史的演变逻辑与真相,以及中国共产党在历史上制定某种战略、提出某些策略、出台相关政策的合理性。例如,以社会主要矛盾范畴去考察土地革命时期的社会主要矛盾,我们就能将这一时期的社会主要矛盾相对准确地概括为"代表大地主大资产阶级利益的国民党反动派同代表人民利益的共产党之间的矛盾"①,从而有助于我们

---

① 张廷广:《新时代社会主要矛盾判断的生成逻辑》,《甘肃社会科学》2018 年第 4 期。

更好地理解中国共产党在这一时期提倡和建立工农民主统一战线的正确性。二是从总体上判断和概括出纵跨时间长达三十余年的新民主主义革命时期的社会主要矛盾。毛泽东实际上在 1936 年 12 月撰写完成的《中国革命的战略问题》一文中就已经对中国社会的性质作出了"半殖民地的半封建的国度"①的基本准确判断。这一社会性质本身就预示着新民主主义革命时期的社会主要矛盾在总体上呈现出两种状态。毛泽东在 1937 年 3 月召开的延安会议的讲话中关于"中日矛盾是主要的""国内矛盾降到次要地位"②等表述已经蕴含了对新民主主义革命时期社会主要矛盾在总体上所呈现的两种状态的初步表达。毛泽东于 1937 年 5 月在延安召开的党的苏区代表会议上指出："中国很久以来就是处在两种剧烈的基本的矛盾中——帝国主义和中国之间的矛盾，封建制度和人民大众之间的矛盾。"③从上下文的表述来看，其"基本的矛盾"实际上就是指"社会主要矛盾"。显然，毛泽东在这时对新民主主义革命时期的社会主要矛盾总体状态的概括已经基本成型了。他于 1939 年冬季在与其他几位同志合写的课本《中国革命和中国共产党》中对新民主主义革命时期社会主要矛盾的总体状态进行了最到位、最完整、最科学的表述，即新民主主义革命时期的社会主要矛盾在总体上是"帝国主义和中华民族的矛盾，封建主义和人民大众的矛盾"④。对新民主主义革命时期的社会主要矛盾总体状态的科学概括，既有助于人们从总体上把握革命形势和革命任务的演变规律和趋势，又有助于时刻提醒广大党员干部和人民群众不能有松松劲、歇一歇的心态，不能因为一时的胜利而骄傲自满，毕竟"日本帝国主义同中华民族之间的矛盾"这一社会主要矛盾被化解以后，国内还必然面临着"封建主义同人民大众之间的矛盾"这一社会主要矛盾急需被化解。实际上，从已经公开

①　《毛泽东选集》第一卷，人民出版社 1991 年版，第 171 页。
②　《毛泽东年谱(一八九三——一九四九)(修订本)》(上)，中央文献出版社 2013 年版，第 666 页。
③　《毛泽东选集》第一卷，人民出版社 1991 年版，第 252 页。
④　《毛泽东选集》第一卷，人民出版社 1991 年版，第 631 页。

的文献来看,中国共产党在解放战争时期并没有明确指出这一时期"社会主要矛盾的具体内容是什么",而只是对未来过渡时期社会主要矛盾的具体内容进行了详细预测。① 但是,中国共产党其实对于解放战争时期的社会主要矛盾的演变情况和具体内容是相当清楚的,因而在1945年4月召开党的七大前后就已经"进行了相当充分的工作,唤起人民对于内战危险的注意"②。以社会主要矛盾范畴来分析和考察解放战争时期的社会矛盾状况,并结合中国共产党在这一时期对革命任务和策略的相关论述,我们可以将这一时期的社会主要矛盾的具体内容概括为"美帝国主义支持的国民党反动派与中国人民之间的矛盾"③。新民主主义革命时期随着新中国的诞生而走向终结。这既标志着中国共产党带领人民群众在化解民族矛盾、阶级矛盾这两大不同阶段的社会主要矛盾方面获得了决定性的胜利,又标志着中国共产党在新民主主义革命时期探索和化解社会主要矛盾的活动正式结束,而一个新的历史时期的社会主要矛盾正等待着中国共产党去探索和化解。

二、第二阶段:1949年11月—1957年8月

从1949年11月到1957年8月是中国共产党探索社会主要矛盾的第二阶段。从新中国诞生的那一刻起,我国正式进入由新民主主义向社会主义转变的过渡时期。正如前文所述,在解放战争时期,中国共产党已经对过渡时期的社会主要矛盾进行过预测性的判断。例如,刘少奇在1948年9月召开的政治局会议上预测过渡时期的社会主要矛盾是"资本主义(资本家和富农)与社

---

① 毛泽东指出:"资产阶级民主革命完成之后,中国内部的主要矛盾就是无产阶级与资产阶级的矛盾,外部就是与帝国主义的矛盾。其次,内部还有民族矛盾。在经济上完成民族独立,还要一二十年时间。我们努力发展国家经济,由发展新民主主义经济过渡到社会主义"。参见《毛泽东年谱(一八九三——一九四九)(修订本)》(下),中央文献出版社2013年版,第345—346页。

② 《毛泽东选集》第四卷,人民出版社1991年版,第1126页。

③ 张廷广:《新时代社会主要矛盾判断的生成逻辑》,《甘肃社会科学》2018年第4期。

会主义的矛盾"①。毛泽东在这次会议上对刘少奇的这一"判断"进行了充分肯定,同时将过渡时期的社会主要矛盾表述为"无产阶级和资产阶级的矛盾"②。不仅如此,毛泽东于1949年3月在党的七届二中全会上再一次预测过渡时期的社会主要矛盾是"工人阶级和资产阶级的矛盾"③。由此可见,在解放战争时期,中国共产党在对即将到来的过渡时期的社会主要矛盾问题的认识上达成了一项带有战略性预判的共识,即过渡时期的社会主要矛盾是"无产阶级和资产阶级之间的矛盾"。从1949年11月到1952年6月以前,虽然在中国共产党的相关文件中没有对社会主要矛盾作出明确表述,但从毛泽东在1950年6月召开的党的七届三中全会上所阐述的党的总方针中可以推断出中国共产党对这一时间段里的社会主要矛盾的基本看法。毛泽东在当时所阐述的党的总方针是"肃清国民党残余、特务、土匪,推翻地主阶级,解放台湾、西藏,跟帝国主义斗争到底"④。从党的总路线的内容可以推断出中国共产党在新中国成立之初实际上将社会主要矛盾大致判断为"人民大众与帝国主义、官僚资本主义和封建主义以及国民党残余势力之间的矛盾"⑤。因此,中国共产党在新中国成立初期依据国内真实情况的变化实际上改变了其在解放战争期间关于过渡时期社会主要矛盾判断问题上所达成的共识。随着国民党残余势力在大陆被逐渐扫清、帝国主义势力在国内被赶走以及农村土地改革接近尾声,国内的实际情况在1952年又发生了比较明显的变化。鉴于此,中国共产党在1952年6月重新判断了社会主要矛盾。实际上,毛泽东将国内在当时的社会主要矛盾判断并表述为"工人阶级与民族资产阶级的矛盾"⑥,

---

① 《刘少奇年谱(1898—1969)》,中央文献出版社1996年版,第161页。

② 《毛泽东文集》第五卷,人民出版社1996年版,第145—146页。

③ 《毛泽东选集》第四卷,人民出版社1991年版,第1433页。

④ 《毛泽东文集》第六卷,人民出版社1999年版,第74页。

⑤ 徐艳玲、王胜椿:《我国社会主要矛盾认知的历史流变及其启示》,《思想理论教育导刊》2018年第10期。

⑥ 《毛泽东文集》第六卷,人民出版社1999年版,第231页。

而周恩来在党的历史上首次将当时国内的社会主要矛盾分为农村社会主要矛盾和城市社会主要矛盾两种情况。他将当时农村的社会主要矛盾判断为"广大农民跟农村中的资本主义势力的矛盾",而将当时城市的社会主要矛盾判断为"无产阶级跟资产阶级这样一个矛盾"①。虽然毛泽东与周恩来在对当时的社会主要矛盾的具体表述方面存在明显的差异性,但二者所判断的社会主要矛盾在内容实质方面基本上是一致的,即当时的社会主要矛盾就是两大阶级之间的矛盾。这一社会主要矛盾实际上对在全国范围内掀起社会主义改造活动起到了推动作用。到1956年9月党的八大召开时,对资本主义工商业、手工业和农业的社会主义改造已经取得了重大进展,而且"一五"计划也正在如火如荼地进行当中。切实从当时已经发生显著变化的实际情况出发,中国共产党将我国即将进入的社会主义社会的主要矛盾判断为"人民对于建立先进的工业国的要求同落后的农业国的现实之间的矛盾"以及"人民对于经济文化迅速发展的需要同当前经济文化不能满足人民需要的状况之间的矛盾"②。党的八大对社会主要矛盾的判断无疑是正确的。③ 如果中国共产党能够将其很好地坚持下去,那我国落后的社会面貌以及人民群众低下的生活水平都可能会更快地发生大变化。

三、第三阶段:1957年9月—1978年11月

从1957年9月到1978年11月是中国共产党探索社会主要矛盾的第三阶段。中国共产党在这一时间段里探索社会主要矛盾的最重大事件莫过于在1957年9月对党的八大所作出的关于社会主要矛盾的正确判断的改变,而事实上重新把阶级矛盾判断为我国社会的主要矛盾。毛泽东于1957年9月在

---

① 《建国以来重要文献选编》第3册,中央文献出版社2011年版,第205页。
② 《中共中央文件选集(一九四九年十月——一九六六年五月)》第24册,人民出版社2013年版,第248页。
③ 《毛泽东年谱(一九四九——一九七六)》第二卷,中央文献出版社2013年版,第639页。

中共中央政治局扩大会议上明确将当时的社会主要矛盾判断为"工人阶级与资产阶级的矛盾、社会主义与资本主义的矛盾"①。他认为,社会主义改造的基本完成只是在经济方面化解了敌我矛盾,但"如从政治方面、思想方面看,就不能这样说了"②。毛泽东于1957年10月在党的八届三中全会各组组长会议上再次强调当前的社会主要矛盾是"无产阶级和资产阶级的矛盾"③。他于1957年10月在党的八届三中全会最后一次会议上将当时的社会主要矛盾完整、明确地概括为"两个阶级、两条道路"的矛盾,认为"无产阶级和资产阶级的矛盾,社会主义道路和资本主义道路的矛盾,毫无疑问,这是当前我国社会的主要矛盾"④。众所周知,从1956年9月党的八大的召开到1957年9月中共中央政治局扩大会议的召开仅仅相隔1年的时间,而毛泽东为什么在社会主要矛盾的认识上会有如此急剧、如此巨大的变化呢?这是毛泽东的轻率行为吗?显然不是,因为甘肃省委在1956年向党中央咨询"哪一个矛盾为主要矛盾"时,毛泽东出于谨慎考虑,在"当时没有答复,要看一看"⑤。关于毛泽东在极短的时间里改变党的八大关于社会主要矛盾判断的原因问题,一直都是学术界探讨的一个历久弥新的重大问题,也是众多学者感觉很难说清楚而众多读者在理解上始终存有"似是而非"的感觉的困惑问题。实际上,毛泽东在这样短的时间内改变对社会主要矛盾的判断和表述的原因是异常复杂的,其至少与两个方面的因素联系紧密:一是直接与毛泽东对过渡时期的时间下限判断相关。作出我国处于"过渡时期"的判断事实上就是对我国当时的基本国情的判断,而这成为毛泽东判断当时我国社会主要矛盾的重要依据。但是,毛泽东对过渡时期的时间下限问题的看法是不稳定的。例如,他在

---

① 《毛泽东年谱(一九四九——一九七六)》第三卷,中央文献出版社2013年版,第207页。
② 《毛泽东年谱(一九四九——一九七六)》第三卷,中央文献出版社2013年版,第207页。
③ 《毛泽东年谱(一九四九——一九七六)》第三卷,中央文献出版社2013年版,第217页。
④ 《毛泽东年谱(一九四九——一九七六)》第三卷,中央文献出版社2013年版,第223页。
⑤ 《毛泽东年谱(一九四九——一九七六)》第三卷,中央文献出版社2013年版,第207页。

1953 年 6 月认为过渡时期的时间下限就是指社会主义改造的基本完成[①],在 1957 年 9 月召开的党的八届三中全会上将过渡时期的时间下限判断为"社会主义社会的建成"[②],在 1958 年 1 月认为过渡时期的结束还要 15 年[③],即过渡时期的时间下限为 1973 年前后等。对过渡时期的时间下限问题的看法反复多变且这些反复多变的时间下限都超出了社会主义改造基本完成的时间,这自然会使毛泽东在社会主义制度基本确立后仍然会把阶级矛盾作为我国社会的主要矛盾。二是与当时特殊的国内外环境有关。国际上在 1957 年发生了群众武装暴动的波匈事件,而该事件对我国一些人的思想产生了不良影响,即国内在当时的确出现了少数右派分子攻击社会主义制度和共产党的现象。面对当时国内外的大环境,毛泽东对国内阶级斗争的形势的确作出了过于严重的估计,从而极容易将阶级矛盾重新判断为我国社会的主要矛盾。自从 1957 年 9 月将社会主要矛盾重新判断成阶级矛盾以来,尽管中国共产党后来有时候在社会主要矛盾的具体表述上会有所差异,但在总体上直到十一届三中全会召开前都没有真正转变"阶级矛盾是社会主要矛盾"的失误判断。这种失误判断并不是以毛泽东同志为主要代表的中国共产党人的主观故意为之,而是中国共产党在缺乏社会主义建设经验的情况下艰辛认识和探索社会主义建设规律的过程中的失误判断。这一失误判断严重阻碍了党和人民各项事业的发展,其教训是异常深刻的,也是十分惨痛的。深刻、惨痛的教训已经成为中国共产党在十一届三中全会以来认识和判断社会主要矛盾的宝贵借鉴,也应该永远成为中国共产党认识和探索社会主要矛盾的警示和参考。

四、第四阶段:1978 年 12 月—1997 年 4 月

从 1978 年 12 月到 1997 年 4 月是中国共产党探索社会主要矛盾的第四

---

① 《毛泽东年谱(一九四九——一九七六)》第二卷,中央文献出版社 2013 年版,第 116 页。
② 《毛泽东年谱(一九四九——一九七六)》第三卷,中央文献出版社 2013 年版,第 344 页。
③ 《毛泽东年谱(一九四九——一九七六)》第三卷,中央文献出版社 2013 年版,第 273 页。

阶段。根据"经济基础决定上层建筑"这一唯物史观的重要原理,中国共产党带领人民群众在基本完成对农业、手工业以及资本主义工商业的社会主义改造时就标志着我国基本建立了社会主义制度。经济文化落后的国家在跨越资本主义"卡夫丁峡谷"进入社会主义社会后首先要集中精力发展社会生产力,通过创造出高于资本主义国家的劳动生产率来改善群众的生活和巩固社会主义制度。① 这就意味着我们在基本确立社会主义制度后一般是不能再将社会主要矛盾判断为阶级矛盾,而是要围绕人民群众低下的生活水平状况以及落后的社会生产力发展状态来重新判断社会主要矛盾。这同时也意味着中国共产党必然迟早会将社会主要矛盾的判断转变到正确的轨道上来。而在 1978年 12 月召开的党的十一届三中全会所作出的"把全党的工作中心转移到经济建设上来"的决定②,真正标志着中国共产党正式拉开了把社会主要矛盾的判断转变到正确轨道上来的大幕。邓小平开始从我国落后的生产力发展状态和人民群众生活水平的落后状态出发来探索社会主要矛盾。他在 1979 年 3月明确指出:"我们的生产力发展水平很低,远远不能满足人民和国家的需要,这就是我们目前时期的主要矛盾,解决这个主要矛盾就是我们的中心任务。"③尽管邓小平在这时所表述的社会主要矛盾在具体内容上还不够准确,但其在社会主要矛盾的判断和概括方面已经抓住了关键要素是确定无疑的。1981 年 6 月召开的党的十一届六中全会首次对建设时期的社会主要矛盾作出了完整、精确的概括和表述,即"在社会主义改造基本完成以后,我国所要解决的主要矛盾,是人民日益增长的物质文化需要同落后的社会生产之间的矛盾"④。从此,这一判断和概括就成为我国在新时期关于社会主要矛盾的经典表述。但是,党的十一届六中全会关于社会主要矛盾的概括和判断在当时

① 《列宁全集》第 37 卷,人民出版社 2017 年版,第 20 页。
② 《改革开放三十年重要文献选编》(上),人民出版社 2008 年版,第 14 页。
③ 《邓小平文选》第二卷,人民出版社 1994 年版,第 182 页。
④ 《改革开放三十年重要文献选编》(上),人民出版社 2008 年版,第 212 页。

并不是没有争议,相反,其争议可能还比较大。正因如此,1982 年 9 月召开的党的十二大只是强调了"不断满足人民日益增长的物质文化需要是社会主义生产和建设的根本目的"①,而没有作出关于社会主要矛盾的表述。在这之后,党的十一届六中全会关于社会主要矛盾的概括和判断越来越在全国上下成为一项思想共识。从党的十三大开始到 1997 年 5 月以前,党的十一届六中全会关于社会主要矛盾的判断和概括始终成为我国社会主要矛盾表述的基本遵循。中国共产党在 1978 年 12 月到 1997 年 4 月这一段时间里充分围绕如何化解这一社会主要矛盾来明确中心任务和开展各项工作,从而推动了我国社会生产力的发展状态和人民群众的生活水平不断迈上新台阶。

五、第五阶段:1997 年 5 月—2002 年 10 月

从 1997 年 5 月到 2002 年 10 月是中国共产党探索社会主要矛盾的第五阶段。之所以将中国共产党探索社会主要矛盾的这五年历程单独作为一个阶段,并不是因为社会主要矛盾判断的主要内容在这五年里发生了明显的变化,而是因为中国共产党在这五年里首次明确探索了社会主要矛盾的时间下限问题,即作出了"人民日益增长的物质文化需要同落后的社会生产之间的矛盾贯穿整个初级阶段"的论断。从已经公开的文献来看,江泽民于 1997 年 5 月29 日在中央党校省部级干部进修班毕业典礼上的讲话中首次作出了该论断,他指出:"在社会主义初级阶段,社会的主要矛盾是人民日益增长的物质文化需要同落后的社会生产之间的矛盾。这个主要矛盾,贯穿我国社会主义初级阶段的整个过程和社会生活的各个方面,决定了我们的根本任务是集中力量发展社会生产力。"②他于 1997 年 9 月在党的十五大上再次正式强调了该论断,他指出:"社会的主要矛盾是人民日益增长的物质文化需要同落后的社会

---

① 《十二大以来重要文献选编》(上),人民出版社 1986 年版,第 19 页。
② 江泽民:《高举邓小平建设有中国特色社会主义理论伟大旗帜 抓住机遇开拓进取把我们事业全面推向二十一世纪》,《求是》1997 年第 12 期。

生产之间的矛盾,这个主要矛盾贯穿我国社会主义初级阶段的整个过程和社会生活的各个方面。"①他于 1998 年 12 月在纪念中共十一届三中全会召开二十周年大会的讲话中事实上再一次强调了这一"论断",他指出:"我国社会主义社会的主要矛盾,始终是人民日益增长的物质文化需要同落后的社会生产之间的矛盾。"②江泽民在这一时间段里为什么会作出"人民日益增长的物质文化需要同落后的社会生产之间的矛盾贯穿整个初级阶段"的论断呢? 这同样是一个难以回答的问题。从总体来看,这一"论断"的作出与四个方面的因素密切相关。一是与认识事物的基本演进历程和规律有关。由于经济社会等方面的发展水平在当时还相对较低,各种社会现象的发展趋势尚未完全"显现"以及党探索社会主义现代化建设规律和认识社会主义初级阶段各种规律的时间还相对较短,党在十五大前后就还难以对社会主义初级阶段的社会主要矛盾演变规律以及"基本国情判断"与"社会主要矛盾判断"的内在关系作出完全正确的认识。实际上,邓小平等老一辈党和国家的领导人早就意识到这个问题,在党的十三大明确指出:"社会主义初级阶段是很长的历史发展过程。我们对这个阶段的状况、矛盾、演变及其规律的认识,在许多方面还知之不多,知之不深。我们的许多方针、政策和理论还有待于完善,要随着实践的发展,不断经受检验,得到补充、修正和提高。"③正是受认识事物的基本演进历程和规律的制约和影响,党的十五大前后将"人民日益增长的物质文化需要同落后的社会生产之间的矛盾"这一社会主要矛盾判断所应发挥作用的"时间范围"定在了整个社会主义初级阶段,作出了"人民日益增长的物质文化需要同落后的社会生产之间的矛盾贯穿整个初级阶段"的论断。二是与当时我国经济社会所处发展方位有关。尽管我国社会生产力在改革开放以来已经获得了较大程度的发展,但当时"整个

①　《江泽民文选》第二卷,人民出版社 2006 年版,第 15 页。
②　《江泽民文选》第二卷,人民出版社 2006 年版,第 253 页。
③　《十三大以来重要文献选编》(上),人民出版社 1991 年版,第 58 页。

生产力的发展水平还比较低,离进入发达阶段还相距很远"①。从一个大的"量变与质变"过程来看,我国经济社会的整体发展在当时仍然处于量变过程的前期"蓄积"状态。在这种情况下,党还很难清楚地预计到我国的经济社会在二十年后的具体发展状态,也很难准确地预计到我国经济社会的整体发展在社会主义初级阶段内发生明显阶段性质变的具体时间。作出"人民日益增长的物质文化需要同落后的社会生产之间的矛盾贯穿整个初级阶段"的论断是江泽民在我国当时的经济社会所处发展方位下确保经济社会继续快速发展的谨慎考虑和选择。三是与深刻的正反两方面历史经验教训有关。纵观新民主主义革命以来的历史不难发现,中国共产党探索社会主要矛盾的正反两方面的经验教训异常深刻、对比鲜明,既以生动的实践有力地证明和检验了原来的社会主要矛盾判断的正确性和科学性,又使党和人民更加珍惜和决心长期坚持改革开放以来在社会主要矛盾问题上所形成的科学判断。作出"人民日益增长的物质文化需要同落后的社会生产之间的矛盾贯穿整个初级阶段"的论断正是以史为鉴的体现。四是与当时存在着一定的思想分歧有关。20 世纪 90 年代,我国在"是否发展社会主义市场经济"②"党判断的社会主要矛盾是否正确"③

---

① 《江泽民文选》第二卷,人民出版社 2006 年版,第 96 页。

② 自从在我国实施改革开放以来,以"腐败严重""道德滑坡""竞争加剧"等为理由反对在我国建立社会主义市场经济体制的声音在 20 世纪 90 年代一直不绝于耳。参见张廷广:《新时代社会主要矛盾判断的生成逻辑》,《甘肃社会科学》2008 年第 4 期。

③ 国内在 20 世纪 90 年代出现了十多种质疑党对社会主要矛盾判断的声音或观点。例如"社会基本矛盾等于社会主要矛盾论",参见王敏:《现阶段我国社会主要矛盾再考察》,《广东教育学院学报》1995 年第 3 期;"人与自然的矛盾以及人与人之间的矛盾的转移论",参见刘杉林:《说社会主要矛盾——关于社会两大基本矛盾的主次地位关系》,《理论学刊》1993 年第 4 期;"膨胀的人口数量与低下的人口素质之间的矛盾论",参见吉彦波:《社会主义初级阶段主要矛盾新探》,《理论探讨》1992 年第 3 期;"社会主义市场经济体制与政治体制之间的矛盾论",参见何丽野:《关于当前我国社会主要矛盾的再思考》,《浙江社会科学》1996 年第 2 期;"人民日益丰富和多样化的需要同落后的社会生产之间的矛盾论",参见李能:《当前社会主要矛盾的新变化》,《求实》1997 年第 7 期;还有一部分人在表述党对社会主要矛盾的判断时有意或无意间将社会主要矛盾中的"落后的社会生产"表述为"落后的社会生产力",参见中国人民大学报刊复印资料《社会主义研究》1994 年第 3 期的第 151 页,第 9 期的第 26、63 页,第 12 期的第 43 页。

"是否坚持以经济建设为中心"①"是否坚持改革开放"②等问题上一直存在着不同程度的思想分歧。这些与社会主要矛盾判断密切相关的思想分歧可能对我国经济社会发展的全局造成不良影响。然而,对于坚持正确的发展方向有着崇高威望和特殊"稳定"作用的邓小平恰恰又不幸于 1997 年 2 月去世。可以说,党的十五大前后正处于急需统一全党全国上下的思想、继续坚持经济社会发展的正确方向的关键时刻。创新社会主要矛盾论述、作出"人民日益增长的物质文化需要同落后的社会生产之间的矛盾贯穿整个初级阶段"的论断恰恰是从源头上统一思想的重要抓手。尽管该论断在现阶段已经过时,但它既是中国共产党关于社会主要矛盾的一次比较慎重的判断,又是党关于社会主要矛盾的一次重要探索和创新,还是在统一人们的思想方面发挥过重要历史作用的论断。但毕竟"人民日益增长的物质文化需要同落后的社会生产之间的矛盾贯穿整个初级阶段"的论断并不是完全科学的,其必然会被中国共产党关于社会主要矛盾的新认识和新判断所取代。

六、第六阶段:2002 年 11 月—2012 年 10 月

从 2002 年 11 月到 2012 年 10 月是中国共产党探索社会主要矛盾的第六阶段。进入 21 世纪以来,我国经济社会的整体发展在社会主义初级阶段内开始进入量变的后期"蓄积"阶段,即进入距离阶段性质变的发生越来越近的时

---

①　邓小平和江泽民的相关论述反映了国内在 20 世纪 90 年代关于"是否坚持以经济建设为中心"的问题上存在分歧的严重性。例如,邓小平在南方谈话中强调:"抓住时机,发展自己,关键是发展经济。"参见《邓小平文选》第三卷,人民出版社 1993 年版,第 375 页。江泽民在 1991 年 7 月 31 日与党建理论班同志座谈时以及在 2000 年 1 月 20 日召开的中共中央政治局会议上先后两次强调:"中心只能有一个,就是以经济建设为中心,不能搞'多中心论'。"参见《江泽民文选》第二卷,人民出版社 2006 年版,第 526 页。

②　受苏东剧变的影响以及受国内在改革开放过程中出现的一系列比较严重的社会问题的影响,国内在 20 世纪 90 年代存在一股比较强劲的以姓"社"姓"资"为理由的反对改革开放的声音。同时,国内当时还存在着一种脱离中国具体国情的、错误的改革开放思想,即资本主义自由化的改革开放思想。参见胡钧:《划清两种改革开放观的根本界限》,《教学与研究》1992 年第 1 期。

间段里。随着经济社会的整体发展趋势和社会主要矛盾的演变趋势在量变的后期"蓄积"阶段里越来越明朗化,中国共产党在认识和把握社会主要矛盾的问题上也就更加科学和准确,即越来越认识到社会主义初级阶段的社会主要矛盾具有可变性。鉴于此,中国共产党就没有再提"人民日益增长的物质文化需要同落后的社会生产之间的矛盾贯穿整个初级阶段"的论断。在党的十六大召开时,我国的经济总量已经跃居世界第六位[1],人民生活总体上已经实现了由温饱到小康的历史性跨越。当时,"城乡居民收入稳步增长。城乡市场繁荣,商品供应充裕,居民生活质量提高,衣食住用行都有较大改善。社会保障体系建设成效明显。"[2]这些新变化使中国共产党在思考和判断社会主要矛盾时开始意识到在社会主义初级阶段内可能存在社会主要矛盾发生转化的现象,而再用党的十五大前后作出的"人民日益增长的物质文化需要同落后的社会生产之间的矛盾贯穿整个初级阶段"的论断来表述社会主要矛盾的基本演变状态就可能存在不够准确的问题,于是采用了更加保险、谨慎的表述,即在继续沿用"人民日益增长的物质文化需要同落后的社会生产之间的矛盾"这一社会主要矛盾内容时使用了"仍然是"[3]的表达。党的十七大召开时,我国经济社会的整体情况进一步发生了诸多新变化。例如,我国的经济总量已经跃居世界第四位,进出口总额已经跃升至世界第三位,农村居民人均纯收入已经增加到4140元,而城镇居民人均可支配收入已经增加到13786元[4]等。胡锦涛还在党的十七大报告中采用一分为二的辩证思维从经济实力、人民的生活水平、社会主义文化发展情况等八个方面对我国发展所呈现的新特征做了细致的判断。这些新特征表明:"尽管社会主要矛盾没有发生质的变

---

① 《十六大以来重要文献选编》(上),中央文献出版社2005年版,第5页。
② 《十六大以来重要文献选编》(上),中央文献出版社2005年版,第3页。
③ 《十六大以来重要文献选编》(上),中央文献出版社2005年版,第14页。
④ 《十七大以来重要文献选编》(上),中央文献出版社2009年版,第291页。

化,但已经呈现出新的特征。"①鉴于此,党的十七大不可能再使用"人民日益增长的物质文化需要同落后的社会生产之间的矛盾贯穿整个初级阶段"的论断来表述社会主要矛盾,而是在继续沿用原来的社会主要矛盾内容时使用了"没有变"②的表达。"仍然是""没有变"这些具有开放性和留有余地性的表述的使用,恰恰意味着中国共产党在科学认识社会主义初级阶段的社会主要矛盾的演变规律方面达到了新水平、新高度。

七、第七阶段:2012 年 11 月至今

2012 年 11 月以来是中国共产党探索社会主要矛盾的第七阶段。党的十八大召开时,我国的经济总量和进出口贸易总额均已经跃居世界第二位,我国农村居民人均纯收入已经达到 7917 元,而我国城镇居民人均可支配收入更是已经达到 24565 元。③ 同时,胡锦涛在党的十八大报告中还实事求是地指出了我国存在着众多突出的问题,例如发展中的不平衡、不协调、不可持续问题依然突出,产业结构不合理,农业基础依然薄弱,资源环境约束加剧,城乡区域发展差距和居民收入分配差距依然较大,社会矛盾明显增多,教育、就业、社会保障、医疗、住房、生态环境、食品药品安全、安全生产、社会治安、执法司法等关系群众切身利益的问题较多,部分群众生活比较困难,一些领域存在道德失范、诚信缺失现象④等。面对巨大的新成就和众多突出的问题,党的十八大在社会主要矛盾的表述上更加不可能再使用"人民日益增长的物质文化需要同落后的社会生产之间的矛盾贯穿整个初级阶段"的论断,而是继续沿用了党的十七大的表述,即在坚持原来的社会主要矛盾判断的基本内容时继续使用

---

① 魏少辉:《科学新总结:中共十九大对社会主要矛盾的新论断》,《党史研究与教学》2018 年第 1 期。

② 《十七大以来重要文献选编》(上),中央文献出版社 2009 年版,第 11 页。

③ 魏少辉:《科学新总结:中共十九大对社会主要矛盾的新论断》,《党史研究与教学》2018 年第 1 期。

④ 《十八大以来重要文献选编》(上),中央文献出版社 2014 年版,第 4 页。

了"没有变"①的表达。而且,从胡锦涛在党的十八大报告中所指出的突出问题来看,我国在发展中面临的主要问题已经集中在不平衡不充分的发展方面。可见,我国的社会主要矛盾判断在党的十八大召开前后已经处于变化的前夕。在党的十九大召开时,我国经济社会等各方面的整体发展状况已经发生了阶段性质变现象,以习近平同志为核心的党中央意识到"人民日益增长的物质文化需要同落后的社会生产之间的矛盾"这一社会主要矛盾判断已经不能准确地反映我国的整体现实情况,而继续坚持该判断也不利于我国经济社会等各方面持续健康发展以及人民群众的整体生活水平向更高的层次迈进。鉴于此,尽管社会主义初级阶段的基本国情没有发生变化,但习近平在党的十九大对我国的社会主要矛盾果断作出了新判断,即"中国特色社会主义进入新时代,我国社会主要矛盾已经转化为人民日益增长的美好生活需要和不平衡不充分的发展之间的矛盾"②。显然,这是中国共产党在社会主要矛盾方面的又一次与时俱进的理论探索。习近平总书记在党的二十大再次强调:"明确我国社会主要矛盾是人民日益增长的美好生活需要和不平衡不充分的发展之间的矛盾"③。在新时代,以习近平同志为核心的党中央持续深化对社会主要矛盾的科学内涵、化解路径等重大问题的认识,围绕该社会主要矛盾进行了一系列理论创新,制定和出台了一系列新政策、新举措,在推动这一社会主要矛盾得以稳步化解的同时不断推进党和人民的各项事业取得新成就。

---

① 《十八大以来重要文献选编》(上),中央文献出版社 2014 年版,第 12 页。
② 《十九大以来重要文献选编》(上),中央文献出版社 2019 年版,第 8 页。
③ 习近平:《高举中国特色社会主义伟大旗帜　为全面建设社会主义现代化国家而团结奋斗——在中国共产党第二十次全国代表大会上的报告》,人民出版社 2022 年版,第 7 页。

第二章　新时代社会主要矛盾判断的生成机理

简而言之，"生成机理"是指促成事物形成本身或促成事物形成某种状态的各要素的运行机制和原理。新时代社会主要矛盾判断的生成机理是指促成社会主要矛盾判断的最新样态在新时代得以形成和产生的各要素的运行机制和原理。从党的十一届六中全会的召开到党的十九大召开前，我国社会主要矛盾的判断和基本国情的判断在主要内容上始终都没有发生过明显的变化。然而，党的十九大在基本国情没有变化的情况下却作出了具有明显内容变化的社会主要矛盾新判断。针对基本国情没有改变而社会主要矛盾判断却发生变化的情况，我们需要从学理上全面深入探究新时代社会主要矛盾判断的生成机理，才能科学、深入理解其变为"所表述的那样"的成因，才能在社会主要矛盾的相关问题上更好地统一全国上下的思想。探讨新时代社会主要矛盾判断的生成机理，就必须弄清楚社会主要矛盾"为什么可以发生变化"的问题，即"变化"的机理，弄清楚新时代社会主要矛盾是以什么标准被判断出来的问题，即"标准"的机理，还要弄清楚新时代社会主要矛盾是以何种方法被判断出来的问题，即"方法"的机理。

第一节 "变化"的机理

"变化"的机理归根到底就是要解释清楚社会主要矛盾在社会主义初级阶段内为什么可以发展转化或变化的问题。探讨清楚这个问题,是我们清楚理解新时代社会主要矛盾判断的生成机理的重要前提和基础。新时代社会主要矛盾判断的"变化"机理主要包括深刻的理论机理、深厚的历史机理以及坚实的现实机理三个方面。

一、深刻的理论机理

(一)事物量变与质变的关系原理

马克思主义唯物辩证法认为,事物发展的根本动力在于矛盾,而事物发展具体通过其规模、程度、速度等量的积累超过事物原来所保持的相对稳定的界限而发生质的变化来实现。毛泽东将"量变"和"质变"看作事物运动的两种状态,认为"量变"是"相对地静止的状态",即第一种状态,而"质变"是"显著地变动的状态",即第二种状态。① 马克思主义经典作家们在著作中大量地阐述了事物的发展通过量变与质变来具体实现的例子。例如,马克思在《资本论》中所指出的货币或商品占有者拥有的货币额超过一定限度时就会变为资本家②,恩格

---

① 毛泽东指出:"当着事物的运动在第二种状态的时候,它已由第一种状态中的数量的变化达到了某一个最高点,引起了统一物的分解,发生了性质的变化,所以显出显著地变化的面貌。"参见《毛泽东选集》第一卷,人民出版社1991年版,第332页。

② 马克思认为,货币或商品的占有者,只有当他在生产上预付的最低限额大大超过了中世纪的最高限额时,才真正变成资本家。在这里,也像在自然科学上一样,证明了黑格尔在他的《逻辑学》中所发现的下列规律的正确性,即单纯的量的变化到一定点时就转变为质的区别。马克思还认为,货币或商品占有者变为资本家所需的货币额度在不同的发展阶段上是不同的,在不同的生产部门内,也由于它们的技术条件而各不相同。参见《资本论》第1卷,人民出版社2004年版,第357—358页。

斯在《反杜林论》中所指出的温度的变化会引起水的状态的变化①等。但是，事物发展进程中由矛盾推动的量变到质变的过程并不是机械的——对应关系，而是全程充满着辩证统一关系，即在总的、大的量变过程中必然会发生阶段化、局部性的质变。这一思想其实早就蕴含在马克思主义创始人的著作中了。例如，恩格斯在《反杜林论》中指出的资产阶级同封建贵族作斗争的过程中多次出现过无产阶级的独立斗争的现象②以及马克思在晚年将未来社会分为"第一阶段"和"高级阶段"的想法③等都是体现"阶段化、局部性质变思想"的典型代表。但我们同时应该看到，"阶段化、局部性质变思想"只是隐含在马克思、恩格斯的思想体系中，还没有被他们明确提出来。20世纪30年代的苏联和中国才真正明确提出这一思想。苏联的西洛可夫等人在《辩证法唯物论教程》中强调人们既要考察"过程之间的飞跃"，又要考察"过程内部或质量内部的飞跃"④；李达在《社会学大纲》中强调的"非连续性的变化"⑤，等等。其都包含了"阶段化、局部性质变"的思想。毛泽东在《矛盾论》中不仅比较系

---

① 恩格斯认为，水在标准气压下，在0℃时从液态转变为固态，在100℃时从液态转变为气态，可见，在这两个转折点上，仅仅是温度的单纯的量变就可以引起水的状态的质变。参见《马克思恩格斯选集》第3卷，人民出版社2012年版，第504页。

② 恩格斯认为，虽然总的说来，资产阶级在同贵族斗争时有理由认为自己同时代表当时的各个劳动阶级的利益，但是在每一个大的资产阶级运动中，都爆发过作为现代无产阶级的发展程度不同的先驱者的那个阶级的独立运动。恩格斯还以德国宗教改革和农民战争时期的托马斯·闵采尔派的革命活动、英国大革命时期的平等派的革命活动以及法国大革命时期的巴贝夫革命活动等例子来证明这一观点。参见《马克思恩格斯选集》第3卷，人民出版社2012年版，第392—393页。

③ 马克思在谈共产主义社会的权利平等情况时认为，权利不平等的现象在经过长久阵痛刚刚从资本主义社会产生出来的共产主义社会第一阶段，是不可避免的。权利不能超出社会的经济结构以及由经济结构制约的社会的文化发展。在共产主义社会的高级阶段，在迫使个人奴隶般地服从分工的情形已经消失，从而脑力劳动和体力劳动的对立也随之消失之后……只有在那个时候，才能完全超出资产阶级权利的狭隘界限，社会才能在自己的旗帜上写上：各尽所能，按需分配！参见《马克思恩格斯选集》第3卷，人民出版社2012年版，第364—365页。

④ [苏联]西洛可夫、爱森堡等：《辩证法唯物论教程》，李达、雷仲坚译，笔耕堂书店1932年版，第274页。

⑤ 李达指出："一定的质所包含的各个侧面，由于量的变化，通过其许多属性，形成许多的非连续性的变化（即部分的飞跃）。"参见《李达文集》第2卷，人民出版社1981年版，第149页。

统地阐述了事物的阶段化、局部性质变的思想,而且还找到了事物发生阶段化、局部性质变的深层原因。① 阶段化、局部性质变的发生使事物在发展过程中呈现出阶段性、过程集合性等特征。"世界不是既成事物的集合体,而是过程的集合体"②。区分这些阶段和不同过程的标准虽然有多种多样,但最根本的标准恰恰在于主要矛盾的变化。"我国从五十年代生产资料私有制的社会主义改造基本完成,到社会主义现代化的基本实现,至少需要上百年时间,都属于社会主义初级阶段。"③可见,社会主义初级阶段转变到社会主义更高的发展阶段既属于一个大时间跨度的发展过程,也属于一次大的量变到质变的突破过程。这个过程中的每一次明显的阶段化、局部性质变也就意味着社会主要矛盾的转变,即社会主义初级阶段会依次呈现出不同的社会主要矛盾。

(二)社会基本矛盾与社会主要矛盾的关系原理

马克思在《〈政治经济学批判〉序言》中第一次比较完备地总结了生产力和生产关系、经济基础和上层建筑这两对社会矛盾及其辩证关系④,从而科学地揭示了人类社会形态演变的一般规律。毛泽东后来在马克思主义发展史上首次提出和确立了社会基本矛盾范畴,并明确将马克思所揭示的这两对社会

① 毛泽东指出:"事物发展的长过程中的各个发展的阶段,情形又往往互相区别。这是因为事物发展过程的根本矛盾的性质和过程的本质虽然没有变化,但是根本矛盾在长过程中的各个发展阶段上采取了逐渐激化的形式。并且,被根本矛盾所规定或影响的许多大小矛盾中,有些是激化了,有些是暂时地或局部地解决了,或者缓和了,又有些是发生了,因此,过程就显出阶段性来。"参见《毛泽东选集》第一卷,人民出版社1991年版,第314页。
② 《马克思恩格斯选集》第4卷,人民出版社2012年版,第250页。
③ 《十三大以来重要文献选编》(上),人民出版社1991年版,第12页。
④ 马克思指出,"人们在自己生活的社会生产中发生一定的、必然的、不以他们的意志为转移的关系,即同他们的物质生产力的一定发展阶段相适合的生产关系。这些生产关系的总和构成社会的经济结构,即有法律的和政治的上层建筑竖立其上并有一定的社会意识形式与之相适应的现实基础。物质生活的生产方式制约着整个社会生活、政治生活和精神生活的过程……社会的物质生产力发展到一定阶段,便同它们一直在其中运动的现存生产关系或财产关系(这只是生产关系的法律用语)发生矛盾。于是这些关系便由生产力的发展形式变成生产力的桎梏。那时社会革命的时代就到来了。随着经济基础的变更,全部庞大的上层建筑也或慢或快地发生变革。"参见《马克思恩格斯文集》第2卷,人民出版社2009年版,第591—592页。

矛盾作为社会基本矛盾范畴的内容。例如,毛泽东在《关于正确处理人民内部矛盾的问题》一文中明确指出:"在社会主义社会中,基本的矛盾仍然是生产关系和生产力之间的矛盾,上层建筑和经济基础之间的矛盾。"[①]事实上,社会基本矛盾与社会主要矛盾之间存在着辩证统一的关系。"社会基本矛盾是本质,决定和制约社会主要矛盾,社会主要矛盾是现象,体现、决定于社会基本矛盾。社会基本矛盾存在于社会主要矛盾中,而社会主要矛盾是对社会基本矛盾的反映。"[②]社会基本矛盾的不变性在具体社会形态下的具体国家及其具体发展阶段中会以可变性的社会主要矛盾表现出来。人们正是通过不断努力化解某一阶段的社会主要矛盾并使其发生转化,来推动社会基本矛盾不断向前运动,从而不断把社会形态由较低阶段推向更高阶段。社会基本矛盾与社会主要矛盾的关系原理表明,社会主要矛盾在社会主义初级阶段理应随着我国经济社会等整体情况的客观变化呈现出不同的内容和内涵。

事物量变与质变的关系原理属于马克思主义唯物辩证法的基本原理,而社会基本矛盾与社会主要矛盾的关系原理实际上属于马克思主义唯物史观的重要内容。二者归根到底都是关于事物发展的哲学原理。这两大原理既要求中国共产党在社会主义初级阶段时常关注社会主要矛盾在某一时期是否已经发生变化,也为中国共产党深入研究社会主要矛盾和及时对我国社会主要矛盾作出新判断和新表述提供了坚实的理论基础。党的十九大在基本国情没有变的情况下实事求是地判断我国社会主要矛盾已经发生变化,实事求是地判断我国社会主要矛盾已经转化为新时代社会主要矛盾,既是这两大关于发展的哲学原理指导的结果,又生动、具体地再现了这两大关于发展的哲学原理。

---

① 《毛泽东文集》第七卷,人民出版社1999年版,第214页。
② 王向清、杨真真:《社会基本矛盾和社会主要矛盾及其辩证关系论析》,《世界哲学》2019年第4期。

二、深厚的历史机理

整个社会属于"异常复杂的事物",其必然存在着一种矛盾是社会主要矛盾,在整个社会的发展中处于主要位置和居于统摄地位①,既决定着其他纷繁复杂的社会矛盾的存在和化解,又从根本上决定着整个社会的发展进程和状态。而且,社会主要矛盾判断是基本国情理论的重要组成部分,是中国共产党对中国特色社会主义理论进行创新和发展的关键参照物,也是中国共产党在各阶段制定各项大政方针的核心依据。能否精准判断社会主要矛盾关乎党和人民的事业能否在全局上、整体上以及在较长时间段里得以健康发展。正所谓"捉住了这个主要矛盾,一切问题就迎刃而解了"②。因此,探索我国的社会主要矛盾是中国共产党在各个时期进行理论探索的重要主题。长达 30 余年之久的新民主主义革命属于一个大的"量变到质变"的过程。中国共产党在这一"过程"中充分依据"基本国情判断与社会主要矛盾判断之间的辩证统一关系",成功地从总体上判断和抓住了我国在当时的社会主要矛盾,即"帝国主义和中华民族的矛盾,封建主义和人民大众的矛盾,这些就是近代中国社会的主要的矛盾。"③尽管新民主主义革命时期的基本国情始终都没有发生过变化,始终都是处于半殖民地半封建社会的状态,但中国共产党并没有机械地将新民主主义革命时期的社会主要矛盾都始终如一地判断为"帝国主义和中华民族的矛盾",也没有将其始终如一地判断为"封建主义和人民大众的矛盾",而是在基本国情不变的情况下根据革命内容的具体阶段性变化特点,对这一时期的社会主要矛盾作出了多样化、阶段化的判断。例如,全面抗战时期的社会主要矛盾是"日本帝国主义和中华民族之间的矛盾",而解放战争时期的社会主要矛盾是"美帝国主义支持的国民党反动派与中国人民之间的矛盾"。

① 张廷广:《新时代社会主要矛盾判断的生成逻辑》,《甘肃社会科学》2018 年第 4 期。
② 《毛泽东选集》第一卷,人民出版社 1991 年版,第 322 页。
③ 《毛泽东选集》第二卷,人民出版社 1991 年版,第 631 页。

中国共产党正是通过及时对新民主主义革命时期各阶段的社会主要矛盾进行精准把握和判断,才制定出了适应各个革命阶段的科学、正确的革命目标和革命策略,从而确保在革命各阶段取得胜利的基础上赢得整个新民主主义革命的最终胜利。对农业、手工业和资本主义工商业进行社会主义改造的完成标志着我国正式进入到社会主义初级阶段。这要求我们本应该集中精力发展社会生产力,但由于国内外形势的变化、革命斗争思维继续发挥惯性作用以及背离社会主要矛盾的正确判断依据和标准,中国共产党将本应在阶级社会才可能长期存在的社会主要矛盾——阶级矛盾重新作为建设时期的社会主要矛盾。从1957年10月到1978年以前,中国共产党始终都没能及时、真正实现把社会主要矛盾的判断转移到科学、正确的轨道上来,没能及时结束"阶级矛盾是社会主要矛盾"的失误判断,从而严重地阻碍了我国经济社会的正常发展以及严重影响了人民群众生活水平的提高。改革开放后,以邓小平同志为核心的党中央迅速将社会主要矛盾的判断转移到科学的轨道上来。党的十一届六中全会正式对我国的社会主要矛盾重新作出了精准判断。但是,新事物认识的艰难性、曲折性以及事物在量变前期变化的缓慢性、渐进性等特征,使我们对社会主义初级阶段社会主要矛盾的演变规律在一段时间内还难以做到一步到位式的科学、准确认识。邓小平等老一辈的领导人很早就认识到这个问题。党的十三大明确指出:"社会主义初级阶段是很长的历史发展过程。我们对这个阶段的状况、矛盾、演变及其规律的认识,在许多方面还知之不多,知之不深。我们的许多方针、政策和理论还有待于完善,要随着实践的发展,不断经受检验,得到补充、修正和提高。"[1]中国共产党事实上曾经一度认为"社会主要矛盾在社会主义初级阶段不会发生变化"。学术界的主流观点在相当长一段时间内也认为"基本国情不变而社会主要矛盾就不变"[2]。但随着对社会主义初级阶段各种现象和规律认识的深化以及中国特色社会主义事业

---

① 《十三大以来重要文献选编》(上),人民出版社1991年版,第58页。
② 郭志琦:《论我国社会的主要矛盾》,《马克思主义研究》2006年第10期。

的整体发展逐渐进入到量变的后期阶段,中国共产党对社会主要矛盾演变规律的认识和把握越来越科学,即认识到社会主要矛盾在社会主义初级阶段有可能会发生转化。从党的十六大到党的十八大,党没有再提"人民日益增长的物质文化需要同落后的社会生产之间的矛盾贯穿整个初级阶段",而是在强调我国社会主要矛盾时采用了"仍然是""没有变"等更具开放性的表述或表达。"仍然是"带有"现在还是,但未来可能不再是"的意思,即并不意味着社会主要矛盾在社会主义初级阶段始终都是同一种社会主要矛盾判断;同时,"没有变"也并不意味着社会主要矛盾判断在社会主义初级阶段始终都不变。这些表述恰恰意味着社会主要矛盾在社会主义初级阶段具有发生转化的可能性。

中国共产党探索社会主要矛盾的历程为我们继续深刻认识和判断我国的社会主要矛盾提供了深厚的历史依据和积累了正反两方面的经验教训:在基本国情不变的情况下,社会主要矛盾是可以随着社会具体进程的发展与演进而发生改变和转化。同时,党能否根据变化了的实际及时发现、研究社会主要矛盾的最新变化,准确概括出最新变化的社会主要矛盾,并切实以最新变化的社会主要矛盾为依据来明确任务目标和制定各项方针政策,关乎党和人民的事业能否健康发展和取得预期的成就。中国共产党历来都是善于学习的政党,也是善于从历史中总结和吸取经验教训以照亮前路的先进政党。党的十九大在基本国情没有变的情况下及时对我国社会主要矛盾作出新判断和新表述,既是中国共产党坚持以史为鉴的具体体现,也是中国共产党探索社会主要矛盾的历史发展和演变的必然结果,因而其具有深厚的历史生成机理。

三、坚实的现实机理

改革开放伊始,我国经济社会的整体面貌处于贫穷落后的状态。例如,我国的 GDP 总量在 1978 年只有 3645 亿元,而人均 GDP 才有 381 元。① 按照当

---

① 国家统计局:《改革开放铸辉煌 经济发展谱新篇——1978 年以来我国经济社会发展的巨大变化》,《人民日报》2013 年 11 月 6 日。

时的农村贫困标准①，我国在 1978 年的农村贫困人口大约有 2.5 亿人，农村的贫困发生率大约 30.7%，而按照 2010 年的农村贫困标准②，我国在 1978 年的农村贫困人口大约多达 7.7039 亿人，农村的贫困发生率高达 97.5%。③ 我国工人在 1978 年的月平均工资只有 40—50 元。④ 邓小平因此指出："国家这么大，这么穷，不努力发展生产，日子怎么过？我们人民的生活如此困难，怎么体现出社会主义的优越性？"⑤广大人民群众在国家整体处于贫穷落后的状态下所产生的最大愿望就是追求物质生活的满足以及适当的精神生活的满足。因此，在改革开放初期将我国的社会主要矛盾判断为"人民日益增长的物质文化需要同落后的社会生产之间的矛盾"就与当时的现实情况是相符合的。中国共产党紧紧围绕如何化解这一社会主要矛盾来开展各项工作，坚持以经济建设为中心，不断解放和发展生产力，不断深化对内改革和扩大对外开放，充分依靠和发挥广大人民群众的智慧和力量，使我国经济社会以异常迅猛的态势向前发展。从改革开放的实施到党的十八大召开前，我国社会主义现代化建设取得了举世瞩目的伟大成就。根据国家统计局提供的资料显示，我国的 GDP 总量从 1978 年上升到 1986 年的 1 万亿元用了 8 年时间，上升到 1991 年的 2 万亿元用了 5 年时间，此后 10 年平均每年上升近 1 万亿元，2001 年超过 10 万亿元大关，2002—2006 年平均每年上升 2 万亿元，2006 年超过 20 万亿元，之后每两年上升 10 万亿元。⑥ 如表 2-1 所示，在 1978 年到 2012 年的

---

① 1978 年的贫困标准是指按照当年价格的每人每年 100 元作为划分贫困人口的标准，以保证每人每天具有 2100 大卡热量的食物支出，其食物支出比重约 85%。参见鲜德祖、王萍萍、吴伟：《中国农村贫困标准与贫困监测》，《统计研究》2016 年第 9 期。

② 2010 年的贫困标准是指按照当年价格的每人每年 2300 元作为划分贫困人口的标准。参见鲜德祖、王萍萍、吴伟：《中国农村贫困标准与贫困监测》，《统计研究》2016 年第 9 期。

③ 《中国扶贫开发年鉴》编辑部：《中国扶贫开发年鉴 2016》，团结出版社 2016 年版，第 747 页。

④ 《邓小平文选》第三卷，人民出版社 1993 年版，第 10—11 页。

⑤ 《邓小平文选》第三卷，人民出版社 1993 年版，第 10 页。

⑥ 国家统计局：《改革开放铸辉煌 经济发展谱新篇——1978 年以来我国经济社会发展的巨大变化》，《人民日报》2013 年 11 月 6 日。

35 年里,有 16 年的国内生产总值(GDP)增长率达到或超过 10%,有 18 年的人均国内生产总值(人均 GDP)增长率达到或者超过 9%,国内生产总值(GDP)平均年增长率高达 9.94%,人均国内生产总值(人均 GDP)平均年增长率高达 8.8%。人民群众的生活水平也因此经历了"普遍贫困—温饱问题的解决—总体达到小康水平—全面建设小康社会"等"阶梯式"的提升。

表 2-1 1978—2012 年我国国内生产总值、国内生产总值增长率历年变化表①

年份	国内生产总值(亿元)	人均国内生产总值(元)	国内生产总值增长率(%)	人均国内生产总值增长率(%)	国内生产总值平均增长率(%)	人均国内生产总值平均增长率(%)
1978	3678.70	385.00	11.7	10.20		
1979	4100.50	423.00	7.60	6.20		
1980	4587.60	468.00	7.80	6.50		
1981	4935.80	497.00	5.10	3.80		
1982	5373.40	533.00	9.00	7.40		
1983	6020.90	588.00	10.80	9.20		
1984	7278.50	702.00	15.20	13.70		
1985	9098.90	866.00	13.40	11.90		
1986	10376.20	973.00	8.90	7.30		
1987	12174.60	1123.00	11.70	9.90		
1988	15180.40	1378.00	11.20	9.40	9.94	8.80
1989	17179.70	1536.00	4.20	2.60		
1990	18872.90	1663.00	3.90	2.40		
1991	22005.60	1912.00	9.30	7.80		
1992	27194.50	2334.00	14.20	12.80		
1993	35673.20	3027.00	13.90	12.60		
1994	48637.50	4081.00	13.00	11.80		
1995	61339.90	5091.00	11.00	9.80		
1996	71813.60	5898.00	9.90	8.80		
1997	79715.00	6481.00	9.20	8.10		
1998	85195.50	6860.00	7.80	6.80		

① 数据来源于中华人民共和国国家统计局编:《2017 中国统计年鉴》,中国统计出版社 2017 年版,第 56 页。

续表

年份	国内生产总值(亿元)	人均国内生产总值(元)	国内生产总值增长率(%)	人均国内生产总值增长率(%)	国内生产总值平均增长率(%)	人均国内生产总值平均增长率(%)
1999	90564.40	7229.00	7.70	6.70		
2000	100280.10	7942.00	8.50	6.70		
2001	110863.10	8717.00	8.30	7.60		
2002	121717.40	9506.00	9.10	8.40		
2003	137422.00	10666.00	10.00	9.40		
2004	161840.20	12487.00	10.10	9.50		
2005	187318.90	14368.00	11.40	10.70		
2006	219438.50	16738.00	12.70	12.10		
2007	270232.30	20505.00	14.20	13.60		
2008	319515.50	24121.00	9.70	9.10		
2009	349081.40	16222.00	9.40	8.90		
2010	413030.30	30876.00	10.60	10.10		
2011	489300.60	36403.00	9.50	9.00		
2012	540367.40	40007.00	7.90	7.30		

经济社会以及人民群众生活面貌的巨大变化为我国社会主要矛盾的转化奠定了基础、积蓄了力量,同时也预示着我国社会主要矛盾在社会主义初级阶段会发生转化。例如,2005 年 10 月到 2007 年 10 月,中国共产党同理论界就社会主要矛盾的"变化与否"问题进行了一次大的思想互动。① 思想分歧、思想交流是对社会现实正在变化的生动反映,是我国的社会主要矛盾将要发生转化的一种"迹象"。虽然党的十八大到党的十九大只有短短的五年时间,但中国共产党在这五年里推动了深层次、根本性的改革,取得了全方位、开创性的成就。"解决了许多长期想解决而没有解决的难题,办成了许多过去想办

---

① 何敬文认为,中国共产党在新中国成立以来就社会主要矛盾变化与否同理论界进行过三次思想互动。第一次思想互动的时间是 20 世纪 50 年代中后期;第二次思想互动的时间是党的十一届三中全会召开前后;第三次思想互动的时间是 2005 年到 2007 年。参见何敬文:《我国社会主要矛盾的变与不变——新中国成立后中国共产党与理论界的三次思想互动》,《中共中央党校学报》2010 年第 2 期。

而没有办成的大事,推动党和国家事业发生历史性变革。"①五年里所发生的历史性变革给我国经济社会等方面的整体发展现状以及人民群众生活面貌的现实所带来的同样是历史性的变化。例如,我国国内生产总值自 2010 年开始稳居世界第二位②,已经由 2012 年的 54 万亿元增长到 2017 年的 80 万亿元,并且对世界经济增长的贡献率也已经超过 30%③。除此之外,我国的对外直接投资和利用外资在当时分别居世界第三位、第二位④,货物进出口总额和服务贸易总额在当时分别居世界第一位、第二位,高铁和高速公路运营总里程以及港口吞吐量在当时已经均居世界第一位⑤,生产能力稳居世界首位的工农业产品在当时已经多达 220 余种⑥。"天宫、蛟龙、天眼、悟空、墨子、大飞机等重大科技成果相继问世。"⑦我国经济社会以及人民群众的生活面貌在改革开放到党的十八大召开前所产生的巨变以及在党的十八大以来所产生的历史性的变化,使我国各方面的整体现实情况在党的十九大召开时已经进入到一个新阶段。社会意识决定于社会存在。党的十九大对我国社会主要矛盾作出新判断,正是适应我国经济社会等各方面的整体现实情况已经发生阶段性质变的需要和体现。毕竟"作为我们面对的客观世界,社会是发展变化的,社会主要矛盾也在发展变化。所以,对社会主要矛盾的评估结论必须随着现实社会矛盾状况的变化而变化……否则就会出现一个评估者保守、原有评估结论落后过时的问题"⑧。

---

① 《十九大以来重要文献选编》(上),中央文献出版社 2019 年版,第 6 页。
② 国家统计局国际中心:《国际地位显著提高 国际影响力明显增强——改革开放 40 年经济社会发展成就系列报告之十九》,《中国信息报》2018 年 9 月 18 日。
③ 《十九大以来重要文献选编》(上),中央文献出版社 2019 年版,第 2 页。
④ 国家统计局国际中心:《国际地位显著提高 国际影响力明显增强——改革开放 40 年经济社会发展成就系列报告之十九》,《中国信息报》2018 年 9 月 18 日。
⑤ 刘志强:《高速公路总里程、高铁运营总里程、港口吞吐量均为世界第一》,《人民日报》2017 年 6 月 6 日。
⑥ 张高丽:《开启全面建设社会主义现代化国家新征程》,《人民日报》2017 年 11 月 8 日。
⑦ 《十九大以来重要文献选编》(上),中央文献出版社 2019 年版,第 3 页。
⑧ 童之伟:《社会主要矛盾与法治中国建设的关联》,《法学》2017 年第 12 期。

第二节　"依据"的机理

社会主要矛盾判断是中国共产党所作的众多判断中的一种重大判断,其必然会涉及判断的依据问题。如果缺乏判断依据或者不按照正确的依据进行判断,社会主要矛盾的判断就会出现偏差甚至出现重大失误。无论是以前的社会主要矛盾判断还是新时代社会主要矛盾判断,实际上都涉及判断的依据问题,事实上都有一套判断依据贯穿其中。探讨清楚中国共产党使用什么依据判断新时代社会主要矛盾的问题是我们深刻、科学理解新时代社会主要矛盾判断的生成机理的关键。

一、基本国情

要阐述清楚基本国情在新时代社会主要矛盾判断中所发挥的作用,我们必须首先探讨清楚基本国情与社会主要矛盾之间的关系。纵观已有研究成果,学界在基本国情与社会主要矛盾的关系问题上长期主要持单向度的"决定论",其具体包含截然相反的两类情况。第一,基本国情决定社会主要矛盾。有学者认为,社会主要矛盾是生产方式内涵的基本矛盾在特定阶段的突出表现,而基本国情(社会性质)是对社会生产方式的内在规定性,由此主张基本国情对社会主要矛盾具有决定作用,强调社会主义初级阶段的基本国情与社会主要矛盾具有存在的同步性,认为"同步性不仅指在这一发展过程中有共同的起点和终端,而且表现在各具体发展阶段性特征中的同步互动效应"[1]。有学者从社会主要矛盾判断的经验出发,强调基本国情决定社会主要矛盾,认为中国共产党在历史上凡是能立足基本国情,就能对社会主要矛盾作出正确判断,而凡是不能立足基本国情,就会对社会主要矛盾作出失误判断。[2] 还

---

[1]　侯德泉、朱春红、阳桂红:《"三个没有变":当代中国基本国情的多维视角》,《东南大学学报(哲学社会科学版)》2014年第3期。

[2]　谭劲松、赵大亮:《中国共产党建党90年来关于中国社会主要矛盾的艰辛探索》,《思想理论教育导刊》2012年第1期。

有学者从历史发展过程出发,认为社会主义初级阶段的基本国情是一个很长的历史过程,而社会主要矛盾必然会因为其阶段性特征而发生阶段性新变化,但社会主要矛盾从根本上来说仍然是由社会主义初级阶段的基本国情决定的。[1]而且,党的十五大前后在基本国情和社会主要矛盾之间的关系上所作出的认识和论断,即"社会的主要矛盾是人民日益增长的物质文化需要同落后的社会生产之间的矛盾,这个主要矛盾贯穿我国社会主义初级阶段的整个过程"[2],其事实上在官方文件中明确了基本国情对社会主要矛盾的决定作用,强调基本国情不变,社会主要矛盾就不变。这一"论断"尽管只是中国共产党作出的阶段性认识和判断,但其实际上强化了学界对基本国情决定社会主要矛盾的认同度。第二,社会主要矛盾决定基本国情。这是学界在基本国情与社会主要矛盾的关系问题上所持的单向度"决定论"的另一类相反的观点。部分学者持这类观点的理由是毛泽东在《矛盾论》中关于主要矛盾和矛盾的主要方面的表述,即"事物的性质,主要地是由取得支配地位的矛盾的主要方面所规定的"[3]。毛泽东在这句话中所说的"取得支配地位的矛盾"实际上就是指事物的主要矛盾,而"事物的性质"就是指事物基本的本质情况。如果将"事物"对应到"整个国家""整个社会",部分学者认为就可以得出结论:社会主要矛盾决定整个国家、整个社会的性质,也就是决定基本国情,毕竟毛泽东曾经在《中国革命和中国共产党》一文中明确将"中国社会的性质"等同于"中国的国情"。

以上两类观点是学界长期以来在社会主要矛盾与基本国情之间的关系问题上的主流看法。应该说,从简化的角度来看,这两类观点在理论上都是有道理的,都具有不同程度的科学性,特别是第二类观点以毛泽东的科学论述为根据,其科学性可能更强。但问题的关键在于,整个国家、整个社会的各类现象往往是纵横交错、纷繁复杂的,而这反映到理论上就表现为理论之间以及理论

---

[1]　徐方平、高静:《走出对我国社会主要矛盾认识的误区》,《人民日报》2018 年 1 月 18 日。
[2]　《江泽民文选》第二卷,人民出版社 2006 年版,第 15 页。
[3]　《毛泽东选集》第一卷,人民出版社 1991 年版,第 322 页。

内部各要素之间所存在的关系的异常复杂性。因此,考察理论之间以及理论内部各要素之间的关系就必须切实坚持辩证法,即坚持用联系、发展、全面的观点来分析问题。只要切实坚持辩证法,我们就会发现社会主要矛盾与基本国情之间的关系并不是简单的"谁决定谁",而是辩证统一的关系。一方面,社会主要矛盾确实对基本国情具有决定作用,但不是单一的决定作用,而是表现为社会主要矛盾的总体演变结构的整体决定作用。也就是说,基本国情往往是对整个国家、整个社会在相当长一段时期内的性质的总体衡量,但"性质的总体衡量"正是社会主要矛盾总体演变结构作用的结果,即通过社会主要矛盾总体演变结构范围内依次出现的多种具体的社会主要矛盾相继起作用的结果。当然,这些依次出现的多种具体的社会主要矛盾之间必然存在着某种相似性或者存在着某种紧密的内在联系。例如,在新民主主义革命时期,中国共产党成功地预见并准确地判断了我国社会主要矛盾的总体演变结构"帝国主义和中华民族之间的矛盾、封建主义和人民大众之间的矛盾",才更加深刻、更加全面地认识和把握了当时我国的基本国情——"处于半殖民地半封建社会的状态"。社会主要矛盾在新民主主义革命时期的各个具体革命阶段因革命内容不同又呈现出具体的样态。例如,我国在大革命时期的社会主要矛盾不同于土地革命时期的社会主要矛盾,在土地革命时期的社会主要矛盾不同于抗日战争时期的社会主要矛盾,而在抗日战争时期的社会主要矛盾又不同于解放战争时期的社会主要矛盾。显然,在四个时期依次出现的四种具体的社会主要矛盾,都遵循了"帝国主义和中华民族之间的矛盾、封建主义和人民大众之间的矛盾"这一社会主要矛盾的总体演变结构,其共同在总体上决定了我国在当时的基本国情是"半殖民地半封建社会"。同样,社会主义初级阶段的基本国情也是由我国社会主要矛盾的总体演变结构所决定的。或许有人会说,中国共产党在我国进入社会主义社会后并没有对今后长达100年之久的发展历程所要面临的社会主要矛盾的总体演变结构进行判断,因而在社会主义初级阶段就不存在社会主要矛盾的总体演变结构,进而认为只是作出了社会主要矛盾是"人民日益增长的物质文化需要同落后的社会生产之间的矛盾"的判断，就据此作出了我国的基本国情是"长期处于社会主义初级阶段"的判断。这显然是不科学的，也是不符合实际的。一来，我国社会主义现代化建设既不能在马克思、恩格斯等经典作家的著作中获得直接的理论指导，也不能获得大量的、现成的有效经验以资借鉴。中国共产党在我国进入社会主义社会后，在相当长一段时间内对社会主义现代化建设的各种规律和理论都处于"在摸索中探索"的状态。正如邓小平所说的那样，"我们现在所干的事业是一项新事业，马克思没有讲过，我们的前人没有做过，其他社会主义国家也没有干过，所以，没有现成的经验可学。我们只能在干中学，在实践中摸索。"①因此，中国共产党在相当长一段时间内并没有像在新民主主义革命时期那样将社会主义初级阶段社会主要矛盾的总体演变结构明确提出来。二来，中国共产党作出社会主义初级阶段的基本国情判断是建立在我国整体发展状态处于"不发达"的基础之上的。例如，毛泽东在20世纪50年代末60年代初曾将社会主义社会明确划分为两个阶段，即"第一个阶段是不发达的社会主义，第二个阶段是比较发达的社会主义"②。邓小平在党的十三大召开前夕明确指出："社会主义本身是共产主义的初级阶段，而我们中国又处在社会主义的初级阶段，就是不发达的阶段。"③但是，中国共产党对"不发达"状态的认识从来都不是单纯从经济发展水平来看的，而是从整个社会主义事业发展的全局来看的，涉及经济、政治、文化、社会、生态以及党的建设等各方面。④"不发达"状态是一个综合性的总体概念，是一个充满阶段性质变的总体性状态，其意味着中国共产党在经济建设和文化建设以及一些领域、一些地区取得

---

① 《邓小平文选》第三卷，人民出版社1993年版，第258—259页。
② 《毛泽东文集》第八卷，人民出版社1999年版，第116页。
③ 《邓小平文选》第三卷，人民出版社1993年版，第252页。
④ 参见冷溶：《正确把握我国社会主要矛盾的变化》，《人民日报》2017年11月27日；王志强、王跃：《重思社会主义初级阶段的"不发达"问题——兼论新时代中国特色社会主义仍处于社会主义初级阶段》，《社会主义研究》2018年第1期。

巨大的发展成就后,必然会注重发展的平衡性、充分性以及高质量,从而意味着社会主要矛盾在社会主义初级阶段事实上存在着总体演变结构,事实上存在着在总体演变结构范围之内相继出现不同的具体社会主要矛盾样态的情况。实际上,社会主义初级阶段社会主要矛盾的总体演变结构就是"人民日益增长的需要与发展(生产)之间的矛盾",正是这一总体演变结构从根本上、总体上决定了我国的基本国情是"长期处于社会主义初级阶段"。社会主要矛盾总体演变结构决定基本国情,不仅与毛泽东所主张的"事物的性质是由主要矛盾的主要方面决定"的观点是一致的,而且更符合我国自新民主主义革命以来基本国情与社会主要矛盾之间的关系演进的实际情况。例如,如果单纯地说"帝国主义和中华民族之间的矛盾"决定了我国在新民主主义革命时期的基本国情是半殖民地半封建社会,这显然是不准确的。同样,如果单纯地说"人民日益增长的物质文化需要同落后的社会生产之间的矛盾"决定了我国社会主义初级阶段的基本国情,这显然也是不准确的。社会主要矛盾的总体演变结构决定基本国情,才与客观事实相符,才与社会主要矛盾的演变规律以及基本国情的演进状态相符。

另一方面,基本国情对社会主要矛盾判断也具有决定作用。一旦依据社会主要矛盾总体演变结构对基本国情作出准确判断,我们对这一国情范围内的第一阶段的社会主要矛盾或者多次发生转化的社会主要矛盾的判断就必须遵循基本国情的本质规定。例如,中国共产党根据新民主主义革命时期的社会主要矛盾总体演变结构准确判断出这一时期的基本国情是半殖民地半封建社会后,无论社会主要矛盾在新民主主义革命时期发生多少次变化,党在这一时期判断社会主要矛盾的范围只能是"帝国主义和中华民族之间的矛盾、封建主义和人民大众之间的矛盾"。而且,半殖民地半封建社会的基本国情还规定了中国共产党在新民主主义革命时期判断社会主要矛盾的范围和性质只能是属于敌我矛盾的范畴。可见,基本国情是中国共产党在革命年代判断社会主要矛盾的基本依据。

在我国进入社会主义社会后,基本国情同样对中国共产党判断社会主义初级阶段的社会主要矛盾具有决定作用,是中国共产党判断社会主义初级阶段内各阶段的社会主要矛盾演变的基本依据。党的十三大指出了社会主义初级阶段的基本国情具有的两层含义:"第一,我国社会已经是社会主义社会。我们必须坚持而不能离开社会主义。第二,我国的社会主义社会还处在初级阶段。我们必须从这个实际出发,而不能超越这个阶段。"①党的十五大进一步深化了对基本国情的认识,从9个方面对社会主义初级阶段的基本国情进行了较详细的定性分析。② 透过党的十三大以及党的十五大对基本国情的内涵界定不难发现,社会主义初级阶段的基本国情从总体上规定了我们判断社会主要矛盾的范围和性质不再属于敌我矛盾的范畴,而是属于人民内部矛盾的范畴。同时,社会主义初级阶段的基本国情又从总体上规定了我国的社会主要矛盾在社会主义初级阶段始终都是在人民日益增长的需要与发展(生产)之间的矛盾范围内发生演变,尽管社会主要矛盾在社会主义初级阶段的各个时期会呈现出阶段性的具体变化特点。

新时代社会主要矛盾归根到底只是社会主义初级阶段的基本国情范围内的一个阶段性的社会主要矛盾判断,其必然要遵循基本国情的本质规定,在人民内部矛盾的范围内发生转化以及在人民日益增长的需要与发展(生产)之间的矛盾范围内发生转化。毫无疑问,社会主义初级阶段的基本国情是中国共产党判断新时代社会主要矛盾的基本依据。

二、生产力发展状态

尽管最早研究生产力问题和提出"生产力"概念的人不是马克思,但马克

---

① 《十三大以来重要文献选编》(上),人民出版社1991年版,第9页。

② 党的十五大从摆脱不发达状态、非农人口比重、经济市场化程度、科技教育文化、人民富裕程度、区域发展差距等9个方面详细分析了社会主义初级阶段的基本国情。参见《江泽民文选》第二卷,人民出版社2006年版,第14—15页。

思却是最早科学、系统地创立和阐述生产力理论的人，即他第一次将生产力的社会历史意义与经济学意义完美地结合在一起，将生产力作为社会整体发展状态的最终决定力量，从而实现了社会历史观的根本变革，完成了对传统思辨历史哲学的超越任务。"生产力决定生产关系"是马克思所创立的唯物史观的最基本、最核心的观点之一。我们从这一观点出发，就能更清楚地发现生产力是如何决定各种社会性对象，从而决定社会整体发展状态的。例如，生产力决定生产关系，也就从根本上决定了人的本质的实现程度。根据马克思的观点，"人的本质不是单个人所固有的抽象物，在其现实性上，它是一切社会关系的总和。"[1]而且，"生产关系总合起来就构成所谓社会关系"[2]。也就是说，生产力越发达，由生产关系的总和所构成的社会关系就更加全面和密切，进而由社会关系的总和所构成的人的本质就能更加彰显和更全面地实现。例如，生产力决定生产关系，也就从根本决定了整个国家和社会的法律、道德、哲学等上层建筑的状态，因为"这些生产关系的总和构成社会的经济结构，即有法律的和政治的上层建筑竖立其上并有一定的社会意识形式与之相适应的现实基础"[3]。再例如，生产力决定生产关系，也就从根本决定了社会的紧张程度。当生产力发展到一定程度，原来与之相适应的生产关系会逐渐成为生产力获得进一步发展的桎梏和障碍。生产力与生产关系的紧张程度会反映到社会中，表现为不同社会组织和不同群体之间的关系紧张。"那时社会革命的时代就到来了。"[4]只不过，在阶级社会里，生产关系的有效变革往往是通过阶级斗争这种剧烈式的革命方式实现的，而在没有阶级存在的社会主义或共产主义社会里，生产关系的有效变革往往是通过渐进式的改革方式实现的。可见，生产力发展状态从根本上决定了一个国家和社会里的人和物的整体状态、经

---

①　《马克思恩格斯选集》第1卷，人民出版社2012年版，第139页。
②　《马克思恩格斯选集》第1卷，人民出版社2012年版，第340页。
③　《马克思恩格斯选集》第2卷，人民出版社2012年版，第2页。
④　《马克思恩格斯选集》第2卷，人民出版社2012年版，第3页。

济基础和上层建筑的整体状态、各类主体之间和谐或紧张关系的整体状态等，从而决定了社会发展的整体状态。生产力发展状态对整个社会发展状态的决定性作用，从根本上决定了其必然会成为人们作出事关整个国家、整个社会发展的相关重大判断的依据。社会主要矛盾就是中国共产党在一定时期内所作的事关整个国家、整个社会发展的重大判断，因而生产力发展状态理应成为中国共产党判断社会主要矛盾的标准。而且，与基本国情相比，生产力发展状态的范围要小得多，其虽是基本国情的重要构成部分，但不能代替基本国情，因为基本国情是对我国在一定时期的经济、政治、文化、社会、生态等各方面、各领域的综合、整体发展情况的本质描述。这就决定了生产力发展状态只能是中国共产党判断社会主要矛盾的一种具体依据，而不是基本依据。

我国在改革开放初期的生产力发展状态确实处于相当落后的境地。这里仅以更能直接反映问题的基础工业变化情况为例，如表 2-2 所示，钢材、发电量、原煤、水泥、化肥、硫酸、烧碱、乙烯 8 种颇具代表性的基础工业在 1978 年的总产量虽然在世界的排名相对比较靠前，但与当时全国拥有 9.63 亿多人口[①]的规模相比，这些排名就显得还不够靠前。而且，这 8 种基础工业的总产量在 1978 年都比较低，例如钢材、水泥的产量还没有达到 1 亿吨，乙烯的总产量才 38 万多吨，化肥、硫酸、烧碱 3 种基础工业的总产量还处于 100 万吨的范围内，特别是 8 种基础工业的人均年产量尚处于相当低水平的位置，例如乙烯的人均年产量才 0.39 千克，烧碱的人均年产量才 1.68 千克，硫酸的人均年产量才 6.78 千克，化肥的人均年产量才 8.91 千克等。也就是说，一个人用一年时间才能生产出处于小数点数量的乙烯，或者生产出处于个位数量的烧碱、硫酸、化肥等。在生产力相当落后的情况下，中国共产党在改革开放初期依据生产力发展的状态将我国社会主要矛盾的重要方面判断为"落后的社会生产"就是十分恰当的，也是十分精准的。但是，到 2017 年党的十九大召开时，我国

---

① 数据来源于国家统计局编：《中国统计年鉴1986》，中国统计出版社 1986 年版，第 91 页。

的改革开放事业已经进行了将近 40 年,这使得我国的生产力发展状态发生了翻天覆地的变化。如表 2-2 所示,钢材、发电量、原煤、水泥、化肥、硫酸、烧碱、乙烯 8 种颇具代表性的基础工业在 2017 年的总产量与 1978 年相比,不仅在世界的排名都已经处于第一或者第二的位置,而且其总产量确实已经达到一个相当庞大的数字。例如,钢材的总产量已经达到 8.32 亿吨,是 1978 年的 37 倍以上;发电量的总产量已经达到 64951.4 亿千瓦小时,是 1978 年的 25 倍以上;原煤的总产量已经达到 35.2 亿吨,是 1978 年的 5 倍以上;水泥的总产量已经达到 23.4 亿吨,是 1978 年的 36 倍;化肥的总产量已经达到 6184.3 万吨,是 1978 年的 7 倍以上;硫酸的总产量已经达到 9212.9 万吨,是 1978 年的将近 14 倍;烧碱的总产量已经达到 3365.2 万吨,是 1978 年的 20 倍以上;乙烯的总产量已经达到 1821.8 万吨,是 1978 年的将近 50 倍。这些基础工业的人均年产量也获得了大幅度提升。以钢材为例,钢材的人均年产量在 2017 年已经达到 598.53 千克,是 1978 年人均年产量的 26 倍以上。更为重要的是,上述 8 种基础工业在 2017 年的产量是党和政府依据部分行业已经出现比较严重的产能过剩的情况通过宏观调控的方式对其生产能力进行抑制后的结果。也就是说,我国现阶段的 8 种基础工业的生产能力实际上比公布的数据所体现出来的生产能力更大、更强。因此,从生产力发展状态的依据看,我国的生产力发展水平在党的十九大召开时已经不再处于落后的状态,而是已经进入到发展的新阶段。作为对整个国家、整个社会发展特征的真实反映,社会主要矛盾的内容当然会发生新变化,而社会主要矛盾的文字表述当然也会跟着发生调整和改变。一般而言,"生产"的内涵相对较窄,主要是指"人们使用工具来创造各种生产资料和生活资料"。换句话说,"生产"在更大程度上是指物质产品、生活资料和精神产品的创造过程,是在生产力发展水平普遍处于落后状态下对我国各方面的整体情况进行综合性描述的用语。而"发展"的内涵相对较宽,主要是指"事物由小到大、由简单到复杂、由低级到高级的变化"或者指"扩大(组织、规模等)"。"发展"既注重量的增加,还注重面的拓展和质的提升。从某种程度上说，"生产"只是"发展"的重要组成部分，远不如"发展"的内涵宽泛和丰富，也远不如"发展"的要求高。可见，在我国生产力发展状态已经从根本上摆脱了落后的状态后，中国共产党再用"生产"作为社会主要矛盾的内容表述和词汇表达就已经不合适，而是必须用更加合适的"发展"作为社会主要矛盾的内容表述和词汇表达。新时代社会主要矛盾表述中的"发展"正是中国共产党用"生产力发展状态"这一具体依据来判断社会主要矛盾的必然结果。

表2-2　部分代表性基础工业在 1978 年和 2017 年的产出情况对比表①

基础工业项目	1978 年			2017 年		
	总年产量	人均年产量	世界排名	总年产量	人均年产量	世界排名
钢材	0.22 亿吨	22.56 千克	5	8.32 亿吨	598.53 千克	1
发电量	2565.5 亿千瓦时	263.07 千瓦时	7	64951.4 亿千瓦时	4672.46 千瓦时	1
原煤	6.18 亿吨	633.70 千克	3	35.2 亿吨	2532.23 千克	1
水泥	0.65 亿吨	66.65 千克	4	23.4 亿吨	1683.36 千克	1
化肥	869.3 万吨	8.91 千克	3	6184.3 万吨	44.49 千克	1
硫酸	661 万吨	6.78 千克	18	9212.9 万吨	66.28 千克	1
烧碱	164 万吨	1.68 千克	16	3365.2 万吨	24.21 千克	1
乙烯	38.03 万吨	0.39 千克	13	1821.8 万吨	13.11 千克	2

---

①　1978 年的钢材、发电量、原煤、水泥、化肥、硫酸、烧碱、乙烯总年产量的数据来源于国家统计局：《关于一九七八年国民经济计划执行结果的公报》，《统计》1979 年第 1 期；2017 年的钢材、发电量、原煤、水泥、化肥、硫酸、烧碱、乙烯总年产量的数据来源于国家统计局：《中华人民共和国 2017 年国民经济和社会发展统计公报》，《人民日报》2018 年 3 月 1 日。1978 年的钢材、发电量、原煤、水泥、化肥、硫酸、烧碱、乙烯的人均年产量是根据各项的总产量除以 1978 年的人口总数 9.6259 亿人计算所得，而 2017 年的钢材、发电量、原煤、水泥、化肥、硫酸、烧碱、乙烯的人均年产量是根据各项的总产量除以 2017 年的人口总数 13.9008 亿人计算所得。

三、人民的利益诉求

将人民的利益诉求作为判断社会主要矛盾的具体依据具有深厚的理论支撑。从人与社会的关系来看，人与社会之间并不是相互对立的关系，而是辩证统一的关系。一方面，社会是人的存在方式，是人的本质得以实现的根本场域；另一方面，人是社会的构成主体，即社会归根到底只能是人的社会。在这种辩证统一的关系中，人对社会的决定作用是更为本质、更为重要的关系，因为缺乏人的社会就不是"社会"，而是"自然界"。而将人看作社会存在的本体基础正是马克思一以贯之的思想。例如，他在早期著作《〈黑格尔法哲学批判〉导言》中就曾指出："人就是人的世界，就是国家，社会。"①他在《德意志意识形态》中指出："社会结构和国家总是从一定的个人的生活过程中产生的。"②他在 1846 年致帕维尔·瓦西里耶奇·安年科夫的信中指出："社会——不管其形式如何——是什么呢？是人们交互活动的产物。"③他在后来写作的《政治经济学批判（1857—1858 年手稿）》中指出："社会本身，即处于社会关系中的人本身"④。人是社会存在的本体基础表明：人的整体状况会从根本上影响社会整体存在和发展的状况。但是，"人的整体状况"是一个集合概念，其在马克思主义理论视域内以及在近代以来的历史进程中已经发展并表述为"人民的状况"。马克思、恩格斯在《德意志意识形态》中讲得很清楚，即"人们为了能够'创造历史'，必须能够生活。但是为了生活，首先就需要吃喝住穿以及其他一些东西。因此第一个历史活动就是生产满足这些需要的资料，即生产物质生活本身"⑤。可见，人必须的正当利益诉求得以满足是人的状况处于各个时代的最佳位置的基础和前提，而人的状况处于各个时代的最

---

① 《马克思恩格斯选集》第 1 卷，人民出版社 2012 年版，第 1 页。
② 《马克思恩格斯选集》第 1 卷，人民出版社 2012 年版，第 151 页。
③ 《马克思恩格斯选集》第 4 卷，人民出版社 2012 年版，第 408 页。
④ 《马克思恩格斯选集》第 2 卷，人民出版社 2012 年版，第 791 页。
⑤ 《马克思恩格斯选集》第 1 卷，人民出版社 2012 年版，第 158 页。

佳位置是他们能更好地创造"人类社会的历史"并更好地推动社会的整体状况不断向前发展的根本条件。600万年的人类历史①已经充分证明了这一点。例如,处于原始社会中的人们在总体上连最基本的生存需求都要倾尽全力还不能真正得以完全保障的情况下②,他们作为生产力内在的劳动者要素又如何能更好地推动生产力的发展呢? 这也是为什么原始社会直到目前仍然是人类所经历的最落后、最漫长的社会形态的重要原因。即便人类社会在未来进入到共产主义时代,按照马克思在《哥达纲领批判》中的设想,那时候的人民群众也必然有正当的利益诉求需要得到满足,只不过那时候的利益诉求会更高也更能够得到满足,即进入到"各尽所能,按需分配"③的阶段。因此,从人与社会的关系来看,当代凡是事关社会整体存在和全局发展的重大判断,都理所应当地将人民的利益诉求作为判断的重要依据。只不过在阶级社会里,"人民的利益诉求"这一依据在作重大判断的过程中往往没有被落到实处罢了。其次,从政党与人民的关系来看,尽管西方资产阶级执政党或在野党大都宣称"以民为本""代表人民的利益",但私有制的存在从根本上决定了其执政党或在野党不可能真正做到以民为本,也不可能真正代表广大人民的利益,而只能代表统治阶级的利益或者最多代表部分民众的利益。中国共产党则不一样,从成立之日起在党群关系上就始终以马克思主义群众史观为指导,充分尊重人民群众的历史主体地位,切实践行马克思、恩格斯在《共产党宣言》中所强调的党性原则,即"他们没有任何同整个无产阶级的利益不同的利益"④。在革命年代,中国共产党作为马克思主义政党,与人民群众同甘共苦、风雨同

---

① [美]罗伯特·L.凯利:《第五次开始(600万年的人类历史如何预示我们的未来)》,徐坚译,中信出版社2018年版,第220—221页。

② 美国社会学家摩尔根在其著作《古代社会》中较详细地描绘了人类在蒙昧时代特别是在蒙昧时代的低级阶段靠采集植物、狩猎动物以求得生存的艰辛场景。参见[美]路易斯·亨利·摩尔根:《古代社会》,杨东莼、马雍、马巨译,商务印书馆2009年版,第10页。

③ 《马克思恩格斯选集》第3卷,人民出版社2012年版,第365页。

④ 《马克思恩格斯选集》第1卷,人民出版社2012年版,第413页。

舟,建立和巩固了革命各阶段的统一战线,推翻了压在人民群众肩上的"三座大山",使人民群众获得前所未有的大解放。改革开放以来,中国共产党继续切实践行全心全意为人民服务的宗旨,继续始终坚持"权为民所用、情为民所系、利为民所谋"①的原则,不断深化对内改革和扩大对外开放,从而使我国经济社会等各方面的发展状况在发生巨变的同时,使全国各族人民的生活水平也不断迈上新台阶。可以说,中国共产党与人民在革命、建设和改革的过程中形成并巩固了真实的以人民为中心的良好的党群关系。这种关系自然内在要求中国共产党在作事关整个社会发展、事关全体人民或绝大多数人民的整体福祉实现的重大判断时必须将"人民的利益诉求"作为其判断依据。

因此,无论是从人与社会之间的关系来看,还是从政党与人民之间的关系来看,中国共产党都应该将"人民的利益诉求"作为事关整个社会发展以及事关全体人民福祉的社会主要矛盾的判断依据。当然,与基本国情相比,"人民的利益诉求"的范围要小得多,也更加具体得多。与"生产力发展状态"一样,"人民的利益诉求"应当成为判断社会主要矛盾的一种具体标准。事实上,中国共产党也确实一贯将"人民的利益诉求"作为其判断社会主要矛盾的具体依据。例如,中国共产党在新民主主义革命时期将社会主要矛盾从总体上判断为"帝国主义与中华民族之间的矛盾,封建主义与人民大众之间的矛盾",就隐含了人民群众对摆脱压迫以及追求独立、自由、幸福等方面的迫切需求。

改革开放初期,无论是城市居民还是农村居民,其生活状态在整体上都普遍处于相当低水平的层次。从城镇居民的生活状态来看,全民所有制单位职工的平均货币工资和实际工资指数在 1976 年均低于"一五"计划期间的 1957 年和"二五"计划期间的 1965 年。②那时候城市的日常生活用品相当短缺,市民一般都需要用被称为"第二货币"的票据才能购买,但好多生活用品在当时即便有钱有票也仍然买不到。而且,城市住房在改革开放初期普遍相当紧张。

---

① 《十六大以来重要文献选编》(上),中央文献出版社 2005 年版,第 225 页。
② 中共中央党史研究室:《中国共产党历史》第 2 卷(下),中共党史出版社 2011 年版,第 969 页。

以经济发展相对略好的上海为例,当时上海共有 180 万住户,其中 89.98 万户属于住房困难户,三代同室的将近 12.95 万户,父母与 12 周岁以上子女同室的将近 31.61 万户,人均住房面积在 2 平方米以下的住户大约 26.87 万户。① 根据法国社会学家朗兹在关于上海的札记中的描述,五口之家挤在不足 10 平方米的房间里,却还有腐烂的蔬菜气息充斥在房屋四周。② 收音机、自行车、手表、缝纫机在当时被普遍认为是最有钱有能耐、最能体现身份、最值得炫耀的"四大件"③。这"四大件"在我们今天看来是多么寻常,但在当时能买齐"四大件"的城市居民仍然只是极少数人。一般城市居民能够拥有其中"一件",就足以让全家人高兴好一阵子。④ 从另一项体现家庭富裕程度的指标——恩格尔系数⑤来看,如表 2-3 所示,城镇居民在改革开放初期的恩格尔系数高达 57%—58%左右。根据国际通用的标准⑥,我国城镇居民的整体生活水平在当时处于温饱阶段,但仍然很接近贫困阶段。而且,高达 57%—58%的恩格尔系数表明:我国城镇居民在改革开放初期的日常开支主要集中在获取食物方面,主要追求基本生存的满足。再从城镇居民的人均消费支出结构来看,如表 2-4 所示,从 1981 年到 1984 年,我国城镇居民在包括食品(56%以上)、衣着(14%以上)、居住(4%以

---

① 曹普:《中国改革开放的历史由来》(下),《学习时报》2008 年 10 月 6 日。

② 转引自何建华:《大地的警醒》,学林出版社 1992 年版,第 80 页。

③ "四大件"在当时也被称为"三转一响"。其中,"三转"是指自行车、手表、缝纫机,而"一响"是指收音机。当然,"四大件"是当时人民群众在整体上的追求目标,但其在个别地方又有所差异,甚至个别地方还出现了"五大件"的说法。例如,武汉市民就以拥有"五大件"为追求目标,其"五大件"被称为"三转一响一咔嚓"。其中,"三转一响"还是指自行车、手表、缝纫机、收音机,而"一咔嚓"是指皮鞋。当时的皮鞋底被钉有"铁脚掌",人们穿上它走路时会发出明显的"咔嚓"之声。参见曹普:《改革开放史研究中的若干重大问题》,海峡出版发行集团、福建人民出版社 2014 年版,第 7 页。

④ 曹普:《改革开放史研究中的若干重大问题》,海峡出版发行集团、福建人民出版社 2014 年版,第 7 页。

⑤ 恩格尔系数是德国统计学家恩斯特·恩格尔在普查数据中总结出来的消费结构规律,是通过食品支出总额占个人消费支出总额的比重来衡量国家或地区富裕程度的重要指标。

⑥ 根据国际通用的标准,恩格尔系数超过 59%意味着国家或地区处于贫困状态;恩格尔系数在 50%—59%期间意味着国家或地区处于温饱状态;恩格尔系数在 40%—50%期间意味着国家或地区处于小康状态;恩格尔系数在 30%—40%期间意味着国家或地区处于富裕状态;恩格尔系数低于 30%意味着国家或地区处于最富裕状态。

上)、家庭设备用品及服务(超过9%)等在内的物质方面的开支占据着绝对的主导地位,而在包括教育文化娱乐(7%左右)在内的文化方面的开支虽然比重还不算大,但其已经成为城镇居民除物质方面的消费以外的最大消费支出了。城镇居民在改革开放初期的利益诉求主要集中在物质方面和适量的文化方面。

表2-3 1978—1982年与2013—2017年我国城镇居民、
农村居民恩格尔系数变化情况对比表

时间段	年份	城镇居民恩格尔系数(%)	农村居民恩格尔系数(%)	全国居民恩格尔系数(%)
1978—1982	1978①	57.5	67.7	
	1979②	57.2	64.0	
	1980③	56.9	61.8	
	1981④	56.7	59.9	
	1982⑤	58.6	60.7	
2013—2017	2013⑥	35.0	37.7	31.2
	2014⑦			31.0
	2015⑧			30.6
	2016⑨	29.3	32.2	30.1
	2017⑩	28.6	31.2	29.3

① 国家统计局编:《中国统计年鉴2007》,中国统计出版社2007年版,第345页。

② 1979年城镇居民恩格尔系数的数据可见国家统计局编:《中国统计年鉴2001》,中国统计出版社2001年版,第304页;1979年农村居民恩格尔系数的数据可见国家统计局编:《中国统计年鉴2013》,中国统计出版社2013年版,第378页。

③ 国家统计局编:《中国统计年鉴2013》,中国统计出版社2013年版,第378页。

④ 国家统计局编:《中国统计年鉴2013》,中国统计出版社2013年版,第378页。

⑤ 国家统计局编:《中国统计年鉴2013》,中国统计出版社2013年版,第378页。

⑥ 国家统计局编:《中国统计年鉴2014》,中国统计出版社2014年版,第158页。

⑦ 《王保安:2015年恩格尔系数下降到30.6%》,2016年1月19日,见http://www.xinhuanet.com//live/2016-01/19/c_128643958.htm。

⑧ 《王保安:2015年恩格尔系数下降到30.6%》,2016年1月19日,见http://www.xinhuanet.com//live/2016-01/19/c_128643958.htm。

⑨ 国家统计局:《中华人民共和国2016年国民经济和社会发展统计公报》,《人民日报》2017年3月1日。

⑩ 国家统计局:《中华人民共和国2017年国民经济和社会发展统计公报》,《人民日报》2018年3月1日。

改革开放初期,农村居民的生活状态在整体上比城镇居民的生活状态处于更低层次,处于更加艰难的境地。曾在安徽省担任省委第一书记的万里同志在回忆录中指出:"我这个长期在城市工作的干部,虽然不能说对农村的贫困毫无所闻,但是到农村一具体接触,还是非常受刺激。原来农民的生活水平这么低啊,吃不饱,穿不暖,住的房子不像个房子的样子。淮北、皖东有些穷村,门、窗都是泥土坯的,连桌子、凳子也是泥土坯的,找不到一件木器家具,真是家徒四壁呀。"①万里同志所描述的关于安徽省农村居民的艰苦生活状态并不是个例,而只是全国农村居民普遍生存艰难的一个典型代表。据国家统计局的资料显示,我国农村居民家庭平均每百户在 1978 年年底拥有自行车30.73 辆,拥有缝纫机 19.80 架,拥有手表 27.42 只,拥有收音机 17.44 台。②农村居民在当时所拥有的令人艳羡的"四大件"的比例是比较低的。而且,在拥有"四大件"的农村家庭中,绝大部分家庭只拥有"四大件"中的一件。从恩格尔系数来看,如表 2-3 所示,我国农村居民的恩格尔系数在改革开放初期大体都在 60%以上,属于生活贫困状态。从居民的人均消费支出结构来看,如表 2-5 所示,从 1978 年到 1982 年,我国农村居民在食品(大体 60%以上)、衣着(11%以上)、居住(10%以上)等在内的物质方面的开支占据着绝对的主导地位,而在包括教育文化娱乐(3%—5%左右)在内的文化方面的开支整体呈上升态势。与城镇居民的整体利益诉求相仿,我国农村居民在改革开放初期的利益诉求也主要集中在物质方面和适当的文化方面。

因此,全国人民的整体利益诉求在改革开放初期都主要聚焦于物质方面和适当的文化方面。中国共产党基于"人民利益的诉求"的依据将社会主要矛盾的重要方面判断为"人民日益增长的物质文化需要"就是实事求是的做法,也是科学的做法。

---

① 徐庆全编:《中国经验:改革开放 30 年高层决策回忆》,山东人民出版社 2008 年版,第130—131 页。

② 国家统计局编:《中国统计年鉴 1999》,中国统计出版社 1999 年版,第 346 页。

表 2-4 1981—1984 年与 2013—2016 年我国城镇居民人均消费支出构成情况对比表①

时间段	年份	食品（%）	衣着（%）	家庭设备用品及服务（%）	医疗保健（%）	交通通讯（%）	教育文化娱乐（%）	居住（%）	其他用品与服务（%）
1981—1984	1981	56.7	14.8	9.6	0.6	1.4	8.4	4.3	4.2
	1982	58.6	14.4	9.2	0.6	1.5	7.2	4.4	4.1
	1983	59.2	14.5	9.0	0.6	1.5	6.6	4.4	4.2
	1984	58.0	15.5	9.1	0.6	1.5	7.1	4.2	4.0
2013—2016	2013	30.1	8.4	6.1	6.1	12.5	10.8	23.3	2.7
	2014	30.0	8.1	6.2	6.5	13.2	10.7	22.5	2.7
	2015	29.7	8.0	6.1	6.7	13.5	11.1	22.1	2.7
	2016	29.3	7.5	6.2	7.1	13.8	11.4	22.2	2.6

表 2-5 1978—1982 年与 2012—2016 年我国农村居民人均消费支出构成情况对比表②

时间段	年份	食品（%）	衣着（%）	家庭设备用品及服务（%）	医疗保健（%）	交通通讯（%）	教育文化娱乐（%）	居住（%）	其他用品与服务（%）
1978—1982	1978	67.7	12.7	6.6			2.7	10.3	
	1979	64.0	13.1	11.9					
	1980	61.8	12.3	2.6	2.1	0.4	5.1	13.9	2.0
	1981	59.8	12.5	2.2	2.2	0.3	5.3	16.6	1.2
	1982	60.6	11.4	4.3	2.1	0.3	3.4	16.2	1.8

① 1981 年、1982 年、1983 年、1984 年的数据见徐索菲:《中国城镇居民消费需求变动及影响因素研究》,吉林大学博士学位论文,2011 年,第 30 页;2013 年、2014 年、2015 年、2016 年的各项数据根据公式"城镇居民人均各项消费支出所占比例=城镇人均各项支出/城镇人均消费总支出×100%"计算所得。2013 年、2014 年、2015 年、2016 年的城镇人均各项支出、城镇人均消费总支出等原始数据见国家统计局编:《中国统计年鉴 2017》,中国统计出版社 2017 年版,第 165 页。

② 1978 年、1979 年、1980 年、1981 年、1982 年、2012 年的各项数据根据公式"农村居民人均各项消费支出所占比例=农村人均各项支出/农村人均消费总支出×100%"计算所得。1978 年、1979 年、1980 年、1981 年、1982 年的农村居民人均各项消费支出的原始数据和农村居民人均消费总支出的原始数据见国家统计局农村社会经济调查总队编:《中国农村统计年鉴 2001》,中国统计出版社 2001 年版,第 244 页;2012 年的农村居民人均各项消费支出的原始数据和农村居民人均消费总支出的原始数据见国家统计局农村社会经济调查司编:《中国农村统计年鉴 2013》,中国统计出版社 2013 年版,第 268 页。2013 年的各项数据直接见国家统计局农村社会经济调查司编:《中国农村统计年鉴 2014》,中国统计出版社 2014 年版,第 259 页;2014 年、2015 年的各项数据直接见国家统计局农村社会经济调查司编:《中国农村统计年鉴 2016》,中国统计出版社 2016 年版,第 288 页;2016 年的各项数据直接见国家统计局农村社会经济调查司编:《中国农村统计年鉴 2017》,中国统计出版社 2017 年版,第 204 页。

续表

时间段	年份	食品(%)	衣着(%)	家庭设备用品及服务(%)	医疗保健(%)	交通通讯(%)	教育文化娱乐(%)	居住(%)	其他用品与服务(%)
2012—2016	2012	37.7	6.6	5.8	9.3	12.0	7.3	18.6	2.6
	2013	34.1	6.1	6.1	8.9	11.7	10.1	21.1	1.9
	2014	33.6	6.1	6.0	9.0	12.1	10.3	21.0	1.9
	2015	33.0	6.0	5.9	9.2	12.6	10.5	20.9	1.9
	2016	32.2	5.7	5.9	9.2	13.4	10.6	21.2	1.8

然而,经过将近 40 年的快速发展,无论是城镇居民的生活状态还是农村居民的生活状态都已经发生了翻天覆地的变化。如表 2-3 所示,我国城镇居民的恩格尔系数已经从 1978 年的 57.5% 下降到 2013 年的 35%,再下降到 2017 年的 28.6%,而我国农村居民的恩格尔系数已经从 1978 年的 67.7% 下降到 2017 年的 31.2%。根据国际通用的标准,我国城镇居民的生活水平已经进入到富足阶段;我国农村居民的生活水平已经进入到相对富裕阶段。全国居民的恩格尔系数在 2017 年已经下降到 29.3% 的现状更加表明:我国居民在整体上已经进入到富足阶段。如表 2-4、表 2-5 所示,我国城镇居民的食品消费支出比例已经由 1981 年的 56.7% 降低到 2016 年的 29.3%,衣着消费支出比例已经由 1981 年的 14.8% 降低到 2016 年的 7.5%,但城镇居民的居住消费支出比例却由 1981 年的 4.3% 增长到 2016 年的 22.2%;我国农村居民的食品消费支出比例已经由 1978 年的 67.7% 降低到 2016 年的 32.2%,衣着消费支出比例已经由 1978 年的 12.7% 降低到 2016 年的 5.7%,但农村居民的居住消费支出比例却由 1978 年的 10.3% 增长到 2016 年的 21.2%。这些情况既表明我国居民的家庭收入整体上已经大大增加,物质生活整体上已经比较富裕以及物质生活需要整体上已经得到满足,又表明我国居民对物质生活质量提出了更高的要求。城镇居民的教育文化娱乐消费支出比例已经由 1981 年的 8.4% 增长到 2016 年的 11.4%;农村居民的教育文化娱乐消费支出比例已经由 1978 年的 2.7% 增长到 2016 年的 10.6%。而且,全年国内游客在 2017 年

已经高达 50 亿人次,除去国外入境的游客 2917 万人次,相当于每一位国人在一年内做了 3.6 次左右的游客。广播节目综合人口覆盖率在 2017 年已经高达 98.7%,而电视节目综合人口覆盖率在 2017 年已经高达 99.1%。① 这些情况既表明我国居民的基本文化需求已经在较大程度上得以基本满足,又表明我国居民对包括旅游、影视欣赏等在内的享受性文化的需求日益增多。城镇居民的医疗保健消费支出比例已经由 1981 年的 0.6% 增长到 2016 年的 7.1%;农村居民的医疗保健消费支出比例已经由 1980 年的 2.1% 增长到 2016 年的 9.2%。这些情况既是我国进入老龄化状态下的必然现象,也表明我国居民越来越关注和重视自己的身心健康。城镇居民的交通通讯消费支出比例已经由 1981 年的 1.4% 增加到 2016 年的 13.8%;农村居民的交通通讯消费支出比例已经由 1980 年 0.4% 增长到 2016 年的 13.4%。这些情况也在一定程度上反映出我国人民群众在现阶段已经基本满足物质需要和文化需要之后,越来越愿意走出自己原本所在的"狭隘圈子",去追寻更好、更高的发展需要以及享受需要的满足。

总之,我国城镇居民和农村居民人均消费支出结构在当下均已经发生的显著变化尽管还不能全面反映出我国人民利益诉求的明显变化,但也能在一定程度上反映我国人民利益诉求的变化,即我国人民的物质生活需要和文化生活需要在整体上已经得以基本满足,并且人民对这两类生活的质量提出了更高的要求。但同时,人民对健康、环境等方面的需要也日益增长。习近平在党的十九大对我国人民的利益诉求变化情况作出了更全面准确的表述,即人民"不仅对物质文化生活提出了更高要求,而且在民主、法治、公平、正义、安全、环境等方面的要求日益增长"②。从"人民的利益诉求"的标准看,人民的利益诉求已经不再像改革开放初期那样集中于物质利益和文化利益的满足,

① 国家统计局:《中华人民共和国 2017 年国民经济和社会发展统计公报》,《人民日报》2018 年 3 月 1 日。

② 《十九大以来重要文献选编》(上),中央文献出版社 2019 年版,第 8 页。

而是已经实实在在地扩展成为包括物质利益、政治利益、文化利益、社会利益、生态环境利益等在内的多元化、综合性的利益诉求。

四、全面发展的价值实现

实现人的全面发展是马克思、恩格斯对共产主义社会里人的发展状态的构想，是马克思、恩格斯自唯心主义转向唯物主义、革命民主主义转向共产主义以来在人类社会发展方面所追寻的最高价值目标。而且，实现人的全面发展绝不是马克思、恩格斯基于纯粹主观想象的结果，而是他们运用唯物史观考察人类社会的发展历程特别是大多数人在资本主义社会处于片面、畸形发展状态的基础上对未来人类社会发展的本质状态进行科学预测与设想的结果。一些学者对马克思、恩格斯关于人的全面发展的内涵做过系统、严谨的考察，将其主要概括为人的社会关系的全面发展、人的需要的全面发展、人的能力的全面发展以及人的个性的全面发展四个方面。[①] 极其丰富的内涵预示着真正完全实现人的全面发展是一项极其艰巨、旷日持久的任务。在马克思、恩格斯看来，人类只有进入到共产主义社会才能真正完全实现人的全面发展，甚至人的全面发展阶段就等同于共产主义社会形态。[②] 但是，人的全面发展的实现、共产主义社会的实现都是一个具体的历史的发展过程，需要"每一代都立足于前一代所奠定的基础上，继续发展前一代的工业和交往"[③]才能实现。而且，人的全面发展需要在人类一代又一代不断推动社会各方面都逐渐实现全

---

① 参见韩庆祥、亢安毅：《马克思主义开辟的道路——人的全面发展研究》，人民出版社2005年版，第137页；张雷声等：《马克思主义基本原理的中国化与中国化的马克思主义基本原理》，中国人民大学出版社2012年版，第390—394页。

② 马克思在《1857—1858年经济学手稿》中对人类社会的发展历程作出了"三种社会形态"的划分，即"以人的依赖性关系为主"的阶段、"以物的依赖性为基础的人的独立性"的阶段、"人的全面而自由发展"的阶段。马克思在《〈政治经济学批判〉序言》等著作中对人类社会的发展历程作出了"五种社会形态"的划分，即人类会依次经历原始社会、奴隶社会、封建社会、资本主义社会、共产主义社会。其中，"三种社会形态"划分中的"人的全面而自由发展"阶段正好对应"五种社会形态"划分中"共产主义社会"。这已经成为学界主流观点的共识。

③ 《马克思恩格斯选集》第1卷，人民出版社2012年版，第155页。

面、充分发展的基础上才能实现。因此，马克思、恩格斯关于人的全面发展的科学设想不仅为处于共产主义社会之前的人类描绘了美好的远景，还尤其为处于共产主义社会之前的人类树立了全面发展的价值目标。正如有学者所指出的那样，"在马克思那里，人的全面发展是一种'终极理想'……但理想性的东西，不等于我们就可以不去想它，不去追求它。它作为一种目标和方向，永远指引着我们该如何去做。"①可见，处于共产主义社会之前的人类应该高度重视人的全面发展问题，并切实将"全面发展的价值实现"作为一种依据纳入到事关大多数人的发展或事关整个社会发展的重大决策或重大判断之中，从而在逐步推动社会各方面实现全面发展的基础上使人的全面发展不断迈上新台阶。作为以马克思主义为指导思想的执政党，中国共产党在社会主义现代化建设的过程中必然会随着社会生产力的发展自觉地将"全面发展的价值实现"依据纳入到事关大多数人的发展或事关整个社会发展的重大决策或重大判断中。作为事关大多数人的发展或事关整个社会发展的社会主要矛盾判断，中国共产党可以，也理所应当地要将"全面发展的价值实现"依据纳入其判断的过程中。

但是，中国共产党带领人民群众进入社会主义社会所走的是一条极富民族特色的道路，即没有按照马克思、恩格斯所说的要在资本主义社会的充分发展的基础上进入到社会主义社会或共产主义社会。跨越了资本主义"卡夫丁峡谷"而建立社会主义制度注定了中国共产党在对待和运用"全面发展的价值实现"这一依据的问题上会表现出比较明显的阶段性、差异性和特殊性。实际上，我国进入社会主义社会以来在较长一段时间里的整体发展状态与人类的整体发展状态具有趋同性，即"从20世纪往前推，全部的人类历史都是为生存而挣扎的历史。人类各个民族曾经提出过的几乎所有的主导人生观，都是建立在人类历史的这一基调之上的，都折射出此种生存状况的基本氛围：

---

① 陈学明：《马克思的人的全面发展理论与当代人的生活取向》，《复旦学报（社会科学版）》2000年第2期。

生存是严酷而艰难的"①。在这种情况下,中国共产党实际上更加注重的是有重点地发展社会生产力,不断丰富整个社会的物质文化财富,以此在解决人民群众最迫切的生存问题的基础上不断为人的全面发展创造条件。正如江泽民所指出的那样,"我们要在发展社会主义社会物质文明和精神文明的基础上,不断推进人的全面发展。"②中国共产党在这种情况下也将"全面发展的价值实现"依据纳入到诸如青年人的发展目标等某一方面、某一领域的判断和决策之中,提出了"要使青年一代在德育、智育、体育、美育等方面获得全面发展"③以及要培养"有理想、有道德、有文化、有纪律"④的"四有新人"等思想,但总体上因还不具备相关的必要条件而没能使"全面发展的价值实现"成为一种普遍的判断依据,特别是没有使其成为像社会主要矛盾判断这种事关大多数人的发展或事关整个社会发展的重大决策或重大判断的评判依据。"全面发展的价值实现"标准在党的八大、党的十一届六中全会等关于社会主要矛盾判断的重大时间节点上都处于"作用不彰显"的状态。这种状态并不存在问题,因为其恰恰与这一段时间里整个社会的发展进程以及人民群众的整体价值追求等实际情况是相符合的。

然而,在经过改革开放20多年的发展后,我国自21世纪伊始进入到全面建设小康社会阶段。我国物质文化财富的积累以及人民群众生活水平的提升也因此进入到新阶段。坚实的物质文化基础使人民群众对人的全面发展和社会全面发展的要求越来越高。"全面发展的价值实现"在新世纪以来越来越成为全国上下的总体价值追求。在这种情况下,中国共产党越来越重视将"全面发展的价值实现"作为一种普遍的判断依据纳入到事关大多数人的发展或事关整个社会发展的重大决策或重大判断之中。例如,党的十七大提出

---

① 郑也夫:《后物欲时代的来临》,上海人民出版社2007年版,第21页。
② 《江泽民文选》第三卷,人民出版社2006年版,第294页。
③ 《中央教育部召开首次中等教育会议》,《人民教育》1951年第4期。
④ 《十二大以来重要文献选编》(下),人民出版社1988年版,第1410页。

的中国特色社会主义事业"四位一体"总体布局①、党的十八大提出的中国特色社会主义事业"五位一体"总体布局②、习近平在 2014 年 12 月首次完整提出的"四个全面"战略布局③、党的十八届五中全会首次提出的"五大发展理念"④等众多事关大多数人的发展或事关整个社会发展的重大决策或重大判断的过程中都体现了"全面发展的价值实现"这一判断依据。同样作为事关大多数人的发展或事关整个社会发展的社会主要矛盾判断,中国共产党自然也会将"全面发展的价值实现"依据纳入其判断过程中。以"全面发展的价值实现"依据来衡量整个经济社会的发展情况,各个区域之间、各个行业之间、城乡之间、人类社会与自然之间等方面发展的不平衡不充分的问题就是目前与全面发展相悖的最大问题。以"全面发展的价值实现"依据来衡量人的发展,人们对自身全面发展的要求不仅越来越强烈,而且人们也越来越意识到经济、政治、文化、社会、生态环境等各方面的全面发展皆是制约人的全面发展的重要因素。与"基本国情"依据相比,"全面发展的价值实现"依据是随着我国经济社会等方面的整体发展和人民群众生活水平不断提升过程中产生的一种"后发标准",是中国共产党在新时代才首次将其运用于社会主要矛盾判断过程中的一种价值判断依据。而且,在新时代社会主要矛盾判断过程中,"全面发展的价值实现"依据是在"基本国情"判断依据发挥作用之后,与"生产力发展状态"依据、"人民的利益诉求"依据一起发挥作用。"全面发展的价值实现"依据在新时代社会主要矛盾判断过程中发挥的是一种价值评判的作用,其作用难以精确描述,但却必不可少。我们能通过新时代社会主要矛盾判断的最终文字表述来更好地把握和体会这种作用,因为"美好生活的需要""不平衡不充分的发展"等构成新时代社会主要矛盾主要内容的文字

---

① 《十七大以来重要文献选编》(上),中央文献出版社 2009 年版,第 9 页。
② 《十八大以来重要文献选编》(上),中央文献出版社 2014 年版,第 10 页。
③ 《十八大以来重要文献选编》(中),中央文献出版社 2016 年版,第 247 页。
④ 《十八大以来重要文献选编》(中),中央文献出版社 2016 年版,第 824—827 页。

表述中蕴含了明显的"全面发展的价值实现"。与"基本国情"依据相比，"全面发展的价值实现"依据同样只是一种判断新时代社会主要矛盾的具体依据。

总之，在判断新时代社会主要矛盾的各项依据中，"基本国情"依据是一种基本的判断依据，而"生产力发展状态"依据、"人民的利益诉求"依据以及"全面发展的价值实现"依据是三种具体的判断依据。其中，中国共产党运用"基本国情"这一基本依据判断出我国在新时代的社会主要矛盾属于人民内部矛盾的范畴，将会在人民日益增长的需要与发展（生产）之间的矛盾范围内发生转化；中国共产党运用"生产力发展状态"这一具体依据判断出新时代社会主要矛盾的内容表述和词汇表达不能再用"生产"一词，而是要用"发展"一词；中国共产党运用"人民的利益诉求"这一具体依据判断出人民的利益诉求已经实实在在地扩展成为包括物质利益、政治利益、文化利益、社会利益、生态环境利益等在内的多元化、综合性的利益诉求；在此基础上，中国共产党利用"全面发展的价值实现"依据将新时代社会主要矛盾的双方判断为"美好生活的需要""不平衡不充分的发展"。实际上，"基本国情"依据、"生产力发展状态"依据、"人民的利益诉求"依据以及"全面发展的价值实现"依据在判断新时代社会主要矛盾的过程中是以"有机结合"的方式在发挥作用。例如，以"生产力发展状态"判断依据与"全面发展的价值实现"判断依据相结合来审视整个社会的发展，我国现阶段整个社会发展的最大问题就是不平衡不充分的发展。以"人民的利益诉求"判断依据和"全面发展的价值实现"判断依据的结合来审视人民群众的需要，人民群众在现阶段的需要就是美好生活的需要。这样一来，以三大主要具体判断依据相结合来具体考察和审视由"基本国情"基本判断依据所决定的"人民日益增长的需要与发展（生产）之间的矛盾"的具体阶段性变化，我国现阶段的社会主要矛盾只能是"已经转化为人民日益增长的美好生活需要和不平衡不充分的发展之间的矛盾"。

第三节 "方法"的机理

探索社会主要矛盾是一个"主观见之于客观"的历史过程。我们在这个过程中要做到精准判断社会主要矛盾,即判断或重新判断社会主要矛盾在时间上及时准确、不早不晚以及判断或重新判断社会主要矛盾在内容上准确无误,就必须以科学的思维方法伴随其始终。以习近平同志为核心的党中央能够在异常复杂的社会发展状态下以及在异常关键的时间节点上对我国社会主要矛盾作出精准的新时代社会主要矛盾判断,就与其将诸多科学的思维方法运用于考察我国各方面的发展状态以及运用于社会主要矛盾判断的过程中息息相关。

一、创新思维

创新思维就是要坚持解放思想、实事求是,敢于质疑不适合现实情况的已有结论,敢于打破陈规,善于因时制宜、知难而进、开拓创新。习近平指出:"敢于和善于分析回答现实生活中和群众思想上迫切需要解决的问题,不断深化改革开放,不断有所发现、有所创造、有所前进,不断推进理论创新、实践创新、制度创新。"①社会主要矛盾的概念和范畴本来就不是从来就有的,而是以毛泽东同志为主要代表的中国共产党人在认识和解决中国实际问题的过程中创造性地继承和发展马克思主义矛盾学说的结果。这一概念和范畴的创立为深刻把握我国的基本国情和明确各阶段的任务提供了富有中国特色的理论分析范式。回顾历史不难发现,对社会主要矛盾作出的每一次精准判断,都与中国共产党运用创新思维来考察我国各方面的整体变化情况以及我国社会主要矛盾的变化情况息息相关。例如,没有勇于解放思想的创新思维,中国共产

---

① 《十八大以来重要文献选编》(上),中央文献出版社2014年版,第115页。

党就不可能在改革开放伊始果断结束"阶级矛盾是我国社会主要矛盾"的失误判断,从而将社会主要矛盾精准地判断为"人民日益增长的物质文化需要同落后的社会生产之间的矛盾"。中国共产党和理论界在相当长一段时间内事实上认为"基本国情不变而社会主要矛盾就不变"。因此,在我国处于社会主义初级阶段的基本国情没有发生改变的情况下,能够适时作出我国社会主要矛盾在新时代已经发生重大转化的重大判断,更是中国共产党以革故鼎新的勇气和超强的创新思维来探索社会主要矛盾的生动体现。创新思维使中国共产党敢于怀疑社会主要矛盾的原有判断和概括是否还适合已经发生了历史性变化的当下情况,敢于运用"基本国情"的基本判断依据和"生产力发展状态""人民的利益诉求"以及"全面发展的价值实现"的具体判断依据在基本国情不变的情况下及时考察和判断社会主要矛盾是否已经发生变化,敢于在判断和确认社会主要矛盾已经发生变化的情况下及时作出新表述,从而为党和国家在中国特色社会主义新时代科学制定各项任务和方针政策提供新的指南。创新思维是中国共产党作出新时代社会主要矛盾判断的首要方法。

二、辩证思维

辩证思维的实质就是承认矛盾、分析矛盾,同时又善于抓住多个矛盾中的主要矛盾和主要矛盾中的主要方面,抓关键、抓重点,突破现象而洞察事物的内在规律。在探索社会主要矛盾的过程中如果缺乏辩证思维,其本身在一定程度上就是对矛盾思想和社会主要矛盾范畴的否定,也就不可能对社会主要矛盾作出科学判断,诚如毛泽东所指出的那样,"这个辩证法的宇宙观,主要地就是教导人们要善于去观察和分析各种事物的矛盾的运动,并根据这种分析,指出解决矛盾的方法。"①习近平也指出:"要有强烈的问题意识,以重大问题为导向,抓住重大问题、关键问题进一步研究思考,找出答案,着力推动解决

---

① 《毛泽东选集》第一卷,人民出版社1991年版,第304页。

我国发展面临的一系列突出矛盾和问题。"①党的十八大以来,习近平在每一次重要讲话中都蕴含了深邃的辩证思维方法,因而其辩证思维贯穿了他的经济论述、政治论述、文化论述、社会论述、生态文明论述等关于重大问题论述的方方面面。换句话说,辩证思维方法贯穿了习近平治国理政的整个过程和各个重要方面。作为对我国经济、政治、文化、社会、生态文明等各方面的发展状态所进行的综合性概括和描述,新时代社会主要矛盾判断显然与习近平充分发挥辩证思维方法密不可分。习近平敢于承认矛盾、敢于正视矛盾,高度重视社会主要矛盾的判断对于推动中国特色社会主义事业不断发展的重要作用,坚持矛盾发展的不平衡性运动规律,坚信"在纷繁复杂的社会矛盾系统中必有一种社会主要矛盾的存在",善于从盘根错节的社会问题和社会现象中准确判断出"牵一发而动全身"的社会主要矛盾,并及时运用各种具体判断依据去审视关键领域、重点领域的情况和问题,而不是具体领域的各种细致情况和问题,善于排除纷繁复杂的次要矛盾,从而准确判断出新时代我国社会主要矛盾。

三、全局思维

探索社会主要矛盾不能只看我们国家在某一方面的具体发展状况,而是要看我们国家的整体发展状态以及不同区域、不同行业、不同阶层等方面的宏观发展状态。全局思维在探索社会主要矛盾的过程中至关重要。只有以全局思维来探索社会主要矛盾,才能判断出最能反映我国突出问题、最适合我国发展全局、最能起到影响整体和统领各方作用的社会主要矛盾。只有将全局思维贯穿到考察、认识和判断社会主要矛盾的过程中,才能及时察觉我国经济社会等各方面的整体发展是否已经出现阶段性质变的情况,从而科学判断我国社会主要矛盾是否已经发生转化,否则就难免会出现"重新判断社会主要矛

---

① 《习近平关于全面深化改革论述摘编》,中央文献出版社 2014 年版,第 38 页。

盾过早或者过晚"的情况。习近平指出:"我们要按照这个总布局,促进现代化建设各方面相协调,促进生产关系与生产力、上层建筑与经济基础相协调。"①党的十九大作出的新时代社会主要矛盾判断正当其时,就与习近平始终以全局思维审视我国各方面的发展状况紧密相关。例如,尽管我国部分边远地区、个别领域还存在生产落后的情况,但是从全局和整体上考察我国各地区、各领域的发展状态,"落后的生产状态"就确实已经得以根本改变,而各地区、各领域发展的不平衡性、不充分性已经确实成为我国发展中的主要问题。那么,将我国社会主要矛盾的一方由"落后的社会生产"及时判断和表述为"不平衡不充分的发展"就是完全正确的。事实上,也只有将全局思维真正贯穿到对社会现象的认识和对社会主要矛盾的判断过程中,以习近平同志为核心的党中央才能对我国在新时代的社会主要矛盾及时作出精准判断。例如,如果缺乏全局思维,将视野和思维仅仅局限在当时全国 3000 多万农村贫困人口身上,或者将视野和思维仅仅局限在部分边远落后的地区上,那中国共产党是不可能及时对社会主要矛盾作出精确的新判断,可能继续坚持原来的社会主要矛盾判断,即继续沿用"人民日益增长的物质文化需要同落后的社会生产之间的矛盾"这一社会主要矛盾表述。有个别人在当前也的确认为原来的社会主要矛盾判断仍然继续适合我国现阶段经济社会等方面的整体发展情况,甚至认为中国共产党应该将原来的社会主要矛盾判断继续作为新时代的社会主要矛盾判断。实际上,这是个别人在认识我国经济社会等方面的发展现状以及认识和判断社会主要矛盾问题上缺乏全局思维和整体视野而产生的错误观点。继续沿用原来的社会主要矛盾表述既不符合我国当前的实际情况,也不利于中国特色社会主义事业持续健康、协调发展。

四、战略思维

战略思维就是高瞻远瞩、高度重视、善于把握事物发展总体趋势和方向的

---

① 《十八大以来重要文献选编》(上),中央文献出版社 2014 年版,第 77 页。

思维方法。习近平曾经指出:"战略问题是一个政党、一个国家的根本性问题。战略上判断得准确,战略上谋划得科学,战略上赢得主动,党和人民事业就大有希望。"①社会主要矛盾问题本身就是一个事关党和国家事业发展全局的战略性问题,因而需要将战略思维贯穿探索社会主要矛盾的整个过程。习近平在党的十八大到党的十九大召开前的五年里多次从战略的高度强调要为人民的美好生活而奋斗以及要重视和满足人民群众的多样化需求,并多次从战略的高度强调要重视发展的平衡性、协调性和充分性。因此,以习近平同志为核心的党中央在党的十八大以来实际上将认识和判断社会主要矛盾作为一个战略性问题在抓,从战略的高度把握原来的社会主要矛盾的演变趋势,前瞻性地考察和预判原来的社会主要矛盾的时间下限,并敏锐感知社会主要矛盾双方在内容上的新变化。习近平在党的十九大文件起草组第一次全体会议上明确将坚持战略思维作为党的十九大报告起草工作坚持的指导原则之一,并强调:"我们提出的思想理论和方针政策有没有前瞻性和预见性,我们作出的决策部署有没有指导性和可持续性,要看我们能不能从战略上全局上对我国发展和世界发展作出科学预判。"②新时代社会主要矛盾正是中国共产党充分运用战略思维作出的重大判断,从而为其他重大判断的作出树立了坐标。实际上,党的十九大作出的"中国特色社会主义进入新时代"的判断、提出的"把我国建设成为富强民主文明和谐美丽的社会主义现代化强国"③的奋斗目标以及提出的"坚持以人民为中心""坚持全面深化改革""坚持新发展理念"等坚持和发展中国特色社会主义的基本方略④都是中国共产党基于新时代社会主要矛盾这一战略性判断作出的战略决策。

---

① 《习近平谈治国理政》第二卷,外文出版社 2017 年版,第 10 页。
② 吴晶等:《面向新时代的政治宣言和行动纲领——党的十九大报告诞生记》,《理论参考》2017 年第 12 期。
③ 《十九大以来重要文献选编》(上),中央文献出版社 2019 年版,第 9 页。
④ 《十九大以来重要文献选编》(上),中央文献出版社 2019 年版,第 14—19 页。

五、群众思维

群众思维是指坚持人民群众利益至上、始终以人民为中心的思维方式。在探索社会主要矛盾的过程中始终把研究和分析人民群众的利益诉求作为中心内容，是中国共产党的社会主要矛盾理论形成与发展的主旋律。习近平曾经明确指出："人民对美好生活的向往，就是我们的奋斗目标。"①坚持群众思维，始终以人民为中心，全面分析人民群众的生活和发展状态，及时发现和有效整合人民群众所面临的普遍性难题，才能准确把握人民群众的利益诉求，进而才能对社会主要矛盾作出科学判断。例如，改革开放初期，中国共产党通过广泛深入的调查，从人民群众所面临的纷繁复杂的难题中准确抓住了"普遍贫困状态下的生存艰难"这一最大难题，并在此基础上精准研判出人民群众的最大利益诉求是"追求物质生活的满足以及适当的精神生活的满足"②，从而科学地将社会主要矛盾判断为"人民日益增长的物质文化需要同落后的社会生产之间的矛盾"。从党的十八大到党的十九大召开前的五年里，除了通过常规的工作报告了解情况外，习近平亲自到基层考察调研的次数高达 50 次，亲自到基层考察调研的天数累计高达 151 天③。深入基层的扎实调研使习近平对人民群众生活的真实情况相当了解，对人民群众所面临的最新、最突出的问题了然于胸。这既是习近平坚持群众思维的具体表现，又为他更好地以群众思维来判断社会主要矛盾打下了坚实的基础。实际上，坚持问题导向恰恰是习近平为党的十九大报告起草工作所确定的五大指导原则之一。他在党的十九大文件起草组第一次全体会议上明确指出："要把问题作为研究制定方针政策的起点，从问题最集中的地方和最突出的问题入手，把准政策基

---

① 《十八大以来重要文献选编》（上），中央文献出版社 2014 年版，第 70 页。
② 张廷广：《新时代社会主要矛盾判断的生成逻辑》，《甘肃社会科学》2018 年第 4 期。
③ 吴晶等：《面向新时代的政治宣言和行动纲领——党的十九大报告诞生记》，《理论参考》2017 年第 12 期。

点,合理设定预期,把政策建立在解决最突出的矛盾和问题、满足人民群众最迫切的愿望和要求之上。"①作为党的十九大报告里最重大的理论创新之一,新时代社会主要矛盾判断正是以习近平同志为核心的党中央充分发挥群众思维,紧扣人民群众面临的普遍难题已由"生存问题"演变为"发展问题"的现实,运用各项判断依据对我国的社会主要矛盾进行重新判断的结果。

总之,新时代社会主要矛盾判断的生成机理包括"变化"的机理、"依据"的机理以及"方法"的机理三个方面的内容。其中,"变化"的机理主要解决社会主要矛盾判断在基本国情不变的情况下"为什么可以发生变化"的问题;"依据"的机理主要解决中国共产党是以什么依据判断出新时代社会主要矛盾的问题;"方法"的机理主要解决中国共产党是如何使用这些依据来判断出新时代社会主要矛盾的问题。"变化"的机理、"依据"的机理以及"方法"的机理三者有机统一,才能科学、完整地说明新时代社会主要矛盾判断的生成机理问题。

---

① 吴晶等:《面向新时代的政治宣言和行动纲领——党的十九大报告诞生记》,《理论参考》2017 年第 12 期。

第三章　新时代社会主要矛盾的科学内涵

一般而言,"内涵"是指概念或范畴所反映的事物的本质属性或内容的总和。新时代社会主要矛盾的内涵是指"人民日益增长的美好生活需要和不平衡不充分的发展之间的矛盾"所真实包含的本质属性或内容的总和。完整、科学地理解新时代社会主要矛盾的内涵就要完整、科学地理解"美好生活需要"的内涵、"不平衡发展"的内涵以及"不充分发展"的内涵。

第一节　"美好生活需要"的科学内涵

通过仔细研读和梳理相关文献发现,将"美好"与"生活"相联系使用,这在马克思主义作家们的思想中经历了一个类似于探索和发展的过程。马克思主义经典作家马克思、恩格斯并没有真正将"美好"与"生活"连在一起使用。只有马克思在1931年摘抄的《关于伊壁鸠鲁哲学的笔记》中有"[他们的生活]如此美好"①的提法。真正首次将"美好"与"生活"相联系使用并且将二者连在一起使用的马克思主义经典作家是列宁。他在1905年12月写作的

---

① 《马克思恩格斯全集》第40卷,人民出版社1982年版,第165页。

《社会主义和宗教》一文中描述"觉悟的工人抛弃宗教迷信"时首次采用了"争取人间的美好生活"①的提法。在中国共产党的历任领导人中,最早将"美好"与"生活"相联系使用但没有将二者连在一起使用的人是毛泽东。他在1949年1月写作的《评战犯求和》一文中批评"买办地主阶级通过压迫剥削维持骄奢淫逸的生活"时以讽刺的语气使用了"美好的生活方式和生活水准"②的提法。中共中央在1985年发出的《关于进一步加强青少年教育预防青少年违法犯罪的通知》中有"追求美好生活的愿望"③的提法。江泽民有"带领群众创造美好生活"④的提法。胡锦涛于2004年11月在巴西国会的演讲中有"为建设自己的美好生活而不懈奋斗"⑤的提法。将"美好"与"生活"相联系并且将二者连在一起使用次数最多的领导人当属习近平同志。例如,他于2012年11月在十八届中央政治局常委同中外记者见面时的讲话中就有"对美好生活的向往"⑥的提法,于2014年10月在文艺工作座谈会上的讲话中有"对美好生活的憧憬和信心"⑦的提法。"美好生活"的提法更是成为习近平在党的十九大所作的报告中的核心术语,其累计出现了14次之多。不仅如此,他还在党的十九大所作的报告中首次明确使用了"美好生活需要"⑧的表述,并使其成为新时代社会主要矛盾的重要内容表达。

众所周知,"美好"是属于价值判断方面的一个重要术语和概念。其中,"美"通常具有善、美丽、优美等意思;"好"通常具有善良、有益、完整无缺等意思。将"美"与"好"连在一起所构成的"美好"就成为修饰中心语处于某种良好状态的形容词。例如,"美好的环境"中的"美好"具有优美、漂亮的意思;

---

① 《列宁专题文集　论辩证唯物主义和历史唯物主义》,人民出版社2009年版,第220页。
② 《毛泽东选集》第四卷,人民出版社1991年版,第1383页。
③ 《十二大以来重要文献选编》(中),人民出版社1986年版,第860页。
④ 《十五大以来重要文献选编》(下),人民出版社2003年版,第2013页。
⑤ 《十六大以来重要文献选编》(中),中央文献出版社2006年版,第426页。
⑥ 《十八大以来重要文献选编》(上),中央文献出版社2014年版,第70页。
⑦ 《十八大以来重要文献选编》(中),中央文献出版社2016年版,第130页。
⑧ 《十九大以来重要文献选编》(上),中央文献出版社2019年版,第8页。

"祖国美好的明天"中的"美好"具有光明、繁荣、昌盛等意思。而"生活"在马克思主义理论视域内则构成了唯物史观的基础性概念和范畴。马克思、恩格斯一贯主张:人们为了能够创造历史,就必须首先能够生活。而且,他们在探讨"生产方式"和"生活方式"的关系时也明确指出:生产方式"更确切地说,它是这些个人的一定的活动方式,是他们表现自己生命的一定方式、他们的一定的生活方式"①。应该说,"生活"在马克思主义理论视域下通常是指"现实的个人有意识的生命活动及其所关涉的诸要素的总体"②。"需要"是 19 世纪以来出现于东西方众多哲学家、思想家的著作和思想中的一个较为普遍的术语,而其本身在不同的学科范围内的定义存在着比较明显的差异性。例如,"对物品和服务的渴望"往往是经济学家对"需要"的理解;"感受或体会到心理和生理的某种渴求"往往是心理学家对"需要"的理解等。但是,"需要"在马克思主义学科范围内则构成了其唯物史观的一个核心概念,通常是指现实的人"在实践过程中对其生存、享受与发展的客观条件的依赖与反映"③。将"美好""生活"以及"需要"相联系使用并且连在一起使用所构成的"美好生活需要"就是一个将价值性、规律性、目的性以及手段性等特征集合于一体的偏正短语。实事求是地说,这一短语不仅在党的十九大召开前的中国历史上从来没有出现过,而且在党的十九大召开前的世界历史上也鲜有出现。因此,如何准确、科学地理解"美好生活需要"的内涵的确是摆在我们面前的一项极富挑战性的任务。而要较好地完成这一任务,就必须在理解和概括内涵的过程中始终以现实情况为根本立足点,坚持全局思维和整体视野,并适当重视对比较分析方法的运用。

---

① 《马克思恩格斯选集》第 1 卷,人民出版社 2012 年版,第 147 页。
② 钟明华、董扬:《美好生活的时代意蕴与价值》,《高校马克思主义理论研究》2017 年第 4 期。
③ 高峰、胡云皓:《从马克思的需要理论看新时代中国社会主要矛盾的转化》,《当代世界与社会主义》2008 年第 5 期。

一、需要的种类多元化

需要的种类问题在很大程度上属于需要的边界问题,即需要类别的数量多少的问题。根据马克思主义唯物史观的基本原理,"物质生活的生产方式制约着整个社会生活、政治生活和精神生活的过程"[①]。我国人民群众的需要种类随着生产力发展水平的逐步提高而不断演变和发展。从总体上看,大多数人民群众的需要种类在 2000 年以前始终处于相对单一的状态,即主要集中于衣食住行等方面的物质需要以及适当的精神需要两大类别上。自 21 世纪我国进入全面建设小康社会阶段以来,人民群众的需要种类逐渐呈现多元化的状态,不仅对物质文化的需要比较迫切,而且对生态环境等其他方面的需要日益明显。在党的十九大召开之时,我国大多数人民群众的需要种类已经发生了明显的阶段性质变,摆脱了前一阶段的"相对单一"的状态,整体进入到"综合性、多元化"的状态。这种"综合性、多元化"的需要状态显然不是马克思、恩格斯揭示的,在自由资本主义阶段广大无产阶级群众所期望的简单生活而不得的那种需要种类,也不是马克思、恩格斯科学构想的关于共产主义社会"广泛性和无限性能够达到相当高的程度"的那种需要种类,而是基于生产力在社会主义初级阶段已有较大程度发展的社会背景以及我国全面建成小康社会的现实基础上产生的一种总体性需要种类状态。具体而言,这种多元化的需要种类既表现在"需要大类"层面,也表现在"子类需要"层面。

(一)"大类需要"的多元化

这里的"大类需要"实际上是指与社会主义现代化建设各领域相对应的物质需要、文化需要等宏观意义上的需要类别。首先,根据马克思主义唯物史

[①] 《马克思恩格斯选集》第 2 卷,人民出版社 2012 年版,第 2 页。

观,物质需要是维持人的生存和生活所必需的吃喝住穿行等方面的物质性东西①,是维系人的生命活动的根本,是人的一切活动得以运转的第一基础。尽管我国的物质生活资料在改革开放 40 多年来日渐摆脱了短缺的状态,但其在现阶段仍然还不够丰富。现阶段人民群众在追求美好生活时首先考虑的还是物质需要的满足情况。因此,我们党和政府在现阶段仍然优先考虑人民群众能否"安居乐业,衣食无忧"②,并且尽力"创造更多的物质财富以满足人民日益增长的美好生活需要"③。其次,精神需要同物质需要一样,是人类在包括原始社会在内的一切社会形态中生活和发展的基本需要④。一方面,我国人民群众的精神需要尽管在总体上已经得以基本满足,但与美好生活的要求相比还存在较大的差距;另一方面,经济社会正处于转型期的现状使人民群众面临着更大的生存和发展压力,从而容易导致在工作、生活中枯燥乏味、身心压抑、方向迷失等不良现象,而这恰恰需要更多的精神产品对其进行有效抑制和调节。由此,习近平在党的十九大明确指出:"满足人民过上美好生活的新期待,必须提供丰富的精神食粮。"⑤再次,随着物质需要和精神需要得到基本满足之后,我国人民群众对政治方面的需要变得日益迫切,已成为美好生活需要的重要内容。人民群众在现阶段的政治需要,既表现为对民主决策、民主管理、民主监督等民主方面的需要日益增长,又表现为对包括人身权、财产权、基本政治权利等各种权利不受侵犯和真正落实的期待日益增强⑥,还表现为对包括科学制法、公正司法、严格执法等法治方面的需要日益增多⑦。复次,从

---

① 《马克思恩格斯选集》第 1 卷,人民出版社 2012 年版,第 158 页。
② 《习近平致中国残疾人福利基金会的贺信》,《中国残疾人》2014 年第 4 期。
③ 《十九大以来重要文献选编》(上),中央文献出版社 2019 年版,第 35 页。
④ 根据相关学者的考古发现,即便是生活在原始社会的人类,其精神生活也并不显得太过单一,因为原始社会已经形成了原始宗教观、礼制思想、自然观等思想观念的雏形。参见张春海、苏培:《填补原始社会思想史研究空白》,《中国社会科学报》2017 年 2 月 8 日。
⑤ 《十九大以来重要文献选编》(上),中央文献出版社 2019 年版,第 31 页。
⑥ 《习近平谈治国理政》第一卷,外文出版社 2018 年版,第 141 页。
⑦ 《十九大以来重要文献选编》(上),中央文献出版社 2019 年版,第 8 页。

社会生活发展的现实看,我国人民群众在现阶段对住房、养老、医疗、教育、食品安全、收入分配、脱贫致富、社会治安、社会保障、就业、公平正义等社会方面的需要显著增强。但这些社会建设的各个方面在现实中都还存在一些问题,从而在较大程度上影响和制约了人民群众在社会需要方面的有效满足。因此习近平也多次号召全党要顺应人民群众对美好生活的需要,不断"发展各项社会事业"[1],不断"提高社会发展水平"[2]。最后,人民群众在现阶段对生态环境方面的需要越来越迫切,"对环境污染很不满意"[3],已由过去"求温饱"的阶段进入到现在"盼环保"的阶段[4]。习近平在党的十九大明确强调:"要提供更多优质生态产品以满足人民日益增长的优美生态环境需要。"[5]总之,物质需要、文化需要、政治需要、社会需要以及生态环境需要等大类需要构成了需要多元化的重要内容。正如习近平指出的那样,"人民美好生活需要日益广泛,不仅对物质文化生活提出了更高要求,而且在民主、法治、公平、正义、安全、环境等方面的要求日益增长。"[6]

(二)"子类需要"的多元化

这里的"子类需要"是指物质需要、文化需要等大类需要中在微观层面上的具体需要类别。经过改革开放40多年来的发展,现阶段我国人民群众在几乎每一种子类需要上都呈现出多元化的态势。以物质需要下面的"食物需要"为例,人民群众已经打破了食物需求的时间限制和地域限制,在季节内对反季节性食物的需求越来越多,在本地区对外部地域性食物的需求越来越广泛。不仅如此,现阶段人民群众对各种新食材、特色食物的需求量也越来越

---

① 《十八大以来重要文献选编》(下),中央文献出版社2018年版,第352页。
② 《十八大以来重要文献选编》(下),中央文献出版社2018年版,第336页。
③ 《十八大以来重要文献选编》(上),中央文献出版社2014年版,第245页。
④ 《十八大以来重要文献选编》(上),中央文献出版社2014年版,第626页。
⑤ 《十九大以来重要文献选编》(上),中央文献出版社2019年版,第35页。
⑥ 《十九大以来重要文献选编》(上),中央文献出版社2019年版,第8页。

大。正是由于人民群众的食物消费需要所呈现的多元化趋势越来越明显,党中央和国务院号召全国上下要"树立大食物观,面向整个国土资源,全方位、多途径开发食物资源"①。再以文化需要下面的"娱乐需要"为例,现阶段我国大多数人民群众的娱乐需要,不仅限于观看少量的幕布类电影和戏剧表演,而是扩展到观看影视和戏剧、参与各种表演活动、实地旅游参观、参加各种体育项目等方方面面。可以说,现阶段我国人民群众的娱乐需要确实已经呈现出种类浩繁、五花八门的景象。尽管"子类需要"都能划归到相应的"大类需要"之中,但它的类别数量要远远多于"大类需要"的类别数量。因此,"子类需要"的丰富性在很大程度上更能说明现阶段我国人民群众的需要种类的多元化。

二、需要的层次升级化

需要的层次问题实际上就是需要的档次问题,即人的需要根据某些标准所处的位置问题。改革开放以来,随着生产力的发展,我国人民群众的需要层次逐渐提升。这种变化在党的十九大召开前后达到了阶段性质变,即人民群众的需要层次在总体上已经升级,处于一个较高的档次。但是,我们不能把我国人民群众在现阶段的需要层次机械、简单地对应到马斯洛的"五种需求层次"②中的某一层次或某几个层次中去,因为"五种需求层次"划分本身就是基于人本主义情怀对人的需要作出的相对简单的划分,而我国人民群众在现阶段的需要已然比"五种需要层次"中的某一层次需要甚至某几个层次需要的内容丰富得多。虽然恩格斯作出的生存需要、享受需要以及发展需要的

---

① 《十八大以来重要文献选编》(下),中央文献出版社 2018 年版,第 107—108 页。

② 20 世纪的美国社会心理学家亚伯拉罕·马斯洛提出了至今在国际上仍然具有重要影响力的"需求五层次说",即人的需要会像阶梯一样依次呈现出生理需求、安全需求、社交需求、尊重需求以及自我实现需求。参见[美]亚伯拉罕·马斯洛:《动机和人格》,许金声等译,中国人民大学出版社 2012 年版,第 18—78 页。

"三层次需要"划分①在表述上相对简单,但其所涵盖的内容却相当丰富,对于我们理解我国人民群众在现阶段的需要层次状况具有一些指导意义。根据恩格斯的"三层次需要"划分理论,我国人民群众在现阶段的需要层次不仅在总体上已经基本满足了生存需要,而且在一定程度上已经接近或达到对享受需要和发展需要的追求。然而,该理论无法细致、准确、深入地理解我国人民群众在现阶段的需求层次情况,因为它是对整个人类社会这一宏大、长远的时空范围里关于人的需要问题的一种有效回应,而不能有效回应我国特殊的国情——社会主义初级阶段的需要问题。我们可以借鉴的是恩格斯探讨人的需要层次问题的两条理论进路,即从不同需要种类的层次性进路进行探讨和从某一种需要的质量变化进路进行探讨,这为我们的研究提供了方法和思路。现阶段我国人民群众的需要层次在总体上已经升级,而这种"升级"既体现在不同的需要种类上,也体现在同一需要的质量变化上。

(一)升级表现在需要的"量"上

这里所说的需要的"量"仍然是指需要类别的数量。前面已经论述过,我国人民群众的需要种类已经呈现出多元化的特征。或许有人会存在疑问,人民群众需要种类的数量为什么会成为需要层次升级化的表现? 或者说,需要层次的升级化为什么会通过需要种类的数量表现出来? 实际上,我们从马克思主义经典作家们关于唯物史观的相关重要论述中是能够找到根据的。依据唯物史观的基本原理,物质生活的生产方式对整个社会生活、政治生活以及精

---

① 　学界目前的主流观点认为恩格斯对人的需要作出过"生存需要、享受需要以及发展需要"的三种类别和三种层次的划分,其主要依据至少有两处:一处是恩格斯在《自然辩证法》中关于生存资料、享受资料和发展资料的表述,即"生产达到这样的高度,所谓生存斗争不再单纯围绕着生存资料进行,而是围绕着享受资料和发展资料进行"。参见《马克思恩格斯文集》第9卷,人民出版社2009年版,第548页。另一处是恩格斯在1891年为马克思的《雇佣劳动与资本》所写的导言中关于生活资料、享受资料以及发展资料的表述,即"人人也都将同等地、愈益丰富地得到生活资料、享受资料、发展和表现一切体力和智力所需的资料"。参见《马克思恩格斯选集》第1卷,人民出版社2012年版,第326页。

神生活的过程具有明显的制约作用。① 在这里,马克思事实上将人的社会需要、政治需要和精神需要看成是基于物质需要而产生的需要。再将马克思在这里关于需要的论述与恩格斯所提出的具有明显层次高低的"三层次需要"划分理论对照起来看,人的物质需要在大多数情况下正好对应着"三层次需要"划分中的"生存需要",而在人的精神需要、政治需要、社会需要等需要的种类中,其一部分需要或某些子类需要在大多数情况下正好对应着"三层次需要"划分中的"享受需要",另一部分需要或另一些子类需要在大多数情况下则正好对应着"三层次需要"划分中的"发展需要"。例如,戏曲需要和知识需要同属于精神需要,但戏曲需要在大多数情况下属于享受层次的需要,而知识需要在大多数情况下却属于更高层次的发展需要。由此可见,只要人的需要不是长期纯粹停留于如物质需要等同类需要内部的变化和拓展,那需要层次的升级就必然会通过需要种类的数量表现出来。换句话说,人民群众的需要种类在走向多元化的发展过程,同时也就是其需要向更高层次升级的过程。

与资本主义国家的政党不同,中国共产党始终以解决最广大人民群众的困难和问题为施政的方向,以最大限度满足人民群众的利益和需求为施政的目的,即始终坚持"民之所望,施政所向"②。因此,我国人民群众需要层次的升级正是通过新中国成立以来特别是改革开放以来人民群众的需要种类不断走向多元化体现出来的,而人民群众需要种类的多元化又真实地反映在中国共产党的战略方针的变化和调整中。例如,党的十二大作出的"建设社会主义物质文明和精神文明"③的决定反映了改革开放初期我国人民群众在物质方面的迫切需要以及对在一定程度上比物质需要层次更高的精神需要的追求。党的十三大正式作出的"建立和发展充满活力的社会主义经济、政治、文化体制"④

---

① 《马克思恩格斯文集》第 2 卷,人民出版社 2009 年版,第 591 页。
② 《十八大以来重要文献选编》(中),中央文献出版社 2016 年版,第 529 页。
③ 《十二大以来重要文献选编》(上),人民出版社 1986 年版,第 12 页。
④ 《十三大以来重要文献选编》(上),人民出版社 1991 年版,第 13 页。

的决定反映了我国人民群众对比物质需要层次更高的政治需要的日益渴求。党的十六届六中全会正式作出的"推动社会建设与经济建设、政治建设、文化建设协调发展"①的决定反映了我国人民群众对比物质需要层次更高的社会需要的日益渴望。党的十七届四中全会正式作出的"全面推进社会主义经济建设、政治建设、文化建设、社会建设以及生态文明建设"②的决定反映了我国人民群众对比物质需要层次更高的生态需要的日益渴望。党的十八大将"五位一体"总体布局上升到中国特色社会主义道路的高度。③ 党的十九大、党的二十大更是从全局的高度对新时代统筹推进"五位一体"总体布局作出了部署,等等。这些无疑都更加反映了我国人民群众在现阶段的需要层次确实已经升级,即需要确实已经处于相对较高的档次。我们或许可以很清楚地知道政治需要、文化需要、社会需要以及生态环境需要的层次要高于物质需要的层次,但我们在不借助具体的实例进行对比的情况下却很难直接弄清楚政治需要、文化需要、社会需要以及生态环境需要之间的层次高低问题。实际上,我们没有必要花太多的精力再去细致区分这四种大类需要之间的层次高低问题,而只需要明白人民群众的需要层次在这种多元化的需要种类中已经明显升级即可。而且,多元化的需要种类会形成"需要的合力",从而使人民群众的需要层次在整体意义上更是已经大大升级,已经大大超过了人民群众在改革开放初期基于有限的需要种类所形成的"整体需要档次"。

（二）升级表现在需要的"质"上

这里所说的"需要的质"是指同一类需要或同一子类需要的质量。经过改革开放 40 多年来的发展,我国人民群众无论对同一类需要的质量还是对同

---

①　《十六大以来重要文献选编》(下),中央文献出版社 2008 年版,第 676 页。

②　《中国共产党第十七届中央委员会第四次全体会议文件选编》,人民出版社 2009 年版,第 78 页。

③　《十八大以来重要文献选编》(上),中央文献出版社 2014 年版,第 9—10 页。

一子类需要的质量,都已经大大提升,从而使其需要层次在纵向上得以整体升级,具体表现在物质需要、文化需要、政治需要、社会需要以及生态环境需要等方面。从物质需要来看,我国人民群众的物质需要在整个社会主义初级阶段都是第一需要和基本需要,尤其在改革开放初期物资紧缺的情况下更是成为迫切需要,但随着社会物资逐渐丰富,我国人民群众对物质方面的需要不仅在于数量的增多,在现阶段尤其表现为需要质量的提高。习近平在党的十九大阐述美好生活的内涵时明确将"人民群众对物质生活的更高要求"①作为其重要内涵。以"食物需要"这一物质需要下面的子类需要为例,我国人民群众的食物需要在改革开放初期是追求"吃饱",而在现阶段已经升级为追求"吃好",不仅"对食品安全有更高要求和期待"②,而且追求"舌尖上的美味"③。从精神需要来看,我国人民群众的精神需要在社会主义初级阶段始终都是一种基本需要,但人民群众在改革开放初期更多地是追求精神产品的数量,而在现阶段更追求精神产品的质量,即人民群众已经对"文化生活提出了更高要求"④,所追求的是"更多更好的精神产品"⑤。以"知识需要"这一子类需要为例,大多数人民群众在改革开放初期所追求的只是小学教育或初中教育下的初级知识,但其在现阶段越来越追求高等教育下的高级知识。从政治需要来看,在改革开放初期,由于人的生存问题亟待解决以及"文化大革命"所造成的混乱无序的政治参与尚处于"调适的阶段"⑥,我国人民群众在那时候对政治的需要程度比较低,但随着生存问题的有效解决以及党和国家政治体制改革的推进,人民群众的政治意识和参与意识迅速觉醒,"公平意识、民主意识、

---

① 《十九大以来重要文献选编》(上),中央文献出版社 2019 年版,第 8 页。
② 《十八大以来重要文献选编》(上),中央文献出版社 2014 年版,第 389 页。
③ 《十八大以来重要文献选编》(上),中央文献出版社 2014 年版,第 626 页。
④ 《十九大以来重要文献选编》(上),中央文献出版社 2019 年版,第 8 页。
⑤ 习近平:《在省部级主要领导干部学习贯彻党的十八届五中全会精神专题研讨班上的讲话》,人民出版社 2016 年版,第 25 页。
⑥ 郭晓禄:《建国以来中国公民政治参与发展历程研究》,《中国国际共运史学会 2011 年年会暨学术研讨会论文集》,2011 年,第 553—554 页。

权利意识不断增强"①。在现阶段,人民群众无论是在政治需要这一大类需要的质量方面还是在立法需要、司法需要等其子类需要的质量方面,都已经达到一个新的高度。从社会需要来看,我国人民群众的社会需要在整个社会主义初级阶段也属于一种基本需要。在改革开放初期,对该需要的质量诉求相对较低,数量需求反而相对更高,但随着我国经济社会在整体上获得巨大发展,现阶段我国人民群众的社会需要在数量上已经获得基本满足,而在需要的质上却已经大大提升。习近平曾经从子类需要的角度先后将美好生活的内涵分别阐释为"十个更"②和"八个更"③。但从这两次阐释的共同内容来看,至少有"五个更"——更舒适的居住条件、更好的教育、更可靠的社会保障、更高水平的医疗卫生条件、更稳定的工作——是人民群众对社会需要质量及其子类需要质量的更高追求。从生态环境需要来看,人民群众在改革开放初期也有需要,但是对质量要求比较低,因而出现了大量"为生存毁环境"的现象。在现阶段不仅普遍意识到生态环境的重要性,而且在生态环境需要的质量方面已经大大升级,追求"更优美的环境"④"优美宜居的环境",梦想拥有"美好家园"⑤,也热切渴望政府"提高环境质量"⑥,提供"更多优质生态产品"⑦。

实际上,通过需要种类的多元化表现出来的需要层次的升级与通过同一类及其子类需要质量的提升表现出来的需要层次的升级,在现实生活中是有

---

①　《十八大以来重要文献选编》(上),中央文献出版社 2014 年版,第 552 页。

②　"十个更"是指更好的教育、更稳定的工作、更满意的收入、更可靠的社会保障、更高水平的医疗卫生服务、更舒适的居住条件、更优美的环境以及孩子们成长得更好、工作得更好、生活得更好。参见《习近平关于全面建成小康社会论述摘编》,中央文献出版社 2016 年版,第 129 页。

③　"八个更"是指更好的教育、更稳定的工作、更满意的收入、更可靠的社会保障、更高水平的医疗卫生服务、更舒适的居住条件、更优美的环境、更丰富的精神文化生活。参见《习近平谈治国理政》第二卷,外文出版社 2017 年版,第 61 页。

④　《习近平关于全面深化改革论述摘编》,中央文献出版社 2014 年版,第 91 页。

⑤　《十八大以来重要文献选编》(上),中央文献出版社 2014 年版,第 626 页。

⑥　《习近平谈治国理政》第二卷,外文出版社 2017 年版,第 390 页。

⑦　《十八大以来重要文献选编》(中),中央文献出版社 2016 年版,第 804 页。

机混合在一起的"并存现象"。这种"叠加"所形成的"合力效果",使我们更直观地感受到现阶段人民群众需要层次的升级,也更彰显"需要层次的升级化"是美好生活需要的重要内涵。

三、需要的风格个性化

需要的风格问题实际上是需要的样式问题,即人们在一定时期所形成的具有某种相对稳定的、富有特色的需要样式。人民群众的需要风格在我国发展的任何阶段都是客观存在的,并受到生产力等条件的影响。从新中国成立到改革开放初期,受落后的生产力发展状态和生活水平的制约,我国人民群众的需要风格在整体上偏向整齐划一。以服饰为例,大众追求的服饰价值是"能耐脏、能耐穿",所使用的布料大都讲究"大、粗、牢",所采用的颜色基本只有"蓝、绿、黑、灰",所设计的款式是"古板而又千篇一律"。正如有学者总结,"朴素是当时最大的时尚。"①随着我国生产力的不断发展以及人民群众的生活水平不断提高,人民群众的需要风格逐渐朝着个性化方向发展。特别是新世纪以来到党的十九大召开前后,人民群众需要风格的个性化程度达到了一个新的水平和高度,已成为现阶段全国上下需要领域的显著特征。党的十八大以来,中国共产党多次阐述了人民群众需要风格的个性化特征。例如,习近平于2014年在文艺工作座谈会上强调:现阶段"人民对包括文艺作品在内的文化产品的质量、品位、风格等的要求也更高了"②。他于2016年1月在省部级主要领导干部会议上再次强调:要"更好满足广大人民日益增长、不断升级和个性化的物质文化和生态环境需要"③。具体而言,现阶段我国人民群众需要风格的个性化既表现为需要价值追求上,也表现为需要样式追求上。

---

① 赵伶俐:《改革开放30年服饰演变进程——透视中国人物质与精神进步》,《理论与改革》2009年第3期。

② 习近平:《在文艺工作座谈会上的讲话》,人民出版社2015年版,第14页。

③ 习近平:《在省部级主要领导干部学习贯彻党的十八届五中全会精神专题研讨班上的讲话》,人民出版社2016年版,第30页。

（一）需要价值追求的个性化

所谓"需要价值追求的个性化"即"个性化的价值诉求"，通常是指人们在一定的物质生活条件基础上形成的反映主体相对独特的要求或目标的价值意识。马克思就曾经明确指出："搬运夫和哲学家之间的差别要比家犬和猎犬之间的差别小得多，他们之间的鸿沟是分工掘成的。"[①]这说明，人的个性化价值诉求往往不是人的自然属性和所处的自然环境造成的，而是由社会环境和社会条件所孕育而成。新中国的诞生、社会主义制度的确立为我国人民群众追求个性化的价值奠定了政治基础，改革开放以来的经济发展则提供了物质条件，也提供了个性化价值诉求多样和变迁的时空条件和场域。"与体现了人们共性需要和要求的社会的主导价值观不同，个人的个性化的价值意识则主要表现为对人们个性化的需要和要求的反映。"[②]在现阶段，我国人民群众仍保留诚信、敬业、爱国等社会主导意义上的核心价值追求，但是，在个性化价值诉求方面却发生了巨大变化，已经由改革开放前贫乏、不彰显的状态演变为现阶段丰富和凸显的状态。一方面表现为个体具有相对稳定的个性化价值追求，例如有些人通常追求商品的高质量，有些人通常看重商品的低廉价格，也有人通常追求商品的稳定性能等；另一方面表现为个体具有不稳定、易变化的个性化价值追求，例如同一个人在上次购买类似的商品时注重商品的质量，在这次购买时转而注重商品的价格，而在下次购买时却更加注重商品的性能等。应该说，个体需要的价值追求的个性化，其稳定状态是相对的，而其不稳定、易变性状态才是常态。例如，有旅游公司通过调查发现，"90后"的新一代旅游者对旅行价值的个性化需求并不是处于稳定状态，时常会根据临时产生的某

---

① 《马克思恩格斯选集》第 1 卷，人民出版社 2012 年版，第 238 页。
② 吴倬、孟宪东：《论社会主导价值观和个性化价值意识》，《清华大学学报（哲学社会科学版）》2004 年第 1 期。

种个性化价值追求而策划或实施一次旅游①。而且,绝大多数人在绝大多数情况下都是对正确价值的诉求,但也存在一些人在个别时候追求非理性价值、错误价值的现象。即便是同一个体,有可能在一种环境下追求理性的、正确的个性化价值,但在另一种环境下却追求非理性、错误的个性化价值。这种需要价值追求的个性化是"千人千面"与"一人百面"两大特征的交汇和综合,从而使现阶段我国人民群众需要的价值追求的个性化显得更加复杂。这种复杂性正是我国现阶段需要风格个性化的一种重要表现,而市场上那些琳琅满目、应有尽有的商品正是对这种复杂性的有效回应。

(二)需要样式追求的个性化

所谓"需要样式追求"是指人们对需要品的颜色、规格、造型等外观形象的诉求。我国人民群众在现阶段对各种需要品的样式追求已经不像改革开放之前那样简单、单一,而是在整体上越来越追求极富个性化的样式。这与现阶段我国人民群众需要的价值追求的个性化有较大关系,因为价值追求的差异性在较大程度上会反映到对个性化的产品样式的追求上来。例如,有的人更偏重于服饰的安全价值,那他所需要的服饰样式往往单一、笨拙;有的人更偏重于服饰的环保价值,那他所需要的服饰样式往往色泽淡雅、简易朴素;有的人更偏重于服饰的审美价值,那他所需要的服饰样式往往色彩鲜明、时尚新潮等。同时,人民群众需要的样式追求的个性化还存在另外一种情况,即个体在追求同一种个性化需要价值的情况下同样会产生对需要品的个性化样式的不同追求。例如,同样是对"绿色环保"价值的追求,不同的人在装修房屋时所追求的装修风格却千差万别;同样是对"健康"价值的追求,不同的人采用同样的食材进行烹饪时所追求的饮食风格却截然不同等。除了对实体产品样式的个性化追求外,对服务样式的个性化追求同样愈发强烈。近年来不断出现

---

① 余颖:《以个性化服务应对旅游个性化》,《经济日报》2018 年 6 月 15 日。

在大众面前的"个性化图书馆服务""'翻转课堂'式的个性化教学模式""个性化信息服务""个性化就业服务""个性化医疗服务""个性化通讯服务"等表述,都是人民群众对服务样式的个性化追求的具体体现。无论是需要产品样式的个性化还是需要服务样式的个性化,都已成为现阶段我国人民群众在需要方面的普遍性样态,都是现阶段我国人民群众需要风格个性化的重要内容。

需要风格的个性化是美好生活需要的重要内涵,但也是美好生活需要中最难满足的一种需要样态,因为需要风格的个性化比需要的种类多元化、需要的层次升级化更加复杂,也更难以把握。近年来蓬勃发展的各种个性化公司和私人订制公司既是现阶段我国人民群众的需要风格走向个性化的有力证明,也可以成为解决我国人民群众需要风格的个性化问题的有效途径之一。

总之,"美好生活需要"的科学内涵是需要的种类多元化、需要的层次升级化以及需要的风格个性化的有机统一。而且,将"美好生活需要"的内涵界定为需要的种类多元化、需要的层次升级化、需要的风格个性化三个方面是我们坚持全局思维和整体视野的必然结果,即主要考察我国大多数人民群众的需要情况的结果,或者是主要考察我国人民群众需要的平均状况的结果。

第二节　"不平衡发展"的科学内涵

毛泽东在《关于正确处理人民内部矛盾的问题》一文中对"平衡"下过一个比较精辟的定义,即"所谓平衡,就是矛盾的暂时的相对的统一"①。也就是说,整个国家和整个社会发展的平衡问题,其实质就是正确处理各种社会矛盾的问题,就是将各种社会矛盾之间的关系维持在一个相对均衡、缓和的状态上。整个国家和整个社会的平衡发展只是一种相对的状态,而其不平衡发展

---

① 《毛泽东文集》第七卷,人民出版社 1999 年版,第 215—216 页。

才是绝对的状态。所谓"不平衡发展"就是指各种社会矛盾之间的关系处于失衡、紧张的状态。人类所要做的事情在于推动各种社会矛盾之间的关系由"不平衡状态"走向"相对平衡的状态"。不平衡发展的问题在古往今来、国际国内都是一个时常引起人们热切关注的问题。我国古代思想家基于落后分散的自然经济和私有制状况提出了众多颇具"历史特色"的解决社会矛盾不平衡问题的思想。例如,在解决财政收支矛盾方面,《礼记·王制》提出了"量入以为出"①的平衡方法,而《淮南子》提出了"量民积聚"②的平衡策略;在解决发展农业与发展商业的矛盾方面,思想家们所普遍采用的小农式的平衡策略是"重农抑商但不是不发展商业",即"以趣本务而外末作"③;在解决不同阶级之间的土地矛盾方面,思想家们主张采用"抑制土地兼并"的策略来将土地占有比例维持在相对平衡的位置,即"限民名田,以澹不足,塞并兼之路"④。马克思、恩格斯基于科学的世界观和方法论对资本主义社会存在的"不平衡发展"的内涵进行了科学的揭示。在他们看来,资本主义社会的不平衡发展涵盖了以下几个主要方面:一是城乡发展不平衡。他们认为,"资产阶级使农村屈服于城市"⑤,"城乡之间的对立只有在私有制的范围内才能存在"⑥。二是男性与女性之间的发展不平衡。他们在《共产党宣言》中揭示了资产阶级社会存在的比较严重的"男工"受"女工"排挤,"性别不同而工资不同"等不正常的现象。三是无产阶级与资产阶级的发展不平衡。他们认为,由于资本主义社会存在着严重的剥削,无产阶级同资产阶级之间的"对立并没有化为普遍的幸福"⑦。四是劳动时间与休息时间的发展不平衡。他们认为,资本主

---

① 《十三经注疏》整理委员会编:《十三经注疏·礼记正义》(上),北京大学出版社 1999 年版,第 376 页。

② (汉)刘安等编著,(汉)高诱注:《淮南子》,上海古籍出版社 1989 年版,第 97 页。

③ (战国)《韩非子》卷 19《五蠹第四十九》。

④ (汉)班固撰,(唐)颜师古注:《汉书》第 2 册,中华书局 2012 年版,第 1042 页。

⑤ 《马克思恩格斯选集》第 1 卷,人民出版社 2012 年版,第 405 页。

⑥ 《马克思恩格斯文集》第 1 卷,人民出版社 2009 年版,第 556 页。

⑦ 《马克思恩格斯选集》第 3 卷,人民出版社 2012 年版,第 643 页。

义社会的工人们"只有当他们找到工作的时候才能生存"①,而为了能生存就不得不牺牲必要的休息时间以参加繁重的劳作。五是生产与消费的发展不平衡。他们认为,资本主义社会创造了史无前例的发达生产力,但占人口绝大多数的工人阶级只有"维持工人生活和延续工人后代所必需的生活资料"②,因而无法形成有效的消费能力。六是经济部门内部和经济部门外部的发展不平衡。他们认为,在资本主义社会里,"个别工厂中生产的组织性和整个社会中生产的无政府状态之间的对立"③相当严重,成为资本主义社会爆发周期性经济危机的直接因素。七是人类社会与生态环境之间发展的不平衡。他们认为,资产阶级过度追逐利益的行为造成了人类社会与生态环境之间的关系"过度紧张"④。总之,在马克思、恩格斯看来,资产阶级和资本主义制度造成了资本主义社会的全面、整体的不平衡发展。不仅如此,他们认为资产阶级和资本主义制度还造成了世界范围内的发展不平衡,使"未开化""半开化"的国家落后于"文明"的国家,"农民"的民族落后于"资产阶级"的民族,"东方"区域落后于"西方"区域。⑤

在马克思、恩格斯看来,人类在资本主义社会要想实现整个社会的相对平衡发展是根本不可能的。人类只有在实现对所有制的公有制变革且实现物质财富和精神财富都极大丰富的共产主义社会里才能真正有效解决整个社会发展的不平衡问题,从而达到整个社会高程度的相对平衡发展的状态。就当今的发达资本主义国家而言,尽管其社会生产力已经发展到较高的水平,但其整个社会发展的不平衡现象及其引起的全球发展不平衡现象甚至在许多方面比过去还严重。如表3-1所示,尽管各个国家和经济体从1987年到2016年的

---

① 《马克思恩格斯文集》第2卷,人民出版社2009年版,第38页。
② 《马克思恩格斯文集》第2卷,人民出版社2009年版,第38页。
③ 《马克思恩格斯文集》第9卷,人民出版社2009年版,第290页。
④ 《马克思恩格斯文集》第1卷,人民出版社2009年版,第77页。
⑤ 《马克思恩格斯选集》第1卷,人民出版社2012年版,第405页。

人均国民生产总值(GNI)都有不同程度的增长,特别是拥有较多发展中国家的经济体往往在人均国民生产总值(GNI)方面增长得更快,但拥有较多发展中国家的经济体,其人均国民生产总值(GNI)无论是在1987年还是在2016年都与以发达国家为主的经济体差距较大。特别是将高收入国家移除之后,东亚和太平洋地区、拉美和加勒比地区的人均国民生产总值(GNI)更是展现了其与以发达国家为主的经济体之间的巨大发展差距。再例如,北美地区1%的人口所拥有的财富量在2019年却占到总财富量的35%,其最富有的10%的人口所拥有的财富量在2019年却占到总财富量的75%。其中,美国成年人在2019年的资产均值为43.2万多美元,而中位数却只有不到6.6万美元。① 显然,其大部分财富还是掌握在高收入者手里。

表3-1 1987—2016年世界主要地区人均GNI和人口变动表②

国家和经济体	人均GNI（美元,现价）		1987—2016年真实增长率(%)		人口(亿人)	
	1987	2016	累积	年均	1987	2016
世界	3296	10321	56.57	1.56	50.20	74.44
东亚和太平洋地区	1927	9852	155.63	3.29	17.38	22.99
东亚和太平洋地区（高收入国家除外）	382	6667	772.64	7.76	15.26	20.53
欧元区	11733	36133	53.98	1.50	3.08	3.41
欧洲和中亚地区	6651	23168	74.17	1.93	8.28	9.12
欧盟国家	9950	33331	67.49	1.79	4.73	5.11
拉美和加勒比地区	1963	8272	110.70	2.60	4.21	6.38
拉美和加勒比地区（高收入国家除外）	1921	7955	107.05	2.54	3.99	6.10
联合国定义的最不发达国家	312	956	53.21	1.48	4.71	9.79

---

① 徐秀军:《全球财富鸿沟的演进与弥合》,《人民论坛》2021年第8期。
② 表中的数据是刘伟、蔡志洲两位学者根据对世界银行数据库中的数据进行分析和统计的结果。参见刘伟、蔡志洲:《如何看待中国仍然是一个发展中国家?》,《管理世界》2018年第9期。

续表

国家和经济体	人均 GNI（美元，现价）		1987—2016 年真实增长率（%）		人口（亿人）	
	1987	2016	累积	年均	1987	2016
北美地区	20949	55552	32.59	0.98	2.69	3.59
OECD 成员国	12872	37297	44.88	1.29	10.44	12.90
南亚地区	343	1611	134.84	2.99	10.60	17.66
撒哈拉以南非洲地区	546	1516	38.83	1.14	4.71	10.33

应该说,改革开放以前和改革开放初期,我国在农业、轻工业和重工业的比例方面,经济建设和国防建设的关系方面,不同地区之间的发展等方面都存在着发展不平衡的问题。毛泽东在新中国成立以后写作的《论十大关系》《关于正确处理人民内部矛盾的问题》等经典著作归根到底就是为了解决当时我国发展所面临的不平衡问题。这实际上也在很大程度上反映了我国在改革开放以前所存在的发展不平衡问题的显著性。

由于当时我国经济社会等各方面的发展在整体上都处于比较落后的状态,因而我国的发展不平衡问题在改革开放以前甚至在改革开放初期尽管比较显著,但还不够突出,尤其是还没有构成整个社会发展的主要问题。然而,随着我国经济社会等各方面在改革开放 40 多年来获得大发展,我国在现阶段的不平衡发展问题已经非常突出,甚至已经成为整个社会发展的最大问题。当然,我国现阶段的"不平衡发展"仍然是社会主义初级阶段内的不平衡发展,比我国古代生产力整体落后状态下的不平衡发展在"不平衡"的领域方面可能更宽广;比马克思、恩格斯揭示的自由资本主义社会所存在的不平衡问题及其引起的世界不平衡问题在领域上可能要窄得多,在程度上可能要轻得多;比马克思、恩格斯揭示的共产主义社会所存在的不平衡发展问题在领域上可能要宽得多,在程度上可能要严重得多;比当今发达资本主义国家存在的不平衡问题及其在很大程度上所引起的世界不平衡发展的问题在某些领域可能更严重,而在某些领域可能要轻得多。因此,在很大程度上说,我国现阶段的不平衡发展的内涵无论是在领域上还是在程度上都极富中国特色。

一、城乡之间的发展不平衡

简而言之,城乡发展的不平衡是指城市发展和乡村(农村)发展之间的关系出现对立或失衡。在理想的发展状态下,城市发展与乡村发展应该是相互促进、相互融合、彼此和谐有序的一体化发展状态。但是,自从人类有城市以来的城乡发展关系在大多数情况下都是处于对立或失衡的状态之中。应该说,城市发展和乡村发展之间在一定的阶段内出现适度的失衡是正常的现象,其反而有助于政府通过改革来推动整个社会的不断发展和进步。但如果城乡发展之间出现较大程度的失衡甚至比较严重的失衡,那就会影响甚至危及整个社会的持续、健康发展。正是由于城乡平衡发展的重要性以及城乡发展之间出现了众多问题,城乡发展关系特别是在世界历史进入近代以来越来越受到不同学科的思想家们的关注和探讨。例如,英国经济学家亚当·斯密初步看到了分工在城乡关系形成中的作用,并且认为城乡的分离恰恰有利于城乡的发展,即城市和农村相互提供彼此所需的市场[1]。除此之外,他还看到了战争因素[2]和工商业的发展[3]对城乡关系演变的影响。欧洲的空想社会主义者傅里叶、圣西门、欧文等都批判了资本主义社会存在着比较严重的城乡不平衡发展的残酷现实,但都没有找到解决问题的有效策略。欧文试图超越社会发展阶段,进行人为消除旧式分工和城乡不平衡发展而设计的"一个由农、工、商、学结合起来的大家庭"[4]的"新和谐村"实验方案也注定以失败告终。马

---

[1] [英]亚当·斯密:《国民财富的性质与原因的研究》,郭大力等译,商务印书馆1981年版,第464页。

[2] [英]亚当·斯密:《国民财富的性质与原因的研究》,郭大力等译,商务印书馆1981年版,第470页。

[3] [英]亚当·斯密:《国民财富的性质与原因的研究》,郭大力等译,商务印书馆1981年版,第509页。

[4] [英]欧文:《欧文选集》第2卷,商务印书馆1981年版,第131页。

克思、恩格斯在创立唯物史观和批判性继承前人的城乡发展理论的基础上阐述了科学、深刻的城乡关系理论。他们看到了城乡的对立和不平衡是社会分工以及"资本和地产的分离"①的结果，是人类由"野蛮向文明的过渡"②的历史必然，但资本主义社会的城乡对立和不平衡却严重到把人变为"城市动物"和"乡村动物"的程度。在他们看来，城乡不平衡状态的消除需要"许多物质前提"，因而共产主义社会才能全面、真正消除不平衡的城乡发展状态。"消灭城乡之间的对立，是共同体的首要条件之一"③。相比较世界上大多数国家的城乡发展之路，我国的城乡发展在历史上所走的是一条极富民族特色和地域特色的道路。社会分工在我国古代和近代的城乡发展中具有一定的作用，但远不如在世界上其他地区特别是欧洲的城乡发展中的作用那样大。王权统治和国家管理等政治因素在我国古代的城乡发展中具有决定作用。著名的旅美地理学者马润潮（Laurence J.C.Ma）就曾指出："政治，而不是商业，决定着中国城市的命运。"④政治因素使得我国的城乡关系在长达数千年之久的古代文明中处于比较稳定的状态。近代以来，随着外国列强的经济和军事入侵、封建军阀的残酷统治、民族资本主义的发展和封建自然经济开始解体，我国政治经济发展的不平衡性越来越严重，其反映到城乡关系上就是由原来的比较稳定的状态演变为严重失衡的状态。这种严重不平衡的城乡关系为中国共产党开辟正确的革命道路提供了关键条件。

新中国成立后，尽管党和国家也意识到城乡发展要并进，要"适当地调整重工业和农业、轻工业的投资比例"⑤，但总体上还是不得不让农村资源大量向城市集中，优先推动工业的快速发展。这导致我国的城乡不平衡发展状态

---

① 《马克思恩格斯选集》第1卷，人民出版社2012年版，第185页。

② 《马克思恩格斯选集》第1卷，人民出版社2012年版，第184页。

③ 《马克思恩格斯选集》第1卷，人民出版社2012年版，第185页。

④ Laurence J. C. Ma, "Commercial Development and Urban Change in Sung China (960 - 1279)", *Sung Studies Newsletter*, Vol.5 (March 1972), p.15.

⑤ 《毛泽东文集》第七卷，人民出版社1999年版，第24页。

日益显现。改革开放后,党和国家基于我国的基本国情实行以经济建设为中心、部分地区和群体优先发展的非均衡化发展策略。市场经济更是使得农村的人力资源、物力资源飞速向城市聚集。这导致城乡发展之间的不平衡问题越来越严重。"城乡不平衡发展成为许多社会矛盾和冲突产生的根源"①。新世纪以来特别是党的十八大以来,党和国家越来越认识到城乡不平衡发展问题的严重性,越来越重视城乡发展的平衡性,采取新型城镇化、公共服务均等化等战略举措,使城乡不平衡发展的状态有所缓解。但由于问题积累的严重性以及解决问题的艰难性,我国在现阶段的城乡发展不平衡的形势依然严峻,问题依然突出。党的十八大以来,习近平多次强调"城乡发展不平衡不协调,是我国经济社会发展存在的突出矛盾"②,体现了我国城乡发展不平衡状况在现阶段所呈现的严峻形势。

我国现阶段的城乡发展的不平衡状态是社会生产力已经发展起来的不平衡,也是近代以来特别是新中国成立以来城乡不平衡发展问题逐步积累的结果,因而其比我国新中国成立到 20 世纪末的城乡发展的不平衡状况在某些方面更严重。作为社会主义初级阶段的不平衡现象之一,我国现阶段的城乡发展的不平衡状态与当今发达的资本主义国家的城乡发展的不平衡状态差异巨大,因为以美国为代表的西方发达资本主义国家在现阶段的城乡发展不平衡更多的是处于发达状态下的"逆城市化"过程中所产生的不平衡状态,而我国在现阶段的城乡发展的不平衡更多的是正处在发展状态下的"大力城市化"过程中所产生的不平衡状态。例如,中国人民大学郑风田教授通过考察美国城乡融合发展的状态,发现美国居民在现阶段更愿意居住在乡村小镇,而不愿意居住在成为犯罪、危险等代名词的大城市。③ 我国现阶段城乡发展的不平衡状态既是社会主义初级阶段的城乡不平衡发展状态,也是富有民族特色的

① 赵静华:《空间正义视角下城乡不平衡发展的治理路径》,《理论学刊》2018 年第 6 期。
② 《习近平谈治国理政》第一卷,外文出版社 2018 年版,第 81 页。
③ 郑风田:《城乡融合的美国模式及其启示》,《国家治理》2018 年第 14 期。

城乡不平衡发展状态。习近平曾经明确指出："我们说的缩小城乡区域发展差距，不能仅仅看作是缩小国内生产总值总量和增长速度的差距，而应该是缩小居民收入水平、基础设施通达水平、基本公共服务均等化水平、人民生活水平等方面的差距。"①这无疑启示我们要全面、具体看待我国现阶段的城乡发展不平衡的科学内涵。

（一）生产要素分布不平衡

一般而言，生产要素是指与生产直接相关的劳动力要素、土地要素、资本要素、技术要素等要素的总和。生产要素是生产得以进行的必要条件。马克思曾引用过的威廉·配第的名言"劳动是财富之父，土地是财富之母"②所表达的就是这个道理。我国现阶段正在大力推进城镇化和工业化，因而将生产要素多向城市聚集是应该的，也是必然的。但问题的关键在于，我国现阶段向城市聚集的生产要素的规模太大，已经引起了城乡生产要素分布的严重不平衡。在劳动力要素方面，我国外出进城务工的农村劳动力人数在改革开放以来已经连续实现了很多年的大规模增长。如图 3-1 所示，农民工规模和增速除了因新冠疫情防控的需要在 2020 年有所下降外，在 2017 年以来的其他年份都呈现出正增长的态势。农民工的规模在 2021 年更是达到 29251 万人。我国超过 60 岁的人口在 2020 年已经占总人口的 18.7%，而年龄超过 65 岁的人口在 2020 年已经占总人口的 13.5%，分别大大超过了国际通用的老龄化社会的 10%、7% 的标准，因而我国已经属于名副其实的老龄化社会。在这种情况下，超大规模的农村劳动力进城务工在推动城市发展的同时造成了农村有效劳动力极为短缺的现象。在许多农村地区，留守成员大多属于老、弱、病、残群体，而青壮年劳动力越来越少。"空心村""乡村衰败"③现象并不少见。此

---

① 《习近平关于全面建成小康社会论述摘编》，中央文献出版社 2016 年版，第 14—15 页。
② 《马克思恩格斯文集》第 5 卷，人民出版社 2009 年版，第 56—57 页。
③ 赵静华：《空间正义视角下城乡不平衡发展的治理路径》，《理论学刊》2018 年第 6 期。

外,河北大学青年发展研究中心就曾经针对"大学生就业意向"展开过一项比较权威的调查,其结果显示,愿意在毕业后首选回乡工作的农村籍大学生的人数在 2010 年还不到 7%。[①] 实际回乡工作的农村籍大学生的人数可能在近 10 年来更低。例如,暨南大学王春超教授团队经过研究发现,广东高校毕业生在 2018 年流向农、林、牧、渔业就业的人数仅占就业人数的 0.63%。[②] 这说明我国现阶段普通的劳动力资源在城乡分布严重失衡,而那些拥有较高文化程度和技术水平的人才资源在城乡分布更是严重失衡。

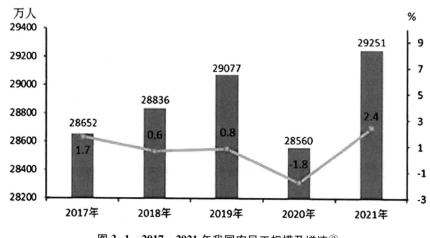

图 3-1　2017—2021 年我国农民工规模及增速[③]

在土地要素方面,这原本是广大农村最不缺、最具优势的资源和要素。但是,在城市化和资本逐利的驱动下,农村土地资源同样有向城市移动的趋势。而且,我国农村"土地的细碎化"[④]状态增加了资本直接进驻农村进行土地流转以增加农民收入的难度。由于利用土地种粮所获得的收入比较低,许多农

①　滕兴才、缪媛:《调查显示:不足 7%农村籍大学生首选回乡工作》,《成才之路》2010 年第 4 期。
②　王春超、徐升:《积极引导大学生　乡村创业带动就业》,《南方日报》2021 年 1 月 4 日。
③　国家统计局:《2021 年农民工监测调查报告》,《中国信息报》2022 年 5 月 6 日。
④　任鑫、薛宝贵:《生产要素单向流动对城乡收入差距的效应研究》,《人文杂志》2016 年第 7 期。

民宁愿让土地荒着长草而自己外出务工,也不对其种植作物。因此,农村的土地资源在现阶段并没有发挥出应有的优势作用,与城市的土地资源所发挥的优势作用是非常不平衡的。在资本要素方面,根据资本边际生产率理论,如果A地区和B地区的资本边际生产率相同,那就说明资本的流向是正确的,即资本从两个地区中边际生产率比较低的地区向边际生产率比较高的地区流动。相反,如果A地区和B地区的资本边际生产率的差异增大,那就说明资本的流向存在问题,存在不平衡的现象,即资本从两个地区中边际生产率比较高的地区流向了边际生产率比较低的地区。如图3-2所示,我国城市资本的边际生产率至少从1981年以来就始终呈现不断下降的趋势,而我国农村资本的边际生产率在2003年以前总体呈现不断增长的趋势,而在2003年以后出现不断下降的趋势,但仍然远比城市资本的边际生产率高。我国城乡资本边际生产率的差异在2003年以前总体呈现不断扩大的趋势,说明我国的农村资本在2003年以前大量流向城市,呈现资本流向的严重不正常、不平衡问题。我国城乡资本边际生产率的差异在2003年以后总体呈现不断缩小的趋势,但其差异仍然明显,说明农村资本流向城市的势头在2003年以后有所减缓,并且存在部分城市资本向农村回流的现象,但农村资本流向城市的大趋势尚未根本改变。有学者通过比较严谨的计算发现,我国农业仅在1952—1990年以"剪刀差"的形式向工业提供的资金积累数目就高达8708亿元。[1]　可见,我国城乡的资本要素的配置也长期存在着严重的不平衡问题,也存在类似于"国际资本更多流向发达国家而不是发展中国家"的"卢卡斯之谜"[2]。劳动力要

---

[1]　冯海发、李溦:《我国农业为工业化提供资金积累的数量研究》,《经济研究》1993年第9期。

[2]　芝加哥大学教授卢卡斯(Lucas)根据新古典增长理论的假设,运用"科布—道格拉斯"函数计算出发展中国家的资本边际生产率远高于发达国家的资本边际生产率,据此可以得出判断:国际资本更愿意流向发展中国家而不是发达国家。但这与国际资本更多地流向发达国家而不是发展中国家的现实并不符合,由此就构成了有名的"卢卡斯之谜"。参见Lucas, Robert E., Jr, "Why Doesn't Capital Flow from Rich to Poor Countries?", *The American Economic Review*, Vol.80 (May 1990), p.96。

素、土地要素、资本要素等生产要素在城乡分布的严重失衡,既可能导致城市的各种生产资料发生诺贝尔经济学奖的获得者 D.麦克法登所说的"生产要素拥挤"①现象,导致产出低效,而且可能导致城市出现部分产能过剩的情况。部分城市的核心区在近年来出现的"空城""鬼城"现象在某种程度上就是其具体表现。更重要的是,生产要素在城乡分布的严重失衡会导致农村的各种生产能力的弱化和不足,从而导致其生产本身与城市生产之间的严重失衡。生产本身的失衡在某种程度上是城乡发展不平衡中更为严重的问题,其往往会导致或加重其他方面的不平衡。有学者要求从生产过程中去找寻非空间正义的根源②所表达的就是这个意思。

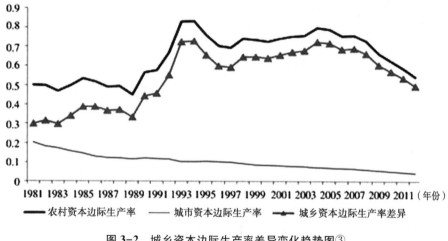

图 3-2　城乡资本边际生产率差异变化趋势图③

①　Mcfadden D., *Cost, Revenue, and Profit Functions*, (North - Holland Publishing Company, 1978), p.7.

②　[美]爱德华·苏贾:《寻求空间正义》,高春花、强乃社等译,社会科学文献出版社 2016 年版,第 1 页。

③　数据资料来源于周月书、王悦雯:《我国城乡资本流动研究:1981—2012——基于城乡资本边际生产率分析》,《江淮论坛》2015 年第 1 期。

（二）城乡居民收入不平衡

虽然城乡居民的收入状况由于城乡之间的物价水平存在差异而并不能完全反映城乡居民在生活水平上的差距，但其本身却是衡量城乡发展是否平衡的重要指标，是城乡发展平衡性问题的重要内容。马克思曾明确指出："消费资料的任何一种分配，都不过是生产条件本身分配的结果。"[1]这说明生产要素在城乡的不平衡分布确实可能带来城乡居民在收入上的不平衡。从有些学者通过变量回归分析所得出的"生产要素集聚"与"城乡收入差距"成正相关的结论[2]中也反映出劳动力要素、土地要素、资本要素等生产要素在改革开放以来长期向城市大规模集聚所导致的我国城乡居民收入分配不平衡问题的严重性。而且，农村生产要素流向城市在很多时候并没得到高回报。例如，流向城市的农民工的平均工资在改革开放以来长期远低于城市居民的平均工资，其在 2017 年仍然存在 4.04 倍的差距。[3] 从纵向来看，如表 3-2 所示，我国城镇人均可支配收入在改革开放 40 多年来不仅始终多于农村居民人均可支配收入，而且其多的幅度越来越大，即由 1978 年多 209.8 元增长到 2020 年多 26702.3 元。这不仅反映我国城乡居民收入差距已经比较大，而且反映我国城乡居民收入差距还存在进一步拉大的趋势。

---

① 《马克思恩格斯选集》第 3 卷，人民出版社 2012 年版，第 365 页。

② 参见任鑫、薛宝贵：《生产要素单向流动对城乡收入差距的效应研究》，《人文杂志》2016 年第 7 期。

③ 王凯、庞震：《从社会主要矛盾变化看我国城乡收入差距的不平衡》，《当代经济管理》2019 年第 1 期。

表3-2 改革开放以来我国城乡居民人均可支配收入历年变化情况对比表①

年份	全国居民人均可支配收入绝对数（元）	城镇居民人均可支配收入绝对数（元）	农村居民人均可支配收入绝对数（元）	城乡居民人均可支配收入差距绝对数（元）
1978	171.2	343.4	133.6	209.8
1980	246.8	477.6	191.3	286.3
1985	478.6	739.1	397.6	341.5
1990	903.9	1510.2	686.3	823.9
1995	2363.3	4283.0	1577.7	2705.3
2000	3721.3	6255.7	2282.1	3973.6
2001	4070.4	6824.0	2406.9	4417.1
2002	4531.6	7652.4	2528.9	5123.5
2003	5006.7	8405.5	2690.3	5715.2
2004	5660.9	9334.8	3026.6	6308.2
2005	6384.7	10382.3	3370.2	7012.1
2006	7228.8	11619.7	3731.0	7888.7
2007	8583.5	13602.5	4327.0	9275.5
2008	9956.5	15549.4	4998.8	10550.6
2009	10977.5	16900.5	5435.1	11465.4
2010	12519.5	18779.1	6272.4	12506.7
2011	14550.7	21426.9	7393.9	14033.0
2012	16509.5	24126.7	8389.3	15737.4
2013	18310.8	26467.0	9429.6	17037.4
2014	20167.1	28843.9	10488.9	18355.0
2015	21966.2	31194.8	11421.7	19773.1
2016	23821.0	33616.2	12363.4	21252.8

---

① 表中1978—2015年城镇人均可支配收入、农村人均可支配收入的相关数据来源于国家统计局编：《中国统计年鉴2017》，中国统计出版社2017年版，第171页；2016—2017年城镇居民人均可支配收入、农村人均可支配收入的相关数据来源于国家统计局编：《中国统计年鉴2018》，中国统计出版社2018年版，第178、181页；1978—2017全国居民人均可支配收入的相关数据来源于国家统计局编：《中国统计年鉴2018》，中国统计出版社2018年版，第184页；2018—2020年的全国居民人均可支配收入的数据、城镇人均可支配收入的数据、农村人均可支配收入的数据均来源于国家统计局编：《中国统计年鉴2021》，中国统计出版社2021年版，第187页。

续表

年份	全国居民人均 可支配收入 绝对数(元)	城镇居民人均 可支配收入 绝对数(元)	农村居民人均 可支配收入 绝对数(元)	城乡居民人均 可支配收入 差距绝对数(元)
2017	25973.8	36396.2	13432.4	22963.8
2018	28228.0	39250.8	14617.0	24633.8
2019	30732.8	42358.8	16020.7	26338.1
2020	32188.8	43833.8	17131.5	26702.3

从横向来看,如表3-3所示,我国城镇人均可支配收入在2020年是农村居民人均可支配收入的2.56倍。就各个省(自治区、直辖市)的收入情况而言,除了天津、浙江、黑龙江的城镇居民人均可支配收入分别只是农村居民人均可支配收入的1.86倍、1.96倍、1.92倍以外,其他省(自治区、直辖市)的城镇居民人均可支配收入都是农村居民人均可支配收入的2倍以上,甚至陕西、青海、云南、贵州、甘肃五省以及西藏自治区的城镇居民人均可支配收入都是农村居民人均可支配收入的2.8倍甚至3倍以上。根据徐绪堃在20世纪80年代的研究,美国城市居民人均可支配收入在1935—1939年是农村人均可支配收入的2.49倍,而美国城市居民人均可支配收入在1970年前后已经只是农村人均可支配收入的1.3倍左右。[①] 日本城市工人家庭平均年总收入在1930年是农村家庭平均年总收入的3.1倍,而日本城市工人家庭平均年总收入在1960年只是农村家庭平均年总收入的1.44倍。[②] 这些说明,我国现阶段城乡居民的收入差距是正处于工业化和城市化过程中的收入差距,其与美国、日本等发达国家在历史上实现工业化和城市化过程中的城乡居民收入差距一样,都比较大。但我国的城乡居民收入差距也会像美国、日本等发达国家那样,随着工业化和城市化的逐步实现而逐渐变小。应该说,作为社会主义国家,我们将来在缩小城乡居民的收入差距方面会比美国、日本等资本主义国

[①] 参见徐绪堃:《美国农业生产效率》,农业出版社1981年版,第22页。

[②] 参见曾国安、胡晶晶:《城乡居民收入差距的国际比较》,《山东社会科学》2008年第10期。

家做得更好。但是,我们必须高度重视我国现阶段在城乡居民收入方面存在的严重不平衡的问题。

表 3-3 2020 年中国城乡居民人均可支配收入对比表①

	地区	居民人均可支配收入(元)	农村居民人均可支配收入(元)	城镇居民人均可支配收入(元)	城镇居民收入为农村的倍数
	全国	32188.8	17131.5	43833.8	2.56
1	上海	72232.4	34911.3	76437.3	2.18
2	北京	69433.5	30125.7	75601.5	2.51
3	浙江	52397.2	31930.5	62699.3	1.96
4	天津	43854.1	25690.6	47658.5	1.86
5	江苏	43390.4	24198.5	53101.7	2.19
6	广东	41028.6	20143.4	50257.0	2.49
7	福建	37202.4	20880.3	47160.3	2.26
8	辽宁	32738.3	17450.3	40375.9	2.31
9	山东	32885.7	18753.2	43726.3	2.33
10	内蒙古	31479.3	16566.9	41353.1	2.50
11	重庆	30823.9	16361.4	40006.2	2.45
12	湖北	27880.6	16305.9	36705.7	2.25
13	湖南	29379.9	16584.6	41697.5	2.51
14	海南	27904.1	16278.8	37097.0	2.28
15	江西	28016.5	16980.8	38555.8	2.27
16	安徽	28103.2	16620.2	39442.1	2.37
17	吉林	25751.0	16067.0	33395.7	2.08
18	黑龙江	24902.0	16168.4	31114.7	1.92
19	河北	27135.9	16467.0	37285.7	2.26

---

① 表中的居民人均可支配收入的相关数据来源于国家统计局编:《中国统计年鉴 2021》,中国统计出版社 2021 年版,第 189 页;农村居民人均可支配收入的相关数据来源于国家统计局编:《中国统计年鉴 2021》,中国统计出版社 2021 年版,第 205 页;城镇居民人均可支配收入的相关数据来源于国家统计局编:《中国统计年鉴 2021》,中国统计出版社 2021 年版,第 197 页。表中的数据没有包含港、澳、台的数据。

	地区	居民人均可支配收入（元）	农村居民人均可支配收入（元）	城镇居民人均可支配收入（元）	城镇居民收入为农村的倍数
20	山西	25213.7	13878.0	34792.7	2.51
21	陕西	26226.0	13316.5	37868.2	2.84
22	宁夏	25734.9	13889.4	35719.6	2.57
23	四川	26522.1	15929.1	38253.1	2.40
24	新疆	23844.7	14056.1	34838.4	2.48
25	河南	24810.1	16107.9	34750.3	2.16
26	广西	24562.3	14814.9	35859.3	2.42
27	青海	24037.4	12342.5	35505.8	2.88
28	云南	23294.9	12841.9	37499.5	2.92
29	贵州	21795.4	11642.3	36096.2	3.10
30	甘肃	20335.1	10344.4	33821.8	3.27
31	西藏	21744.1	14598.4	41156.8	2.82

（三）城乡基本公共服务不平衡

简而言之，"基本公共服务"是指"保障全体公民生存和发展基本需要、与经济社会发展水平相适应的公共服务"[1]。国务院出台的《"十三五"推进基本公共服务均等化规划》将基本公共服务的主要内容规定为包括基本医疗卫生、基本公共教育等在内的八大方面共81项具体内容。[2]国家发展改革委等部门出台的《"十四五"公共服务规划》对"补齐基本公共服务短板"和"加快提升基本公共服务均等化水平"进行了部署。基本公共服务的平衡状态同样是衡量我国城乡平衡发展的重要标准，是我国城乡平衡发展的重要内容。习近平曾经多次强调：缩小城乡基本公共服务均等化水平的差距是缩小城乡

---

[1]　国家发展改革委等：《关于印发"十四五"公共服务规划的通知》，2022年1月10日，见www.gov.cn/zhengce/zhengceku/2022-01/10/content_5667482.htm。

[2]　国务院：《关于印发"十三五"推进基本公共服务均等化规划的通知》，《中华人民共和国国务院公报》2017年第8期。

发展差距的重要内容和体现。① 应该说,新世纪以来特别是党的十八大以来,中国共产党始终都在大力调整城乡基本公共服务发展的结构和关系,都在大力提升城乡基本公共服务发展的质量,并取得了显著的成就,但由于我国农村基本公共服务在过去相当长一段时间里在"量"和"质"方面所"积淀"的大量问题,"面对新形势、新挑战,我国公共服务发展不平衡不充分的问题仍然比较突出。基本公共服务仍存短板弱项,区域间、城乡间、人群间的基本公共服务仍有差距,均等化水平尚待进一步提高"②。

首先,城乡基本公共服务不均衡表现在"量"的不均衡上。以基本医疗卫生为例,如表 3-4 所示,我国城市每千人医疗卫生机构床位数和农村每千人医疗卫生机构床位数从 2010—2020 年都大致处于增长的趋势,但我国城市每千人医疗卫生机构床位数与农村每千人医疗卫生机构床位数之间的差距在 2010 年是 3. 34 张,但在 2017 年却是 4. 56 张,比当年农村每千人医疗卫生机构床位数 4. 19 张还要多。尽管城市每千人医疗卫生机构床位数与农村每千人医疗卫生机构床位数之间的差距在 2018 年以来逐渐缩小,到 2020 年已缩小到 3. 86 张,但这意味着二者之间的差距在现阶段仍然比较大。

表 3-4　2010—2020 年我国城乡医疗卫生机构床位数对比表③

年份	每千人口医疗卫生机构床位(张)			每千农村人口乡镇卫生院床位数(张)
	城市	农村	城乡差额	
2010	5. 94	2. 60	3. 34	1. 12
2011	6. 24	2. 80	3. 44	1. 16
2012	6. 88	3. 11	3. 77	1. 24
2013	7. 36	3. 35	4. 01	1. 30

① 《十八大以来重要文献选编》(中),中央文献出版社 2016 年版,第 833 页。
② 国家发展改革委等:《关于印发"十四五"公共服务规划的通知》,2022 年 1 月 10 日,见 www.gov.cn/zhengce/zhengceku/2022-01/10/content_5667482.htm。
③ 表中的数据均来源于国家统计局编:《中国统计年鉴 2021》,中国统计出版社 2021 年版,第 716 页。

年份	每千人口医疗卫生机构床位（张）			每千农村人口乡镇卫生院床位数（张）
	城市	农村	城乡差额	
2014	7.84	3.54	4.3	1.34
2015	8.27	3.71	4.56	1.24
2016	8.41	3.91	4.5	1.27
2017	8.75	4.19	4.56	1.35
2018	8.70	4.56	4.14	1.43
2019	8.78	4.81	3.97	1.48
2020	8.81	4.95	3.86	1.50

同样,如表3-5所示,我国城市每千人卫生技术人员与农村每千人卫生技术人员的数量差距在1980年是6.22人,但其数量差距在经历了一段时间的缩小趋势之后又总体上呈现出不断增长的态势,到2016年已经达到6.75人。尽管二者的数量差距在2017年以来有所缩小,但其在现阶段仍然比较大。例如,二者的数量差距在2020年仍然高达6.28人。我国城市每千人职业(助理)医师与农村每千人卫生技术人员的数量差距在1980年是2.46人,但其数量差距在经历了一段时间的缩小趋势之后在总体上呈现出不断增长的态势,到2017年已经达到2.29人。尽管二者的数量差距在2018年以来也有所缩小,但数量差距在2020年仍然达到2.19人。我国城市每千人注册护士与农村每千人注册护士的数量差距在1980年是1.63人,但其数量差距在经历了一段时间的缩小趋势之后也在总体上呈现出不断增长的态势,到2016年已经达到3.42人。尽管二者的数量差距在2017年以来同样有所缩小,但目前仍然比较大。例如,我国城市每千人注册护士与农村每千人注册护士的数量差距在2020年仍然多达3.3人。基本公共服务要均等化、平衡化,就是说在同样的人数范围下所对应的公共资源和服务数量要基本相同,否则就不能叫作"均等化"和"平衡化"。因此,我国现阶段的城乡基本医疗卫生服务资源的数量差距还比较大的现实,显然与基本公共服务均等化、平衡化的要求是相悖的。实际上,城乡公共教育、城乡公共文化体育、城乡劳动就业创业、城乡社

会服务等其他方面的城乡基本公共服务资源的数量也在不同程度上存在不均衡、不平衡的现象。城乡基本公共服务的资源数量存在不均衡、不平衡是导致城乡基本公共服务不平衡、不均衡的基础性因素,也是城乡基本公共服务不均衡、不平衡的重要表现。

表 3-5　1980—2020 年我国城乡每千人口卫生技术人员人数对比表①

年份	卫生技术人员(人)			执业(助理)医师(人)			注册护士(人)		
	城市	农村	差额	城市	农村	差额	城市	农村	差额
1980	8.03	1.81	6.22	3.22	0.76	2.46	1.83	0.20	1.63
1985	7.92	2.09	5.83	3.35	0.85	2.50	1.85	0.30	1.55
1990	6.59	2.15	4.44	2.95	0.98	1.97	1.91	0.43	1.48
1995	5.36	2.32	3.04	2.39	1.07	1.32	1.59	0.49	1.10
2000	5.17	2.41	2.76	2.31	1.17	1.14	1.64	0.54	1.10
2005	5.82	2.69	3.13	2.46	1.26	1.20	2.10	0.65	1.45
2006	6.09	2.70	3.39	2.56	1.26	1.30	2.22	0.66	1.56
2007	6.44	2.69	3.75	2.61	1.23	1.38	2.42	0.70	1.72
2008	6.68	2.80	3.88	2.68	1.26	1.42	2.54	0.76	1.78
2009	7.15	2.94	4.21	2.83	1.31	1.52	2.82	0.81	2.01
2010	7.62	3.04	4.58	2.97	1.32	1.65	3.09	0.89	2.20
2011	7.90	3.19	4.71	3.00	1.33	1.67	3.29	0.98	2.31
2012	8.54	3.41	5.13	3.19	1.40	1.79	3.65	1.09	2.56
2013	9.18	3.64	5.54	3.39	1.48	1.91	4.00	1.22	2.78
2014	9.70	3.77	5.93	3.54	1.51	2.03	4.30	1.31	2.99
2015	10.21	3.90	6.31	3.72	1.55	2.17	4.58	1.39	3.19
2016	10.79	4.04	6.75	3.92	1.59	2.33	4.91	1.49	3.42
2017	10.87	4.28	6.59	3.97	1.68	2.29	5.01	1.62	3.39
2018	10.91	4.63	6.28	4.01	1.82	2.21	5.08	1.80	3.28
2019	11.10	4.96	6.14	4.10	1.96	2.14	5.22	1.99	3.23
2020	11.46	5.18	6.28	4.25	2.06	2.19	5.40	2.10	3.30

① 表中的数据均来源于国家统计局编:《中国统计年鉴 2021》,中国统计出版社 2021 年版,第 712 页。

其次，城乡基本公共服务不均衡表现在"质"的不均衡上。以基本医疗卫生为例，如表3-6所示，农村孕妇死亡率在2018—2020年只是比城市孕妇死亡率略高。但是，农村5岁以下的儿童死亡率、农村婴儿死亡率、农村新生儿死亡率不仅都分别远高于城市5岁以下的儿童死亡率、城市婴儿死亡率、城市新生儿死亡率，而且都是后者的2倍左右。显然，5岁以下的儿童死亡率、婴儿死亡率以及新生儿死亡率在城乡之间的不平衡状况不仅与城乡基本医疗卫生服务的资源数量有关，还尤其与城乡基本医疗卫生服务的资源质量、服务本身的质量有关，特别是与医生、护士的专业能力、服务质量有关。再以公共教育为例，我国目前已经实现了县域义务教育基本均衡发展。[1] 这就是说我国城乡义务教育在资源数量上的不平衡现象已经不显著。但是，我国城市义务教育的质量普遍要比农村义务教育的质量高。这就说明我国城乡义务教育在教师的知识水平、敬业精神、授课能力等体现师资质量的因素方面存在着明显的不平衡现象。这与有些学者通过严谨的数据模型分析所得出的"教师质量的不均衡是影响城乡学生认知能力成绩不均衡的重要因素"[2]的结论是一致的。从某种意义上来说，城乡基本公共服务资源的质量不平衡的问题及其引起的服务质量本身不平衡的问题比城乡基本公共服务资源的数量不平衡问题更加严重，因为城乡基本公共服务资源的质量不平衡所产生的不良影响往往更大，而且城乡基本公共服务资源的质量不平衡问题往往更难解决。我们要花大力气解决好城乡基本公共服务资源的数量不平衡问题，更要花大力气解决好城乡基本公共服务资源的质量及其服务质量的不平衡问题。

---

[1]　赵婀娜：《2895个县级行政单位实现县域义务教育基本均衡发展》，《人民日报》2022年5月7日。

[2]　宗晓华、杨素红、秦玉友：《追求公平而有质量的教育：新时期城乡义务教育质量差距的影响因素与均衡策略》，《清华大学教育研究》2018年第6期。

表 3-6 2018—2020 年城乡孕产妇和 5 岁以下儿童死亡率对比表①

指　标	2018		2019		2020	
	城市	农村	城市	农村	城市	农村
孕产妇死亡率(1/10 万)	15.5	19.9	16.5	18.6	14.1	18.5
5 岁以下儿童死亡率(%)	4.4	10.2	4.1	9.4	4.4	8.9
婴儿死亡率(%)	3.6	7.3	3.4	6.6	3.6	6.2
新生儿死亡率(%)	2.2	4.7	2.0	4.1	2.1	3.9

　　总之,城乡之间的发展不平衡在我国现阶段表现得尤为突出。我们在认识城乡之间的发展不平衡问题时既要坚持"重点论",又要坚持"两点论",即要全面找出表征城乡之间的发展不平衡问题的那些关键"迹象"。生产要素分布不平衡、城乡居民收入不平衡、城乡基本公共服务不平衡是城乡之间发展不平衡的具体表现。其中,生产要素分布不平衡是更为根本的因素,其在一定程度上决定了城乡居民收入不平衡以及城乡基本公共服务不平衡。

二、区域之间的发展不平衡

　　这里所说的"区域"并不是指一般意义上的行政区域划分,而是指一些具有特定称谓的区域,即根据经济社会发展程度与地理位置的结合而产生的相对完整的特定区域。这种特定的区域与通常所说的城市地区或农村地区不同,因为其内部既包含有城市部分,也包含有农村部分。这样的区域在我国也有多种不同的划分情况,例如东部地区、中部地区与西部地区的划分,革命老区与非革命区域的划分,边疆地区与非边疆地区的划分,民族地区与非民族地区的划分,长三角地区与长江中游地区的划分等。与城乡的发展一样,区域发展的状况同样体现了一个国家发展的空间布局是否合理的问题,是制约一个国家整体发展状态的关键因素。实际上,不同地区之间的发展状况在不同的

---

　　①　表中的数据均来源于国家统计局编:《中国统计年鉴 2021》,中国统计出版社 2021 年版,第 727 页。

国家从来就没有实现过真正完全的平衡，而是最多只能实现相对的平衡，即始终都会存在适度但又合理的差距。在很多国家特别是当今的广大发展中国家里，不同地区之间的发展不平衡现象往往既十分普遍，又相当严重。由于古代社会在整体上都处于比较落后的境地，其各地区的发展虽然存在差异，但其差异性并不是太大，因而尽管区域平衡发展的问题在古代就被统治者们所关注，但本文意义上的区域发展思想在古代历史上却并不彰显。大多数中外古代思想家们在论述城乡发展不平衡、农业等产业不平衡时才有关于其零碎的阐述。但是，随着工业革命的开展，不仅世界各地区的发展不平衡问题越来越凸显，而且在一国范围内的不同地区的发展由于技术革新的快慢不同、资源禀赋不同也日益面临着不平衡的问题。马克思、恩格斯在其浩瀚的政治经济学著作中除了揭示过世界范围内诸如"东方与西方"这样的大地区之间发展的不平衡状况以及一国范围内城乡发展不平衡的状况外，还较多地论述过一国范围内不同区域发展的不平衡状态。随着发达国家和发展中国家的区域发展不平衡问题在 20 世纪中期以来日益严重，无论是西方国家的学者和执政党还是东方国家的学者和执政党，都逐渐将区域不平衡发展的问题作为重点关注的问题之一。在这种情况下，一大批关于区域不平衡发展的理论或政策相继在西方和东方问世。例如，瑞典经济学家 G.缪尔达尔于 1957 年在区域发展不平衡方面提出了"循环累计因果"理论，即要素的"回流效应"和"扩散效应"并不是均衡的，其力量的对比会导致系统作向上或向下的积累运动，从而导致区域发展的失衡[①]。美国的经济学家杰弗里·威廉逊于 1965 年在区域发展不平衡方面提出了"倒 U 字型假说"理论，即区域发展的不平衡性会在发展的初期不断扩大，而在发展的成熟阶段会不断缩小[②]，等等。

[①]　Myrdal C., *Economic Theory and Undeveloped Regions*, London: Gerald Duckworth and Company Ltd.,1957,p.173.

[②]　Williamson, J. G., " Regional Inequality and the Process of National Development: A Description of the Patterns",*Economic Development and Cultural Change*,Vol.13(July 1965) ,p.2.

我国区域发展的不平衡问题在现代化建设的初期就已经存在。但是,我国的现代化建设是起步于各地区整体发展落后的状态,因而我国区域发展的不平衡问题在现代化建设的相当长一段时间内尽管已经显现出来,但还不够突出,尤其是还长期让位于社会生产力发展普遍落后的问题。毛泽东在20世纪50年代中期就已经察觉到我国区域发展存在不平衡问题,并预见到其可能将要给我国现代化建设造成不良影响。他在1956年写作的《论十大关系》一文中提出了要正确处理"沿海工业和内地工业的关系"①"汉族和少数民族之间的关系"②等策略就是对当时我国面临的区域发展不平衡问题的回应。改革开放后,随着沿海地区"较快地先发展起来"等不平衡发展战略的实施,我国区域发展不平衡问题开始越来越凸显化。正因为如此,1995年召开的党的十四届五中全会明确指出了"地区发展差距扩大"③的问题,并提出了"坚持区域经济协调发展,逐步缩小地区发展差距"④的要求。尽管中国共产党在之后的一段时间内又相继提出了一些旨在缩小区域发展差距的策略,但我国地区发展的不平衡性问题不仅没有得到缓解,其问题反而越来越突出。特别是在基本解决了生产力发展落后的问题之后,区域发展的不平衡问题已经成为我国发展不平衡问题中的一种突出问题。我国区域发展不平衡的问题是继城乡发展不平衡之后的另一显著问题。应该说,我国现阶段的区域发展不平衡问题没有当年资本主义国家处于发展期所面临的区域发展不平衡问题那样严重,但可能要比当今发达资本主义国家在现阶段所面临的区域发展不平衡问题严重,也要比我国在新中国成立初期甚至改革开放初期所面临的不平衡发展问题要严重得多。因此,我们既要高度重视我国现阶段所面临的区域发展不平衡问题,又要科学、准确地把握我国现阶段所面

---

① 《毛泽东文集》第七卷,人民出版社1999年版,第25页。
② 《毛泽东文集》第七卷,人民出版社1999年版,第33页。
③ 《改革开放三十年重要文献选编》(上),人民出版社2008年版,第832页。
④ 《改革开放三十年重要文献选编》(上),人民出版社2008年版,第836页。

临的区域不平衡发展问题的内涵,从而为有效解决这一问题打下基础。与把握城乡不平衡发展的内涵一样,我们在把握区域发展不平衡的内涵时也要坚持"重点论"和"两点论"的统一,即要全面找出表征区域发展不平衡问题的那些关键方面。

(一)区域经济发展不平衡

各区域的经济发展状况是衡量各区域发展是否平衡的关键性因素,因为根据马克思主义唯物史观原理可知,各区域之间的经济发展状况是否失衡会在很大程度上决定各区域在其他方面的发展状况是否失衡,进而也就在很大程度上决定了各区域之间的整体发展是否失衡。区域经济发展本来就是一个综合性的概念和范畴,因而区域经济发展状态需要通过区域之间的生产总值情况、人均生产总值情况、经济增长情况、经济发展质量情况等指标进行综合衡量。

从地区生产总值来看,如表3-7所示,由10个省(自治区、直辖市)构成的东部地区,其地区生产总值在2019年高达511161.2亿元,远超于由12个省(自治区、直辖市)所构成的西部地区的生产总值的205185.2亿元。由6个省所构成的中部地区,其生产总值在2019年达到218737.8亿元,也超过了由12个省(自治区、直辖市)所构成的西部地区的生产总值的205185.2亿元。从省(自治区、直辖市)生产平均值来看,如表3-7所示,东部地区的省(直辖市)生产平均值远高于中部地区、东北地区以及西部地区的省(自治区、直辖市)生产平均值;中部地区的省生产平均值也远高于东北地区、西部地区的省(自治区、直辖市)生产平均值;西部地区的省(自治区、直辖市)生产平均值甚至要比东北地区的省生产平均值还要高。

表 3-7　2019 年地区生产总值及省(自治区、直辖市)
生产平均值对比表①

地区	省(自治区、直辖市)	各省(自治区、直辖市)生产总值(亿元)	地区生产总值(亿元)	省(自治区、直辖市)生产平均值(亿元)
东北地区	辽宁	24909.45	50248.95	16749.65
	吉林	11726.82		
	黑龙江	13612.68		
东部地区	北京	35371.28	511161.20	51116.12
	天津	14104.28		
	河北	35104.52		
	上海	38155.32		
	江苏	99631.52		
	浙江	62351.74		
	福建	42395.00		
	山东	71067.53		
	广东	107671.07		
	海南	5308.93		
中部地区	山西	17026.68	218737.80	36456.30
	安徽	37113.98		
	江西	24757.50		
	河南	54259.20		
	湖北	45828.31		
	湖南	39752.12		

---

① 表中的省(自治区、直辖市)生产平均值是根据"地区生产总值/各地区的省(自治区、直辖市)数量"计算所得,而地区生产总值等于该地区内各省(自治区、直辖市)生产总值之和。各省(自治区、直辖市)生产总值的数据来源于国家统计局编:《中国统计年鉴 2020》,中国统计出版社 2020 年版,第 69 页。

续表

地区	省（自治区、直辖市）	各省（自治区、直辖市）生产总值（亿元）	地区生产总值（亿元）	省（自治区、直辖市）生产平均值（亿元）
西部地区	内蒙古	17212.53	205185.20	17098.77
	广西	21237.14		
	重庆	23605.77		
	四川	46615.82		
	贵州	16769.34		
	云南	23223.75		
	西藏	1697.82		
	陕西	25793.17		
	甘肃	8718.30		
	青海	2965.95		
	宁夏	3748.48		
	新疆	13597.11		

从各省（自治区、直辖市）自 1950 以来每五年 GDP 总量排名位列前十的次数情况来看，如表 4-8 所示，东部地区的河北、江苏、广东、山东四省每五年的 GDP 总量在历次排名中都位列前十；东北地区、中部地区和西部地区没有一个省（自治区、直辖市）每五年的 GDP 总量在历次排名中都位列前十的情况。在自 1950 以来每五年 GDP 总量排名位列前十的省（自治区、直辖市）中，东部地区有河北、江苏、上海、浙江、山东、广东、福建 7 个省（直辖市）出现过排名前十的情况，占东部地区所有省（直辖市）的 7/10；东北地区有辽宁、黑龙江 2 个省出现过排名前十的情况，占东北地区所有省的 2/3；中部地区有河南、湖北、湖南 3 个省出现过排名前十的情况，占中部地区所有省的 1/2；西部地区只有四川 1 个省出现过排名前十，只占西部地区所有省（自治区、直辖市）的 1/12。在出现过每五年 GDP 总量排名位列前十的省（自治区、直辖市）数量方面，东部地区明显多于中部地区、中部地区多于东北地区、东北地区多于西部地区；在每五年 GDP 总量排名位列

前十的省（自治区、直辖市）数量所占地区省（自治区、直辖市）总数的比重方面，东部地区和东北地区高于中部地区、中部地区高于西部地区。从每五年GDP总量排名位列前十的省（自治区、直辖市）在各地区出现的总次数来看，东部地区出现的次数最多，高达76次；中部地区和东北地区出现的次数其次，均达到19次；西部地区出现的次数最少，只有7次。从2015—2019年这五年GDP总量排名位列前十的省（自治区、直辖市）在各地区出现的总次数来看，东部地区出现的次数最多，高达6次；中部地区出现的次数其次，达到3次；西部地区出现的次数只有1次；东北地区出现的次数为0次。

表3-8　全国各省（自治区、直辖市）1950—2019年每五年GDP总量排名位列前十的次数统计对比表①

地区	省（自治区、直辖市）	A	B	C	D	E	F	G	H	I	J	K	L	M	N	合计（次）
东北地区	辽宁	1	1	1	1	1	1	1	1	1	1	1	1	1	0	19
	吉林	0	0	0	0	0	0	0	0	0	0	0	0	0	0	
	黑龙江	1	1	1	1	1	1	0	0	0	0	0	0	0	0	
东部地区	北京	0	0	0	0	0	0	0	0	0	0	0	0	0	0	76
	天津	0	0	0	0	0	0	0	0	0	0	0	0	0	0	
	河北	1	1	1	1	1	1	1	1	1	1	1	1	1	1	
	江苏	1	1	1	1	1	1	1	1	1	1	1	1	1	1	
	上海	1	1	1	1	1	1	1	1	1	1	1	1	1	1	
	浙江	0	0	0	0	0	0	0	1	1	1	1	1	1	1	
	福建	0	0	0	0	0	0	0	0	0	0	0	0	0	1	
	山东	1	1	1	1	1	1	1	1	1	1	1	1	1	1	
	广东	1	1	1	1	1	1	1	1	1	1	1	1	1	1	
	海南	0	0	0	0	0	0	0	0	0	0	0	0	0	0	

①　表中各省（自治区、直辖市）1950—2019年每五年GDP总量排名位列前十的次数是根据其GDP在每五年的总量是否位列全国各省（自治区、直辖市）的前十位而定。全国各省（自治区、直辖市）每五年的GDP总量是其在五年里的历年GDP数据之和。全国各省（自治区、直辖市）历年的GDP数据来源于国家统计局国民经济综合统计司编的《新中国五十年历年统计资料汇编（1949—1998）》，中国经济出版社1999年版和1999—2020年历年的《中国统计年鉴》，中国统计出版社1999—2020年版。

续表

地区	省(自治区、直辖市)	A	B	C	D	E	F	G	H	I	J	K	L	M	N	合计(次)
中部地区	山西	0	0	0	0	0	0	0	0	0	0	0	0	0	0	19
	安徽	0	0	0	0	0	0	0	0	0	0	0	0	0	0	
	江西	0	0	0	0	0	0	0	0	0	0	0	0	0	0	
	河南	1	1	0	0	1	0	1	1	1	1	1	1	1	1	
	湖北	0	1	1	1	0	0	0	0	0	0	0	0	1	1	
	湖南	1	0	1	0	0	0	0	0	0	0	0	0	0	1	
西部地区	内蒙古	0	0	0	0	0	0	0	0	0	0	0	0	0	0	7
	广西	0	0	0	0	0	0	0	0	0	0	0	0	0	0	
	重庆	0	0	0	0	0	0	0	0	0	0	0	0	0	0	
	四川	0	1	0	1	0	1	1	0	1	0	0	0	1	1	
	贵州	0	0	0	0	0	0	0	0	0	0	0	0	0	0	
	云南	0	0	0	0	0	0	0	0	0	0	0	0	0	0	
	陕西	0	0	0	0	0	0	0	0	0	0	0	0	0	0	
	甘肃	0	0	0	0	0	0	0	0	0	0	0	0	0	0	
	青海	0	0	0	0	0	0	0	0	0	0	0	0	0	0	
	宁夏	0	0	0	0	0	0	0	0	0	0	0	0	0	0	
	新疆	0	0	0	0	0	0	0	0	0	0	0	0	0	0	
	西藏	0	0	0	0	0	0	0	0	0	0	0	0	0	0	

注:"A"代表"1950—1954 年";"B"代表"1955—1959 年";"C"代表"1960—1964 年";"D"代表"1965—1969 年";"E"代表"1970—1974 年";"F"代表"1975—1979 年";"G"代表"1980—1984 年";"H"代表"1985—1989 年";"I"代表"1990—1994 年";"J"代表"1995—1999 年";"K"代表"2000—2004 年";"L"代表"2005—2009 年";"M"代表"2010—2014 年";"N"代表"2015—2019 年";"1"表示该省(自治区、直辖市)的 GDP 总量位列前十;"0"表示该省(自治区、直辖市)的 GDP 总量没有位列前十。

从全国大部分省（自治区、直辖市）的 GDP 总量在 1952—2020 年的排名走势来看，如图 3-3 所示，东部地区的江苏、广东、山东、浙江、河北等省的历年 GDP 总量走势不仅在相当长一段时间里比较稳定，而且在相当长一段时间里还始终处于"高位"。东北地区的黑龙江、辽宁等省的历年 GDP 总量走势不太稳定，尤其是在近 20 余年里呈现出不断下滑的趋势。中部地区的河南省的历年 GDP 总量走势始终处于相对比较稳定的"高位"，湖北省和湖南省的历年 GDP 总量走势起伏较大，但在最近 10 年左右呈现出不断上升的趋势，而山西等省的历年 GDP 总量走势不仅起伏大、长期处于低位，而且总体呈现出不断下降的趋势。西部地区除了四川省的历年 GDP 总量走势处于相对比较稳定的"高位"外，甘肃、重庆、云南、贵州等大部分省（自治区、直辖市）的历年 GDP 总量走势要么整体处于不断下滑的"低位"，要么始终处于比较平稳的"超低位"。总体来看，东部地区各省的 GDP 总量在 1952—2020 年的排名走势比中部地区、东北地区、西部地区各省（自治区、直辖市）的 GDP 总量排名走势要优化得多；中部地区各省的 GDP 总量在 1952—2020 年的排名走势也比东北地区、西部地区各省（自治区、直辖市）的 GDP 总量排名走势要优化；西部地区各省（自治区、直辖市）的 GDP 总量在 1952—2020 年的排名走势与东北地区各省的 GDP 总量排名走势也存在不小的差距。这也反映了我国现阶段区域经济发展存在不平衡问题的突出性、严重性。

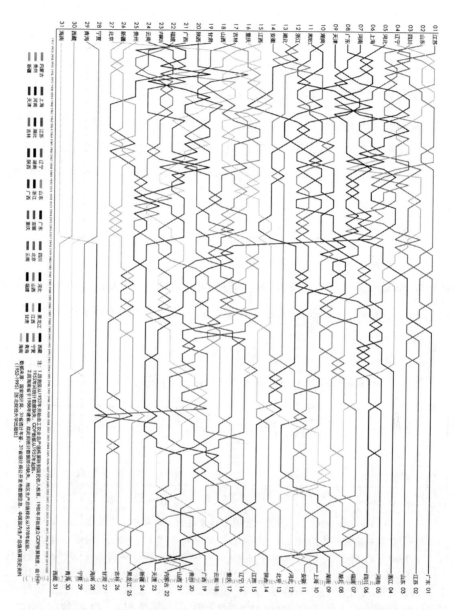

图 3-3 我国 31 省（自治区、直辖市）GDP（国内生产总值）71 年排名变化①

---

① 鲁曼、张凡:《中国经济版图71年大变局》,《中国品牌》2021年第3期。

从东部地区、中部地区和西部地区的人均国内生产总值(GDP)来看,如表3-9所示,尽管我国东部地区、中部地区以及西部地区的人均国内生产总值(GDP)始终都在不断增长,但东部地区的人均国内生产总值(GDP)在1990年、2010年以及2020年都远远高于中部地区和西部地区的人均国内生产总值(GDP)。特别是在2020年,东部地区的人均国内生产总值(GDP)比中部地区的人均国内生产总值(GDP)高出35649.67元,比中部地区的人均国内生产总值(GDP)高出40635.4元。而且,中部地区和西部地区的人均国内生产总值(GDP)始终都大大落后于全国人均国内生产总值(GDP)。如果说"地区生产总值""省(自治区、直辖市)生产的平均值"以及"省(自治区、直辖市)的GDP总量历年排名走势"只是在一定程度上反映了我国地区经济发展不平衡的话,那从不同地区的人均国内生产总值(GDP)的对比中就在很大程度上反映了我国现阶段区域经济发展的不平衡问题。

表3-9　三大地区和全国的人均GDP在不同年份的对比表[①]

区域	1990年的人均GDP(元)	2000年的人均GDP(元)	2020年的人均GDP(元)
西部地区	1076	4606	53741.82
东部地区	1964	10768	94377.22

---

① 表中1990年各地区的人均GDP、2000年各地区的人均GDP以及2020年各地区的人均GDP是根据"各地区内部各省(自治区、直辖市)GDP之和/各省(自治区、直辖市)人口之和"计算所得;1990年的全国人均GDP、2000年的全国人均GDP以及2020年的全国人均GDP是根据"全国GDP总量/全国人口总量"计算所得。1990年各地区内各省(自治区、直辖市)的GDP总量、各地区内各省(自治区、直辖市)的人口数量、全国GDP总量、全国人口数量分别来源于国家统计局编:《中国统计年鉴1991》,中国统计出版社1991年版,第36、81、18、79页;2000年各地区内各省(自治区、直辖市)的GDP总量、各地区内各省(自治区、直辖市)的人口数量、全国GDP总量、全国人口数量分别来源于国家统计局编:《中国统计年鉴2001》,中国统计出版社2001年版,第56、92、49、91页;2020年各地区内各省(自治区、直辖市)的GDP总量、各地区内各省(自治区、直辖市)的人口数量、全国GDP总量、全国人口数量分别来源于国家统计局编:《中国统计年鉴2021》,中国统计出版社2021年版,第91、37、78、31页。

续表

区域	1990 年的人均GDP(元)	2000 年的人均GDP(元)	2020 年的人均GDP(元)
中部地区	1264	5978	58727.55
全　国	1663	7942	72000.00

　　区域经济的发展效益是反映区域经济发展状态的更为本质的因素。因此,我们在考察我国的区域经济发展是否存在不平衡的问题时,既要考察与地区生产总值变化情况相关的"量"的指标,更要考察我国区域经济发展的效益这一"质"的指标。从我国区域经济的发展效益来看,如表3-10所示,尽管各个省(自治区、直辖市)的经济发展效益值在不同的年份高低变化不一样,但我们还是可以从中发现出诸多带有规律性的现象:从各个区域内部来看,我国东北地区三个省在2012—2016年这5年的经济发展效益的平均值分别为104.32、96.98、101.22,因而东北地区的经济发展效益在这5年里存在比较明显的差异;我国东部地区十个省(直辖市)在2012—2016年这5年的经济发展效益的平均值大体在97—104的范围内波动,因而东部地区的经济发展效益在这5年里也存在比较明显的差异;我国中部地区六个省在2012—2016年这5年的经济发展效益的平均值在74.66—107.98之间不断变化,因而中部地区的经济发展效益存在比较大的差异;除西藏外的西部地区其他11个省(自治区、直辖市)在2012—2016年这5年的经济发展效益的平均值在63.85—114.71之间不断变化,因而西部地区的经济发展效益也存在比较大的差异。从区域之间的经济发展效益情况来看,我国东北地区经济发展效益的平均值在2016年达到106.39,东部地区经济发展效益的平均值在2016年达到104.8,中部地区经济发展效益的平均值在2016年达到85.45,而除西藏外的西部地区经济发展效益的平均值在2016年达到87.32。我国东北地区和东部地区经济发展效益的平均值在2016年明显大大高于中部地区和西部地区。而且,中部地区和西部地区经济发展效益的平均值在2016年甚至明显低于全

国现阶段经济发展效益的平均值96。这些都表明,我国区域经济发展在进入新时代以来存在着明显的甚至突出的不平衡性问题,即既在各区域之间存在着明显的甚至突出的经济发展不平衡问题,也在各区域内部存在着明显的甚至突出的经济发展不平衡问题。2017年以来,尽管我国在解决区域经济发展效益的差异性上付出了诸多努力,取得了诸多成就,但实事求是地说,我国区域经济的发展效益在现阶段仍然存在着明显的甚至突出的不平衡性问题。鉴于此,习近平在2019年明确指出:"当前,我国区域发展形势是好的,同时出现了一些值得关注的新情况新问题。一是区域经济发展分化态势明显","二是发展动力极化现象日益突出","三是部分区域发展面临较大困难",并明确强调"不平衡是普遍的,要在发展中促进相对平衡。这是区域协调发展的辩证法"。①

表3-10 2012—2016年我国各省份及各区域经济发展效益
有效性的综合效率值对比表②

		2012	**2013**	**2014**	**2015**	**2016**	平均值
东北地区	辽宁	95.58	93.84	96.78	104.68	130.71	104.32
	吉林	98.71	101.06	98.71	95.08	91.34	96.98
	黑龙江	93.60	100.55	116.51	98.35	97.11	101.22
	东北平均	95.96	98.48	104.20	99.37	106.39	/

---

① 习近平:《推动形成优势互补高质量发展的区域经济布局》,《求是》2019年第24期。

② 夏万军和余功菊在《我国区域经济发展不平衡性研究》中通过模型建构和变量指标体系建构对《中国统计年鉴》以及各个省份的《统计年鉴》等提供的翔实数据的分析,得出了衡量我国区域经济和各省份经济发展效益的综合效率值,并绘制了表格《我国各省份及各区域经济发展效益有效性的综合效率值》。本书在引用和借鉴其表格数据时,将表格的名称改为"最近十年我国各省份及各区域经济发展效益有效性的综合效率值对比表",表格数据情况参见夏万军、余功菊:《我国区域经济发展不平衡性研究》,《安徽师范大学学报(人文社会科学版)》2018年第4期。

续表

		2012	2013	2014	2015	2016	平均值
东部地区	北京	99.09	97.17	105.46	98.46	109.89	102.01
	天津	101.50	100.57	101.81	98.24	106.79	101.78
	河北	99.01	103.65	97.10	94.12	96.73	98.12
	上海	104.80	99.18	103.57	101.38	108.28	103.44
	江苏	101.80	100.95	101.88	99.83	111.68	103.22
	浙江	101.00	98.48	97.60	91.47	99.89	97.69
	福建	96.75	98.82	99.83	95.89	101.09	98.48
	山东	96.70	100.01	100.58	98.26	98.20	98.75
	广东	103.20	99.98	103.59	100.21	105.60	102.52
	海南	100.30	112.02	100.26	97.56	109.85	104.00
	东部平均	100.40	101.08	101.17	97.54	104.80	/
中部地区	山西	94.74	93.59	89.69	86.62	83.72	89.67
	安徽	76.48	74.23	74.77	73.71	74.10	74.66
	江西	80.24	80.92	79.12	81.60	93.44	83.06
	河南	82.34	83.26	81.05	77.36	77.03	80.21
	湖北	91.58	93.49	92.57	90.13	94.10	92.37
	湖南	86.07	192.51	85.36	85.41	90.31	107.98
	中部平均	85.24	103.56	83.76	82.47	85.45	
西部地区	内蒙古	104.80	103.69	102.26	103.85	101.43	103.20
	广西	99.54	92.22	88.06	86.93	100.50	93.45
	重庆	77.71	76.96	73.58	74.93	81.56	76.95
	四川	80.04	79.14	78.50	74.68	77.31	77.93
	贵州	53.83	61.50	64.58	67.57	69.75	63.85
	云南	72.18	71.78	69.85	67.11	65.10	69.20
	陕西	84.03	84.90	83.57	76.93	73.29	80.54
	甘肃	107.90	63.54	60.23	59.14	56.56	69.47
	青海	150.90	100.12	99.72	106.64	116.19	114.71
	宁夏	149.00	83.95	85.23	85.99	95.70	99.97
	新疆	98.66	98.77	98.23	88.28	123.71	101.53
	西部平均	98.05	83.32	82.16	81.10	87.32	/
	全国平均	94.92	112.61	98.40	90.12	96.00	/
	全国	100.26	99.99	102.96	103.54	97.95	/

总之，无论是从"地区生产总值""省（自治区、直辖市）生产的平均值""省（自治区、直辖市）的 GDP 总量历年排名走势""区域人均国内生产总值"

等"量"的指标来看,还是从"区域经济发展效益"这一"质"的指标来看,不平衡发展都是我国现阶段区域经济发展所面临的明显甚至突出问题。

(二)区域城镇化发展不平衡

简而言之,城镇化是指一定时期内的农村人口向城市流动和聚集的过程。国际上通常使用"城镇化率"来衡量国家或地区的城镇化水平。"城镇化率"一般是由地区的常住人口数量①与该地区常住总人口数量之比所得。根据高盛亚洲投资管理部中国区副主席暨首席投资策略师哈继铭团队的研究发现,城镇化率每提高 1%,会使中国经济在一年内增长 0.8%,在 5 年内增长 3.5%②。城镇化率是衡量一个地区经济社会发展水平的重要指标,也是衡量不同区域是否平衡发展的重要指标。"城镇化是推动区域协调发展的有力支撑。"③如果地区之间的城镇化水平存在明显的不平衡问题,那就往往意味着各区域之间的发展也会存在明显的不平衡问题。可以说,地区之间的城镇化发展水平是否平衡,其本身就是区域之间的发展是否平衡的重要内容和体现。改革开放以来,我国的城镇化在低起点上经历了一个快速发展的历程,取得了巨大成就,即我国的城市化率已经由改革开放初期的 17.9%④提升到 2018 年的 64.72%⑤。但从我国区域城镇化的平衡情况来看,如表 3-11 所示,在我国东北地区 3 个省份中,城镇化率在 2020 年最高的省是辽宁,其达到 72.14%,城镇化率处于中间位置的省是黑龙江,其达到 65.61%,而城镇化率最低的省

① 地区常住人口数量=地区的户籍人口数量+外来该地区半年以上的人口数量−外出该地区半年以上的人口数量。

② 哈继铭:《中国城镇化的宏观与行业影响》,《投资北京》2013 年第 5 期。

③ 《十八大以来重要文献选编》(上),中央文献出版社 2014 年版,第 881 页。

④ 《十八大以来重要文献选编》(上),中央文献出版社 2014 年版,第 882 页。

⑤ 中华人民共和国国家统计局:《中华人民共和国 2021 年国民经济和社会发展统计公报》,《人民日报》2022 年 3 月 1 日。

是吉林,其达到62.64%。东北地区的城镇化率的省际极差值①达到9.5%。而且,东北地区内部的高、中、低三档城镇化率的"顺序"差异值②分别达到6.53%、2.97%。可见,东北地区的城镇化发展不平衡问题在现阶段较为明显。在我国东部地区的10个省(直辖市)中,城镇化率在2020年最高的省(直辖市)是上海,其高达89.3%,城镇化率处于中间位置的省(直辖市)是江苏,其达到73.44%,而城镇化率最低的省(直辖市)是河北,其城镇化率才达到60.07%。东部地区的城镇化率的省际极差值高达29.23%。而且,东部地区内部的高、中、低三档城镇化率的"顺序"差异值分别高达15.86%、13.37%。可见,东部地区的城镇化发展存在着突出的不平衡问题。在我国中部地区的6个省份中,城镇化率在2020年最高的省是湖北,其达到62.89%,城镇化率处于中间位置的省是湖南,其达到58.76%,而城镇化率最低的河南省才达到55.43%。中部地区的城镇化率的省际极差值达到9.6%。而且,中部地区内部的高、中、低三档城镇化率的"顺序"差异值分别达到5%、4.6%。因此,中部地区城镇化发展的不平衡问题较为明显。在我国西部地区的12个省(自治区、直辖市)中,城镇化率在2020年最高的省(自治区、直辖市)是重庆,其达到69.46%,城镇化率处于中间位置的省(自治区、直辖市)是贵州,其达到53.15%,而城镇化率最低的西藏才达到35.73%。西部地区的城镇化率的省际极差值高达33.73%。西部地区内部的高、中、低三档城镇化率的"顺序"差异值分别达到16.31%、17.42%。可见,西部地区的城镇化发展存在着突出的不平衡问题。从区域内部的城镇化发展平衡情况来看,我国东部地区和西部地区的城镇化发展都存在着突出的不平衡问题,而我国东北地区、中部地区的城镇化发展存在

①　地区城镇化率的省际极差值=地区内省(自治区、直辖市)最高城市化率-地区内省(自治区、直辖市)最低城镇化率。

②　省(自治区、直辖市)城镇化率的"顺序"差异值是由处于不同档次的城镇化率按照由高到低的顺序依次相减计算所得。

着较为明显的不平衡问题,即东部地区和西部地区的城镇化发展的不平衡
问题比东北地区、中部地区城镇化发展不平衡问题要严重得多。这也说明,
城镇化发展存在突出不平衡问题的地区不一定只是经济发展水平最落后的
西部地区,也可能是经济发展水平最高的东部地区。从我国地区平均城镇
化的情况来看,我国四大区域的地区平均城镇化率在 2020 年从高到低分别
达到 73.37%、66.8%、59.73%、56.94%。地区最高平均城镇化率比地区最
低平均城镇化率高出 16.43%。而且,四大区域城镇化率的"顺序"差异值
分别达到 6.57%、7.07%、2.79%。这表明我国现阶段区域之间的城镇化发
展不平衡程度虽不如东部地区、西部地区内部那样突出和严重,但也存在着
显著的不平衡发展问题。如果将地区间城镇化平衡状态和地区内部城镇化
平衡状态综合起来看,那我国现阶段区域城镇化发展就面临着比较突出的
不平衡问题。

表 3-11　2020 年我国各省(自治区、直辖市)及各区域城镇化率情况对比表①

地区	省(自治区、直辖市)	城镇化率(%)	地区平均城镇化率(%)
东北地区	辽宁	72.14	66.80
	吉林	62.64	
	黑龙江	65.61	
东部地区	北京	87.55	73.37
	天津	84.70	
	河北	60.07	
	江苏	73.44	
	上海	89.30	
	浙江	72.12	
	福建	68.75	
	山东	63.05	
	广东	74.15	
	海南	60.27	

① 表中数据来源于国家统计局编:《中国统计年鉴 2020》,中国统计出版社 2021 年版,第
35 页。

续表

地区	省(自治区、直辖市)	城镇化率(%)	地区平均城镇化率(%)
中部地区	山西	62.53	59.73
	安徽	58.33	
	江西	60.44	
	河南	55.43	
	湖北	62.89	
	湖南	58.76	
西部地区	内蒙古	67.48	56.94
	广西	54.20	
	重庆	69.46	
	四川	56.73	
	贵州	53.15	
	云南	50.05	
	陕西	62.66	
	甘肃	52.23	
	青海	60.08	
	宁夏	64.96	
	新疆	56.53	
	西藏	35.73	

上面所说的城镇化率是指常住人口城镇化率,而从常住人口城镇化率的地区差别来说明我国区域城镇化的不平衡问题实际上更加偏重的是"量"的考察,因为我国现阶段常住城镇人口中包含有1.7172亿人[1]没有城镇所在地的户籍却在城镇务工的农民工。但我们还可以用另一种更加偏重于"质"的指标来考察我国现阶段区域城镇化发展的平衡状态,即采用"户籍人口城镇化率[2]"这一指标对其进行考察。以户籍人口城镇化率来衡量我国现阶段区域城镇化发展的平衡状态既能更真实地反映现实情况,又能使所得出的结论更加具有说服力。通过对国家卫生计生委流动人口服务中心刘金伟研究员计算的我国2015年50个城市的户籍人口城镇化率进行区域化区分及其市际极

---

[1] 中华人民共和国国家统计局:《中华人民共和国2021年国民经济和社会发展统计公报》,《人民日报》2021年3月1日。

[2] 户籍人口城镇化率是指本地城镇户籍人口与本地常住人口的比值。

差值考量发现,如表3-12所示,在所列出的4个东北地区的城市中,大连市的户籍人口城镇化率最高,其达到59.47%,而沈阳市、长春市的户籍人口城镇化率都比较低,分别只有45.94%、43.53%。东北地区内部的市际户籍人口城镇化率的极差值①达到15.94%。这些表明东北地区的城镇化发展存在着明显的不平衡问题。在所列出的27个东部地区城市中,珠海市的户籍人口城镇化率最高,其达到68.81%,而东莞市的户籍人口城镇化率最低,只有12.20%。东部地区各城市的户籍人口城镇化率呈现出明显的"大阶梯"分布,其在10%—70%的范围内的任一阶段都有分布。而且,东部地区内部的市际户籍人口城镇化率的极差值高达56.61%。这些表明东部地区的城镇化发展存在着比较突出的不平衡问题。在所列出的中部地区的6个城市中,太原市的户籍人口城镇化率最高,其达到61.28%,而合肥市、长沙市的户籍人口城镇化率都比较低,分别只有39.36%、34.08%。中部内部的市际户籍人口城镇化率的极差值达到27.2%。这些表明中部地区的城镇化发展存在着明显的不平衡问题。在所列出的西部地区的13个城市中,西安市的户籍人口城镇化率最高,其达到62.71%,而榆林市的户籍人口城镇化率最低,只有23.72%。东部地区内部的市际户籍人口城镇化率的极差值高达38.99%。这些表明西部地区的城镇化发展也存在着比较突出的不平衡问题。从我国区域之间的户籍城镇化情况来看,东部地区的市际户籍人口城镇化率的极差值要明显高于其他三个地区的市际户籍人口城镇化率的极差值;西部地区的市际户籍人口城镇化率的极差值要明显高于东北地区、中部地区的市际户籍人口城镇化率的极差值;西部地区的市际户籍人口城镇化率的极差值要明显高于东北地区;中部地区的市际户籍人口城镇化率的极差值要比东北地区的市际户籍人口城镇化率的极差值高。这些说明我国东部地区和西部地区存在着比较突出的区域城镇化发展不平衡问题,而我国中部地区和东北地区存在着比

---

① 区域内部市际户籍人口城镇化率的极差值=区域内部城市户籍人口城镇化率的最高值-区域内部城市户籍人口城镇化率的最低值。

较明显的区域城镇化发展不平衡问题。将区域内的户籍人口城镇化情况和区域之间的户籍人口城镇化情况相结合,更加说明我国区域城镇化发展面临着突出的不平衡问题。尽管这反映的是我国在 2015 年的户籍人口城镇化存在的突出的不平衡状况,但其在很大程度上同样反映了我国在现阶段的户籍人口城镇化存在的突出的不平衡状况,因为我国户籍人口城镇化的整体情况在 2016 年以来并没有明显的变化。例如,我国的户籍人口城镇化率在 2016 年达到 42.35%[①],但我国 2020 年的户籍人口城镇化率才比 2016 年提升了大概 3 个百分点,才达到 45.4%[②]。

表 3-12　2015 年我国四大地区 50 个城市的户籍人口城镇化率对比表[③]

地区	城市	户籍人口城镇化率(%)	市际户籍人口城镇化率的极差值(%)
东北地区	大连	59.47	15.94
	沈阳	57.16	
	长春	45.96	
	哈尔滨	43.53	
中部地区	太原	61.28	27.2
	南昌	53.23	
	武汉	52.94	
	郑州	40.10	
	合肥	39.36	
	长沙	34.08	

① 中华人民共和国国家统计局:《中华人民共和国 2017 年国民经济和社会发展统计公报》,《人民日报》2018 年 3 月 1 日。

② 国家统计局、国务院第七次全国人口普查领导小组办公室:《第七次全国人口普查公报(第七号)——城乡人口和流动人口情况》,《中国统计》2021 年第 5 期。

③ 国家卫生计生委流动人口服务中心刘金伟研究员在《户籍人口城镇化进程评价及城际差异分析——以 50 个地级及以上城市为对象》一文中以 2015 年 50 个城市的相关数据为样本计算了各个城市户籍城镇化率,并制作了表格《50 个城市户籍人口城镇化率排名》。笔者在引用和借鉴其表格数据时,对其表格中的城市做了区域划分,并将其表格名称改为"中国四大地区 50 个城市的户籍人口城镇化率对比表"。数据参见刘金伟:《户籍人口城镇化进程评价及城际差异分析——以 50 个地级及以上城市为对象》,《国家行政学院学报》2018 年第 4 期。

续表

地区	城市	户籍人口城镇化率(%)	市际户籍人口城镇化率的极差值(%)
东部地区	珠海	68.81	56.61
	南京	67.49	
	青岛	58.88	
	杭州	54.93	
	济南	54.30	
	上海	53.73	
	无锡	53.56	
	佛山	52.35	
	北京	51.20	
	福州	50.78	
	广州	50.44	
	天津	49.53	
	常州	47.05	
	苏州	44.09	
	惠州	43.66	
	厦门	43.57	
	石家庄	42.50	
	泉州	41.22	
	海口	40.84	
	金华	38.67	
	嘉兴	35.11	
	深圳	31.20	
	宁波	29.66	
	台州	26.33	
	中山	25.66	
	温州	18.20	
	东莞	12.20	

续表

地区	城市	户籍人口城镇化率(%)	市际户籍人口城镇化率的极差值(%)
西部地区	西安	62.71	38.99
	兰州	57.99	
	银川	57.71	
	成都	56.56	
	乌鲁木齐	54.45	
	西宁	53.73	
	昆明	47.58	
	南宁	46.76	
	重庆	46.11	
	拉萨	44.18	
	贵阳	41.93	
	呼和浩特	39.04	
	榆林	23.72	

可见,从"常住人口的城镇化率"和"户籍人口城镇化率"这两种指标所考察和衡量的我国区域城镇化发展平衡情况的结果是一致的,即我国现阶段区域城镇化发展存在着比较突出的不平衡问题。但是,从我国区域内部常住人口城镇化率的省际极差值和我国区域之间的常住人口城镇化率的情况以及我国区域内部户籍人口城镇化率的极差值和我国区域之间的户籍人口城镇化率的情况来看,我国区域城镇化发展总体上存在着"东部地区城镇化不平衡问题突出—中部地区城镇化不平衡问题明显—西部地区城镇化不平衡问题突出"的基本格局,即我国的区域城镇化发展不平衡问题主要是"东—西"方向的不平衡问题。这与同处于发展中国家的印度不一样。虽然印度现阶段也存在着比较突出的区域城镇化发展不平衡问题,但其不平衡问题主要是"南—北"方向的不平衡问题[1]。我国现阶段区域城镇化发展存在的突出不平衡问

---

[1]　LI Jiaming, YANG Yu, FAN Jie, et al., "Comparative Research on Regional Differences in Urbanization and Spatial Evolution Ofurban Systems between China and India", *Journal of Geographical Sciences*, Vol.72(June 2017), p.998.

题是与实现共同富裕的目的和对公平正义的价值追求不相符合的,是我国现阶段经济社会发展不平衡的重要体现,也会反过来制约我国经济社会的进一步健康发展、平衡发展。因此,我们在现阶段必须高度重视区域城镇化发展存在的不平衡问题,并通过有效的政策调控来稳步提升我国区域城镇化率的同时,不断促进区域城镇化的平衡发展。

(三)区域居民收入不平衡

区域居民的收入情况是衡量区域发展状态的重要指标。一个国家和地区的经济社会发展的状况往往会通过居民的收入状况更直观地反映出来。而且,作为社会主义国家,我国的一切发展都是为了人民群众得到更多的实惠,都是为了人民群众能过上更好的生活。在某种程度上来说,地区居民的收入状况是比地区国内生产总值的状况更能体现地区发展的真实情况。这就是习近平要求在考察区域发展的状况时不能"只用国内生产总值衡量发展水平"[1]而应该用"居民的收入水平"等标准进行衡量的原因。

我们在考察区域居民的收入情况时要尽量避免对区域居民的整体情况进行考察,而是要对区域城镇居民的情况和区域农村居民的情况进行分开考察,因为整体考察往往会使"较差的情况"和"较好的情况"发生"中和"而显现不出地区的差异性,从而使所得结论与实际情况不符。从我国区域城镇居民的人均可支配收入来看,如表3-13所示,我国中部地区各省的城镇居民人均可支配收入在2020年大致处于3.4万—4.1万元的范围之内,而其地区省际城镇居民人均可支配收入的极差值达到6947.2元,因而中部地区的城镇居民收入存在明显的不平衡问题。我国东北地区城镇居民人均可支配收入在2020年最高的省份是辽宁,其达到40375.9元,而其城镇居民人均可支配收入最低的省份是黑龙江,其达到31114.7元。东北地区省际城镇居民人均可支配收

---

① 《习近平谈治国理政》第二卷,外文出版社2017年版,第81页。

入的极差值达到 9261.2 元。这些表明东北地区的城镇居民收入存在较为突出的不平衡问题。我国西部地区城镇居民人均可支配收入在 2020 年最高的省(自治区、直辖市)是内蒙古自治区,其达到 41353.1 元,而其城镇居民人均可支配收入最低的省(自治区、直辖市)是甘肃,其达到 33821.8 元。西部地区省际城镇居民人均可支配收入的极差值达到 7531.3 元。这些表明西部地区与东北地区一样,其地区的城镇居民收入存在明显的不平衡问题。我国东部地区各省(直辖市)城镇居民人均可支配收入在 2020 年从 3 万多—7 万多元的范围内的每一个"大阶梯"上都有分布,而且东部地区省际城镇居民人均可支配收入的极差值高达 39340.3 元。这些表明东部地区的城镇居民收入存在非常突出的不平衡问题。综合四大地区的城镇居民人均可支配收入的现实情况来看,我国现阶段的区域城镇居民收入存在比较突出的不平衡问题。

表 3-13　2020 年我国各省(自治区、直辖市)及各区域城镇居民收入情况对比表①

地区	省(自治区、直辖市)	城镇居民人均可支配收入(元)	地区省际城镇居民人均可支配收入的极差值(元)
东北地区	辽宁	40375.9	9261.2
	吉林	33395.7	
	黑龙江	31114.7	
东部地区	北京	75601.5	39340.3
	天津	47658.5	
	河北	37285.7	
	江苏	53101.7	
	上海	76437.3	
	浙江	62699.3	
	福建	47160.3	
	山东	43726.3	
	广东	50257.0	
	海南	37097.0	

---

①　表中数据来源于国家统计局编:《中国统计年鉴 2021》,中国统计出版社 2021 年版,第 197 页。

续表

地区	省(自治区、直辖市)	城镇居民人均可支配收入(元)	地区省际城镇居民人均可支配收入的极差值(元)
中部地区	山西	34792.7	6947.2
	安徽	39442.1	
	江西	38555.8	
	河南	34750.3	
	湖北	36705.7	
	湖南	41697.5	
西部地区	内蒙古	41353.1	7531.3
	广西	35859.3	
	重庆	40006.2	
	四川	38253.1	
	贵州	36096.2	
	云南	37499.5	
	陕西	37868.2	
	甘肃	33821.8	
	青海	35505.8	
	宁夏	35719.6	
	新疆	34838.4	
	西藏	41156.4	

从四大区域在 2016—2020 年的城镇人均可支配收入的差距变化趋势来看,如表 3-14 所示,东部地区与中部地区、东部地区与西部地区的镇居民人均可支配收入差距在 2016—2020 年大体上都在以 1000 元左右的幅度不断增长,到 2020 年的差距已经分别扩大到 14368.9 元、14479 元。东部地区与东北地区的城镇居民人均可支配收入差距在 2016—2020 年也在以较大的幅度不断增长,到 2020 年的差距已经高达 16327 元。中部地区与西部地区的城镇居民人均可支配收入的差距在 2016—2020 年总体比较小。东北地区与中部地区、东北地区与西部地区的城镇居民人均可支配收入的差距在 2016—2020 年这五年里始终都在以一定的幅度不断增长,其差距到 2020 年分别已经扩大到 1958.1 元、1848 元。可见,从总体上来看,四大区域在 2016—2020 年的城镇居民人均可支配收入的差

距变化趋势意味着我国区域城镇居民收入在现阶段存在着比较突出的不平衡问题。

表 3-14　2016—2020 年四大区域的居民人均可支配收入的差距变化情况表①

年份 区域城镇居民人均 可支配收入差距	2016	2017	2018	2019	2020
东部地区与中部地区城镇居民人均可支配收入差距(元)	10771.3	11696.0	12629.4	13537.9	14368.9
东部地区与西部地区城镇居民人均可支配收入差距(元)	11041.3	12002.9	13044.0	14104.8	14479.0
东部地区与东北地区城镇居民人均可支配收入差距(元)	10605.9	12030.3	13438.9	15015.1	16327.0
中部地区与西部地区城镇居民人均可支配收入差距(元)	269.6	306.9	414.6	566.9	110.1
东北地区与中部地区城镇居民人均可支配收入差距(元)	165.8	334.5	809.5	1477.2	1958.1
东北地区与西部地区城镇居民人均可支配收入差距(元)	435.4	27.4	394.9	910.3	1848.0

从我国区域农村居民在 2020 年的人均可支配收入来看,我国东北地区各省的农村居民人均可支配收入大都为 1.6 万—1.7 万元,其省际农村居民人均可支配收入的极差值只有 1383.3 元,因而东北地区的农村居民收入存在着不平衡问题,但其不平衡性在现阶段并不太显著。我国中部地区各省农村居民在 2020 年的人均可支配收入在 1.3 万—1.7 万元的范围内起伏明显,而且其省际农村居民人均可支配收入的极差值达到 3102.8 元。由于农村的发展本来就大大落后于城市的发展、农村居民的收入水平本来就大大落后于城镇居民的收入水平,因而各省农村居民的人均可支配收入的明显起伏以及超过 3000 元的收入极差值就意味着我国中部地区的农村居民收入在现阶段存在

---

①　表中数据来源于国家统计局编:《中国统计年鉴 2021》,中国统计出版社 2021 年版,第 182 页。

着明显的不平衡问题。我国西部地区各省(自治区、直辖市)农村居民在2020年的人均可支配收入在1万—1.7万元的范围内起伏比较明显,而且其各省(自治区、直辖市)农村居民人均可支配收入的极差值达到6222.6元,因而西部地区的农村居民收入在现阶段存在着较为突出的不平衡问题。我国东部地区农村区民在2020年的人均可支配收入在1.6万—3.4万元的范围内起伏比较剧烈,而且其各省(直辖市)农村居民人均可支配收入的极差值在2020年高达18632.5元,比西部地区城镇居民人均可支配收入的极差值高出将近3倍,比中部地区城镇居民人均可支配收入的极差值高出将近6倍,因而东部地区的农村居民收入在现阶段存在着非常突出的不平衡问题。综合四大地区的农村居民人均可支配收入的基本情况来看,我国区域农村居民收入在现阶段存在着比较突出的不平衡问题。

表3-15　2020年我国各省(自治区、直辖市)及各区域农民收入情况对比表①

地区	省(自治区、直辖市)	农村居民人均可支配收入(元)	地区省际农村居民人均可支配收入的极差值(元)
东北地区	辽宁	17450.3	1383.3
	吉林	16067.0	
	黑龙江	16168.4	
东部地区	北京	30125.7	18632.5
	天津	25690.6	
	河北	16467.0	
	江苏	24198.5	
	上海	34911.3	
	浙江	31930.5	
	福建	20880.3	
	山东	18753.2	
	广东	20143.4	
	海南	16278.8	

---

① 表中数据来源于国家统计局编:《中国统计年鉴2021》,中国统计出版社2021年版,第205页。

地区	省(自治区、直辖市)	农村居民人均可支配收入(元)	地区省际农村居民人均可支配收入的极差值(元)
中部地区	山西	13878.0	3102.8
	安徽	16620.2	
	江西	16980.8	
	河南	16107.9	
	湖北	16305.9	
	湖南	16584.6	
西部地区	内蒙古	16566.9	6222.6
	广西	14814.9	
	重庆	16361.4	
	四川	15929.1	
	贵州	11642.3	
	云南	12841.9	
	陕西	13316.5	
	甘肃	10344.3	
	青海	12342.5	
	宁夏	13889.4	
	新疆	14056.1	
	西藏	14598.4	

从四大区域在 2016—2020 年的农村人均可支配收入的差距变化趋势来看,如表 3-16 所示,东部地区与中部地区、东部地区与西部地区、东部地区与东北地区的农村居民人均可支配收入差距在 2016—2020 年始终都以 200—500 元的幅度在不断增长,到 2020 年的差距已经分别扩大到 5054.8 元、7175.2 元、4704.5 元;中部地区与西部地区、东北地区与西部地区的农村居民人均可支配收入差距在 2016—2020 年总体在以 50—100 元的幅度呈现增长态势,其差距到 2020 年已经分别达到 2102.4 元、2470.7 元。东北地区与中部地区在 2016—2020 年的农村人均可支配收入的差距比较小,到 2020 年只有 368.3 元的差距。尽管如此,从区域的整体情况来看,我国区域农村居民收入在现阶段仍然存在着比较突出的不平衡问题。

表 3-16　2016—2020 年四大区域的农村人均可支配收入的差距变化情况表①

区域农村居民人均 可支配收入差距　　年份	2016	2017	2018	2019	2020
东部地区与中部地区农村居民人均可支配收入差距(元)	3704.0	4016.3	4331.6	4698.1	5054.8
东部地区与西部地区农村居民人均可支配收入差距(元)	5579.9	5993.5	6454.3	6953.3	7175.2
东部地区与东北地区农村居民人均可支配收入差距(元)	3223.7	3706.3	4205.3	4631.9	4704.5
中部地区与西部地区农村居民人均可支配收入差距(元)	1875.9	1977.2	2122.7	2255.2	2102.4
东北地区与中部地区农村居民人均可支配收入差距(元)	480.3	310	126.3	66.2	368.3
东北地区与西部地区农村居民人均可支配收入差距(元)	2356.2	2287.2	2249.0	2321.4	2470.7

　　由此可见,四大区域各省(自治区、直辖市)城镇居民的收入情况的对比以及四大区域在 2016—2020 年的城镇居民人均可支配收入的差距变化趋势说明,我国现阶段区域城镇居民收入存在着突出的不平衡问题。四大区域各省(自治区、直辖市)农村居民的收入情况的对比以及四大区域在 2016—2020 年的农村居民人均可支配收入的差距变化趋势说明,我国现阶段区域农村居民收入存在着比较突出的不平衡问题。二者共同表明:我国现阶段区域居民收入之间整体存在着比较突出的、严重的不平衡问题。

(四)区域基本公共服务不平衡

　　鉴于前面已经对基本公共服务的内涵作过界定、对基本公共服务的主要内容作过介绍,因而这里就不再对其重复赘述。实际上,马克思虽然没有明确使用过“基本公共服务”这个术语,但他有基本公共服务的思想是确定无疑

---

　　①　表中数据来源于国家统计局编:《中国统计年鉴 2021》,中国统计出版社 2021 年版,第185 页。

的。他在《哥达纲领批判》一文中在探讨对共产主义社会里"社会总产品"的分配原则时明确指出要从其中扣除一部分"用来满足共同需要的部分,如学校、保健设施等",用来"为丧失劳动能力的人等等设立的基金"①等。共产主义社会必然能够真正实现区域基本公共服务的高度平衡化,因为共产主义社会的基本特征是"每个人的自由发展是一切人自由发展的条件"以及"各尽所能,按需分配"。但是,区域基本公共服务的高度平衡化状态并不是"一下子"就能够实现的,而是需要我们在进入共产主义社会之前为之不懈奋斗才行。中国共产党带领人民群众在相当长一段时间以来的确在为改变我国区域基本公共服务的不平衡问题而努力奋斗,并且已经在推动我国基本公共服务的平衡化方面取得了巨大成就。例如,除了新疆、贵州、四川、广西以外,我国四大区域的其他省(自治区、直辖市)的广播节目综合人口覆盖率在 2020 年都已经达到了 99% 以上。② 但受多种因素的影响,我国现阶段区域基本公共服务与城乡基本公共服务的现状一样,在许多方面都还存在着突出的不平衡问题。

以我国各区域的九年义务教育情况为例,如表 3-20 所示,在东北地区 3 个省份中,每十万人口下面的各小学平均在校学生的规模在 3317—4521 人的范围内变动,其各省的小学生师比在 11.28—14.28 的范围变动,但每十万人口下面的各初中平均在校学生的规模都是 2300 多人,其各省的初中生师比相差小于 1。可见,东北地区内部的九年义务教育中的小学教育在基本公共教育资源的配置与分布方面存在一定的不平衡现象,初中教育在基本公共教育资源的配置与分布方面是相对较为平衡的。在东部地区的 10 个省(直辖市)中,每十万人口下面的各小学平均在校学生的规模在 3546—9176 人的范围内变化比较大,其各省(直辖市)的小学生师比在 14.01—18.82 的范围内起伏比较大。而且,其每十万人口下面的各初中平均在校学生的规模在 1534—

---

① 《马克思恩格斯选集》第 3 卷,人民出版社 2012 年版,第 362 页。

② 国家统计局编:《中国统计年鉴 2021》,中国统计出版社 2021 年版,第 752 页。

4036 人的范围内变化比较大,其各省(直辖市)的初中生师比在 8.68—13.72 的范围内也起伏比较大。因此,东部地区内部的九年义务教育在基本公共教育资源的配置与分布方面存在着突出的不平衡问题。在中部地区的 6 个省份中,每十万人口下面的各小学平均在校学生的规模在 6309—10597 人的范围内变化比较大,其各省的小学生师比在 13.98—18.15 的范围内起伏比较大。而且,其每十万人口下面的各初中平均在校学生的规模在 2882—4898 人的范围内发生变化,其各省的初中生师比在 10.27—15.15 的范围内起伏比较大。可见,中部地区内部的九年义务教育在基本公共教育资源的配置与分布方面总体上存在着比较突出的不平衡问题。在西部地区的 12 个省(自治区、直辖市)中,每十万人口下面的各小学平均在校学生的规模在 5439—11019 人的范围内变化比较大,其各省(自治区、直辖市)的小学生师比在 13.13—18.48 的范围内起伏比较大。而且,其每十万人口下面的各初中平均在校学生的规模在 2605—4915 人的范围内变化比较明显,其各省(自治区、直辖市)的初中生师比在 10.76—14.83 的范围内起伏比较大。因此,西部地区内部的九年义务教育在基本公共教育资源的配置与分布方面整体也存在着比较突出的不平衡问题。按照东北地区、东部地区、中部地区、西部地区的排列顺序,四个区域每十万人口下面的各小学平均在校学生规模的省际平均值分别为 4083.68 人、6990.5 人、7853 人、8393.25 人,四个区域的省际小学生师比分别为 12.52、16.39、17.02、16.09;四个区域每十万人口下面的各初中平均在校学生规模的省际平均值分别为 2307.66 人、3070.8 人、3776 人、3771.33 人,四个区域的省际初中生师比分别为 9.79、12.09、13.13、12.68。因此,无论是从区域内部情况的比较来看还是从区域间情况的比较来看,我国现阶段在基本公共教育资源的配置与分布方面整体上存在着比较突出的不平衡问题。

表 3-17　2020 年我国各省（自治区、直辖市）及各区域小学、
初中相关教育情况对比表①

地区	省（自治区、直辖市）	每十万人口小学平均在校生数（人）	省（自治区、直辖市）小学生师比	每十万人口初中平均在校生数（人）	省（自治区、直辖市）初中生师比
东北地区	辽宁	4521	14.28	2303	10.14
	吉林	4413	11.28	2313	9.27
	黑龙江	3317	12.00	2307	9.96
东部地区	北京	4620	14.01	1534	8.68
	天津	4674	15.38	2060	11.02
	河北	9168	17.38	3972	13.72
	江苏	7197	16.79	3151	11.96
	上海	3546	14.01	1928	10.47
	浙江	6371	16.79	3151	12.29
	福建	8649	18.82	3656	13.46
	山东	7381	16.39	3701	12.24
	广东	9176	18.43	3519	13.47
	海南	9123	15.87	4036	13.63
中部地区	山西	6309	13.98	2992	10.27
	安徽	7355	17.98	3518	13.53
	江西	8708	16.77	4724	15.15
	河南	10597	17.42	4898	13.87
	湖北	6426	18.15	2882	12.65
	湖南	7723	17.81	3642	13.33

①　表中每十万人口小学平均在校生数、每十万人口初中平均在校生数来源于国家统计局编：《中国统计年鉴 2021》，中国统计出版社 2021 年版，第 703 页；省（自治区、直辖市）小学生师比的数据、省（自治区、直辖市）初中生师比的数据来源于国家统计局编：《中国统计年鉴 2021》，中国统计出版社 2021 年版，第 702 页。

续表

地区	省(自治区、直辖市)	每十万人口小学平均在校生数(人)	省(自治区、直辖市)小学生师比	每十万人口初中平均在校生数(人)	省(自治区、直辖市)初中生师比
西部地区	内蒙古	5439	13.13	2605	10.87
	广西	10225	18.00	4546	14.83
	重庆	6481	15.50	3680	13.77
	四川	6602	16.03	3341	12.81
	贵州	10965	18.48	4915	13.80
	云南	8012	16.40	3754	13.09
	陕西	7461	16.33	3014	11.55
	甘肃	7590	13.32	3302	10.76
	青海	8351	17.63	3693	13.34
	宁夏	8524	17.52	4210	14.15
	新疆	11019	16.34	4124	11.61
	西藏	10053	14.41	4072	11.55

从我国各区域的医疗卫生基本公共服务资源的分布来看,如表3-18所示,在东北地区的3个省份中,城市每千人口拥有的卫生技术人员的整数变化范围是9.16—12.81人,农村每千人口拥有的卫生技术人员的整数变化范围是3.66—6.48人;城市每千人口拥有的执业(助理)医师的整数变化范围是3.54—4.97人,农村每千人口拥有的执业(助理)医师的整数变化范围是1.57—2.71人;城市每千人口拥有的注册护士的整数变化范围是4.41—6.08人,农村每千人口拥有的注册护士的整数变化范围是1.44—2.67人。可见,从整体上看,东北地区内部的基本公共医疗卫生资源的配置与分布在现阶段存在着明显的不平衡问题。在东部地区的10个省(直辖市)中,城市每千人口拥有的卫生技术人员的整数变化范围是8.73—18.44人,农村每千人口拥有的卫生技术人员的整数变化范围是4.71—8.11人;城市每千人口拥有的执业(助理)医师的整数变化范围是3.6—7.17人,农村每千人口拥有的执业

(助理)医师的整数变化范围是 1.78—3.38 人;城市每千人口拥有的注册护士的整数变化范围是 3.73—7.89 人,农村每千人口拥有的注册护士的整数变化范围是 0.02—3.25 人。可见,东部地区内部的基本公共医疗卫生资源的配置与分布在现阶段存在着突出的不平衡问题。在中部地区的 6 个省份中,城市每千人口拥有的卫生技术人员的整数变化范围是 9.01—15.37 人,农村每千人口拥有的卫生技术人员的整数变化范围是 4.11—5.22 人;城市每千人口拥有的执业(助理)医师的整数变化范围是 3.32—5.76 人,农村每千人口拥有的执业(助理)医师的整数变化范围是 1.58—2.03 人;城市每千人口拥有的注册护士的整数变化范围是 4.44—7.36 人,农村每千人口拥有的注册护士的整数变化范围是 1.63—2.25 人。可见,从整体上看,中部地区内部的基本公共医疗卫生资源的配置与分布在现阶段与东北地区内部一样存在着明显的不平衡问题。在西部地区的 12 个省(自治区、直辖市)中,城市每千人口拥有的卫生技术人员的整数变化范围是 5.31—15.38 人,农村每千人口拥有的卫生技术人员的整数变化范围是 3.48—7.04 人;城市每千人口拥有的执业(助理)医师的整数变化范围是 2.22—5.98 人,农村每千人口拥有的执业(助理)医师的整数变化范围是 1.45—2.49 人;城市每千人口拥有的注册护士的整数变化范围是 2.02—7.49 人,农村每千人口拥有的注册护士的整数变化范围是 1.11—2.88 人。可见,从整体上看,西部地区内部的基本公共医疗卫生资源的配置与分布在现阶段与东部地区内部一样存在着突出的不平衡问题。综合上述四个地区的基本公共医疗卫生资源的配置与分布状况,我国现阶段区域之间的基本公共医疗卫生资源的配置与分布确实存在着突出的不平衡问题。

表 3-18 2020年四大区域及各省(自治区、直辖市)每千人口卫生技术人员的情况对比表①

地区	省(自治区、直辖市)	每千人口卫生技术人员(人)		每千人口执业(助理)医师(人)		每千人口注册护士(人)	
		城市	农村	城市	农村	城市	农村
东北地区	辽宁	12.81	3.66	4.97	1.57	6.08	1.44
	吉林	9.16	6.48	3.54	2.71	4.41	2.67
	黑龙江	11.15	4.62	4.23	1.95	5.30	1.59
东部地区	北京	18.44		7.17		7.89	
	天津	9.71		4.11		3.73	
	河北	8.73	5.22	3.60	2.62	3.93	1.74
	江苏	10.26	6.61	3.83	2.91	4.83	2.68
	上海	15.12		5.50		6.87	0.02
	浙江	14.24	8.11	5.43	3.38	6.34	3.25
	福建	10.83	4.85	4.14	1.82	4.97	2.03
	山东	11.18	5.77	4.37	2.43	5.23	2.32
	广东	10.86	4.71	3.98	1.78	5.03	1.97
	海南	15.28	5.09	5.53	1.88	7.62	2.25
中部地区	山西	15.37	4.53	5.76	2.02	7.36	1.69
	安徽	9.01	4.28	3.34	1.82	4.44	1.81
	江西	9.63	4.11	3.32	1.58	4.80	1.70
	河南	13.82	4.22	5.06	1.73	6.74	1.63
	湖北	10.48	5.22	3.73	2.03	5.25	2.25
	湖南	13.78	5.02	4.87	2.01	7.04	2.24
西部地区	内蒙古	13.89	5.91	5.22	2.49	6.38	2.15
	广西	9.83	4.75	3.42	1.55	4.75	1.99
	重庆	10.70	3.48	3.83	1.45	5.24	1.32
	四川	9.84	5.27	3.55	2.01	4.81	2.18
	贵州	12.18	4.86	4.31	1.61	6.05	2.12
	云南	14.93	5.98	5.20	1.96	7.49	2.74
	陕西	11.56	6.99	3.79	2.06	5.49	2.59
	甘肃	9.88	4.98	3.32	1.80	4.89	2.04
	青海	13.37	5.50	4.65	2.22	6.33	1.77
	西藏	5.31	5.02	2.22	2.07	2.02	1.11
	宁夏	11.34	5.77	4.22	2.26	5.31	2.28
	新疆	15.38	7.04	5.98	2.48	7.03	2.88

① 表中数据均来源于国家统计局编:《中国统计年鉴2021》,中国统计出版社2021年版,第712页。

再从我国区域城市每千人所拥有的医疗卫生机构床位数来看,如表 3-19 所示,在东北地区的 3 个省份中,城市每千人口所拥有的医疗卫生机构床位数在辽宁省、黑龙江省都达到了 11 张以上,而在吉林省却只有 7.32 张,其不平衡性比较明显。在东部地区的 10 个省(直辖市)中,各省(直辖市)的城市每千人口所拥有的医疗卫生机构床位数的整体变化范围在 5.79—10.77 张,其不平衡性也比较明显。在中部地区的 6 个省份中,各省的城市每千人口所拥有的医疗卫生机构床位数的整体变化范围在 8.32—13.29 张,其不平衡性比较突出。在西部地区的 12 个省(自治区、直辖市)中,各省(自治区、直辖市)城市每千人口所拥有的医疗卫生机构床位数的整体变化范围在 4.32—11.68 张,其不平衡性比中部地区更加突出。而且,东部地区各省(直辖市)的城市每千人口所拥有的医疗卫生机构床位数都没有超过 11 张,而其他三个地区各省(自治区、直辖市)的城市每千人口所拥有的医疗卫生机构床位数都有超过 11 张的情况,甚至中部地区还有各省(自治区、直辖市)的城市每千人口所拥有的医疗卫生机构床位数超过 13 张的情况。这反映出东部地区的城市每千人口所拥有的医疗卫生机构床位数与其他三个地区存在着较大差距。以上这些情况在整体上也说明我国现阶段区域之间的基本公共医疗卫生资源的配置与分布存在着突出的不平衡问题。

表 3-19　2020 年四大区域及各省(自治区、直辖市)城市每千人口
医疗卫生机构床位数对比表①

地区	省(自治区、直辖市)	城市每千人口医疗卫生机构床位(张)
东北地区	辽宁	11.68
	吉林	7.32
	黑龙江	12.13

---

①　表中的数据来源于国家统计局编:《中国统计年鉴 2021》,中国统计出版社 2021 年版,第 716 页。

续表

地区	省（自治区、直辖市）	城市每千人口医疗卫生机构床位（张）
东部地区	北京	8.50
	天津	5.79
	河北	6.63
	江苏	8.09
	上海	10.77
	浙江	9.61
	福建	7.25
	山东	8.27
	广东	6.79
	海南	10.75
中部地区	山西	11.48
	安徽	8.32
	江西	8.85
	河南	11.50
	湖北	9.04
	湖南	13.29
西部地区	内蒙古	10.64
	广西	6.82
	重庆	9.71
	四川	8.72
	贵州	10.79
	云南	10.97
	陕西	8.35
	甘肃	8.58
	青海	10.47
	宁夏	7.72
	新疆	11.68
	西藏	4.32

从我国各区域的养老基本公共服务资源的分布来看，如表 3-20 所示，在东北地区的 3 个省份中，每千老年人口养老床位数最多的吉林省达到 30 张，而每千老年人口养老床位数最少的辽宁省才达到 22.3 张，因而东北地区内部在养老资源的分布方面存在着明显的不平衡性问题。在东部地区的 10 个省

（直辖市）中，每千老年人口养老床位数最多的浙江省达到 53.2 张，而每千老年人口养老床位数最少的海南省才达到 9.9 张，因而东部地区内部在养老资源的分布方面存在着比较突出的不平衡性问题。在中部地区的 6 个省份中，每千老年人口养老床位数最多的湖北省达到 40.1 张，而每千老年人口养老床位数最少的河南省才达到 22.2 张，因而中部地区内部在养老资源的分布方面存在着比东北地区更加明显的不平衡性问题。在西部地区的 12 个省（自治区、直辖市）中，每千老年人口养老床位数最多的内蒙古自治区达到 44.2 张，而每千老年人口养老床位数最少的云南省才达到 17.3 张，因而西部地区内部在养老资源的分布方面存在着比较突出的不平衡性问题。而且，东北地区、西部地区的省际每千老年人口养老床位数的平均值比较接近，分别达到 27.03 张、27.94 张，但这与东部地区、中部地区的省际每千老年人口养老床位数的平均值差别较为明显，因为东部地区、中部地区的省际每千老年人口养老床位数的平均值分别达到了 31.39 张、31.53 张。以上这些情况表明，我国现阶段区域之间的基本公共养老资源的配置与分布总体上存在着突出的不平衡问题。

表 3-20　2020 年全国各省（自治区、直辖市）及各区域每千老年人口养老床位数对比表[1]

地区	省（自治区、直辖市）	每千老年人口养老床位数（张）	地区省际每千老年人口养老床位数平均值（张）
东北地区	辽宁	22.30	27.03
	吉林	30.00	
	黑龙江	28.80	

---

[1]　表中每千老年人口养老床位数的数据来源于国家统计局编：《中国统计年鉴 2021》，中国统计出版社 2021 年版，第 729 页；地区省际每千老年人口养老床位数平均值是根据"地区各省（自治区、直辖市）每千老年人口养老床位数之和/地区省（自治区、直辖市）的数量"计算所得。

续表

地区	省(自治区、直辖市)	每千老年人口养老床位数(张)	地区省际每千老年人口养老床位数平均值(张)
东部地区	北京	30.30	31.39
	天津	24.40	
	河北	30.30	
	江苏	40.80	
	上海	29.40	
	浙江	53.20	
	福建	36.90	
	山东	28.50	
	广东	30.20	
	海南	9.90	
中部地区	山西	24.60	31.53
	安徽	37.30	
	江西	34.50	
	河南	22.20	
	湖北	40.10	
	湖南	30.50	
西部地区	内蒙古	44.20	27.94
	广西	32.10	
	重庆	25.50	
	四川	26.40	
	贵州	27.60	
	云南	17.30	
	陕西	26.20	
	甘肃	35.00	
	青海	26.40	
	宁夏	27.90	
	新疆	27.30	
	西藏	19.40	

从我国各区域的文化基本公共服务资源的分布来看,如表3-21所示,在东北地区的3个省份中,人均拥有公共图书馆藏书量最多的是辽宁省,其数量为1.06册,而人均拥有公共图书馆藏书量最少的是黑龙江省,其数量为0.74册。而且,辽宁省每万人拥有公共图书馆建筑的面积(144.5平方米)要比黑

龙江省每万人拥有公共图书馆建筑的面积(110.2 平方米)多出 34.3 平方米。因此,东北地区内部在文化基本公共服务资源分布方面存在突出的不平衡问题。在东部地区的 10 个省(直辖市)中,人均拥有公共图书馆藏书量相对比较高的天津、上海、浙江 3 个省(直辖市)的数量分别达到 1.57 册、3.25 册、1.53 册,而人均拥有公共图书馆藏书量比较少的河北、山东、海南 3 个省的数量分别只有 0.46 册、0.69 册、0.66 册。而且,每万人拥有公共图书馆建筑面积比较大的天津、江苏、浙江 3 个省(直辖市)的数量分别达到 313.8 平方米、190.1 平方米、204 平方米,而每万人拥有公共图书馆建筑面积比较小的河北、海南两省的数量分别只有 81.4 平方米、95.6 平方米。可见,东部地区内部在文化基本公共服务资源分布方面存在着比东北地区更加突出的不平衡问题。在中部地区的 6 个省份中,人均拥有公共图书馆藏书量相差比较小,但其在整体上远低于东部地区和东北地区的人均拥有公共图书馆藏书量。而且,中部地区每万人拥有公共图书馆建筑面积具有较大的差异,其差异的变化范围在 79.5—162.6 平方米。在西部地区的 12 个省(自治区、直辖市)中,人均拥有公共图书馆藏书量相对最多的宁夏回族自治区达到 1.11 册,而人均拥有公共图书馆藏书量相对最少的贵州省只有 0.43 册。而且,每万人拥有公共图书馆建筑面积比较大的内蒙古自治区、宁夏回族自治区、青海省分别达到 182.5 平方米、194.2 平方米、188.9 平方米,而每万人拥有公共图书馆建筑面积比较小的四川、贵州、云南三省分别只有 83.4 平方米、77.9 平方米、85.9 平方米。可见,西部地区内部在文化基本公共服务资源分布方面也存在着突出的不平衡性问题。综合上述情况来看,我国现阶段区域之间的基本公共文化资源的配置与分布同样存在着突出的不平衡问题。

表 3-21　2020 年全国各省(自治区、直辖市)及各区域公共图书馆基本情况对比表①

地区	省(自治区、直辖市)	人均拥有公共图书馆藏量(册)	每万人拥有公共图书馆建筑面积(平方米)
东北地区	辽宁	1.06	144.5
	吉林	0.94	128.4
	黑龙江	0.74	110.2
东部地区	北京	1.43	136.6
	天津	1.57	313.8
	河北	0.46	81.4
	江苏	1.24	190.1
	上海	3.25	183.2
	浙江	1.53	204.0
	福建	1.11	148.3
	山东	0.69	113.0
	广东	0.93	134.5
	海南	0.66	95.6
中部地区	山西	0.62	162.6
	安徽	0.58	99.2
	江西	0.63	120.1
	河南	0.41	79.5
	湖北	0.76	126.1
	湖南	0.59	92.0
西部地区	内蒙古	0.85	182.5
	广西	0.60	98.6
	重庆	0.62	119.4
	四川	0.52	83.4
	贵州	0.43	77.9
	云南	0.50	85.9
	陕西	0.55	104.5
	甘肃	0.73	149.0
	青海	0.98	188.9
	宁夏	1.11	194.2
	新疆	0.59	139.0
	西藏	0.68	169.1

①　表中数据来源于国家统计局编:《中国统计年鉴 2021》,中国统计出版社 2021 年版,第 767 页、768 页。

　　总之，我们虽然只是考察了区域基本公共教育服务资源、区域基本公共医疗卫生服务资源、区域基本公共养老服务资源、区域基本公共文化服务资源的配置和分布情况，而且严格地说，我们只是考察了这四类基本公共服务资源中的部分子类服务资源的基本分布情况，但这已经足以说明我国现阶段在区域基本公共服务资源的配置与分布方面正面临着突出的不平衡问题。当然，我们对这四类基本公共服务资源在区域配置和分布的考察更多的是侧重于"量"考察，更多地说明了我国现阶段的区域基本公共服务资源是如何在"量"的配置与分布方面存在着突出的不平衡问题。但是，正如与城乡基本公共服务在"量"和"质"的方面都存在突出的不平衡问题一样，我国现阶段的区域基本公共服务在"质"的方面也同样存在着突出的不平衡问题。这一方面是由区域基本公共服务资源在"量"的配置和分布不平衡本身造成的，毕竟区域基本公共服务资源在"量"上分布不平衡是区域基本公共服务在"质"上分布不平衡的基础性条件。例如，处于西部地区的巴中市的公共教育、公共医疗与处于东部地区的北京市的公共教育、公共医疗在水平和质量上存在着突出的差异。这其中固然还有其他重要原因，但区域基本公共服务资源在"量"上分布的不平衡必然是导致这两个地区在公共教育、公共医疗的水平和质量上存在突出差异的重要原因。导致我国现阶段的区域基本公共服务在"质"的方面存在突出不平衡问题的另一个重要原因在于区域基本公共服务资源及其服务本身在"质"的方面存在着突出的差异。例如，居住在北京市丰台区的许多居民更愿意去海淀区的北京大学口腔医院检查或治疗牙齿类的疾病。这与丰台区的医院和海淀区北京大学口腔医院在基本公共医疗服务资源的"数量"方面的差异没有多少关系，因为这两个区的医院在基本公共医疗服务资源的"数量"方面几乎没有差异，而是与这两个地区的医院所具有的医生的医术、能力、服务态度等"质"的因素联系紧密。但是，由于受经济社会整体发展程度的制约和影响，解决区域基本公共服务在"质"的方面存在的不平衡性问题并不容易。我们只有在经济社会不断发展的基础上来逐步解决好区域基本公共服务资源及其服务在"量"和"质"的配置与分布上所存在的突出不平衡性问题。

同时,我们主要论述了区域经济发展不平衡、区域城镇化发展不平衡、区域居民收入不平衡以及区域基本公共服务不平衡这四种区域发展不平衡的主要内容和表现。但这并不是说,区域发展不平衡只有这四种内容和表现,而是坚持全面性和重点论相结合来分析区域发展不平衡问题的结果。而且,前文在分析和阐述区域经济发展不平衡、区域城镇化发展不平衡、区域居民收入不平衡以及区域基本公共服务不平衡这四类区域发展不平衡现象时更多的是从传统意义上的四大区域划分来进行的,但这并不是说我们在分析区域发展不平衡问题时只能从这四大区域入手进行分析。只要遵循了前文对"区域"的定义,我们也可以选择诸如西南地区、东北地区、东南地区与西北地区的划分区域的类别,以及长江三角洲地区、长江中游地区、长江上游地区的划分区域的类别等区域划分法来分析我国现阶段区域发展的不平衡问题,甚至我们还可以将某一个省作为研究对象,通过详细分析其内部的各个"小区域"来"以小见大"地分析我国现阶段区域发展的不平衡问题。无论选择哪一种区域划分方法来研究区域发展的不平衡问题,我们都能得出这一结论:我国现阶段的区域发展确实存在着突出的不平衡问题。

三、领域之间的发展不平衡

简而言之,这里所说的"领域"并不是指地理学上的"领土范围",也不是指从事学术研究的"学科范围",而是指对整个国家和整个社会的存在和发展具有重大影响力的关键、宏观的活动范围。例如,文化建设领域、生态文明建设领域、国防建设领域、政治建设领域、经济建设领域、党的建设领域、社会建设领域等都是这里所说的"领域"的具体内涵和表现。事实证明,这些不同的领域越是能够得到共同发展、平衡发展,一个国家就越是能够有足够的动力获得持续发展,并不断走向繁荣富强。当然,受各种因素的影响,要实现这些领域的完全平衡发展是一件难如登天的事情。因此,我们不必追求这些领域的绝对平衡发展,而是追求相对平衡发展即可。"平衡是相对的,不平衡是绝对的。"①实际上,要实现这些领域的相对平衡发展都是一件极其困难的事情,往往会花费数代领导人和人民群众的心血才能逐渐接近目标。而且,在将要实现各领域的相对平衡发展时,各种可以预见的因素或难以预见的新因素往往又会使这些领域的发展出现新的不平衡现象。执政党和人民群众又不得不花大力气应对影响领域平衡发展的那些"新短板"。鉴于各领域不平衡发展的常态性以及各领域平衡发展对整个国家和社会发展的重要性,古往今来的统治阶级和许多思想家们都关注过各领域的平衡发展问题,提出过众多关于领域平衡发展的思想。恩格斯曾经指出:"在希腊哲学的多种多样的形式中,几乎可以发现以后的所有看法的胚胎、萌芽。"②同样,关于领域平衡发展的思想在西方也可以追溯到古希腊。例如,柏拉图就认为,整个国家的各领域就像人的身体的各个部位一样,只有各领域都发展好了,整个国家才能发展好。他因此指出:"当国家最像一个人的时候,它就是管理得最好的国家。"③后来德国古典哲学家们逐渐形成了较为系统但充满唯心主义色彩的领域平衡发展思想,例如,黑格尔主张整个社会的自然基础领域、意识形态领域以及政治国家领域都必须协调发展,"如果所有部分不趋于同一,如果其中一部分闹独立,全部必致崩溃"④。我国古代同样具有关于整个社会各领域实现平衡发展的丰富思想。例如,战国时期的孟子就主张政治领域、经济领域一定要与文化领域相互协调、平衡发展。他因此强调:"城郭不完,兵甲不多,非国之灾也;田野不辟,货财不聚,非国之害也。上无礼,下无学,贼民兴,丧无日矣。"⑤应该

---

① 《十八大以来重要文献选编》(下),中央文献出版社 2018 年版,第 161 页。
② 《马克思恩格斯文集》第 9 卷,人民出版社 2009 年版,第 439 页。
③ [古希腊]柏拉图:《理想国》,郭斌和、张竹明译,商务印书馆 1986 年版,第 279 页。
④ [德]黑格尔:《法哲学原理》,范扬、张企泰译,商务印书馆 2009 年版,第 305 页。
⑤ 《十三经注疏》整理委员会整理:《十三经注疏·孟子注疏》,北京大学出版社 1999 年版,第 186 页。

说，无论是西方的古希腊思想家、德国古典哲学家还是我国古代的众多思想家，没有谁在论述各领域平衡发展的思想上有马克思、恩格斯所阐述的那样科学和深刻。马克思、恩格斯不仅对整个国家所涉及的领域作出了比较科学的划分，即将整个国家明确划分为经济生产领域、政治生活领域、社会生活领域、文化生活领域以及自然环境领域，而且还科学地揭示了这些不同领域发展的绝对不平衡性。他们认为经济生产领域是基础性领域，是对其他领域起决定性作用的领域。"物质生活的生产方式制约着整个社会生活、政治生活和精神生活的过程。"①政治生活领域、文化生活领域等上层建筑的变化受经济生产领域发展的制约，也不如经济生产领域发展得那样快。"随着经济基础的变更，全部庞大的上层建筑也或慢或快地发生变革。"②此外，马克思、恩格斯还深刻地批判了资本主义国家只顾经济生产领域的发展，而不够关心政治生活领域、社会生活领域、文化生活领域以及自然环境领域的相对平衡发展，给经济社会生态等各方面的状况和人民群众的生活造成了极大的危害。他们还认为，只有共产主义社会才能使各领域的平衡发展达到很高的程度。

应该说，中国共产党在我国社会主义制度确立以来的相当长一段时间内是采取各领域非平衡发展的战略，即集中力量进行经济建设。但是，中国共产党也在重视各领域的相对平衡发展。例如，毛泽东在20世纪50年代中期根据当时的发展条件提出的调整"重工业、轻工业、农业的关系"，调整"经济建设与国防建设的关系"，调整"国家、生产单位和生产者个人的关系"③等思想，都反映了党在经济建设领域、国防建设领域以及社会建设领域之间进行平衡发展的努力。改革开放以来，中国特色社会主义事业的布局从"物质文明建设和精神文明建设两手抓"到"三位一体"总体布局，再由"三位一体"总体布局逐步发展到"五位一体"总体布局、"经济建设与国防建设融合

---

① 《马克思恩格斯选集》第2卷，人民出版社2012年版，第2页。
② 《马克思恩格斯全集》第31卷，人民出版社1998年版，第413页。
③ 《毛泽东文集》第七卷，人民出版社1999年版，第24—28页。

发展"等都体现了党对我国各领域的平衡发展越来越重视,对我国各领域平衡发展的要求越来越高,并且在推动我国各领域的平衡发展方面取得了显著的进展。但由于我国历史上在各领域的平衡发展方面所积累问题的严重性以及在发展过程中不断产生诸多新问题,我国各领域之间的发展在现阶段仍然存在着突出的不平衡问题。这其中尤其以经济建设与文化建设不平衡、经济建设与社会建设不平衡以及经济建设与生态文明建设不平衡表现得最为突出。

（一）文化建设与经济建设不平衡

这里的"文化建设"是指与经济建设相对应的狭义的文化建设,即通常所说的通过各种途径推动文学艺术、伦理道德、审美意识、价值观念等方面的发展与进步。众所周知,经济建设和文化建设是中国共产党在改革开放以来最早明确要求实现平衡发展的两个领域。这两个领域在改革开放40多年里也的确都取得了巨大的发展成就。我国人民群众现阶段的物质需要和文化需要在总体上均已经能够得以基本满足。但是,文化建设领域所取得的成就远没有经济建设领域所取得的成就那样瞩目和耀眼。经济建设与文化建设之间在现阶段仍然存在着突出的不平衡现象。首先,文化建设领域所取得成果的显著度远不如经济建设领域所取得成果的显著度高。经济建设与文化建设属于两个不同的领域,因而我们当然不能将这两个领域的发展成果进行直接比较。但是,我们却可以比较这两个领域所取得成果的显著度。我国现阶段在经济领域所取得成果的显著度是非常高的,例如"世界第二大经济体""世界贸易总额第一",以及人民群众物质生活面貌的极大改善等都是其高显著度的体现。但文化建设成果的显著度并不太高。以文艺创造为例,习近平曾经对文艺创作中存在的突出问题进行过调查,其得出的结论为:"浮躁"[1]是现阶段文

---

[1]　《十八大以来重要文献选编》(中),中央文献出版社2016年版,第124页。

艺创作中所存在的最普遍、最突出的问题。普遍存在的浮躁之风使文艺创作者难以静下来沉淀出独特的艺术才华,也难以使文艺作品成为传世精品。现阶段的文艺家不少,但文艺大师却很少;有"高原"的文艺作品不少,但有"高峰"的文艺作品却极少。提起最有名的小说家和小说,人们记住的往往是金庸、莫言及其作品。很少有现阶段的主流文学作品能够产生"轰动效应"。相反,那些不入流的玄幻小说、修仙小说反而往往能在人群中引起"轰动"。其次,人民群众在文化、物质方面的可选择性存在着巨大的差异。在物质方面,食物"顿顿不同、餐餐各异"以及衣服"每天换一种款式"对大多数城市居民来说已不是难事。大多数农村居民在食物和衣着等物质方面也越来越呈现出多元化、个性化的追求样态。在文化方面,根据长春师范大学刘红教授的研究发现,农村公共文化服务供给存在着内容陈旧、形式单一等问题,看电视、跳广场舞是农村居民现阶段最主要的文化活动形式。[1] 这实际上与青岛大学的调研团队在 10 年前通过对山东省 6 个城市的农村居民开展实地调研所得出的结论是一致的,即选择在家看电视的山东农村居民高达 60.7%[2]。农村居民在文化方面如此单调的选择与其多样化、个性化的物质选择形成了鲜明的对比。文化建设不能只是在文化硬件设施的投入上着力,还更应该在培养当地的文化氛围和艺术表演队伍以及多元化文化呈现等方面的投入上着力。许多居民在形容改革开放以来的生活变化时常常将"衣食无忧"挂在嘴边,但很少有居民会说"文化丰富"。这也在一定程度上反映了我国文化建设与经济建设在现阶段存在着突出的不平衡问题。正因为如此,习近平在多次强调协调发展、平衡发展时都将"物质文明和精神文明"[3]的协调和平衡发展作为其重要内容。西方的一些学者诸如马克斯·韦伯、弗朗索瓦·佩鲁等都将文化看成是

---

① 刘红:《乡村振兴背景下农村公共文化服务体系建设研究》,《社会科学战线》2022 年第 3 期。

② 秦毅:《文化建设别忘了"软投人"》,《中国文化报》2012 年 1 月 12 日。

③ 《十八大以来重要文献选编》(下),中央文献出版社 2018 年版,第 335 页。

经济建设的决定性力量①。这种看法虽然不正确,但反映出了文化建设对经济建设的巨大反作用。文化建设与经济建设存在一定的不平衡性显然是正常现象,但如果文化建设与经济建设长期存在着突出的不平衡问题,那发展滞后的文化建设必然会反过来对经济建设造成不良影响,甚至在一定条件下会成为经济建设的最大制约因素。因此,我们现阶段必须重视文化建设和经济建设之间存在的突出不平衡问题,并通过改革来不断推动文化建设与经济建设走向相对平衡发展。

(二)社会建设与经济建设不平衡

尽管党的十七大才正式明确将"社会建设"纳入到中国特色社会主义事业的总布局之中,但中国共产党在成为执政党后始终都在为社会建设与经济建设的平衡发展而努力奋斗。社会建设的重要性是不言而喻的,其直接关系到人民群众从出生到老死的各个阶段、各个方面的民生资源和民生服务的获得和享受状况。应该说,中国共产党在将"社会建设"明确纳入到中国特色社会主义事业总体布局之中时,我国的经济建设与社会建设就已经存在着突出的不平衡问题。有人将经济建设与社会建设的不平衡形象地比喻成"一个腿长、一个腿短"②。学者陆学艺更是认为我国的社会建设与经济建设之间的差距在 15 年③。改革开放以来特别是党的十七大以来,我国的社会建设随着经济的不断发展取得了巨大的成就。仅以脱贫事业为例,我国从 2012—2021 年"脱贫攻坚战取得了全面胜利,现行标准下 9899 万农村贫困人口全部脱贫,

---

　　① 德国的马克斯·韦伯将西方工业化和经济的快速发展归功于基督教新教伦理,参见[德]马克斯·韦伯:《新教伦理与资本主义精神》,阎克文译,上海人民出版社 2018 年版,第 378 页;法国的弗朗索瓦·佩鲁认为文化价值在经济发展中起根本性作用,参见[法]弗朗索瓦·佩鲁:《新发展观》,张宁、丰子义译,华夏出版社 1987 年版,第 15 页。

　　② 《十七大以来重要文献选编》(下),中央文献出版社 2013 年版,第 469 页。

　　③ 陆学艺:《我国社会建设比经济建设差了 15 年——陆学艺谈社会建设》,《人民论坛》2009 年第 19 期。

832 个贫困县全部摘帽,12.8 万个贫困村全部出列,区域性整体贫困得到解决,完成了消除绝对贫困的艰巨任务,创造了又一个彪炳史册的人间奇迹"①。但是,我国现阶段社会建设与经济建设仍然存在着突出的不平衡问题。例如,全国在 2021 年有 1.72 亿左右的外出农民工②,其中的相当大一部分农民工在城市并没有真正享受到和城市居民基本一样的公共服务,甚至在其就医、子女读书、就业等方面还与城市居民存在着巨大的差异。这与我国现阶段存在的城乡二元户籍制度有关,但更深层的原因在于我国现阶段城市基本公共服务资源还不充分,还不能为更多的人提供充足的基本公共服务,也还不能完全适应现阶段我国城市经济发展的需要。例如,每年新毕业的几百万在特大城市工作的大学生和研究生在住房方面所面临的问题比较严重,其房租负担往往非常沉重。特别是刚毕业的大学生,其工资往往只够房租开支。这也反映出我国现阶段的社会建设还比较滞后。例如,在教育方面,根据国家统计局国际统计信息中心主任提供的数据显示,我国人民的预期受教育年限在现阶段才达到 13.9 年③,但如表 3-22 所示,这不仅落后于俄罗斯的 15 年,还落后于哈萨克斯坦、古巴、泰国、巴西这些发展中国家的预期受教育年限。更重要的是,我国人民的平均受教育年限在 2019 年才达到 8.1 年,等于才达到初中水平。这同样远远低于古巴、马来西亚、哈萨克斯坦等发展中国家平均受教育的年限。较低的平均受教育年限在某种程度上说明我国现阶段的教育发展仍然存在滞后的情况。

---

① 习近平:《在全国脱贫攻坚总结表彰大会上的讲话》,《人民日报》2021 年 2 月 26 日。
② 国家统计局:《中华人民共和国 2021 年国民经济和社会发展统计公报》,《人民日报》2022 年 3 月 1 日。
③ 张军:《从民生指标国际比较看全面建成小康社会成就》,《人民日报》2020 年 8 月 7 日。

表 3-22　2019 年世界部分国家和地区人类发展指数情况对比表①

HDI 排序	国家和地区	人类发展指数（HDI）	出生时预期寿命（年）	预期受教育年限（年）	平均受教育年限（年）	人均 GNI
极高人类发展水平（Very High HD）						
1	挪威	0.957	82.4	18.1	12.9	66494
2	爱尔兰	0.955	82.3	18.7	12.7	68371
2	瑞士	0.955	83.8	16.3	13.4	69394
4	中国香港	0.949	84.9	16.9	12.3	62985
13	英国	0.932	81.3	17.5	13.2	46071
17	美国	0.926	78.9	16.3	13.4	63826
19	日本	0.919	84.6	15.2	12.9	42932
23	韩国	0.916	83.0	16.5	12.2	43044
26	法国	0.901	82.7	15.6	11.5	47173
35	波兰	0.880	78.7	16.3	12.5	31623
43	智利	0.851	80.2	16.4	10.6	23261
46	阿根廷	0.845	76.2	17.7	10.9	21190
51	哈萨克斯坦	0.825	73.6	15.6	11.9	22857
52	俄罗斯	0.824	72.6	15.0	12.2	26157
62	马来西亚	0.810	76.2	13.7	10.4	27534
高人类发展水平（High HD）						
70	古巴	0.783	78.8	14.3	11.8	8621
70	伊朗	0.783	76.7	14.8	10.3	12447
72	斯里兰卡	0.782	77.0	14.1	10.6	12707
74	墨西哥	0.779	75.1	14.8	8.8	19160
79	秘鲁	0.777	76.7	15.0	9.7	12252
79	泰国	0.777	77.2	15.0	7.9	17781
83	亚美尼亚	0.776	75.1	13.1	11.3	13894
84	巴西	0.765	75.9	15.4	8.0	14263
85	中国	0.761	76.9	14.0	8.1	16057
95	突尼斯	0.740	76.9	15.1	7.2	10414
106	乌兹别克斯坦	0.720	71.7	12.1	11.8	7142

---

①　《人类发展指数报告 2020》，见 https://hdr.undp.org/data-center/country-insights#/ranks。

续表

HDI 排序	国家和地区	人类发展指数（HDI）	出生时预期寿命（年）	预期受教育年限（年）	平均受教育年限（年）	人均 GNI
中等人类发展水平（Medium HD）						
120	吉尔吉斯斯坦	0.697	71.5	13.0	11.1	4864
131	印度	0.645	69.7	12.2	6.5	6681
137	老挝	0.613	67.9	11.0	5.3	7413
144	柬埔寨	0.594	69.8	11.5	5.0	4246
146	赞比亚	0.584	63.9	11.5	7.2	3326
150	津巴布韦	0.571	61.5	11.0	8.5	2666
154	巴基斯坦	0.557	67.3	8.3	5.2	5005
低人类发展水平（Low HD）						
161	尼日利亚	0.539	54.7	10.0	6.7	4910
163	坦桑尼亚	0.529	65.5	8.1	6.1	2600
164	马达加斯加	0.528	67.0	10.2	6.1	1956
169	阿富汗	0.511	64.8	10.2	3.9	2229
173	埃塞俄比亚	0.485	66.6	8.8	2.9	2207
185	南苏丹	0.433	57.9	5.3	4.8	2003
188	中非共和国	0.397	53.3	7.6	4.3	993

　　尽管我国人民的预期寿命在过去几十年里已经获得了极大提升，在现阶段已经达到了76.9岁，但如表3-22所示，我国人民的预期寿命在现阶段既落后于大多数发达国家，也还明显落后于智利、波兰、古巴等发展中国家。人民的预期寿命与国家的社会建设联系紧密，特别是与国家的医疗服务密切相关。因此，这在某种程度上说明我国现阶段优质的医疗资源和服务仍然不能满足人民的需要。实际上，像北京、上海这些医疗资源和服务比较优质的特大城市，几乎每天都有很多人通宵在医院门口排队，即便如此，也时常有不少人在医院上班时仍然挂不上号。如表3-22所示，我国的人类发展指数（HDI）在过去几十年里也已经取得极大进步，在2019年达到0.761，在世界排名达到第85位，但这还只是一个中等偏上的名次，同样比古巴、泰国等发展中国家排名靠后。人类发展指数是一个国家生活质量的体现，也是一个国家社会发展水

平的体现。排名靠后的人类发展指数也说明我国现阶段的社会建设仍然滞后,仍然存在着许多问题,仍然与经济建设存在着突出的不平衡问题。正因为如此,习近平在新时代多次强调我国现阶段发展的不平衡在于"经济与社会"①等方面,并且明确要求:"着力补齐民生短板,破解民生难题,兜牢民生底线,办好就业、教育、社保、医疗、养老、托幼、住房等民生实事,提高公共服务可及性和均等化水平。"②

(三)生态文明建设与经济建设不平衡

在过去处于"落后的社会生产"状态下的相当长一段时间里,全国上下对生态文明建设在整体上不够重视,实际上大量存在着为发展经济而牺牲生态环境的行为。中国共产党明确将"生态文明建设"纳入到中国特色社会主义事业总布局之中的时间是党的十八大。我国当时的生态环境状况已经是处于"资源约束趋紧、环境污染严重、生态系统退化的严峻形势"③,即生态文明建设与经济建设存在着严重的不平衡问题。党的十八大以来,以习近平同志为核心的党中央推进我国生态文明建设的力度不断加大,使"全党全国贯彻绿色发展理念的自觉性和主动性显著增强","生态环境治理明显加强,环境状态得到改善"④。而且,经过从思想、法律、体制、组织、作风上全面发力,"我国生态环境保护发生历史性、转折性、全局性变化"⑤。但是,由于我国过去所积累的生态环境问题的严重性以及人民群众的环保观念和环保行为的养成需要一定的时间,因而我国现阶段的生态环境状态虽然得到改善,却没有得到根本

---

① 《习近平关于全面建成小康社会论述摘编》,中央文献出版社 2016 年版,第 39 页。
② 习近平:《坚定不移走高质量发展之路　坚定不移增进民生福祉》,《人民日报》2021 年 3 月 8 日。
③ 《胡锦涛文选》第三卷,人民出版社 2016 年版,第 644 页。
④ 《十九大以来重要文献选编》(上),中央文献出版社 2019 年版,第 4 页。
⑤ 《中共中央关于党的百年奋斗重大成就和历史经验的决议》,《人民日报》2021 年 11 月 17 日。

改善。我国的"生态环境保护任重道远"①,即我国现阶段的生态文明建设与经济建设仍然存在着突出的不平衡问题。首先,生态文明建设与经济建设之间的突出不平衡性表现在我国现阶段的生态环境问题仍然比较严重。以我国部分环保重点城市的空气质量为例,如表 3-23 所示,像北京、天津这样的城市在现阶段都已经使二氧化硫的浓度、二氧化氮的浓度、可吸入颗粒物的浓度、细颗粒物的浓度等得以大幅度降低,在空气质量达到二级以及好于二级的天数都已经超过 200 天,但我国还有诸如像石家庄、太原、临汾、淄博、安阳等一大批城市在二氧化硫、二氧化氮、可吸入颗粒物、细颗粒物这四类污染物的某些类或全部类中的浓度还处于较高的位置。而且,像石家庄、邯郸、保定、太原、郑州、安阳、焦作、咸阳等城市在空气质量达到二级以及好于二级的天数均不到全年一半的天数,甚至临汾的空气质量达到二级以及好于二级的天数只有 138 天。可见,尽管我国现阶段的生态环境问题在总体上已经得到明显改善,但这些问题在许多地方仍然还比较严重。而且,这些生态环境问题的出现大都还是与经济建设领域的发展方式、发展结构等密切相关。

表 3-23　2018 年我国部分环保重点城市空气质量情况对比表②

城市	二氧化硫年平均浓度（μg/m³）	二氧化氮年平均浓度（μg/m³）	可吸入颗粒物（PM₁₀）年平均浓度（μg/m³）	一氧化氮日平均浓度（μg/m³）	细颗粒物（PM₂.₅）年平均浓度（μg/m³）	空气质量达到及好于二级的天数（天）
北京	6	42	78	1.7	51	227
天津	12	47	82	1.9	52	207
石家庄	23	50	131	2.6	72	151
邯郸	22	43	133	2.8	69	161
保定	21	47	114	2.4	67	159

① 《十九大以来重要文献选编》(上),中央文献出版社 2019 年版,第 7 页。
② 表中的数据来源于国家统计局编:《中国统计年鉴 2019》,中国统计出版社 2019 年版,第 245—247 页。

续表

城市	二氧化硫年平均浓度（μg/m³）	二氧化氮年平均浓度（μg/m³）	可吸入颗粒物（PM₁₀）年平均浓度（μg/m³）	一氧化氮日平均浓度（μg/m³）	细颗粒物（PM₂.₅）年平均浓度（μg/m³）	空气质量达到及好于二级的天数（天）
太原	29	52	135	1.9	59	170
临汾	46	40	117	3.6	69	138
济南	18	46	111	1.8	55	188
淄博	27	43	105	2.3	57	182
枣庄	20	35	117	1.4	59	182
郑州	15	50	106	1.8	63	168
洛阳	19	43	104	2.1	59	181
安阳	22	44	123	2.9	74	160
焦作	18	41	116	2.6	67	168
西安	15	55	111	2.2	61	187
咸阳	16	50	121	2.1	69	157
渭南	13	51	120	1.9	59	178
开封	17	36	105	1.9	64	182
平顶山	18	38	101	1.7	65	187

其次，生态文明建设与经济建设之间的突出不平衡性还集中表现在我国现阶段各区域的绿色发展水平的差异性上。如表3-24所示，东北地区绿色发展测算值最高的吉林省还不到4.6，而吉林省和辽宁省绿色发展测算值均处于3.8以下。东部地区除北京市、河北省、福建省、江苏省、山东省以外，其他各省的绿色发展测算值仍然不够高。中部地区所有省份的绿色发展测算值整体偏低。西部地区除了内蒙古以外，其他各省（自治区、直辖市）的绿色发展测算值也整体偏低。从绿色发展的省际平均值来看，东部地区最高，超过5.2，而东北地区、中部地区、西部地区均偏低。其中，中部地区绿色发展的省际平均值还不到4.3，而东北地区和西部地区绿色发展的省际平均值均处于4以下。从总体上来看，我国绿色发展测算值还不高，生态文明建设和经济建设在现阶段的平衡发展水平还不高。鉴于此，习近平多次强调："生态文明建设

就是突出短板"①,"必须全力做好补齐短板这篇大文章,着力提高发展的协调性和平衡性"②。

表 3-24　2014—2018 年我国各区域绿色发展测算结果③

地区	省(自治区、直辖市)	绿色发展测算值	绿色发展省际平均值
东北地区	辽宁	3.6440	3.9887
	吉林	4.5468	
	黑龙江	3.7754	
东部地区	北京	8.6185	5.2434
	天津	4.8208	
	河北	5.7821	
	江苏	5.4942	
	上海	4.4821	
	浙江	4.5859	
	福建	4.9312	
	山东	5.0583	
	广东	4.4093	
	海南	4.2516	
中部地区	山西	3.8751	4.2640
	安徽	4.5270	
	江西	4.1526	
	河南	4.1022	
	湖北	4.1389	
	湖南	4.4880	

---

① 《习近平谈治国理政》第二卷,外文出版社 2017 年版,第 79 页。

② 《十八大以来重要文献选编》(中),中央文献出版社 2016 年版,第 831 页。

③ 杜志高等人以新发展理念为指导,以熵权法评价模型为基础,利用空间相关性分析法和面板数据模型来研究各地区经济高质量发展水平的空间差异性,并绘制了表格《各地区 2014—2018 年经济高质量发展水平评价体系子系统测算结果》,由于西藏的相关数据有缺失,因而并没有将西藏的数据纳入其中。本书在引用和参考其表格数据时,根据需要只是选择了其中关于"绿色发展测算值"的数据,并在对数据进行区域划分的基础上绘制了表格《2014—2018 年我国各区域绿色发展测算结果》。其相关数据参见杜志高、陈启充、郭晨晖:《中国经济高质量发展水平测度及时空驱动因素研究——基于 30 省级行政区 2014—2018 年数据》,《西部经济管理论坛》2022 年第 1 期。

续表

地区	省(自治区、直辖市)	绿色发展测算值	绿色发展省际平均值
西部地区	内蒙古	5.4507	3.8281
	广西	3.4846	
	重庆	4.7750	
	四川	3.7443	
	贵州	3.6083	
	云南	3.3554	
	陕西	4.8858	
	甘肃	3.1599	
	青海	3.4179	
	宁夏	3.8384	
	新疆	2.3893	

总之,文化建设与经济建设、社会建设与经济建设、生态文明建设与经济建设之间的发展在现阶段存在着突出的不平衡问题。但是,这并不意味着我国现阶段只在这三对关系方面存在着不平衡发展的问题。实际上,我国现阶段在经济建设领域、生态文明建设领域、国防建设领域、文化建设领域、政治建设领域以及社会建设领域等还存在着诸多不平衡发展的现象,甚至还存在着多个领域之间彼此发展不平衡的问题。只不过,这些领域之间的不平衡问题在现阶段都没有文化建设与经济建设、社会建设与经济建设、生态文明建设与经济建设之间存在的不平衡问题那样突出。因此,我们既要花大力气解决文化发展建设与经济建设、社会建设与经济建设、生态文明建设与经济建设之间存在的不平衡问题,又要注意解决其他领域内部、其他领域之间存在的发展不平衡问题。

四、产业结构发展不平衡

一般而言,产业结构是指各种产业在国民经济中所占的比重以及各种产业内部的构成情况。根据当今国际通行的标准,产业结构主要被分为农业(第一产业)、工业和建筑业(第二产业)以及服务业(第三产业)。合理、平衡的产业结构极其重要,既关乎一国经济是否具有持续发展的后劲和动力问题,也关乎人民群众的收入分配是否合理的问题。产业结构的合理、平衡状况是直接反映一国经济发展水平高低的关键因素。正是鉴于产业结构在经济发展中的重要性,古往今来的众多经济学家和思想家都将产业结构作为其重点关注和探讨的对象。阐述产业结构问题的思想家最早可以追溯到古希腊时期。例如,古希腊的思想家色诺芬不仅认为商业、手工业和农业都是应该存在的行业,而且认为农业是国民经济中最基础的行业。"农业是其他技艺的母亲和保姆,因为农业繁荣的时候,其他一切技艺也都兴旺。"①后来的古典政治经济学家威廉·配第、亚当·斯密等人对产业结构又进行了更深入的认识。威廉·配第在考察农民、船员等不同群体的收入情况后,发现了商业的收入要高于工业的收入、工业的收入又要高于农业的收入②的"配第定理"③。亚当·斯密认为分工对于形成独立的产业,进而形成产业结构具有重要作用,其名言就是"将注意力集中于单一事物更有助于人们找到实现目标的方法"④。马克思在充分继承前人经济思想的基础上,尽管也没有明确使用"产业结构"这一术语,但其阐述了深刻、丰富、系统的产业结构理论。例如,他在《资本论》等著作中不仅将产业结构分为生产资料生产部类和生活资料生产部类,而且发现了分工特别是资本在产业结构形成中的决定性作用。资本"涌入那些由旧生产部门的发展而引起需要的新兴生产部门"⑤。不仅如此,他还认为已经形成的产业结构不是一成不变的,而是会随着技术的革新、人类需要的变化而不断调整和演变。后来,英国的经济学家科林·克拉克在继承前人产业思想特别是威廉·配第的产业思想的基础上,首次明确将产业结构分为农业(第一

---

① [古希腊]色诺芬:《经济论:雅典的收入》,张伯健、陆大年译,商务印书馆1961年版,第18页。

② [英]威廉·配第:《政治算术》,陈东野译,商务印书馆1978年版,第77页。

③ Randall, J. E., Ironside, R. G., eds." Communities on the edge: an economic geography ofresource-dependent communities in Canada",*The Canadian Geographer*,Vol.40(March,1996) ,p.21.

④ [英]亚当·斯密:《国民财富的性质和原因的研究》,郭大力、王亚南译,商务印书馆1972年版,第10页。

⑤ 《马克思恩格斯全集》第44卷,人民出版社2001年版,第729页。

产业）、工业（第二产业）以及服务业（第三产业），并提出了生产要素会随着各产业收入的变化从农业流向工业、服务业的"配第—克拉克定理"①。应该说，科林·克拉克关于三大产业的划分标准为世界各国奠定了考察和分析产业结构的基本框架，其至今仍然是国际通用的产业划分标准。后来的西方学者们在产业结构方面提出的产业组织理论、产业政策理论、产业系统理论等也大都是沿着三大产业分析框架在进行讨论。

回顾历史不难发现，中国共产党和政府在新中国成立以后始终都将产业结构的调整作为经济建设的重要主题。在新中国成立之初，我国的第一产业、第二产业、第三产业的比重是 68∶13∶19，其明显属于农业占主导地位的落后、畸形的产业结构。经过三年的经济恢复和调整，我国三大产业的比重在 1952 年变为 58∶23∶19②，其工业的比重获得明显的提升。在 1958 年，我国三大产业的比重变为 34.1∶37∶28.9③，其农业的比重虽然依然较高，但工业、服务业的比重却有较大幅度的提升。但是，我国三大产业的比重在 1963 年又变为 40.3∶33∶26.6④，其农业的比重出现明显的上升，而工业和服务业的比重出现了明显的下降。之后一直到 1977 年，我国服务业的比重和农业的比重在总体上均处于不断下降的趋势，而工业的比重在总体上处于快速上升的趋势。例如，我国三大产业的比重在 1977 年变为 29.4∶47.1∶23.4⑤。在 1958—1977 年这段时间里，我国的产业结构是极其不合理、不平衡的，其突出的特征是农业和工业的比重过高，而服务业的比重严重过低，是一种在重工业优先发展状态下的"畸形"产业结构⑥。改革开放以来特

---

①　Randall ，J.E.，Ironside，R.G.，eds. "Communities on the edge：an economic geography ofresource-dependent communities in Canada"，*The Canadian Geographer*，Vol.40（March，1996），p.25.

②　郭旭红、武力：《新中国产业结构演变述论（1949—2016）》，《中国经济史研究》2018 年第 1 期。

③　国家统计局编：《中国统计年鉴 2000》，中国统计出版社 2000 年版，第 54 页。

④　国家统计局编：《中国统计年鉴 2001》，中国统计出版社 2001 年版，第 50 页。

⑤　国家统计局编：《中国统计年鉴 1999》，中国统计出版社 1999 年版，第 56 页。

⑥　郭旭红、武力：《新中国产业结构演变述论（1949—2016）》，《中国经济史研究》2018 年第 1 期。

别是新世纪以来,中国共产党和政府越来越注重经济社会各领域各方面的科学发展和协调发展,我国三大产业的结构已经发生了历史性的变化。如表3-25所示,我国农业的比重自2000年以来总体上处于不断下降的趋势,到2017年已经首次低于8%,之后几年里始终在7.1%—7.7%的范围内浮动。更重要的是,我国服务业的比重在2013年首次超过了工业的比重,并且在2015年以后始终超过了50%,到2021年已经达到53.3%。这些变化表明中国共产党和政府在优化产业结构方面作出了许多富有成效的努力,也表明我国的产业结构在过去存在的严重不合理、不平衡的状态已经得以改变。但是,这并不是说我国现阶段的产业结构就没有问题,就已经合理、平衡了。实际上,我国现阶段的产业结构仍然面临着突出的不合理、不平衡问题,只不过其不合理、不平衡的程度已经远没有我国在改革开放以前那样大。我国现阶段在产业结构方面所面临的突出不合理、不平衡问题既表现在各产业之间,也表现在各产业内部。

表3-25 2000—2021年我国三大产业的比重变化情况对比表①

年份	第一产业比重(%)	第二产业比重(%)	第三产业比重(%)
2000	14.7	45.5	39.8
2001	14.0	44.8	41.2
2002	13.3	44.5	42.2

---

① 表中2000—2016年三大产业的比重数据来源于国家统计局编:《中国统计年鉴2017》,中国统计出版社2017年版,第58页;2017年三大产业的比重数据来源于国家统计局:《中华人民共和国2017年国民经济和社会发展统计公报》,《人民日报》2018年3月1日;2018年三大产业的比重数据来源于国家统计局:《中华人民共和国2018年国民经济和社会发展统计公报》,《人民日报》2019年3月1日;2019年三大产业的比重数据来源于国家统计局:《中华人民共和国2019年国民经济和社会发展统计公报》,《人民日报》2020年2月28日;2020年三大产业的比重数据来源于国家统计局:《中华人民共和国2020年国民经济和社会发展统计公报》,《人民日报》2021年3月1日;2021年三大产业的比重数据来源于国家统计局:《中华人民共和国2021年国民经济和社会发展统计公报》,《人民日报》2022年3月1日。

续表

年份	第一产业比重(%)	第二产业比重(%)	第三产业比重(%)
2003	12.3	45.6	42.0
2004	12.9	45.9	41.2
2005	11.6	47.0	41.3
2006	10.6	47.6	41.8
2007	10.3	46.9	42.9
2008	10.3	46.9	42.8
2009	9.8	45.9	44.3
2010	9.5	46.4	44.1
2011	9.4	46.4	44.2
2012	9.4	45.3	45.3
2013	9.3	44.0	46.7
2014	9.1	43.1	47.8
2015	8.8	40.9	50.2
2016	8.6	39.9	51.6
2017	7.9	40.5	51.6
2018	7.2	40.7	52.2
2019	7.1	39.0	53.9
2020	7.7	37.8	54.5
2021	7.3	39.4	53.3

（一）各产业之间发展不合理、不平衡

我们一定要摒弃一种并不正确的认识,即认为只要第三产业的比重超过第一产业、第二产业所占的比重,或者只要第三产业的比重达到或稍微超过了50%就意味着我国的产业结构已经很合理、很平衡了,就意味着我国的经济已经很发达了。合理、平衡的产业结构并不是三大产业之间"谁的比例简单地超过谁"的问题,而是根据国际通行的做法以及被众多发达国家的实践所证明的结论,第一产业的比重要足够低、第二产业的比重要在20%左右以及第三产业的比重要达到70%以上。换句话说,产业结构的合理、平衡绝不是三大产业的比重的均衡化,也不是服务业的比重与农业的比重特别是与工业的比重之间具有相对的差异,而是服务业的比重要与农业的比重特别是工业的比重之间达到绝对的差距或优势。在三大产业之间的关系中,第三产业与其他两大产业之间的差距和优势越大,则反而说明产业结构越合理、越平衡。作为西方发达国家的代表,美国的产业结构在几十年前就已经比较合理、比较平衡。如表3-26所示,美国在2000—2021年这22年间的第一产业比重始终在1%左右的极低值徘徊,其第二产业的比重始终控制在20%左右,而其第三产业的比重总体上在高位呈现出轻微浮动之势,到现阶段已经将近80%。如果将表3-25、表3-26对照起来看,我们就会发现我国的产业结构与美国这种比较合理、比较平衡的产业结构之间的巨大差距。我国第一产业的比重在新世纪以来虽然呈现出不断下降的趋势,到目前更是已经降到了8%以下,但与美国第一产业的比重相比,其在现阶段还是一个比较大的比重;我国第二产业的比重在新世纪以来总体呈现出缓慢下降的趋势,到目前已经降低到40%左右,但仍然是美国第二产业比重的1倍以上;我国第三产业的比重在新世纪以来呈现出不断上涨的趋势,但目前与美国第三产业的比重尚有高达将近25%的差距。

表 3-26　2000—2021 年美国三大产业的比重对比表①

年份	第一产业比重（%）	第二产业比重（%）	第三产业比重（%）
2000	0.96	22.44	76.60
2001	0.94	21.42	77.63
2002	0.87	20.60	78.53
2003	1.01	20.72	78.27
2004	1.16	20.99	77.84
2005	0.98	21.28	77.74
2006	0.93	21.69	77.38
2007	0.98	21.54	77.48

①　2000 年美国三大产业的比重数据来源于朱之鑫编：《国际统计年鉴 2002》，中国统计出版社 2002 年版，第 60 页；2001 年美国三大产业的比重数据来源于国家统计局编：《国际统计年鉴 2003》，中国统计出版社 2003 年版，第 65 页；2002 年美国三大产业的比重数据来源于国家统计局编：《国际统计年鉴 2004》，中国统计出版社 2004 年版，第 61 页；2003 年美国三大产业的比重数据来源于国家统计局编：《国际统计年鉴 2005》，中国统计出版社 2005 年版，第 65 页；2004 年美国三大产业的比重数据来源于国家统计局编：《国际统计年鉴 2006/2007》，中国统计出版社 2007 年版，第 67 页；2005—2006 年美国三大产业的比重数据来源于国家统计局编：《国际统计年鉴 2008》，中国统计出版社 2008 年版，第 59 页；2007 年美国三大产业的比重数据来源于国家统计局编：《国际统计年鉴 2009》，中国统计出版社 2009 年版，第 40 页；2008 年美国三大产业的比重数据来源于国家统计局编：《国际统计年鉴 2010》，中国统计出版社 2010 年版，第 40 页；2009 年美国三大产业的比重数据来源于国家统计局编：《国际统计年鉴 2011》，中国统计出版社 2011 年版，第 46 页；2010 年美国三大产业的比重数据来源于国家统计局编：《国际统计年鉴 2012》，中国统计出版社 2012 年版，第 44 页；2010—2011 年美国三大产业的比重数据来源于国家统计局编：《国际统计年鉴 2013》，中国统计出版社 2013 年版，第 48 页；2012 年美国三大产业的比重数据来源于 2013 年美国三大产业的比重数据来源于国家统计局编：《国际统计年鉴 2014》，中国统计出版社 2014 年版，第 48 页；2013—2014 年美国三大产业的比重数据来源于国家统计局编：《国际统计年鉴 2015》，中国统计出版社 2015 年版，第 44 页；2015 年美国三大产业的比重数据来源于国家统计局编：《国际统计年鉴 2016》，中国统计出版社 2016 年版，第 42 页；2016 年美国三大产业的比重数据来源于国家统计局编：《国际统计年鉴 2017》，中国统计出版社 2017 年版，第 42 页；2017 年美国三大产业的比重数据来源于国家统计局编：《国际统计年鉴 2018》，中国统计出版社 2018 年版，第 42 页；2018 年美国三大产业的比重数据来源于国家统计局编：《国际统计年鉴 2019》，中国统计出版社 2019 年版，第 42 页；2019 年美国三大产业的比重数据来源于国家统计局编：《国际统计年鉴 2020》，中国统计出版社 2020 年版，第 42 页。

续表

年份	第一产业比重(%)	第二产业比重(%)	第三产业比重(%)
2008	1.05	21.10	77.85
2009	0.96	19.73	79.31
2010	1.07	19.85	79.08
2011	1.27	20.13	78.59
2012	1.15	20.06	78.79
2013	1.35	20.14	78.51
2014	1.24	20.15	78.60
2015	1.09	19.38	79.53
2016	1.10	20.00	78.90
2017	1.00	18.90	77.00
2018	0.90	18.20	77.40
2019	0.90	18.20	77.40

而且,如表3-27所示,我国第一产业在2020年的增加值已经是美国第一产业在2020年增加值的6.02倍,我国第二产业在2020年的增加值已经是美国第二产业在2020年增加值的1.46倍,而我国第三产业在2020年的增加值却只是美国第三产业在2020年增加值的将近50%。这也反映出我国三大产业的比重与美国三大产业的比重之间存在的巨大差距。我们公认美国的产业结构是比较合理、比较平衡的,那我国三大产业的比重在现阶段与美国三大产业的比重所存在的巨大差距,就意味着我国的产业结构在现阶段仍然存在着突出的不合理、不平衡问题。

表 3-27　2020 年中美三大产业增加值情况对比表①

类别	中国		美国		中国是美国的倍数
	总额（亿美元）	占比（%）	总额（亿美元）	占比（%）	
国内生产总值	147227	100	209366	100	0.70
第一产业	11336.5	7.7	1884.3	0.9	6.02
第二产业	55651.8	37.8	38104.6	18.2	1.46
第三产业	80238.7	54.5	161839.9	77.3	0.50

　　或许有人会说，美国早就是发达国家，因而将我国的产业结构情况与美国的产业结构情况进行对比并不能说明我国现阶段的产业结构所面临的不合理、不平衡问题（实际上恰好相反）。那我们就选择与我国的发展水平大致处于同一阶梯的巴西这一发展中国家的产业结构作为比较对象。如表 3-28 所示，巴西第一产业的比重在 2003—2019 年这 17 年内总体上在较低位上呈现出不断下降的趋势，到现阶段已经降低到 4.4%左右；巴西第二产业的比重也在较低位上呈现出不断下降的趋势，到现阶段已经降低到 17.9%，比美国第二产业的比重还低；巴西第三产业的比重在较高位置上处于不断增长的趋势，到 2016 年已经达到 73%左右。尽管巴西第三产业的比重在 2017 年以来由于各种原因呈现明显下降的趋势，但其现阶段仍然高达 63%左右。巴西的产业结构在总体上也处于相对合理、相对平衡的状态。将表 3-25、表 3-28 对照起来看，我国现阶段第一产业的比重、第二产业的比重以及第三产业的比重都与巴西三大产业的比重存在着突出的差距，特别是在第二产业和第三产业的比重上分别与巴西相差将近 22%、10%。同样，我们公认巴西的产业结构是相对

①　中国、美国的国内生产总值的数据来源于国家统计局编：《中国统计年鉴 2021》，中国统计出版社 2021 年版，第 934 页；中国、美国三大产业的比重数据来源于国家统计局编：《中国统计年鉴 2021》，中国统计出版社 2021 年版，第 936 页。其中，美国三大产业的比重数据是 2019 年的数据；中国、美国三大产业在 2020 年的新增总额根据"2020 年的国内生产总值×产业比重"所得；中国国内生产总值是美国国内生产总值的倍数是根据"中国国内生产总值/美国国内生产总值"计算所得，而中国三大产业新值是美国三大产业新值的倍数是根据"中国三大产业新增总额/美国三大产业新增总额"计算所得。

合理、相对平衡的,那我国三大产业的比重在现阶段与巴西三大产业的比重所存在的显著差距,就意味着我国的产业结构在现阶段仍然存在着突出的不合理、不平衡问题。实际上,我国现阶段三大产业的比重不仅与巴西存在着较大的差距,还与菲律宾(三大产业的比重为 10.2:28.4:61.4)、斯里兰卡(三大产业的比重为 8.4:26.2:59.7)、哈萨克斯坦(三大产业的比重为 5.3:33.1:55.8)、墨西哥(三大产业的比重为 3.9:29.6:60)、俄罗斯(三大产业的比重为 3.7:30:56.3)①等发展中国家的三大产业比重在某种程度上还存在着明显的差距。这些都更加表明我国现阶段的产业结构仍然存在着突出的不合理、不平衡问题。

表 3-28   2003—2019 年巴西三大产业的比重对比表②

年份	第一产业比重(%)	第二产业比重(%)	第三产业比重(%)
2003	7.39	27.85	64.77
2004	6.91	30.11	62.97
2005	5.71	29.27	65.02
2006	5.48	28.75	65.76
2007	5.56	27.81	66.63
2008	5.91	27.90	66.18
2009	5.63	26.83	67.54
2010	5.30	28.07	66.63
2011	5.46	27.53	67.01

---

① 文中所列的关于菲律宾、斯里兰卡、哈萨克斯坦、墨西哥、俄罗斯三大产业比重的数据都是这些国家在 2016 年的数据。这些数据均来源于国家统计局编:《中国统计年鉴 2017》,中国统计出版社 2017 年版,第 934 页。

② 表中 2003—2012 年的数据均来源于吴国平、王飞:《浅析巴西崛起及其国际战略选择》,《拉丁美洲研究》2015 年第 1 期;2013 年的数据来源于国家统计局编:《中国统计年鉴 2015》,中国统计出版社 2015 年版,第 966 页;2014 年三大产业比重的数据缺失;2015 年的数据来源于国家统计局编:《中国统计年鉴 2016》,中国统计出版社 2016 年版,第 950 页;2016 年的数据来源于国家统计局编:《中国统计年鉴 2017》,中国统计出版社 2017 年版,第 934 页;2017 年的数据来源于国家统计局编:《中国统计年鉴 2018》,中国统计出版社 2018 年版,第 935 页;2018 年的数据来源于国家统计局编:《中国统计年鉴 2019》,中国统计出版社 2019 年版,第 936 页;2019 年的数据来源于国家统计局编:《中国统计年鉴 2020》,中国统计出版社 2020 年版,第 935 页。

续表

年份	第一产业比重（%）	第二产业比重（%）	第三产业比重（%）
2012	5.62	28.24	66.14
2013	5.6	24.40	70.00
2014			
2015	5.2	22.70	72.10
2016	5.5	21.20	73.30
2017	4.6	18.50	63.1
2018	4.4	18.40	62.6
2019	4.4	17.90	63.3

实际上，国际上还常用另一种指标来衡量一国产业结构的合理、平衡程度，即通过考察一国的就业结构来衡量一国的产业结构状况。换句话说，如果在三大产业中的就业比重与三大产业的比重本身在总体上趋向一致的话，那就说明一国的产业结构是处于比较合理、平衡的状态。如表3-29所示，作为发达国家的代表，美国三大产业的比重在2020年前后是0.9∶18.2∶77.3，而其三大产业中的就业比重为1.3∶19.8∶78.9。显然，美国现阶段三大产业中的就业比重与三大产业本身的比重存在着比较高的一致性。同样，日本（1.2∶29.1∶69.3与3.4∶24.3∶72.3）、澳大利亚（1.9∶25.7∶66与2.6∶19.8∶77.6）、法国（1.7∶16.3∶71与2.4∶20.1∶77.5）、英国（0.6∶16.9∶72.8与1∶17.9∶81.8）、德国（0.7∶26.2∶63.6与1.2∶27∶71.7）等发达国家的三大产业中的就业比重与三大产业本身的比重也存在着比较高的一致性。这些说明一部分发达国家的产业结构在现阶段是处于比较合理、比价平衡的状态。在众多发展中国家中，俄罗斯（3.7∶30∶56.3与5.8∶26.7∶67.6）、巴西（5.9∶17.7∶62.9与9.2∶19.8∶71）、哈萨克斯坦（5.3∶33.1∶55.8与15.8∶20.5∶63.7）及墨西哥（3.9∶29.6∶60与12.6∶26.1∶61.2）等国的三大产业中的就业比重与三大产业本身的比重也存在着相对较高的一致性。这些表明一部分发展中国家的产业结构在现阶段也是处于相对合理、相对平衡的状态。我国的三大产业中的

就业比重在2020年前后为25.4:28.2:46.4,而我国三大产业的比重是7.7:
37.8:54.5。可见,与广大发达国家以及部分发展中国家相比,我国现阶段的
三大产业中的就业比重与三大产业本身的比重之间存在着较大的差异性。特
别是农业中的就业比重与农业本身的比重之间存在着非常突出的差距,其不
仅反映了我国广大农村的以乡镇企业为代表的工业还不够壮大,还不能吸纳
较多的农民就业,而且反映了我国广大农村和乡镇的服务行业同样不够壮大,
也还不能吸纳较多的农民就业。我国的农业在大多数地方还是传统农业,还
没有升级到现代农业。农业与"迅速推进的工业化、城镇化相比仍然滞后,成
为现代化建设突出的'短板'"①。工业中的就业比重与工业本身的比重以及
服务业中的就业比重与服务业本身的比重都存在明显的差异,这在很大程度
上还是说明我国的工业比重和服务业比重之间存在着突出的不合理、不平衡
问题,因为如果我国现阶段服务业本身的比重再提高一个大档次,例如提高到
65%,那在工业中就业的人群会有相当一部分转移到服务业中就业。因此,从
三大产业中的就业比重与三大产业本身的比重之间的关系来看,我国现阶段
的产业结构仍然存在着突出的不合理、不平衡问题。

表3-29 2020年前后世界部分国家三大产业的比重和三大产业中的就业比重对比表②

（单位:%）

国家	三大产业的比重			三大产业中的就业比重		
	第一产业的比重	第二产业的比重	第三产业的比重	第一产业中的就业比重	第二产业中的就业比重	第三产业中的就业比重
韩国	1.8	32.8	57.0	4.9	25.1	70.0
日本	1.2	29.1	69.3	3.4	24.3	72.3
法国	1.7	16.3	71.0	2.4	20.1	77.5
澳大利亚	1.9	25.7	66.0	2.6	19.8	77.6

---

① 《十八大以来重要文献选编》(中),中央文献出版社2016年版,第259页。
② 2020年前后世界部分三大产业的比重数据、三大产业中的就业比重的数据分别来源于
国家统计局编:《中国统计年鉴2021》,中国统计出版社2021年版,第936、932页。

国家	三大产业的比重			三大产业中的就业比重		
	第一产业的比重	第二产业的比重	第三产业的比重	第一产业中的就业比重	第二产业中的就业比重	第三产业中的就业比重
美国	0.9	18.2	77.3	1.3	19.8	78.9
德国	0.7	26.2	63.6	1.2	27.0	71.7
英国	0.6	16.9	72.8	1.0	17.9	81.8
菲律宾	10.2	28.4	61.4	23.4	19.4	57.2
斯里兰卡	8.4	26.2	59.7	24.5	29.7	45.8
中国	7.7	37.8	54.5	25.4	28.2	46.4
埃及	11.5	31.8	51.7	23.8	27.7	48.5
土耳其	6.6	27.8	54.6	18.4	26.3	55.3
哈萨克斯坦	5.3	33.1	55.8	15.2	20.5	63.7
墨西哥	3.9	29.6	60.0	12.6	26.1	61.2
马来西亚	8.2	35.9	54.8	10.4	27.0	62.6
波兰	2.4	28.2	57.5	9.2	31.9	58.5
巴西	5.9	17.7	62.9	9.2	19.9	71.0
俄罗斯	3.7	30.0	56.3	5.8	26.7	67.6

总之,无论是将我国的产业结构情况与美国等发达国家的产业结构情况进行对比,还是将我国的产业结构情况与巴西、菲律宾等发展中国家的产业结构情况进行对比,亦或是将我国三大产业中的就业比重与三大产业本身的比重之间的关系同发达国家或部分发展中国家的相关情况进行对比,无一不说明突出的不合理、不平衡性是我国现阶段产业结构发展所呈现出的基本特征,也是我国现阶段产业结构发展所面临的基本问题。

(二)产业内部的结构不合理、不平衡

产业结构不合理、不平衡不仅涉及各产业之间的结构存在不合理、不平衡的问题,还涉及各产业内部存在不合理、不平衡的问题,因为各产业内部同样拥有比较复杂的"部件"和"秩序"。某些"部件"发展得过快或过慢、过量或不足以及某些重要的部分出现"失序"现象等都可能导致各产业内部的结构

出现不合理、不平衡的问题,甚至会影响各产业之间的结构和运转。从这个意义上说,要实现产业结构的合理化、平衡化就必须首先解决好各产业内部的不合理、不平衡问题,即首先促使各产业内部的结构实现合理化、平衡化。"当前发展中总量问题与结构性问题并存,结构性问题更加突出"①。对产业结构而言,我国现阶段不仅在各产业之间的结构方面存在着突出的不平衡、不合理问题,而且在各产业内部的结构方面同样存在着突出的不合理、不平衡问题。

在农业方面,我国粮食的库存量已经连续十几年出现了不断增长的态势。到 2014 年,我国粮食的库存量已经达到 2.23 亿吨。其中,玉米的库存量在当时占到 45%,小麦的库存量在当时占到 33.2%,大米的库存量在当时占到 21.4%。② 国际上广泛认同联合国粮农组织所规定的粮食库存量标准,即国家粮食的安全贮备水平是 17%—18%。③ 作为最主要的几种粮食,大米、水稻、玉米的库存量在像我国这样的人口超级大国里可以适当高于联合国粮农组织所规定的水平而达到 30%。④ 显然,小麦、玉米的库存量在 2014 年就已经超出了 30% 的标准,特别是玉米的库存量严重超标。这也就是我们党和政府连续多年在有关调整农业结构的文件或讲话中都明确要求"适当调减玉米的种植面积"⑤的原因。如表 3-30 所示,我国的玉米种植面积在 2015 年处于最高峰,达到 44968 千公顷,之后处于不断下降的态势,到 2020 年下降到 41264 千公顷,但仍然明显高于 2012 年以前的种植面积。而且,从产量来看,如表 3-31 所示,我国玉米的产量在 2020 年(26066.5 万吨)的确比 2019 年(26077.9 万吨)少了 10 多万吨,但其在 2020 年的产量(26066.5 万吨)仍然明显高于 2014 年(24976.4 万吨)的产量。也就是说,我国现阶段玉米的种植面积和实际需求之间仍然存在着明显的不合理、不平衡问题。

---

① 《十八大以来重要文献选编》(下),中央文献出版社 2018 年版,第 264 页。
② 王小虎、程广燕等:《未来农产品供求调控重点与思路途径》,《农业经济问题》2018 年第 8 期。
③ 马晓河:《国家储备粮不是越多越安全》,《农村工作通讯》2017 年第 11 期。
④ 马晓河:《国家储备粮不是越多越安全》,《农村工作通讯》2017 年第 11 期。
⑤ 《十八大以来重要文献选编》(下),中央文献出版社 2018 年版,第 273 页。

表 3-30　2008—2020 年我国部分农作物的播种面积对比表①

（单位：千公顷）

年份 农产品 种类	2008	2009	2010	2011	2012	2013	2014	2015	2016	2017	2018	2019	2020
稻谷	29350	29793	30097	30338	30476	30710	30765	30784	30746	30747	30189	29694	30076
小麦	23715	24442	24459	24507	24551	24440	24443	24567	24666	24478	24266	23728	23380
玉米	30981	32948	34977	36767	39109	41299	42997	44968	44178	42399	42130	41284	41264
豆类	11988	11785	11053	10367	9405	8893	8824	8433	9287	10051	10186	11075	11593
薯类	8057	8088	8021	7998	7821	7727	7544	7305	7241	7173	7180	7142	7210
花生	4362	4281	4374	4336	4401	4396	4370	4386	4448	4608	4620	4633	4731
油菜籽	6838	7170	7316	7192	7187	7193	7158	7028	6623	6653	6551	6583	6765
棉花	5278	4485	4366	4524	4360	4162	4176	3775	3198	3195	3354	3339	3169
甘蔗	1709	1643	1624	1644	1696	1704	1638	1476	1402	1371	1406	1391	1353

① 数据来源于国家统计局编：《中国统计年鉴 2021》，中国统计出版社 2021 年版，第 395—397 页。

表 3-31　2012 年以来我国部分农产品的产量情况对比表①

（单位：万吨）

年份／农产品种类	2013	2014	2015	2016	2017	2018	2019	2020
稻谷	20628.6	20960.9	21214.2	21109.4	21267.6	21212.9	20961.4	21186.0
小麦	12363.9	12823.5	13255.5	13318.8	13424.1	13144.0	13359.6	13425.4
玉米	24845.3	24976.4	26499.2	26361.3	25907.1	25717.4	26077.9	26066.5
豆类	1542.4	1564.5	1512.5	1650.7	1841.6	1920.3	2131.9	2287.5
薯类	2855.4	2798.8	2729.3	2726.3	2798.6	2865.4	2882.7	2987.4
花生	1608.2	1590.1	1596.1	1636.1	1709.2	1733.2	1752.0	1799.3
油菜籽	1352.3	1391.4	1385.9	1312.8	1327.4	1328.1	1348.5	1404.9
芝麻	43.8	43.7	45.0	35.2	36.6	43.1	46.7	45.7
棉花	628.2	629.9	590.7	534.3	565.3	610.3	588.9	591.0
甘蔗	11926.4	11578.8	10706.4	10321.5	10440.4	10809.7	10938.8	10812.1

其次，根据我国人口占世界近 1/5 的状态所决定的我国关于农产品方面的进口安全线，在于进口量占全球贸易量不能超过 20%。② 如果农产品的进口量超过全球贸易量的 20% 就意味着这种农产品是具有潜在的贸易风险品。但我国的大豆进口量在 2021 年达到了 9651 万吨，占全球大豆总出口量高达 59.68%，占国内大豆总消费量高达 82.77%③，其远远超出了 20% 的进口安全线。如表 3-30 所示，我国的豆类种植面积在 2015 年以来的确增长较快，但其在 2020 年的种植面积（11593 千公顷）也仍然明显低于其在 2008 年的种植面积（11988 千公顷）。而且，如表 3-31 所示，我国的豆类产量在 2020 年（2287.5 万吨）比 2019 年（2131.9 万吨）高出了 155 多万吨，但其在 2020 年的

---

① 数据来源于国家统计局编：《中国统计年鉴 2021》，中国统计出版社 2021 年版，第 399—400 页。

② 王小虎、程广燕等：《未来农产品供求调控重点与思路途径》，《农业经济问题》2018 年第 8 期。

③ 徐向梅：《加快推进大豆产业振兴》，《经济日报》2022 年 3 月 28 日。

进口量却增长到了 10031 万吨①。可见,我国现阶段大豆的种植面积、产量和实际需求之间存在着非常突出的不合理、不平衡问题。有鉴于此,2019 年等年份的"中央 1 号文件"明确要求:"实施大豆振兴计划,多途径扩大种植面积。"②我国的油菜籽进口量占全球贸易量在 2015 年就已经高达 31.09%,也已经大幅度超出了 20% 的进口安全线。但如表 3-30、表 3-31 所示,我国的油菜籽播种面积自 2009 年以来却在总体上处于下滑的趋势,在 2020 年只达到 6765 千公顷,还没有恢复到 2013 年以前的播种面积。而其产量尽管在 2020 年已经达到 1404.9 万吨,但也只比 2014 年产量 1391.4 万吨多出 13.5 万吨。2019 年等年份的"中央 1 号文件"明确要求"支持长江流域油菜生产,推进新品种新技术示范推广和全程机械化"③。这也反映了我国现阶段油菜的种植面积、油菜籽的产量和实际需求之间存在着非常突出的不合理、不平衡问题。同样,我国的食糖、棉花的进口量占全球食糖、棉花贸易量在 2015 年就已经将近 20%④。但如表 3-30、表 3-31 所示,我国的甘蔗、棉花的种植面积自 2008 年以来在总体上处于下降的趋势,到 2020 年的播种面积分别只有 1353 千公顷和 3169 千公顷,而甘蔗、棉花的产量自 2012 年以来在总体上也处于不断下降的趋势,其产量在 2020 年分别只有 10812.1 万吨和 591 万吨。这同样说明我国现阶段甘蔗和棉花的种植面积及其产量和实际需求之间存在着突出的不合理、不平衡问题,等等。在传统的种植业内部,我国现阶段的生产状态明显呈现出"有的种类量过多而有的种类量过少"的特征,其结构性失衡现象比较突出。党和政府对此有非常清醒的认识,在 2019 年的"中央 1 号文件"中明

①　国家统计局编:《中国统计年鉴 2021》,中国统计出版社 2021 年版,第 361 页。

②　《中共中央、国务院关于坚持农业农村优先发展做好"三农"工作的若干意见》,《中华人民共和国国务院公报》2019 年第 7 期。

③　《中共中央、国务院关于坚持农业农村优先发展做好"三农"工作的若干意见》,《中华人民共和国国务院公报》2019 年第 7 期。

④　王小虎、程广燕等:《未来农产品供求调控重点与思路途径》,《农业经济问题》2018 年第 8 期。

确要求"合理调整粮经饲结构"①,在 2021 年的"中央 1 号文件"中明确要求
"深入推进农业结构调整"②。除此之外,我国农业中的种植业、林业、畜牧业、
副业、渔业之间实际上也存在着明显的结构性不合理、不平衡问题。例如,我
国大多数地区的农民目前发展的仍然是传统的种植业,其特色的副业养殖以
及特色农产品加工副业都很少。与种植业相比,我国现阶段的畜牧业发展也
明显滞后,其各种肉制品、奶制品在现阶段的进口量越来越大就是证明。党和
政府在 2019 年的"中央 1 号文件"中强调"实施奶业振兴行动,加强优质奶源
基地建设"③,将有助于改变畜牧业发展滞后的现象。

　　在工业方面,我国现阶段同样存在着突出的结构不合理、不平衡的问题。
从工业的产能利用情况来看,我国的能源、冶金、化工等重化工业从新世纪以
来到金融危机爆发以前始终都在以 20% 左右④的速度高速增长(远超同期
GDP 的增长速度),其在为我国经济的快速发展作出重要贡献的同时,也导致
我国现阶段的经济发展面临着比较严重的产能过剩问题。中国共产党和政府
近年来在解决产能过剩问题方面取得了突出成绩,例如在 2013—2017 年退出
钢铁产能超过 1.7 亿吨,退出煤炭产能 8 亿吨等。⑤ 但是,从总体上来看,我
国现阶段的产能过剩问题还没有得到完全解决。⑥ 如图 3-4 所示,我国的工
业产能利用率在 2015—2016 年始终都低于 75%,甚至最低的时候才达到
72.9%。根据国际通行的标准,一国的工业产能利用率低于 79% 就属于产能

---

① 《中共中央、国务院关于坚持农业农村优先发展做好"三农"工作的若干意见》,《中华人
民共和国国务院公报》2019 年第 7 期。

② 《中共中央、国务院关于全面推进乡村振兴加快农业农村现代化的意见》,《中华人民共
和国国务院公报》2021 年第 7 期。

③ 《中共中央、国务院关于坚持农业农村优先发展做好"三农"工作的若干意见》,《中华人
民共和国国务院公报》2019 年第 7 期。

④ 中国社会科学院工业经济研究所编:《中国工业发展报告 2018——改革开放 40 年》,经
济管理出版社 2018 年版,第 46 页。

⑤ 《十九大以来重要文献选编》(上),中央文献出版社 2019 年版,第 306 页。

⑥ 中国社会科学院工业经济研究所编:《中国工业发展报告 2018——改革开放 40 年》,经
济管理出版社 2018 年版,第 46 页。

过剩,而低于 75% 就属于产能严重过剩。① 因此,我国的工业产能利用率在 2015—2016 年前后属于产能严重过剩。我国的工业产能利用率在 2019 年以来除了个别季度受新冠疫情等因素的影响出现较大波动外,总体上处于 76%—78% 的区间内浮动,但这表明我国工业在现阶段仍然还处于明显的产能过剩状态。

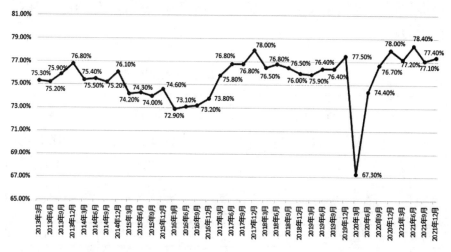

图 3-4　2013—2021 年我国工业产能利用率(季度)变化图

再从我国工业的具体行业来看,如表 3-32 所示,除了石油和天然气开采业、化学纤维制造业、通用设备制造业、有色金属冶炼和压延加工业的产能利用率在 2022 年第一季度超过了 79% 以外,其他行业的产能利用率在 2022 年第一季度均低于 79%,而煤炭开采和洗选业、食品制造业、医药制造业、非金属矿物制品业、汽车制造业等行业的产能利用率在 2022 年第一季度甚至还低于 75%。从工业的具体行业来看,我国工业在现阶段也确实还存在着明显的产能过剩现象。更为重要的是,除了传统产业面临明显的产能过剩状况外,我国的新兴产业受重复建设、地方政府不恰当的市场干预等

---

① 参见邹蕴涵:《我国产能过剩现状及去产能政策建议》,2016 年 12 月 23 日,见 http://www.sic.gov.cn/News/455/7349.htm。

因素的影响,在现阶段也时常面临明显的产能过剩问题。① 根据中国社会科学院工业经济研究所的研究结果显示,最近十余年来,"我国很多新兴产业和部分产业链环节,例如光伏、风电、新能源汽车、动力电池,甚至包括中低端的机器人、新材料都出现产能过剩现象"②。产能利用情况是衡量产业结构的重要指标。因此,我国现阶段在传统产业和新兴产业均呈现出明显的产能过剩情况,表明我国的产业结构确实存在着突出的不合理、不平衡问题。

表 3-32　2022 年一季度工业产能利用率(%)

行　业	产能利用率(%)	比上年同期增减(百分点)
工业	75.8	-1.4
采矿业	77.0	1.7
制造业	75.9	-1.7
电力、热力、燃气及水生产和供应业	73.8	-0.7
煤炭开采和洗选业	74.9	2.4
石油和天然气开采业	92.4	2.4
食品制造业	71.6	-2.6
纺织业	78.2	-0.1
化学原料和化学制品制造业	77.9	1.0
医药制造业	74.6	-2.3
化学纤维制造业	84.2	-2.9
非金属矿物制品业	65.8	-0.7
黑色金属冶炼和压延加工业	77.0	-4.7
有色金属冶炼和压延加工业	79.0	-1.3

---

① 中国社会科学院工业经济研究所编:《中国工业发展报告 2018——改革开放 40 年》,经济管理出版社 2018 年版,第 46 页。

② 中国社会科学院工业经济研究所编:《中国工业发展报告 2021——建党百年与中国工业》,经济管理出版社 2021 年版,第 56 页。

续表

行　业	产能利用率（%）	比上年同期 增减（百分点）
通用设备制造业	79.2	-0.8
专用设备制造业	77.8	-4.7
汽车制造业	72.1	-6.4
电气机械和器材制造业	77.3	-3.8
计算机、通信和其他电子设备制造业	77.0	-2.3

　　我国工业结构不合理、不平衡的另一种表现在于工业中的一些子类产业在现阶段呈现出比较单一的发展态势，即与其他产业的联系不紧密或者在其他产业中的应用明显不足。例如，氢能是世界公认的热值高、导热好、单位体积能量密度低、燃烧不产生环境有害物的清洁能源，其在20世纪70年代以来逐渐被很多国家和地区广泛研究和开发。我国在新世纪以来充分顺应世界大势，先后颁布《国家中长期科学和技术发展规划纲要（2006—2000年）》《节能与新能源汽车产业发展规划（2012—2020年）》《能源发展战略行动（2014—2020年）》等与氢能产业密切相关的国家层面和诸多地方层面的文件，极大地促进了我国氢能产业的发展。但是，我国氢能产业与其他产业的"联结"形式比较单一。如表3-33所示，从我国发展氢能的主要省份制定的发展目标来看，燃料电池汽车及其产业链是各地发展氢能的主要甚至唯一选择。这种将氢能局限于电池汽车领域的做法，不仅造成氢能应用前景较为狭窄的局面，而且造成各地产业出现突出的同质化现象。因此，氢能产业只与电池汽车产业相关联的状态，本身就是我国工业结构不合理、不平衡的具体体现，也不利于我国工业结构不合理、不平衡状态的有效改善。

表 3-33 我国 14 个省份氢能产业发展目标①

省份	规划年份	产业规模	企业数量	燃料电车产量	推广/应用燃料电池车	加氢站（累计）	燃料电池发动机产能
北京	2023年	500亿元(京津冀)	5—8家龙头企业	/	3000辆	37座	/
北京	2025年	1000亿元(京津冀)	10—15家龙头企业	/	10000辆	72座	/
山东	2022年	200亿元	100家相关企业	5000辆	3000辆	30座	20000台
山东	2025年	1000亿元	10家知名企业	20000辆	10000辆	100座	50000台
山东	2030年	3000亿元	一批知名企业	50000辆	50000辆	200座	100000台
河北	2022年	150亿元	/	/	2500辆	20座	/
河北	2025年	500亿元	10—15家领头企业	/	10000辆	50座	/
河北	2030年	2000亿元	5—10家龙头企业	/	20000辆	100座	/
河南	2023年	/	30家相关企业	/	3000辆	50座	/
河南	2025年	/	/	/	5000辆	80座	/
重庆	2022年	/	6家相关企业	/	800辆	10座	/
重庆	2025年	/	15家相关企业	/	1500辆	15座	/
天津	2022年	150亿元	2—3家龙头企业	/	1000辆	10座	/
天津	2025年	初具规模	25家领先企业	/	6000辆	60座	/
四川	2022年	100亿元	/	1000辆	1000辆	30座	10000台
浙江	2023年	1000亿元(燃料电池车)	/	/	10000辆	30座	/
上海	2025年	/	/	/	10000辆	70座	/

① 数据来源于中国社会科学院工业经济研究所编:《中国工业发展报告 2021——建党百年与中国工业》，经济管理出版社 2021 年版，第 537—538 页。

续表

省份	规划年份	产业规模	企业数量	燃料电车产量	推广/应用燃料电池车	加氢站（累计）	燃料电池发动机产能
江苏	2021 年	500 亿元	1—2 家龙头企业	2000 辆	/	20 座	/
	2025 年	/	/	10000 辆	/	50 座	/
广东	2022 年	/	/	/	燃料电池车示范运行	300 座	/
	2023 年	400 亿元	3—5 家龙头企业	/	3830 辆	60 座	/
内蒙古	2025 年	1000 亿元（燃料电池汽车）	10—15 家龙头企业	/	10000 辆	90 座	/
宁夏	2025 年	/	一批相关企业	/	/	1—2 座	/

我国工业结构不合理、不平衡的第三种表现在于工业内部总体上还是以技术含量偏低、质量效益偏低、产业链低端生产为主,而高技术工业企业、高质量高效益工业企业以及处于产业链高端生产的工业企业在整个工业中所占的比重还比较低。如表 3-34 所示,尽管我国工业中的采掘业现阶段在工业总产值中所占的比重已经降到 8.2%,消费品工业现阶段在工业总产值中所占的比重已经降到 17.6%,而高耗能工业在工业总产值中所占的比重在现阶段却反而上升到 38.3%。采掘业、消费品工业和高耗能工业在总体上属于技术含量相对较低、质量效益相对较低的工业子类别,但这三类工业现阶段仍然在整个工业体系中占据着绝对主导地位,而通常代表着技术含量更高、质量效益更高以及处于产业链更高位置的装备工业在工业总产值中所占的比重才达到 35.1%。实际上,就是装备工业即机械工业的内部,在现阶段也同样面临着高端产品与中低端产品、主机发展与基础配套件发展等不合理、不平衡的问题①。再以制造业为例,如表 3-35 所示,我国的制造业劳动生产率在党的十九大召开前后大约只有美国的 17.4%、日本的 31.3%、德国的 27.2%、韩国的 29.5%。我国的高技术产品贸易竞争优势指数在党的十九大召开前后还没有达到 0.1,比四个国家中高技术产品贸易竞争优势指数最低的韩国还要低 0.52。我国单位制造业增加值的全球发明专利授权量在党的十九大召开前后要大大低于美国和日本,而我国制造业研发投入强度以及制造业单位能源利用率方面在党的十九大召开前后要大大低于美国、日本、德国及韩国。尽管我国现阶段在制造业的劳动生产率、高技术产品贸易竞争优势指数、单位制造业增加值的全球发明专利授权量、制造业研发投入强度、制造业单位能源利用效率等五大指标方面比党的十九大召开时有所改善和提升,但其总体变化并不明显。这五大指标在现阶段尚处于较低状态更加说明我国目前的工业结构还是以技术含量偏低、质量效益偏低、产业链低端生产为主,属于不合理、不平衡

---

① 中国社会科学院工业经济研究所编:《中国工业发展报告 2018——改革开放 40 年》,经济管理出版社 2018 年版,第 385 页。

问题比较突出的产业结构。我国现阶段的工业结构具有较大的风险性,因为"不仅要面对制造业先发强国的高端封锁,也要面对制造业后发国家的中低端追赶,制造业全球市场的两端挤压态势将进一步加剧中国制造业规模发展优势的衰减"①。因此,我们必须加大科技创新的力度,加快工业内部结构优化和升级的进度,才能使我国的工业发展减小或规避风险,始终在激烈的国际竞争中保持优势、赢得主动。

表3-34　1981—2020年部分年份我国分类型工业总产值占工业总产值比重对比表②

年份	采掘业(%)	消费品工业(%)	高耗能工业(%)	装备工业(%)	统计范围及对象
1981	2.9	41.0	34.4	21.6	全民所有制工业企业总产值
1988	6.2	39.7	27.4	26.1	独立核算工业企业总产值

① 中国社会科学院工业经济研究所编:《中国工业发展报告2018——改革开放40年》,经济管理出版社2018年版,第132页。

② 1981年、1988年采掘业指煤炭工业,消费品工业指森林工业、食品工业、纺织工业、缝纫工业、皮革工业和造纸及文教用品工业,高耗能工业指冶金工业、电力工业、石油工业、化学工业和建材工业。其余年份的消费品工业指农副食品加工业,食品制造业,酒、饮料和精制茶制造业,烟草制造业,纺织业,纺织服装、服饰业,皮革、毛皮、羽毛及其制品和制鞋业,木材加工和木、竹、藤、棕、草制品业,家具制造业,造纸及纸制品业,印刷和记录媒介复制业,文教、工美、体育和娱乐用品制造业,医药制造业,化学纤维制造业,橡胶和塑料制品业;高耗能工业指石油加工、炼焦和核燃料加工业,化学原料和化学制品制造业,非金属矿物制品业,黑色金属冶炼和压延加工业,有色金属冶炼和压延加工业,电力、燃气及水生产和供应业;装备工业指金属制品业,通用设备制造业,专用设备制造业,汽车制造业,铁路、船舶、航空航天和其他运输设备制造业,电气机械和器材制造业,计算机、通信和其他电子设备制造业,仪器仪表制造业。由于部分年份统计口径不同,因此消费品工业、高耗能工业和装备工业的具体行业略有差别。1981年、1988年、1998年、2008年、2011年的数据分别根据《中国统计年鉴(1982、1989、1999、2009、2012)》,中国统计出版社1982年、1989年、1999年、2009年、2012年版中的有关数据计算所得;2012年、2016年的数据根据国家统计局公布的《工业经济稳定增长动力结构调整优化——党的十八大以来经济社会发展成就系列之八》中的有关数据整理所得;2020年的数据根据《中国统计年鉴2021》,中国统计出版社2021年版中的有关数据计算所得。计算公式为:各行业中的子类工业在所在年份的资产之和/我国工业在所在年份的资产总值。

续表

年份	采掘业（%）	消费品工业（%）	高耗能工业（%）	装备工业（%）	统计范围及对象
1998	6.1	34.3	29.5	30.1	规模以上工业企业总产值
2008	6.6	24.8	34.6	32.9	
2011	6.9	24.8	34.3	32.8	
2012	13.9	23.6	29.6	28.2	规模以上工业企业增加值
2016	7.2	26.2	28.1	32.9	
2020	8.2	17.6	38.3	35.1	

表 3-35　2017 年中、美、日、德、韩五国的制造业发展主要指标情况对比表[1]

制造业发展主要指标	中国	美国	日本	德国	韩国
制造业劳动生产率（美元/人）	24711.56	141676.53	78895.00	90796.81	83847.76
高技术产品贸易竞争优势指数	0.07	0.67	0.82	0.88	0.59
单位制造业增加值的全球发明专利授权量（项/亿美元）	6.67	15.08	12.96	6.02	5.99
制造业研发投入强度	1.98	2.58	3.36	3.05	3.67
制造业单位能源利用效率（美元/千克石油当量）	5.99	8.83	11.97	12.56	7.89

　　在服务业方面,我们通常将其分为流通性服务业、生活性服务业、生产性服务业以及公共性服务业四种类别[2]。一般而言,这四种类别的服务业在整个服务业产业中所占的比重要与一国经济社会的发展现状相匹配,才能算服

---

　　① 表中数据来源于中国社会科学院工业经济研究所编:《中国工业发展报告 2018——改革开放 40 年》,经济管理出版社 2018 年版,第 131 页。

　　② 流通性服务业主要包括交通运输、仓储和邮政业,批发和零售业两种类别;生活性服务业主要包括住宿和餐饮业,房地产业,居民服务、修理和其他服务业,文化、体育和娱乐业四种类别;生产性服务业主要包括农、林、牧、渔服务业,开采辅助活动,金属制品、机械和设备修理业,信息传输、软件和信息技术服务业,金融业,租赁和商务服务业,科学研究与技术服务业六种类别;公共性服务业主要包括水利、环境和公共设施管理业,教育,卫生和社会工作,公共管理、社会保障和社会组织,国际组织五种类别。参见夏杰长、刘奕:《中国服务业发展报告（2016—2017）——迈向服务业强国:约束条件、时序选择与实现路径》,经济管理出版社 2017 年版,第 140 页。

务业的内部结构处于合理、平衡的状态。如表 3-36 所示,我国流通性服务业的比重在 2004 年以来总体呈现出缓慢的下降趋势,到 2013 年已经降为 29.62%;我国生产性服务业的比重在 2004 年以来总体上处于较快增长的态势,到 2013 年已经达到 29.04%;我国生活性服务业的比重在 2004 年以来总体处于稳定的趋势,始终维持在 21.8% 左右;我国公共性服务业的比重在 2004 年以来处于缓慢的下降态势,到 2013 年已经降为 19.49%。我国在新时代已经是世界公认的"制造大国",而且在工业化方面已经取得了世界瞩目的巨大成就。这要求我们必须具有相应规模和比例的生产性服务业来与之匹配和配套,才能推动工业化持续健康发展。但是,我国生产性服务业在整个服务业中所占的比重在 2013 年只有 29.04%,而西方发达国家的这一比例都普遍处于 50% 左右。[①] 当然,我国生产性服务业的比重在短时间内不一定非得达到 50% 左右,但 29.04% 的比重还是显得比较低,与我国在新时代的"制造大国"、工业化成就存在的不匹配、不配套问题比较突出。正如有学者所指出的,"从第三产业内部来看,结构性矛盾表现为整体竞争力不强,现代服务业发展不充分,对第一产业和第二产业支撑力不足。"[②]而且,我国人民群众现阶段对公共性服务业的需求量非常大,但我国的公共性服务业比重在四大服务业类别中基本上都处于倒数第一的位置,并且其比重在 2004 年以来都始终处于缓慢下降的态势,在 2013 年已经降到 19.49%,而西方发达国家的这一比重通常都是仅次于生产性服务业的比重,处于第二的位置[③]。这表明我国公共性服务业的比重也与我国发展的状态和需要存在突出的不匹配问题。实际上,这从中、美两国第三产业的部分主要指标的对比中也能看出来。如表 3-37 所示,作为公共性服务业的重要内容,我国教育类服务业的总额在 2014

---

① 谭洪波:《中国服务业发展水平及其结构特征分析——基于世界各国和主要经济体的对比研究》,《扬州大学学报(人文社会科学版)》2017 年第 6 期。

② 李伟:《我国经济结构失衡的主要表现》,《经济日报》2015 年 6 月 25 日。

③ 谭洪波:《中国服务业发展水平及其结构特征分析——基于世界各国和主要经济体的对比研究》,《扬州大学学报(人文社会科学版)》2017 年第 6 期。

年就已经是美国教育类服务业总额的 1.76 倍左右。同样,作为流通性服务业的重要内容,我国交通运输、仓储和邮政业类别的服务业总额在 2014 年也已经达到了美国同类别服务业总额的 90.9%。但除此之外,属于生活性服务业的住宿和餐饮业、房地产业这两类服务业的总额在 2014 年分别只是美国同类服务业总额的 37.3%、27.6%;属于生产性服务业的信息业、金融业这两类服务业的总额在 2014 年只是美国同类服务业总额的 32.7%、60.7%;属于公共性服务业的医疗卫生类服务业总额在 2014 年只是美国同类服务业总额的16.9%。各具体类别的服务业总额与美国各具体类别的服务业总额之间的巨大差异以及不同梯度的差异,更加证明我国现阶段服务业内部结构存在突出的不合理、不平衡问题。尽管上述数据不是最新数据,但仍然在很大程度上能够反映出我国在现阶段的服务业内部结构不合理、不平衡的真实情况。党中央和国务院在 2021 年 3 月 21 日正式公布的《中华人民共和国国民经济和社会发展第十四个五年规划和 2035 年远景目标纲要》中明确强调,要"聚焦产业转型升级和居民消费升级需要,扩大服务业有效供给,提高服务效率和服务品质,构建优质高效、结构优化、竞争力强的服务产业新体系"[1]。

表 3-36　2004—2013 年我国四大类服务业增加值占整个服务业
增加值的比重对比表[2]

年份 类别	2004	2005	2006	2007	2008	2009	2010	2011	2012	2013
流通性服务业(%)	32.65	31.82	31.30	30.69	31.10	29.42	30.04	30.34	30.06	29.62
生产性服务业(%)	23.90	23.96	25.24	26.99	27.26	27.49	27.42	27.39	27.72	29.04
生活性服务业(%)	21.81	22.32	22.20	21.90	20.75	22.28	22.77	22.85	22.70	21.86
公共性服务业(%)	21.64	21.90	21.27	20.42	20.88	20.81	19.77	19.42	19.52	19.49

---

① 《中华人民共和国国民经济和社会发展第十四个五年规划和 2035 年远景目标纲要》,《人民日报》2021 年 3 月 13 日。

② 表中数据来源于夏杰长、刘奕编:《中国服务业发展报告(2016—2017)——迈向服务业强国:约束条件、时序选择与实现路径》,经济管理出版社 2017 年版,第 140 页。

表 3-37 2014 年中、美两国第三产业部分主要指标情况对比表①

	美国		中国			
	总额（亿美元）	占比（%）	总额（亿元）	占比（%）	总额（亿美元）	中国为美国的比重（%）
批发和零售业	20515.1	11.8	62423.5	9.7	10161.1	49.5
交通运输、仓储和邮政业	5101.9	2.9	28500.9	4.4	4639.3	90.9
住宿和餐饮业	4867.2	2.8	11158.5	1.7	1816.3	37.3
信息业	7931.7	4.6	15939.6	2.5	2594.6	32.7
金融业	12511.5	7.2	46665.2	7.2	7596.0	60.7
房地产业	22448.5	12.9	38000.8	5.9	6185.6	27.6
教育	1951.5	1.1	21159.9	3.3	3444.3	176.5
医疗卫生	12231.6	7.0	12734.0	2.0	2072.8	16.9
其他服务业	48967.4	28.2	68489.0	10.6	11148.4	22.8
第三产业	136526.2	78.5	305071.4	47.4	49658.5	36.4

　　传统服务业与新兴服务业的比重状况同样是衡量服务业内部结构是否合理、平衡的重要标准。传统服务业通常是偏重于劳动密集型或资金密集型的服务业，而新兴服务业通常是偏重于高技术含量、知识含量的服务业。如表 3-38 所示，我国的批发和零售业在 2016 年占整个服务业增加值的比重达到 13.41%；交通运输、仓储和邮政业在 2016 年占整个服务业增加值的比重达到 6.75%；房地产业在 2016 年占整个服务业增加值的比重达到 17.04%；住宿和餐饮业，居民服务、修理和其他服务业，卫生和社会工作这三种类别的服务业在 2016 年占整个服务业增加值的比重分别为 3.16%、5.09% 和 5.61%。以上这六种类别的服务业明显更加偏向于劳动密集型或部分偏向资金密集型，属于比较典型的传统服务业。但以上这六种类别的服务业在 2016 年占整个服务业增加值的比重之和仍然超过了 50%。也就是说，传统的劳动密集型或

---

　　① 表中的数据来源于刘伟、蔡志洲：《如何看待中国仍然是一个发展中国家？》，《管理世界》2018 年第 9 期。

资金密集型服务业现阶段仍然在我国整个服务业中占据着主要地位,而以高技术含量、知识含量为主要特征的新兴服务业在我国整个服务业中所占的比重仍然较低。实际上,我国的批发和零售业在 2020 年的增加值占整个服务业增加值的比重为 17.3%,交通运输、仓储和邮政业在 2020 年的增加值占整个服务业增加值的比重为 7.5%,住宿和餐饮业在 2020 年的增加值占整个服务业增加值的比重为 2.9%,房地产业在 2020 年的增加值占整个服务业增加值的比重为 13.5%。[①] 也即是说,不算上居民服务、修理和其他服务业,卫生和社会工作等其他传统服务业在 2020 年的增加值占整个服务业增加值的比重,光批发和零售业,交通运输、仓储和邮政业,住宿和餐饮业在 2020 年的增加值占整个服务业增加值的比重之和就已经达到 41.2%。如果算上其他传统服务业在 2020 年的增加值占整个服务业增加值的比重,那传统服务业在 2020 年的增加值占整个服务业增加值的比重将仍然超过 50%。由此可见,我国在现阶段仍然面临着传统服务业与新兴服务业的比重不合理、不平衡的状况,而这恰恰是我国现阶段的服务业内部存在着突出的不合理、不平衡问题的重要体现。

表 3-38　2016 年我国各类服务业占整个服务业增加值的比重对比表[②]

行业	2016 年各类服务业的 GDP(亿元)	2016 年各类服务业占整个服务业增加值比重(%)
批发和零售业	71290.7	13.41
交通运输、仓储和邮政业	33058.8	6.75
住宿和餐饮业	13358.1	3.16

---

① 数据来源于国家统计局:《中国第三产业统计年鉴 2021》,中国统计出版社 2021 年版,第 63 页。

② 表中 2015 年各类服务业的 GDP 数据、2016 年各类服务业的 GDP 数据均来源于国家统计局编:《中国统计年鉴 2018》,中国统计出版社 2018 年版,第 66 页;2016 年各类服务业占整个服务业增加值的比重是根据公式"(2016 年各类服务业的 GDP-2015 年各类服务业的 GDP)/(2016 年我国第三产业的 GDP-2015 年我国第三产业的 GDP)"计算所得。

行业	2016 年各类服务业的 GDP（亿元）	2016 年各类服务业占整个服务业增加值比重（%）
信息传输、软件和信息技术服务业	21899.1	8.81
金融业	61121.7	8.53
房地产业	48190.9	17.04
租赁和商务服务业	19483.3	6.23
科学研究和技术服务业	14590.7	2.92
水利、环境和公共设施管理业	4253.8	1.06
居民服务、修理和其他服务业	12792.7	5.09
教育	26770.4	6.61
卫生和社会工作	17092	5.61
文化、体育和娱乐业	5483.7	1.45
公共管理、社会保障和社会组织	30643.1	10.56

总之，我国现阶段在农业内部、工业内部、服务业内部都存在着突出的发展不合理、不平衡的问题。三大产业之间的发展不合理、不平衡问题以及各产业内部发展的不合理、不平衡问题都是我国现阶段存在突出的产业结构不平衡问题的具体体现，而突出的产业结构不平衡问题又是我国现阶段存在的发展不平衡问题的重要内容和体现。我们在现阶段要解决好发展中的不平衡问题，就必须重视解决我国产业发展的不平衡问题。

第三节 "不充分发展"的科学内涵

所谓"不充分发展",在这里不是指某一小区域内的某一事物发展的数量不够、质量发展欠缺,而是指那些普遍存在于整个社会、整个国家层面的数量发展不够、质量发展欠缺的现象。这些不充分发展现象的存在往往会对整个社会、整个国家的发展状态以及大多数人民群众的生活面貌、发展状态产生重大影响。人类在不同的发展阶段里所面临的不充分发展问题不一样,而同一国家或地区处于不同的发展阶段里或不同的发展条件下所面临的不充分发展问题往往也不一样。而且,在不同的发展阶段和不同的发展条件下,人们所关注的不充分发展问题以及为解决这些不充分发展问题所采用的手段和方法往往也天差地别。正如马克思所指出的那样,"人类始终只提出自己能够解决的任务,因为只要仔细考察就可以发现,任务本身,只有在解决它的物质条件已经存在或者至少是在生成过程中的时候,才会产生。"①原始社会的绝大多数人所面临的也是其所关注的不充分发展问题,就是食物获取与供应的不充分。封建社会大多数老百姓所面临和关注的不充分发展问题是土地这一生产资料的拥有不充分,而像朱熹这样的理学家所关注的不充分发展问题更加偏向于伦理纲常在整个社会的不够彰显。资本主义社会初期所面临的不充分发展问题是资本的不足和技术的落后,而资本主义社会在自由资本主义时期所面临的不充分发展问题主要是广大无产阶级群众生活水平的低下和人的本质的普遍丧失。"工人创造的商品越多,他就越变成廉价的商品"②以及"人的类本质……都变成了对人来说是异己的本质"③是当时这两种不充分发展现象的真实写照。在马克思、恩格斯看来,人类社会只有在共产主义社会里才不

①　《马克思恩格斯全集》第31卷,人民出版社1998年版,第413页。
②　《马克思恩格斯选集》第1卷,人民出版社2012年版,第51页。
③　《马克思恩格斯选集》第1卷,人民出版社2012年版,第57页。

会面临不充分发展的问题,因为人类在那时实现了"人和自然界之间、人和人之间的矛盾的真正解决"①,实现了人的精神境界的极大提高和物质财富的极大丰富,实现了在"自由人联合体"②的调节下"靠消耗最小的力量,在最无愧于和最适合他们的人类本性的条件下进行这种物质变换"③。在共产主义社会之前的任何社会形态都会存在不充分发展的问题,即便当今处于比较发达状态的资本主义国家也会在就业等方面面临不充分发展的问题。在理解不充分发展的问题时,我们一定要摒弃一种错误的认识,即认为"不充分发展"就意味着还没有发展,就意味着事物发展的数量很少甚至为零,就意味着事物发展的质量很低;而正确、科学的理解是,"不充分发展"意味着事物已经有一定程度的发展,只不过其发展的数量还不够丰富,发展的质量还不够高,意味着事物的发展已经能够在一定程度上满足人的需要,甚至已经能够基本满足人的需要,又意味着事物的发展还不能够更好地满足人的需要,特别是还不能满足人的各种高质量、个性化的需要。因此,"不充分发展"给人的感觉就好比在一部电影的结尾处期待有更精彩的剧情却不能获得时的"意犹未尽"。

由于不充分发展具有相对性以及发展问题本身所涉及的范围比较宽,我国现阶段所面临的不充分发展问题实际上非常多,只不过其程度有"比较突出"和"相对明显"之分。而且,其有些不充分发展问题往往与不平衡发展问题交织在一起并构成了不平衡发展问题的重要部分。例如,农村发展不充分的问题通常就是城乡发展不平衡问题的构成部分。因此,我们在探讨每一时期的不充分发展问题时既要着重探讨那些比较突出的不充分问题,又要着重探讨那些不明显属于"不平衡发展问题"中的不充分发展问题。依据这两条"原则",我国在新民主主义革命时期面临的不充分发展问题主要是和平、独立、自由等价值实现的不充分以及生产力发展的不充分。我国在新中国成立

①　《马克思恩格斯全集》第3卷,人民出版社2002年版,第297页。
②　《马克思恩格斯全集》第44卷,人民出版社2001年版,第96页。
③　《马克思恩格斯全集》第46卷,人民出版社2003年版,第928—929页。

后一直到改革开放后的相当长一段时间内所面临的不充分发展问题主要是生产力发展的不充分,具体表现为物质生产的不充分和文化生产的不充分。我国在现阶段所面临的不充分发展问题主要表现为创新能力发展不充分、公民素质发展不充分、社会公正价值实现不充分三个方面。

一、创新能力发展不充分

简而言之,创新能力就是为人类经济社会等各方面的持续健康发展提供新思想、新制度、新技术、新方法的能力总和。创新能力的重要性至少已经被工业革命以来的人类历史和实践活动所充分证明。调整经济结构和转变经济发展方式、治理环境污染和恢复生态功能、维护地区稳定和保证国家安全、治疗各种疾病和提升人类健康水平等,其方方面面都需要有强大的创新能力作为支撑。正是鉴于此,不断增强创新能力在很久以来就已经成为各国领导者、思想家和企业家们所重点关注的对象。例如,马克思在当年就已经把科学技术纳入到生产力的范畴,并明确提出了社会生产力"包括科学的力量"①的著名论断。美籍奥地利学者约瑟夫·熊彼特第一次在经济学意义上提出了"创新"的概念,并首次将"创新"的内涵界定为五个方面,即制造新的产品、采用新的生产方法、开辟新的市场、获得新的供应商、形成新的组织形式。② 美国著名的管理学家托马斯·彼得斯将创新能力看成是关乎企业生死存亡的关键因素,其名言"距离已经消失,要么创新,要么死亡"至今被人们所熟知和认可。中国共产党历来重视创新,历来都将创新能力的培养和增强放在促进整个国家发展的关键地位。邓小平曾经提出"科学技术是第一生产力"③的著名论断,江泽民曾经提出"创新是一个民族进步的灵魂,是一个国家兴旺发达的

---

① 《马克思恩格斯选集》第 2 卷,人民出版社 2012 年版,第 792 页。
② [美]约瑟夫·熊彼特:《经济发展原理》,何畏等译,商务印书馆 1990 年版,第 73—74 页。
③ 《邓小平文选》第三卷,人民出版社 1993 年版,第 274 页。

不竭动力"①的重要命题,胡锦涛曾经提出"把增强自主创新能力贯彻到现代化建设各个方面"②的要求以及习近平首次明确把"创新"作为指导发展的一种理念提出来等,都是中国共产党始终重视增强创新能力的具体体现。实事求是地说,通过党和人民在新中国成立70年多来的不断努力,我国的创新能力已经获得了极大的提升,已经产生了诸如天宫、天眼、大飞机等一大批世界领先或先进的高科技成果。但是,我国现阶段的创新能力仍然还不足,其发展仍然还不充分。根据国家科技部公布的数据,我国现阶段的创新能力在世界排名已升至第12位③,但这与我国已经成为世界第二大经济体的发展地位仍然还不相称,与我国现阶段经济社会等各方面的发展要求仍然还有较大的差距。"十三五"规划纲要将"创新能力不强"④作为我国现阶段发展面临的突出问题之一以及"十四五"规划和2035年远景目标纲要明确强调"创新能力不适应高质量发展要求"⑤等,也都反映出我国现阶段在创新能力发展方面存在着突出的不充分问题。从总体上来看,我国现阶段的创新能力发展不充分主要表现在科技创新能力发展不充分和制度创新能力发展不充分两个方面。

首先,科技创新能力发展不充分。我国现阶段科技创新能力发展不充分主要表现在三个方面:一是科技创新能力的部分核心指标仍然较低;二是基础研究和应用研究不足;三是核心技术严重不足。在科技创新能力的部分核心指标方面,我国研究与实验发展(R&D)经费支出总额在2020年达到24393.1亿元⑥,是美国研究与实验发展(R&D)经费支出总额的54%,是日本研究与

①　《江泽民文选》第二卷,人民出版社2006年版,第392页。

②　《胡锦涛文选》第二卷,人民出版社2016年版,第629页。

③　刘明、赵永新:《我国创新能力综合排名升至世界第十二位》,《人民日报》2022年1月8日。

④　《十八大以来重要文献选编》(中),中央文献出版社2016年版,第788页。

⑤　《中华人民共和国国民经济和社会发展第十四个五年规划和2035年远景目标纲要》,《人民日报》2021年3月13日。

⑥　国家统计局、科学技术部、财政部:《2020年全国科技经费投入统计公报》,《中国信息报》2021年9月22日。

实验发展(R&D)经费支出总额的 2.1 倍。① 在研究人员全时当量(万人年)方面,我国 R&D 人员全时当量在 2020 年达到 509.2 万人年,已经明显超过了美国等发达国家而成为世界第一。② 但是,我国现阶段在其他更能体现科技创新能力的核心指标方面还存在明显不足。如表 3-39 所示,"企业研究与发展经费与增加值之比"是用来测度企业创新的投入强度的重要指标。我国在 2018 年的企业研究与发展经费与增加值之比才达到 27.6,大大低于韩国的 76.0,明显低于美国的 43.4、日本的 47.9、德国的 45.2、法国的 33.8。我国三方专利数占世界的比重才达到 17.7%,大大低于日本的 100%、美国的 68.4%,明显低于德国的 25.6.0%。我国每万名研究人员科技论文数在 2018 年才达到 28.4 篇,还大大低于英国的 57.3 篇,明显低于美国的 40.3 篇、德国的 36.2 篇以及法国的 34.1 篇。

表 3-39 2018 年部分国家创新能力部分核心指标对比表③

国家	企业研究与发展经费与增加值之比	三方专利数占世界比重(%)	每万名研究人员科技论文数(篇/万人年)
美国	43.4	68.4	40.3
中国	27.6	17.7	28.4
日本	47.9	100.0	16.6
德国	45.2	25.6	36.2
韩国	76.0	12.0	20.6
法国	33.8	11.9	34.1
英国	26.6	8.6	57.3
俄罗斯	10.8	0.5	13.2

① 《R&D 经费投入较快增长 企业研发投入主体作用凸显——国家统计局社科文司统计师张启龙解读〈2020 年全国科技经费投入统计公报〉》,《中国信息报》2021 年 9 月 23 日。

② 杨舒:《我科技人才队伍规模素质均大幅提高》,《光明日报》2021 年 8 月 28 日。

③ 美国、中国、日本、德国、韩国、法国、英国、俄罗斯的相关数据分别来源于中国科学技术发展战略研究院:《国家创新指数报告 2020》,科学技术文献出版社 2021 年版,第 85、52、65、57、66、56、84、75 页。

其次,"基础研究"一般是探寻自然和社会发展规律从而发现新知识的研究,"应用研究"一般是利用所发现的新知识探索新方法的研究,而"实验发展"是利用所发现的新知识和新方法创造新材料、新技术、新产品的研究。可见,基础研究和应用研究往往是实验发展的基础和条件。基础研究和应用研究的不足不仅是创新能力不足的重要体现,而且会影响实验发展的水平,进而制约关键领域甚至整个创新能力的发展。中国社会科学院工业经济研究所通过研究也发现,"关键领域创新能力不强,在很大程度上受制于基础科学研究的'短板'效应和科技人才短缺。"①我国现阶段的基础研究和应用研究的能力确实还严重不足。这从三大研究的相关资源投入比重就能发现问题。如表3-40 所示,我国的研究与实验发展(R&D)人员全时当量(万人年)在基础研究方面的比重从 2016 年到 2020 年总体呈缓慢上升的趋势,在 2020 年才达到8.16%,在应用研究方面的比重从 2016 年到 2020 年总体呈现缓慢增长的趋势,在 2020 年才达到 12.28%,而在试验发展方面的比重虽然从 2016 年到2020 年总体呈现缓慢下降的趋势,但其在 2020 年仍然高达 79.56%。我国的研究与实验发展(R&D)人员全时当量(万人年)在现阶段仍然主要分布在实验发展方面。我国的研究与实验发展(R&D)经费支出的比重在基础研究方面从 2016 年到 2020 年呈现出缓慢增长的趋势,但在 2020 年才达到6.01%,在应用研究方面的比重从 2016 年到 2020 年整体呈现缓慢增长的趋势,但在 2020 年才上升到 11.3%,而在试验发展方面的比重从 2016 年到2020 年虽然整体呈现缓慢下降的趋势,但其在 2020 年仍然高达 82.68%。我国现阶段用于试验发展的经费也仍然在研究与实验发展(R&D)经费支出中占据着绝对主导地位,而像法国、英国、瑞士在 2012 年用于基础研究和应用研究的经费,在研究与实验发展(R&D)经费支出中所占的比重就已经

---

① 中国社会科学院工业经济研究所:《中国工业发展报告 2021——建党百年与中国工业》,经济管理出版社 2021 年版,第 92 页。

超过了 60%①。

从我国研究与实验发展（R&D）经费在不同创新主体之间的分布情况来看，如表 3-41 所示，在中国、美国等八个国家中，企业在研究与实验发展（R&D）经费支出中都占据着主导地位，而这恰恰与企业是国家创新主体的实际情况是相契合的。但是，大部分国家的高等学校在研究与实验发展（R&D）经费支出中所占的比重往往都要高于研发机构所占的比重，而我国在这方面恰恰相反。我国高等学校在研究与实验发展（R&D）经费支出中所占的比重在 2015 年才达到 7%，远远低于研发机构在研究与实验发展（R&D）经费支出中所占 16.2%的比重。即便在 2020 年，我国高等学校在研究与实验发展（R&D）经费支出中所占的比重也才达到 7.72%，仍然明显低于研发机构在研究与实验发展（R&D）经费支出中所占 13.97%的比重。② 众所周知，基础研究和应用研究主要在高等学校完成。因此，高等学校在研究与实验发展（R&D）经费支出中所占比重过低的现象确实也在较大程度上反映了我国现阶段基础研究和应用研究能力严重不足的状况。只有提高基础研究和应用研究的发展能力，才能提高整个国家的创新能力。这也就是习近平在党的十九大强调要"强化基础研究""加强应用基础研究"③的原因所在。

---

① 西桂权、付宏、王冠宇：《中国与发达国家的科技创新能力比较》，《科技管理研究》2018 年第 23 期。

② 2020 年我国高等学校在研究与实验发展（R&D）经费支出中所占的比重数据是根据"2020 年我国高等学校 R&D 经费支出/2020 年我国研究与实验发展（R&D）经费支出"计算所得；2020 年我国研发机构在研究与实验发展（R&D）经费支出中所占的比重数据是根据"2020 年我国研发机构 R&D 经费支出/2020 年我国研究与实验发展（R&D）经费支出"计算所得。2020 年我国高等学校 R&D 经费支出的数据、2020 年我国研发机构 R&D 经费支出的数据以及 2020 年我国研究与实验发展（R&D）经费支出的数据分别来源于国家统计局编：《中国统计年鉴 2021》，中国统计出版社 2021 年版，第 640、639、638 页。

③ 《十九大以来重要文献选编》（上），中央文献出版社 2019 年版，第 22 页。

表 3-40　2016—2020 年我国研究与实验发展（R&D）投入比重情况对比表①

年份	R&D 人员全时当量 （万人年）的比重分布（%）			R&D 经费支出的比重分布（%）		
	基础研究	应用研究	试验发展	基础研究	应用研究	试验发展
2016	7.09	11.32	81.59	5.25	10.27	84.48
2017	7.19	12.15	80.66	5.54	10.50	83.96
2018	6.96	12.30	80.76	5.54	11.13	83.33
2019	8.16	12.81	79.02	6.03	11.28	82.69
2020	8.16	12.28	79.56	6.01	11.30	82.68

表 3-41　2015 年部分国家不同创新主体研究与试验发展（R&D）
经费支出所占比重对比表②

国家	企业（%）	高等学校（%）	研发机构（%）
美国	71.5	13.2	11.2
中国	76.8	7.0	16.2
日本	78.5	12.3	7.9
德国	68.7	17.3	14.0
韩国	77.5	9.1	11.7
法国	65.1	20.3	13.1
英国	65.7	25.6	6.8
俄罗斯	59.2	9.6	31.1

---

①　表中的 R&D 人员全时当量（万人年）的比重分布数据是根据《中国统计年鉴 2021》提供的"2016 年以来分别投入到基础研究、应用研究、试验发展的 R&D 人员全时当量数据"分别除以"2016 年以来历年研究与实验发展（R&D）人员全时当量数据"计算所得；表中的 R&D 经费支出的比重分布数据是根据《中国统计年鉴 2021》提供的"2016 年以来分别投入到基础研究、应用研究、试验发展的 R&D 经费支出数据"分别除以"2016 年以来历年 R&D 经费总支出数据"计算所得。各项原始数据来源于国家统计局编：《中国统计年鉴 2021》，中国统计出版社 2021 年版，第 638 页。

②　表中各项数据来源于 OECD iLibrary，2016 年 4 月 15 日，http://www.oecd-ilibrary.org/statistics。

最后，我国的核心技术严重不足。核心技术是制约国家或地区经济社会实现高质量发展的"卡脖子"的关键因素。核心技术的拥有量是国家或地区创新能力高低的最直接也是最重要的体现。经过新中国成立 70 多年来的发展，我国现阶段不是没有核心技术，而是核心技术的拥有量还普遍存在严重不足的现象。以我国的机器人产业发展为例，减速器、伺服电机和控制器是世界公认的工业机器人三大核心零部件技术。但是，我国在这三大核心零部件的技术方面都还不成熟，其所生产的零部件性能不稳定、容易磨损报废，从而形成了严重依赖进口的局面。例如，伺服电机的进口率更是超过 90%。① 《科技日报》从 2018 年 4 月 29 日到 7 月 3 日陆续报道了一系列关于我国核心技术严重不足的实事。根据《科技日报》原总编辑刘亚东在后来的相关整理，至少有制造芯片的光刻机、芯片、电脑操作系统、航空发动机短舱、触觉传感器、真空蒸镀机、手机射频器件、iCLIP 技术、重型燃气轮机、激光雷达、适航标准、高端电容电阻、核心工业软件、ITO 靶材、核心算法、航空钢材、铣刀、高端轴承钢、高压柱塞泵、航空设计软件、光刻胶、高压共轨系统、透射式电镜、掘进机主轴承、微球、水下连接器、燃料电池关键材料、高端焊接电源、锂电池隔膜、医学影像设备元器件、超精密抛光工艺、环氧树脂、高强度不锈钢、数据库管理系统、扫描电镜等 35 项核心技术成为"卡住我国脖子"的技术。② 尽管我国近几

① 中国社会科学院工业经济研究所编：《中国工业发展报告 2018——改革开放 40 年》，经济管理出版社 2018 年版，第 256 页。

② 参见《这些"细节"让中国难望顶级光刻机项背》，《科技日报》2018 年 4 月 19 日；《中兴的"芯"病，中国的心病》，《科技日报》2018 年 4 月 20 日；《丧失先机，没有自研操作系统的大国之痛》，《科技日报》2018 年 4 月 23 日；《居者无其屋，国产航空发动机的短舱之困》，《科技日报》2018 年 4 月 24 日；《传感器疏察，被愚钝的机器人"国产触觉"》，《科技日报》2018 年 4 月 25 日；《真空蒸镀机匮缺：高端显示屏上的阴影》，《科技日报》2018 年 4 月 26 日；《射频器件：仰给于人的手机尴尬》，《科技日报》2018 年 5 月 7 日；《"靶点"难寻，国产创新药很迷惘》，《科技日报》2018 年 5 月 8 日；《"命门火衰"，重型燃气轮机的叶片之殇》，《科技日报》2018 年 5 月 9 日；《激光雷达昏聩，让自动驾驶很纠结》，《科技日报》2018 年 5 月 10 日；《适航标准：国产航发又一道难迈的坎儿》，《科技日报》2018 年 5 月 11 日；《没有这些诀窍，我们够不着高端电容电阻》，《科技日报》2018 年 5 月 14 日；《核心工业软件：智能制造的中国"无人区"》，《科技日报》2018 年 5 月 17 日；《烧不出大号靶材，平板显示制造仰人鼻息》，《科技日报》2018 年 5 月 18 日；《算法不精，国产

年对部分"卡脖子"的技术已经基本掌握,但大部分"卡脖子"的技术目前仍然没有被攻克。实际上,我国尚未掌握的核心技术远远超过了这35项。例如,单就互联网领域就有不少核心技术是我们的"命门"。① 核心技术严重不足既是我国科技创新能力发展不充分的关键体现,又是制约我国科技创新能力发展不充分的重要因素。正如习近平所指出的那样,"我国发展还面临重大科技瓶颈,关键领域核心技术受制于人的格局没有从根本上改变,科技基础仍然薄弱,科技创新能力特别是原创能力还有很大差距。"②

第二,制度创新能力发展不充分。制度创新是创新领域的重要组成部分,是创新能力的关键制约因素,因为制度往往是引导和激发整个社会大力进行创新的保障性因素。如果相关制度不完善特别是与创新直接相关的制度不完善,其可能就无法调动各种创新主体的创造活力,会对国家或地区进一步提升创新能力形成阻碍。尽管我国在党的十八大以来在制度创新方面取得了巨大

工业机器人有点"笨"》,《科技日报》2018 年 5 月 22 日;《航空钢材不过硬,国产大飞机起落失据》,《科技日报》2018 年 5 月 23 日;《为高铁钢轨"整容",国产铣刀难堪重任》,《科技日报》2018 年 5 月 24 日;《高端轴承钢,难以补齐的中国制造业短板》,《科技日报》2018 年 5 月 25 日;《高压柱塞泵,鲠在中国装备制造业咽喉的一根刺》,《科技日报》2018 年 5 月 28 日;《航空软件因窘,国产飞机设计戴上"紧箍咒"》,《科技日报》2018 年 5 月 30 日;《中国半导体产业因光刻胶失色》,《科技日报》2018 年 5 月 31 日;《高压共轨不中用,国产柴油机很受伤》,《科技日报》2018 年 6 月 4 日;《我们的蛋白质 3D 高清照片仰赖舶来的透射式电镜》,《科技日报》2018 年 6 月 6 日;《自家的掘进机却不得不用别人的主轴承》,《科技日报》2018 年 6 月 7 日;《微球:民族工业不能承受之轻》,《科技日报》2018 年 6 月 12 日;《水下连接缺国产利器,海底观测网傍人篱壁》,《科技日报》2018 年 6 月 13 日;《少了三种关键材料,燃料电池商业化难成文章》,《科技日报》2018 年 6 月 14 日;《国产焊接电源"哑火",机器人水下作业有心无力》,《科技日报》2018 年 6 月 20 日;《一层隔膜两重天:国产锂电池尚需拨云见日》,《科技日报》2018 年 6 月 21 日;《拙钝的探测器模糊了医学影像》,《科技日报》2018 年 6 月 25 日;《通往超精密抛光工艺之巅,路阻且长》,《科技日报》2018 年 6 月 26 日;《环氧树脂韧性不足,国产碳纤维缺股劲儿》,《科技日报》2018 年 6 月 27 日;《去不掉的火箭发动机"锈疾"》,《科技日报》2018 年 6 月 28 日;《数据库管理系统:中国还在寻找"正确打开方式"》,《科技日报》2018 年 7 月 2 日;《扫描电镜"弱视",工业制造难以明察秋毫》,《科技日报》2018 年 7 月 3 日。

①　参见习近平:《在网络安全和信息化工作座谈会上的讲话》,人民出版社 2016 年版,第10 页。

②　习近平:《为建设世界科技强国而奋斗——在全国科技创新大会、两院院士大会、中国科协第九次全国代表大会上的讲话》,人民出版社 2016 年版,第 7 页。

成就,但我国在现阶段制度创新能力的发展仍然难以完全适应破解我国科技创新难点问题的需要。习近平在 2021 年明确指出:"我国原始创新能力还不强,创新体系整体效能还不高,科技创新资源整合还不够,科技创新力量布局有待优化,科技投入产出效益较低,科技人才队伍结构有待优化,科技评价体系还不适应科技发展要求,科技生态需要进一步完善。这些问题,很多是长期存在的难点,需要继续下大气力加以解决。"①这些问题的解决有多难呢? 以"科技生态"下面的 10 类二级指标为例,如表 3-42 所示,现阶段只有"政府规章对企业负担影响"和"风险资本可获得性"两类二级指标居世界第 8 位,从而处于世界第一集团,而像"知识产权保护力度""宏观经济稳定性""职业培训质量""市场垄断程度""员工收入与效率挂钩程度""产业集群发展状况""企业与大学研发协作程度""创业文化"等其他 8 类二级指标中的大部分指标在 2007 年以来都长时期处于世界第二集团,特别是"知识产权保护力度"这个二级指标在现阶段仍然处于世界第 30 位左右。由此可见,这些科技创新难点问题是长期没有得到有效解决而逐渐积累、积压形成的,其本身既表明需要党和政府在现阶段加强制度创新的顶层设计才能"破局",又在一定程度上说明党和政府在制度创新的顶层设计能力方面还有所不足。顶层制度创新不充分可能造成"科技创新链条上存在着诸多体制机制关卡"②,既不利于科技成果的有效转化,也不利于激发社会的创新活力,更不利于科技创新难点问题的有效解决。这就是习近平在党的十八大以来多次强调"科技创新、制度创新要协同发挥作用,两个轮子一起转"③的原因,也是他多次强调在创新方面要"超前谋划"④、"做好顶层设计"⑤的原因。

---

① 习近平:《加快建设科技强国　实现高水平科技自立自强》,《求是》2022 年第 9 期。
② 习近平:《在中国科学院第十七次院士大会、中国工程院第十二次院士大会上的讲话》,人民出版社 2014 年版,第 14 页。
③ 《十八大以来重要文献选编》(下),中央文献出版社 2018 年版,第 336 页。
④ 《习近平关于科技创新论述摘编》,中央文献出版社 2016 年版,第 43 页。
⑤ 《习近平关于科技创新论述摘编》,中央文献出版社 2016 年版,第 40 页。

表 3-42　2007—2018 中国创新环境分指数构成指标的世界排名①

指标＼年份	2007	2008	2009	2010	2011	2012	2013	2014	2015	2016	2017	2018
知识产权保护力度	35	30	21	28	28	27	25	32	33	28	29	30
政府规章对企业负担影响	10	6	5	7	6	3	6	9	9	7	8	8
宏观经济稳定性	2	5	1	5	4	3	4	4	6	11	26	26
职业培训质量	28	29	32	30	33	30	33	34	33	32	25	24
市场垄断程度	36	34	28	28	28	27	22	24	21	22	18	18
风险资本可获得性	33	28	12	11	12	8	5	11	9	7	7	8
员工收入与效率挂钩程度	7	5	12	9	28	5	9	18	20	17	17	16
产业集群发展状况	18	15	12	12	16	18	18	18	16	19	20	19
企业与大学研发协作程度	22	20	22	24	26	25	25	25	23	22	22	22
创业文化	16	12	6	8	8	3	4	4	6	6	21	19

总之,创新能力发展不充分是我国现阶段的基本情况之一,其主要包括科技创新能力发展不充分、制度创新能力发展不充分两个方面。我们在现阶段要继续从这两个方面着力,推动我国整体的创新能力和创新水平不断迈上新台阶,从而实现党的十九大所制定的到 2035 年"跻身创新型国家前列"②的奋斗目标。

二、公民素质发展不充分

简而言之,公民是指具有一国国籍的人。公民素质一般是指公民所具有

---

① 数据来源于中国科学技术发展战略研究院:《国家创新指数报告 2020》,科学技术文献出版社 2021 年版,第 34—35 页。

② 《十九大以来重要文献选编》(上),中央文献出版社 2019 年版,第 20 页。

的心理素质、身体素质、思想素质、政治素质、业务素质、法律素质、道德素质、审美素质、科学素质等素质的总和。公民素质是衡量国家综合国力的重要指标，是促进经济社会等各方面更好发展的基础条件。东西方的思想家和领导者们都历来比较重视人（公民）的素质的提升。例如，古希腊的亚里士多德比较重视人的道德素质，并认为"道德德性则通过习惯养成"①。欧洲启蒙思想家霍布斯比较关注人的自然性素质，认为人是"各种自然能力和力量的总和，像营养、运动、生育、感觉、理性等能力"②。德国古典哲学家康德不仅重视人的道德素质，还重视人的审美素质，认为"审美［感性］理念是想象力的一个加入到给予概念之中的表象"③。马克思、恩格斯立足于唯物史观对无产阶级群众的素质情况进行了科学的揭示，认为无产阶级群众的素质的提高需要一定的物质条件作为基础，否则"在极端贫困的情况下，必须重新开始争取必需品的斗争，全部陈腐污浊的东西又要死灰复燃。"④他们尤其深刻地批判了资本家对无产阶级群众的身体素质、心理素质、劳动技能素质、审美素质等多种素质的摧残和压制，并坚信人的素质和能力的全面发展将会在未来社会达到一个前所未有的高度。当代西方学者同样非常重视公民素质的提升。例如，意大利学者佩西强调："唯有人类素质和能力的发展才是取得任何新成就的基础，才是通常所说的'发展'的基础。"⑤作为社会主义国家的执政党，中国共产党历来重视公民素质的巨大作用以及通过多种途径不断提升公民的各种素质。例如，毛泽东比较重视通过各种教育来提升公民的道德素质、思想素质和身体素质，强调"受教育者在德育、智育、体育几方面都得到发展"⑥。邓小平

---

① ［古希腊］亚里士多德：《尼各马可伦理学》，廖申白译注，商务印书馆2009年版，第36页。

② ［英］托马斯·霍布斯：《霍布斯英文著作集》第4卷，伦敦出版社1984年版，第2页。

③ ［德］伊曼努尔·康德：《判断力批判》，邓晓芒译，人民出版社2002年版，第161页。

④ 《马克思恩格斯选集》第1卷，人民出版社2012年版，第166页。

⑤ ［意］奥雷利奥·佩西：《人类的素质》，薛荣久译，中国展望出版社1988年版，第183页。

⑥ 《中共中央文件选集（一九四九年十月——一九六六年五月）》第46册，人民出版社2013年版，第90页。

比较重视通过各种途径培养和提升公民的思想素质、道德素质、科学素质,明确要求"使我们的各族人民都成为有理想、讲道德、有文化、守纪律的人民。"①新世纪以来,随着各种条件的日益具备以及整个社会对全面发展的要求越来越高,中国共产党更加注重通过多种途径全面培养和提升公民的素质,从而使我国公民的素质在整体上发生了显著的变化。但是,我国公民的素质在现阶段的发展仍然还不充分,还不能满足我国经济社会等各方面发展的需要,甚至在一定程度上已经成为我国经济社会等各方面进一步发展特别是高质量发展的阻碍因素。习近平多次强调我国"市民的文明素质不够"②以及"人们的文明素质和社会文明程度有待提高"③等都是其有力证明和重要体现。从整体上来看,我国公民的素质在现阶段发展不充分主要表现为科学素质发展不充分、道德素质发展不充分两个方面。

（一）公民的科学素质发展不充分

根据官方的定义,公民的科学素质是指公民"了解必要的科学技术知识,掌握基本的科学方法,树立科学思想,崇尚科学精神,并具有一定的应用它们处理实际问题、参与公共事务的能力。"④经过新中国成立 70 多年特别是改革开放 40 多年的不断努力,我国公民的科学素质在 2018 年才达到 8.47%⑤。但根据《全民科学素质行动计划纲要(2006—2010—2020 年)》(以下简称《科学素质纲要》)中的规定:我国公民的科学素质要在"2020 年达到世界主要发达国家 21 世纪初的水平"⑥,即达到 10%的水平。可见,我国公民的科学素质

---

① 《三中全会以来重要文献选编》(下),人民出版社 1982 年版,第 1299 页。
② 《十八大以来重要文献选编》(下),中央文献出版社 2018 年版,第 92 页。
③ 《十八大以来重要文献选编》(中),中央文献出版社 2016 年版,第 788 页。
④ 《国务院办公厅关于印发〈全民科学素质行动计划纲要(2006—2010—2020 年)〉的通知》,《中华人民共和国国务院公报》2006 年第 10 期。
⑤ 余建斌:《让科学素质跟上科技发展步伐》,《人民日报》2018 年 12 月 26 日。
⑥ 《国务院办公厅关于印发〈全民科学素质行动计划纲要(2006—2010—2020 年)〉的通知》,《中华人民共和国国务院公报》2006 年第 10 期。

在现阶段才达到世界主要发达国家 21 世纪初的水平,即在总体上落后世界主要发达国家至少 20 年。由于《科学素质纲要》是由国务院在 2006 年制定和颁布的,距今已有将近 16 年。各主要发达国家公民的科学素质在这 16 年里又必然具有较大的提升,因而我国公民的科学素质在现阶段实际上与主要发达国家公民的科学素质可能存在 30 年左右的巨大差距。例如,瑞典公民的科学素质在 2005 年就已经达到 35%,加拿大公民的科学素质在 2014 年就已经达到 42%。① 国务院办公厅在 2016 年制定和颁布的《全民科学素质行动计划纲要实施方案(2016—2020 年)》中也承认"目前我国公民科学素质水平与发达国家相比仍有较大差距"②。我国公民的科学素质不充分从相关学者通过对不同身份的公民进行严谨的科学素质测评所反映的结果是一致的。如表 3-43 所示,除了北京市以外,甘肃省、黑龙江省、广州市的学生、城镇劳动人口、农民等占人口绝大部分的公民素质测评题达标率均低于领导干部及公务员的素质测评题的达标率。而且,即便是领导干部及公务员,其平均科学素质测评题的达标率才达到 40.78%,还没有超过一半,而学生、城镇劳动人口、农民等占人口绝大部分的公民,其平均素质测评题达标率普遍才达到 20% 左右,都远远低于领导干部及公务员的平均素质测评题的达标率。再从公民对生产生活科学常识、科学基础知识、科学思想三类测评题回答的正确率来看,如表 3-44 所示,尽管公民对生产生活科学常识测评题回答的正确率达到 64%,要远远高于公民对科学基础知识测评题回答正确率的 44.71% 和公民对科学思想测评题回答正确率的 49.69%,但公民对科学素质测评题的回答正确率在总体上仍然不高,特别是公民对科学基础知识、科学思想测评题回答的正确率都还没有达到 50%,离及格水平都还有一段不小的距离。无论是从公民素质测评题的达标率情况来看还是从公民对科学素质测评题回答的正确率情况来看,我国公民的科学素质在

---

① 崔兴毅、詹媛:《我们需要什么样的科学素质》,《光明日报》2021 年 10 月 30 日。
② 《国务院办公厅关于印发〈全民科学素质行动计划纲要实施方案(2016—2020 年)〉的通知》,《中华人民共和国国务院公报》2016 年第 9 期。

现阶段仍然发展不充分确实是我们无法回避的重要事实。

表 3-43　我国四类重点人群以及全国平均科学素质测评题达标率情况对比表①

地区	学生(18—20 岁)(%)	领导干部及公务员(%)	城镇劳动人口(%)	农民(%)
北京市	18.85	34.42	28.61	32.79
甘肃省	22.12	30.10	16.82	22.76
黑龙江省	16.15	39.22	14.99	13.03
广州市	24.57	59.37	26.07	15.33
平均	20.42	40.78	21.62	20.98

表 3-44　公民素质测评题目难度和正确率情况对比表②

领域	题目编号	正确率(%)	试题难度	题目平均正确率(%)	领域难度
以理解科学事业、科学价值观、参与公共事务为基础的科学思想	1	70	中等	49.69	中等
	2	52	中等		
	3	33	中等		
	4	77	简单		
	5	49	中等		
	6	29	较难		
	7	42	中等		
	8	28	较难		
	9	65	中等		
	10	43	中等		
	11	29	较难		
	12	61	中等		
	13	68	中等		

———————

①　表中的数据是李群等学者基于从《公民科学素质测评题库(试行)》中抽取的 36 道题目做成的问卷的基础上,通过对北京市、甘肃省、黑龙江省、广州市进行严谨的抽样调查,并在对 8593 份有效问卷进行科学分析后所得出的结果。参见李群、陈雄、马宗文编:《中国公民科学素质报告(2017—2018)》,社会科学文献出版社 2018 年版,第 27 页。

②　表中的数据是李群等学者基于从《公民科学素质测评题库(试行)》中抽取的 36 道题目做成的问卷的基础上,通过对北京市、甘肃省、黑龙江省、广州市进行严谨的抽样调查,并在对 8593 份有效问卷进行科学分析后所得出的结果。参见李群、陈雄、马宗文编:《中国公民科学素质报告(2017—2018)》,社会科学文献出版社 2018 年版,第 30—31 页。

续表

领域	题目编号	正确率（%）	试题难度	题目平均正确率（%）	领域难度
科学基础知识	14	58	中等	44.71	中等
	15	42	中等		
	16	69	中等		
	17	49	中等		
	18	42	中等		
	19	71	简单		
	20	40	中等		
	21	35	中等		
	22	28	较难		
	23	47	中等		
	24	10	较难		
	25	53	中等		
	26	32	中等		
	27	50	中等		
科学生活、科学劳动及其他获取和运用科技知识的能力	28	82	简单	64	中等
	29	83	简单		
	30	68	中等		
	31	36	中等		
	32	31	中等		
	33	88	简单		
	34	17	较难		
	35	83	简单		
	36	88	简单		

劳动者的技能素质是公民科学素质的重要内容。劳动者的技能素质状态同样是一国公民科学素质状态的重要反映。我国劳动者的技能素质在现阶段仍然发展不充分。以农民工为例，许多农民工由于种种原因在当下并没有接受足够的技能培训就上岗，甚至有不少人没有参加过技能培训就直接上岗。我国现阶段的农民工人数已经达到 2.9 亿人左右①，但真正接受过农业以外

① 《〈新生代农民工职业技能提升计划（2019—2022 年）〉印发》，《中国人力资源社会保障》2019 年第 2 期。

的技能培训的人数在党的十九大召开前后只占到总人数的 30.6%。① 农民工的技能水平较低、技能素质发展不充分是困扰我国农民工实现更好就业、提升待遇以及用人单位更好地选人用人的主要障碍。我国劳动者技能素质发展不充分的另一个重要表现在于绝大部分劳动者的技能只停留在低端水平,而高技能的劳动者数量严重缺乏。根据我国人力资源和社会保障部提供的资料显示,我国的高级技工在整个产业工人中的比重目前才达到 5% 左右,其高级技工的缺口数量已经增至 2000 万人左右,而日本的高级技工比重已经达到40%,德国的高级技工比重已经达到 50%。② 高级技工的数量不足已经成为我国制造业转型升级、提升产品质量的重要制约因素。正是鉴于此,党中央和国务院明确要求我国在现阶段要"深入实施高技能人才振兴计划"③。劳动者的技能素质发展不充分在较大程度上同样说明我国公民现阶段的科学素质发展还处于不充分的境地。

(二)公民的道德素质发展不充分

公民的道德素质是指公民的社会公德素质、家庭美德素质、职业道德素质、个人品德素质等各种道德素质的总和。公民的道德素质是社会主义精神文明建设的重要内容。公民具有良好的道德素质往往能减少社会有序运转所需的成本,能为经济、政治、社会等其他领域的建设和发展提供更加良好的秩序和环境。经过党和政府几十年的不断努力,我国公民的道德素质已经有了较大的提升。但是,文化大融合、观念大碰撞、思想大活跃的特殊环境使我国

---

① 中华人民共和国国家统计局:《2017 年农民工监测调查报告》,《中国信息报》2018 年 4月 28 日。

② 《中国高级技工缺口高达 2000 万,大国智造谁来造?》,2019 年 12 月 20 日,见 www.mohrss.gov.cn/SYrlzyhshbzb/rdzt/zyjntsxd/zyjntsxd_zxbd/201912/t20191220_347891.html。

③ 《国务院办公厅关于印发〈全民科学素质行动计划纲要实施方案(2016—2020 年)〉的通知》,《中华人民共和国国务院公报》2016 年第 9 期。

公民的道德素质仍然存在明显的不充分问题。"什么缺德的勾当都敢做"①的人并不在少数,其还在社会上占据着一定的比例。公民的道德素质发展不充分的问题对于经济社会的健康发展具有较大的危害。习近平指出:"现在社会上出现的种种问题病根都在这里。"②我国不少公民的社会公德素质发展不充分,其在公众场合不够注重文明礼貌,时常做出一些影响他人、破坏社会良好氛围与秩序,甚至损害国家形象的行为。例如,在清华大学的重要建筑"二校门"、重要文物日晷以及在埃及的卢克索神庙所刻的"到此一游"的字迹③,就只是我国一些公民破坏旅游设施、损坏文物古迹行为的一个缩影,也只是我国一些公民不重视社会公德从而损害社会秩序和国家形象的具体表现之一。我国不少公民的家庭道德素质发展不充分,其出现的家暴行为、拒绝赡养老人的行为、夫妻不诚信的行为等在近年来着实不少见。如表 3-45 所示,我国公民的离婚数量在 1985—2019 年总体上始终都在以较快的速度增长,其离婚数已经由 1985 年的 45.79 万对增加到 2019 年的 470.06 万对,而我国公民的结婚数在 2019 年才达到 927.33 万对,相当于每 1.97 对公民在结婚的同时,就有 1 对公民离婚。我国公民的离婚率已经由 1985 年的 0.44%增加到 2019 年的 3.36%。根据不少学者的研究发现,尽管影响离婚率不断增加的因素很多,但婚外情④、经济暴力、家庭暴力⑤、逃避责任⑥、结婚动机不良⑦等都是其

---

① 《十八大以来重要文献选编》(中),中央文献出版社 2016 年版,第 134 页。

② 《十八大以来重要文献选编》(中),中央文献出版社 2016 年版,第 134 页。

③ 吴思、郭丹丹:《"到此一游"现象为何屡禁不止?——基于道德认同的视角》,《旅游学刊》2018 年第 11 期。

④ 高娜:《从"离婚率"的持续攀升论"家庭伦理道德"的重建——以烟台市牟平区为例》,《伦理与文明》2017 年第 1 期(年刊)。

⑤ 李雨潼:《东北地区离婚率全国居首的原因分析》,《人口学刊》2018 年第 5 期。

⑥ 例如,夫妻一方因工致残或因病失去劳动能力,另一方却通过离婚来推卸和逃避责任。参见付红梅:《当代中国离婚问题的道德审视》,《湖南社会科学》2007 年第 5 期。

⑦ 例如,有些人纯粹为了地位、金钱、工作调动、出国等目的与另一方假意结婚,在目的达成后迅速与另一方离婚。参见付红梅:《当代中国离婚问题的道德审视》,《湖南社会科学》2007 年第 5 期。

重要因素,而这些因素都是公民道德素质不充分的具体体现。除此之外,我国不少公民的职业道德素质发展不充分,特别是部分党政干部罔顾党纪国法,大搞权钱交易、权色交易,做"两面人",缺乏对党的基本忠诚,盛行官僚主义作风、不为群众办实事等。这些不良行为都是缺乏政德的表现。在 2012 年 12 月到 2021 年 5 月短短八年多时间里,受到立案审查或纪律处分的几十万名各级官员[①]基本上都在职业道德方面存在着突出的问题。我国部分企业家或企业高管只顾企业经济效益,罔顾社会效益和生态环境效益,大肆生产假冒伪劣产品,向自然界肆意排放未加处理的废气废水和固体垃圾,甚至不顾人民群众的生命安全,一味赚取昧良心的钱等。这些行为都是缺乏基本的职业道德的具体表现,而 2018 年被曝光的长春长生公司和武汉生物公司制造假疫苗的事件是这类行为的突出代表。鉴于我国公民的道德素质发展还不充分的现状,习近平明确强调:"要提高人民思想觉悟、道德水准、文明素养,提高全社会文明程度。"[②]

表 3-45　1985—2019 年我国结婚和离婚情况对比表[③]

年份	结婚登记(万对)	离婚(万对)	离婚率(%)
1985	831.30	45.79	0.44
1990	951.10	80.00	0.69
1995	934.10	105.60	0.88
2000	848.50	121.29	0.96

---

① 从 2012 年 12 月到 2021 年 5 月,纪检监察机关共立案审查调查省部级以上领导干部 392 人、厅局级干部 2.2 万人、县处级干部 17 万余人、乡科级干部 61.6 万人。2014 年"天网行动"开展以来,从 120 个国家和地区追回外逃人员 9165 人,其中党员和国家工作人员 2408 人,追回赃款 217.39 亿元,"百名红通人员"已有 60 名归案。参见刘廷飞:《新时代全面从严治党取得历史性开创性成就》,2021 年 6 月 29 日,见 https://www.ccdi.gov.cn/100year/202106/t20210629_245048.html。

② 《十九大以来重要文献选编》(上),中央文献出版社 2019 年版,第 30 页。

③ 表中 1985—2019 年的结婚登记数量、离婚数量、离婚率数据均来自国家统计局编:《中国统计年鉴 2021》,中国统计出版社 2021 年版,第 734 页。

年份	结婚登记(万对)	离婚(万对)	离婚率(‰)
2005	823.10	178.50	1.37
2006	945.00	191.30	1.46
2007	991.40	209.80	1.59
2008	1098.30	226.90	1.71
2009	1212.40	246.80	1.85
2010	1241.00	267.80	2.00
2011	1302.36	287.40	2.13
2012	1323.59	310.38	2.29
2013	1346.93	350.01	2.57
2014	1306.74	295.73	2.67
2015	1224.71	384.14	2.79
2016	1142.82	415.82	3.02
2017	1063.10	437.40	3.15
2018	1013.94	446.08	3.20
2019	927.33	470.06	3.36

总之,科学素质发展不充分和道德素质发展不充分是现阶段我国公民素质发展不充分的两大突出表现。我们不能回避公民素质发展不充分的问题,而是要高度重视这些问题,并采取有力的措施来推动我国公民素质的不断提高,从而使其为我国经济社会等各领域的健康发展、高质量发展提供更加良好的秩序和环境。

三、社会公正价值实现不充分

简而言之,公正是指社会的公平与正义。其在本质上属于价值理念的范畴。社会公正价值的实现程度往往既是决定国家和社会稳定状态的重要因素,又是衡量国家和社会文明状态的重要指标,还是体现人的解放程度、自由程度的重要标志。古往今来,社会公正价值的实现程度问题几乎是每一位思想家、经济学家、哲学家等所必然要思考和探索的问题,尽管他们所思考和探索的内容往往可能只属于公正价值在社会某一领域、某一方面的实现程度问题。例如，"不患寡而患不均"①是先秦儒家关于社会公正价值在分配领域所要达到程度的一种设想。"去私曲就公法者，民安而国治"②体现了先秦法家以法律手段来解决社会公正价值实现不充分问题的努力。古希腊哲学家亚里士多德所提出的"违法者是不公正的，而守法者是公正的"③思想与我国先秦法家以法律手段解决社会公正价值实现的不充分问题具有相似性。后来的启蒙思想家伏尔泰将遵守自然法看成是提升社会公正价值实现程度的有效方法。④ 法国空想社会主义者巴贝夫主张通过对福利的绝对均等分配来确保社会公正价值的有效实现。⑤ 英国古典经济学家亚当·斯密却反对将福利进行绝对均等分配，而是主张人们在自己的劳动产物中得到"过得去的衣食住条件"就意味着社会公正价值已经得以实现。⑥ 真正首次系统、科学、深刻阐述社会公正价值实现问题的人是马克思、恩格斯。马克思、恩格斯在其浩瀚的著作中不仅揭示了社会公正价值的科学形成、提升社会公正价值实现程度的科学条件以及资产阶级所宣扬的"已经实现了社会公正价值"的虚假性等，而且还探讨了社会公正价值实现程度的演变趋势及其在未来社会的发展状态。⑦ 中国共产党历来重视提升社会公正价值的实现程度，也特别重视和强调提升社会公正价值实现程度的条件性和过程性。在我国还不具备追求更高的社会公正程度所需的物质条件时，中国共产党实际上在较长一段时间内所

① 《十三经注疏》整理委员会整理：《十三经注疏·孟子注疏》，北京大学出版社 1999 年版，第 221 页。

② 王先慎：《韩非子集解》，中华书局 1998 年版，第 32 页。

③ ［古希腊］亚里士多德：《尼各马可伦理学》，廖申白译注，商务印书馆 2009 年版，第 141 页。

④ ［美］伏尔泰：《哲学辞典》（下），王燕生译，上海人民出版社 2000 年版，第 600 页。

⑤ ［美］G.韦耶德、C.韦耶德编：《巴贝夫选》，梅溪译，商务印书馆 1962 年版，第 89 页。

⑥ ［英］亚当·斯密：《国民财富的性质和原因的研究》（上），商务印书馆 1972 年版，第 72 页。

⑦ 也有一些学者以马克思曾经反对公正说等为理由，反对马克思具有公正思想。参见林进平：《马克思的"正义解读"》，社会科学文献出版社 2009 年版，第 118 页；颜岩：《超越正义何以可能——阿格妮斯·赫勒对马克思正义理论的误读》，《学术月刊》2012 年第 6 期。

走的是一条极富中国特色的"先富带后富"式的提升社会公正价值实现程度的道路。在物质条件得以有效改善的情况下,中国共产党越来越更加注重通过分配制度的改革、全面推进依法治国等方式或途径来提升社会公正价值的实现程度。

我国在提升社会公正价值的实现程度方面已经取得了显著的成绩,但"发展水平高的社会有发展水平高的问题"①,社会公正价值的实现程度在我国现阶段仍然存在着突出的不充分问题,特别是与我国现阶段较高的经济社会发展水平还很不匹配。习近平明确指出:"在我国现有发展水平上,社会上还存在大量有违公平正义的现象。"人民群众"对社会不公问题反映越来越强烈。"②可以说,社会公正价值实现的不充分问题在我国现阶段的各领域、各方面几乎都有不同程度的体现,但其最突出的表现在于贫富差距问题、权力腐败问题两个方面。

(一)贫富差距问题突出

根据中国社会科学院、清华大学、武汉大学、北京大学等科研机构或高校的相关课题组在最近 10 年来的实证调研显示,贫富差距问题始终是体现我国社会公正价值实现不充分的"第一现象",始终是影响我国社会公正价值实现程度的最大问题。③ 根据国际通行标准,基尼系数处于 0.4—0.5 的区间就意味着该国居民的收入差距较大,而基尼系数大于 0.5 就意味着该国居民处于"收入悬殊"的状态。根据国家统计局公布的数据显示,如表 3-46 所示,我国的基尼系数在 2013 年以来始终都处于 0.46 以上,更令人担忧的是,其在 2015年以来总体上又处于不断上升的趋势。这说明我国居民的收入差距确实比较

---

① 《习近平关于全面深化改革论述摘编》,中央文献出版社 2014 年版,第 97 页。
② 《习近平谈治国理政》第一卷,外文出版社 2018 年版,第 95 页。
③ 徐琛:《新世纪以来中国社会公正问题研究述评》,《天津行政学院学报》2019 年第 1 期。

大。根据西南财经大学发布的数据显示,我国的基尼系数在 2010 年就已经高
达 0.61。① 根据武汉大学相关学者的研究显示,我国的基尼系数在 2013 年前
后就已经超过了 0.53。② 如果依据这些研究结果,我国居民的收入就已经处
于悬殊状态。但不管依据官方公布的数据还是依据学者通过研究得出的数
据,我国居民现阶段的收入差距比较大是不容否认的事实。"收入差距拉大
背后有着制度缺陷、法律不健全、政策不完善等不合理因素,这些因素所滋生
的非正常收入极大地损害了公平。"③更加需要注意的是,收入属于物质基础
的因素。居民在收入上的不公平很可能导致其在其他方面的不公平,进而影
响公平价值在整个社会的实现程度。

表 3-46　2003—2020 年我国官方公布的基尼系数变化情况表④

年份	基尼系数
2003	0.479
2004	0.473
2005	0.485
2006	0.487
2007	0.484
2008	0.491
2009	0.490
2010	0.481
2011	0.477
2012	0.474

① 高晨:《中国家庭基尼系数达 0.61 高于全球平均水平》,2012 年 12 月 10 日,http://www.xinhuanet.com/politics/2012-12/10/c_124070295.htm。
② 刘穷志、罗秦:《中国家庭收入不平等水平估算——基于分组数据下隐性收入的测算与收入分布函数的选择》,《中南财经政法大学学报》2015 年第 1 期。
③ 沈时伯、陈林:《从基尼系数看我国现阶段收入差距的合理范围》,《光明日报》2013 年 3 月 29 日。
④ 数据来源于国家统计局住户调查司编:《中国住户调查年鉴 2021》,中国统计出版社 2021 年版,第 371 页。

续表

年份	基尼系数
2013	0.473
2014	0.469
2015	0.462
2016	0.465
2017	0.467
2018	0.468
2019	0.465
2020	0.468

（二）权力腐败问题突出

根据相关实证研究显示,权力腐败问题在最近 10 年来始终是体现我国社会公正价值实现不充分的"第二现象",始终是影响我国社会公正价值实现程度的第二大问题。[1] 权力腐败问题的本质就是以公权谋私利。权力腐败行为在我国现阶段相关资源的配置中仍然比较突出。部分党政干部通过滥用手中的权力为自己、为子女、为亲朋谋取私利,使其获得比普通人更多更优质的受教育机会、就业机会等各种发展机会。部分党政干部还通过权钱交易、权物交易、权色交易等违法乱纪的方式为提供交易的各类社会主体谋取非法利益,干扰经济社会的正常运转,破坏市场在各类资源配置中的决定性作用的有效发挥。这些权力腐败行为往往既造成资源配置的无效和资源的浪费,又造成通过正当途径寻求发展的各类主体无论怎样努力都无法获得应有的发展机会和发展资源的悲惨状况,从而形成"差距越拉越大"的发展局面。权力腐败行为在我国现阶段的司法领域同样还比较突出,既造成了不同程度的"有法不依""执法不严"的现象,又造成了不同程度的关系案、人情案,严重破坏了司法的公正性,降低了司法在人民群众心目中的权威性。根据公开资料显示,我国各

---

[1]　徐琛:《新世纪以来中国社会公正问题研究述评》,《天津行政学院学报》2019 年第 1 期。

级法院在 2018 年查处利用审判权干违纪违法勾当的干警就达到 1064 人。[①]
习近平明确指出:"司法不公、司法公信力不高问题十分突出,一些司法人员
作风不正、办案不廉,办金钱案、关系案、人情案,'吃了原告吃被告',等
等。"[②]更加可怕的是,在一些社会主体通过各种非法交易换取部分党政干部
滥用权力为其获得相关资源而被举报或发现后,这些社会主体又通过行贿等
非法途径成功逃脱或减轻应有的司法制裁和惩罚,而滥用职权的部分党政干
部又通过手中的权力逃脱或减轻应有的司法制裁和惩罚。部分党政干部的权
力腐败行为已经不利于社会公正价值的实现,如果权力腐败的党政干部和参
与权力腐败的社会主体再在司法腐败中"安然脱身",那将不仅更加不利于社
会公正价值的实现,还可能引起社会公正氛围和风气的大范围丧失。相关调
查显示,我国现阶段超过 50% 的人在遇到问题时首先会想到将"找熟人关系
或送礼"作为问题的解决之道。[③] 这充分反映了"权力腐败叠加"对社会公正
价值实现的巨大危害。当然,在党的十八大以来所形成的全面从严治党的大
环境下,我国部分党政干部的权力腐败行为已经在一定程度上得以遏制,我国
社会公正价值的实现程度也有所提升。但我国现阶段仍然存在不少权力腐败
的问题。因此,我们要继续推动全面从严治党,加大对司法不公正现象的治理
力度,从而不断提升社会公正价值的实现程度,确保党的十九大所制定的"人
民平等参与、平等发展权利到 2035 年得到充分保障"的目标[④]得以实现。

综上所述,"美好生活需要"的科学内涵、"不平衡发展"的科学内涵以及
"不充分发展"的科学内涵是新时代社会主要矛盾的科学内涵的三个主要组
成部分。其中,"美好生活需要"的科学内涵主要包括需要的种类多元化、需

---

① 周强:《最高人民法院工作报告——2019 年 3 月 12 日在第十三届全国人民代表大会第二
次会议上》,2019 年 3 月 19 日,https://www.chinacourt.org/article/detail/2019/03/id/3791943.shtml。

② 《十八大以来重要文献选编》(中),中央文献出版社 2016 年版,第 151 页。

③ 徐琛:《新世纪以来中国社会公正问题研究述评》,《天津行政学院学报》2019 年第 1 期。

④ 《十九大以来重要文献选编》(上),中央文献出版社 2019 年版,第 20 页。

要的层次升级化以及需要的风格个性化三大组成部分。需要种类的多元化既表现在"大类需要"的多元化上,又表现在"子类需要"的多元化上;需要的层次升级化既体现在需要的"量"上,又体现在需要的"质"上;需要的风格个性化既表现为需要价值追求的个性化,又表现为需要样式追求的个性化。"不平衡发展"的科学内涵包括城乡之间的发展不平衡、区域之间的发展不平衡、领域之间的发展不平衡、产业结构发展不平衡四大方面。城乡之间的发展不平衡主要包括生产要素分布不平衡、城乡居民收入不平衡以及城乡基本公共服务不平衡三个方面;区域之间的发展不平衡主要包括区域经济发展不平衡、区域城镇化发展不平衡、区域居民收入不平衡以及区域基本公共服务不平衡四个方面;领域之间的发展不平衡主要包括文化建设与经济建设不平衡、社会建设与经济建设不平衡、生态文明建设与经济建设不平衡三个方面;产业结构发展不平衡主要包括各产业之间发展不合理、不平衡以及产业内部的结构不合理、不平衡两个方面。"不充分发展"的科学内涵主要包括创新能力发展不充分、公民素质发展不充分以及社会公正价值实现不充分三大方面。创新能力发展不充分主要包括科技创新能力发展不充分以及制度创新能力发展不充分两个方面;公民素质发展不充分主要包括公民的科学素质不充分以及公民的道德素质不充分两个方面;社会公正价值实现不充分主要包括贫富差距问题突出以及权力腐败问题突出两个方面。

但是,将新时代社会主要矛盾的科学内涵概括为以上这些方面,并不意味着新时代社会主要矛盾的科学内涵就完全是这样,也不意味着我们把"美好生活需要""不平衡发展"以及"不充分发展"的具体内涵就穷尽了。将新时代社会主要矛盾的科学内涵概括为以上这些方面,只是因为这些方面都是我国现阶段所面临的突出问题或严重问题,而还有许多不突出、不严重的问题并没有被概括到新时代社会主要矛盾的科学内涵中。我们在完整理解新时代社会主要矛盾的内涵时特别是在化解新时代社会主要矛盾时却不能不注意那些不突出、不严重的问题。而且,从严格意义上来说,"不平衡发展"的科学内涵与

"不充分发展"的科学内涵是不能完全分开的,因为现实中的不平衡发展问题与不充分发展问题往往是相互交织在一起的,即不平衡发展的问题之中往往包含有不充分发展的问题,而不充分发展的问题往往意味着不平衡发展问题的存在。例如,城乡之间的发展不平衡本身就说明广大农村发展的不充分,而科技创新能力发展的不充分本身就意味着我国高新产业发展的不足,进而意味着我国产业结构存在不合理、不平衡的问题等。我们在这里将"不平衡发展"的科学内涵和"不充分发展"的科学内涵进行分开探讨,只是为了更加突出各种主要问题以及为了更清楚地说明二者的科学内涵而已。同样,我们在完整理解新时代社会主要矛盾的内涵时特别是在化解新时代社会主要矛盾时一定要将二者有机结合起来,从整体看问题和解决问题。此外,新时代社会主要矛盾的科学内涵并不是一成不变的,而是会随着实践的推进不断发展和丰富。因此,我们要始终以发展的眼光去认识和把握新时代社会主要矛盾的科学内涵。

第四章　新时代社会主要矛盾
判断的意义与挑战

　　"新时代社会主要矛盾判断到底意味着什么"的问题是新时代社会主要矛盾研究领域的重要问题。社会主要矛盾是关系国家和社会发展全局的整体性范畴,这要求我们探讨"新时代社会主要矛盾判断到底意味着什么"的问题时,必须坚持"两点论与重点论相统一"的原理,既要考察新时代社会主要矛盾判断对于国内"意味着什么",又要考察新时代社会主要矛盾判断发生转化对于国际"意味着什么";既要考察新时代社会主要矛盾判断产生的重大意义,又要考察新时代社会主要矛盾判断带来的重大挑战。另外,与社会矛盾不同,社会主要矛盾不属于矛盾的普遍性范畴,而是属于矛盾的特殊性范畴。毛泽东在《矛盾论》中明确指出:"离开具体的分析,就不能认识任何矛盾的特性。"①这表明,我们在探讨"新时代社会主要矛盾判断到底意味着什么"的问题时,还需要从微观的角度具体、细致地考察其每一个方面的多元化影响。

---

　　① 《毛泽东选集》第一卷,人民出版社 1991 年版,第 317 页。

第一节　新时代社会主要矛盾判断的
理论意义

社会主要矛盾判断是中国共产党对我国经济社会的整体情况进行思维抽象和高度概括的结果，其本身就是一种重大的理论。再加上社会主要矛盾判断与其他重大理论之间具有内在的紧密联系等原因，作为重大理论创新的新时代社会主要矛盾判断就必然会给其他重大理论带来影响，必然具有多元化的理论意义。

一、深化了对社会主义初级阶段基本国情的认识

不断深化对基本国情的认识是我们不断深化认识和把握其他众多社会问题和社会现象的基本条件。回顾历史不难发现，中国共产党历来具有通过强调或创新社会主要矛盾的判断或表述来深化对基本国情认识的传统。例如，党的十一届六中全会在重新将我国的社会主要矛盾精准地判断为"人民日益增长的物质文化需要同落后的社会生产之间的矛盾"时，作出了"社会主义制度还是处于初级的阶段"①这一接近正确表述的基本国情判断。党的十三大在作出"我国正处在社会主义的初级阶段"②这一精准表述的基本国情判断时，紧接着对"现阶段所面临的主要矛盾"③进行了强调。党的十五大明确"人民日益增长的物质文化需要同落后的社会生产之间的矛盾"这一社会主要矛盾所发挥作用的时间范围为社会主义初级阶段这一基本国情的整个过程。④ 党的

---

① 《改革开放三十年重要文献选编》（上），人民出版社 2008 年版，第 212 页。
② 《十三大以来重要文献选编》（上），人民出版社 1991 年版，第 9 页。
③ 《改革开放三十年重要文献选编》（上），人民出版社 2008 年版，第 476 页。
④ 《十五大以来重要文献选编》（上），人民出版社 2000 年版，第 17 页。

十七大强调的"两个没有变"①以及党的十八大强调的"三个没有变"②都是将"基本国情没有变"和"社会主要矛盾没有变"紧密结合起来进行强调的。与之前历次党的代表大会对社会主要矛盾的主要内容没有作出改变相比,党的十九大所作出的在内容上具有明显变化的新时代社会主要矛盾判断就更加深化了人们对基本国情的认识。首先,社会主义初级阶段的基本国情和初级阶段的社会主要矛盾都是对我国在不发达状态下的整体情况的高度抽象概括,二者必然在本质上具有高度的一致性。而且,从相对宽泛的意义上来说,社会主义初级阶段的基本国情本身就包括初级阶段的社会主要矛盾。初级阶段的社会主要矛盾理论本身就是社会主义初级阶段基本国情理论的核心内容。"社会主义初级阶段的主要矛盾和矛盾的主要方面具体体现为当代中国的基本国情。"③因此,中国共产党作出的新时代社会主要矛盾判断实现了对原来的社会主要矛盾判断的创新和发展,其本身就是对社会主义初级阶段基本国情认识的极大深化。其次,新时代社会主要矛盾的主要方面"不平衡不充分的发展"反映了我国社会生产力在改革开放40多年里尽管已经获得了极大的发展,但其在现阶段仍然还没有摆脱不发达的状态,而且各区域、各领域、各行业、各部分、各群体发展的差异性仍然比较大,经济社会等各方面还存在着制约满足人民群众各种需要的诸多问题。这从根本上说明我国在现阶段还没有发展到社会主义的更高阶段,而是仍然处于社会主义初级阶段的基本国情之下。因此,新时代社会主要矛盾判断实现了通过社会主要矛盾的阶段性质变来帮助我们理解基本国情的不变,即为我们理解现阶段基本国情的不变提供了有迹可循的线索和所需要的关键依据。这当然也是深化对社会主义初级阶段基本国情认识的具体体现。最后,新时代社会主要矛盾判断是中国共产

---

① 《十七大以来重要文献选编》(上),中央文献出版社 2009 年版,第 810 页。
② 《十八大以来重要文献选编》(上),中央文献出版社 2014 年版,第 12—13 页。
③ 金民卿:《毛泽东的主要矛盾学说及其在国情分析中的运用和发展》,《毛泽东研究》2018 年第 1 期。

党在我国经济社会等各方面的整体情况出现阶段性质变的情况下作出的,而新时代社会主要矛盾判断的作出又反过来充分体现了我国经济社会等各方面的整体情况在社会主义初级阶段已经发生阶段性质变的事实。这说明社会主义初级阶段的基本国情于总体不变的情况下在发生阶段性变化,已经出现了许多明显的新特点、新情况。新时代社会主要矛盾判断正是通过反映社会主要矛盾的质的变化来帮助我们深化理解基本国情在总体上的量的不断变化和积累。可见,新时代社会主要矛盾判断使我们更加深刻理解了基本国情的"变"与"不变"的辩证统一关系,而这同样是深化对基本国情认识的重要体现。

二、推动了马克思主义矛盾学说的进一步发展

马克思主义矛盾学说是马克思、恩格斯创立的并经继承者们发展和丰富的关于自然界、人类社会以及人的思维的对立统一的学说。事物正是在不断产生矛盾和不断化解矛盾中得以发展和进步。[①] 与其他学说一样,马克思主义矛盾学说也需要人们结合新的社会现象和新的实践材料来不断加以创新和发展。在马克思、恩格斯创立科学的矛盾学说之后,马克思主义继承者们对其进行过多次创造性的发展。例如,列宁在其《谈谈辩证法问题》等著作中系统地发展了马克思、恩格斯的矛盾思想和辩证法思想,形成了富有俄国革命特色的"矛盾斗争辩证法"的理论体系[②],从而深化和丰富了马克思、恩格斯的矛盾学说。毛泽东在其《矛盾论》《关于正确处理人民内部矛盾的问题》等著作中确立了矛盾的普遍性和特殊性的概念与范畴,敌我矛盾和人民内部矛盾的概念与范畴等富有中国革命和建设特色的一系列概念和范畴,从而进一步丰富和发展了马克思、恩格斯的矛盾学说,等等。新时代社会主要矛盾判断虽然只是属于马克思主义矛盾学说中的一个较小的范畴或方面的理论创新,但其由

---

① 张廷广:《新时代社会主要矛盾判断的生成逻辑》,《甘肃社会科学》2018 年第 4 期。

② 张绍宏:《矛盾辩证法的两种解读——马克思与列宁的辩证法之异同》,《学术月刊》2011 年第 7 期。

于所处理论位置的重要性以及与其他矛盾思想联系的紧密性而同样推动了马克思主义矛盾学说的进一步发展。首先，根据新时代社会主要矛盾判断，社会主要矛盾的需求侧已经由"物质文化需要"转化为"美好生活需要"，而其供给侧已经由"落后的社会生产"转化为"不平衡不充分的发展"。这种转化本身就是社会主要矛盾的具体样态的新发展，是对我国社会主要矛盾判断"系列"和"集群"的丰富。其次，"基本国情不变而社会主要矛盾就不变"是国内在过去一段时间关于社会主要矛盾与基本国情之间的关系的主流观点。[①] 新时代社会主要矛盾判断却是中国共产党在社会主义初级阶段的基本国情没有改变的情况下对我国的社会主要矛盾作出的最新判断。因此，新时代社会主要矛盾判断的作出就打破了过去存在的"基本国情不变而社会主要矛盾就不变"的认识，从而证明"社会主要矛盾在同一个大的发展阶段内是可以发生转化"，即证明"同一基本国情可以对应相继出现的多种社会主要矛盾"。实际上，这种有力度的证明在近代以来一共有两次：一次是中国共产党在新民主主义革命时期基于半殖民地半封建社会的基本国情并立足于变化的革命内容对社会主要矛盾作出了多样化、阶段化判断；另一次就是党的十九大在基本国情没有改变的情况下作出了新时代社会主要矛盾判断。显然，后一次对"同一基本国情可以对应相继出现的多种社会主要矛盾"的证明是发生在和平时期，发生在持续不断的社会主义现代化建设过程中，因而其证明更加具有力度。再次，新时代社会主要矛盾反映了具有普遍性的社会基本矛盾在处于社会主义社会形态下的我国现阶段的最新特殊情况，也反映了我国经济社会等各方面在现阶段所呈现的整体特殊情况。同时，新时代社会主要矛盾判断的作出意味着"人民日益增长的物质文化需要同落后的社会生产之间的矛盾"这一社会主要矛盾已经降为一种次要矛盾而融于整个社会矛盾的系统之中，意味着我国其他社会次要矛盾的存在秩序和运行方式的调整和改变，意味着

---

① 郭志琦：《论我国社会的主要矛盾》，《马克思主义研究》2006 年第 10 期。

我国社会主要矛盾和众多社会次要矛盾的化解方式与化解路径的变化。可见,新时代社会主要矛盾判断丰富了马克思主义矛盾的特殊性原理,拓宽了矛盾特殊性原理运用和运行的时空范围。最后,新时代社会主要矛盾判断的作出以铁的事实证明了社会主义社会的矛盾转化范围和属性一般在于人民内部矛盾而不是敌我矛盾。而且,新时代社会主要矛盾判断既是对我国现阶段各方面的整体情况的最新概括,也是对现阶段我国人民内部矛盾的最新总体概括。各领域、各区域、各部分、各行业、各群体、各方面发展的不平衡不充分是现阶段我国人民内部矛盾的重要具体表征。因此,新时代社会主要矛盾判断实际上还发展和丰富了人民内部矛盾理论。

三、丰富和发展了马克思主义社会有机体理论

社会有机体是马克思主义唯物史观中关于人类社会各个系统之间的整体有机联系的范畴。马克思在《资本论》第一版序言中对其作出了比较经典的表述,即"现在的社会不是坚实的结晶体,而是一个能够变化并且经常处于变化过程中的有机体。"①马克思、恩格斯在《德意志意识形态》中着重揭示了物质生活资料的生产、人类自身的生产、社会关系的生产以及意识形态的生产四大系统之间的有机辩证关系。纵观马克思、恩格斯后来的相关论述,社会有机体不仅包括经济、文化等这样的大类系统之间的整体有机关系,而且包括这些大类系统下面的子类系统之间的整体有机关系。在马克思、恩格斯之后,列宁、毛泽东、胡锦涛等马克思主义者都对社会有机体理论进行了创新和发展。例如,毛泽东在其名著《新民主主义论》中首次将社会有机体的结构规定为政治、经济、文化"三位一体"。② 胡锦涛提出的构建和谐社会、和谐世界的理论也是对社会有机体理论的发展。新时代社会主要矛盾判断同样丰富和发展了

①　《资本论》第 1 卷,人民出版社 2004 年版,第 10—11 页。
②　周建超:《重读毛泽东〈新民主主义论〉中关于经济政治文化的辩证论述——基于马克思社会有机体理论的视域》,《教学与研究》2013 年第 12 期。

马克思主义社会有机体理论。首先,从"人的需要"这一关于"人"的子类系统来看,原来的社会主要矛盾判断更加注重人的生存需要的满足,强调的是在社会有机体发展水平处于整体落后状态下的"重点满足"和"优先满足"的理念和思路,而新时代社会主要矛盾判断更加注重人的美好生活需要的满足,更加主张满足人的需要的全面性和综合性,所强调的是在社会有机体发展水平已有整体提升的状态下的"重点满足"和"全面满足"相兼顾的理念和思路,甚至强调的是更加注重"全面满足"的理念和思路。而且,新时代社会主要矛盾判断展现了人民群众的需要在社会主义初级阶段的生产力获得较大程度的发展后,必然会在种类上呈现多元化态势,会在层次上呈现升级化的趋势,会在风格上呈现个性化的特征。这些关于人的需要的变化也表明,社会有机体在社会生产力获得较大程度的发展后需要"人"这一社会主体更好、更全面地发挥作用才能更有效、更良性的运转,但这时制约"人"这一社会主体更好、更全面发挥作用的因素也必然是综合性的。其次,原来的社会主要矛盾判断在社会主义初级阶段的社会有机体的运转方面虽然强调经济建设、文化建设"两点论",但这与整个社会有机体的各大系统相比,实际上仍然强调的是"重点论",而新时代社会主要矛盾判断主张社会有机体的各大系统之间实现"平衡发展充分发展",实际上真正强调的是各大系统建设的"全面论"和"整体论"。新时代社会主要矛盾判断表明,在社会主义初级阶段的社会生产力发展到一定阶段以及人民群众的生活水平提升到一定程度后,经济建设仍然是重点,但社会有机体中的政治建设、社会建设等其他大系统的建设将会在社会有机体的更加有效和良性运转中发挥越来越大的作用。这时,恩格斯晚年所说的"无数个力的平行四边形"所形成的"历史合力论"①会在社会有机体的运转中更加得以彰显和体现。最后,新时代社会主要矛盾判断所强调的"不平衡不充分发展"的现状,更加凸显了"短板效应"的重要性,即更加凸显了各大系

---

① 《马克思恩格斯选集》第 4 卷,人民出版社 2012 年版,第 605 页。

统中的"发展短板"以及各大系统下面的子类系统的"发展短板"在社会主义初级阶段的社会生产力获得较大程度的发展后对社会有机体的发展和运转的制约作用。"补缺陷、抓短板"成为现阶段中国共产党和人民群众推动社会有机体更加良性发展和更加有效运转的重要任务。总之，新时代社会主要矛盾判断必然会改变和优化各大系统及其子类系统在社会有机体运转中的结构和秩序。更为根本的是，新时代社会主要矛盾判断丰富和发展了处于社会主义初级阶段的社会主义国家在经济社会等各方面的整体发展状况发生阶段性质变后的马克思主义社会有机体理论。

四、推动形成了习近平新时代中国特色社会主义思想

马克思曾经在《〈黑格尔法哲学批判〉导言》中明确阐述了"只有抓住事物的根本才能创造彻底的理论以被群众所信服"的思想。[①] 所谓"事物的根本"一般就是指事物所面临的众多矛盾中的主要矛盾。所谓"整个社会"这一"事物"的根本就是众多社会矛盾中的社会主要矛盾。马克思、恩格斯虽然没有提出和确立社会主要矛盾的概念和范畴，但他们通过创立唯物史观和发现剩余价值看到并且抓住了"无产阶级与资产阶级之间的矛盾"这一资本主义社会的主要矛盾是确定无疑的。这恰恰成为他们所创造和阐述的一系列革命理论具有彻底性的重要原因之一。列宁的落后国家的革命道路理论之所以科学，其重要原因在于抓住了当时资本主义国家的社会主要矛盾。毛泽东所创造的新民主主义革命理论之所以正确，其重要原因在于他准确判断出了当时我国的社会主要矛盾，并且使这一时期的社会主要矛盾始终成为其构建新民主主义革命理论的基础。邓小平理论的创立与邓小平对改革开放新时期社会主要矛盾的精准判断息息相关。"三个代表"重要思想的完整思路是在紧密围绕化解社会主要矛盾的过程中得以形成。[②] 科学发展观是基于社会主要矛

---

① 《马克思恩格斯全集》第 3 卷，人民出版社 2002 年版，第 207 页。

② 李捷：《"三个代表"重要思想与中国社会主要矛盾》，《中国党政干部论坛》2003 年第 3 期。

盾没有变的大背景下所展露出来的新特点而创造的发展理论。① 新时代社会主义矛盾判断同样推动形成了习近平新时代中国特色社会主义思想。首先，从理论的整体性来看，新时代社会主要矛盾判断为习近平新时代中国特色社会主义思想的提出奠定了理论基础。新时代社会主要矛盾判断是对新时代我国经济社会等各方面的整体发展状况的最新概括，抓住了我国基本国情的最新阶段性变化的最根本的特征，从而成为以习近平同志为核心的党中央在新时代创新理论、形成新思想的基本参照和逻辑起点。新时代社会主要矛盾判断构成了"习近平新时代中国特色社会主义思想"这一马克思主义中国化最新理论成果的立论根基。其次，从思想的内容来看，党的二十大对习近平新时代中国特色社会主义思想的主要内容作出了"十个明确""十四个坚持""十三个方面成就"的规定②。而新时代社会主要矛盾判断正是"十个明确"③ 之一，即

---

① 牛先锋：《社会主要矛盾新特征与科学发展新理念》，《毛泽东邓小平理论研究》2012 年第 9 期。

② 习近平：《高举中国特色社会主义伟大旗帜　为全面建设社会主义现代化国家而团结奋斗——在中国共产党第二十次全国代表大会上的报告》，人民出版社 2022 年版，第 17 页。

③ "十个明确"是指"明确中国特色社会主义最本质的特征是中国共产党领导，中国特色社会主义制度的最大优势是中国共产党领导，中国共产党是最高政治领导力量，全党必须增强'四个意识'、坚定'四个自信'、做到'两个维护'；明确坚持和发展中国特色社会主义，总任务是实现社会主义现代化和中华民族伟大复兴，在全面建成小康社会的基础上，分两步走在本世纪中叶建成富强民主文明和谐美丽的社会主义现代化强国，以中国式现代化推进中华民族伟大复兴；明确新时代我国社会主要矛盾是人民日益增长的美好生活需要和不平衡不充分的发展之间的矛盾，必须坚持以人民为中心的发展思想，发展全过程人民民主，推动人的全面发展、全体人民共同富裕取得更为明显的实质性进展；明确中国特色社会主义事业总体布局是经济建设、政治建设、文化建设、社会建设、生态文明建设五位一体，战略布局是全面建设社会主义现代化国家、全面深化改革、全面依法治国、全面从严治党四个全面；明确全面深化改革总目标是完善和发展中国特色社会主义制度、推进国家治理体系和治理能力现代化；明确全面推进依法治国总目标是建设中国特色社会主义法治体系、建设社会主义法治国家；明确必须坚持和完善社会主义基本经济制度，使市场在资源配置中起决定性作用，更好发挥政府作用，把握新发展阶段，贯彻创新、协调、绿色、开放、共享的新发展理念，加快构建以国内大循环为主体、国内国际双循环相互促进的新发展格局，推动高质量发展，统筹发展和安全；明确党在新时代的强军目标是建设一支听党指挥、能打胜仗、作风优良的人民军队，把人民军队建设成为世界一流军队；明确中国特色大国外交要服务民族复兴、促进人类进步，推动建设新型国际关系，推动构建人类命运共同体；明确全面从严治党的战略方针，提出新时代党的建设总要求，全面推进党的政治建设、思想

新时代社会主要矛盾判断本身就构成了习近平新时代中国特色社会主义思想的主要内容之一。最后,从思想的具体内容之间的关系来看,一些具体的思想内容的提出或继续坚持都与新时代社会主要矛盾判断联系紧密。例如,将"美丽"纳入到我国现代化的奋斗目标之中,就和经济社会与生态环境之间发展的不平衡现状联系紧密;将"坚持在发展中保障和改善民生"①作为坚持和发展中国特色社会主义的基本方略之一,就与人民群众对美好生活的需要日益增长以及民生领域存在众多不平衡不充分的现象紧密相关;继续强调中国特色社会主义事业的"五位一体"总体布局以及"四个全面"战略布局同样是为了更好地解决我国在现阶段所面临的"不平衡不充分问题"。总之,新时代社会主要矛盾判断是以习近平同志为核心的党中央及时判断和抓住了现阶段我国"整个社会"最根本特征的体现,而习近平新时代中国特色社会主义思想正是围绕这个根本而得以形成。新时代社会主要矛盾判断使习近平新时代中国特色社会主义思想的逻辑更加严密,内容更加完整,理论阐释更加彻底。

第二节　新时代社会主要矛盾判断的方位意义

　　新时代社会主要矛盾判断的方位意义是新时代社会主要矛盾判断的重要贡献之一。由于社会主要矛盾的统摄地位以及与其他各种事物的重大关联性,新时代社会主要矛盾判断的方位意义也是多方面的、综合性的。

建设、组织建设、作风建设、纪律建设,把制度建设贯穿其中,深入推进反腐败斗争,落实管党治党政治责任,以伟大自我革命引领伟大社会革命。这些战略思想和创新理念,是党对中国特色社会主义建设规律认识深化和理论创新的重大成果。"《中共中央关于党的百年奋斗重大成就和历史经验的决议》,《人民日报》2021 年 11 月 17 日。

　　① 《十九大以来重要文献选编》(上),中央文献出版社 2019 年版,第 16 页。

一、标志着中国特色社会主义进入新时代

纵观马克思主义经典作家们的浩瀚著述,时代问题以及时代的划分依据问题始终都是他们重点关注和探讨的话题。马克思、恩格斯在不同的时期从不同的角度探讨过划分时代的不同依据。例如,把生产力的发展状态作为划分时代的依据、把社会主体的状态作为划分时代的依据、把社会交往状态作为划分时代的依据等。① 在这些划分依据当中,还有一些划分时代的经典依据至今仍然在发挥着重要作用。例如,将"重大问题"作为划分时代的依据。马克思在 1842 年写作的《集权问题》一文中就明确强调:"问题是时代的格言,是表现时代自己内心状态的最实际的呼声。"② 例如,将"社会基本矛盾的样态"作为划分时代的依据。马克思在后来写作的《〈政治经济学批判〉序言》中明确指出:"我们判断这样一个变革时代也不能以它的意识为根据;相反,这个意识必须从物质生活的矛盾中,从社会生产力和生产关系之间的现存冲突中去解释。"③ 社会主要矛盾就是一个国家所面临的最大问题,就是一个国家最突出的"物质生活的矛盾",就是"社会生产力和生产关系之间的冲突和矛盾"在处于具体社会形态下的具体国家的阶段性体现。因此,将社会主要矛盾判断作为划分时代的依据与马克思主义经典作家的划分时代的依据具有内在的一致性和高度的契合性。可见,将新时代社会主要矛盾判断作为中国特色社会主义进入新时代的依据和标志是有着深刻的理论根据的。实际上,新时代社会主要矛盾判断正是反映了我国在成功解决"站起来"阶段和"富起来"阶段所面临的最大社会问题即社会主要矛盾之后,进入到面临走向"强起来"阶段的最大社会问题即新的社会主要矛盾。如果不将新时代社会主要矛盾判断作为中国特色社会主义进入新时代的主要依据和主要标志,那就实在

---

① 参见秦宣、郭跃军:《论马克思恩格斯的时代观》,《江西社会科学》2009 年第 1 期。
② 《马克思恩格斯全集》第 1 卷,人民出版社 1995 年版,第 203 页。
③ 《马克思恩格斯全集》第 31 卷,人民出版社 1998 年版,第 413 页。

找不出其他能够作为中国特色社会主义进入新时代的更好的依据和标志了。我们当然还能找到其他能够作为中国特色社会主义进入新时代的依据和标志,但它们只能作为中国特色社会主义进入新时代的次要依据和次要标志,或者只能作为中国特色社会主义进入新时代的辅助依据和辅助标志,而不能作为其主要依据和主要标志。例如,我们可以说新的发展环境、新的发展条件的出现标志着中国特色社会主义进入到新时代,或者说新的奋斗目标的出现标志着中国特色社会主义进入到新时代,但这些表述都是从次要依据和次要标志或者从辅助依据和辅助标志的意义上来说的。如果硬是将新的发展条件、新的发展环境、新的奋斗目标的出现说成是中国特色社会主义进入新时代的主要依据和主要标志,那就明显属于理论逻辑上的错误表述。有学者在文章中将新时代社会主要矛盾判断作为中国特色社会主义进入新时代的"一个重要依据"和"一个重要标志"[①]。这是不太准确的,也是不太科学的,因为其潜在的意思就是认为判断中国特色社会主义进入新时代的重要依据和标志不止一个,而且这些依据和标志之间的重要性是没有差别的和均衡的,即不存在一种依据处于主要地位。此外,中国特色社会主义进入新时代并不是说中国特色社会主义已经超越了社会主义初级阶段而进入到更高的社会主义发展阶段,而是在社会主义初级阶段内进入到一个新的发展阶段,而这恰恰是由新时代社会主要矛盾与原来的社会主要矛盾一样都是属于社会主义初级阶段内的社会主要矛盾所决定的。

二、标志着人民群众的全面发展进入到新阶段

实现人的全面发展是共产主义社会的本质特征和根本目的,但这并不是说,我们在真正实现共产主义社会之前的社会形态里在人的全面发展问题上就无能为力。相反,我们在实现共产主义之前更需要不断追求和实现人的全

[①]　参见邸乘光:《中国共产党面向新时代的政治宣言和行动纲领——学习习近平在中国共产党第十九次全国代表大会上的报告》,《武汉科技大学学报(社会科学版)》2017 年第 6 期。

面发展。只不过,人的全面发展在共产主义社会之前的社会形态里,不仅在水平上和程度上不如共产主义社会里的水平和程度那样高,而且其水平和程度受经济社会等各方面的整体发展情况的制约而呈现出明显的层次性和阶段性。社会主要矛盾是对经济社会等各方面的整体发展情况的高度概括和总体判断。因此,社会主要矛盾判断实际上对人的全面发展的层次和阶段具有直接的指示作用。正如有学者所指出的那样,"社会主要矛盾其实就如同一个透视镜,可以清晰地反映出人的全面发展的历史进程与阶段性状况,同时也能折射出未来的发展走向。"①例如,新民主主义革命时期的民族矛盾或阶级矛盾形态的社会主要矛盾,展现了我国人民群众在当时所追求的还是最基本的生存权利,而"全面发展"对绝大多数人来说还只是一种"未来理想"。过渡时期的社会主要矛盾"无产阶级同资产阶级之间的矛盾",展现了我国人民群众在最基本的生存权利方面已有保障,但由于受资本家的剥削和生产力发展水平低下的影响而在全面发展方面处于相当低水平的层次。因此,中国共产党在新中国成立后及时通过"三大改造运动"变革生产关系来解放生产力,又同时通过实行工业化来发展生产力,以便为人民群众的全面发展奠定物质基础。改革开放以来重新判断的"人民日益增长的物质文化需要同落后的社会生产之间的矛盾"这一社会主要矛盾,展现了我国人民群众随着社会生产力的不断发展在全面发展方面虽然总体还处于低水平的层次和程度,但其层次和程度却在快速提升中。新时代社会主要矛盾判断同样对我国人民群众的全面发展状态具有直接的指示作用,其展现了我国人民群众的全面发展层次和程度已经进入到新阶段,已经在社会主义初级阶段内达到了更高层次和更高程度。首先,从新时代社会主要矛盾的次要方面来看,我国人民群众的需要已经由"物质文化需要"升级为"美好生活需要",即人民群众的需要无论是在横向上还是在纵向上都已经更加全面化、更加综合化。根据唯物史观的相关原理,人

---

① 刘玖玲:《习近平人的全面发展思想研究》,《学校党建与思想教育》2018 年第 11 期。

的需要状态在很大程度上是人的本质状态的重要体现。① 从这个意义上说，我国人民群众的需要更加全面化和综合化的状态正好反映了其全面发展的层次和程度已经进入到新阶段。其次，从新时代社会主要矛盾的主要方面来看，人民群众所反映的最大、最突出的社会发展问题在于发展的不平衡不充分，即人民群众对社会各方面、各领域、各行业、各部分的全面发展的要求越来越强烈。根据唯物史观的相关原理，人们要实现自身的全面发展就首先要实现社会的全面发展，并且首先体现于社会的全面发展。因此，人民群众对社会全面发展的呼声达到一个新的高度，反而反映出人民群众的全面发展层次和程度进入到一个新阶段。实际上，习近平在党的十九大阐述新时代社会主要矛盾判断是新思想的主要内容时，明确将社会主要矛盾判断指向了人的全面发展问题，并且将"新时代社会主要矛盾判断"与"以人民为中心的发展思想""促进人的全面发展"以及"促进全体人民共同富裕"放在了一起表述。② 这无疑也深刻表明，随着社会主要矛盾由原来的社会主要矛盾转变为新时代社会主要矛盾，我国人民群众的全面发展已经进入到一个新阶段。人民群众在现阶段正在向着更高层次和更高程度的全面发展目标迈进。这无疑需要在化解新时代社会主要矛盾的过程中才能逐步实现。

三、标志着我国经济正式进入到高质量发展阶段

尽管社会主要矛盾是中国共产党对我国在某一阶段内经济社会等各方面发展的整体情况所作出的高度抽象概括和判断的结果，但其往往因对事关经济发展的一系列理论的决定作用以及对经济发展状态的指示作用而被视为政治经济学的重要内容。因此，社会主要矛盾理论的创新往往也被视为是对政

---

① 参见《马克思恩格斯全集》第 3 卷，人民出版社 2002 年版，第 514 页。
② 参见《十九大以来重要文献选编》（上），中央文献出版社 2019 年版，第 14 页。

治经济学的理论创新。① 回顾新中国成立以来的经济发展史不难发现，每一次正确的社会主要矛盾判断都对经济发展产生了重要影响，都预示着经济发展处于"某一种状态"。例如，过渡时期的阶级矛盾形态的社会主要矛盾判断意味着我国在当时的经济发展状态总体上是"利用各种经济成分恢复国民经济并初步建立社会主义公有制经济基础"的起步阶段。党的八大所判断的社会主要矛盾——人民对于建立先进的工业国的要求同落后的农业国的现实之间的矛盾以及人民对于经济文化迅速发展的需要同当前经济文化不能满足人民需要的状况之间的矛盾——意味着我国在当时的经济发展状态总体上是"建立健全基本的经济体系"的基础发展阶段。党的十一届六中全会所判断的社会主要矛盾意味着我国在这一阶段的经济发展状态总体上是"追求国民经济总量高速增长但经济发展质量不够高"腾飞阶段。党的十九大所作出的新时代社会主要矛盾判断则意味着我国经济发展的总体状态已经正式进入到"追求经济总量保持中高速增长且经济发展质量高"的优化发展阶段。党的十九大明确指出："我国经济已由高速增长阶段转向高质量发展阶段"②。在党的十九大后召开的第一次中央经济工作会议明确强调我国经济发展与中国特色社会主义一道进入到新时代，并明确指出：新时代我国经济发展的基本特征就是"已由高速增长阶段转向高质量发展阶段"③。国务院发展研究中心主任李伟研究员在 2018 年 1 月 27 日举办的"国研智库论坛·新年论坛 2018"上的讲话中也明确指出："中国经济发展进入高质量的新时代的基本依据是社会主要矛盾的变化"④。从新时代社会主要矛盾的主要方面来看，对应到经济发展领域，解决"不平衡不充分发展"这一最大的问题，其实质就是要通过全

① 参见卫兴华：《中国特色社会主义政治经济学的创新和发展》，《光明日报》2017 年 10 月 19 日；顾海良：《新时代中国特色"强起来"的政治经济学主题》，《文化软实力》2017 年第 4 期。
② 《十九大以来重要文献选编》（上），中央文献出版社 2019 年版，第 21 页。
③ 《中央经济工作会议在北京举行》，《光明日报》2017 年 12 月 21 日。
④ 李伟：《中国经济迈向高质量发展新时代》，《中国发展观察》2018 年第 3 期。

面深化改革来转变经济发展方式、优化经济结构、转化经济增长的动力,其归根到底就是要对各种经济要素以及与经济要素相关的各种非经济要素进行排列结构上的有机重组。根据马克思主义唯物辩证法的相关原理,事物在排列结构上的有效变化是事物由量变达到质变的重要途径之一。因此,解决不平衡不充分的发展问题就能通过对各种要素的排列结构的有机重组和优化来实现经济发展发生质变,从而达到高质量发展的目标。从新时代社会主要矛盾的次要方面来看,人民群众的美好生活需要既体现在"量"的增长方面,更体现在"质"的提升方面,即需要层次的升级化和需要风格的个性化都是美好生活需要的重要内涵。人民群众在"需要质量"上的更高追求,就必然会对经济社会等各领域发展的质量提出更高的要求,特别是对经济发展的质量提出更高要求,毕竟经济发展在社会主义初级阶段各领域的发展中是更为关键的领域。这就会促使党和国家及时出台能推动经济实现高质量发展的一系列战略方针政策理念,将人民群众的更高质量的需要愿望和高质量经济发展的愿望逐步落到实处。

第三节　新时代社会主要矛盾判断的
验证意义

简而言之,所谓"验证"是指通过某一事物或现象检验证明原来的某种判断或结论正确与否的过程。所谓"验证意义"是指某一事物或现象对检验证明原来的某一判断或结论正确与否所发挥的积极作用。作为中国共产党作出的事关中国特色社会主义事业发展全局的重大判断之一,新时代社会主要矛盾判断在多个重要方面都具有验证意义。

一、验证了之前关于社会主要矛盾判断的科学性

以后来的新判断、新结论去检验证明以前的同类判断或同类结论,是科学的认识论的内在要求。其体现的是毛泽东在《实践论》中的名言,即"实践、认

识、再实践、再认识,这种形式,循环往复以至无穷,而实践和认识之每一循环的内容,都比较地进到了高一级的程度"①。在同类判断或同类结论的检验证明中存在着两类情况:一类是以后来的内涵更高级或更丰富的结论或判断检验证明原来的判断或结论的科学性;另一类是以后来更加正确的结论检验证明原来的判断或结论的非科学性。应该说,在中国共产党认识和判断社会主要矛盾的历史上,这两种类型的检验证明都是存在的。例如,解放战争时期的社会主要矛盾判断意味着抗日战争的结束,同时也能检验证明抗日战争时期的"日本帝国主义同中华民族之间的矛盾"这一社会主要矛盾判断的科学性。这显然更属于同一类验证中的第一类现象。再例如,党的十一届六中全会所作出的社会主要矛盾判断检验证明了党的八大关于社会主要矛盾判断的科学性。这显然同样属于同一类验证中的第一类现象。但是,党的十一届六中全会所作出的社会主要矛盾判断又证明了中国共产党在 1957 年 9 月到 1978 年 11 月将社会主要矛盾重新判断为阶级矛盾的不科学性。这显然更属于同类验证中的第二类现象。新时代社会主要矛盾判断同样具有同类验证的意义。一方面,新时代社会主要矛盾判断检验证明了原来的社会主要矛盾判断的科学性。这里"原来的社会主要矛盾判断"是指自党的十一届六中全会以来到党的十九大召开以前对我国社会主要矛盾所作出的在内容上没有变化的判断。新时代社会主要矛盾判断在内容上比原来的社会主要矛盾判断更加高级、更加丰富,说明原来的社会主要矛盾判断是科学的,只是已经被化解而变为次要矛盾而已。新时代社会主要矛盾正是中国共产党在化解原来的社会主要矛盾的基础上作出的判断。如果原来的社会主要矛盾判断是非科学的,那中国共产党就不可能将其化解,也就不可能有新时代社会主要矛盾判断。而且,习近平在党的十九大表述新时代社会主要矛盾判断时采用的是"转化"②一词,即由原来的社会主要矛盾转化和发展而来。这就更加证明了原来的社会主要矛盾判断的科学性。

---

① 《毛泽东选集》第一卷,人民出版社 1991 年版,第 296—297 页。
② 参见《十九大以来重要文献选编》(上),中央文献出版社 2019 年版,第 8 页。

另一方面,新时代社会主要矛盾判断又检验证明了党的十五大前后所作出的关于原来的社会主要矛盾在时间下限问题上的论断的非科学性。党的十五大前后对原来的社会主要矛盾判断在表述上的最大创新点,在于作出了"人民日益增长的物质文化需要同落后的社会生产之间的矛盾贯穿整个初级阶段"的论断,即原来的社会主要矛盾的时间下限是社会主义初级阶段的结束。新时代社会主要矛盾判断的作出显然已经验证了这一论断的非科学性。这表明认识真理的艰难性和条件性。新时代社会主要矛盾判断的验证同类判断或论断的过程实际上是对"实践是检验真理的唯一标准"的具体运用。而且,新时代社会主要矛盾判断在验证同类判断或论断方面同样具有两种类型的重要意义。

二、验证了中国特色社会主义道路的正确性

除了用后来的新判断、新结论去检验证明以前的同类判断、同类结论的科学性之外,还存在另外一种检验证明的情况,即用后来的新判断、新结论去检验证明以前的非同类判断、非同类结论的正确性。例如,以我国人民群众的生活水平在改革开放以来的极大提升去检验证明以经济建设为中心的判断的正确性等。社会主要矛盾判断同样可以检验证明社会主要矛盾判断以外的其他判断和结论,特别是可以检验证明我们党在各个时期所开辟的道路的正确性。例如,新民主主义革命时期的"帝国主义同中华民族的矛盾""封建主义同人民大众的矛盾"等社会主要矛盾的化解及其被新的社会主要矛盾判断所代替就检验证明了中国共产党所开辟的"农村包围城市,武装夺取政权"的革命道路的正确性。过渡时期的"无产阶级与资产阶级之间的矛盾"这一社会主要矛盾的化解及其被新的社会主要矛盾判断所代替检验证明了中国共产党所开辟的社会主义革命道路的正确性等。习近平在党的十九大明确指出:"中国特色社会主义道路是实现社会主义现代化、创造人民美好生活的必由之路"①,是化解社会

---

① 《十九大以来重要文献选编》(上),中央文献出版社 2019 年版,第 12 页。

主要矛盾的必由之路。但是,使原来的社会主要矛盾被化解及其被新时代社会主要矛盾判断所代替,同样可以检验证明中国共产党所开辟的中国特色社会主义道路的正确性。而且,我们时常说,没有中国特色社会主义道路的开辟就没有我国在改革开放以来所取得的历史性成就,所发生的沧桑巨变。人民群众固然能够通过"感性直观"体会到这种历史性成就和巨变以及在此基础上认识到中国特色社会主义道路的正确性,但这毕竟只是一种"还不那么可靠"的感性认识。新时代社会主要矛盾是中国共产党对我国经济社会等各方面在现阶段发展的整体情况进行高度抽象概括所形成的本质认识和判断,是一种"比较可靠的"理性认识。因此,新时代社会主要矛盾判断更能准确反映我国整体状态在现阶段已经发生的阶段性质变现象,更能从根本上检验证明中国特色社会主义道路的正确性。我们或许还能利用其他理性认识或判断来检验证明中国特色社会主义道路的正确性,但它们都不如新时代社会主要矛盾判断的检验证明这样有力度和富有效果,因为除了"基本国情"判断,我们很难再找到像新时代社会主要矛盾判断这样能准确反映我国现阶段的整体发展已发生阶段性质变的认识和判断了。况且,我国的基本国情在现阶段还没有变以及"立足基本国情"本身就是中国特色社会主义道路的重要内容①,因而我们用"基本国情"判断去检验证明中国特色社会主义道路的正确性显然是不合适的。新时代社会主要矛盾判断应该,也能够检验证明中国特色社会主义道路的正确性。

三、验证了中国共产党具有较强的执政能力

执政能力是指执政党综合运用各种途径和手段治理国家的能力总和。中国共产党在成为执政党以来始终重视自身的执政能力建设,在党的十六大明确提出"加强党的执政能力建设"②以来更是越加强化其建设的力度,保持了

---

① 参见《胡锦涛文选》第三卷,人民出版社2016年版,第526页。
② 《十六大以来重要文献选编》(上),中央文献出版社2005年版,第95页。

较强的执政能力。这种较强的执政能力,我们同样可以从新时代社会主要矛盾判断中得到检验证明。首先,运用社会主要矛盾的概念和范畴来精准、深入地把握我国经济社会等各方面发展的阶段性整体情况既是中国共产党比其他国家的执政党具有优势的重要表现,又是中国共产党本身具有较强的执政能力的证明,因为党的执政能力必然首先体现在对国家的整体发展状态和所处发展方位的判断能力上。实际上,如果连对国家发展的整体状态和具体方位都无法作出准确判断,那执政党即便在其他方面的能力再强,其执政能力也只能是弱的,更不能执好政。党的十一届六中全会重新对我国在社会主义初级阶段的社会主要矛盾进行了科学判断。这表明中国共产党对国家的整体发展状态和具体方位的判断和把握能力越来越强,表明中国共产党的执政能力也在不断增强。新时代社会主要矛盾判断打破了党和学术界实际上在过去存在的"基本国情不变而社会主要矛盾就不变"的基本认识,是中国共产党对现阶段国家的整体发展状态和具体方位的更加准确、更加深入的把握。如果没有较强的执政能力,中国共产党是不可能在这方面做的这样好。其次,新时代社会主要矛盾判断的作出,说明我国经济社会等各方面的整体发展在改革开放初期所处的落后状态已经在很大程度上得以改变,已经迎来了"从站起来、富起来到强起来的伟大飞跃"[1],说明我国人民群众在改革开放初期整体处于贫穷的生存状态得以改变,已经实现了由"追求温饱问题的解决到追求全面小康、实现全面小康"的伟大跨越。而且,在推动经济社会等各方面的整体发展过程中以及在不断提升人民群众的生活水平的过程中,中国共产党面临着数不清的艰难险阻,也面临着无数的风险挑战,但都能一一斩关夺隘,处处化险为夷。作为中国特色社会主义事业的领导核心,中国共产党如果在改革开放以来没有较强的执政能力,是不可能带领人民群众成功应对各种艰难和挑战,也不可能在社会主义现代化建设方面和改善人民群众的生活水平方面取得如

---

[1] 《十九大以来重要文献选编》(上),中央文献出版社 2019 年版,第 7 页。

此巨大的成就。从这个意义上来说,新时代社会主要矛盾判断同样检验证明了中国共产党具有较强的执政能力。可以说,新中国成立以来特别是改革开放以来的每一次关于社会主要矛盾的正确判断,都标着中国共产党执政能力的增强。

第四节　新时代社会主要矛盾判断的
治国理政意义

提出和确立社会主要矛盾的概念和范畴并及时对社会主要矛盾作出新判断,其在和平建设年代的根本目的就是为中国共产党的治国理政服务。从这一点上来说,"治国理政意义"更应该成为我们在研究和探讨新时代社会主要矛盾判断的意义时所不能忽略的重要内容。

一、意味着中国共产党治国理政具有新动力

大体说来,唯物史观视域下的社会发展的动力有三种类型:第一种动力的类型是根本动力,即决定一切社会形态得以发展和进步的根本力量。这种动力通常就是指社会基本矛盾①;第二种动力的类型是主要动力,即在具体社会形态下的某一具体时间段内决定国家或社会整体发展状况的主要力量。这种动力通常就是指社会主要矛盾;第三种动力的类型是基本动力,即推动整个国家或社会及其各领域发展和进步的基本力量。这种动力通常是指创新、革命、改革等具体形态的力量。类型越靠前的动力通常对类型越靠后的动力具有决定作用,但类型越靠后的动力往往比那些类型越靠前的动力更加具体化,更容易被人们所把握和运用。中国共产党的治国理政就是要不断推动整个国家或社会的有效发展和有序运转,从而不断提高人民群众的生活水平。可见,中国

---

① 金光磊、霍福广:《马克思社会发展动力系统研究》,《广东社会科学》2017年第4期。

共产党的治国理政的动力就是整个国家或社会发展与进步的动力。实际上，第一类动力即社会基本矛盾，属于最为抽象的动力，而且又贯穿了人类社会发展的始终，因而第一类动力尽管在中国共产党的治国理政的过程中在发挥实际作用，但其往往处于不彰显的状态。由社会基本矛盾所决定的相对具体的第二类动力即社会主要矛盾①和更为具体的第三类动力即基本动力反而在中国共产党的治国理政的过程中所发挥的作用更直接、更显著。党的十一届六中全会对我国在社会主义初级阶段的社会主要矛盾的科学判断，结束了中国共产党在改革开放前相当长一段时间内存在的将阶级矛盾作为社会主要矛盾的失误判断，不仅使党的治国理政的动力在第二种类型上实现了科学的转型，而且使党的治国理政的动力在第三种类型上实现了由"革命动力"向"改革动力""创新动力"的科学转型。从社会主要矛盾的需求侧来说，新时代社会主要矛盾判断表明中国共产党不再仅仅以满足人民群众的物质文化生活需要为动力，而是要以满足人民群众对内涵更丰富、实现难度更大的美好生活需要为动力，即中国共产党在治国理政的过程中拥有更加强劲且内容全新的"人的需要动力"。从社会主要矛盾的供给侧来说，新时代社会主要矛盾判断表明我国经济社会等各方面的整体发展已不再是由落后的社会生产状态下的"增数量、脱短缺"来驱动，而是由已经获得较大提升的社会发展状态下的"重质量、优结构、促平衡"来驱动，即中国共产党在治国理政的过程中拥有内容全新且层次更高的"社会供给动力"。这就是新时代社会主要矛盾判断在第二类动力方面为中国共产党的治国理政所提供的新动力。而且，新时代社会主要矛盾判断必然会影响第三类动力的样态。例如，"美好生活需要"的满足和"不平衡不充分的发展"问题的解决不是一般的"改革动力"所能行的，而是需要升级化的"改革动力"，即需要"全面深化的改革动力"。同样，"美好生活需要"的满足

① 社会主要矛盾是我们党对我国某一发展阶段内经济社会等各方面的整体发展情况的抽象概括。因此，社会主要矛盾仍然属于高度抽象的动力类型。但是，社会基本矛盾是最为抽象的动力类型。与社会基本矛盾相比，社会主要矛盾就是相对具体的动力类型。——作者注

和"不平衡不充分的发展"问题的解决也不是一般意义上的"创新动力"所能行的,而是需要全方面的、高水平的"创新动力",等等。中国共产党的治国理政的动力随着新时代社会主要矛盾判断的作出而明显发生了诸多新变化。

二、意味着中国共产党治国理政具有新任务

执政党在治国理政的每一时期都必然会提出和完成诸多重要任务,而这些任务的提出和确立往往并不是领导人主观臆断的结果,而是都较严格地遵循了某种客观规律。作为社会主义国家的执政党,中国共产党在每一阶段所提出和确立的治国理政的任务都比较严格地遵循了与社会主要矛盾保持一致的客观规律。与基本国情相比,社会主要矛盾是一个更具有阶段性、变化性的概念和范畴。基本国情在一个大的时间段内可以基本保持不变,而社会主要矛盾却在一个大的时间段内往往会发生阶段性变化。中国共产党的治国理政的任务往往具有阶段性变化、灵活性调整的显著特点。这就是党的治国理政的任务通常与社会主要矛盾相契合而与基本国情看起来并不那么完全契合的原因。在中日民族矛盾成为社会主要矛盾的情况下,中国共产党的任务就是创造和利用一切条件和资源争取抗日战争的胜利。在阶级矛盾成为社会主要矛盾的解放战争时期,中国共产党的任务就是创造和利用一切条件和资源尽快打败国民党反动派。在改革开放新时期所判断的社会主要矛盾的情况下,中国共产党治国理政的任务就是不断解放生产力、发展生产力,不断满足人民群众的物质文化需要以及其他需要。新时代社会主要矛盾判断的作出同样为中国共产党的治国理政带来了新任务。习近平在党的十九大将中国共产党治国理政的新任务概括为三个方面:一是"在继续推动发展的基础上,着力解决好发展不平衡不充分的问题,大力提升发展质量和效益";二是"更好满足人民在经济、政治、文化、社会、生态等方面日益增长的需要";三是"更好推动人的全面发展、社会全面进步"。① 第

---

① 《十九大以来重要文献选编》(上),中央文献出版社 2019 年版,第8—9页。

一方面任务与新时代社会主要矛盾的主要方面"不平衡不充分的发展"直接相关;第二方面任务与新时代社会主要矛盾的次要方面"美好生活需要"直接相关;第三方面任务与新时代社会主要矛盾的主要方面与次要方面都紧密相关。可见,中国共产党在新时代治国理政的这三方面任务无论是在具体内容上还是在表述上都与新时代社会主要矛盾具有高度的契合性。党的二十大指出:"从现在起,中国共产党的中心任务就是团结带领全国各族人民全面建成社会主义现代化强国、实现第二个百年奋斗目标,以中国式现代化全面推进中华民族伟大复兴。"①"不平衡不充分的发展"状态意味着我国的发展正处于"有巨大发展成就但又发展不全面、有比较大的优势又有明显短板,有相当大的体量但又不够强大"的境地,决定了党和人民必须下大力气"全面建成社会主义现代化强国"和"全面推进中华民族伟大复兴"。因此,党在现阶段的中心任务归根到底还是由新时代社会主要矛盾判断决定的。当然,这里所说的"任务"是指中国共产党治国理政的重要任务。毕竟执政党的治国理政的任务比较多,因而在这里要面面俱到地探讨"新时代社会主要矛盾判断给中国共产党治国理政的诸多非重要任务带来了哪些新变化"是既不现实又没有太大意义的。事实上,我们揭示了新时代社会主要矛盾判断对中国共产党的治国理政的重要任务所带来的新变化,就已经能够说明新时代社会主要矛盾判断意味着党的治国理政具有新任务了。

三、意味着中国共产党制定大政方针具有新依据

大政方针是指政党在革命和建设时期所制定的一系列重要的战略、方针、政策、理念和措施的总和。从世界范围来看,与提出和确立重要任务一样,政党制定大政方针必然会基于某种或某几种重要的依据。纵观现代与当代历史,中国共产党制定大政方针的依据主要有两个:一个是基本国情;另一个就

① 习近平:《高举中国特色社会主义伟大旗帜　为全面建设社会主义现代化国家而团结奋斗——在中国共产党第二十次全国代表大会上的报告》,人民出版社 2022 年版。

是社会主要矛盾。其中,基本国情是中国共产党制定大政方针的基本依据,而社会主要矛盾是中国共产党制定大政方针的主要依据。由于基本国情更加具有稳定性,容易发生阶段性变化的社会主要矛盾因而在中国共产党制定各阶段的大政方针的过程中所发挥的依据作用往往会更加凸显。例如,我国在抗日战争时期和解放战争时期的基本国情都是处于半殖民地半封建社会的状态,但中国共产党在抗日战争时期依据民族矛盾的社会主要矛盾制定了抗日民族统一战线的战略方针,而在解放战争时期依据阶级矛盾的社会主要矛盾制定了人民民主统一战线的战略方针。新时代社会主要矛盾判断同样是中国共产党制定大政方针的主要的新依据。习近平在党的十九大强调:"我国社会主要矛盾的变化是关系全局的历史性变化,对党和国家工作提出了许多新要求。"①中国共产党如果要把这些新要求变为现实,就必须首先将其变为大政方针。将新要求变为大政方针的过程,也正是新时代社会主要矛盾判断为中国共产党在制定大政方针时发挥新依据作用的过程。党的十九大所作出的"建设现代化经济体系"②的重大任务、"实施乡村振兴战略"③、"设立国有自然资源资产管理和自然生态监管机构"④的举措、"坚持人与自然和谐共生"等基本方略⑤都是新时代社会主要矛盾判断为中国共产党制定大政方针提供新依据的具体表现。由于距离新时代社会主要矛盾判断的时间下限还有相当长一段时间,中国共产党在未来制定新的大政方针时仍然还会以新时代社会主要矛盾判断为依据。⑥ 这是新时代社会主要矛盾判断为中国共产党制定大政方针提供新依据的另一种具体表现。

---

① 《十九大以来重要文献选编》(上),中央文献出版社 2019 年版,第 8 页。
② 《十九大以来重要文献选编》(上),中央文献出版社 2019 年版,第 21 页。
③ 《十九大以来重要文献选编》(上),中央文献出版社 2019 年版,第 22 页。
④ 《十九大以来重要文献选编》(上),中央文献出版社 2019 年版,第 37 页。
⑤ 《十九大以来重要文献选编》(上),中央文献出版社 2019 年版,第 17 页。
⑥ 万是明:《论党的十九大对新时代社会主要矛盾的认识及其价值》,《社会主义研究》2018 年第 6 期。

第五节 新时代社会主要矛盾判断的
国际意义

随着中国在近代以来与世界各国的联系越来越密切,中国各方面的整体状况不可避免地会受到"国外因素"的影响。我们无论是在判断中国的社会主要矛盾方面还是在探讨中国社会主要矛盾判断的意义方面,都必须具有国际视野,将"国内状况"与"国际状况"结合起来考虑问题。例如,全面抗日战争时期的"日本帝国主义同中华民族之间的矛盾"、解放战争时期的"美帝国主义支持的国民党反动派同中国人民之间的矛盾"以及1957年9月八届三中全会的"两个阶级、两条道路之间的矛盾"等社会主要矛盾判断都深深地打上了"国外因素"的印记。而且,这些不同时期的社会主要矛盾判断都对不同时期的国际社会产生了不同程度的影响。中国在改革开放以来特别是在新世纪以来同世界各国的联系更加紧密的现状表明,作为对中国经济社会等各方面整体发展状况的最新高度抽象概括的结果,新时代社会主要矛盾判断不仅在其生成逻辑方面深受"国外因素"的影响,而且在其意义方面具有诸多"国际考量"。

一、标志着经济文化比较落后的国家建设社会主义出现根本性转折

世界政治经济格局在20世纪上半叶所发生的最大、最显著的变化在于众多国家在本国共产党的领导下利用"战争与革命"的有利国际环境和时机纷纷建立了社会主义制度,走上了社会主义发展的道路,从而壮大了社会主义阵营,形成了社会主义制度与资本主义制度"相互并存"的状态。但是,20世纪上半叶在世界范围内建立的社会主义国家没有一个是建立在资本主义社会高度发达的基础之上的,即都是跨越了资本主义"卡夫丁峡谷"而直接进入到社

会主义社会的。换句话说,那一时期所建立的社会主义国家都处于经济文化比较落后的状态。由于资本主义制度与社会主义制度存在着本质上的对立,这些经济文化比较落后的社会主义国家在制度确立后的最重要的任务在于大力发展社会生产力,尽快改变经济文化比较落后的状态,从而既获得与国外资产阶级作斗争的物质基础,又获得国内人民群众的拥护以巩固社会主义制度。应该说,不少社会主义国家在制度确立后的一段时间内确实在大力发展社会生产力,并且在经济文化等方面取得了巨大的成绩。例如,苏联利用连续几个五年计划使综合国力获得快速提升,逐渐成为仅次于美国的超级大国。中国也在社会主义制度确立后的一段时间内推动了社会生产力的快速发展。但是,受国内外多种因素的影响,原来社会生产力发展较快的不少社会主义国家在快速发展一段时间后出现了各种比较严重的问题。例如,苏联的经济在20世纪60年代开始出现明显的下滑,农、轻、重比例长期严重失调,经济结构不平衡越来越严重。① 而且,苏联的经济建设长期所走的是一条粗放型的发展道路,即"靠大量投入新的人力、物力与财力达到的,是一种拼消耗、浪费型的经济"②。可见,苏联的社会主义现代化建设只能说曾经取得过巨大的成就,但不能说其现代化建设能够代表落后国家的社会主义建设实现了根本性的转折,因为苏联的经济建设无论是在经济增长速度方面还是在经济结构、经济增长方式等方面都没有真正实现转变。苏联后来的解体更是既降低了世界对苏联社会主义现代化建设道路的认同度,又破灭了苏联在建设社会主义方面实现转折的可能性。中国的经济受各种因素的影响在20世纪60年代开始处于波动不断的状态,经济结构等方面的不平衡现象比较严重,而且经济增长长期属于以"两高两低"以及"重数量、轻质量"为特征的粗放型增长方式。改革开放决策的作出标志着党和国家的工作重心实现了根本性的转折,但同样不能说中国的现代化建设能够代表落后国家的社会主义建设实

---

① 许志新:《论苏联失败的经济根源》,《东欧中亚研究》2001 年第 3 期。

② 陆南泉:《如何评价苏联经济建设问题》,《中国特色社会主义研究》2007 年第 1 期。

现了根本性的转折,因为中国的落后状态以及经济结构的不平衡、粗放型的经济增长方式在 20 世纪并没有实现真正的转变。实际上,没有一个国家的现代化建设能够在 20 世纪真正代表落后国家建设社会主义实现根本性的转折。

习近平在党的十九大明确指出:中国特色社会主义进入新时代,"在世界社会主义发展史上、人类社会发展史上也具有重大意义"①。新时代社会主要矛盾判断的世界意义以及在世界社会主义发展史的意义,首先表现为标志着经济文化比较落后的国家建设社会主义出现了根本性的转折。这种"根本性的转折"意义的形成主要来自新时代社会主要矛盾判断所带来的三重变化。一是新时代社会主要矛盾判断表明落后国家的社会主义建设取得了历史性成就。新时代社会主要矛盾判断归根到底是中国共产党对曾经处于落后状态的中国这一社会主义国家的经济社会等各方面发展的整体情况已经发生阶段性质变的最新高度抽象概括。新时代社会主要矛盾的次要方面"美好生活需要"直接表明,在所有落后的社会主义国家中,中国人民的生活水平已经率先得到根本性的极大提升,而这间接表明中国的社会主义现代化建设已经率先取得了根本性的历史成就。新时代社会主要矛盾的主要方面"不平衡不充分的发展"直接表明,在所有落后的社会主义国家中,"落后的社会生产"在中国已经率先在总体上得以改变,而这更是直接表明中国的社会主义现代化建设已经率先取得了根本性的历史成就。现代化建设取得历史性成就是落后国家建设社会主义已经发生根本性转折的前提条件。二是新时代社会主要矛盾判断标志着落后国家的社会主义建设在各种结构的运行方面走向更加平衡化。新时代社会主要矛盾判断表明,作为曾经落后的社会主义国家的代表,中国现阶段的现代化建设不再像以前那样着重强调个别领域以及个别领域的个别方面的重点、优先发展,而是更加强调各领域之间以及各领域内部的各方面之间

---

① 《十九大以来重要文献选编》(上),中央文献出版社 2019 年版,第 9 页。

的平衡发展。三是新时代社会主要矛盾判断标志着落后国家建设社会主义的发展方式发生了改变。新时代社会主要矛盾判断表明,作为曾经落后的社会主义国家的代表,中国的现代化建设不再是采用粗放型的经济发展方式,而是进入到追求高质量的经济发展方式的新阶段。以上三个方面既是新时代社会主要矛盾判断标志着中国的现代化建设发生的新变化,又是新时代社会主要矛盾判断标志着落后国家建设社会主义出现了根本性转折的具体体现和学理支撑。而且,在当今世界上被普遍认为是社会主义国家的中国、古巴、老挝、越南、朝鲜等国家中,中国的影响力最大,被很多人认为"代表了现阶段科学社会主义发展的水平和方向"。"新时代中国特色社会主义是科学社会主义发展的新阶段。"①对中国来说,新时代社会主要矛盾是属于社会主义初级阶段内的社会主要矛盾判断,因而其标志着中国的社会主义现代化建设出现了重要转折,但不属于根本性的转折。但是,将新时代社会主要矛盾判断放到 20 世纪以来落后国家建设社会主义的整个历程中以及放到现阶段世界范围的落后国家建设社会主义的横向对比中来看,新时代社会主要矛盾判断就无疑标志着经济文化比较落后的国家建设社会主义出现了根本性的转折。

二、标志着中国可以为众多发展中国家实现现代化提供新路径

实现现代化是大多数国家在世界历史进入近代以来的不懈追求。以美国为代表的西方资本主义国家曾经将实现现代化作为奋斗目标,但根据发展的实际情况以及按照美国学者丹尼尔·贝尔对人类社会所作出的前工业社会、工业社会、后工业社会的划分②,以美国为代表的西方发达资本主义国家早已

---

① 秋石:《新时代中国特色社会主义是科学社会主义发展的新阶段》,《求是》2018 年第 13 期。

② 参见[美]丹尼尔·贝尔:《后工业社会的来临》,高铦、王宏周、魏章玲译,江西人民出版社 2018 年,第 10 页。

实现现代化而进入到后现代化阶段,而广大发展中国家却在过去、现在、未来的相当长一段时间内都在为实现现代化而奋斗。借鉴已经实现现代化或将要实现现代化的国家所形成或采用的现代化道路是广大发展中国家为加快本国现代化进程、缩短本国现代化时间而普遍采用的一条"捷径"。在 20 世纪,有两条现代化道路在世界上产生了重大影响力,并成为众多发展中国家效仿的对象。一条是苏联的以高度集中的政治经济体制为主要特征的社会主义的传统现代化道路。这条现代化道路随着苏联的解体而宣告结束。另一条是美国等发达国家所走的以通过早期殖民掠夺来积累资本,通过自由化、市场化和私有化来推动经济社会发展,通过"三权分立"等制度设计来运转政治等为主要特征的西方现代化道路。这条现代化道路虽然在特定的阶段帮助过一些当今的西方发达国家取得了现代化建设的巨大成就,但其本身存在着诸多难以克服的弊端而在借鉴性上大打折扣。例如,在墨西哥、巴西、菲律宾、泰国等借鉴西方现代化道路的众多发展中国家里,没有一个国家的现代化建设真正取得了显著的成效。① 回顾历史不难发现,中国的许多仁人志士在近代曾经学习和提倡过西方的现代化道路,但没有取得成功。在新中国成立后的相当长一段时间内,中国虽然对现代化的建设道路进行了诸多富有自身特色的探索,但总体上还是借鉴和采用了苏联的以高度集中的政治经济体制为主要特征的社会主义的传统现代化道路。尽管这一现代化道路使中国的现代化建设在一段时期内取得了巨大成就,但其弊端越到后面就越显现出来,并成为进一步推动中国实现现代化的巨大阻碍。中国迫切需要适合自身特征的新的现代化道路,而其他广大发展中国家也急切呼唤世界出现真正可以作为借鉴的新的现代化道路。

党的十一届三中全会拉开了中国共产党探索中国特色社会主义道路的序幕,也就拉开了中国共产党重新探索适合我国发展状况的现代化道路的序幕。

---

① 参见［美］柯布、［中］温铁军:《西式现代化不是普世价值——温铁军教授与美国柯布博士关于现代化道路的对话》,《红旗文稿》2013 年第 2 期。

在紧扣社会主义初级阶段的基本国情的基础上以及在不断解决社会主义建设所面临的重大实践问题的基础上,中国共产党依靠人民群众在新时期逐渐探索和形成了一条以走和平发展道路,人口规模巨大,全体人民共同富裕,物质文明和精神文明相协调,人与自然和谐共生等为主要特征的中国特色社会主义现代化道路。① 这条现代化道路在改革开放以来的相当长一段时间内还处于不断探索和不断形成之中,因而中国共产党在正式文件中始终没有直接明确"中国特色社会主义现代化道路为其他广大发展中国家实现现代化提供道路借鉴"。但是,党的十九大作出的新时代社会主要矛盾判断却标志着中国已经可以为众多发展中国家实现现代化提供新的道路借鉴。首先,新时代社会主要矛盾判断表明中国共产党通过探索适合国情的现代化道路解决了中国在过去长期所面临的"落后的社会生产"这一最大的问题及其与之相关的其他重大现实问题,表明中国的经济社会等各方面发展的整体状况自中国进入社会主义初级阶段以来已经正式发生了重大变化,而这些恰恰标志着中国特色社会主义现代化道路已比较成熟。其次,新时代社会主要矛盾判断表明中国共产党和人民在国家底子薄、人口多的基本情况下只用了短短几十年的时间就取得了西方发达国家花了几百年的时间才取得的现代化成就,从而意味着中国特色社会主义现代化道路无论是在理论上还是在实践上都已经超越了苏联的社会主义的传统现代化道路和以美国为代表的西方发达国家的现代化道路。最后,新时代社会主要矛盾判断表明中国共产党和人民在今后相当长一段时间内所追求的现代化是更加平衡发展更加充分发展的现代化,是高质量发展的现代化,从而必然会更进一步完善中国特色社会主义现代化道路,更加提升中国特色社会主义现代化道路的效果。这会使中国特色社会主义现代化道路更加全面优于和更加全面超越以美国为代表的西方发达国家的现代化

---

① 参见习近平:《高举中国特色社会主义伟大旗帜 为全面建设社会主义现代化国家而团结奋斗——在中国共产党第二十次全国代表大会上的报告》,人民出版社 2022 年版,第 22—23 页。

道路。以上三个方面就是新时代社会主要矛盾判断标志着中国可以为众多发展中国家实现现代化提供新的道路借鉴的基本逻辑。正如习近平在党的十九大所指出的那样,社会主要矛盾的最新转变标志着中国特色社会主义进入新时代,"意味着中国特色社会主义道路、理论、制度、文化不断发展,拓展了发展中国家走向现代化的途径,给世界上那些既希望加快发展又希望保持自身独立性的国家和民族提供了全新选择"①。社会主要矛盾判断表明中国共产党通过探索适合国情的现代化道路解决了中国在过去长期所面临的"落后的社会生产"这一最大的问题及其与之相关的其他重大现实问题,表明中国的经济社会等各方面发展的整体状况自中国进入社会主义初级阶段以来已经正式发生了重大变化,而这些恰恰标志着中国特色社会主义现代化道路已比较成熟。

三、标志着中国将为世界经济的持续健康发展带来诸多新的正能量

世界经济的持续发展需要持续不断的动力支撑,而世界经济的持续健康发展需要各个经济体注入持续不断的正能量。国家统计局在 2018 年 10 月发布的资料显示,如表 4-1 所示,中国在改革开放 40 多年里的经济平均增长率高达 9.5%,远高于世界同期的其他发达经济体和主要新兴经济体的平均经济增长率。如表 4-2 所示,中国在改革开放 40 多年里对世界经济增长的年均贡献率高达 18.4%,远高于除美国以外的其他发达经济体和新兴经济体的年均贡献率。而且,中国自 2006 年以来对世界经济增长的贡献率始终稳居第一位。② 更为重要的是,中国在改革开放以来始终都没有成为世界或地区金融危机的"引起者"或"导致者"。相反,中国却成为世界经济稳定发展的"捍卫

---

① 《十九大以来重要文献选编》(上),中央文献出版社 2019 年版,第 8 页。
② 参见国家统计局国际中心:《国际地位显著提高　国际影响力明显增强——改革开放 40 年经济社会发展成就系列报告之十九》,《中国信息报》2018 年 9 月 18 日。

者",成为国际金融危机的"缓解者"以及成为推动世界或地区经济走向复苏的"加速者"。可见,中国在相当长一段时间内既为世界经济持续发展提供了最大动力,又为世界经济持续健康发展提供了强大的正能量。党的十九大所作出的新时代社会主要矛盾判断标志着中国将为世界经济的持续健康发展带来诸多新的正能量。首先,新时代社会主要矛盾判断意味着中国经济发展正在实现"质量变革、效率变革、动力变革"①而进入到高质量发展阶段。高质量的经济发展不但能实现经济增长速度更加稳定,而且能实现节约资源、保护生态环境的可持续发展。这既有利于为世界经济的持续健康发展长期提供稳定的动力,也有利于提升世界经济发展的质量和效益。其次,新时代社会主要矛盾意味着中国在今后相当长一段时间里要注重推动各地区、各领域、各行业、各方面经济发展的平衡性和充分性。一方面,在中国这样的大国里推动经济平衡发展充分发展本身就是对世界经济的平衡发展充分发展的直接贡献;另一方面,中国在推动经济平衡发展充分发展的过程中必然会形成一系列解决不平衡不充分发展的新理论、新举措、新经验。这些都有助于为世界各国解决经济不平衡不充分发展问题提供思路和借鉴。最后,新时代社会主要矛盾判断意味着中国必须建立现代化经济体系。而"创新是引领发展的第一动力,是建设现代化经济体系的战略支撑"②。这表明中国在未来会更加注重科技创新,特别是会花大力气推动基础性、前沿性、引领性领域的科技创新取得重大突破。这些领域的技术突破既是在为中国经济的高质量发展注入新动力,也是在为世界经济的持续健康发展注入新动力。总之,为世界经济的持续健康发展带来新的正能量同样是新时代社会主要矛盾判断的重大国际意义。

---

① 《十九大以来重要文献选编》(上),中央文献出版社 2019 年版,第 21 页。
② 《十九大以来重要文献选编》(上),中央文献出版社 2019 年版,第 22 页。

表 4-1　世界主要国家和地区经济增长率对比表① 　　　（单位:%）

	1978 年	1990 年	2000 年	2010 年	2015 年	2016 年	2017 年	1979—2017 年平均增速
世界	4.0	3.0	4.4	4.3	2.8	2.5	3.0	2.9
高收入国家	4.2	3.3	4.0	2.9	2.3	1.7	—	2.4
中等收入国家	3.1	2.1	5.6	7.5	3.8	4.0	—	4.2
低收入国家	2.3	0.5	1.9	6.5	4.7	4.2	—	3.5
中国	11.7	3.9	8.5	10.6	6.9	6.7	6.9	9.5
美国	5.6	1.9	4.1	2.5	2.9	1.5	2.3	2.6
欧元区	3.1	3.6	3.9	2.1	2.1	1.8	2.4	1.9
日本	5.3	5.6	2.8	4.2	1.2	1.0	1.7	2.1
韩国	10.8	9.8	8.9	6.5	2.8	2.8	—	6.2
墨西哥	9.0	5.1	5.3	5.1	2.7	2.3	1.9	2.8
巴西	3.2	-3.1	4.1	7.5	-3.8	-3.6	1.0	2.5
俄罗斯	—	-3.0	10.0	4.5	-2.8	-0.2	1.7	0.5
印度	5.7	5.5	3.8	10.3	8.0	7.1	6.7	6.0
南非	3.0	-0.3	4.2	3.0	1.3	0.3	0.8	2.3

---

① 表中高等收入国家的年平均经济增速、中等收入国家的年平均经济增速、韩国的年平均经济增速是根据 1979—2016 年的数据计算出来的;低收入国家的年平均经济增速是根据 1983—2016 年的数据计算出来的;俄罗斯的年平均经济增速是根据 1990—2017 年的数据计算出来的;2017 年的所有数据都是预测值。具体参见国家统计局国际中心:《国际地位显著提高 国际影响力明显增强——改革开放 40 年经济社会发展成就系列报告之十九》,《中国信息报》2018 年 9 月 28 日。

表 4-2 主要国家和地区对世界经济增长的贡献率对比表① （单位:%）

	1978 年	1990 年	2000 年	2010 年	2015 年	2016 年	2017 年	1979—2017 年平均贡献率
中国	3.1	2.8	8.3	21.5	27.7	31.6	27.8	18.4
美国	33.2	15.5	23.7	13.5	22.3	13.1	16.7	20.4
欧元区	20.1	28.1	19.8	9.5	12.9	12.6	13.8	13.1
日本	13.7	22.4	6.9	8.4	3.5	3.3	4.4	6.3
韩国	1.3	2.9	2.8	2.4	1.7	1.9	—	2.3
墨西哥	3.5	2.7	2.1	1.9	1.5	1.5	1.0	1.5
巴西	2.7	-3.5	2.9	5.7	-4.4	-4.4	1.0	2.6
俄罗斯	—	-4.0	4.1	2.4	-2.3	-0.2	1.2	0.5
印度	1.4	2.2	1.4	5.6	8.2	8.7	7.1	4.4
南非	0.5	-0.1	0.5	0.4	0.3	0.1	0.1	0.5

四、标志着中国将为人类走向共同富裕的伟大事业作出新贡献

尽管实现全人类的共同富裕是马克思、恩格斯关于共产主义社会的重要目标,但他们仍然主张人类实现共同富裕具有历史性和阶段性。② 这就说明,在共产主义社会之前,人类在实现共同富裕的问题上并不是无所作为,而是可以通过不断努力让人类不断接近共同富裕的目标。作为社会主义国家,中国在推动人类走向共同富裕方面具有责任和义务,而且中国在确立社会主义制度后也始终以实际行动在推动人类走向共同富裕,并取得了显著的成就。新时代社会主要矛盾判断标志着中国将为人类走向共同富裕的伟大事业作出新

---

① 表中韩国对世界的平均经济贡献率是根据 1979—2016 年的数据计算出来的;俄罗斯对实际的平均经济贡献率是根据 1990—2017 年的数据计算出来的;2017 年的所有数据都是预测值。具体参见国家统计局国际中心:《国际地位显著提高 国际影响力明显增强——改革开放40 年经济社会发展成就系列报告之十九》,《中国信息报》2018 年 9 月 28 日。

② 邱海平:《马克思主义关于共同富裕的理论及其现实意义》,《思想理论教育导刊》2016 年第 7 期。

"一致性"恰恰是基本国情理论对中国共产党所提出的许多重大判断和作出的诸多理论创新具有强大解释力的具体体现。但新时代社会主要矛盾判断的作出使社会主要矛盾的双方在内容上都发生了大变化,表明原来的社会主要矛盾在现阶段已经从"主要矛盾"转化为"次要矛盾"而融入到整个社会矛盾系统之中。这看似就打破了二者之间存在的高度一致性,从而对基本国情理论的解释力度形成了"冲击"。而且,提到"社会主义初级阶段",许多人的思维仍然停留于我国改革开放初期经济社会整体落后的那段时间。他们用这种思维去观察和分析当下的许多重要问题,就往往得不出合理的解释,进而会发出"我国现阶段是否还处于社会主义初级阶段"的疑问。这也是基本国情理论的解释力已"趋于弱化"的具体表现。基本国情理论的重要性是不言而喻的。"十一届三中全会前我们在建设社会主义中出现失误的根本原因之一,就在于提出的一些任务和政策超越了社会主义初级阶段。"①因此,我们需要从理论上回答好"如何应对基本国情理论在当下的解释力已趋于弱化"的问题。

社会主义初级阶段的基本国情理论是党依据马克思主义关于未来社会阶段划分的理论而提出的,也是根据我国经济社会的整体面貌在相当长一段时期内都处于"不发达"的状态而提出的。解决基本国情理论的解释力已"趋于弱化"的问题,并在当下继续增强基本国情理论的解释力,既需要我们阐述清楚社会主义初级阶段的基本国情理论仍然不过时,又需要我们对基本国情理论进行完善和创新。

（一）社会主义初级阶段的基本国情理论仍然不过时

从理论上看,我国社会主义初级阶段的时间跨度至少是指 1956 年年底到 21 世纪中叶。从实践上看,尽管我国的社会主义现代化建设已经取得了历史

___

① 《十五大以来重要文献选编》(上),人民出版社 2000 年版,第 14 页。

性的成就,人民群众的生活水平已经发生了历史性的改变,但是我们连原来制定的在社会主义初级阶段"基本实现社会主义现代化"的目标都还没有落到实处。而且,"必须清醒看到,我们的工作还存在许多不足,也面临着不少困难和挑战"①。例如,现阶段发展不平衡不充分的问题尚未得到解决、城乡区域发展和收入分配差距较大、社会矛盾和问题交织叠加、党的建设还存在不少薄弱环节、社会治理还有弱项等。可以说,现阶段我国仍然还处于"不发达"的状态。因此,无论是从理论上看还是从现实实践上看,我国在新时代仍然处于并将长期处于社会主义初级阶段的基本国情之下。初级阶段的基本国情理论依然是我们在新时代作出各项科学决策的基本依据。

(二)基本国情理论在当下需要完善和创新

党的十三大明确指出:"社会主义初级阶段是很长的历史发展过程。我们对这个阶段的状况、矛盾、演变及其规律的认识,在许多方面还知之不多,知之不深。我们的许多方针、政策和理论还有待于完善,要随着实践的发展,不断经受检验,得到补充、修正和提高。"②因此,我们可以也应该大胆地根据实际情况来完善和创新基本国情理论。事实上,党的十九大已经对社会主义初级阶段的发展目标进行了完善和创新,即其奋斗目标已经由以前的"把我国建设成为富强民主文明和谐的社会主义现代化国家"③变为了"把我国建设成为富强民主文明和谐美丽的社会主义现代化强国"④。但要增强基本国情理论在当下的解释力,我们尤其需要完善和创新社会主义初级阶段的具体阶段划分理论。例如,依据马克思主义经典作家们关于划分社会发展阶段的方法论,我们或许可以将社会主义初级阶段具体、明确划分为社会主义初级阶段的

---

① 《十九大以来重要文献选编》(上),中央文献出版社 2019 年版,第 6—7 页。
② 《十三大以来重要文献选编》(上),人民出版社 1991 年版,第 58 页。
③ 《胡锦涛文选》第二卷,人民出版社 2016 年版,第 518 页。
④ 《十九大以来重要文献选编》(上),中央文献出版社 2019 年版,第 12 页。

低级状态、中级状态和高级状态。其中,低级状态的时间跨度为 1956 年年底到 2012 年党的十八大的召开,这一阶段对应的社会主要矛盾为"人民日益增长的物质文化需要同落后的社会生产之间的矛盾";中级状态的时间跨度为 2012 年党的十八大的召开到 2035 年我国基本实现现代化,这一阶段对应的社会主要矛盾为"人民日益增长的美好生活需要和不平衡不充分的发展之间的矛盾";高级状态的时间跨度为 2035 年到本世纪中叶,这一阶段对应的社会主要矛盾可能仍然为"人民日益增长的美好生活需要和不平衡不充分的发展之间的矛盾",但也有可能随着经济社会等各领域的整体状况在中级状态下的变化而再次发生新的转化。① 对社会主义初级阶段明确划分具体阶段,既有助于我们说清楚基本国情理论与包括社会主要矛盾在内的许多重要问题之间的关系,也有助于我们自觉用社会主义初级阶段所处的正确阶段或方位来分析当下的现实问题,从而重新恢复甚至增强初级阶段的基本国情理论在当下的解释力。

二、新时代社会主要矛盾判断对科学认识党的中心工作问题提出迫切需要

以经济建设为中心是中国共产党在十一届三中全会以来的重要提法,也是党的基本路线的重要内容。以经济建设为中心说明中国共产党的中心工作就是经济建设。实际上,中国共产党在改革开放以来的相当长一段时间内不仅将我国的社会主要矛盾判断与党的中心工作看成具有高度一致性的两个对象,而且将"人民日益增长的物质文化需要同落后的社会生产之间的矛盾"这一社会主要矛盾看成是"以经济建设为中心"的主要依据。例如,党的十一届六中全会在重新对我国在社会主义初级阶段的社会主要矛盾作出正确判断后,紧接着就明确指出"党和国家工作的重心必须转移到以经济建设为中心

---

① 参见张廷广:《新时代社会主要矛盾判断的生成逻辑》,《甘肃社会科学》2018 年第 4 期。

的社会主义现代化建设上来"①。党的十三大、十四大、十五大等党的全国代表大会也都是将社会主要矛盾判断与"经济建设"这一党的中心工作连在一起进行表述的。② 而且,国内学界的主流观点在相当长一段时间内也认为"社会主要矛盾判断是党的中心工作的主要依据"③。但是,党的十九大根据国内最新整体情况的变化改变了原来的社会主要矛盾判断的表述,作出了新时代社会主要矛盾判断。同时,党的十九大在作出新时代社会主要矛盾判断时并没有改变"党的中心工作是经济建设"的提法,即"以经济建设为中心"仍然是新时代党的基本路线的重要内容④。而且,最近10余年来,国内学界在党的中心工作方面出现了众多杂音,例如以"社会建设为中心"取代"以经济建设为中心"⑤,"以经济建设为中心"转移到"以社会建设为中心"⑥,"以经济建设为中心"调整为"以经济建设为基础、以社会建设为中心、兼顾政治建设"⑦,"以经济建设为中心"转移到"以制度建设为中心"⑧,"以经济建设为

---

① 《改革开放三十年重要文献选编》(上),人民出版社 2008 年,第 212 页。

② 参见《十三大以来重要文献选编》(上),人民出版社 1991 年版,第 12 页;《十四大以来重要文献选编》(上),人民出版社 1996 年版,第 16 页;《十五大以来重要文献选编》(上),人民出版社 2000 年版,第 17 页。

③ 参见温强洲:《邓小平以经济建设为中心理论的实质与特征》,《学习与实践》1999 年第 2 期;庞元正:《一个关乎中国发展成败的重大问题——论坚持以经济建设为中心不动摇》,《中国党政干部论坛》2005 年第 10 期;李文:《以经济建设为中心,依靠发展解决民生问题》,《当代中国史研究》2011 年第 4 期;陶文昭:《以经济建设为中心的论争》,《北京行政学院学报》2011 年第 4 期;张景荣:《新中国 60 年中国化马克思主义矛盾理论发展回顾》,《马克思主义研究》2009 年第 9 期;张晓:《建设中国特色社会主义应正确把握"三个没有变"》,《马克思主义研究》2014 年第 2 期;徐艳玲、王盛椿:《我国社会主要矛盾认知的历史流变及其启示》,《思想理论教育导刊》2018 年第 10 期。

④ 参见《十九大以来重要文献选编》(上),中央文献出版社 2019 年版,第 12 页。

⑤ 参见邓伟志:《转变观念的关节点》,《人民论坛》2009 年第 1 期;邹农俭:《从以经济建设为中心到以社会建设为中心》,《社会科学》2007 年第 7 期;竹立家:《"十二五"新出发:实现民强民富》,《人民论坛》2010 年第 30 期。

⑥ 参见薄贵利:《党和政府的工作重心应转移到社会建设上来》,《新视野》2011 年第 4 期。

⑦ 参见党国英:《政治路线的演替与调整必要》,《人民论坛》2010 年第 36 期。

⑧ 参见胡鞍钢:《第二次转型:以制度建设为中心》,《战略与管理》2002 年第 3 期。

中心"转移到"以人为本为中心"①,"以经济建设为中心"转向"以经济建设为首、六位一体的协调建设"②,等等。根据过去中国共产党和学界关于"社会主要矛盾决定党的中心工作"的理论依据,不少人在党的十九大作出新时代社会主要矛盾判断的情况下就容易产生"经济建设是否还是党的中心工作"的困惑或者产生"党在新时代的中心工作到底是什么"的疑问。学界在最近10余年来关于党的中心工作的诸多杂音更是加深了一些人在现阶段党的中心工作方面的困惑或疑问。要尽可能地消除这些困惑或疑问,统一人们的思想,我们就必须从学理上阐述清楚"为什么中国共产党在现阶段的中心工作仍然是经济建设"。根据马克思主义唯物史观的基本原理,生产力决定生产关系、经济基础决定上层建筑。这就说明,任何国家的执政党在人类社会发展的相当长一段时间内都应该把经济建设放在比其他领域的建设更加重要的位置上。只有共产主义社会才是物质财富极大丰富、人们真正实现按需分配的社会。人们也只有在共产主义社会里才能将经济建设看得不如它在其他社会形态里那样重要,尽管经济建设在共产主义社会里同样处于基础性地位。况且,我国是没有经过资本主义社会大力发展生产力的阶段而直接进入到社会主义社会,因而我国经济社会等各方面的整体情况在较长一段时间内必然处于"不发达"状态的社会主义初级阶段。这就要求中国共产党不仅在相当长一段时间内要重视经济建设,而且在相当长一段时间内要始终将经济建设作为党的中心工作来抓,即比非社会主义国家的执政党要更加重视经济建设。只要国内的阶级矛盾没有激化到发生大规模的战争的程度,只要其他国家不来侵略我国进而发生大规模的民族战争,那中国共产党在相当长一段时间内都应该将经济建设作为党的中心工作。尽管我国的经济社会等各方面的整体发展情况在社会主义初级阶段已经发生了阶段性质变以及我国

---

①　转引自陶文昭:《以经济建设为中心的论争》,《北京行政学院学报》2011 年第 4 期。

②　参见闻岳春、李峻屹:《论以经济建设为中心向"六位一体"协调发展》,《渤海大学学报(哲学社会科学版)》2014 年第 1 期。

社会主要矛盾已经发生了转化,但不平衡不充分发展的最大问题表明我国仍然处于"不发达"状态,仍然长期处于社会主义初级阶段。这就要求我们在相当长一段时间内必须继续高度重视经济建设,继续坚持以经济建设为中心。而且,尽管我国各方面的发展在纵向上已经取得了巨大成就,但从横向来看,我国在许多方面的发展状况与发达国家甚至一些发展中国家相比都还有不小的差距。以人均国民总收入(GNI)为例,如图4-1所示,我国的人均国民总收入(GNI)在2010年以来取得了较大幅度的提升,在2019年正式突破10000美元大关,达到10390美元,在2020年稳定在10000美元以上,达到10610元。尽管这是一个相当了不起的成就,但我国的人均国民总收入(GNI)在世界上仍然排名不够靠前,例如在2019年大概位列世界第71名[①]。因此,中国共产党在相当长一段时间内都必须坚持以经济建设为中心,而不能把其他方面的建设作为党的中心工作。如果中国共产党在现阶段放弃了经济建设这个中心工作,那其他方面的建设就缺乏必要的物质基础,而人民群众的生活水平和我国的综合国力都难以提高。这会对中国特色社会主义事业的全局造成极其严重的不良影响。但是,我们也必须承认坚持以经济建设为中心在现阶段已经呈现出众多新特征。例如,中国共产党在现阶段并不是简单地坚持以经济建设为中心,而是在坚持以经济建设为中心的同时,必须追求经济建设的高质量发展。而且,中国共产党在现阶段坚持以经济建设为中心的同时,还要推动经济建设、文化建设等"五位一体"的统筹、平衡发展,等等。中国共产党在现阶段所坚持的是具有众多新特征的以经济建设为中心。

---

① 参见邱海峰:《人均国民总收入迈过1万美元门槛》,《人民日报(海外版)》2021年7月21日。

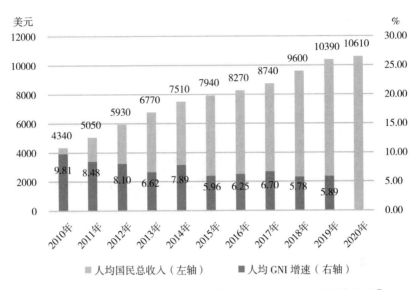

图 4-1　2010—2020 年中国人均国民总收入及人均 GNI 增速统计图①

三、新时代社会主要矛盾判断对中国共产党的执政能力提出更高要求

简而言之,所谓"执政能力"是指执政党依据宪法和法律赋予的权力来领导人民管理国家各项事务和建设国家各项事业的本领。在现代化建设任务异常艰巨以及社会矛盾纷繁复杂的大国里,没有执政党的领导是断然不行的,但执政党的执政能力不强也是断然不行的。执政能力不强就不能为人民群众执好政,也不能让人民群众不断提升生活水平,其本质是脱离人民群众的表现②,会造成极其严重的后果。鉴于此,中国共产党在新中国成立以后始终都重视自身的执政能力建设,在党的十六大更是明确提出"加强党的执政能力建设"③的思想,并且首次将"党的执政能力"概括为总揽全局的能力、依法执

---

① 数据来源于华经产业研究院:《2010—2020 年中国 GDP、人均 GDP、人均国民总收入及工业增加值统计》,华经情报网,https://m.huaon.com/detail/746376.html。

② 王向明、张廷广:《马克思主义执政党的最大危险是脱离群众》,《前线》2013 年第 9 期。

③ 《十六大以来重要文献选编》(上),中央文献出版社 2005 年版,第 39 页。

政的能力、科学判断形势的能力、应对复杂局面的能力以及驾驭市场经济的能力。应该说,在"人民日益增长的物质文化需要同落后的社会生产之间的矛盾"这一社会主要矛盾的判断背景下,我们面临的主要问题是物质产品和精神产品的总量性生产和供给的不足,即经济社会的发展整体处于比较落后的状态以及人民群众的生活状态普遍处于相对落后的水平。全国上下在这种情况下的利益冲突和分歧相对要小一些,所面临的内部环境也要相对"单纯"一些,因而中国共产党就相对更加容易化解人民群众的利益矛盾和思想分歧,也就相对更加容易将人民群众的思想和行为统一到社会主义现代化建设上来。而且,在我国的发展整体处于比较落后的状态下,世界各国特别是西方发达国家往往对我们的"猜疑""顾虑""阻碍"之心相对也要小一些,因而党也相对更加容易准确把握国际形势,相对更加容易化解我国与其他国家特别是西方发达国家之间的利益分歧。但中国共产党提出加强自身的执政能力建设,一方面说明党对于执政能力的重要性异常清楚;另一方面说明党的执政能力仍然还不足,还没有形成应对市场经济的考验等"四大考验"所需要的足够能力,甚至还存在着"能力不足的危险"①。新时代社会主要矛盾判断的作出正式意味着我国物质产品和精神产品的总量性生产和供给不足的问题已经得以解决,意味着我国已经发展起来了,实现了"站起来"和"富起来"的目标。但是,"不发展有不发展的问题,发展起来有发展起来的问题,而发展起来后出现的问题并不比发展起来前少,甚至更多更复杂了"②。在新时代社会主要矛盾判断的背景下,我国面临的主要问题已经是经济社会等各方面发展的整体结构性矛盾的突出,即具体表现为以文化建设与经济建设不平衡、社会建设与经济建设不平衡、生态文明建设与经济建设不平衡等为代表的领域发展不平衡问题,以各产业之间发展不平衡、各产业内部发展不平衡为代表的产业结构不平衡问题,以城乡生产要素分布不平衡、城乡居民收入不平衡、城乡基本公

---

① 《胡锦涛文选》第三卷,人民出版社 2016 年版,第 653 页。
② 《十八大以来重要文献选编》(中),中央文献出版社 2016 年版,第 833 页。

共服务不平衡等为代表的城乡发展不平衡问题,以区域经济发展不平衡、区域城镇化发展不平衡、区域居民收入不平衡、区域基本公共服务不平衡等为代表的区域发展不平衡问题,以科技创新能力不充分、公民素质发展不充分、社会公正价值实现不充分等为代表的不充分发展问题等相当突出。在这种情况下,全国上下所面临的利益分歧和冲突要显著得多,所面临的内部环境也要复杂得多,因而中国共产党在现阶段要化解人民群众的各种利益矛盾和思想分歧的难度要大得多,要把人民群众的思想和行为统一到现代化建设上来的难度也要大得多。同时,由于我国的经济实力和综合国力的排名不再靠后,而是已经很靠前,国外一些国家特别是以美国为代表的西方发达国家出于对社会主义的"恐惧"以及对霸权的"迷恋"而对我国的"猜疑""遏制"之心日益强烈,不断挑起领土争端、贸易争端等非理性的恶意冲突行为,使得中国共产党对于国际形势的准确把握要困难得多,化解我国与其他国家特别是西方发达国家之间的利益分歧也要困难得多。可见,新时代社会主要矛盾判断及其所带来的国内外状况的新变化,既验证了中国共产党具有较强的执政能力,又对中国共产党的执政能力提出了更高的要求,还给中国共产党的执政能力带来了巨大的挑战。紧跟国内外情况的新变化不断提高党的执政能力对于党和国家事业的发展都非常重要。这是有众多先例甚至有反面先例可资证明的。例如,导致执政74年之久的苏联共产党最后以亡党亡国的局面结束的原因有很多,但其重要原因之一恰恰在于苏联共产党在后期的执政能力越来越跟不上国内外情况的变化,既不能有效推动经济领域的改革,也不能及时化解国内外存在的各种矛盾和危机。以习近平同志为核心的党中央对新时代社会主要矛盾判断及其所引发的国内外状况的新变化给党的执政能力带来的巨大挑战和更高要求是相当清醒的。党的十九大在作出新时代社会主要矛盾判断的同时,首次明确将"加强党的长期执政能力建设"①作为新时代加强党的建设的

---

① 《十九大以来重要文献选编》(上),中央文献出版社 2019 年版,第 43 页。

主线内容之一,并且专门重点阐述了"全面增强执政本领"①的内涵要求。党的二十大着重论述了"加强干部斗争精神和斗争本领养成"②的相关要求。中国共产党在现阶段必须按照党的十九大、二十大所指出的那样,通过不断增强自身的学习本领、政治领导本领、改革创新的本领、科学发展本领、依法执政本领、群众工作本领、狠抓落实的本领、驾驭风险的本领、推动高质量发展本领,来不断增强自身的执政能力,从而确保有效、成功应对新时代社会主要矛盾判断对党的执政能力所带来的巨大挑战。

---

① 《十九大以来重要文献选编》(上),中央文献出版社 2019 年版,第 48 页。
② 习近平:《高举中国特色社会主义伟大旗帜 为全面建设社会主义现代化国家而团结奋斗——在中国共产党第二十次全国代表大会上的报告》,人民出版社 2022 年版,第 66 页。

第五章　化解新时代社会主要
矛盾的有效路径

　　本书前几章对新时代社会主要矛盾判断的生成机理、科学内涵、积极意义与重大挑战等方面的探讨,使我们对新时代社会主要矛盾的相关基本问题以及整体意蕴与联系有了比较清楚的认识和了解。但是,仅仅对上述问题进行探讨既显得不够全面,也显得不够充实,因为这些问题只是涉及新时代社会主要矛盾判断"为什么会产生"、新时代社会主要矛盾判断"是什么"、新时代社会主要矛盾判断"意味着什么"等问题,其归根到底只是在解释新时代社会主要矛盾的相关问题,还没有涉及新时代社会主要矛盾判断"究竟如何得以化解"这一重要问题。马克思曾经指出:"哲学家们只是用不同的方式解释世界,问题在于改变世界。"①解释问题与解决问题相统一,既是马克思主义认识论的根本要求,也是马克思主义者应该具备的基本品质。因此,我们还必须将"新时代社会主要矛盾的化解路径"问题作为重点内容进行探讨,以便推动新时代社会主要矛盾的早日化解。

---

　　①　《马克思恩格斯文集》第 1 卷,人民出版社 2009 年版,第 502 页。

第一节 基本前提:始终坚持在发展中 解决问题

回顾人类历史不难发现,人类关于发展层面的任何重大问题的解决归根到底要靠大力发展生产力。例如,处于原始社会的人类摆脱食物短缺的惨状、摆脱各种自然力的恐怖恫吓,其依靠的是生产力的发展和进步。处于奴隶社会、封建社会的人类摆脱各种自然灾害以及各种战争所造成的千里饥荒、民生凋敝的"破败"状况,其依靠的是生产力的发展与进步。处于资本主义社会早期的人类摆脱商品因市场的急剧扩大而出现供不应求的状况以及摆脱商品因运输时间太长而出现腐烂变质的状况,其同样依靠的是生产力的发展和进步。中国共产党和人民群众成功化解"人民日益增长的物质文化需要和落后的社会生产之间的矛盾"这一社会主要矛盾并使其转化为"人民日益增长的美好生活需和不平衡不充分的发展之间的矛盾"这一新时代社会主要矛盾,还是靠抓住了大力发展生产力这个关键和根本。然而,当下有些人却认为,由原来的社会主要矛盾转化为新时代社会主要矛盾标志着我国的"蛋糕"已经做大,因而中国共产党和人民群众在现阶段更应该把着力点放在更加公平分配"蛋糕"上,通过分配领域的改革来化解新时代社会主要矛盾。这种观点显然是不正确的。新时代社会主要矛盾仍然属于"人民日益增长的需要和发展(生产)之间的矛盾"总体演变结构,仍然属于社会主义初级阶段"不发达"状态下的社会主要矛盾,仍然属于世界上最大的发展中国家内的社会主要矛盾。这些从根本上决定了我们现阶段化解新时代社会主要矛盾仍然必须牢牢抓住大力发展生产力这个关键和根本。习近平曾经指出:"中国仍然是世界上最大的发展中国家,发展仍然是解决中国一切问题的关键。"[①]新

---

① 习近平:《在庆祝中国人民政治协商会议成立 65 周年大会上的讲话》,人民出版社 2014 年版,第 7 页。

时代社会主要矛盾的化解当然离不开中国共产党不断推动我国分配制度的改革从而使分配领域更加公平公正,但中国共产党不能把工作着力点和重点放在依靠分配领域的改革方面,而是要将工作的着力点和重点依然放在大力发展生产力上。"发展是基础,经济不发展,一切都无从谈起。"①我们将工作的重点和着力点放在分配领域的改革方面,不仅不能使新时代社会主要矛盾得到有效化解,而且会发现:在没有生产力的持续发展作为基础和保障的情况下,我们连可供分配的对象可能都会缺乏,更别说要实现分配的公平公正了。鉴于此,针对少部分人主张"分好蛋糕比做大蛋糕更重要"的观点,习近平明确指出:"这种说法不符合党对社会主义初级阶段和我国社会主要矛盾的判断。"②只不过,我们依靠传统的发展方式很难化解新时代社会主要矛盾,而必须在生产力的高质量发展中才能有效化解新时代社会主要矛盾。

一、以高质量的发展来解决不平衡发展的问题

过分追求发展的速度往往就难以兼顾发展的平衡,往往容易造成区域、城乡、领域、产业等结构的失调。这是传统的发展模式通常表现出来的重要特征。高质量的发展就是依靠转变经济发展方式、优化经济结构、转换增长动力的发展③,是对传统发展模式的革新和超越。通过将经济发展方式由传统的粗放型向集约型转变、由追求高速度低效益向追求中高速高效益转变,既从整体上来缓解经济、人口、资源、环境、基础设施之间存在的紧张关系和失衡状态,又不断增加各类产品的有效供给,减少无效供给,真正实现产品供需平衡,减少"需求外溢"的现象,不断增强内需对经济发展的拉动作用。不断优化经济结构,加大力度调整那些在现阶段已经出现过剩产能的行业,大力发展新兴

① 《习近平谈治国理政》第二卷,外文出版社 2017 年版,第 75 页。
② 《习近平关于社会主义经济建设论述摘编》,中央文献出版社 2017 年版,第 50 页。
③ 《十九大以来重要文献选编》(上),中央文献出版社 2019 年版,第 21 页。

行业和产业,不断推动现代服务业的发展,不断调整区域、城乡经济结构,从而既降低我国各产业之间以及各产业内部存在的不平衡程度,又降低区域城镇化发展不平衡的程度以及区域、城乡的经济发展不平衡和居民收入不平衡的程度。将经济增长的动力由传统的依靠物质资源的不断投入转变到依靠管理方式的创新、劳动者素质的提升以及科学技术的进步上来,既推动经济建设与生态环境保护之间的平衡发展,又为经济发展提供持久的、强劲的动力,推动经济持续健康发展,从而为减小城乡、区域居民的收入不平衡程度、基本公共服务不平衡程度以及经济建设与社会建设的不平衡程度奠定坚实的物质基础。我国经济发展的状态在现阶段已经转向高质量发展,但总体上还没有真正达到高质量发展的程度。我们要不断通过经济体制的改革来提升我国经济的高质量发展程度,从而不断降低我国各领域的不平衡发展的程度。

二、以高质量的发展来解决不充分发展的问题

高质量的发展既然以科学技术作为重要推动力,其本身就对科技创新的要求越来越高。换句话说,追求高质量的发展会对科技创新形成一种"倒逼"动力,促使人们对科技创新的投入力度越来越大,对科技创新的难度和挑战性不断增加。恩格斯曾经指出:"社会一旦有技术上的需要,这种需要就会比十所大学更能把科学推向前进。"[①]整个国家和社会对高质量发展的追求,是科技创新的最大动力,必将有助于解决我国创新能力不充分发展的现实问题。高质量的发展同样需要以高素质的劳动力作为重要推动力。这会对我国人民群众的素质提出越来越高的要求。人民群众在这种"倒逼"动力下会更加意识到提升自身各种素质的重要性,并会自觉利用各种教育和培训途径来提升自己的素质。这无疑有助于解决我国部分人民群众在现阶段存在的素质不充

---

① 《马克思恩格斯选集》第4卷,人民出版社2012年版,第648页。

分的问题。高质量的发展会对各经济主体、市场主体参与资源分配等各种经济活动的公平性、平等性的要求越来越高,对产权制度、财产制度、分配制度等各类经济制度的完善程度以及切实按照制度行事的要求都会越来越高。这有助于推动公平正义的价值实现程度越来越高。实际上,高质量的发展本身也会为我国各项事业的发展提供更加坚实的物质基础,而这也有助于推动我国在现阶段所面临的各类不充分问题逐渐得以解决。

三、以高质量的发展来解决美好生活需要的满足问题

既然中国共产党将"美好生活的需要"作为新时代社会主要矛盾的重要内容,那就说明我国人民群众在现阶段虽然已经对美好生活的需要日益增长,但仍然还远远没有满足美好生活的需要。如何满足美好生活的需要,其本身就是中国共产党和人民群众在现阶段面临的重大问题。通过"转方式、调结构、换动力"而逐步实现的高质量发展是一种以高效益、低投入、低排放为基本特征的发展模式,其本身对环境污染小、对生态破坏小,因而有助于更好地满足人民群众对美好生态环境的需要。而且,依靠高质量的发展能有效解决我国现阶段存在的不平衡、不充分发展的问题,有助于推动各领域、各方面的全面发展。这当然有助于更好地满足人民群众对美好生活的需要。实际上,高质量的发展还意味着我国市场上将会充满比之前更加多元化、更高质量、更加个性化、更加便捷化的各类商品。这会大大提升人民群众的生活质量,使人民群众的生活更加美好。高质量的发展是满足人民群众对美好生活需要的重要途径。习近平在党的十九大指出:"不断提高人民生活水平,必须坚定不移把发展作为党执政兴国的第一要务,坚持解放和发展社会生产力,坚持社会主义市场经济改革方向,推动经济持续健康发展。"[①]

---

① 《十九大以来重要文献选编》(上),中央文献出版社 2019 年版,第 21 页。

第二节　战略选择：继续统筹推进"五位一体" 总体布局

实际上，"总体布局"这一概念和范畴在党的历史上最早被提出和使用的时间可以追溯到党的十二届六中全会，这次会议审议通过的《中共中央关于社会主义精神文明建设指导方针的决议》中首次使用了"我国社会主义现代化建设的总体布局"①的提法。党的十七大已经在使用"中国特色社会主义事业总体布局"②的提法。党的十八大正式将中国特色社会主义事业总体布局明确为包括经济建设、政治建设、文化建设、社会建设、生态文明建设在内的"五位一体"。"五位一体"总体布局的提出是对马克思主义社会有机体理论在中国的具体发展③，其本身就蕴含了要全面、平衡、协调、充分发展整个国家、整个社会范围内的各项事业的宝贵思想。而且，我国现阶段出现的大量不平衡发展、不充分发展的现象，其绝大部分都可以划归到"五位一体"总体布局之中。例如，以文化建设与经济建设不平衡、社会建设与经济建设不平衡、生态文明建设与经济建设不平衡等为代表的领域发展不平衡问题，其本身就是"五位一体"总体布局不平衡发展的表现。以各产业之间发展不平衡、各产业内部发展不平衡为代表的产业结构发展不平衡问题，其本身属于经济建设方面的发展不平衡问题以及经济建设和社会建设之间的发展不平衡问题。以城乡生产要素分布不平衡、城乡居民收入不平衡、城乡基本公共服务不平衡等为代表的城乡发展不平衡问题，其本身属于经济建设、社会建设与文化建设之间的发展不平衡问题。以区域经济发展不平衡、区域城镇化发展不平衡、区域

---

① 《十二大以来重要文献选编》（下），人民出版社1988年版，第1173页。
② 《十七大以来重要文献选编》（上），中央文献出版社2009年版，第32页。
③ 参见朱炳元、仇良芳：《唯物史观与五位一体总体布局——兼论中国特色社会主义的制度特色、实践特色、理论特色、和民族特色》，《毛泽东邓小平理论研究》2012年第12期。

居民收入不平衡、区域基本公共服务不平衡等为代表的区域发展不平衡问题，其本身也属于经济建设、社会建设与文化建设之间的发展不平衡问题。以科技创新能力不充分、公民素质发展不充分、社会公正价值实现不充分等为代表的不充分发展问题，其本身属于文化建设、社会建设等方面发展不充分的具体体现。因此，从很大程度上来说，我国现阶段存在的各种不平衡发展的问题往往就是"五位一体"总体布局之间发展的不平衡问题，而我国现阶段存在的各种不充分发展的问题往往也就是"五位一体"总体布局之中的"某一位"发展的不充分问题。当然，我国现阶段存在的某些不平衡发展、不充分发展的问题还不能完全划归到"五位一体"总体布局之中。例如，国防建设与经济建设之间的不平衡发展问题就不属于"五位一体"总体布局之中的不平衡发展问题；国防领域内的某些不充分发展现象也不属于"五位一体"总体布局之中的不充分发展问题。但是，不能划归到"五位一体"总体布局之中的不平衡发展、不充分发展的现象毕竟只是少数，甚至只是极少数。正因为如此，我们在解决现阶段我国存在的各种不平衡发展、不充分发展的问题时必须继续以统筹推进"五位一体"总体布局为重要抓手。只要能够继续在统筹推进"五位一体"总体布局方面取得重大进展，那我国现阶段存在的不平衡发展、不充分发展问题也就能得到较好的解决。总体而言，我国现阶段存在的各种不平衡发展、不充分发展的问题主要集中在"五位一体"总体布局之中的文化建设、社会建设、生态文明建设与经济建设之间或之中。因此，我们要继续统筹"五位一体"总体布局，但要更加注重统筹好文化建设与经济建设之间的发展、社会建设与经济建设之间的发展以及生态文明建设与经济建设之间的发展。

一、更好地统筹文化建设与经济建设之间的发展

　　文化建设与经济建设之间本来就存在着一定的不平衡性，因为文化建设往往会滞后于经济建设。但是，经济建设与文化建设之间的发展不平衡，甚至

成为"两张皮"①,不仅不利于二者之间在相互促进中获得共同发展,而且会给相关具体部分或方面带来不平衡、不充分发展的问题。这就需要我们对文化建设与经济建设的存在和发展状态不断地进行人为干预,即对文化建设和经济建设持续不断地进行统筹。首先,我们在进行经济体制改革时,不仅不能落下或滞后对文化体制的改革,而且要尽量做到同步推进文化体制的改革,特别是要不断加大对束缚文化事业发展的体制机制进行改革的力度,使经济体制的改革和文化体制的改革相互联动、相互配合、相得益彰,从而为实现经济建设与文化建设共同发展、共同进步奠定良好的制度基础。其次,我们要在经济不断发展的同时,逐步加大对公共文化事业的资金投入力度,特别是要加大对农村、革命老区、民族地区、欠发达地区在发展公共文化事业方面的资金支持力度,从而缩小区域之间、城乡之间、民族之间、落后地区与发达地区之间的公共文化在"硬件"和"软件"方面的差距。我们既要发挥好文化建设对经济建设的智力和人才的支持力度,又要发挥好经济建设对文化建设的物质支持力度。最后,党的十九大指出,要"健全现代文化产业体系和市场体系,创新生产经营机制,完善文化经济政策,培育新型文化业态"②。党的二十大强调:"健全现代文化产业体系和市场体系,实施重大文化产业项目带动战略。"③这实际上是在更高层面上指出了统筹文化建设和经济建设的方向,即建设现代化文化经济体系。现代文化经济体系的建设实际上是文化建设和经济建设的更高级的平衡发展和融合发展。有学者甚至将"文化经济"视为继工业经济、农业经济、商业经济之后的"新的经济部门"④。现代化文化经济体系是一种

---

① 刘昆:《文化建设与经济建设不该是"两张皮"——〈改革进行曲〉专栏采访手记》,《光明日报》2013 年 11 月 2 日。

② 《十九大以来重要文献选编》(上),中央文献出版社 2019 年版,第 31 页。

③ 习近平:《高举中国特色社会主义伟大旗帜 为全面建设社会主义现代化国家而团结奋斗——在中国共产党第二十次全国代表大会上的报告》,人民出版社 2022 年版,第 45 页。

④ 周文彰:《文化的出路就是经济转型升级之路》,《北京联合大学学报(人文社会科学版)》2012 年第 3 期。

高质量的发展方式,既追求社会效益与经济效益的统一,又追求城乡发展状态以及区域发展状态的更加平衡和协调。① 因此,我们要高度重视和不断推动现代化文化经济体系的建设,更好地统筹文化建设与经济建设之间的平衡发展,从而推动其他相关具体部分或方面的平衡、充分发展。

二、更好地统筹社会建设与经济建设之间的发展

狭义的社会建设通常也决定于经济建设②,因而社会建设与经济建设之间本来也就存在着不平衡性。如果再失去人为干预和统筹社会建设与经济建设的话,那社会建设和经济建设之间的失衡状态就可能严重化。社会建设与经济建设的发展不平衡,同样会引起其他相关具体部分或方面的不平衡、不充分发展问题。例如,某地区就业不充分、养老条件在区域之间的不平衡分布等问题在很大程度上都是社会建设与经济建设之间的发展不平衡引起的。解决这些不平衡、不充分发展的问题需要我们更好地统筹社会建设与经济建设之间的发展。首先,我们要彻底摒弃将社会建设有意或无意看成经济建设的补充或有益补充的错误观念,而是要切实将社会建设看成是与经济建设一样重要且必不可少的建设领域,看成是事关人的生存和发展的必不可少的"构件"。真正在思想领域普遍重视社会建设,才能更好地做好二者的统筹工作。其次,我们要在经济不断发展的情况下持续加大对社会建设的资金支持力度,特别是加大对广大落后地区的民生事业、科教文卫事业的资金投入力度,以民生的改善和科教文卫事业的改善来为广大落后地区的经济发展打下长远的基础。最后,更好地统筹社会建设与经济建设之间的发展还要广泛发动群众,让广大企业、社会组织、社会团体、公民个

① 参见郑自立:《现代化文化经济体系建设的难点和推进路径》,《青海社会科学》2019 年第 1 期。

② 参见梁树发:《中国特色社会主义事业总体布局演变的逻辑与意义》,《马克思主义研究》2014 年第 1 期。

人等政府之外的力量充分参与到社会建设中来,在资源、资金、人力等方面形成更大的"合力",使参与社会建设的"总力量"与参与经济建设的"总力量"相对更加平衡。

三、更好地统筹生态文明建设与经济建设之间的发展

在"五位一体"总体布局中,与经济建设决定政治建设、文化建设、社会建设不一样,生态文明建设与经济建设之间的关系,"总的来说,它们不具有那种严格的决定论的关系。它们之间的关系是辩证的。谁决定谁是不确定的,实际的关系应该根据具体的历史条件而定"①。就我国现阶段的情况来看,生态文明建设领域存在的问题已经成为经济建设的制约因素。我们只有更好地将生态文明建设与经济建设统筹起来,才能既保持良好的生态环境,又保持经济持续健康发展。具体而言,我们现阶段在经济建设的过程中要注重将生态环境因素考虑进去,特别是在制定与经济发展密切相关的方针政策时要切实将生态环境保护的因素考虑在内,发掘和采用既有助于生态环境保护又有助于提升经济建设质量的发展方式和举措。这些发展方式和举措可能在一段时间内会减缓经济发展的速度,但从长远来看,却有利于经济建设和生态文明建设实现"双赢"。从这个意义上说,我国现阶段正在实施的转变经济发展方式、优化经济结构、转化经济增长动力等战略性措施,正是推动经济建设和生态文明建设实现"双赢"的重要体现和根本保障。因此,我们在现阶段最重要的事情就是要继续坚持好、落实好这些战略举措,从而更好地统筹生态文明建设与经济建设之间的发展,并逐步有效解决生态文明建设与经济建设之间存在的突出的不平衡发展问题。

---

① 梁树发:《中国特色社会主义事业总体布局演变的逻辑与意义》,《马克思主义研究》2014年第1期。

第三节　理念遵循:继续切实践行好
新发展理念

众所周知,新发展理念是指创新、协调、绿色、开放、共享的发展理念。所谓"理念"是指思想观念,是一种理性的观念而不是感性的观念,其本质就是一种理性的社会意识。之所以将"继续切实践行好新发展理念"作为化解新时代社会主要矛盾的重要路径,其原因主要在于两个方面:第一,习近平提出"新发展理念"本身就与新时代社会主要矛盾的基本内容有关。新发展理念被完整、明确提出的时间最早可以追溯到党的十八届五中全会的召开。以习近平同志为核心的党中央在这次会议上审议通过的《中共中央关于制定国民经济和社会发展第十三个五年规划的建议》中首次提出和阐述了新发展理念所涉及的若干重要问题。从当时的文件内容来看,其必要性在于"实现'十三五'时期发展目标,破解发展难题,厚植发展优势"[1]。其中,"十三五"时期的经济社会发展目标一共有五个具体目标,即"经济保持中高速增长""人民生活水平和质量普遍提高""国民素质和社会文明程度显著提高""生态环境质量总体改善"以及"各方面制度更加成熟更加定型"[2]。可见,这五项具体目标与新时代社会主要矛盾的主要内容——美好生活需要的满足问题、不平衡不充分发展的解决问题之间具有高度的一致性。既然牢固树立新发展理念才能更好地实现"十三五"规划的目标,那有效化解新时代社会主要矛盾也就要必须切实践行新发展理念。从当时的文件内容来看,"破解发展难题"就是要破解"发展不平衡、不协调、不可持续问题",其具体包括破解"创新能力不强""城乡区域发展不平衡""生态环境恶化""基本公共服务供给不足""人们

---

[1]　《十八大以来重要文献选编》(中),中央文献出版社2016年版,第792页。

[2]　参见《十八大以来重要文献选编》(中),中央文献出版社2016年版,第790—791页。

文明素质和社会文明程度有待提高""收入差距较大"①等难题。这些难题恰恰也都是新时代社会主要矛盾的主要方面——"不平衡不充分的发展"所包含的基本内容。因此,既然牢固树立新发展理念才能更好地破解这些发展难题,那有效化解新时代社会主要矛盾也就要必须切实践行好新发展理念。第二,新发展理念是对我国现阶段"社会存在"的科学回应。根据马克思主义唯物史观的基本原理,社会存在决定社会意识,而社会意识往往对社会存在具有巨大的反作用。尽管提出新发展理念在时间上要早于作出新时代社会主要矛盾判断,但习近平在党的十九大作出新时代社会主要矛盾判断时对新发展理念的内涵、要求等相关内容进行了丰富和发展。也就是说,新发展理念作为社会意识,已经是对我国现阶段的"社会存在"的充分反映和科学回应,而新时代社会主要矛盾判断就是对我国现阶段的"社会存在"的高度抽象概括和集中反映的结果,即新时代社会主要矛盾判断与我国现阶段的"社会存在"具有高度的一致性。因此,将"继续切实践行好新发展理念"作为化解新时代社会主要矛盾的重要路径是与"社会意识对社会存在具有巨大反作用"的基本原理完全符合的。这必将有助于更好地化解新时代社会主要矛盾。正如要把"社会意识"通过社会实践作用于"社会存在"才会真正引起"社会存在"发生改变一样,我们只有切实践行好新发展理念而不是仅仅树立新发展理念,才能更好地化解新时代社会主要矛盾,而切实践行好新发展理念就是要切实将创新、协调、绿色、开放、共享的发展理念与实际发展和生活紧密结合起来,切实用新发展理念去指导各项事业的改革,去指导各项事业及其各方面的发展。

一、继续切实践行创新发展理念

"创新是引领发展的第一动力"②。在化解社会主要矛盾的过程中切实践

---

① 参见《十八大以来重要文献选编》(中),中央文献出版社 2016 年版,第 788 页。
② 《十九大以来重要文献选编》(上),中央文献出版社 2019 年版,第 22 页。

行创新发展理念,就是要切实把创新发展理念贯穿到整个社会生活和整个社会发展的方方面面,就是要使各种社会主体都切实参与到各类创新活动中来,形成"总体创新"的局面,形成"创新合力",从而推动新时代社会主要矛盾的有效化解。党和政府要及时进行制度创新,坚决破除束缚各领域走向平衡发展和充分发展的体制机制障碍,要从宏观上及时出台促进城乡之间、区域之间、产业之间以及各构成部分的内部结构之间实现平衡发展、充分发展的新政策和新举措,并在全国上下营造"要创新、敢创新、真创新"的良好氛围。各类企业主要把创新发展理念贯穿到企业的决策和管理的全过程、各方面,及时转变陈旧落后的发展思路,高度重视技术创新在产品增质增效中的决定性作用,不断创新优化企业生产的内部结构,不断通过新方法来增强化解产能过剩的有效性。广大科学家们要充分重视科技创新对于推动整个国家实现平衡发展、充分发展以及对于推动整个国家实现高质量发展的关键作用,要不断推进前沿性科技研究、应用基础性科技研究、关键共性技术研究取得新进展,从而为我国各领域特别是经济领域优化结构、转变发展方式注入强大动力。实际上,理论创新往往比各种具体的制度创新、科学技术创新所起的作用更大,因为理论创新往往能使人们的思想获得大解放,从而引起各具体领域出现"创新爆发"的现象。而且,理论创新往往能发现或得出解决某一问题的"最优总路径",而像技术、资金等具体要素能在"最优总路径"的引导和约束下更好地发挥作用,从而使问题更好地得以解决。因此,广大理论工作者也要从不同角度、不同学科加大对新时代社会主要矛盾进行理论研究和理论创新的力度,特别是加大对"美好生活""平衡发展""充分发展"的理论创新和建构,从而找到化解新时代社会主要矛盾的"最优总路径"。公民个人也要在生活、学习和工作中切实践行创新发展理念,敢于突破和纠正落后过时的生活方式、学习方式和工作方式,及时改变不健康的消费习惯和消费结构,探索和建立适合自身特点的健康消费模式,并在条件具备的情况下坚持"万众创新"。中国有14亿多人口,因而公民个人在日常生活、学习和工作中的新变化、新方式、新行为能够汇聚成解决问题的磅礴之力,能够"积小胜为大胜",从而不断推动新时代社会主要矛盾的有效化解。可见,我们要"让创新贯穿党和国家一切工作,让创新在全社会蔚然成风"①,以整个国家和整个社会的创新之力来为有效化解新时代社会主要矛盾注入源源不断的新智慧、新方案和新动力。

二、继续切实践行协调发展理念

"协调发展"实际上就是"平衡发展",即追求各部分之间发展的平衡性以及落后部分发展的充分性。"协调是持续健康发展的内在要求。"②因此,切实践行协调发展理念是有效化解新时代社会主要矛盾的"对症良方"。在化解新时代社会主要矛盾的过程中切实践行协调发展理念就是要各类主体切实将协调理念贯穿到各种决策活动、各类建设活动的各阶段和各方面。与美国学者罗尔斯所主张的"差别原则"和"机会均等原则"③为重点内容的"分配正义"不一样,马克思更加注重"生产领域的平衡和正义",主张通过生产领域的平等发展来从根本上解决不平衡、不正义的问题④。可见,我们要在城乡之间、地区之间首先注重和强调生产要素投入的协调性、平衡性,让城乡和各地区的发展在起点和源头上就相对处于比较公平和平衡的状态。相比较区域在生产要素投入上的差距,城乡之间在生产要素方面的投入差距更大,因而我们需要花大力气尽量使技术、资金、人力资源等生产要素在城乡之间的投入和分布上处于相对平衡、相对平等的状态。只要在生产领域真正实现了相对平衡、相对平等,那我国推动城乡之间、区域之间的平衡发展、充分发展就会取得重大进展。其次,我们在现阶段要注重"五位一体"总体布局之间的协调发展,特别是要注重经济建设与其他四大建设之间发展的协调性,不仅不能让经济

---

① 《十八大以来重要文献选编》(中),中央文献出版社 2016 年版,第 792 页。
② 《十八大以来重要文献选编》(中),中央文献出版社 2016 年版,第 792 页。
③ 参见[美]罗尔斯:《正义论》,何怀宏等译,中国社会出版社 2009 年版,第 47 页。
④ 参见刘同舫:《新时代社会主要矛盾背后的必然逻辑》,《华南师范大学学报(社会科学版)》2017 年第 6 期。

建设犹如"脱缰之马"离其他四大建设相距较远,而且要推动经济建设与其他四大建设实现较高程度的融合发展。例如,习近平提出的"绿水青山就是金山银山"①的论断在某种程度上就体现的是经济建设与生态文明建设之间的高度融合发展。近年来出现的"现代化文化经济"的提法体现的是经济建设与文化建设之间的高度融合发展。此外,我们还要注重产业之间以及各产业内部之间的协调发展,不断将第三产业的比重提升到新高度,增强经济结构存在和运行的合理性与平衡性,尽量减少各产业的无效供给,增加各产业的有效供给,从而推动现阶段不平衡发展、不充分发展问题的更好解决。

三、继续切实践行绿色发展理念

"绿色是永续发展的必要条件和人民对美好生活追求的重要体现。"②化解新时代社会主要矛盾的根本目的在于实现经济社会等各方面更好地发展,以便满足人民群众对美好生活的追求。因此,将切实践行好绿色发展理念作为化解新时代社会主要矛盾的重要举措既十分必要,又能起到良好的效果。在化解新时代社会主要矛盾的过程中切实践行好绿色发展理念,同样需要各类社会主体的共同努力。首先,我们党和政府要以身作则地将绿色发展理念切实纳入到各项决策和日常生活中,继续完善和创新与生态文明建设密切相关的体制机制,特别是在各级官员的政绩考核中要切实适当增加生态环境保护所占的比重,并且在全社会范围内做好践行绿色发展理念的宣传和引导工作,在全国范围内通过宏观调控推动绿色发展方式和绿色经济的逐渐形成,并依据生态环境状况做好经济社会发展的相关规划工作。党和政府要在切实践行绿色发展理念的过程中发挥好主导作用。其次,各类企业主在切实践行绿色发展理念的过程中要发挥好主体作用。具体而言,企业主群体要通过对新

---

① 《习近平主席在出席世界经济论坛2017年年会和访问联合国日内瓦总部时的演讲》,人民出版社2017年版,第29页。

② 《十八大以来重要文献选编》(中),中央文献出版社2016年版,第792页。

技术的采用以及对管理模式的革新来实现企业生产方式由粗放型向集约型转变,将高消耗、低效益的传统企业转变为高效益、低消耗的现代化企业、绿色企业,生产出社会需要的高质量产品,并逐步减少污染物的排放量。不仅如此,企业主群体还需要加大对企业排放的各种污染物进行治理的力度,尽量将污染问题解决于源头,解决于始端。实事求是地说,我国现阶段的大气污染、水污染、固体废弃物污染等环境污染问题,其中很大一部分就是由企业及其生产活动直接造成的。而且,人民群众所需要的各种高质量产品,其中的绝大部分都是由企业来进行生产的。可以说,企业的发展方式、生产方式在很大程度上不仅会影响人民群众对美好环境需要的满足程度以及对美好生活需要的满足程度,而且会影响经济建设与生态文明建设之间协调发展、平衡发展的程度。可见,企业主群体在现阶段切实践行好绿色发展理念对于新时代社会主要矛盾的有效化解尤为关键。除此之外,公民个人在切实践行绿色发展理念的过程中要发挥好参与作用。例如,公民个人可以把绿色理念切实应用到产品加工、农作物种植等生产活动中,节约利用资源,并生产出高质量、无污染的绿色产品。公民个人也可以将绿色发展理念切实应用到各种消费活动中,逐渐形成绿色的消费模式,减少各类生活垃圾的排放,并以自身的绿色消费行为来引导企业在生产结构、产品结构与质量等方面实现变革。在我国人口众多的情况下,公民个人切实践行好绿色发展理念,不仅会大大提升新时代社会主要矛盾的化解效果,而且会大大加快新时代社会主要矛盾的化解进程。

四、继续切实践行开放发展理念

所谓"开放"是指解除限制,进行相互交流、互通有无。"开放是国家繁荣发展的必由之路。"[①]但是,开放不只是涉及主权国家之间的对外开放问题,而且涉及主权国家内部各组成部分之间的彼此开放的问题。主权国家的对外开

---

① 《十八大以来重要文献选编》(中),中央文献出版社 2016 年版,第 792 页。

放问题将在后面进行重点探讨,而在这里所要着重探讨的是我国内部各组成部分之间的开放问题,即探讨我国内部各组成部分如何通过扩大彼此之间的开放来有效化解新时代社会主要矛盾的问题。首先,我国城乡之间要进一步扩大彼此的开放程度。城乡之间的开放程度的提升,才能更好地实现资金、技术、劳动力等生产要素在二者之间的双向自由流动,特别是更能实现资金、技术等生产要素从城市流向生产原料比较聚集的农村地区,从而推动农村地区的产业发展,繁荣农村经济,进而缩小城乡之间发展的不平衡程度。而且,城乡之间的开放程度的提升,才能更好地将城市的市场与广大农村地区的市场有机结合起来,起到"1+1>2"的市场效果。农产品在广大城市地区的充分流通,有助于带动农村种植业的规模发展,增加农民的收入,而城市的工业产品在广大农村地区的充分流通,才能获得广大市场,增加销售渠道,减轻库存压力和产能过剩的压力。改革开放40多年的实践历程充分证明,数量极其庞大的农民工从农村流向城市不仅为城市发展带去了所需的大量劳动力,推动了城市的发展与繁荣,而且大大增加了农民的收入,从而极大地改变了广大农村地区贫穷落后的面貌。我们现阶段要进一步推动户籍制度的改革,逐步使广大农民工在城市能够享受到与当地居民一样的公共产品和服务,更好地吸引广大农民进城务工,在推动城市发展的同时更好地带动农村的发展。其次,我国各区域之间要进一步扩大对彼此的开放程度。我国现阶段区域之间的开放程度仍然还不够,其地方保护主义色彩仍然浓厚。例如,地方政府为了维护和推动本地企业的发展,往往通过各种措施来限制外地商品在本地的充分流通。这实际上是一种保守的恶性竞争,与市场经济的基本法则相违背,既不利于各地区的充分发展,也不利于各地区的平衡发展。因此,我们现阶段要通过各方面的配套改革,逐步消除各区域之间的种种显性或隐性"壁垒",实现各区域之间的资金、技术、人力资源、产品等方面的充分自由流动,在实现优势互补中推动区域之间的平衡发展、充分发展。各区域的开放程度进一步提升之后,相对比较发达的东部区域可以更好地向相对欠发达的广大西部地区提供技术和资金支持,推动西部地区的快速发展,而广大欠发达的西部地区也能更好地为相对比较发达的东部地区提供广阔的市场以及其他条件,从而推动东部地区更好更快的发展。无论是提升城乡之间的开放程度还是提升区域之间的开放程度,其关键在于人们的思想要进一步获得解放,人们的开放意识要不断增强,并在实践中切实践行好开放发展理念,从而推动各种要素和资源实现更好地流动和配置。切实践行开放发展理念有利于更好地解决城乡、区域、群体之间存在的不平衡不充分发展的问题,也就有利于推动新时代社会主要矛盾的有效化解。

五、继续切实践行共享发展理念

"共享是中国特色社会主义的本质要求。"[1]共享即共同享有,其本来就带有各区域、各领域、各部分、各群体之间平衡发展、充分发展的意思。因此,切实践行共享发展理念既是新时代社会主要矛盾背景下继续推动经济社会协调发展、健康发展的题中之义,也是有效化解新时代社会主要矛盾的路径遵循。首先,切实将共享发展理念融入我国现阶段分配制度改革的整个过程中,使分配制度本身在我国现阶段经济社会的发展水平下体现出最大的公平正义,以制度的刚性力来不断提升初次分配和再分配的公平程度,使合法收入的部分切实得到保护,使非法收入的部分切实得到取缔,使隐性收入的部分切实得以规范,使低收入者的收入量获得显著提升,使中等收入者所占的比重得到明显增加。在收入分配改革中切实践行共享发展理念对于解决我国现阶段存在的不平衡发展问题至关重要,因为居民收入差距大是我国现阶段不平衡发展的重要表征。我们一定要在分配领域践行好共享发展理念,推动我国居民的收入分配结构尽快由现阶段的"土字型"结构向合理、平衡的"橄榄型"结构[2]转变。其次,切实将共享发展理念融入我国现阶段基本公共服务供给的整个过

---

① 《十八大以来重要文献选编》(中),中央文献出版社2016年版,第793页。
② 参见李强:《"橄榄型社会"离我们有多远》,《人民日报》2016年7月27日。

程中,大力推进医疗卫生服务、义务教育服务、社会保障服务等 8 大类基本公共服务在城乡之间、区域之间分布的均等化,特别是要大力增加欠发达地区、革命老区、边疆地区、民族地区等广大落后地区的基本公共服务数量。不仅如此,在基本公共服务数量越来越实现均等化的基础上,我们在现阶段还要重视将共享发展理念与基本公共服务供给的质量结合起来,即要不断在城乡和区域之间实现基本公共服务质量的均等化。除此之外,我们在现阶段还要将共享发展理念与人的发展机会的供给结合起来,推动事关人的发展的各类信息资源更加对称化、公开化和透明化,减少因权力寻租等行为造成的发展机会不平等、不均等的现象,尽量降低人情关系、投机取巧、身份地位等因素在人的发展过程中的影响力,使"生活在我们伟大祖国和伟大时代的中国人民,共同享有人生出彩的机会,共同享有梦想成真的机会,共同享有同祖国和时代一起成长与进步的机会"①。收入分配、基本公共服务和发展机会是我们现阶段需要切实践行好共享发展理念的重点方面。只要在这三个方面切实践行好共享发展理念,那我们就能更好地推动新时代社会主要矛盾的化解。

第四节　主攻方向:继续大力深化供给侧结构性改革

供给与需求之间的关系是事关人类经济社会发展的一对永恒的关系,是人类生存与发展所要始终面对的重大问题。供给侧结构性改革归根到底是以调整经济结构来优化供给结构的改革,其与需求侧结构性改革有着本质的区别,因为需求侧结构性改革是以调整出口、投资、消费之间的结构关系来增加需求的改革。"生产决定需求"是马克思主义政治经济学的一个基本而又科学的观点。因此,供给侧结构性改革不仅通常是比需求侧结构性改革更为本

---

① 《十八大以来重要文献选编》(上),中央文献出版社 2014 年版,第 235 页。

质、更加深刻,而且往往能从根本上有效扭转一国经济发展的不利形势和疲软状态。也正因为如此,推动供给侧结构性改革往往比进行需求侧结构性改革的难度要大得多,所引起的利益格局的变动要大得多,所引发的社会阵痛要大得多。以习近平同志为核心的党中央所提出的"供给侧结构性改革"理论,其思想渊源可以追溯到英国的古典经济学派,其科学的理论基础在于马克思提出的以分工、协作、科学技术、规模生产、资本积累等为主要内容的供给结构理论①,其现实基础在于我国经济建设领域在党的十八大以来所面临的严重的结构性失衡问题,例如"发展中不平衡、不协调、不可持续问题依然突出,科技创新能力不强,产业结构不合理,农业基础依然薄弱"②等问题。通过仔细研究就会发现,这些问题与我国现阶段新时代社会主要矛盾的主要方面——不平衡不充分的发展在本质上是一致的,即这些问题基本上都是"不平衡不充分发展"问题的具体内容和表现。而且,习近平在党的十九大作出新时代社会主要矛盾判断时,同样明确提出要"深化供给侧结构性改革"③,并明确要求"坚持去产能、去库存、去杠杆、降成本、补短板,优化存量资源配置,扩大优质增量供给,实现供需动态平衡"④。可见,推动供给侧结构性改革理所应当地要成为我们化解新时代社会主要矛盾的重要路径。最近几年来,党和政府通过推动供给侧结构性改革,使我国的经济发展结构所面临的失衡问题有所改变,使"实体经济活力不断释放"⑤,但我国现阶段的经济发展结构所面临的失衡问题还没有得到根本改变。这就要求我们在现阶段要继续大力深化供给侧结构性改革,推动我国经济结构失衡问题的解决不断取得新进展,并在此基础上不断推动新时代社会主要矛盾的有效化解。2018年12月召开的中央经济工作会议明确指出:继续深化供给侧结构性改革要"在'巩固、增强、提升、畅

---

① 参见方福前:《寻找供给侧结构性改革的理论源头》,《中国社会科学》2017年第7期。
② 《十八大以来重要文献选编》(上),中央文献出版社2014年版,第4页。
③ 《十九大以来重要文献选编》(上),中央文献出版社2019年版,第21页。
④ 《十九大以来重要文献选编》(上),中央文献出版社2019年版,第22页。
⑤ 《十九大以来重要文献选编》(上),中央文献出版社2019年版,第841页。

通'八个字上下功夫"①。"八字方针"实际上为我们在现阶段通过继续大力深化供给侧结构性改革来有效化解新时代社会主要矛盾提供了更具体的路径遵循。

一、在坚持"巩固"方针的基础上继续深化供给侧结构性改革

以化解过剩产能为目标的"去产能"任务、以化解房地产库存为目标的"去库存"任务、以减少相关主体的负债状态为目标的"去杠杆"任务、以降低企业成本为目标的"降成本"任务、以弥补民生、基础设施、科技创新等短板为目标的"补短板"任务(通常被称为"三去一降一补")是习近平为推动供给侧结构性改革而提出的五项具体任务。经过几年的努力,我国在这五个方面都已经取得了显著的成绩,加快了我国现阶段所面临的不平衡发展问题、不充分发展问题以及美好生活需要的满足问题的解决进程。但是,我们在这五个方面所取得的成绩并不是"永恒不变的成绩",也不是"使问题已经得以圆满解决的成绩",而是一个"随时可能发生变化甚至退回到原地"的成绩,是一个"需要不断获得提升"的阶段性成绩。因此,我们需要不断巩固这五个方面所取得的成绩。但要"巩固"已经取得的成绩,就需要我们继续花大力气去推动产能过剩问题、房地产库存问题、科技创新不足问题等五个方面问题的有效解决,即继续努力推动"三去一降一补"任务的完成,因为这些成绩在复杂的经济社会条件下极有可能发生向着"后退"方向的变化。鉴于此,中央经济工作会议也明确指出:"要巩固'三去一降一补'成果,推动更多产能过剩行业加快出清,降低全社会各类营商成本,加大基础设施等领域补短板力度。"②可见,"巩固"在这里实际上是一个动态发展的概念,是动态的"巩固",是不断提升的"巩固"。以"巩固"的方针对待供给侧结构性

---

① 转引自人民日报评论员:《坚持以供给侧结构性改革为主线不动摇——四论贯彻落实中央经济工作会议》,《人民日报》2018 年 12 月 26 日。

② 《中央经济工作会议在北京举行》,《人民日报》2018 年 12 月 22 日。

改革,其实质就是在不断深化供给侧结构性改革,是在不断解决不平衡发展问题、不充分发展问题以及美好生活需要的满足问题,因而是在不断化解新时代社会主要矛盾。

二、在坚持"增强"方针的基础上继续深化供给侧结构性改革

这里所说的坚持"增强"的方针实际上是指要增强企业和企业家等微观主体的活力。企业和企业家是综合运用各种生产要素来进行产品生产和服务生产的组织者。企业和企业家等微观主体的活力直接关系到过剩产能的转化,产品和服务数量、质量的增加和提升,科学技术的转化状态,所排废气废水的治理状态,社会就业状态的好坏,群众的收入状态等一系列事关不平衡发展问题、不充分发展问题以及美好生活需要的满足问题的解决。换句话说,企业和企业家等微观主体的活力状态直接关系到新时代社会主要矛盾的化解。"中国经济的供给侧结构性改革,不仅仅是产业和地区经济结构的调整、优化和升级问题,更重要的是制度体制或生产关系的改革和调整问题。"[1]因此,我们现阶段要通过继续完善和创新社会主义市场经济体制、产权制度、行政管理体制、减税降费机制、公平竞争机制等一系列体制机制,来营造公平公正的竞争环境、实现各要素的优化配置、降低企业的生产成本等,从而不断增强企业和企业主等微观主体的活力。在活力不断增强的情况下,企业和企业主将会有足够的实力来转化或避免产能过剩,增加科学技术的应用率和转化率,增加高质量产品和服务的生产规模,增加社会的就业率,更好地治理所排放的废气废水等,从而更好地推动不平衡发展问题、不充分发展问题以及美好生活需要的满足问题得以解决,即推动新时代社会主要矛盾更有效的化解。

---

① 方福前:《寻找供给侧结构性改革的理论源头》,《中国社会科学》2017 年第 7 期。

三、在坚持"提升"方针的基础上继续深化供给侧结构性改革

这里所说的"提升"方针是指通过技术创新、形成规模效应以及培育新兴产业集群来提升产业链的发展水平①。在坚持"提升"方针的基础上继续深化供给侧结构性改革,就是要我们党和政府通过不断破除阻碍科技创新的各种体制机制,不断完善按技术要素参与收入分配的方针政策,不断在全社会倡导和树立创新发展理念,来不断激发科学家、企业家、高校以及个人等社会主体的科技创新热情和活力,不断提升我国的科技发展水平,并不断提升将科技成果转化为实际产品生产的水平。科技创新能力不足是我国现阶段发展不充分的重要体现。以坚持"提升"的方针来不断提升我国的整体科技创新能力和科技发展水平,是对我国现阶段面临的不充分发展问题的有效解决。在坚持"提升"方针的基础上继续深化供给侧结构性改革,还要求党和政府依托技术创新,通过市场对资金、人力资源等生产要素的优化配置以及通过对各类企业和企业家的政策引导,来实现新兴产业比重的显著提升、新兴产业分布的更加合理,从而推动我国现阶段产业结构的不平衡问题及其地区分布不平衡问题的有效解决。显然,切实坚持"提升"的方针来继续深化供给侧结构性改革,有利于推动新时代社会主要矛盾的有效化解。

四、在坚持"畅通"方针的基础上继续深化供给侧结构性改革

这里所说的"畅通"方针是指畅通国民经济循环②。在坚持"畅通"方针的基础上继续深化供给侧结构性改革首先就是要继续大力推动社会主义市场经济体制的改革,使市场在配置资源中的决定性作用得到更充分的发挥,从而

---

① 参见人民日报评论员:《坚持以供给侧结构性改革为主线不动摇——四论贯彻落实中央经济工作会议》,《人民日报》2018 年 12 月 26 日。

② 参见马一德:《聚焦"八字方针"　深化供给侧结构性改革》,《经济日报》2019 年 1 月 17 日。

使各种生产要素在企业和企业家之间实现更合理的分布,使市场的需求与企业所生产的产品之间达到平衡的状态,减少或避免产能过剩的现象。在坚持"畅通"方针的基础上继续深化供给侧结构性改革就是要通过继续推动户籍制度、职业发展机制、薪酬制度、单位用人制度等方面的改革,使社会就业与经济的发展、增长保持同步,特别是使广大进城务工的农民工及其子女在医疗卫生、社会保障、教育等方面与城市居民享受到基本均等的权利,实现基本公共服务真正均等化。在坚持"畅通"方针的基础上继续深化供给侧结构性改革还需要继续大力深化金融体制改革,进一步调整金融供给结构,积极推动民营银行、农商银行、农村信用社的改革和发展,加大金融支持和服务农村地区的力度,加大金融向民营企业、中小企业的开放和放贷力度,以金融的平衡发展来推动区域的平衡发展、产业结构的合理和平衡发展。切实坚持"畅通"方针来继续深化供给侧结构性改革,同样有助于我们有效化解新时代社会主要矛盾。

第五节 价值遵循:始终坚持以人民为中心

作为历史唯物主义和科学社会主义的重要概念和范畴,人民无疑是社会活动和创造历史的真正主体。离开了人民群众,整个国家和社会几乎一刻都不能良好运转。正因为如此,马克思主义政党和执政党历来都强调人民群众的至上地位和无上作用。以习近平同志为核心的党中央在党的十八大以来实现了对马克思主义群众史观的创造性发展,在人类历史上首次明确提出了"坚持以人民为中心的发展思想"①。与党提出的众多其他关于发展的价值相比,"以人民为中心"是更加处于核心地位和具有广泛影响的发展价值。将以人民为中心贯穿于我国现阶段面临的重大问题的解决过程中特别是贯穿于化

---

① 《十八大以来重要文献选编》(中),中央文献出版社 2016 年版,第 789 页。

解新时代社会主要矛盾的过程中,既属于应然选择,又会对解决问题、化解矛盾起到良好的推动作用。

一、坚持以人民为中心才能全面掌握新时代社会主要矛盾的具体样态

新时代社会主要矛盾是中国共产党对我国经济社会等各方面的整体发展情况进行最新概括和判断的结果,也是对我国人民群众在总体上面临的最大、最突出的问题进行科学判断的结果。但是,新时代社会主要矛盾的主要内容——"不平衡不充分的发展"以及"美好生活的需要"都只是对我国经济社会发展的整体情况和人民群众面临问题的整体情况所进行的一种高度的抽象概括和描述,而我国经济社会等各方面所面临的不平衡发展、不充分发展的具体情况是形态各异、千差万别的,人民群众所面临的问题的具体样态也是各不相同的。要有效化解新时代社会主要矛盾就不能只是把握整体的、抽象层面的"不平衡不充分的发展"以及"美好生活的需要"的状态,还尤其需要精准把握其具体样态,因为无论是不平衡不充分发展问题的解决还是美好生活需要的满足,都必须建立在解决各种实实在在的具体问题的基础上。要精准把握不平衡不充分发展的具体样态以及美好生活需要的具体样态,就必须始终坚持以人民为中心,时刻将人民群众放在心里,时刻关心人民群众面临的各种难题,就需要经常到"下面"、"一线"和基层去了解实际情况。党的十九大以后,习近平不仅明确要求广大党政干部要到人民群众中间去开展调查活动,而且明确要求"调查研究要紧扣人民群众生产生活,紧扣经济社会发展实际,紧扣全面从严治党面临的现实问题,紧扣贯彻落实党的十九大精神需要解决的问题"①。习近平在2022年12月召开的中央政治局民主生活会上强调:"要大兴调查研究之风,多到分管领域的基层一线去,多到困难多、群众意见集中、工

---

① 习近平:《在党的十九届一中全会上的讲话》,《求是》2018年第1期。

作打不开局面的地方去,体察实情、解剖麻雀,全面掌握情况,做到心中有数。"①在新时代,党和政府之所以在解决贫困问题等方面取得了令世界惊叹的成就,其原因就在于中国共产党坚持了以人民为中心,关心人民群众的生活状态,通过开展基层调研活动准确掌握了贫困问题的具体样态,从而制定了科学的脱贫攻坚策略。习近平曾饱含深情地指出:"我去了中国很多贫困地区,看望了很多贫困家庭,他们渴望幸福生活的眼神深深印在我的脑海里。"②这无疑充分反映了习近平坚持以人民为中心来了解群众的难题和解决群众的难题的基本思路和策略。要有效化解新时代社会主要矛盾就必须全面、准确掌握新时代社会主要矛盾的具体样态,而要全面、准确掌握新时代社会主要矛盾的具体样态就必须始终坚持以人民为中心,关心人民群众,深入调查和了解人民群众的相关情况。

二、坚持以人民为中心才能获得有效化解新时代社会主要矛盾的智慧

新时代社会主要矛盾是我国现阶段面临的最突出的问题,因而其化解的难度相当大。要有效化解新时代社会主要矛盾就必须要有充足的智慧伴随整个过程,即要有正确、先进的各种方案、制度、方针政策、措施、理念等伴随始终。但是,这些智慧既不能由党政干部直接"拍脑袋"想出来,也不能由他们教条式地从书本上照搬下来,而是归根到底只能来源于广大人民群众。"人民群众是我们智慧和力量的源泉。"③广大党政干部比人民群众更有优势的地方在于其知识水平普遍比较高,善于对各种零散的实践经验进行归纳总结,将其上升到方案、制度、方针政策、措施、理念等政策层面,再将这些政策层面的

---

① 《中共中央政治局召开民主生活会强调 坚持团结奋斗贯彻落实好党的二十大重大决策部署 中共中央总书记习近平主持会议并发表重要讲话》,《党建》2023 年第 1 期。
② 《习近平在对美国进行国事访问时的讲话》,人民出版社 2015 年版,第 11 页。
③ 《十三大以来重要文献选编》(中),人民出版社 1991 年版,第 1321 页。

东西推广出去解决相关问题。但这些实践经验却是广大人民群众通过亲身参与实践活动得出来的。例如，广大企业及企业主治理所排废水废气的实践经验可以成为党政干部出台相关环保政策的直接经验材料等。因此，广大党政干部只有切实坚持以人民为中心，时常深入到群众当中了解相关情况，尊重和重视人民群众的各种实践经验，始终"坚持问政于民、问需于民、问计于民"①，才能获得化解新时代社会主要矛盾的足够智慧。通过坚持以人民为中心来获得有效化解新时代社会主要矛盾的智慧，正是对"实践是认识的来源"这一马克思主义科学认识论的遵循和践行。

三、坚持以人民为中心才能获得有效化解新时代社会主要矛盾的力量

有效化解新时代社会主要矛盾不仅需要具有足够的智慧，还需要具有足够的力量。如果缺乏足够的力量，解决不平衡不充分发展问题的各种方案、制度、方针政策、措施、理念等"智慧"不会落到实处，也不会变为现实。"人民是历史的创造者，群众是真正的英雄。"②因此，化解新时代社会主要矛盾所需要的力量归根到底要依靠坚持以人民为中心才能够获得。我们在现阶段首先要在思想上切实把人民群众看成是具有首创精神的群体、具有无穷力量的群体、值得依靠和信赖的群体，并在此基础上牢固树立"依靠人民群众解决实际问题"的信念。如果我们在思想上不相信群众，缺乏依靠群众的意识，那就不可能主动调动人民群众参与解决不平衡不充分发展的问题。其次，我们在现阶段要把各种不平衡不充分发展的问题与相关群体最直接的利益联系起来，通过"利益攸关""利益实现"来调动人民群众参与解决各种具体的不平衡不充分发展问题的积极性。最后，我们在现阶段要继续营造公平的发展环境，继续扩大发展成果的共享程度，以实惠的普遍增加、公平增加来调动人民群众化解

---

① 《十八大以来重要文献选编》（上），中央文献出版社 2014 年版，第 285 页。
② 《十八大以来重要文献选编》（上），中央文献出版社 2014 年版，第 70 页。

新时代社会主要矛盾的积极性。坚持以人民为中心是我们获得化解新时代社会主要矛盾所需力量的可靠保障。

第六节　环境保障:继续推动构建人类命运共同体

共同体的概念和范畴并不是最近几年才提出来的,因为马克思、恩格斯当年就已经提出和使用共同体的概念和范畴来分析问题。例如,他们在《德意志意识形态》中批判过建立在阶级社会基础上的国家是"冒充的共同体""虚假的共同体",因而广大人民群众在这种共同体中是不可能获得自由的,其只有在"真正的共同体"①中才能实现自由。他们在《共产党宣言》中设想未来社会的自由状态时还使用了"联合体"②这一术语。马克思、恩格斯提出和确立的共同体概念和范畴及其阐述的共同体思想为中国共产党在复杂多变的国际形势下进行全球治理的理论创新特别是提出构建人类命运共同的思想提供了理论基础。中国共产党提出的构建人类命运共同体的思想恰恰是对马克思、恩格斯的共同体思想精髓的吸取,是对马克思、恩格斯"联合体"价值内核的契合③。党的十八大以来,习近平在国际、国内众多重大场合或会议中多次阐述了构建人类命运共同体的相关思想,并切实通过落实"一带一路"建设、大力开展国际文化交流活动、发起创办"亚投行"、促进全球气候治理、开展维护世界和平与秩序的众多活动等,推动人类命运共同体的构建迈出了坚实的步伐,在促进世界各国朝着共同发展、合作共赢、共同繁荣的方向前进的同时,也为我国经济社会持续健康发展以及为我国各种重大问题的解决、各类社会

---

① 《马克思恩格斯选集》第 1 卷,人民出版社 2012 年版,第 199 页。
② 《马克思恩格斯选集》第 1 卷,人民出版社 2012 年版,第 422 页。
③ 参见南丽军、王可亦:《全球治理的中国智慧——构建人类命运共同体》,《理论探讨》2019 年第 1 期。

矛盾的化解营造了良好的国际环境。我国现阶段面临的不平衡发展问题、不充分发展问题以及人民群众美好生活需要的满足问题都是涉及我国经济社会等方方面面的重大变化,也是关系到我国发展全局的重大问题。这些问题的解决即新时代社会主要矛盾的化解同样必须具有良好的国际环境。历史已经充分证明:在各国联系比较密切的情况下,国际形势或周边局势出现动荡甚至爆发战争都不利于国内的发展和国内各种问题、矛盾的有效解决。如果现阶段和平的国际环境、稳定的周边形势、与大国之间的关系等出现重大变化,那我们在现阶段化解新时代社会主要矛盾的相关工作可能会受到严重影响,甚至中断。美国在2018年以来单方面挑起的贸易争端对我国进出口贸易增长、部分企业的良好运转以及经济总体的稳定发展所带来的严重后果就是证明。因此,我们在现阶段要继续通过构建人类命运共同体来营造良好的发展环境,从而推动新时代社会主要矛盾的有效化解。

一、以继续推动构建人类命运共同体来营造稳定的周边环境

我们在化解新时代社会主要矛盾的过程中必须"切实抓好周边外交工作,打造周边命运共同体"①,营造稳定的周边环境。具体而言,我们现阶段在针对周边国家的外交活动中,要切实始终坚持亲、诚、惠、容的理念,继续积极宣传构建周边命运共同体的重要性,并积极打造中国—巴基斯坦、中国—老挝等周边命运共同体典范的升级版,以更好的典范、样板来吸引更多周边国家同我国建立命运共同体。更重要的是,我们在现阶段要继续大力推动"一带一路"建设,使周边国家的基础设施得到明显改善,带动周边国家的经济实现快速发展,促使周边国家人民群众的生活水平得到显著提升,既以实惠提升周边国家建立命运共同体的积极性,又以经济发展和人民群众生活水平的提升来形成稳定的周边环境和秩序。继续推动建立周边命运共同体,形成更加稳定

---

① 《习近平谈治国理政》第二卷,外文出版社2017年版,第444页。

有序的周边环境,以周边环境的稳定有序来增进我国的安全程度和稳定程度。我们只有始终处在安全稳定的环境中,才能更好地集中精力和力量来推动新时代社会主要矛盾的有效化解。而且,稳定有序的周边环境和安全稳定的国内环境,能吸引更多的周边国家和广大非周边国家同我国开展经贸往来、技术交流等活动,而这对于我们有效化解新时代社会主要矛盾同样具有重要作用。

二、以继续推动构建人类命运共同体来营造合作的国际环境

化解新时代社会主要矛盾光有稳定的周边环境还不够,还必须具有合作的国际环境。我国与世界上其他国家特别是其他大国之间具有相当密切的经济文化交往和联系,因而其他国家特别是其他大国在贸易往来、技术转让等领域针对我国所采取的非理性的对抗行为往往会对我国经济社会的发展产生较大的不良影响,会干扰和影响我们化解新时代社会主要矛盾的进度。这就需要我们继续通过推动构建人类命运共同体来营造合作的国际环境。我们要在全球范围内宣传和推动落实共同的价值观、共同的利益观、相互依存的国际权力观、全球治理观以及可持续发展观等人类命运共同体所蕴含的科学价值理念,充分尊重彼此的利益诉求特别是核心利益诉求,摒弃逆全球化等损人不利己的保守观念和错误做法,促进科技、资金等生产要素在全球范围内的自由流动,采用和平协商的方式来化解相关争端或分歧,特别是像我国和美国这样的大国在处理贸易逆差等问题上要诉诸理性的谈判方式,而不是采用非理性的贸易战等经济霸权的行径来损害别国的正当利益,"应该考虑可持续的竞争,而不是权力转移的修昔底德陷阱。"①通过继续推动人类命运共同体的构建,才有可能有效营造出没有战争的和平国际环境,也才有可能有效营造出没有非理性对抗行为发生的合作的国际环境,而后者正是我们当下加快化解新时代社会主要矛盾所必需的。

---

① [美]布兰德利·沃马克:《不对称的均衡:在一个多节世界中的美中关系》,张廷广译,《高校马克思主义理论研究》2018 年第 2 期。

第七节　外部借力:继续充分吸收国际积极 有益因素

　　由于我国经济社会等各方面的发展状态在我国与世界各国存在密切联系的情况下事实上受到"国际力量"的巨大影响,以及我国现阶段的不平衡不充分发展状态在很大程度上是国际普遍存在的不平衡不充分发展现象在我国的延伸和具体表现,是"世界历史不平衡不充分发展的后果"[①],我国现阶段所面临的不平衡发展问题、不充分发展问题以及美好生活需要尚未得到满足的问题与发达国家和广大发展中国家在"历时态"或"共时态"所面临的相关问题存在着不同程度的相似性。这就从根本上决定了我们要把探索化解新时代社会主要矛盾路径的重点放在国内,但也要注重从国际视野中"探求化解新时代社会主要矛盾的有效路径"[②]。而且,化解新时代社会主要矛盾并不只是存在于思维中的事情,而是需要大量技术、资金、资源等实实在在的"物质力量"的支撑。我国现阶段在这些"物质力量"方面都还存在不足的实际情况也要求我们在化解新时代社会主要矛盾的过程中要充分吸收和借助有益的国际力量。"中国要永远做一个学习大国,不论发展到什么水平都虚心向世界各国人民学习,以更加开放包容的姿态,加强同世界各国的互容、互鉴、互通"[③]。可见,从世界范围内充分吸收国际积极、有益因素来推动新时代社会主要矛盾的化解进程具有深刻的必然性。自从习近平在党的十九大作出新时代社会主要矛盾判断以来,国内学术界在探讨新时代社会主要矛盾的化解路径方面产

---

　　① 林密:《马克思"世界历史"视域中的新时代社会主要矛盾转化及其意义初探》,《天津社会科学》2018 年第 2 期。

　　② 张廷广:《新时代社会主要矛盾研究的现状、不足与展望》,《社会主义研究》2018 年第 6 期。

　　③ 《习近平在同外国专家座谈时强调　中国要永远做一个学习大国》,《光明日报》2014 年 5 月 24 日。

生出了丰硕的成果,但这些成果基本上都是从国内的视野和角度来展开讨论的,似乎"国际因素"在绝大多数人的眼中都与新时代社会主要矛盾的化解并不存在关系,或者认为"国际因素"对化解新时代社会主要矛盾的作用微乎其微。其实,这是不正确的,也是不科学的,因为完全抛开"国际视野和角度"来探讨新时代社会主要矛盾的化解路径问题既与历史情况和现实情况相违背,也与马克思主义科学的"世界历史"理论的主旨要求不相符。因此,我们不能忽略研究化解新时代社会主要矛盾的国际路径,而是要使其与国内路径"相结合"发挥作用,从而推动新时代社会主要矛盾的更好化解。我们在化解新时代社会主要矛盾的过程中除了要继续推动构建人类命运共同体以外,还要注重对国外的先进经验和必要的生产要素进行吸收和利用。

一、化解新时代社会主要矛盾要注重吸收国外的先进经验

俗话说,"他山之石,可以攻玉"。我们在化解新时代社会主要矛盾这样的时代难题的过程中要尤其注重借鉴和吸收其他国家在解决不平衡发展问题、不充分发展问题的过程中所积累的宝贵经验。首先,我们要注重借鉴和吸收西方发达国家在解决相关问题方面所积累的经验。国外的成功经验都可以成为我们在化解新时代社会主要矛盾的过程中作为借鉴和吸收的对象。例如,美国的城乡发展不平衡问题是解决得比较成功的,其现阶段已经实现了城乡融合发展。美国在解决城乡不平衡发展问题的过程中所积累的经验——以"消除城乡巨大的公共品服务差距"①为先导来逐步消除城乡差距——就可以成为我们现阶段解决城乡发展不平衡问题的重要经验借鉴。再例如,我国高水平的中小型企业集群发展程度不够制约了我国产业结构的平衡发展和优化升级。以意大利的"第三意大利"产业集群、德国的"斯图加特机床"产业集群、法国的"通信安全软件竞争力"产业集群为代表的欧洲高水平中小型企业

---

① 郑风田:《城乡融合的美国模式及其启示》,《国家治理》2018 年第 2 期。

集群发展得很成功。其在发展过程中积累的宝贵经验——"专业化生产""健全区域社会网络""构建良好的集群文化环境""加强政府为主导的中介支持"①——就可以成为我们现阶段提升中小企业集群的发展水平以及解决产业结构不平衡发展问题的经验参考。由于西方发达国家在解决不平衡发展问题、不充分发展问题的过程中所积累的经验已经比较成熟,因而其能够成为我们化解新时代社会主要矛盾的经验借鉴的重要来源。其次,我们要注重借鉴和吸收当今广大发展中国家在解决相关问题方面所积累的经验。由于广大发展中国家特别是那些被称为"新兴经济体"的发展中国家与我国大致处于同一发展水平,其所面临的不平衡发展、不充分发展的相关问题也与我国所面临的相关问题大致相同,因而其他发展中国家在解决不平衡发展、不充分发展问题的过程中所积累的一些成功经验对于我们在现阶段化解新时代社会主要矛盾往往会有较大帮助。例如,巴西在解决产业结构不合理、不平衡的问题上比较成功,其第三产业的比重在 2017 年前后超过了 70%②。巴西在解决产业结构不合理、不平衡的问题上所积累的经验可以成为我们在现阶段解决产业结构不合理、不平衡问题的重要经验借鉴。同样,一些发展中国家在推进城镇化方面所积累的成功经验也可以成为我们现阶段解决城镇化发展不足以及城乡发展不平衡问题的重要经验来源。我们在化解新时代社会主要矛盾的过程中注重借鉴和吸收西方发达国家和广大发展中国家在解决不平衡发展问题、不充分发展问题方面所积累的先进经验,正是我们善于学习、虚心学习的重要表现。但是,我们在化解新时代社会主要矛盾的过程中学习国外的先进经验并不是不加甄别地、机械地照搬照抄,而是将国外的先进经验进行借鉴和吸收之后,结合我国不平衡发展和不充分发展问题的具体样态来对这些经验进行甄别和加工,进而创造出一套有助于化解新时代社会主

---

① 中国信息通信研究院编:《2018 年中国工业发展报告》,人民邮电出版社 2018 年版,第 353—354 页。

② 参见国家统计局编:《中国统计年鉴 2017》,中国统计出版社 2017 年版,第 939 页。

要矛盾的有效策略。纯粹照搬照抄国外的经验,从来都不能使问题得到圆满的解决。

二、化解新时代社会主要矛盾要注重利用国外的生产要素

新时代社会主要矛盾的主要方面在"供给侧",因而化解新时代社会主要矛盾的工作重点要放在生产方面,即将工作重点放在调整各种生产结构上。但是,调整各种生产结构都会涉及对技术、资金、人力资源、资料等各种生产要素在"量"和"质"上的更高要求,而我国现阶段的一些生产要素在数量或质量方面还明显不足。这会在很大程度上影响化解新时代社会主要矛盾的有效性,甚至会延缓新时代社会主要矛盾的化解进程。因此,我们在现阶段要继续将视野向国际延伸,从国外尽可能地获得那些在国内仍然比较稀缺的生产要素。首先,我们在现阶段要继续注重从国外获得必要的先进技术。特别是对于提升发展质量、优化产业结构、治理环境污染等方面所急需的先进技术,如果国内无法在短时间内研发出来,那我们就要通过技术转让、引进国外的优秀科技人才等方式或途径尽量争取获得国外的技术支持。只有所必需的技术要素投入到位,我们才能更好地解决不平衡发展、不充分发展的问题。其次,我们在现阶段要继续注重从国外获得必要的资金。解决区域不平衡发展、失业率高以及居民收入差距大等问题,在很大程度上要依靠企业的数量和规模,但光靠国内企业家筹资办厂往往仍然不能完全解决问题,因而还需要继续大力吸引外资,并在我国各地区创办外资企业。我们在现阶段要继续扩大内陆地区、欠发达地区的对外开放程度,特别是要不断完善内陆地区、欠发达地区的基础设施建设,不断优化外商投资、创办企业的环境和政策,从而吸引更多的外商在这些地区投资、创办企业,推动区域发展不平衡问题、失业问题、居民收入差距问题等不平衡不充分发展问题的有效解决。除此之外,我们在现阶段还要继续注重从国外获得必要的生产资料。例如,对于国内急需但自身还不能生产的机器设备,我们要从国外引进,以便促进制造业结构的优化升级。对

于像大豆、橡胶等国内生产缺口仍然较大的生产原料,我们要从国外开辟多元化的进口渠道,建立完备通畅的协商谈判机制,确保生产原料进口的稳定与安全,从而推动我国相关产业的健康平衡发展,不断提升人民群众的生活水平。总之,继续注重引进和利用国外的生产要素,有助于我们加快化解新时代社会主要矛盾的进程。

参 考 文 献

[1]《马克思恩格斯全集》第 8、23、40、49 卷，人民出版社 1961、1972、1982、1982 年版。

[2]《马克思恩格斯全集》第 1、3、31、44、46 卷，人民出版社 1995、2002、1998、2001、2003 年版。

[3]《马克思恩格斯选集》第 1—4 卷，人民出版社 2012 年版。

[4]《马克思恩格斯文集》第 1、2、3、4、5、9、10 卷，人民出版社 2009 年版。

[5]《资本论》第 1 卷，人民出版社 2004 年版。

[6]《列宁全集》第 25、37、60 卷，人民出版社 2017 年版。

[7]《列宁专题文集（论资本主义、论社会主义、论辩证唯物主义和历史唯物主义、论无产阶级政党）》，人民出版社 2009 年版。

[8]《毛泽东选集》第一、二、四卷，人民出版社 1991 年版。

[9]《毛泽东文集》第一、五、六、七、八卷，人民出版社 1993、1996、1999、1999、1999 年版。

[10]《毛泽东早期文稿》，湖南人民出版社 2008 年版。

[11]《毛泽东哲学批注集》，中央文献出版社 1988 年版。

[12]《邓小平文选》第二、三卷，人民出版社 1993、1994 年版。

[13]《江泽民文选》第二、三卷，人民出版社 2006 年版。

[14]《胡锦涛文选》第二、三卷，人民出版社 2016 年版。

[15]《习近平谈治国理政》第一、二卷，外文出版社 2018、2017 年版。

[16]《习近平在纪念中国人民抗日战争暨世界反法西斯战争胜利 70 周年系列活动上的讲话》，人民出版社 2015 年版。

[17]习近平:《在省部级主要领导干部学习贯彻党的十八届五中全会精神专题研讨班上的讲话》,人民出版社 2016 年版。

[18]习近平:《在文艺工作座谈会上的讲话》,人民出版社 2015 年版。

[19]习近平:《为建设世界科技强国而奋斗——在全国科技创新大会、两院院士大会、中国科协第九次全国代表大会上的讲话》,人民出版社 2016 年版。

[20]习近平:《在网络安全和信息化工作座谈会上的讲话》,人民出版社 2016 年版。

[21]习近平:《在中国科学院第十七次院士大会、中国工程院第十二次院士大会上的讲话》,人民出版社 2014 年版。

[22]习近平:《在庆祝中国人民政治协商会议成立 65 周年大会上的讲话》,人民出版社 2014 年版。

[23]《习近平主席在出席世界经济论坛 2017 年年会和访问联合国日内瓦总部时的演讲》,人民出版社 2017 年版。

[24]习近平:《在第十二届全国人民代表大会第一次会议上的讲话》,人民出版社 2013 年版。

[25]《习近平在对美国进行国事访问时的讲话》,人民出版社 2015 年版。

[26]习近平:《高举中国特色社会主义伟大旗帜　为全面建设社会主义现代化国家而团结奋斗——在中国共产党第二十次全国代表大会上的报告》,人民出版社 2022 年版。

[27]《毛泽东年谱》上、下、第 2、3 卷,中央文献出版社 1993、1993、2013、2013 年版。

[28]《刘少奇年谱(1898—1969)》,中央文献出版社 1996 年版。

[29]《李达文集》第 2 卷,人民出版社 1981 年版。

[30]《中国共产党历史》第 2 卷(下),中共党史出版社 2011 年版。

[31]《建国以来重要文献选编》第 3 册,中央文献出版社 2011 年版。

[32]《中共中央文件选集》第 24、46 册,人民出版社 2013 年版。

[33]《三中全会以来重要文献选编》下册,人民出版社 1982 年版。

[34]《十二大以来重要文献选编》上、中、下册,人民出版社 1986、1986、1988 年版。

[35]《十三大以来重要文献选编》上册,人民出版社 1991 年版。

[36]《十四大以来重要文献选编》上册,人民出版社 1996 年版。

[37]《十五大以来重要文献选编》上、下册,人民出版社 2000、2003 年版。

[38]《十六大以来重要文献选编》上、中、下册,中央文献出版社 2005、2006、2008 年版。

［39］《十七大以来重要文献选编》上、下册，中央文献出版社 2009、2013 年版。

［40］《十八大以来重要文献选编》上、中、下册，中央文献出版社 2014、2016、2018 年版。

［41］《十九大以来重要文献选编》上、中册，中央文献出版社 2019、2021 年版。

［42］《江泽民论有中国特色社会主义（专题摘编）》，中央文献出版社 2002 年版。

［43］《改革开放三十年重要文献选编》上册，人民出版社 2008 年版。

［44］《中国共产党第十七届中央委员会第四次全体会议文件选编》，人民出版社 2009 年版。

［45］《习近平关于全面深化改革论述摘编》，中央文献出版社 2014 年版。

［46］《习近平关于全面建成小康社会论述摘编》，中央文献出版社 2016 年版。

［47］《习近平关于科技创新论述摘编》，中央文献出版社 2016 年版。

［48］《习近平关于社会主义经济建设论述摘编》，中央文献出版社 2017 年版。

［49］国家统计局编：《中国统计年鉴》1986、1991、1999、2000、2001、2007、2013、2014、2015、2016、2017、2018 年卷，中国统计出版社 1986、1991、1999、2000、2001、2007、2013、2014、2015、2016、2017、2018 年版。

［50］国家统计局编：《中国农村统计年鉴》2001、2013、2014、2016、2017 年卷，中国统计出版社 2001、2013、2014、2016、2017 年版。

［51］中国扶贫开发年鉴编辑部：《中国扶贫开发年鉴 2016》，团结出版社 2016 年版。

［52］国家卫生和计划生育委员会：《中国卫生和计划生育年鉴 2017》，中国协和医科大学出版社 2017 年版。

［53］国家统计局：《中华人民共和国 2016 年国民经济和社会发展统计公报》，《人民日报》2017 年 3 月 1 日。

［54］国家统计局：《中华人民共和国 2017 年国民经济和社会发展统计公报》，《人民日报》2018 年 3 月 1 日。

［55］国家统计局：《中华人民共和国 2018 年国民经济和社会发展统计公报》，《人民日报》2019 年 3 月 1 日。

［56］国家统计局：《中华人民共和国 2019 年国民经济和社会发展统计公报》，《人民日报》2020 年 2 月 29 日。

［57］国家统计局：《中华人民共和国 2020 年国民经济和社会发展统计公报》，《人民日报》2021 年 3 月 1 日。

［58］国家统计局：《中华人民共和国 2021 年国民经济和社会发展统计公报》，《人

民日报》2022 年 3 月 1 日。

［59］国家统计局编:《中国统计年鉴 2021》,中国统计出版社 2021 年版,第 197 页。

［60］国家统计局编:《中国第三产业统计年鉴 2021》,中国统计出版社 2021 年版,第 63 页。

［61］国家统计局住户调查司编:《中国住户调查年鉴 2021》,中国统计出版社 2021 年版,第 371 页。

［62］《中华人民共和国国民经济和社会发展第十四个五年规划和 2035 年远景目标纲要》,《人民日报》2021 年 3 月 13 日。

［63］《国务院办公厅关于印发〈全民科学素质行动计划纲要(2006—2010—2020 年)〉的通知》,《中华人民共和国国务院公报》2016 年第 9 期。

［64］《国务院办公厅关于印发〈全民科学素质行动计划纲要实施方案(2016— 2020 年)〉的通知》,《中华人民共和国国务院公报》2016 年第 9 期。

［65］《中共中央、国务院关于坚持农业农村优先发展做好"三农"工作的若干意见》,《中华人民共和国国务院公报》2019 年第 7 期。

［66］《中共中央、国务院关于全面推进乡村振兴加快农业农村现代化的意见》,《中华人民共和国国务院公报》2021 年第 7 期。

［67］中国社会科学院工业经济研究所编:《中国工业发展报告 2021——建党百年与中国工业》,经济管理出版社 2021 年版。

［68］朱之鑫:《国际统计年鉴》2000、2002 年卷,中国统计出版社 2000、2002 年版。

［69］国家统计局:《国际统计年鉴》2003、2004、2005、2006/2007、2008、2009、2010、 2011、2012、2013、2014、2015、2016、2017 年卷,中国统计出版社 2003、2004、2005、2007、 2008、2009、2010、2011、2012、2013、2014、2015、2016、2017 年版。

［70］国家统计局:《关于一九七八年国民经济计划执行结果的公报》,《统计》1979 年第 1 期。

［71］(春秋)老子:《道德经》,中央编译出版社 2011 年版。

［72］(战国)韩非:《韩非子》卷 2、6,国家图书馆出版社 2013 年版。

［73］(战国)荀子:《荀子》,中州古籍出版社 2010 年版。

［74］(汉)董仲舒:《春秋繁露》第五册,北京图书馆出版社 2003 年版。

［75］(汉)刘安等编著,(汉)高诱注:《淮南子》,上海古籍出版社 1989 年版。

［76］(汉)班固、(唐)颜师古注:《汉书》第 2 册,中华书局 2012 年版。

［77］(唐)高适:《高常侍集》卷六,国家图书馆出版社 2009 年版。

［78］(宋)程颢、程颐:《二程集》第 1 册,中华书局 1981 年版。

［79］(宋)王安石:《王文公文集》上卷,上海人民出版社 1974 年版。

［80］(宋)朱熹:《四书章句集注》,中华书局 1983 年版。

［81］(明)方以智:《物理小识》卷一,商务印书馆中华民国二十六年版。

［82］(明)方以智:《易余》下,九州出版社 2013 年版。

［83］(明)方以智:《东西均》,中华书局 1962 年版。

［84］《十三经注疏》整理委员会:《十三经注疏》,北京大学出版社 1999 年版。

［85］严灵峰编:《易经集成》,成文出版社有限公司民国六十五年版。

［86］余明光校注/今译,张纯、冯禹英译:《皇帝四经》,岳麓书社 2006 年版。

［87］李捷:《国史静思录》,中国社会科学出版社 2009 年版。

［88］李捷:《毛泽东对新中国的历史贡献(典藏版)》,社会科学文献出版社 2015 年版。

［89］肖贵清:《道路·理论·制度·文化——中国特色社会主义论》,人民出版社 2018 年版。

［90］肖贵清等:《制度自信:中国特色社会主义制度研究》,高等教育出版社 2017 年版。

［91］王昌英:《列宁时代观研究》,中央编译出版社 2011 年版。

［92］肖前等:《辩证唯物主义原理(修订本)》,人民出版社 1991 年版。

［93］吴忠民:《社会矛盾新论》,山东人民出版社 2015 年版。

［94］韦感恩、陈荣冠:《中国古代矛盾观的演变》,中山大学出版社 2005 年版。

［95］赵科天:《当代中国社会主要矛盾追问——社会和谐核心论》,华艺出版社 2010 年版。

［96］周溯源等:《毛泽东的读书生活》,中国社会科学出版社 2015 年版。

［97］龚育之、逄先知、石仲泉:《毛泽东的读书生活》,生活·读书·新知三联书店 2010 年版。

［98］中共中央宣传部:《习近平新时代中国特色社会主义思想三十讲》,学习出版社 2018 年版。

［99］何建华:《大地的警醒》,学林出版社 1992 年版。

［100］曹普:《改革开放史研究中的若干重大问题》,海峡出版发行集团、福建人民出版社 2014 年版。

［101］韩庆祥、亢安毅:《马克思主义开辟的道路——人的全面发展研究》,人民出版社 2005 年版。

［102］张雷声等:《马克思主义基本原理的中国化与中国化的马克思主义基本原

理》，中国人民大学出版社 2012 年版。

[103]郑也夫：《后物欲时代的来临》，上海人民出版社 2007 年版。

[104]巴发中：《霍布斯及其哲学》，中共中央党校出版社 1997 年版。

[105]北京大学哲学系外国哲学史教研室：《古希腊罗马哲学》，生活·读书·新知三联书店 1957 年版。

[106]北京大学哲学系外国哲学史教研室：《十八世纪法国哲学》，商务印书馆 1963 年版。

[107]杨伯峻：《论语译丛》，中华书局 1958 年版。

[108]梁启雄：《荀子简释》，中华书局 1960 年版。

[109]王先慎：《韩非子集解》，中华书局 1998 年版。

[110]林进平：《马克思的"正义解读"》，社会科学文献出版社 2009 年版。

[111]徐绪堃：《美国农业生产效率》，农业出版社 1981 年版。

[112]中国社会科学院工业经济研究所：《中国工业发展报告 2018——改革开放 40 年》，经济管理出版社 2018 年版。

[113]中国信息通信研究院：《2018 年中国工业发展报告》，人民邮电出版社 2018 年版。

[114]夏杰长、刘奕：《中国服务业发展报告（2016—2017）——迈向服务业强国：约束条件、时序选择与实现路径》，经济管理出版社 2017 年版。

[115]陈劲：《中国创新发展报告 2017—2018》，社会科学文献出版社 2018 年版。

[116]中国科学技术发展战略研究院：《国家创新指数报告 2020》，科学技术文献出版社 2021 年版。

[117]李群、陈雄、马宗文：《中国公民科学素质报告（2017—2018）》，社会科学文献出版社 2018 年版。

[118]胡鞍钢：《国情报告第十六卷·2013 年》，党建读物出版社 2015 年版。

[119]胡鞍钢：《国情报告第十七卷·2014 年》，党建读物出版社 2016 年版。

[120]胡鞍钢：《国情报告第十八卷·2015 年》，党建读物出版社 2017 年版。

[121]江泽民：《高举邓小平建设有中国特色社会主义理论伟大旗帜抓住机遇开拓进取把我们事业全面推向二十一世纪》，《求是》1997 年第 12 期。

[122]江泽民：《在庆祝中国共产党成立八十周年大会上的讲话》，《求是》2001 年第 13 期。

[123]习近平：《在党的十九届一中全会上的讲话》，《求是》2017 年第 24 期。

[124]秋原：《深刻领会我国社会主要矛盾的变化》，《求是》2017 年第 24 期。

［125］秋石：《新时代中国特色社会主义是科学社会主义发展的新阶段》，《求是》2018 年第 13 期。

［126］李捷：《"三个代表"重要思想与中国社会主要矛盾》，《中国党政干部论坛》2003 年第 3 期。

［127］肖贵清：《习近平新时代中国特色社会主义思想的重大意义》，《中共中央党校学报》2017 年第 6 期。

［128］杨凤城：《历史视域下的中国特色社会主义新时代》，《求索》2018 年第 2 期。

［129］刘同舫：《新时代社会主要矛盾背后的必然逻辑》，《华南师范大学学报（社会科学版）》2017 年第 6 期。

［130］杨生平：《关于新时代中国特色社会主义"主要矛盾"的理解与意义》，《贵州社会科学》2017 年第 11 期。

［131］童之伟：《社会主要矛盾与法治中国建设的关联》，《法学》2017 年第 12 期。

［132］辛向阳：《深刻把握习近平新时代中国特色社会主义思想的精髓要义与鲜明特征》，《中共杭州市委党校学报》2017 年第 6 期。

［133］吕普生：《论新时代中国社会主要矛盾历史性转化的理论与实践依据》，《新疆师范大学学报（哲学社会科学版）》2018 年第 4 期。

［134］陶文昭：《科学把握社会主要矛盾转化》，《中国高校社会科学》2017 年第 6 期。

［135］李慎明：《正确认识中国特色社会主义新时代社会主要矛盾》，《红旗文稿》2018 年第 5 期。

［136］李慎明：《习近平新时代中国特色社会主义思想的世界意义》，《世界社会主义研究》2018 年第 1 期。

［137］余雷：《中国社会主要矛盾变迁的内在逻辑研究》，《河南社会科学》2018 年第 1 期。

［138］桑玉成：《论人民美好生活需要之制度供给体系的建构》，《武汉大学学报（哲学社会科学版）》2018 年第 2 期。

［139］王永贵、陈雪：《新时代：中国特色社会主义的新航标》，《思想理论教育》2018 年第 3 期。

［140］吴家华：《正确认识和深刻领会我国社会主要矛盾的变化》，《红旗文稿》2017 年第 24 期。

［141］张三元：《科学认识新时代中国特色社会主义的主要矛盾》，《思想理论教育》2017 年第 12 期。

［142］陈殿林、张梦娣：《正确认识我国社会主要矛盾的新判断》，《学校党建与思想教育》2018 年第 1 期。

［143］易淼、赵磊：《新时代我国社会主要矛盾转变内在动因探——基于中国特色社会主义政治经济学利益分析方法》，《西部论坛》2018 年第 1 期。

［144］韩庆祥：《深刻把握我国社会主要矛盾转化的新特点》，《政策瞭望》2017 年第 10 期。

［145］闫坤、张鹏：《以经济规律特性认识我国新时代发展特征》，《财贸经济》2017 年第 12 期。

［146］李燕：《对我国社会主要矛盾转化的理解和认识》，《学习与实践》2017 年第 12 期。

［147］陈晋：《新时代·新矛盾·新目标》，《中央社会主义学院学报》2017 年第 6 期。

［148］杨继端：《新时代中国特色社会主义基本经济规律表达的理论依据》，《中国高校社会科学》2018 年第 1 期。

［149］闫坤：《新时代：以新的主要矛盾标识新的历史方位》，《学习与探索》2017 年第 12 期。

［150］陈跃：《新时代我国社会主要矛盾的新变化》，《重庆社会科学》2017 年第 12 期。

［151］杨德山、虎旭忻：《论新时代我国社会主要矛盾转化——基于党的十九大报告的解读》，《理论探讨》2018 年第 1 期。

［152］张占斌：《正确认识中国新时代的社会主要矛盾》，《人民论坛》2017 年第 S2 期。

［153］刘新玲、栗显淇：《准确理解新时代我国社会主要矛盾》，《红旗文稿》2018 年第 4 期。

［154］卫兴华：《关于十九大报告中新思想新理论的思考》，《政治经济学评论》2018 年第 1 期。

［155］刘少波：《我国社会主要矛盾转化探析》，《南方经济》2017 年第 10 期。

［156］白玫：《抓住新矛盾着力解决发展不平衡不充分难题——"十九大"报告学习体会之新矛盾篇》，《价格理论与实践》2017 年第 11 期。

［157］王珺：《以高质量发展推进新时代经济建设》，《南方经济》2017 年第 10 期。

［158］龚克：《认识新时代创造新辉煌》，《人民论坛》2017 年第 S2 期。

［159］刘希刚、史献芝：《唯物辩证法视阈下新时代社会主要矛盾变化探析》，《河

海大学学报(哲学社会科学版)》2018 年第 1 期。

[160]葛扬:《新时代中国社会主要矛盾转化后对基本经济制度的新认识》,《经济纵横》2018 年第 1 期。

[161]栾亚丽、宋则宸:《新时代中国社会主要矛盾转化及其深远影响》,《宁夏社会科学》2018 年第 1 期。

[162]闫志民:《新时代的深刻意蕴》,《人民论坛》2017 年第 32 期。

[163]段永清:《新时代我国社会主要矛盾新论断的理论与现实依据》,《四川师范大学学报(社会科学报)》2018 年第 1 期。

[164]陈界亭:《学习贯彻党的十九大精神推进马克思主义理论新境界》,《北京社会科学》2017 年第 12 期。

[165]彭萍萍:《始终坚持马克思主义基本立场观点方法》,《人民论坛》2017 年第 35 期。

[166]刘林宗:《我国社会主要矛盾新变化重大判断的历史性贡献》,《红旗文稿》2018 年第 3 期。

[167]陈金龙:《关于习近平新时代中国特色社会主义思想的若干思考》,《思想理论教育》2017 年第 12 期。

[168]顾海良:《新时代中国特色"强起来"的政治经济学主题》,《文化软实力》2017 年第 4 期。

[169]杨继瑞:《新时代中国特色社会主义基本经济规律表达的理论依据》,《中国高校社会科学》2018 年第 1 期。

[170]黄卫平:《社会主要矛盾转化指明国家治理新方向》,《国家治理》2017 年第 42 期。

[171]邸乘光:《中国共产党面向新时代的政治宣言和行动纲领——学习习近平在中国共产党第十九次全国代表大会上的报告》,《武汉科技大学学报(社会科学版)》2017 年第 6 期。

[172]陈雄:《党的十九大报告的理论贡献》,《中共福建省委党校学报》2017 年第 11 期。

[173]唐皇凤:《社会主要矛盾转化与新时代我国国家治理现代化的战略选择》,《新疆师范大学学报(哲学社会科学版)》2018 年第 4 期。

[174]徐崇温:《中国特色社会主义进入新时代的依据和标志》,《中共宁波市委党校学报》2017 年第 6 期。

[175]左亚文、侯文文:《社会发展平衡与不平衡的辩证关系》,中国地质大学(社

会科学版)2018年第1期。

[176]贾康：《建设新时代的现代化经济体——从我国社会主要矛盾的转化看以供给侧结构性改革为主线》，《人民论坛·学术前沿》2018年第5期。

[177]胡鞍钢、鄢一龙：《我国发展的不平衡不充分体现在何处》，《人民论坛》2017年第S2期。

[178]陈晋：《毛泽东阅读史略（一）》，《中共党史研究》2013年第6期。

[179]陈晋：《毛泽东阅读史略（二）》，《中共党史研究》2013年第7期。

[180]王南湜：《重估毛泽东辩证法中的中国传统元素——从中西思维方式比较视角考察》，《中国社会科学》2010年第3期。

[181]谭劲松、赵大亮：《中国共产党建党90年来关于中国社会主要矛盾的艰辛探索》，《思想理论教育导刊》2012年第1期。

[182]徐艳玲、王胜椿：《我国社会主要矛盾认知的历史流变及其启示》，《思想理论教育导刊》2018年第10期。

[183]胡钧：《划清两种改革开放观的根本界限》，《教学与研究》1992年第1期。

[184]王敏：《现阶段我国社会主要矛盾再考察》，《广东教育学院学报》1995年第3期。

[185]吉彦波：《社会主义初级阶段主要矛盾新探》，《理论探讨》1992年第3期。

[186]刘杉林：《说社会主要矛盾——关于社会两大基本矛盾的主次地位关系》，《理论学刊》1993年第4期。

[187]何丽野：《关于当前我国社会主要矛盾的再思考》，《浙江社会科学》1996年第2期。

[188]李能：《当前社会主要矛盾的新变化》，《求实》1997年第7期。

[189]《报刊复印资料》，《社会主义研究》1994年第3、9、12期。

[190]魏少辉：《科学新总结：中共十九大对社会主要矛盾的新论断》，《党史研究与教学》2018年第1期。

[191]郭志琦：《论我国社会的主要矛盾》，《马克思主义研究》2006年第10期。

[192]鲜德祖、王萍萍、吴伟：《中国农村贫困标准与贫困监测》，《统计研究》2016年第9期。

[193]何敬文：《我国社会主要矛盾的变与不变——新中国成立后中国共产党与理论界的三次思想互动》，《中共中央党校学报》2010年第2期。

[194]侯德泉、朱春红，阳桂红：《"三个没有变"：当代中国基本国情的多维视角》，《东南大学学报（哲学社会科学版）》2014年第3期。

[195]王志强、王跃:《重思社会主义初级阶段的"不发达"问题——兼论新时代中国特色社会主义仍处于社会主义初级阶段》,《社会主义研究》2018年第1期。

[196]金民卿:《毛泽东的主要矛盾学说及其在国情分析中的运用和发展》,《毛泽东研究》2018年第1期。

[197]高峰、胡云皓:《从马克思的需要理论看新时代中国社会主要矛盾的转化》,《当代世界与社会主义》2008年第5期。

[198]陈学明:《马克思的人的全面发展理论与当代人的生活取向》,《复旦学报(社会科学版)》2000年第2期。

[199]《中央教育部召开首次中等教育会议》,《人民教育》1951年第4期。

[200]吴晶等:《面向新时代的政治宣言和行动纲领——党的十九大报告诞生记》,《理论参考》2017年第12期。

[201]钟明华、董扬:《美好生活的时代意蕴与价值》,《高校马克思主义理论研究》2017年第4期。

[202]赵伶俐:《改革开放30年服饰演变进程——透视中国人物质与精神进步》,《理论与改革》2009年第3期。

[203]吴倬、孟宪东:《论社会主导价值观和个性化价值意识》,《清华大学学报(哲学社会科学版)》2004年第1期。

[204]刘伟、蔡志洲:《如何看待中国仍然是一个发展中国家?》,《管理世界》2018年第9期。

[205]赵静华:《空间正义视角下城乡不平衡发展的治理路径》,《理论学刊》2018年第6期。

[206]郑凤田:《城乡融合的美国模式及其启示》,《国家治理》2018年第14期。

[207]任鑫、薛宝贵:《生产要素单向流动对城乡收入差距的效应研究》,《人文杂志》2016年第7期。

[208]李红霞:《城乡之间生产要素流动优化配置与城乡统筹发展——以重庆市为研究对象》,《商业经济研究》2016年第3期。

[209]冯海发、李溦:《我国农业为工业化提供资金积累的数量研究》,《经济研究》1993年第9期。

[210]周月书、王悦雯:《我国城乡资本流动研究:1981—2012——基于城乡资本边际生产率分析》,《江淮论坛》2015年第1期。

[211]王凯、庞震:《从社会主要矛盾变化看我国城乡收入差距的不平衡》,《当代经济管理》2019年第1期。

［212］曾国安、胡晶晶：《城乡居民收入差距的国际比较》，《山东社会科学》2008 年第 10 期。

［213］宗晓华、杨素红、秦玉友：《追求公平而有质量的教育：新时期城乡义务教育质量差距的影响因素与均衡策略》，《清华大学教育研究》2018 年第 6 期。

［214］夏万军、余功菊：《我国区域经济发展不平衡性研究》，《安徽师范大学学报（人文社会科学版）》2018 年第 4 期。

［215］刘金伟：《户籍人口城镇化进程评价及城际差异分析——以 50 个地级及以上城市为对象》，《国家行政学院学报》2018 年第 4 期。

［216］陆学艺：《我国社会建设比经济建设差了 15 年——陆学艺谈社会建设》，《人民论坛》2009 年第 19 期。

［217］魏敏、李书昊：《新时代中国经济高质量发展水平的测度研究》，《数量经济技术经济研究》2018 年第 11 期。

［218］高红贵、王如琦：《我国省域生态文明建设与经济建设融合发展水平评价研究》，《生态经济》2017 年第 9 期。

［219］郭旭红、武力：《新中国产业结构演变述论（1949—2016）》，《中国经济史研究》2018 年第 1 期。

［220］吴国平、王飞：《浅析巴西崛起及其国际战略选择》，《拉丁美洲研究》2015 年第 1 期。

［221］王小虎、程广燕、周琳、黄家章、唐振闯：《未来农产品供求调控重点与思路途径》，《农业经济问题》2018 年第 8 期。

［222］马晓河：《国家储备粮不是越多越安全》，《农村工作通讯》2017 年第 11 期。

［223］谭洪波：《中国服务业发展水平及其结构特征分析——基于世界各国和主要经济体的对比研究》，《扬州大学学报（人文社会科学版）》2017 年第 6 期。

［224］马治国：《新时代如何更好完善中国知识产权保护体系——基于中美贸易摩擦背景的观察与思考》，《人民论坛·学术前沿》2018 年第 17 期。

［225］吴思、郭丹丹：《"到此一游"现象为何屡禁不止？——基于道德认同的视角》，《旅游学刊》2018 年第 11 期。

［226］高娜：《从离婚率的持续攀升论"家庭伦理道德"的重建——以烟台市牟平区为例》，《伦理与文明》2017 年第 1 期。

［227］李雨潼：《东北地区离婚率全国居首的原因分析》，《人口学刊》2018 年第 5 期。

［228］付红梅：《当代中国离婚问题的道德审视》，《湖南社会科学》2007 年第 5 期。

[229]颜岩:《超越正义何以可能——阿格妮斯.赫勒对马克思主义理论的误读》,《学术月刊》2012 年第 6 期。

[230]徐琛:《新世纪以来中国社会公正问题研究述评》,《天津行政学院学报》2019 年第 1 期。

[231]刘穷志、罗秦:《中国家庭收入不平等水平估算——基于分组数据下隐性收入的测算与收入分布函数的选择》,《中南财经政法大学学报》2015 年第 1 期。

[232]张绍宏:《矛盾辩证法的两种解读——马克思与列宁的辩证法之异同》,《学术月刊》2011 年第 7 期。

[233]周建超:《重读毛泽东〈新民主主义论〉中关于经济政治文化的辩证论述——基于马克思社会有机体理论的视域》,《教学与研究》2013 年第 12 期。

[234]牛先锋:《社会主要矛盾新特征与科学发展新理念》,《毛泽东邓小平理论研究》2012 年第 9 期。

[235]秦宣、郭跃军:《论马克思恩格斯的时代观》,《江西社会科学》2009 年第 1 期。

[236]刘玖玲:《习近平人的全面发展思想研究》,《学校党建与思想教育》2018 年第 11 期。

[237]李伟:《中国经济迈向高质量发展新时代》,《中国发展观察》2018 年第 Z1 期。

[238]金光磊、霍福广:《马克思社会发展动力系统研究》,《广东社会科学》2017 年第 4 期。

[239]万是明:《论党的十九大对新时代社会主要矛盾的认识及其价值》,《社会主义研究》2018 年第 6 期。

[240]许志新:《论苏联失败的经济根源》,《东欧中亚研究》2001 年第 3 期。

[241]陆南泉:《如何评价苏联经济建设问题》,《中国特色社会主义研究》2007 年第 1 期。

[242]胡绪明:《习近平新时代中国特色社会主义思想与现代性的中国方案》,《东北师范大学学报(哲学社会科学版)》2019 年第 2 期。

[243]徐崇温:《中国道路是对资本主义现代化道路的超越》,《中国延安干部学院学报》2016 年第 1 期。

[244]林密:《马克思"世界历史"视域中的新时代社会主要矛盾转化及其意义初探》,《天津社会科学》2018 年第 2 期。

[245]邱海平:《马克思主义关于共同富裕的理论及其现实意义》,《思想理论教育

导刊》2016 年第 7 期。

[246]雷安琪、杨国涛:《中国精准扶贫政策的国际比较——基于印度、巴西扶贫政策的案例分析》,《价格理论与实践》2018 年第 12 期。

[247]杨小勇、王文娟:《新时代社会主要矛盾的转化逻辑及化解路径》,《上海财经大学学报》2018 年第 1 期。

[248]侯秋月、李建群:《新时代社会主要矛盾的人学解读》,《新疆师范大学学报(哲学社会科学版)》2018 年第 4 期。

[249]蒋永穆、周宇晗:《着力破解经济发展不平衡不充分的问题》,《四川大学学报(哲学社会科学版)》2018 年第 1 期。

[250]王永益:《问题与思路:新时代社会主要矛盾变化下的思想政治教育》,《湖湘论坛》2018 年第 2 期。

[251]温强洲:《邓小平以经济建设为中心理论的实质与特征》,《学习与实践》1999 年第 2 期。

[252]庞元正:《一个关乎中国发展成败的重大问题——论坚持以经济建设为中心不动摇》,《中国党政干部论坛》2005 年第 10 期。

[253]李文:《以经济建设为中心,依靠发展解决民生问题》,《当代中国史研究》2011 年第 4 期。

[254]陶文昭:《以经济建设为中心的论争》,《北京行政学院学报》2011 年第 4 期。

[255]张景荣:《新中国 60 年中国化马克思主义矛盾理论发展回顾》,《马克思主义研究》2009 年第 9 期。

[256]张晓:《建设中国特色社会主义应正确把握"三个没有变"》,《马克思主义研究》2014 年第 2 期。

[257]邓伟志:《转变观念的关节点》,《人民论坛》2009 年第 1 期。

[258]邹农俭:《从以经济建设为中心到以社会建设为中心》,《社会科学》2007 年第 7 期。

[259]竹立家:《"十二五"新出发:实现民强民富》,《人民论坛》2010 年第 30 期。

[260]薄贵利:《党和政府的工作重心应转移到社会建设上来》,《新视野》2011 年第 4 期。

[261]党国英:《政治路线的演替与调整必要》,《人民论坛》2010 年第 36 期。

[262]胡鞍钢:《第二次转型:以制度建设为中心》,《战略与管理》2002 年第 3 期。

[263]闻岳春、李峻屹:《论以经济建设为中心向"六位一体"协调发展》,《渤海大学学报(哲学社会科学版)》2014 年第 1 期。

[264]黄雯:《论坚持"以人民为中心"和"以经济建设为中心"两个指导方针的一致性》,《经济纵横》2017 年第 12 期。

[265]杜志高、陈启充、郭晨晖:《中国经济高质量发展水平测度及时空驱动因素研究——基于 30 个省级行政区 2014—2018 年数据》,《西部经济管理论坛》2022 年第 1 期。

[266]朱炳元、仇艮芳:《唯物史观与五位一体总体布局——兼论中国特色社会主义的制度特色、实践特色、理论特色、和民族特色》,《毛泽东邓小平理论研究》2012 年第 12 期。

[267]郑自立:《现代化文化经济体系建设的难点和推进路径》,《青海社会科学》2019 年第 1 期。

[268]梁树发:《中国特色社会主义事业总体布局演变的逻辑与意义》,《马克思主义研究》2014 年第 1 期。

[269]方福前:《寻找供给侧结构性改革的理论源头》,《中国社会科学》2017 年第 7 期。

[270]谭玉敏、梅荣政:《"以人民为中心"思想的理论源头——纪念〈共产党宣言〉发表 170 周年》,《红旗文稿》2018 年第 4 期。

[271]南丽军、王可亦:《全球治理的中国智慧——构建人类命运共同体》,《理论探讨》2019 年第 1 期。

[272]习近平:《加快建设科技强国实现高水平科技自立自强》,《求是》2022 年第 9 期。

[273]西桂权、付宏、王冠宇:《中国与发达国家的科技创新能力比较》,《科技管理研究》2018 年第 23 期。

[274]王向明、张廷广:《高校思想政治理论课"翻转课堂"的理论与实践》,《思想教育研究》2018 年第 6 期。

[275]王向明、张廷广:《马克思主义执政党的最大危险是脱离群众》,《前线》2013 年第 9 期。

[276]张廷广:《新时代社会主要矛盾判断的生成逻辑》,《甘肃社会科学》2018 年第 4 期。

[277]张廷广:《新时代社会主要矛盾研究的现状、不足与展望》,《社会主义研究》2018 年第 6 期。

[278][美]柯布、温铁军:《西式现代化不是普世价值——温铁军教授与美国柯布博士关于现代化道路的对话》,《红旗文稿》2013 年第 2 期。

［279］［美］布兰德利·沃马克：《不对称的均衡：在一个多节世界中的美中关系》，张廷广译，《高校马克思主义理论研究》2018年第2期。

［280］田克勤、田天亮：《改革开放以来党对我国社会主要矛盾的认识》，《山东社会科学》2019年第1期。

［281］桁林：《推动新时代中国发展和制度现代化的根本动力——对"我国社会主要矛盾的变化反映了时代和实践要求"的认识》，《福建论坛·人文社会科学版》2019年第1期。

［282］田天亮：《透视改革开放初期党对社会主要矛盾认识的基本内涵、生成逻辑及价值成效》，《湖北社会科学》2018年第12期。

［283］公丕祥：《社会主要矛盾变化：新时代人民司法的高质量发展》，《浙江大学学报（人文社会科学版）》2019年第1期。

［284］丛松日、李昭昱：《供给侧结构性改革：化解我国当前社会主要矛盾的主线》，《江西社会科学》2019年第1期。

［285］张秀峰、刘卓红：《新时代社会主要矛盾转化科学命题的三大哲学逻辑》，《广东社会科学》2019年第1期。

［286］陈霄、吴波、王凤阁：《新时代我国社会主要矛盾转化的三重意涵》，《探索》2019年第1期。

［287］郭杰忠、于东、郭宗萱：《我国社会主要矛盾变化的理论依据和实践意蕴》，《江西社会科学》2019年第1期。

［288］陈光斌、宋天一：《新时代社会主要矛盾的转化与法价值体系调整研究》，《中南民族大学学报（人文社会科学版）》2019年第1期。

［289］潘自勉：《社会转型中的消费政治问题——基于社会主要矛盾转变的若干思考》，《天津社会科学》2019年第1期。

［290］郑志国、危旭芳：《我国社会主要矛盾变化的政治经济学分析——兼论人类需要与社会生产互动规律》，《江汉论坛》2019年第2期。

［291］邹广文、沈丹丹：《社会主要矛盾的演变与人的存在方式——一种基于历史唯物主义视角的考察》，《马克思主义与现实》2019年第1期。

［292］黄河、申来津：《"毛泽东思想和中国特色社会主义理论体系概论"课如何讲好新时代我国社会主要矛盾》，《思想理论教育导刊》2019年第2期。

［293］江维国、李立清、周贤君：《社会主要矛盾转变背景下被征地农民社会保障供给优化研究》，《当代经济管理》2019年第4期。

［294］《〈新生代农民工职业技能提升计划（2019—2022年）〉印发》，《中国人力资

源社会保障》2019 年第 2 期。

[295]范慧、彭华民:《美好生活需要与社会福利制度创新论析》,《安徽大学学报（哲学社会科学版）》2019 年第 2 期。

[296]佟德志、刘琳:《美好生活需要与中国社会主要矛盾的变迁分析——基于 1990—2012 年世界价值观调查（WVS）数据的分析》,《理论与改革》2019 年第 2 期。

[297]范和生、刘凯强:《新时代社会主要矛盾变迁下的消费结构转型与升级》,《理论学刊》2019 年第 2 期。

[298]张士引、徐光寿:《解决新时代中国社会主要矛盾的两种经济学范式》,《宁夏社会科学》2019 年第 2 期。

[299]谢海军、谢启华:《改革开放 40 年中国社会矛盾治理的系统性创新及经验启示》,《理论探讨》2019 年第 2 期。

[300]张毅翔:《社会主要矛盾转化影响新时代思想政治教育的机理、根源与应对》,《思想教育研究》2019 年第 4 期。

[301]习近平:《以时不我待执政朝夕的精神投入工作，开创新时代中国特色社会主义事业新局面》,《人民日报》2018 年 1 月 6 日

[302]冷溶:《正确把握我国社会主要矛盾的变化》,《人民日报》2017 年 11 月 27 日。

[303]毛莉:《准确把握我国社会主要矛盾变化的新特点》,《中国社会科学报》2018 年 1 月 3 日。

[304]金民卿:《深刻认识和把握我国社会主要矛盾的变化》,《解放军报》2017 年 12 月 4 日。

[305]徐作辉:《社会主要矛盾变化是现实的社会运动过程》,《中国教育报》2018 年 3 月 3 日。

[306]刘建明:《社会主要矛盾新论断反映时代呼声》,《中国社会科学报》2017 年 11 月 30 日。

[307]董石桃:《以新发展推动解决社会主要矛盾》,《中国社会科学报》2018 年 1 月 25 日。

[308]郭熙保:《用新发展理念解决新时代社会主要矛盾》,《中国教育报》2017 年 12 月 2 日。

[309]张春海、苏培:《填补原始社会思想史研究空白》,《中国社会科学报》2017 年 2 月 8 日。

[310]国家统计局:《改革开放铸辉煌经济发展谱新篇——1978 年以来我国经济

社会发展的巨大变化》,《人民日报》2013 年 11 月 6 日。

［311］国家统计局国际中心:《国际地位显著提高国际影响力明显增强——改革开放 40 年经济社会发展成就系列报告之十九》,《中国信息报》2018 年 9 月 18 日。

［312］陈晋:《深入理解我国社会主要矛盾的转化》,《北京日报》2017 年 11 月 13 日。

［313］徐方平、高静:《走出对我国社会主要矛盾认识的误区》,《人民日报》2018 年 1 月 18 日。

［314］余颖:《以个性化服务应对旅游个性化》,《经济日报》2018 年 6 月 15 日。

［315］徐向梅:《加快推进大豆产业振兴》,《经济日报》2022 年 3 月 28 日。

［316］焦以璇:《推动城乡义务教育一体化发展迈上新台阶——访全国政协委员、教育部党组成员、副部长朱之文》,《中国教育报》2018 年 3 月 16 日。

［317］秦毅:《文化建设别忘了"软投入"》,《中国文化报》2012 年 1 月 12 日。

［318］范斌:《光伏产能过剩:如何认识怎样化解》,《光明日报》2016 年 12 月 7 日。

［319］崔兴毅、詹媛:《我们需要什么样的科学素质》,《光明日报》2021 年 10 月 30 日。

［320］余建斌:《让科学素质跟上科技发展步伐》,《人民日报》2018 年 12 月 26 日。

［321］沈时伯、陈林:《从基尼系数看我国现阶段收入差距的合理范围》,《光明日报》2013 年 3 月 29 日。

［322］卫兴华:《中国特色社会主义政治经济学的创新和发展》,《光明日报》2017 年 10 月 19 日。

［323］新华社:《中央经济工作会议在北京举行》,《光明日报》2017 年 12 月 21 日。

［324］国家统计局国际中心:《国际地位显著提高国际影响力明显增强——改革开放 40 年经济社会发展成就系列报告之十九》,《中国信息报》2018 年 9 月 28 日。

［325］国家统计局、科学技术部、财政部:《2020 年全国科技经费投入统计公报》,《中国信息报》2021 年 9 月 22 日。

［326］《R&D 经费投入较快增长　企业研发投入主体作用凸显——国家统计局社科文司统计师张启龙解读〈2020 年全国科技经费投入统计公报〉》,《中国信息报》2021 年 9 月 23 日。

［327］杨舒:《我科技人才队伍规模素质均大幅提高》,《光明日报》2021 年 8 月 28 日。

［328］刘昆:《文化建设与经济建设不该是"两张皮"——《改革进行曲》专栏采访手记》,《光明日报》2013 年 11 月 2 日。

[329]李强:《"橄榄型社会"离我们有多远》,《人民日报》2016年7月27日。

[330]张军:《从民生指标国际比较看全面建成小康社会成就》,《人民日报》2020年8月7日。

[331]李伟:《我国经济结构失衡的主要表现》,《经济日报》2015年6月25日。

[332]刘明、赵永新:《我国创新能力综合排名升至世界第十二位》,《人民日报》2022年1月8日。

[333]人民日报评论员:《坚持以供给侧结构性改革为主线不动摇——四论贯彻落实中央经济工作会议》,《人民日报》2018年12月26日。

[334]张琳:《新时代社会主要矛盾变化的新特点》,《学习时报》2017年12月6日。

[335]李君如:《深入理解我国社会主要矛盾转化的重大意义》,《人民日报》2017年11月16日。

[336]马一德:《聚焦"八字方针"深化供给侧结构性改革》,《经济日报》2019年1月17日。

[337]李楠明:《新时代主要矛盾转化的哲学思考》,《中国社会科学报》2017年11月20日。

[338]刘光明:《辩证认识新时代我国社会主要矛盾》,《经济日报》2018年1月4日。

[339]齐卫平:《新矛盾的表述,为何用转化而不是转变》,《解放军报》2018年3月13日。

[340]张春美:《新时代赋予中国共产党人的历史使命》,《学习时报》2017年10月30日。

[341]《中共中央关于党的百年奋斗重大成就和历史经验的决议》,《人民日报》2021年11月17日。

[342]浮新才:《从哲学上思考社会主要矛盾转化》,《学习时报》2018年2月7日。

[343]翟绍果:《以党的十九大精神为指引不断满足人民日益增长的美好生活需要》,《中国社会科学报》2018年1月23日。

[344]陈茂霞、胡志彬、吴明:《不断满足人民日益增长的美好生活需要》,《解放日报》2018年1月5日。

[345]文魁:《建设现代化经济体系是一篇大文章》,《经济日报》2019年4月8日。

[346][古希腊]柏拉图:《理想国》郭斌和、张竹明译,商务印书馆1986年版。

[347][德]伊曼努尔·康德,李秋玲编:《康德著作全集》第3卷,中国人民大学出

版社 2004 年版。

[348][德]黑格尔:《法哲学原理》,范扬、张企泰译,商务印书馆 2009 年版。

[349][英]欧文:《欧文选集》第 2 卷,商务印书馆 1981 年版。

[350][德]费尔巴哈:《费尔巴哈著作选集》上卷,荣震华等译,商务印书馆 1984 年版。

[351][英]托马斯·霍布斯:《霍布斯英文著作集》第 4 卷,伦敦出版社 1984 年版。

[352][美]路易斯·亨利·摩尔根:《古代社会》,杨东莼、马雍、马巨译,商务印书馆 2009 年版。

[353][苏联]西洛可夫、爱森堡等:《辩证法唯物论教程》,笔耕堂书店 1932 年版。

[354][美]罗伯特·L.凯利:《第五次开始(600 万年的人类历史如何预示我们的未来)》,徐坚译,中信出版社 2018 年版。

[355][古希腊]第欧根尼·拉尔修:《名哲言行录》下卷,马永翔等译,吉林人民出版社 2010 年版。

[356][法]霍尔巴赫:《自然的体系》上卷,商务印书馆 1999 年版。

[357][美]亚伯拉罕·马斯洛:《动机和人格》,许金声等译,中国人民大学出版社 2012 年版。

[358][瑞士]雅各布·布克哈特:《意大利文艺复兴时期的文化》,商务印书馆 1979 年版。

[359][美]凡勃伦:《炫耀性消费——关于制度的经济研究》,蔡受百译,商务印书馆 1964 年版。

[360][美]齐奥尔格·西美尔:《时尚的哲学》,费勇、吴斋译,文化艺术出版社 2001 年版。

[361][美]斯沃茨:《文化与权力:布迪厄的社会学》,陶东风译,上海译文出版社 2006 年版。

[362][英]亚当·斯密:《国民财富的性质与原因的研究》,郭大力等译,商务印书馆 1981 年版。

[363][美]爱德华·苏贾:《寻求空间正义》,高春花、强乃社等译,陈伟功校,社会科学文献出版社 2016 年版。

[364][德]马克斯·韦伯:《新教伦理与资本主义精神》,阎克文译,上海人民出版社。

[365][法]弗朗索瓦·佩鲁:《新发展观》,张宁、丰子义译,华夏出版社1987年版。

[366][古希腊]色诺芬:《经济论:雅典的收入》,张伯健、陆大年译,商务印书馆1961年版。

[367][美]约瑟夫·熊彼特:《经济发展原理》,何畏等译,商务印书馆1990年版。

[368][德]伊曼努尔·康德:《判断力批判》,邓晓芒译,人民出版社2002年版。

[369][意]奥雷利奥·佩西:《人类的素质》,薛荣久译,中国展望出版社1988年版。

[370][美]伏尔泰:《哲学辞典》下卷,王燕生译,上海人民出版社2000年版。

[371][美]G.韦耶德:《巴贝夫文选》,梅溪译,商务印书馆1962年版。

[372][美]丹尼尔·贝尔:《后工业社会的来临》,高铦、王宏周、魏章玲译,江西人民出版社2018年版。

[373][美]罗尔斯:《正义论》,何怀宏等译,中国社会出版社2009年版。

[374][古希腊]亚里士多德:《尼各马可伦理学》,廖申白译注,商务印书馆2009年版。

[375]Ivan Franceschini et al., *Disturbances in Heaven*, (ANU Press, 2017).

[376]Ivan Franceschini and Nicholas Loubere, *Gilded Age*, (ANU Press, 2018).

[377]Ross Garnaut et al., *China's 40 Years of Reform and Development Book*——1978-2018, (ANU Press, 2018).

[378]Horst J.Helle, *China: Promise or Threat? ——A Comparison of Cultures*, (Brill Academic Publishers, 2017).

[379]Larry Hanauer and Lyle J.Morris, *Chinese Engagement in Africa——Drivers, Reactions, and Implications for U.S.Policy*, (RAND Corporation, 2014).

[380]MCFADDEN D, ed., *Cost, Revenue, and Profit Functions*, (North-Holland Publishing Company, 1978).

[381]Myrdal C., *Economic theory and undeveloped regions*, (London: Gerald Duckworth and Company Ltd, 1957).

[382]Laurence J.C.Ma, "Commercial Development and Urban Change in Sung China (960-1279)", *Sung Studies Newsletter*, Vol.5(March 1972).

[383]Lucas, Robert E., Jr, "Why Doesn't Capital Flow from Rich to Poor Countries?", *The American Economic Review*, Vol.80(May 1990).

[384]Williamson, J.G., "Regional Inequality and the Process of National Development: A Description of the Patterns," *Economic Development and Cultural Change*, Vol.13(July 1965).

［385］Lucy Page and RohiniPande, "Ending Global Poverty: Why Money Isn't E-nough", *The Journal of Economic Perspectives*, Vol.32(Fall 2018).

［386］Diego Restuccia and Richard Rogerson, "The Causes and Costs of Misallocation", *The Journal of Economic Perspectives*, Vol.31(Summer 2017).

［387］Lucia Morales and Bernadette Andreosso-O'Callaghan, "Understanding Market Inefficiency in the East Asian Region during Times of Crisis", *Journal of Southeast Asian E-conomies*, Vol.35(2018).

［388］Dingping Guo, "The Changing Patterns of Communist Party-state Relations in China: Comparative Perspective", *The Journal of East Asian Affairs*, Vol.31 (Spring/Summer 2017).

［389］GUO Genshan, "What Really Made MAO Change his Ideas on the Principal Social Contradiction in 1957?", *Canadian Social Science*, Vol.8(2012).

［390］Dr. Avinash Godbole, "The New Principal Contradiction in China: Significance and Possible Outcomes", (22 - Dec - 2017), https://icwa. in/pdfs/IB/2014/Contradic-tioninChinaIB22122017.

［391］Stephen S. Roach, "China's Contradictions", (23-Oct-2017), https://www. project-syndicate. org/commentary/xi - jinping - political - report - 19th - congress - by - stephen-s--roach-2017-10? barrier=accesspaylog.

［392］"India needs to keep an eye on Xi Jinping's Chinese dream", (23-Oct-2017), https://www. hindustantimes. com/editorials/india - needs - to - keep - an - eye - on - xi - jinping-s-chinese-dream/story-VhQ3ulxmj2GJXAmBZ6dOBN.html.

［393］"The Guardian view on Chinese politics: an age of ambition", (24-Oct-2017), https://www. theguardian. com/commentisfree/2017/oct/24/the - guardian - view - on - chinese-politics-an-age-of-ambition

［394］"Xi Jinping becomes most powerful leader since Mao with China's change to con-stitution", (24 - Oct - 2017), https://www. theguardian. com/world/2017/oct/24/xi - jinping-mao-thought-on-socialism-china-constitution.

［395］"Xi proclaims party 'leader of all' in renewed vision for China and beyond", (19 - Oct - 2017), https://www. csmonitor. com/World/Asia - Pacific/2017/1019/Xi - proclaims-party-leader-of-all-in-renewed-vision-for-China-and-beyond.

［396］Nectar Gan, "Why is Xi Jinping changing the formula of China's economic wonder for the past 30 years?", (18-Oct-2017), https://www.scmp.com/news/china/policies-politics/article/2115955/how-xis-redefinition-principal-contradiction-could.

　　[397] R.L.Kuhn,"Full Episode:19th CPC National Congress:The New Principal Contradic-tion",(24-Oct-2017),https://news.cgtn.com/news/3d55444d3030575a306c5562684a335a764a4855/share_p.html.

后　记

　　2015 年 9 月，我正式进入清华大学马克思主义学院学习，成为马克思主义中国化研究方向的一名博士研究生，师从李捷教授。直到 2019 年 7 月博士毕业来到北京理工大学马克思主义学院任教，我在清华大学这座美丽的象牙塔里度过了将近四个春秋。四年时间说短不短，说长也不长，但它足以在我的人生中留下难以忘怀的痕迹，足以让我去体会博士研究生学习、生活的内涵与真谛，也足以影响我以后人生的基本走向。

　　在李捷老师的指导下，我选定"新时代中国社会主要矛盾研究"作为博士论文的题目，其后毕业论文的各个环节始终都处在李老师的悉心指导之下，直到论文正式答辩结束。在肖贵清老师担任组长的开题答辩组通过正式开题答辩后，我进行了深入的资料阅读、分析工作和艰苦的论文撰写工作。2019 年 4 月下旬，在吴潜涛老师担任组长的预答辩组通过毕业论文预答辩后，我结合专家们的意见对毕业论文进行了认真修改，并在学校组织的两份匿名外审、两份非匿名审核中均获得 A 级好成绩。2019 年 6 月中旬，在杨凤城老师担任主席的包括李捷老师、艾四林老师、杨金海老师、王向清老师在内的答辩委员会正式通过答辩后，我结合专家们的意见对毕业论文再次进行了细致修改，并随后将其提交学校存档，顺利毕业。博士论文"新时代中国社会主要矛盾研究"全文总字数达到 30 余万字。在正式出版前，我花了大量时间和精力对书稿进行资料更新,特别是对书稿中的数据进行更新,对有些表述进行了反复推敲和打磨,并将题目"新时代中国社会主要矛盾研究"调整和简化为"现阶段我国社会主要矛盾研究",根据要求将字数压缩为 20 万余字。

能将博士论文在修改的基础上在如此权威的出版社出版,我既感到非常开心,又感到内心忐忑! 遵循在充分挖掘经典著作中的相关论述中进行分析、在充分重视将历史与现实有机结合中进行分析、在高度重视将研究视野向国际拓展中进行分析、在坚持将文献与实证研究充分结合中进行分析、在坚持以辩证法取代形而上学思维中进行分析等五条进路或方法开展研究,书中在考察中国共产党探索社会主要矛盾的基本历程和新时代社会主要矛盾判断的生成机理、科学内涵、意义与挑战、化解路径等方面确实取得了研究上的一些实质突破,得出了不少新观点新结论,为进一步深化研究新时代社会主要矛盾的相关问题打下了基础,但由于笔者知识储备不足和研究能力有限,书中肯定还存在许多不到位之处,还请各位专家学者和读者朋友多批评指正! 我会将"社会矛盾研究"作为我一生学术科研的重要方向之一,持续耕犁,争取能不间断产出有质量的成果。

这本书不仅承载了我个人在研究社会主要矛盾方面的一些收获和点滴心得,还蕴含着指导、关心和帮助我的很多人的付出和心血。衷心感谢李捷、肖贵清、杨凤城、吴潜涛、艾四林、杨金海、韦正翔、李成旺、王向清、蔡乐苏、肖巍、陈明凡、蔡万焕、吴俊、朱效梅、张苗等师长对本书形成的直接指导和帮助。衷心感谢博士班同学王然对本书形成提出的宝贵建议。衷心感谢《党建》杂志社张振明副总编、人民出版社陈佳冉编辑给予我的大力帮助。衷心感谢北京理工大学马克思主义学院对本书出版的大力支持。衷心感谢爱人王孟秋在资料收集、图表制作、书稿格式修改、后勤保障等方面给予我的大量、无私支持和帮助。

张廷广

2023 年 5 月 5 日

于良乡东路 56 号

责任编辑：陈佳冉

封面设计：徐　晖

版式设计：胡欣欣

图书在版编目（CIP）数据

现阶段我国社会主要矛盾研究/张廷广 著. —北京：人民出版社，2023.5

ISBN 978－7－01－025583－5

Ⅰ.①现…　Ⅱ.①张…　Ⅲ.①社会主义社会-矛盾-研究-中国　Ⅳ.①D66

中国国家版本馆 CIP 数据核字（2023）第 058529 号

现阶段我国社会主要矛盾研究

XIAN JIEDUAN WOGUO SHEHUI ZHUYAO MAODUN YANJIU

张廷广　著

人民出版社 出版发行

（100706　北京市东城区隆福寺街 99 号）

环球东方（北京）印务有限公司印刷　新华书店经销

2023 年 5 月第 1 版　2023 年 5 月北京第 1 次印刷

开本：710 毫米×1000 毫米 1/16　印张：21.75

字数：297 千字

ISBN 978－7－01－025583－5　定价：76.00 元

邮购地址 100706　北京市东城区隆福寺街 99 号

人民东方图书销售中心　电话（010）65250042　65289539